COLLECTION FOLIO

Elizabeth Jane Howard

À rude épreuve

La saga des Cazalet II

Traduit de l'anglais
par Cécile Arnaud

La Table Ronde

Titre original :
MARKING TIME. THE CAZALET CHRONICLES
VOL. II

Elizabeth Jane Howard est née à Londres en 1923. Elle a eu une brève carrière d'actrice et de mannequin avant de commencer à écrire, dans les années 1940. Son premier roman, *The Beautiful Visit,* a été récompensé en 1951 du prix John-Llewellyn-Rhys. Elle est l'autrice de quatorze autres romans, dont la saga des Cazalet, devenue un classique contemporain au Royaume-Uni – où elle a été adaptée en série pour la BBC – et qui a rencontré un grand succès en France depuis sa parution en 2020. Elizabeth Jane Howard est morte le 2 janvier 2014 dans le Suffolk, après s'y être retirée dans les années 1990.

À Dosia Verney.

ARBRE GÉNÉALOGIQUE DE LA FAMILLE CAZALET

- **William Cazalet** 1860 — **Kitty Barlow** 1867
  - **Hugh Cazalet** 1896 — **Sybil Carter** 1899
    - **Polly** 1925
    - **Simon** 1926
    - **William** 1937
  - **Edward Cazalet** 1897 — **Viola Rydal** 1896
    - **Louise** 1923
    - **Teddy** 1924
    - **Lydia** 1931
    - **Roland** 1939
  - **Rachel Cazalet** 1899
  - **Rupert Cazalet** 1903
    - 1. **Isobel Rush** † 1893-1930
      - **Clarissa** 1925
      - **Neville** 1930
    - 2. **Zoë Headford** 1915
      - **Juliet** 1940

FAMILLE CAZALET, DOMESTIQUES & AUTRES PERSONNAGES PRINCIPAUX

FAMILLE CAZALET

William Cazalet alias le Brig
Kitty Barlow alias la Duche, épouse

Rachel fille, célibataire

Hugh Cazalet fils aîné
Sybil Carter épouse
- **Polly**
- **Simon**
- **William** alias Wills

Edward Cazalet deuxième fils
Viola Rydal alias Villy, épouse
- **Louise**
- **Teddy**
- **Lydia**
- **Roland** alias Roly

Rupert Cazalet troisième fils
Isobel Rush † première épouse, morte en mettant Neville au monde
- **Clarissa** alias Clary
- **Neville**

Zoë Headford deuxième épouse
- **Juliet**

DOMESTIQUES

Mrs Cripps et Emily cuisinières
Eileen femme de chambre
Peggy et Bertha bonnes
Dottie et Edie filles de cuisine
Ellen bonne d'enfants
Tonbridge chauffeur
McAlpine jardinier
Wren garçon d'écurie
Billy aide-jardinier
Bracken chauffeur d'Edward

Miss Milliment préceptrice

FAMILLE CASTLE

Raymond Castle
Jessica Castle née Rydal, sœur de Viola
- **Angela**
- **Nora**
- **Christopher**
- **Judy**

PRÉFACE

La présentation qui suit s'adresse aux lecteurs qui n'ont pas lu *Étés anglais*.

William et Kitty Cazalet, surnommés le Brig et la Duche par leur famille, ont fermé leur maison londonienne pour s'installer de manière permanente à Home Place, dans le Sussex. Le Brig, qui est en train de perdre la vue, est de moins en moins actif dans l'entreprise familiale de bois qu'il préside. Ils ont trois fils, Hugh, Edward et Rupert, ainsi qu'une fille célibataire, Rachel.

Hugh et sa femme, Sybil, ont trois enfants. L'aînée, Polly, a quatorze ans au début du roman et prend des leçons à la maison avec sa cousine Clarissa (Clary) ; Simon, treize ans, a rejoint son cousin Teddy dans un collège privé ; et William (Wills) vient de fêter son deuxième anniversaire.

Le fils cadet, Edward, est marié à Villy (Viola Rydal, fille de Lady Rydal, une veuve assez despotique). Ils ont quatre enfants. Louise, seize ans, a cessé les cours à domicile avec ses cousines et vient de passer un trimestre dans une école d'arts ménagers ; Teddy, son frère, un adolescent très sportif, est en pension depuis deux ans, tandis que

Lydia, huit ans, est externe dans une école privée. Roland, le bébé, a quatre mois.

Le troisième fils, Rupert, a eu deux enfants avec Isobel, sa première femme : Clary, qui a le même âge que Polly et assiste aux leçons avec elle, et Neville, huit ans, qui va à l'école à Londres. Après la mort d'Isobel, Rupert a épousé Zoë, âgée de vingt-quatre ans, soit douze ans de moins que lui. Ils n'ont pas d'enfant.

Rachel, la fille célibataire, consacre une bonne partie de son temps à son père presque aveugle et s'occupe aussi d'une institution de charité, l'Hôtel des Tout-Petits, qui, au début du roman, a été évacuée pour la deuxième fois dans des dépendances de la propriété familiale. La grande amie de Rachel, Margot Sidney, plus connue sous le nom de Sid, enseigne le violon et vit à Londres, mais vient souvent en visite à Home Place.

Villy, la femme d'Edward, a une sœur prénommée Jessica, mariée à Raymond Castle. Ils ont quatre enfants – autant de cousins supplémentaires pour les Cazalet. Angela, à qui Rupert Cazalet a causé son premier chagrin d'amour, a maintenant vingt ans et vit à Londres. Christopher, seize ans, est un passionné de nature et pacifiste convaincu, et Nora, dix-sept ans, a fréquenté la même école d'arts ménagers que Louise. Judy, la benjamine, a neuf ans et va en pension.

À la fin d'*Étés anglais*, une grand-tante de Raymond a légué aux Castle un peu d'argent et une maison à Frensham, ce qui leur a permis de quitter leur modeste logement d'East Finchley.

Miss Milliment, la très vieille préceptrice de la famille qui s'est autrefois chargée de l'instruction de Villy et Jessica, enseigne maintenant à Clary et Polly.

Diana Mackintosh est la plus régulière des nombreuses maîtresses d'Edward. Elle est mariée et a trois fils.

Le Brig a acheté et transformé deux maisons voisines de Home Place : Mill Farm, qui accueille désormais l'Hôtel des Tout-Petits, et Pear Tree Cottage, qui sert de trop-plein pour les familles Cazalet et Castle. La maison de Londres, Chester Terrace, est à présent plus ou moins fermée.

Les trois fils Cazalet ont eux aussi des maisons londoniennes. Celle de Hugh et Sybil se trouve à Ladbroke Grove, et Hugh l'utilise encore les jours de semaine quand il travaille à Londres. La maison d'Edward et Villy, située non loin, à Lansdowne Road, leur sert pendant l'année scolaire. Rupert et Zoë disposent d'une petite maison à Brook Green.

De nombreux employés travaillent pour les Cazalet, dont, parmi les principaux : Mrs Cripps, la cuisinière, Tonbridge, le chauffeur, McAlpine, le jardinier, Billy, l'aide-jardinier, Wren, le palefrenier, Eileen, la femme de chambre – vivant tous à Home Place –, et Ellen, la bonne d'enfants de Clary et Neville, qui se retrouve plus occupée que jamais après la naissance tardive de Wills et Roland.

Étés anglais s'achevait en 1938 avec le discours de Chamberlain à son retour de Munich – « la paix dans l'honneur ». *À rude épreuve* commence un an plus tard, après l'invasion de la Pologne : la guerre est imminente et inévitable. Les enfants sont évacués des grandes villes et tout le monde attend que Chamberlain annonce le résultat de l'ultimatum britannique.

HOME PLACE

Septembre 1939

Quelqu'un avait éteint la TSF et, bien que la pièce fût pleine de monde, il régnait un silence tel que Polly sentit, et entendit presque, son cœur tambouriner. Tant que personne ne parlait, que personne ne bougeait, la paix se prolongeait encore un peu…

Mais le Brig, son grand-père, bougea. Elle le regarda se lever lentement – toujours dans le silence – et rester debout un instant, une main tremblante posée sur le dossier de son fauteuil pendant qu'il passait l'autre sur ses yeux vitreux. Puis il traversa la pièce et embrassa l'un après l'autre ses deux fils aînés, Hugh, le père de Polly, et Oncle Edward. Elle attendit qu'il embrasse Oncle Rupe, mais il ne le fit pas. C'était la première fois qu'elle le voyait embrasser un autre homme, mais cela ressemblait plutôt à un geste d'excuses et d'hommage. Pour ce qu'ils ont enduré la dernière fois qu'il y a eu une guerre, songea-t-elle, et parce que ça n'a servi à rien.

Polly voyait tout. Elle vit Oncle Edward croiser le regard de son père et lui adresser un clin d'œil, puis le visage de son père se contracter comme s'il se remémorait un souvenir presque insupportable.

Elle vit sa grand-mère, la Duche, assise très droite, contempler Oncle Rupert avec une sorte de colère lugubre. Elle n'est pas en colère *contre* lui, elle a peur qu'il soit obligé de participer à cette guerre-là. Elle est tellement vieux jeu qu'elle s'imagine que seuls les hommes doivent combattre et mourir ; elle ne comprend pas. Polly comprenait tout.

Les adultes commençaient à remuer sur leur siège, à murmurer, à allumer des cigarettes, à dire aux enfants d'aller jouer dehors. Le pire était arrivé, et ils faisaient presque comme si de rien n'était. Voilà comment se comportait sa famille en cas de crise. Ils avaient réagi différemment l'année précédente, au moment de « la paix dans l'honneur », mais Polly n'avait pas eu le temps d'y prêter attention, parce que la surprise et la joie l'avaient frappée de plein fouet. Elle s'était évanouie. « Tu es devenue toute blanche et comme aveugle, puis tu es tombée dans les pommes. C'était terriblement intéressant », lui avait raconté sa cousine Clary. Clary l'avait noté dans le *Livre d'expériences* qu'elle tenait en prévision du jour où elle serait écrivain. Polly sentit les yeux de Clary se poser sur elle. À l'instant où leurs regards se croisèrent et où, d'un petit hochement de tête, elle convint qu'il était temps de ficher le camp, le mugissement modulé et lointain d'une sirène retentit. Son cousin Teddy cria : « Un raid aérien ! Ça alors ! Déjà ! », et tout le monde se leva. Le Brig leur ordonna d'aller chercher leurs masques à gaz et d'attendre dans le vestibule, avant de rejoindre l'abri antiaérien. La Duche alla prévenir les domestiques ; Sybil, sa mère, et Tante Villy dirent qu'elles devaient aller à Pear Tree Cottage récupérer Wills et Roly, tandis que Tante

Rach annonçait qu'elle filait à Mill Farm aider la directrice à s'occuper des bébés évacués – en fait, presque personne n'obéit à l'ordre du Brig.

« Je porterai ton masque si tu veux prendre tes carnets, dit Polly alors qu'elles fouillaient leur chambre à la recherche des cartons contenant leurs masques à gaz. Zut, où est-ce qu'on les a mis ? » Elles cherchaient toujours quand la sirène résonna de nouveau, non plus en une vague montant et descendant, mais en un hurlement continu. « Fin de l'alerte ! cria quelqu'un depuis l'entrée.

— Ça devait être une fausse alerte », dit Teddy ; il semblait déçu.

« De toute façon, on n'aurait rien vu, enterrés dans cet horrible vieil abri, dit Neville. En plus, vous avez entendu : la guerre leur sert de prétexte pour ne pas aller à la plage, et ça, c'est le truc le plus injuste que j'aie jamais entendu de ma vie.

— Ne sois pas idiot, Neville ! le rabroua Lydia. Personne ne va à la plage quand c'est la guerre. »

Il y avait de l'électricité dans l'air, songea Polly, bien que tout semblât inchangé dehors en ce beau dimanche matin de septembre, imprégné de l'odeur des feuilles que brûlait McAlpine. Tous les enfants avaient été chassés du salon : les adultes voulaient avoir une conversation sérieuse, ce qui, naturellement, déplaisait au plus haut point à ceux qui n'entraient pas dans cette catégorie. « Ce n'est pas comme s'ils passaient leur temps à faire des blagues drôles et à hurler de rire quand on est là », fit remarquer Neville lorsqu'ils se regroupèrent dans le hall. Avant que quiconque ait pu l'approuver ou le rembarrer, Oncle Rupert passa la tête par la porte du salon. « Tous ceux qui n'ont pas retrouvé leur masque ont intérêt à aller le chercher tout de suite. À l'avenir, ils seront rangés dans l'armurerie. Et on se dépêche. »

*

« Ça m'énerve d'être rangée parmi les enfants, dit Louise à Nora, alors qu'elles se rendaient à Mill Farm. Ils vont rester assis là pendant des heures à tout organiser pour nous comme si on était des pions. On devrait tout de même avoir notre mot à dire avant qu'ils nous imposent leurs plans.

— Le mieux, c'est d'acquiescer, puis d'agir selon sa conscience, répliqua Nora, ce qui, soupçonna Louise, signifiait agir à sa guise.

— Que comptes-tu faire quand on aura terminé notre école de cuisine ?

— Je n'ai aucune intention d'y retourner. Je vais commencer une formation d'infirmière.

— Oh, non ! Reste au moins jusqu'à Pâques, et on partira toutes les deux à ce moment-là. Je détesterais me retrouver là-bas sans toi. En plus, je parie qu'ils ne prennent pas les filles de dix-sept ans.

— Moi, ils me prendront, dit Nora. Et je ne m'en fais pas pour toi. La maison ne te manque plus comme au début. Tu t'es habituée maintenant. C'est dommage que tu aies un an de moins, parce que tu ne pourras pas te rendre utile tout de suite. Mais au moins tu seras une plus bonne cuisinière que moi…

— Une meilleure cuisinière, corrigea Louise sans réfléchir.

— Une meilleure cuisinière, si tu veux, et ça, ce sera diablement utile. Tu pourras t'engager dans une des armées comme cuisinière. »

Une perspective sans le moindre attrait pour Louise. Elle ne voulait pas du tout être *utile*, elle voulait être une grande actrice, un projet que Nora jugeait frivole, elle le savait à présent fort bien. Le sujet avait donné lieu à une... non pas une dispute, à proprement parler, mais à une vive discussion pendant les vacances ; depuis lors, Louise restait prudente dans l'expression de ses aspirations. « Les actrices ne sont pas *indispensables* », avait dit Nora, tout en concédant que le métier de Louise aurait moins d'importance sans la perspective de la guerre. Louise avait riposté en contestant l'utilité des religieuses (la profession choisie par Nora et désormais mise entre parenthèses – en partie parce qu'elle avait promis l'année précédente d'y renoncer s'il n'y avait pas la guerre, et exclue dans l'avenir immédiat en raison du besoin d'infirmières). Mais Nora avait déclaré que Louise ne se rendait pas compte de l'importance de la prière et de la nécessité qu'il y ait des gens pour y consacrer leur vie. Le problème, c'est que Louise se moquait que le monde ait ou non besoin d'actrices : elle voulait en être une, et cela la plaçait en position d'infériorité morale vis-à-vis de Nora et la désavantageait quand elle comparait la valeur de leurs personnalités. Mais Nora parait à toute critique en tendant elle-même un plus gros bâton pour se faire battre. « Qu'est-ce que je suis pédante, à la fin », disait-elle, ou alors : « Si un jour on voulait bien de moi comme novice, je parie que ma maudite suffisance me barrerait la route. » Que répondre à cela ? Là encore, Louise n'avait guère envie de se connaître avec l'horrible lucidité de Nora.

« Ça doit être insupportable de se voir comme

ça, non ? avait-elle demandé à la fin de la dispute/vive discussion.

— Je n'ai pas vraiment le choix. Au moins, ça signifie que je sais contre quoi lutter. Et voilà que je recommence ! Je suis sûre que tu connais tes défauts, Louise. La plupart des gens les connaissent, au fond d'eux-mêmes. C'est la première étape. »

Désirant toujours convaincre Nora de la valeur du métier de comédienne, Louise avait avancé les noms des plus grands, tels Shakespeare, Tchekhov et Bach (Bach, elle l'avait ajouté par ruse – il était célèbre pour sa piété). « Tu ne crois tout de même pas que tu vas devenir comme *eux* ? » Et Louise avait été réduite au silence. Parce qu'une petite partie secrète d'elle-même était sûre qu'elle deviendrait l'un d'eux – ou l'égale d'une Sarah Bernhardt ou d'un David Garrick (elle avait toujours guigné les rôles masculins). Le désaccord, comme toujours avec elle, n'avait pas été tranché : elle était confortée dans ses intentions, et Nora d'autant plus persuadée que sa cousine se fourvoyait.

« Tu n'arrêtes pas de me juger ! s'était-elle écriée.

— Toi aussi, avait répliqué Nora. Tout le monde juge tout le monde. En plus, je ne suis pas sûre que ce soit vraiment juger ; c'est plus une façon de comparer quelqu'un à des normes. Je le fais tout le temps pour moi, avait-elle ajouté.

— Et, bien sûr, tu es toujours à la hauteur.

— Pas du tout ! » L'innocente protestation avait fait taire Louise. Mais ensuite, en regardant les épais sourcils broussailleux de son amie et l'ombre légère, quoique indéniable, d'une moustache au-dessus de sa lèvre supérieure, elle s'était aperçue qu'elle se réjouissait de ne pas ressembler à Nora, et que ça, c'était une forme de jugement. « Je juge que tu es une bien meilleure personne que moi », avait-elle dit, sans ajouter qu'elle préférait malgré tout être elle-même.

« Oui, je pourrais sûrement trouver une place de cuisinière », dit-elle, alors qu'elles s'engageaient dans l'allée de Mill Farm, où elles vivaient encore deux jours plus tôt. Vendredi matin, il avait été décrété que tout le monde devait déménager dans les nouveaux cottages du Brig, transformés en une très grande maison rebaptisée Pear Tree Cottage en raison d'un vieux poirier du jardin. Elle possédait huit chambres, mais une fois investie par Villy et Sybil, qu'Edward et Hugh rejoindraient le week-end, par Jessica Castle, arrivée pour sa visite annuelle avec Raymond (reparti à Londres chercher Miss Milliment et Lady Rydal), il ne restait de la place que pour Lydia, Neville et les bébés, Wills et Roland.

Le déménagement à Pear Tree Cottage avait pris la journée entière, puisqu'il avait fallu transférer les plus âgés des enfants à Home Place, où logeaient aussi Rupert et Zoë, ainsi que les grand-tantes et Rachel. Le samedi, l'Hôtel des Tout-Petits était arrivé : vingt-cinq nourrissons, seize élèves infirmières, la directrice et sœur Crouchback. Ils avaient été amenés dans deux cars, respectivement conduits par Tonbridge et par Sid, l'amie de Rachel. Les infirmières devaient dormir dans le court de squash, à présent équipé de trois toilettes portatives Elsan et d'une douche extrêmement capricieuse. La directrice et sœur Crouchback occupaient Mill Farm avec les bébés et les élèves infirmières qui se relayaient pour les aider la nuit. Le samedi après-midi, Nora avait proposé que Louise et elle se chargent du souper des infirmières, une offre que Tante Rachel avait acceptée avec reconnaissance : debout depuis l'aube, elle était épuisée par ses efforts pour transformer le court de squash en un espace où l'on pouvait non seulement coucher, mais aussi ranger des affaires personnelles. Leur tâche avait été compliquée par le fait que les ustensiles de cuisine de Mill Farm se trouvaient maintenant à Pear Tree Cottage, et que l'équipement de l'Hôtel des Tout-Petits – trimballé dans un camion des Cazalet – s'était perdu en chemin et n'avait pas reparu avant neuf heures du soir. Elles avaient dû préparer le repas à Pear Tree Cottage, et Villy les avait aidées à le transporter en voiture. Ce qui signifiait cuisiner sous le regard d'une condescendance presque vexante d'Emily, pour qui les dames et leurs enfants auraient été incapables de cuire un œuf même si leur vie en dépendait ; elle avait aussi refusé de leur dire où étaient les choses, au double prétexte qu'avec autant de chambardements, elle n'avait plus toute sa tête, et qu'elle ne voulait pas les laisser utiliser ses affaires. Louise avait dû reconnaître que Nora faisait preuve d'un tact merveilleux et paraissait imperméable aux affronts. Elles avaient mitonné deux énormes hachis Parmentier, et Louise avait préparé une fournée de brioches au sucre, parce qu'elle venait d'apprendre la recette et la réussissait très bien. Le dîner avait été accueilli avec gratitude, et la directrice leur avait dit qu'elles étaient deux chics filles.

Elles entendirent des pleurs de bébés en approchant de la maison. Leur sieste du matin avait dû être perturbée par l'alerte, déclara Nora, et par la nécessité d'être emmenés dans l'abri antiaérien que le Brig avait fait construire. « Même si je me demande comment les infirmières réussiront à arriver là-bas à temps en cas d'attaque nocturne », ajouta-t-elle. Imaginant des bombes tombant de nulle part dans le noir, Louise frissonna. Les Allemands seraient-ils capables d'une chose pareille ? Sans doute pas, songea-t-elle, mais elle ne dit rien, parce qu'elle ne voulait pas vraiment savoir.

La directrice et Tante Rach se trouvaient dans la cuisine. Tante Rach déballait des caisses remplies d'ustensiles. Assise à la table, la directrice dressait des listes.

Une élève infirmière prélevait des doses de lait en poudre dans une énorme boîte en fer-blanc Cow and Gate pendant qu'une autre stérilisait des biberons dans deux casseroles sur la cuisinière. Il régnait une atmosphère de bonne humeur dans l'adversité.

« Nécessité fait loi », disait la directrice. Son visage évoquait à Louise celui d'une reine Victoria de plein air : les mêmes yeux bleu pâle un peu globuleux et le même petit nez crochu, mais ses joues rebondies, en forme de poires, striées de petits vaisseaux éclatés avaient une couleur de pot de fleur. Sa silhouette, en revanche, était pure reine Mary – de l'édouardien rembourré. Elle portait une robe bleue en serge à manches longues, un tablier d'un blanc éclatant et une coiffe au voile amidonné.

« Nous sommes venues vous aider à préparer le déjeuner, dit Nora.

— Quelle bénédiction, mes chéries, répondit Tante Rachel. Il y a des provisions dans la réserve, mais je ne les ai pas encore triées. Un jambon, je crois, quelque part, et quelques laitues apportées par Billy.

— Et il y a les prunes que la sœur infirmière a mises à tremper hier soir, dit la directrice. J'aime bien que mes filles aient leurs prunes – ça nous économise une fortune en sirop de figue.

— N'empêche qu'il faut les cuire, dit Nora. Je ne suis pas sûre qu'elles auront le temps de refroidir avant le déjeuner.

— On fera avec », dit la directrice, accrochant son stylo-plume à la bavette de son tablier, avant de se lever.

Louise annonça qu'elle s'occupait des prunes.

« Ne retirez pas encore ces biberons du feu. Ça m'étonnerait beaucoup qu'ils aient eu leurs vingt minutes. Où serions-nous, mademoiselle Cazalet, sans nos petites mains ? Oh, ne faites pas ça, mademoiselle Cazalet, vous allez attraper une hernie ! » Rachel, qui essayait de pousser une caisse posée dans le passage, s'immobilisa et accepta l'aide de Nora. On entendait d'autres bébés pleurer.

« M. Hitler a chamboulé nos habitudes. S'il continue comme ça, je vais devoir lui envoyer un agent de police. Un raid aérien le matin, quelle absurdité. Mais qu'y pouvons-nous ? Ah, *les hommes* ! s'exclama-t-elle. Je vais voir si la sœur a quelque chose à ajouter à cette liste – mais c'est dimanche, n'est-ce pas ? Tous les magasins sont fermés. Eh bien, mieux vaut tard que jamais. » Et elle quitta la pièce de sa démarche silencieuse, manquant entrer en collision, à la porte, avec une élève portant deux seaux fumants remplis de couches. « Regardez où vous allez, Susan. Et mettez-les à tremper dehors, sans quoi personne n'appréciera son repas.

— Oui, madame. » Toutes les élèves infirmières portaient des robes de coton à manches courtes et rayures mauves et blanches, ainsi que des bas noirs.

« Tu veux bien aller chercher Sid, ma chérie ? demanda Tante Rachel. Il faut essayer de sortir ces caisses de la cuisine avant le déjeuner des infirmières. Elle est en haut, à s'occuper du black-out. »

*

L'aménagement de toutes les fenêtres des trois maisons et des dépendances habitées – sans oublier le toit du court de squash –, en vue du black-out, occupait le Brig depuis déjà quelques jours, en conséquence de quoi Sid et Villy avaient été embauchées pour fabriquer des linteaux de bois sur lesquels clouer le tissu occultant. Sybil, Jessica et la Duche, qui possédaient chacune une machine à coudre, étaient chargées de faire des rideaux pour les fenêtres non pourvues de linteaux, et Sampson, l'entrepreneur en bâtiment, avait prêté une grande échelle grâce à laquelle l'apprenti jardinier aurait dû peindre le toit de la salle de squash, mais il en était tombé presque aussitôt, atterrissant dans une énorme cuve à eau – un coup de chance immérité, d'après McAlpine, pour qui le bras cassé de Billy et ses deux dents en moins n'étaient que de l'effronterie. Sampson ayant reçu l'ordre de s'occuper du toit du court de squash en plus de tant d'autres choses, peu de progrès avaient été réalisés le samedi matin, jour de l'arrivée prévue de l'Hôtel des Tout-Petits. Teddy, Christopher et Simon furent enrôlés pour aider l'un des ouvriers de Sampson à installer l'échafaudage puis à couvrir la verrière de peinture vert foncé, tandis qu'à l'intérieur de la salle étouffante et de plus en plus obscure, Rachel et Sid montaient des lits de camp, sous le regard boudeur de Lydia et Neville dans la galerie (ils étaient censés être des messagers, mais Tante Rachel les négligeait en ne leur confiant pas assez de messages). Tout le monde était à l'œuvre ce samedi, sauf Polly et Clary, qui s'éclipsèrent le matin et prirent le bus pour Hastings…

« À qui as-tu demandé la permission ?

— Je n'ai demandé à personne. J'ai prévenu Ellen.

— Tu lui as dit que je venais aussi ?

— Oui, j'ai dit "Polly veut aller à Hastings, alors je l'accompagne".

— Toi aussi, tu avais envie d'y aller.

— Bien sûr, sinon je ne serais pas là, si ?

— Dans ce cas, pourquoi tu n'as pas dit que nous voulions y aller toutes les deux ?

— Je n'y ai pas pensé. »

C'était typique de Clary de se montrer fuyante. Bien qu'irritée, Polly n'insista pas, sachant d'expérience qu'elles finiraient sinon par se disputer, or si ce devait être la dernière journée de paix, elle ne voulait pas qu'elle soit gâchée par une querelle.

Ce ne fut pourtant pas une bonne journée. Polly aurait voulu se passionner pour ce qu'elles allaient faire au point de ne plus penser à ce qui risquait d'arriver. Elles passèrent chez Jepson's, un magasin qu'elle adorait d'habitude, mais en voyant Clary mettre des heures à choisir un stylo-plume (leur sortie avait en partie pour but de dépenser l'argent que sa cousine avait reçu à son anniversaire), elle perdit patience et s'agaça que

Clary prenne tellement au sérieux une chose aussi banale. « Elles sont dures et elles crissent toujours au début, dit-elle. Tu sais bien qu'il faut utiliser la plume pour qu'elle se fasse.

— Oui, je sais. Mais si j'achète une plume large maintenant, elle risque de devenir *trop* large ; quant à la taille moyenne, j'ai l'impression qu'elle ne sera jamais comme il faut. »

Polly observa le vendeur – un jeune homme vêtu d'un costume usé et lustré – qui regardait Clary lécher chaque plume avant de la plonger dans une bouteille d'encre et de griffonner son nom sur de petits morceaux de papier. Il ne semblait pas impatient, seulement las. Et c'était apparemment son expression la plus habituelle.

Elles étaient au rayon papeterie de la librairie – un modeste comptoir où l'on ne vendait que du papier à lettres et du papier à en-tête, des cartons d'invitation et des faire-part de mariage, ainsi que des stylos-plume et autres crayons. « C'est très important de lécher les plumes neuves avant de s'en servir, expliquait Clary, mais je suppose que vous le dites aux clients. Je pourrais essayer le Waterman – le bordeaux – juste pour voir ? » Il coûtait douze livres et six pence, et Polly savait qu'elle ne l'achèterait pas. Elle continua d'observer l'homme pendant que Clary testait les stylos les uns après les autres : à la fin, il se contenta de regarder dans le vide. Sans doute se demandait-il avec inquiétude s'il allait y avoir la guerre.

« Que voyez-vous ? l'interrogea Polly. En pensée, je veux dire.

— Je ne vois rien quand je teste des stylos, répondit Clary d'un ton sec.

— Ce n'est pas à toi que je parlais. »

Elles regardèrent toutes deux l'employé, qui s'éclaircit la gorge, passa la main sur ses cheveux brillantinés à l'excès et répondit qu'il ne comprenait pas ce qu'elle entendait par là.

« Ça ne m'étonne pas, dit Clary. Je prendrai le Medium Relief...

— Ça fera sept livres et six pence », annonça-t-il, et Polly se rendit compte qu'il avait hâte d'être débarrassé d'elles.

Une fois dehors, elles se querellèrent un peu à propos de la remarque de Polly, que Clary jugeait idiote. « Au mieux, il a cru que tu le prenais de haut, dit-elle.

— Pas du tout.

— C'est ce qu'il a cru.

— La ferme ! »

Clary regarda son amie – enfin, plutôt sa cousine ; son comportement n'avait rien d'amical...

« Désolée. Je sais que tu es énervée. Écoute, Poll. Tout pourrait encore rentrer dans l'ordre. Pense à l'année dernière. »

Polly secoua la tête. Les sourcils froncés, elle ressembla soudain à Tante Rach quand elle retenait ses larmes en écoutant du Brahms.

« Je sais, dit gentiment Clary. Tu ne veux pas seulement que je te comprenne, tu veux que je ressente la même chose que toi. C'est ça ?

— Je veux que *quelqu'un* ressente la même chose !

— Je crois que c'est le cas de nos deux pères.

— Oui, mais le problème avec eux, c'est qu'ils ne prennent pas au sérieux ce qu'on éprouve.

— Je sais. Comme si nos sentiments étaient proportionnels à notre taille – donc plus petits. C'est idiot. À croire qu'ils ne se rappellent pas avoir été des enfants.

— C'est normal, à leur âge. À mon avis, leurs souvenirs ne remontent pas à plus de cinq ans.

— Eh bien moi, je me forcerai à me souvenir. Eux, ils s'en sortent en disant qu'ils sont responsables de nous.

— Responsables ! Alors qu'ils ne sont même pas capables d'empêcher une terrible guerre qui risque de nous tuer tous ! Je ne vois pas comment on pourrait être plus irresponsables !

— Tu t'énerves encore, dit Clary. Que fait-on maintenant ?

— Ça m'est égal. Qu'est-ce que tu veux faire ?

— Trouver des cahiers et un cadeau pour l'anniversaire de Zoë. Et tu as dit que tu voulais acheter de la laine. On pourrait se commander des beignets pour le déjeuner. Ou des *baked beans* ? » Elles adoraient toutes les deux les haricots à la sauce tomate, parce que Teddy et Simon en mangeaient souvent à l'école tandis qu'elles en étaient privées à la maison, où c'était considéré comme un plat très ordinaire.

Elles avaient marché vers le front de mer. Les vacanciers n'étaient pas très nombreux, même s'il y en avait quelques-uns sur une portion de plage, assis sur des galets et adossés à des brise-lames en bois de couleur argentée, en train de manger des sandwichs et des glaces en contemplant la mer gris-vert qui allait et venait en se soulevant, futile et furtive.

« Tu veux te baigner ? »

Polly haussa les épaules. « On n'a pas apporté nos affaires », dit-elle, bien que Clary sût que ça ne l'aurait pas arrêtée si elle en avait eu envie. Plus loin – après cette portion de plage – des soldats déchargeaient d'un camion d'énormes rouleaux de fil de fer barbelé et les installaient à intervalles réguliers le long du rivage, là où ce qui ressemblait à des piliers de béton était enfoncé dans le sable.

« Allons déjeuner », s'empressa de proposer Clary.

Elles commandèrent des *baked beans* sur des toasts et un délicieux thé indien corsé (ça non plus, elles n'en avaient pas à la maison), ainsi qu'un beignet à la confiture et un feuilleté fourré à la crème. Le repas parut remonter le moral de Polly, et elles parlèrent de sujets banals tels que le genre de personne qu'elles épouseraient. Polly pensait qu'un explorateur lui plairait, s'il explorait des régions chaudes du globe, vu qu'elle détestait la neige et la glace et que, naturellement, elle l'accompagnerait. Clary préférait un peintre, parce que ça allait bien avec le métier d'écrivain et qu'elle connaissait les peintres grâce à son père. « En plus, ils n'ont pas l'air de trop se soucier du physique des gens ; je veux dire par là qu'ils ont d'autres raisons d'apprécier les visages, alors le mien ne le gênera pas trop.

— Tu es très bien, répondit Polly. Tu as des yeux magnifiques, et c'est ce qui compte le plus.

— Toi aussi.

— Les miens sont beaucoup trop petits. Affreux, en fait. Des boutons de bottine bleu foncé.

— Mais tu as un teint merveilleux, d'une blancheur stupéfiante qui tourne au rose pâle, comme une héroïne de roman. Tu as déjà remarqué, poursuivit-elle d'un ton rêveur, en léchant les restes de crème sur ses doigts, que les écrivains décrivent leurs héroïnes pendant des pages et des pages ? Ça doit être atroce pour Miss Milliment de les lire en sachant qu'elle n'aurait jamais pu en être une.

— Elles ne sont pas toutes parfaites, fit remarquer Polly. Pense à Jane Eyre.

— Et quelle chance tu as d'avoir une chevelure pareille. Même si j'ai l'impression que les cheveux cuivrés ternissent avec l'âge, ajouta Clary, songeant à la mère de Polly. Ils virent à la marmelade claire. Jane Eyre ! Mr Rochester n'arrête pas de répéter qu'elle ressemble à une adorable petite fée. C'est un moyen ingénieux de dire qu'elle était charmante.

— Les lecteurs veulent connaître ce genre de détails. J'espère que tu ne seras pas trop moderne dans ton écriture, Clary. Au point que personne ne comprend plus ce qui se passe. » Polly avait chipé *Ulysse* dans la bibliothèque de sa mère et l'avait trouvé très difficile à suivre.

« J'inventerai ma propre écriture, dit Clary. Ça ne sert à rien de me dire comment écrire.

— D'accord. Allons finir nos courses. »

Le déjeuner coûta quatre livres et six pence, soit plus que prévu, et Clary régla généreusement l'addition. « Tu me rembourseras quand ce sera ton anniversaire, dit-elle.

— Je crois que Miss Milliment doit être habituée, depuis le temps. Le désir de se marier passe assez vite, à mon avis.

— Ah bon ? Tu es sûre ? Dans ce cas, je ne me marierai sans doute jamais. Je n'en ai déjà pas très envie maintenant, et les femmes de plus de vingt ans vieillissent rapidement. Regarde Zoë.

— Le chagrin fait vieillir.

— Tout fait vieillir. Tu sais ce que Lady Knebworth a dit à Louise ? L'amie de Tante Villy, la dame à la voix traînante ? » Comme Polly restait silencieuse, elle ajouta : « Elle lui a dit de ne jamais froncer les sourcils, parce que ça lui ferait des rides sur le front. Penses-y, Polly : tu fronces toujours les sourcils quand tu essaies de réfléchir. »

Elles étaient sorties du salon de thé. « Qu'est-ce que je peux lui acheter pour son anniversaire ? reprit Clary.

— À Tante Zoë ? Je ne sais pas. Du savon, peut-être, ou des sels de bain. Ou un chapeau.

— On n'offre pas un chapeau, Poll. Les gens n'aiment que les modèles affreux qu'ils se choisissent eux-mêmes. C'est bizarre, non ? poursuivit-elle alors qu'elles quittaient le front de mer pour retourner vers les magasins. Ils mettent des heures à essayer leurs vêtements, leurs chaussures et tout ça dans les boutiques – comme si chaque article devait être extraordinaire et parfait. Et regarde-les. Ils sont presque tous moches, ordinaires du moins. Ils auraient aussi bien pu choisir leurs affaires les yeux fermés.

— Bientôt, tout le monde sera en uniforme », dit tristement Polly. Elle redevenait morose.

« C'est pourtant une observation intéressante, dit Clary, un peu vexée. Elle pourrait s'appliquer à d'autres choses chez les gens – et se révéler une réflexion sérieuse sur la nature humaine.

— La nature humaine ne vaut pas un clou, si tu veux mon avis. Sinon, on ne serait pas à la veille d'une guerre. Allons acheter la laine et le reste, puis rentrons à la maison. »

Elles finirent donc leurs achats : un savon Morny au géranium rosat pour Zoë, des cahiers, et de la laine bleu jacinthe pour que Polly se tricote un pull. Puis elles allèrent attendre le bus.

*

Après le déjeuner ce samedi-là, Hugh et Rupert étaient partis en expédition à Battle, armés d'une impressionnante liste de courses. Rupert s'était porté volontaire pour cette mission, et Hugh, qui avait eu des mots avec Sybil au point de friser la querelle, avait proposé de l'accompagner. Ils avaient rassemblé les listes des besoins nombreux et variés des trois maisons et s'étaient mis en route, Rupert prenant le volant de la Vauxhall qu'il avait achetée après avoir rejoint l'entreprise au mois de janvier précédent.

« Nous aurons l'air de sacrés idiots si la paix est finalement préservée », dit-il.

Après un court silence, il tourna la tête vers son frère, et Hugh croisa son regard. « Mais non, pas du tout, dit-il.

— Tu as une de tes migraines ?

— Non. Je me demandais seulement…

— Quoi ?

— Ce que tu envisageais.

— Ah. Eh bien, j'essaierai peut-être d'entrer dans la marine.

— Je m'en doutais.

— Le problème, c'est que ça te laissera seul pour tenir la boutique.

— J'aurai le Patriarche. »

Le silence retomba. En quelques mois dans l'entreprise, Rupert avait découvert que leur père était à la fois obstiné et despotique. Seul Edward savait comment le prendre. Hugh, quand il était en désaccord avec un ordre, tenait tête à leur père avec une franchise pugnace : il n'était pas doué pour la manipulation, ou le tact, comme on le nomme parfois. Leurs disputes se concluaient le plus souvent par un compromis boiteux qui ne profitait à personne – surtout pas à l'entreprise. Rupert, qui en était encore à apprendre les ficelles, n'avait pu que jouer le rôle de témoin malgré lui, et il avait vu la situation se dégrader au cours de l'été, pendant l'absence d'Edward, parti suivre une formation de volontaires. Edward était de retour, mais seulement de manière provisoire, dans l'attente d'être appelé. Rupert, qui avait pris la décision d'intégrer l'entreprise au moment où Zoë était tombée enceinte, se demandait encore s'il avait fait le bon choix. Il avait toujours envisagé le métier de professeur de dessin comme un expédient – un apprentissage avant de devenir peintre à plein temps ; mais en entrant dans les affaires, il avait arrêté de peindre. La perspective imminente de la guerre et l'opportunité de fuite qu'elle offrait l'excitaient, bien qu'il pût difficilement l'avouer – y compris à lui-même.

« Mais tu me manqueras, mon vieux », disait Hugh, avec une désinvolture étudiée qui soudain le toucha ; Hugh, comme leur sœur Rachel, feignait la légèreté quand il était le plus ému.

« En même temps, rien ne garantit qu'ils me prendront », fit remarquer Rupert. Il n'y croyait pas, mais c'est ce qu'il avait trouvé à dire de plus réconfortant.

« Bien sûr qu'ils te prendront. Moi, je regrette de ne pas pouvoir être plus utile. Ces malheureux Polonais. Si les Russes n'avaient pas signé ce pacte, il n'aurait jamais osé aller si loin.

— Hitler ?

— Bien sûr, Hitler. Au moins, on aura eu une année de répit. J'espère qu'on en a fait bon usage. »

Ils venaient d'arriver à Battle. « Je vais me garer devant chez Till's, d'accord ? dit Rupert. On a des tonnes de choses à prendre là-bas. »

Ils passèrent l'heure suivante à acheter quatre douzaines de bocaux Kilner, du nettoyant Jeyes Fluid, de la paraffine, vingt-quatre petites lampes de poche avec des piles de rechange, trois seaux en zinc, d'énormes quantités de savon à l'huile végétale et de lessive Lux, quatre réchauds Primus, un litre d'alcool à brûler, six bouillottes, deux douzaines d'ampoules, une livre de clous de douze millimètres et deux livres de broquettes. Ils voulurent acheter un nouveau rouleau de tissu occultant, mais le magasin ne disposait plus que de deux mètres cinquante. « Autant le prendre », dit Hugh. Ils ajoutèrent six bobines de fil noir et un paquet d'aiguilles pour machine à coudre. À la pharmacie, ils achetèrent un sirop contre la colique, des laxatifs, de l'huile pour bébé, du savon Vinolia, du shampoing Amami, de l'arrow-root, une boîte d'Andrews Liver Salts pour la digestion, et Rupert trouva une barrette en écaille de tortue pour Clary – elle laissait pousser sa frange et ressemblait la plupart du temps à un chien fidèle, expliqua-t-il. Ils allèrent à l'épicerie chercher deux cartons de courses, commandés respectivement par la Duche et Villy le matin même. Ils achetèrent des cigarettes, Gold Flake et Passing Clouds – aussi pour Villy, et pour Rachel. Rupert prit le dernier numéro du *Tatler* pour Zoë et Hugh un exemplaire de *Qu'elle était verte ma vallée* pour Sybil – elle adorait lire les dernières nouveautés, et ce livre avait reçu de bonnes critiques. Puis ils vérifièrent de nouveau la liste et s'aperçurent que le magasin avait oublié l'eau minérale Malvern commandée par la Duche.

« C'est tout ?

— De la crevette de mouton, tu vois ce que ça peut être ?

— De la cervelle de mouton, corrigea Hugh d'un ton docte. Pour Wills. Sybil pense qu'il va mourir s'il n'en mange pas une fois par semaine. » Ils passèrent donc à la boucherie, où on leur apprit que Mme Cazalet Mère venait d'appeler pour commander une langue de bœuf. Justement, dit le boucher, il lui en restait une qu'il avait mise dans la saumure peu avant, elle n'aurait donc pas besoin de dégorger longtemps, prévenez la cuisinière. « Si vous voulez bien, monsieur », ajouta-t-il. Il avait l'habitude de voir Mr Tonbridge quand les dames ne pouvaient pas se déplacer elles-mêmes, ce qui était rare. S'il lui fallait une preuve que les choses n'étaient pas dans leur état normal, c'était bien des messieurs qui faisaient les courses, songea-t-il en enveloppant la cervelle dans du papier sulfurisé puis du papier brun. L'apprenti balayait le sol – ils fermaient bientôt – et il dut le rabrouer pour qu'il ne mette pas de sciure sur le pantalon de ces messieurs.

La rue était plus animée que d'habitude ; des femmes enceintes, des enfants au teint de papier mâché sur leurs talons, déambulaient dans les deux sens, s'arrêtant un instant pour observer tristement les vitrines, avant de faire quelques pas de plus.

« Des évacuées, dit Rupert. Estimons-nous heureux de ne pas en avoir. L'Hôtel des Tout-Petits est une aubaine en comparaison. Au moins, les bébés n'ont pas de lentes, ni de poux, ils ne se plaignent pas de l'absence de bruit, ni de la nourriture.

— Ils font ça ?

— Sybil le tient de Mrs Cripps qui le tient de Mr York qui lui-même le tient de Miss Boot.

— Seigneur ! »

Quand ils montèrent dans la voiture, Hugh dit : « Tu crois qu'on fait bien de laisser les enfants ici ? »

Légèrement surpris, Rupert demanda : « Les nôtres ?

— Oui.

— Où veux-tu qu'ils aillent ? Ils ne vont pas rester à Londres.

— On pourrait les éloigner de la côte. Imagine que le pays soit envahi ?

— Je ne crois pas qu'il faille voir si loin. Allume-moi une cigarette, tu veux bien ? Qu'en pense Sybil ? ajouta-t-il quand Hugh se fut exécuté.

— Elle ne me simplifie pas la tâche. Elle veut venir à Londres pour s'occuper de moi, mais c'est hors de question. Nous avons failli nous disputer, ajouta-t-il, encore secoué par cette scène pénible et inhabituelle. Finalement, je lui ai cloué le bec en disant que j'irais vivre chez toi. Je n'en avais pas l'intention. Je savais que tu ne serais pas à Londres, de toute façon. Mais pas elle. Elle est juste un peu sur les nerfs. Il vaut bien mieux que la famille reste ensemble. Et je reviendrai le week-end.

— Tu garderas votre maison ouverte ?

— Je verrai. Si je trouve quelqu'un pour s'en occuper, peut-être. Sinon, je peux toujours m'installer au club. » Il se représenta d'interminables et mornes dîners en compagnie de types avec qui il n'avait pas franchement envie de passer ses soirées.

Mais Rupert, qui connaissait le caractère casanier de son frère et s'imagina un instant ce pauvre vieux Hugh tout seul à son club, dit : « Tu pourrais toujours faire l'aller et retour en train avec le Patriarche. »

Hugh secoua la tête. « Il faut que l'un de nous soit à Londres pendant la nuit. C'est à ce moment-là qu'ils lâcheront leurs bombes. On ne peut pas laisser les gars s'occuper des docks tout seuls.

— Edward te manquera, pas vrai ?

— Vous me manquerez tous les deux. Enfin, les vieux débris ne peuvent pas faire les difficiles.

— Il faut quelqu'un pour entretenir la flamme du foyer.

— Si on pouvait éviter les flammes, mon vieux, ça m'arrangerait. »

Un instant plus tard il ajouta : « Tu es la seule personne de ma connaissance qui mugisse quand elle rit.

— C'est épouvantable, n'est-ce pas ? À l'école, on me surnommait la Sirène.

— Curieux que je ne l'aie jamais su.

— Tu n'étais presque jamais là.

— Eh bien, les rôles vont bientôt être inversés. »

Le ton de Hugh, à la fois amer et humble, toucha Rupert, qui par réflexe jeta un coup d'œil au moignon noir posé sur le genou de son frère. Mon Dieu ! L'idée de vivre toute sa vie sans main gauche, parce que quelqu'un vous l'avait fait sauter. D'accord, c'était sa main *gauche*. Sauf que je suis gaucher – ç'aurait été pire pour moi, songea-t-il. Un peu honteux de son égocentrisme et désireux de remonter le moral de Hugh, il dit : « Polly est adorable. Et elle embellit de jour en jour.

— Tu trouves aussi ? répondit aussitôt Hugh,

son visage s'illuminant. Mais je t'en supplie, ne le lui dis pas.

— Je n'en avais pas l'intention, et en même temps pourquoi pas ? Je ne me prive pas de dire ce genre de choses à Clary. »

Hugh faillit faire remarquer que ce n'était pas pareil, puis s'abstint. D'après lui, on pouvait dire aux gens qu'ils étaient beaux s'ils ne l'étaient pas ; dans le cas contraire, il valait mieux se taire. « Je ne veux pas qu'elle se fasse des idées », répondit-il d'un ton vague. Rupert, sachant que c'était l'expression des Cazalet signifiant se prendre trop au sérieux, le syndrome de la cuisse de Jupiter avec lequel il avait été élevé lui aussi, jugea préférable, ou plus simple, d'acquiescer.

« Bien sûr que non. »

*

Raymond Castle était assis avec sa fille aînée au Lyons Corner House à Tottenham Court Road.

« Papa, pour la centième fois, je vais très bien. Je t'assure.

— Je n'en doute pas, mais ta mère et moi préférerions que tu sois à la campagne avec nous et le reste de la famille.

— Si tu pouvais arrêter de me traiter comme une enfant. J'ai vingt ans. »

Je le sais, songea-t-il. S'il la traitait comme une enfant, il lui aurait dit de faire ses bagages et de monter dans la voiture avec la vieille bique et la gouvernante, et pas de discussion. Là, il en était réduit à invoquer ce qu'il *préférait*…

« De toute façon, ce n'est pas possible aujourd'hui : j'ai une fête ce soir. »

Il y eut un silence ; alors qu'il cherchait à contenir sa colère – un réflexe familier et souvent vain –, il se rendit compte avec lassitude qu'il n'avait même plus de colère à contenir. Elle l'avait vaincue – par son apparence, qui lui rappelait confusément Jessica à l'époque de leur mariage, mais sans l'innocence romantique, sans cette jeunesse pure, encore épargnée par les épreuves, qui l'avait tant captivé. Les cheveux blonds d'Angela, qu'un an plus tôt elle portait en un charmant carré long de petit page, étaient maintenant tirés en arrière, séparés par une raie au milieu et retenus par une fine tresse, ce qui dégageait son visage lisse, aux sourcils épilés, au maquillage pâle et à la bouche rouge coquelicot. Elle portait un manteau ajusté en lin gris clair et un vaporeux foulard en mousseline de soie couleur d'ambre autour de son cou blanc. Elle paraissait dans le vent (lui disait chic), mais inapprochable. Elle l'avait vaincu de cette façon-là aussi : en refusant d'un air indifférent tout échange avec lui, au-delà des clichés creux et éculés en réponse à ses questions. « Ça va », « Personne que tu connaisses », « Je ne suis pas un bébé », « Pas grand-chose », « Qu'est-ce que ça peut faire ? »

« Une chouette fête ?

— Je ne sais pas. Je n'y suis pas encore allée. »

Elle avait répondu sans le regarder. Elle souleva sa tasse, finit son café puis posa un regard insistant sur celle de son père. Elle voulait qu'ils s'en aillent – mettent un terme à ce qu'elle devait considérer comme de la curiosité mal placée. Il fit signe à la serveuse et paya l'addition.

L'idée de passer à l'appartement qu'elle partageait avec une mystérieuse amie et de l'emmener déjeuner lui était venue alors qu'il traversait

Waterloo Bridge en voiture pour aller chercher Lady Rydal et la gouvernante. « Ta B.A. pour une semaine, mon vieux », lui avait dit Edward ce matin-là. Mais il n'était pas mécontent de se charger de cette tâche : il détestait les situations qu'il ne maîtrisait pas et, dans le Sussex, c'était le Patriarche qui était aux commandes. S'il allait chez Angela à l'improviste, il aurait des chances de découvrir ce qui se passait, parce qu'il ne comprenait pas pourquoi elle se montrait si cachottière, à moins qu'elle n'ait quelque chose à cacher. Il s'était demandé s'il valait mieux téléphoner avant, pour conclure que ce serait contraire au but recherché. Quel but, d'ailleurs… ? Eh bien, il était son père, et on ne pouvait pas la laisser seule à Londres dans les circonstances présentes. Il devait tenter de la convaincre de venir avec lui. Voilà la raison pour laquelle il allait la voir. Il aurait sacrément mauvaise conscience, après avoir fait tout ce chemin, de la laisser en ville avec le risque qu'elle se fasse bombarder. Un sentiment vertueux avait remplacé son léger malaise : c'était un homme pour qui le pharisaïsme était souvent une aubaine. Il avait sonné à la porte de la maison de Percy Street et attendu une éternité, sans réponse. Il avait posé le doigt sur la sonnette et l'y avait laissé. Qu'est-ce qui se passait, bon sang ? se demandait-il sans relâche, alors que différentes réponses épouvantables lui traversaient l'esprit. Quand, enfin, une fille – pas Angela – avait sorti la tête par la fenêtre d'un étage élevé et crié « Qui est-ce ? », il était très en colère.

« Je viens voir Angela, avait-il crié à son tour, redescendant en boitant les marches du perron pour apercevoir la fille.

— Ouais, mais vous êtes qui ?

— Dites-lui que c'est son père.

— Son *père* ? » Éclat de rire incrédule. « OK. Si vous le dites. » Il s'apprêtait à remonter les marches – une épreuve, compte tenu de sa jambe – quand la fille avait ajouté « Elle dort », d'un ton définitif.

« Eh bien, faites-moi entrer et réveillez-la. Dans cet ordre.

— D'accord. » Cette fois la voix semblait résignée. Pendant qu'il attendait, il regarda sa montre, comme s'il ne savait pas déjà l'heure qu'il était. Le fait est qu'il ne connaissait pas l'heure exacte, mais il était midi largement passé. Au lit à midi ? Ciel !

La fille qui lui ouvrit la porte était jeune et avait les cheveux bruns et raides et de petits yeux marron. « C'est assez haut », dit-elle dès qu'elle s'aperçut qu'il boitait.

Il la suivit dans l'escalier au sol couvert d'un lino usé et à la vague odeur de chat et, en haut de deux volées de marches, dans une pièce contenant, parmi beaucoup d'autres choses, un lit défait, des restes de dîner sur un plateau posé par terre devant le poêle à gaz, un petit lavabo dont le robinet gouttait, un tapis vert d'eau couvert de taches et un petit fauteuil défoncé sur lequel était couché un gros chat roux. « Dégage, Orlando. Asseyez-vous », ajouta-t-elle. Le poêle à gaz, vétuste et noirci, ronflait. « Je me préparais des toasts », dit la fille. Elle lui adressa un regard dubitatif, supposant qu'il n'en voudrait pas. « Tout va bien. Je l'ai réveillée. On est sorties hier soir et on s'est couchées sacrément tard, mais je me suis levée tôt parce qu'on n'avait plus de lait et qu'en plus, je crevais de faim. »

Il y eut un long silence.

« Ne vous gênez pas pour moi », dit-il.

Elle se mit aussitôt à tailler dans la miche de pain difforme. Puis sans lever les yeux elle demanda : « Vous êtes vraiment son père, n'est-ce pas ? Je vous reconnais, maintenant. Désolée. » Pourquoi ? se demanda-t-il. Pour son éclat de rire incrédule ? Pour Angela, dont le vieux père croulant débarquait à l'improviste ?

« De faux pères affluent donc en masse à la porte ?

— Peut-être pas en masse… » commença-t-elle, mais elle fut interrompue par Angela, miraculeusement (lui sembla-t-il) maquillée et les cheveux coiffés avec soin. Elle était pieds nus, en robe de chambre.

« Je suis venu t'emmener déjeuner », dit-il, s'efforçant d'avoir l'air assuré et réjoui.

Elle se laissa embrasser puis, contemplant la pièce avec un certain dégoût, déclara qu'elle allait s'habiller et qu'ils pourraient y aller.

« Où allons-nous ? » lui demanda-t-il une fois dans la rue.

Elle haussa les épaules. « Je n'ai pas faim. Où tu veux. »

Pour finir, ils descendirent Percy Street puis prirent Tottenham Court Road jusqu'au Lyons Corner House, où il mangea lentement et méthodiquement son rôti d'agneau aux carottes et pommes de terre, tandis qu'elle sirotait un café.

« Sûre de ne pas vouloir te laisser tenter par la pêche Melba ? » demanda-t-il. Quand elle avait Dieu sait combien d'années de moins, elle ne savait pas résister à ces redoutables préparations. Mais elle se contenta de le regarder comme s'il était fou, et répondit non merci. Après ça, il se lança dans un bavardage fiévreux, lui raconta qu'il allait chercher sa grand-mère et Miss Milliment et, en voyant le visage de sa fille s'éclairer à la mention de ce nom, il comprit à quel point elle était en colère depuis le début du repas. « J'aimais bien Miss Milliment », dit-elle. Une expression indéfinissable traversa son visage et disparut presque aussitôt. C'est à ce moment-là qu'il s'excusa d'être passé chez elle à l'improviste.

« Tu es venu pour quoi, d'ailleurs ? » demanda-t-elle. Y voyant le signe qu'elle acceptait, même du bout des lèvres, ses excuses, il s'empressa d'expliquer qu'il avait agi sur un coup de tête et qu'il voulait l'emmener loin de Londres. Ils étaient sur le point de quitter le restaurant, et cette rencontre était un échec.

« Tu voudras bien appeler ta mère ? dit-il quand ils furent à la voiture, garée devant chez elle. Elle est à la nouvelle maison. Watlington 3-4.

— On n'a pas le téléphone, mais j'essaierai. Merci pour le café. » Elle lui présenta sa joue puis se détourna et gravit en courant les marches de la maison, ne se retournant sur le seuil que pour s'assurer, lui sembla-t-il, qu'il montait bien dans sa voiture et s'en allait. Ce qu'il fit.

Tout le reste de cette laborieuse journée – où il accumula les bévues idiotes : passer chercher sa belle-mère *avant* Miss Milliment fut la première (Lady Rydal semblant juger insultant d'aller à Stoke Newington, même conduite dans une automobile), emmener Miss Milliment, dont les bagages furent particulièrement difficiles à loger dans le véhicule en plus de ceux de Lady Rydal (il dut fixer la galerie sur le toit, ce qui prit des heures) ; puis il se retrouva à court d'essence avant même d'avoir franchi le tunnel de Blackwall et creva sur la colline juste avant Sevenoaks (pas sa faute, cette fois, mais pour Lady Rydal, qui faisait autorité en la matière, ce fut la goutte d'eau) –, tout le reste de cette journée épouvantable et pesante, il remâcha sa malheureuse entrevue avec sa fille aînée. L'attitude qu'elle avait à son égard lui révélait une image de lui-même qu'il ne pouvait ni supporter ni contester : un homme d'âge mûr, irascible et déçu, doué dans aucun des domaines qui l'intéressaient, rudoyant les gens pour leur transmettre son mal-être – en particulier ses propres enfants. Pas Jessica, non ; avec elle il se mettait en colère, mais il ne la malmenait pas. Il l'aimait – l'adorait. Quand ça arrivait, il était toujours contrit et passait les heures suivantes, ou même les jours suivants, à l'entourer d'attentions, se reprochant devant elle son mauvais caractère et louant sa chance, et elle, béni soit son cœur angélique, lui pardonnait toujours. Toujours... La répétition à l'identique de ces scènes le frappa : elles avaient presque acquis un caractère rituel. Si l'un d'eux avait oublié sa réplique, l'autre aurait pu la lui souffler. Mais n'avait-il pas remarqué, cette dernière année, quelque chose de mécanique dans ses réponses à elle ? Tenait-elle vraiment à lui ? Était-il possible qu'il fût devenu un raseur ? Toute sa vie, il avait craint de ne pas être aimé : il n'était pas assez intelligent aux yeux de son père, et sa mère n'adorait que Robert, son frère aîné, tué pendant la guerre. Lorsqu'il avait rencontré Jessica, dont il était sur-le-champ tombé amoureux fou, et qu'elle lui avait rendu son amour, il ne s'était plus soucié que les autres gens l'apprécient ou non :

il avait été totalement comblé et submergé par l'amour de cette belle et désirable créature. Des dizaines d'hommes auraient voulu épouser Jessica, mais elle était devenue sienne. À cette époque il était plein de rêves de réussite et d'ardeur à les réaliser pour elle. Tant de projets échafaudés pour gagner de l'argent et lui offrir une vie de luxe et d'aisance romantique ! Il n'y avait rien qu'il n'eût fait pour elle, et pourtant rien ne s'était déroulé comme prévu. La maison d'hôtes, l'élevage de volailles, la champignonnière, l'emploi de répétiteur pour petits garçons sots, l'aventure du chenil, chaque entreprise devenant plus modeste et plus extravagante après l'échec de la précédente. Il n'était pas doué pour les affaires – il n'avait pas reçu l'éducation pour – et, il devait l'admettre, il n'était pas très doué avec les gens, tous les gens hormis Jessica. À l'arrivée des enfants, il avait été jaloux du temps qu'ils lui volaient. Quand Angela était née, un an seulement après sa démobilisation pour cause d'invalidité, Jessica lui avait consacré toute son attention ; c'était un bébé difficile, qui ne dormait pas plus d'une heure ou deux d'affilée, de sorte qu'aucun d'eux ne bénéficiait jamais d'une vraie nuit de sommeil. Puis il y avait eu la naissance de Nora, qu'Angela avait tellement mal prise que leur mère ne pouvait les laisser seules une minute, et, bien sûr, ils n'avaient jamais eu les moyens de se payer une nounou ou plus que quelques heures d'aide ménagère. À la naissance de Christopher, il s'était dit qu'au moins il avait un fils, mais le garçon s'était révélé le pire du lot – toujours mal en point, une mauvaise vue, un estomac fragile, une mastoïdite qui avait failli l'emporter à l'âge de cinq ans. Jessica l'avait gâté au point d'en faire une chochotte qui avait peur de tout, et aucune des initiatives de Raymond n'y changeait quoi que ce soit. Il se souvint du feu d'artifice qu'il avait tiré pour les enfants quand ils étaient petits : les détonations avaient fait pleurnicher Christopher. Et du jour où il les avait emmenés au zoo pour leur faire faire un tour à dos d'éléphant, et où Christopher avait refusé de monter sur l'animal en piquant une crise – en public. Jessica le disait sensible, mais ce n'était qu'une chiffe molle, qui faisait ressortir les pires côtés de Raymond. Quelque part au fond de lui-même, il savait qu'il avait maltraité Christopher, et il le détestait autant qu'il se détestait lui-même à cause de ça. Le garçon le *cherchait* : ses mains tremblantes, sa maladresse, son visage blême et ses silences quand on le raillait suscitaient chez Raymond une fureur irrésistible qu'il réprimait à grand-peine, pour ne montrer qu'une simple irritation. Quand son propre père lui avait reproché son manque d'intelligence, il était parti et avait fait autre chose – et sacrément bien. Il avait porté les couleurs de son école en rugby et en aviron, était devenu le meilleur plongeur de l'établissement et un tireur de première catégorie : son paternel aurait eu un tas de raisons d'être fier de lui s'il l'avait voulu. Ce qui n'était pas le cas, à l'évidence, vu qu'il avait continué à le rabaisser sous prétexte qu'il ignorait des choses qui ne l'intéressaient pas. L'armée avait constitué pour lui une merveilleuse échappatoire. Il y avait fort bien réussi, avait été nommé capitaine avant le déclenchement de la guerre, puis major, avait été décoré, avait épousé Jessica et passé quinze jours de permission paradisiaques avec elle en Cornouailles – puis il y avait eu Ypres, la troisième bataille, où il avait perdu sa jambe. Pour lui, ç'avait été la fin du monde – en tout cas, la fin de sa carrière. Il avait lutté sans répit pour ne pas s'apitoyer sur son sort et, dans l'ensemble, pensait avoir gagné ce combat, bien qu'il fût sans doute devenu plus dur avec les autres – tous ces types chanceux pourvus de deux jambes, qui pouvaient faire ce qu'ils voulaient et n'auraient jamais pu se mettre à sa place. L'arrivée de Judy n'était pas prévue au programme : il avait dû prendre un emploi à l'école pour réduire les frais d'inscription (les employés bénéficiaient de réductions), ce qui avait été utile, au moins pour Christopher. Tante Lena les avait parfois un peu aidés avec les filles ; le seul problème, c'est que la vieille dame ne le prévenait jamais de ses intentions, si bien que Jessica et lui n'avaient jamais su sur quel pied danser. Maintenant que Tante Lena était morte, ils disposaient au moins d'un peu d'argent et d'une maison beaucoup plus jolie, mais ça arrivait tard. Ses enfants, qui avaient eu peur de lui quand ils étaient petits, il s'en rendait compte à présent, avaient pris leurs distances.

Chacun le manifestait à sa façon : Angela le snobait et lui faisait clairement comprendre qu'il l'ennuyait. Christopher l'évitait chaque fois que possible et se montrait d'une politesse scrupuleuse dans le cas contraire. Nora et Judy adoptaient un ton particulier, gai et accommodant, pour s'adresser à lui – il soupçonnait Judy de copier Nora, et toutes deux imitaient Jessica, qui affichait une espèce de sérénité à toute épreuve chaque fois qu'il devenait trop ombrageux. Résultat, il se sentait coupé de la vie de famille qu'ils menaient ensemble et dont ils semblaient l'exclure.

Ayant fini de changer la roue et fourré le pneu crevé dans le coffre déjà bourré, il remonta dans la voiture avec ses occupantes silencieuses. Miss Milliment lui sourit et murmura qu'elle était désolée de n'avoir été d'aucune utilité, et Lady Rydal, à qui l'idée d'être utile à quiconque n'avait jamais traversé l'esprit, la rabroua d'un ton cinglant : « Franchement, Miss Milliment ! Je ne crois pas que changer un pneu crevé figure au répertoire d'une gouvernante ! » Après un silence, elle ajouta : « Une crevaison n'est rien en comparaison de ce que nous devons nous attendre à endurer. » Pendant le reste du trajet, au comble du désespoir, Raymond regretta de ne pas être seul, en route pour la maison de Tante Lena à Frensham, où Jessica (et personne d'autre) l'attendrait sur la pelouse avec un thé, au lieu de convoyer la vieille bique et une gouvernante au camp de vacances des Cazalet.

*

Vers seize heures le samedi après-midi, Sybil et Villy durent interrompre leurs activités de black-out quand elles furent à court de tissu. Sybil déclara qu'elle mourait d'envie d'un thé et Villy se proposa de braver la cuisine pour aller en faire.

« Braver était le mot juste, dit-elle quelques minutes plus tard en apportant un plateau sur la pelouse où Sybil avait installé deux chaises longues. Louise et Nora préparent un grand dîner pour les infirmières, tandis qu'Emily reste vissée sur sa chaise en osier en ignorant ostensiblement leur présence. Elles sont courageuses ; je ne crois pas que je le supporterais. Je lui ai expliqué que c'était une urgence, mais elle me regarde comme si j'inventais.

— Tu crois qu'elle va donner son congé ? »

Villy haussa les épaules. « Fort possible. Ce ne serait pas la première fois. Mais elle adore Edward, elle a toujours changé d'avis. Sauf qu'Edward ne sera pas là, bien sûr, et je doute que la campagne ajoutée à la nécessité de cuisiner pour tout un tas de femmes et d'enfants présente un attrait durable à ses yeux.

— Tu es sûre qu'Edward va partir ?

— S'il le peut. S'ils veulent bien de lui. Ils ne prendront pas Hugh, ajouta-t-elle en voyant le visage de sa belle-sœur. Quelqu'un doit faire tourner l'entreprise.

— Il insiste pour rester à Londres. Je lui ai dit que je ne voulais pas le laisser seul dans cette maison. Ça me rendrait folle d'inquiétude.

— Tu ne peux pas emmener Wills à Londres !

— Je sais. Mais Ellen pourrait peut-être s'occuper de Wills et de Roland. Et tu seras là, n'est-ce pas ? Pour Roland. » L'idée qu'on puisse quitter un bébé de six mois lui semblait inconcevable.

Villy alluma une cigarette. « Sincèrement, je n'y ai pas pensé », dit-elle. Ce qui était faux. Au cours des dernières semaines, elle n'avait pas arrêté de *penser* que, sans ce bébé sur les bras, elle aurait pu faire un tas de choses utiles – et intéressantes. Elle l'aimait, évidemment, mais il était heureux avec Ellen, qui de son côté se réjouissait de s'occuper de bébés plutôt que de Neville et Lydia, qui commençaient à lui en demander trop à certains égards, et pas assez à d'autres. Pour Villy, passer la guerre comme une Pénélope, à diriger une maison, était à la fois morne et absurde. Avec toute son expérience à la Croix-Rouge, elle pourrait soigner des blessés ou former des volontaires, diriger un centre de convalescence ou travailler dans une cantine... Il vaudrait bien mieux que Sybil tienne le front domestique : elle n'avait pas d'autre ambition que de s'occuper de son mari et de ses enfants. Villy regarda Sybil de l'autre côté de la table, les chaussettes bleues qu'elle tricotait posées sur ses genoux, tordant un petit mouchoir blanc entre ses doigts.

« Je ne peux pas laisser Hugh seul à Londres, dit-elle. Il n'aime pas les clubs, ni les soirées comme Edward, et il ne sait pas se débrouiller tout seul dans la maison, mais quand j'essaie d'en parler avec lui, il se met en rogne et m'accuse de le prendre pour un incapable. » Ses yeux d'un bleu passé croisèrent ceux de Villy et se détournèrent en se remplissant de larmes. « Oh, mon Dieu, je vais encore me ridiculiser. » Elle se tamponna les yeux avec son mouchoir, se moucha et but un peu de thé. « C'est tellement *triste* ! Nous ne nous sommes presque jamais disputés. J'ai cru qu'il allait m'accuser de ne pas me soucier assez de Wills ! » Elle secoua vivement la tête pour contester cette idée, et ses cheveux attachés n'importe comment commencèrent à se défaire.

« Ma chérie, je suis sûre qu'il y aura une solution. Attendons de voir ce qui se passe.

— Il n'y a pas grand-chose d'autre à faire, si ? » Prenant quelques pinces sur ses genoux et sur sa tête, elle torsada la pointe de ses cheveux pour se faire un chignon. « Et le pire, ajouta-t-elle, des épingles coincées entre les lèvres, c'est que je me rends très bien compte que c'est un problème dérisoire comparé à ce que la plupart des gens vont devoir endurer.

— Penser aux gens moins bien lotis que soi n'arrange rien, au contraire, dit Villy, qui connaissait bien cette situation. On culpabilise de culpabiliser, ce qui n'aide pas du tout. »

Louise sortit de la maison avec une assiette sur laquelle se trouvaient deux brioches au sucre encore fumantes.

« Je me suis dit que vous voudriez peut-être goûter mes brioches. Elles sortent du four.

— Non merci, chérie », répondit aussitôt Villy. Elle avait grossi depuis Roland.

« Avec grand plaisir », dit Sybil, qui avait vu la tête de Louise quand sa mère avait refusé. Villy aurait dû en prendre une, songea-t-elle.

Elle ne devrait pas manger de brioche, songea Villy. Sybil aussi avait grossi après la naissance de Wills, même si ça ne semblait pas la déranger – elle se contentait de rire en voyant qu'elle n'entrait plus dans ses robes et en achetait de plus grandes.

« Mon Dieu ! Quel délice ! Comme celles qu'on achète en magasin, mais encore meilleures.

— Prends les deux si tu veux. J'en fais des tonnes pour les infirmières. Emily non plus n'a pas voulu goûter, ajouta-t-elle, rangeant exprès sa mère dans la même catégorie que la cuisinière, histoire de la contrarier. Ça l'énerve, que je sois capable d'en faire. Elle a été infecte avec Nora et son hachis Parmentier, mais tout glisse sur Nora. J'aimerais bien être comme elle. Elle ne se rend pas compte que les gens sont méchants avec elle.

— Vous nettoierez bien comme il faut, n'est-ce pas ?

— On s'y est engagées », répondit Louise avec une patience exagérée qu'elle espérait cinglante, avant de retourner dans la maison, ses longs cheveux brillants rebondissant sur ses minces épaules.

« Elle a beaucoup grandi cette année, non ?

— Oui, elle ne rentre plus dans rien. Je crains qu'elle ne devienne trop grande. Elle est terriblement maladroite. Il paraît qu'elle a battu le record de vaisselle cassée dans son école d'arts ménagers.

— Voilà ce que c'est de grandir trop vite. Ils ne sont pas habitués à la taille qu'ils font soudain. C'est différent pour toi, Villy, tu as toujours été toute menue – et soignée. Simon est exactement pareil : enclin aux accidents.

— Oh, les garçons ! C'est normal qu'ils renversent tout. Teddy aussi a tendance à casser des choses. Louise est négligente, c'est différent. Elle a toujours été difficile avec moi, mais maintenant, elle se montre même grossière avec Edward. C'était un réel soulagement de l'envoyer dans cette école, encore que je me demande à quoi ça lui servira.

— En tout cas, les brioches sont un triomphe.

— D'accord, chérie, mais as-tu jamais eu besoin de préparer des brioches ? Apprendre à faire passer un entretien d'embauche à une domestique, je veux bien, mais savoir gaufrer un surplis – franchement ! En quoi est-ce utile ?

— C'est indispensable quand on est mariée à un pasteur.

— Ça, ce serait plutôt pour Nora.

— Elle serait merveilleuse, n'est-ce pas ? Généreuse, dévouée et si *raisonnable*. » Elles pouvaient au moins s'accorder sur toutes les vertus attribuées aux filles au physique ordinaire.

« Louise serait beaucoup trop égoïste, conclut Villy. Où sont passés les enfants ? Je leur avais dit d'être rentrés pour le thé.

— Lesquels ?

— Lydia et Neville. J'ai l'impression qu'ils passent leur temps à Home Place ; ils ne sont presque jamais ici.

— Ils étaient furieux qu'on les installe avec les bébés... » commença Sybil, mais Villy l'interrompit. « Oui, je sais. Seulement je ne voulais pas qu'il reste de place pour Zoë et Rupert. Je craignais que ce soit trop dur pour Zoë de se retrouver avec nos bébés.

— Tu as raison. La pauvre Zoë. Évidemment, le fait que l'Hôtel des Tout-Petits soit évacué ici ne va pas arranger les choses, si ?

— Non. Mais elle est peut-être...

— Tu crois ?

— Tout ce que je sais, c'est qu'Edward a dit à Rupert que le mieux serait d'en mettre un autre en route. Et comme Rupert a paru d'accord, c'est possible.

— Ah, tant mieux. » Sybil s'abstint d'ajouter que Hugh, consulté par Rupert, lui avait conseillé de laisser passer six mois pour permettre à Zoë de faire son deuil, une idée que Rupert avait trouvée excellente.

Mais Villy surprit son regard. « Je suppose qu'il a interrogé Hugh, qui lui a dit exactement le contraire ?

— Comment as-tu deviné ?

— Ce bon vieux Rupe, on ne le changera pas, dit Villy en ramassant les tasses.

— Le plus simple serait tout de même qu'il interroge Zoë », conclut Sybil.

*

Zoë avait été chargée de cueillir toutes les prunes Victoria mûres, dont il y avait surabondance. « Il ne faut pas les perdre, avait décrété la Duche ce matin-là. Ma chère Zoë, si vous récoltez tous les fruits des arbres du potager, nous pourrons faire des tartes aux prunes et des conserves avec le reste. Prenez garde aux guêpes. » Zoë avait emporté la plus grande corbeille qu'elle avait trouvée dans la serre et trimballé la petite échelle jusqu'au mur du potager pour dépouiller méthodiquement chaque prunier en espalier. C'était mieux que de faire de la couture avec les tantes et mieux que de tenter d'écrire sa lettre hebdomadaire et creuse à sa mère, partie rendre visite à son amie de l'île de Wight pour une durée indéterminée. Depuis l'année précédente, Zoë s'efforçait d'être plus gentille avec sa mère, plus attentionnée, mais elle ne réussissait qu'à ne pas être *désagréable*. Depuis qu'elle avait perdu le bébé, en juin, elle était plongée dans une telle apathie qu'elle trouvait plus facile d'être seule. Seule, elle n'était pas obligée de faire des efforts pour paraître « radieuse », comme elle disait ; elle n'avait pas à affronter une sympathie ou une gentillesse qui l'agaçaient, quand elles ne lui donnaient pas envie de pleurer. Elle avait l'impression que, pour le restant de sa vie, il lui faudrait endurer des attentions imméritées, tenter des réponses dénuées de sincérité, se retrouver en permanence dans le mauvais éclairage. On s'attendrait aussi à ce qu'elle « guérisse » de ce que tout le monde, hormis elle-même, considérait comme une tragédie naturelle. La grossesse s'était révélée aussi compliquée qu'elle l'avait imaginé ; rien ne s'était passé comme on le lui avait prédit. Les nausées matinales censées durer trois mois avaient continué jusqu'au bout, et pas seulement le matin. Son dos l'avait fait souffrir pendant les quatre derniers mois, au point qu'elle ne trouvait aucune position confortable, et ses nuits étaient interrompues toutes les deux ou trois heures par des expéditions aux toilettes. Ses chevilles avaient enflé, ses dents s'étaient cariées, et, pour la première fois de sa vie, elle avait fait l'expérience de l'ennui et de l'anxiété en égales proportions. Chaque fois qu'elle s'ennuyait et ne se sentait pas en état de faire des choses qui l'intéressaient, l'angoisse s'installait. Si c'était l'enfant de Philip, lui ressemblerait-il ? Tout le monde verrait-il immédiatement qu'il n'était pas de Rupert ? Que ressentirait-elle pour un enfant dont elle devrait prétendre qu'il était de Rupert, si elle savait qu'il n'était pas de lui ? Dans ces moments-là, son désir d'en parler à quelqu'un, d'avouer et de se faire réprimander, de le dire à quelqu'un sans même être pardonnée la submergeait, mais elle réussit à ne pas flancher. Elle était tellement déprimée que l'idée qu'il pût aussi bien être l'enfant de Rupert l'effleurait à peine. Et Rupert qui s'était montré si adorable ! Sa tendresse, sa patience et son affection n'avaient jamais faibli malgré ses vomissements, ses larmes fréquentes, ses accès de morosité et d'apitoiement sur soi, son irritabilité (comment aurait-il pu la comprendre puisqu'il ne savait rien ?), ses excuses réitérées pour être une si mauvaise femme enceinte (ça, c'était quand sa culpabilité l'oppressait trop) – il avait paru prêt à tout accepter d'elle pendant ces longs mois, jusqu'au jour où, enfin, elle avait eu son bébé, chez eux, avec la sage-femme que la famille appelait toujours pour les naissances. Des heures et des heures d'agonie, puis Rupert, qui était resté avec elle, lui avait amené le bébé, lavé et emmailloté, pour le déposer dans ses bras. « Tiens, ma petite chérie. Il est beau, n'est-ce pas ? » Elle avait baissé les yeux vers la petite tête coiffée de cheveux noirs, le petit visage fripé et jaune – il était né avec une jaunisse sévère – encadré par le châle de dentelle blanc fait par la Duche. En observant le front haut, la longue lèvre supérieure, elle avait su. Puis elle avait regardé Rupert, au visage gris de fatigue, et, incapable de supporter son anxiété candide, sa sollicitude, son amour, elle avait fermé les yeux tandis que des larmes brûlantes et irrépressibles s'en échappaient. Ç'avait été le pire moment de tous : elle n'avait pas imaginé devoir accepter sa fierté et sa joie. « Je suis effroyablement fatiguée », avait-elle dit. Ça ressemblait à un gémissement. La sage-femme avait remporté le bébé en l'incitant à se reposer, Rupert l'avait embrassée, et elle s'était retrouvée seule. Elle était restée allongée, le corps rigide, sans pouvoir dormir, hantée par la pensée qu'elle serait à jamais prisonnière de ce mensonge dévorant : cette petite créature étrangère allait croître et ressembler de plus en plus à Philip, qu'elle s'était mise à détester, et l'idée horrible lui était venue que seule la mort du nouveau-né pourrait l'en libérer. Ou la mienne, avait-elle songé : il était légèrement moins culpabilisant de souhaiter sa propre mort plutôt que celle d'un autre. Moins d'une semaine plus tard, le bébé *était* mort. Toujours souffreteux, il ne s'était jamais développé, refusait de téter le lait qu'elle avait en abondance ou alors le recrachait, dormait à peine parce qu'il était toujours en train de pleurer – la colique, paraît-il –, mais ensuite, la sage-femme avait évoqué un intestin entortillé : il n'avait eu aucune chance, d'après elle. C'est Rupert qui lui avait annoncé sa mort (elle avait refusé de réfléchir à un prénom) ; la peine qu'il avait pour elle avait été la dernière lacération, avant qu'un grand calme sinistre ne l'envahisse. C'était fini. Une soif et une douleur terribles pendant des jours jusqu'à ce que son lait se tarisse, lui laissant des vergetures partout sur les beaux seins dont elle était auparavant si fière. Elle ne s'en était même pas souciée ; elle se fichait de tout. Son soulagement était trop dangereux pour qu'elle l'accepte – n'avait-elle pas souhaité la mort du bébé ? –, aussi était-elle restée dans son isolement, en gardant pour elle les seules choses qu'elle avait envie de dire à la seule personne qui l'aimait. Elle avait mis beaucoup de temps à récupérer – elle était fatiguée en permanence, faisait de longues nuits puis se rendormait d'un sommeil de plomb l'après-midi, pour se réveiller épuisée et abrutie. Si la famille entière l'avait entourée de sa bonté, curieusement, seule Clary l'avait touchée. En se réveillant sur le sofa du salon un après-midi, elle avait trouvé Clary en train de poser avec précaution un plateau de thé à côté d'elle. Elle avait préparé des scones, lui avait-elle dit, ses tout premiers : elle n'était pas sûre qu'ils soient très bons. En quoi elle ne se trompait pas : ils étaient durs comme du bois et d'une étonnante lourdeur. « C'est l'intention qui compte », avait-elle dit machinalement.

On nageait dans la bonne volonté mièvre, mais Clary avait répondu : « Oui, mais elle ne compte que pour la personne qui y pense, non ? Heureusement que les autres ne connaissent pas toutes nos pensées. Avant, par exemple, je souhaitais ta mort. Je peux le dire, parce que ce n'est plus le cas. C'était horrible de ma part de penser ça – seulement par moments, bien sûr –, mais ç'aurait été pire pour toi si tu l'avais su. Je te détestais de ne pas être ma mère. Maintenant, je suis très contente que tu n'aies jamais essayé de prendre sa place. Je peux te considérer comme une amie. »

Ses yeux s'étaient remplis de larmes – alors qu'elle n'avait pas pleuré depuis des semaines. Clary était restée assise, immobile, sur le tabouret à côté de la table basse, et la chaleur silencieuse de son regard franc lui avait procuré un merveilleux soulagement. Elle n'avait pas besoin d'essayer d'arrêter de pleurer, ni de s'expliquer, de demander pardon ou de mentir. Quand elle avait eu fini de pleurer et s'était aperçue qu'elle n'avait pas de mouchoir, Clary avait dégagé le napperon de sous le service à thé, renversant un peu de lait au passage, et le lui avait tendu. Puis elle avait dit : « Le truc avec les mères, c'est qu'elles peuvent continuer à avoir des bébés, alors que les enfants n'ont qu'une seule mère. » Elle avait récolté du bout du doigt une goutte de lait sur la table et l'avait léchée. « J'espère que tu ne vas pas croire que j'essaie de minimiser ton malheur. Je veux juste dire qu'on peut se remettre de presque tout. Ça fait partie de ces choses incroyables. C'est pour ça que des gens comme Hamlet avaient si peur de l'enfer. Parce qu'il n'a pas de fin. Personnellement, c'est pour ça que je n'y crois pas. Je crois que tout évolue tant qu'on est en vie et s'arrête quand on meurt. Bien sûr, je changerai peut-être d'avis dans les années à venir, mais j'ai tout le temps. Même *toi*, tu as encore beaucoup de temps, parce que si c'est vrai que tu n'as que vingt-quatre ans, tu n'as que dix ans de plus que moi. »

Ellen l'avait alors appelée pour lui demander de venir nettoyer le bazar qu'elle avait mis dans la cuisine.

« Désolée pour les scones, avait-elle dit en reprenant le plateau. Ils étaient plutôt bons avant la cuisson. La métamorphose n'a pas fonctionné, pour une raison qui m'échappe. »

Une fois Clary repartie, Zoë avait repensé à ce qui avait été dit – et non dit. En arrivant au moment où Clary avait déclaré « Je peux te considérer comme une amie », elle s'était remise à pleurer. Elle n'avait aucune expérience de l'amitié.

Après ça, elle avait pris différentes résolutions : chercher une nouvelle maison afin de pouvoir recevoir pour Rupert (finalement, ils n'avaient pas déménagé, en partie à cause de sa grossesse, en partie parce que, si Rupert était mieux payé par l'entreprise familiale qu'il ne l'avait été en tant qu'enseignant, ça ne suffisait toujours pas à financer un déménagement) ; mais là elle s'était heurtée à une autre difficulté, puisque Ellen, qui s'occupait de la cuisine maintenant que les deux enfants passaient toute la journée à l'école, ne savait préparer que les plats les plus simples, inadaptés aux dîners sophistiqués qu'elle avait en tête. En fin de compte, rien n'était sorti de ses idées et projets, et peu lui importait. Elle songeait parfois qu'il y avait peut-être des résolutions plus sérieuses et difficiles à prendre, mais elles semblaient à la fois si radicales et si vagues – insaisissables pour son esprit – qu'elle craignait, au cas où elle les comprendrait, qu'elles soient hors de sa portée. Ça allait mieux à certains égards. Elle avait moins de mal à supporter Clary et Neville, qui de leur côté paraissaient avoir moins besoin de Rupert, en termes de temps et d'attention. Neville, qui allait à présent à l'école, se montrait poli et jovial avec elle, mais gardait ses distances – c'était à Ellen qu'il parlait, ou à son père. Avec Clary, c'était différent. Zoë se rendait compte que l'adolescente faisait des efforts, qu'elle était pleine de bonnes intentions et ne manquait jamais de remarquer et d'admirer ses nouvelles tenues. En contrepartie, elle essaya de l'aider à améliorer son apparence, mais si la jeune fille apprécia la robe de soirée qu'elle lui avait faite, le sujet ne l'intéressait pas. Quand elle l'emmenait faire du shopping, les choses qu'elle lui choisissait ne plaisaient pas à Clary. « Je me sens idiote, là-dedans », avait-elle protesté devant un adorable costume marin en serge avec des boutons de cuivre. De toute façon, elle déchirait, trouait, tachait d'encre tous ses vêtements, quand ils ne devenaient pas simplement trop petits. Elle leur menait la vie dure, disait Ellen, qui n'en finissait pas de les laver, de les repasser et de les raccommoder.

Avec Rupert, elle ne savait pas où elle en était. Elle avait jusqu'ici accepté sans se poser de questions les sentiments qu'il avait pour elle. Il la trouvait belle et désirable, donc il l'aimait forcément. Mais pendant toute l'année écoulée, elle n'avait été ni l'un ni l'autre et, humiliée par son apparence rebutante et les symptômes dégoûtants qui allaient avec, elle s'était aussi sentie humiliée par la gentillesse qu'il lui prodiguait. Elle voulait qu'il l'adore, mais ça – nul ne le savait mieux qu'elle –, c'était impossible : aucune femme enceinte ne pouvait susciter l'adoration. Elle ne voulait même plus qu'il lui fasse l'amour, et dès qu'il s'en était rendu compte, il s'en était abstenu : « Ça n'a aucune importance », avait-il dit. Aucune ?

Elle avait accepté de venir dans le Sussex pour les vacances des enfants. À cause de son nouvel emploi, Rupert n'avait plus autant de temps libre qu'avant ; il ne pouvait prendre que deux semaines de congé, à l'instar de ses frères, et il la rejoignait le week-end, mais même cela ne la gêna pas : elle trouvait plus simple d'être seule. Elle lut beaucoup : surtout des romans – G. B. Stern, Ethel Mannin, Howard Spring, Angela Thirkell, Mary Webb, Mazo de La Roche – et quelques biographies, de préférence de maîtresses de rois quand elle en trouvait. Elle lut Agatha Christie, mais n'accrocha pas avec Dorothy Sayers. Elle lut et apprécia *Jane Eyre*, commença *Les Hauts de Hurlevent* mais n'y comprit rien. Depuis son arrivée à la campagne, curieusement, la personne dont la compagnie lui semblait la plus aisée était la Duche, qui lui avait un jour proposé de s'occuper des fleurs. Jusque-là, sa relation avec sa belle-mère s'était limitée à une tranquille courtoisie et à une politesse un tout petit peu trop appuyée de sa part à elle, mais cet été, elle avait parfois surpris la Duche en train de la regarder avec une expression de bonté pensive qui n'était pas le moins du monde intrusive puisqu'elle ne semblait attendre aucune réponse. Elle avait compris que la proposition de s'occuper des fleurs était un geste ; elle s'était beaucoup appliquée, et s'était aperçue que non seulement ça lui plaisait, mais qu'elle était douée. À partir de là, elle était allée en cueillir avec la Duche et avait commencé à apprendre les noms de différentes roses. Plus tard, à sa demande, la Duche lui enseigna comment faire des smocks – une autre compétence qu'elle acquit. La Duche ne mentionna jamais le bébé – Zoë avait craint que leur intimité croissante ne l'y incite, et qu'elle-même, sous ce regard direct et franc, ne soit contrainte de dire des choses qu'elle ne ressentait ou ne pensait pas, mais ça n'arriva jamais –, pas plus que la Duche ne suggéra, par quelque lointain sous-entendu, qu'elle dût avoir un autre bébé. Parce que cette perspective, qui lui semblait parfois son seul avenir, planait au-dessus d'elle, inexprimée et pourtant implicite. Dans la famille Cazalet, les épouses avaient des enfants – plusieurs enfants ; c'était normal et attendu. Apparemment, ni Sybil ni Villy ne partageaient sa répulsion pour tout ça ; elles lui semblaient dotées de tout l'attirail qu'étaient l'instinct maternel, le mépris pour leur propre corps, pour les désagréments et la douleur, et, pire, elles paraissaient invariablement ravies des résultats, tandis que Zoë trouvait les bébés un peu dégoûtants, et la plupart des enfants, du moins jusqu'à l'âge de Clary, pénibles. C'étaient là les sentiments qui dominaient chez elle ; elle n'était pas comme ses belles-sœurs, et alors qu'un an plus tôt, elle se sentait supérieure, plus belle et, en conséquence, plus intéressante, elle se sentait désormais inférieure – lâche, monstrueuse, quelqu'un qu'ils seraient horrifiés d'accueillir parmi eux s'ils savaient. Aussi s'accrocha-t-elle à sa convalescence, à son manque d'énergie et à sa relation en demi-teinte avec Rupert, dont elle craignait qu'il l'aime trop ou pas du tout. Au moins ne lui avait-il pas *demandé* jusqu'ici si elle voulait un autre bébé.

*

Avant l'heure du déjeuner (le dimanche), Neville et Lydia étaient déjà lassés de regarder les autres peindre le toit du court de squash et avaient renoncé à jouer le rôle de messagers. « On n'a aucun message à transmettre », se plaignit Neville. Ils décidèrent de s'éclipser après leur déjeuner à Pear Tree Cottage. « Il va falloir se faire discrets, dit Lydia lorsqu'ils prirent le chemin de la maison pour le repas. Ils sont d'humeur très autoritaire.

— Comme d'habitude.

— Ellen va vouloir nous emmener en promenade avec Wills et Roland. Ils sont tellement barbants, ces deux-là.

— On lui dira qu'on a besoin de nous à Home Place.

— Qu'est-ce qu'on fera ?

— Je t'expliquerai après le déjeuner. Dès qu'on pourra sortir de table, propose-moi de faire la course jusqu'à Home Place. »

Une fois rassasiés de tourte au poisson et de pudding à la marmelade d'oranges, ils mirent leur plan à exécution, mais dès qu'ils furent hors de vue, Lydia voulut connaître le projet de son cousin. Neville n'en avait pas et ça le contrariait. « Je pensais te couper les cheveux », dit-il.

Lydia saisit ses couettes. « Non ! Je veux les faire pousser jusqu'au sol.

— Tu n'y arriveras jamais.

— Et pourquoi, je te prie ? demanda Lydia, imitant sa mère quand elle prenait son ton le plus redoutable.

— Parce que tu grandis à mesure que tes cheveux poussent. Ça va saper tes forces. » Il avait entendu Ellen le dire. « Des dames sont mortes parce qu'elles avaient les cheveux trop longs. Elles s'affaiblissent de plus en plus et, le cinquième jour, elles meurent.

— Tu n'as pas inventé ça, je sais d'où ça vient. C'est ce qui arrive à Augustus quand il ne mange pas, dans ce livre qui fait peur. Moi, j'ai une idée. Mr York a des évacués. Si on allait les voir ?

— Pourquoi pas ? Mais on ne peut pas repasser devant le cottage. Ils risquent de nous voir. Soit on traverse le champ de maïs de devant à plat ventre, soit on prend par le bois en faisant le tour par-derrière.

— C'est plus rapide par-derrière. » Lydia savait que les adultes se fâchaient quand ils traversaient le champ de maïs.

« C'est quoi, des évacués ? demanda-t-elle, alors qu'ils trottinaient dans le petit taillis, avant de pénétrer dans le champ derrière Pear Tree Cottage.

— Des enfants de Londres.

— Mais nous aussi, on est des enfants de Londres.

— Des enfants de Londres dont les parents ne veulent pas s'occuper pendant la guerre, je pense.

— Les pauvres ! Tu veux dire que leurs mères les ont… laissés partir comme ça ?

— J'en sais rien. Je crois que des policiers les emmènent », ajouta-t-il d'un ton vague. Lydia se montrait parfois pénible au sujet des mères. « Je m'en passe très bien. Je m'en suis passé toute ma vie. »

Il y eut un silence, puis Lydia reprit : « Je n'aimerais pas que Mr York s'occupe de moi. Ni Miss Boot, qui est nulle en ménage. Même s'ils ont de jolis w.-c. extérieurs. »

Ils escaladèrent les cinq barreaux du portail et entrèrent dans la cour de la ferme. Elle était déserte, à l'exception de deux ou trois poules brunes qui se promenaient puis picoraient soudain toutes les choses qu'elles trouvaient. Un gros chat écaille de tortue était juché sur l'un des montants du portillon menant au jardin. Il était fermé ; ils regardèrent dans le potager, rempli de choux, de tournesols, de papillons blancs et d'un pommier aux branches si chargées de fruits qu'il ployait comme une personne revenant des courses avec de lourds sacs d'épicerie. Il n'y avait pas trace des évacués.

« Ils sont sûrement dans la maison.

— Va frapper à la porte.

— Vas-y, toi. » Lydia avait un peu peur de Miss Boot, qu'elle soupçonnait toujours d'être quelqu'un d'autre que ce qu'elle prétendait.

« D'accord. » Neville souleva le loquet et remonta à pas feutrés l'étroit sentier de briques jusqu'au porche blanc à croisillons. Il frappa à la porte. Sans résultat.

« Frappe plus fort », dit Lydia depuis l'autre côté du portillon.

Il obtempéra ; la porte s'ouvrit à la volée et Miss Boot apparut, tel un diable sorti de sa boîte.

« Nous avons appris que vous aviez des évacués, dit poliment Neville, et nous sommes venus les voir.

— Ils sont sortis. Je leur ai dit de rester dehors jusqu'à ce que je les appelle pour le thé.

— Vous savez où ils sont partis ?

— Partis ? Sûrement pas très loin. Ils restent dans le coin. Je ne me fais pas trop de souci pour eux. Si j'étais toi, je rentrerais chez ma mère.

— Je n'en ai pas », répondit Neville d'un ton grave. La phrase produisait toujours son effet sur les dames, il le savait d'expérience. Cette fois ne fit pas exception : Miss Boot parut soudain beaucoup plus aimable et alla lui chercher une part de gâteau.

« Mais je ne peux pas le manger, dit-il à Lydia, lorsqu'ils retournèrent dans la cour. Il y a des graines dedans. D'ailleurs... elle a une graine qui lui pousse sur la figure. Elle a dû lui tomber dessus quand elle préparait le gâteau.

— Ça ne peut pas être une graine.

— Si ! Une espèce de tache marron avec des petits germes. C'était une graine, je t'assure. Tu en veux ?

— Je n'ai pas faim. Donnons-le aux poules, mais à l'arrière de l'étable pour ne pas qu'elle nous voie. »

Ils trouvèrent les évacués à l'intérieur de l'étable – deux garçons et une fille. Ils étaient assis, recroquevillés dans un coin, très silencieux, et apparemment très désœuvrés. Ils s'observèrent un instant, puis Lydia dit : « Bonjour. Nous sommes venus vous voir. Comment vous vous appelez ? »

Le silence se prolongea. « Norma », répondit enfin la fille. C'était la plus grande. « Tommy et Robert.

— Moi, c'est Lydia, et voici Neville. Vous avez quel âge ?

— Neuf ans, dit la fille. Robert en a sept et Tommy six.

— Nous, on a tous les deux huit ans.

— On aime pas cet endroit », dit Norma. Tommy se mit à renifler. Elle lui donna un coup sur l'oreille, et il s'arrêta net. Elle l'entoura d'un bras protecteur.

« Nan, dit Robert. On veut rentrer à la maison.

— Eh bien, je ne crois pas que ce soit possible, dit Neville. Pas s'il y a la guerre. Vous vous feriez bombarder. Mais dans quelques années vous pourrez sûrement retourner chez vous. »

Le visage de Tommy se crispa. Il prit une grande inspiration tremblante et devint tout rouge.

« Bravo, dit la fille, t'as réussi ton coup. » Elle tapa dans le dos de Tommy, qui laissa échapper un gémissement. « J'veux rentrer à la maison, pleurnicha-t-il. J'veux maman. » Il martela le sol de ses talons. « J'la veux maintenant !

— Pauvre petit ! s'écria Lydia en se précipitant vers lui.

— Fais gaffe, dit Norma, il mord. Quand il est fâché. »

Lydia recula un peu. « Je suis sûre que ça ne durera pas des années. Neville, où est le gâteau ? »

Neville tendit la main, mais avant qu'il ait pu l'approcher de Lydia, Robert avait saisi le gâteau et il parut presque l'avaler tout rond. Norma lui jeta un regard dégoûté. « T'as des vers. Je te l'avais bien dit.

— Pas vrai.

— Si, c'est vrai. Je vais le dire à la dame dans la maison.

— Des vers ? s'exclama Neville. Où ? Je ne vois pas un seul ver.

— Dans son ventre, dit Norma. Il arrête pas de manger. Il lui faut un bon médicament. »

Tommy, qui avait regardé l'apparition et la disparition du gâteau, avait fourré la tête sur les genoux de sa sœur, qui étouffèrent ses sanglots.

« C'est dommage qu'ils soient à l'intérieur de toi, dit Neville à Robert. Ça veut dire que tu ne pourras jamais faire leur connaissance.

— Y s'est fait piquer par une poule, dit Norma, en essayant de prendre un œuf dans un nid.

— Les poules ne piquent pas, dit Lydia. Ça devait être une abeille. Que fait votre père ? ajouta-t-elle, sentant qu'il valait mieux changer de sujet.

— Y conduit un bus.

— Wouah ! C'est vrai ?

— Puisque je le dis. » Elle remonta sa robe, au tissu bleu brillant comme du satin, et essuya le nez de Tommy sur sa culotte. « Et vous, vous faites quoi, ici ? demanda-t-elle.

— On va à la plage, on pique-nique, on se baigne… » commença Lydia.

Mais Robert l'interrompit : « Moi, j'suis déjà allé à la mer. J'suis allé et j'ai touché l'eau avec les deux mains.

— Ouais, et t'as été malade dans le bus en rentrant », dit Nora, lui coupant son effet. Elle tripotait machinalement les cheveux ras de Tommy ; ils étaient vraiment très courts, remarqua Lydia, on aurait dit du gazon tondu. Ceux de Robert aussi.

Norma vit Lydia regarder la tête de Tommy. « Il a des lentes, dit-elle. C'est la dame dans la maison qui l'a dit. Elle leur a coupé les cheveux et les a lavés avec un horrible truc – que ça puait comme pas permis.

— Toi aussi, t'en avais, dit Robert, et elle piqua un fard.

— J'en ai jamais eu.

— C'est quoi, des lentes ? » demanda Neville. Il s'accroupit à côté de Norma. « Il t'en reste ? Je peux en voir une ?

— Non, tu peux pas. Elles sont toutes parties. T'es malpoli, ajouta-t-elle.

— T'es malpoli », fit Robert en écho. Tous deux lui jetèrent un regard noir.

« Il ne l'a pas fait exprès, n'est-ce pas, Neville ? intervint Lydia.

— Je ne suis pas sûr, répondit Neville. Peut-être que oui, peut-être que non.

— Et si on jouait à un jeu ? » proposa Lydia. Les choses ne prenaient pas une bonne tournure.

« Il y a aucun endroit pour jouer, dit Robert.

— Comment ça ?

— Il y a pas de trottoirs. Pas de canal, rien du tout. Que de l'herbe, conclut-il avec un profond mépris.

— Qu'est-ce que vous faites près d'un canal ?

— On monte sur le pont, et quand les péniches passent en dessous, on crache. On les appelle, ils lèvent la tête et on leur crache pile dessus.

— Ça, c'est malpoli, dit Neville d'un ton triomphal. C'est incroyablement malpoli.

— Non, c'est pas vrai, protesta Norma. Maman dit que c'est des romanos, et que c'est bien fait pour eux. Enfin, c'est un jeu de garçons. Moi, j'y joue pas.

— C'est quoi, des romanos ?

— Des gitans. Je croyais que tout le monde savait ça. Tu sais pas ça ?

— Nous savons des choses différentes, dit Neville. Nous savons une quantité énorme de choses différentes.

— Et si on allait à l'étang ? » proposa Lydia, désespérée. Elle ne comprenait pas pourquoi ils ne pouvaient pas tous être amis.

Ils acceptèrent, plutôt à contrecœur, d'aller à l'étang, situé en bas d'une pente raide dans le champ jouxtant la maison de Mr York. Des joncs poussaient autour, et dans un coin peu profond, on voyait les empreintes de sabots laissées dans la terre par les vaches venues s'abreuver.

« Regardez les libellules, dit Lydia sans grand espoir : elle pressentait que ça ne les intéresserait pas beaucoup.

— Si elles s'approchent, je les tue », dit Robert. Il arracha une croûte sur son genou et la mangea. Le reste de ses jambes était aussi blanc que du poisson, jugea Lydia, et elles étaient tellement maigres que ses bottes noires semblaient trop grandes.

« Est-ce que votre père va partir combattre à la guerre ? » demanda Neville.

Robert haussa les épaules, mais Norma répondit : « Peut-être que oui, peut-être que non. Maman dit que s'il part, ce sera bon débarras. Faut jamais faire confiance à un homme. Ils recherchent qu'une seule chose.

— Une seule chose ? » répéta plus tard Neville, alors qu'ils rentraient à la maison pour le goûter. Miss Boot avait appelé les évacués pour qu'ils aillent prendre le leur, ce qui avait été un soulagement. « Quelle chose ? Je veux savoir, parce que quand je serai grand, j'imagine que moi aussi je la chercherai. Et si ça ne me plaît pas, je trouverai une autre chose à chercher.

— Je peux chercher des choses autant que toi.

— Elle n'a pas parlé des dames.

— Je m'en fiche. Moi aussi je la chercherai. »

Ils se chamaillèrent doucement pendant tout le trajet jusqu'à la maison.

*

« Qu'est-ce qui te ferait plaisir avec ta grouse, chérie ? »

Diana baissa les yeux sur la grande carte écrite à la main. « Et toi, qu'as-tu choisi ?

— Chou-fleur, haricots verts, brocolis, petits pois... entonna le serveur qui les dominait de toute sa taille.

— Des haricots verts, je crois. » C'était épouvantable : Edward l'invitait à déjeuner au très chic Berkeley, une occasion qui ne se représenterait sans doute pas avant une éternité, et elle n'avait pas faim. Elle ne pouvait cependant pas le dire : Edward, comme Louis XIV, à propos de qui elle avait récemment lu un livre, aimait voir ses maîtresses boire et manger avec appétit. Ses maîtresses ! Au cours de l'année écoulée elle avait eu la certitude glaçante qu'une certaine Joanna Bancroft, qu'elle avait rencontrée à un dîner, avait été l'un des flirts d'Edward, voire davantage. Quand le nom d'Edward avait été mentionné au cours du dîner, la jeune femme – plus jeune que Diana, presque une gamine – s'était exclamée : « Ah, *Edward* ! C'est tout à fait son genre de dire ça », comme s'il était un très vieil ami, mais alors qu'elles se poudraient le nez dans la chambre de leur hôtesse, et qu'elle avait demandé à la fille si elle connaissait bien Edward, l'autre avait répondu d'une manière assez distante qu'elle l'avait rencontré à un week-end chez Hermione Knebworth ; la réponse, d'une désinvolture étudiée, avait éveillé ses soupçons. Plus tard, lorsqu'elle avait interrogé Edward à propos de Mrs Bancroft, elle avait tout de suite vu qu'il mentait : il était mielleux et enjoué, et ne la regardait pas dans les yeux. Elle avait eu le bon sens de ne pas insister, mais cela avait exacerbé le sentiment d'insécurité qu'il avait fait naître en elle, quelques semaines avant l'épisode Bancroft, en lui révélant que Villy allait avoir un autre enfant. Jusque-là, il lui avait laissé croire, ou plutôt ne l'avait pas empêchée de croire, que Villy et lui n'avaient plus aucune relation intime depuis longtemps. Sa jalousie avait été telle qu'elle n'avait eu de cesse de le questionner à ce propos – l'obligeant plus ou moins à dire, comme elle s'en était rendu compte après, que c'était Villy qui avait *voulu* un autre enfant et qu'il n'avait pas eu le cœur de le lui refuser. À ce moment-là elle avait compris qu'il ne supportait pas les confrontations de cet ordre – de tout ordre moral, soupçonna-t-elle. Tandis que son respect pour lui s'émoussait (il continuait d'afficher vis-à-vis du nouveau-né et de sa femme une attitude qu'elle savait mensongère), sa culpabilité, curieusement, passa au second plan, et ses intentions ainsi que sa détermination s'affirmèrent. Puisque c'était un faible, elle avait moins de scrupules à le vouloir pour elle.

Elle leva son verre de cocktail au champagne pour effleurer celui d'Edward.

« Heureuse ? disait-il.

— À ton avis ? »

Leur caviar arriva – dans un pot prétentieux à bord épais sur un lit de glace pilée, accompagné de fins toasts coupés en triangles et enveloppés dans une serviette pour les garder au chaud. Un jeune serveur leur apporta des œufs mimosa avec de l'oignon et du persil, pendant que le sommelier versait de la vodka glacée dans leurs mini-verres.

« Chéri, je vais être complètement pompette !

— Peu importe, c'est moi qui conduirai. » Il

ne parlait pas, elle le savait, de leur voyage vers le Sussex plus tard dans la journée, mais de l'interlude qui le précéderait, à Lansdowne Road. Comme s'il percevait la – légère – inquiétude de Diana à cette perspective, Edward dit : « Je te jure que nous y serons en sécurité. Toute la famille est dans le Sussex, occupée à préparer l'arrivée de l'Hôtel des Tout-Petits. Villy est chargée du black-out. De toute façon elle a… d'autres obligations. » C'était là, elle le savait, une allusion pleine de tact à Roland, le bébé né en avril, précisément deux mois après qu'elle avait eu vent de son existence pour la première fois.

« Je te fais confiance, évidemment », dit-elle.

Il lui sourit et prit sa main. « Je le sais, dit-il en l'étreignant. Tu es une fille merveilleuse, et je suis le plus chanceux des hommes. »

Tout en terminant leur caviar, ils regardèrent un couple, à une table voisine, à qui l'on servait un canard à la presse – un couple d'un certain âge qui ne s'adressait pratiquement pas la parole. L'homme vissa son monocle sur son œil pour observer le découpage du magret, tandis que la femme regardait avec répugnance sa bouche dans un petit miroir. Les morceaux furent disposés dans un plat en argent sur un chauffe-plat à alcool. « Tu connais l'histoire de la femme qui portait ici une robe très décolletée ? » Diana secoua la tête. « Eh bien, l'un de ses… seins en sortit, et, le voyant, un jeune serveur s'empressa de le remettre à sa place.

— Quel *savoir-faire**[1] !

1. Les mots et expressions en italique suivis d'un astérisque sont en français dans le texte. (*Toutes les notes sont de la traductrice.*)

— Au contraire. Le maître d'hôtel s'approcha et le tança : "Dans ce restaurant, nous utilisons une cuillère de service légèrement chaude."

— Chéri ! Tu inventes !

— Pas du tout. Un type que je connais en a été témoin. »

La carcasse avait été pressée, et les jus récoltés chauffaient dans une saucière en argent sur un autre chauffe-plat.

« Tu imagines, si tout le monde commandait ce plat, dit Diana. Qu'est-ce qu'ils feraient ?

— Ils seraient dans la panade. Moi, je n'en raffole pas – trop riche. J'aime la nourriture simple.

— Le caviar et la grouse, de la nourriture simple ? Ce sont des plats de fête !

— Alors, une toute petite fête intime. C'est mon anniversaire. »

Après une seconde d'angoisse à l'idée d'avoir peut-être oublié, elle dit : « Ton anniversaire est en mai !

— J'en ai un tous les mois.

— Ça doit faire de toi un très vieux monsieur.

— Oui, je suis très bien conservé pour mon âge. » Le sommelier apporta le bordeaux et en versa un peu dans le verre d'Edward ; celui-ci fourra le nez dedans et hocha la tête. « Ça ira. Servez-nous tout de suite, voulez-vous ?

— Qu'est-ce que c'est ? » Il aimait la voir s'intéresser au vin, elle le savait.

« Un pontet-canet 26. Je me suis dit qu'il se marierait bien avec notre grouse.

— Un délice. » L'une des différences entre son mari et Edward, c'est qu'Angus continuait à se comporter comme s'il était riche alors qu'il ne l'était pas, tandis qu'Edward agissait comme s'il était un tout petit peu plus riche qu'il l'était. C'était merveilleux d'être avec quelqu'un qui, pour céder à un caprice, n'était pas obligé de se restreindre sur tout le reste pendant des semaines. C'était aussi fort agréable d'être avec quelqu'un qui ne faisait pas semblant de trouver les bonnes choses de la vie ennuyeuses. Angus mettait un point d'honneur à paraître blasé, comme s'il avait connu trop de plaisirs et d'extravagances, tandis qu'Edward, qui semblait toujours avoir la vie facile, ne cessait d'en jouir et de le dire.

« C'est amusant d'être là, non ? disait-il en attaquant son volatile. Quelle bonne idée j'ai eue de devoir passer la matinée sur les quais. Un alibi en béton. D'autant qu'il faut vraiment que j'aille à Lansdowne Road chercher tout un tas de choses pour Villy, et que la circulation sera terrible à la sortie de Londres.

— Elle le sera sûrement.

— Eh bien, nous nous en préoccuperons le moment venu. L'important, c'est de profiter de l'instant présent et de ne pas se soucier du futur. »

Le futur ne se laissait pourtant pas facilement oublier, songea Diana quelques heures plus tard, allongée sur le dos dans le lit du grand vestiaire d'Edward ; ou plutôt, il ne paraissait pas se soucier d'elle. Un morne avenir s'étirait devant elle, et elle se sentait entraînée de force dans son sillage. S'il y avait la guerre, et même Edward semblait penser que ce serait le cas, elle passerait l'hiver ou davantage coincée dans ce petit cottage humide et rustique à Wadhurst, avec Isla et Jamie. Elle adorait Jamie, bien sûr, mais sa belle-sœur l'ennuyait au plus haut point. L'autre solution était de passer l'hiver – voire toute la guerre – en Écosse chez les parents d'Angus, qui ne l'avaient jamais appréciée, et où elle serait à des kilomètres de toute possibilité de voir Edward. Angus, qui comme d'habitude resterait dans le Nord jusqu'à la rentrée des garçons dans leur école préparatoire, où il les déposerait en revenant, lui avait annoncé qu'il s'engageait dans l'armée, de sorte qu'il ne serait pas un obstacle la plupart du temps. Sauf qu'Edward risquait de partir lui aussi. Il avait déjà tenté de rejoindre la marine et s'était fait recaler, mais il réussirait bien à entrer quelque part. Elle était dans le même état d'esprit l'année précédente, elle s'en souvenait, puis il y avait eu un merveilleux répit ; il ne fallait pourtant pas espérer que ça se reproduise. Edward dormait. Tourné vers elle, il avait le bras gauche posé sur elle, la main mollement accrochée à son sein droit – son préféré, disait-il. La mode n'était pas aux fortes poitrines, mais il aimait la sienne : elle était l'objet de ses premières attentions chaque fois qu'ils faisaient l'amour. Au repos, le visage d'Edward possédait une sorte de noblesse simple : le large front et les cheveux implantés en une pointe légèrement décentrée ; le nez assez fort et aquilin, dont chaque narine s'ornait d'un poil soyeux et voluptueusement bouclé, seulement visible quand il penchait la tête en arrière ; la légère rougeur sous les pommettes (il se rasait deux fois par jour quand il sortait le soir) ; et le menton avec sa petite fossette, au-dessus de laquelle la moustache soignée et hérissée, qu'il taillait aussi minutieusement qu'une petite haie, dissimulait à peine sa longue et fine lèvre supérieure qui contrastait de manière si bizarre avec sa lèvre inférieure charnue. On voyait les gens différemment quand ils étaient endormis, pensa-t-elle. Les yeux ouverts créaient une distraction qui nous empêchait de savoir avec certitude *qui* était cette personne. En cet instant, parce qu'ils allaient bientôt se séparer et que le sexe avait été si agréable – il n'en avait jamais connu de meilleur, avait-il dit –, et parce qu'il était couché, vulnérable et beau, à côté d'elle, elle éprouva une bouffée d'amour à la fois romantique et maternel. « Réveille-moi si je m'assoupis, lui avait-il demandé plus tôt. Si on part trop tard, je passerai un sale quart d'heure là-bas. » Une remarque de petit garçon.

Elle remua et lui toucha le visage. « Réveille-toi, mon vieux. Il est tard. »

Mais ensuite, au cours du trajet, ils se disputèrent. Quand il avait eu fini de charger la voiture, il était dix-sept heures trente, soit beaucoup plus tard que prévu. Alors qu'il lui ouvrait la portière, il avait dit : « Mon Dieu ! J'ai oublié les bijoux de Villy ! », et il était retourné dans la maison. En revenant, il portait une grande boîte à bijoux victorienne. Il s'installa à côté d'elle, ne trouva pas la clé de contact et, afin de palper ses poches, posa négligemment le coffret sur les genoux de Diana. Il n'était pas fermé, et le contenu se renversa sur sa jupe et par terre. « Mon Dieu, quelle maladresse ! » dit-il en mettant le contact. Pendant ce qui lui parut des heures, elle ramassa des bijoux, dont la plupart se trouvaient dans de petits écrins en cuir cabossés qui s'étaient ouverts pour cause de fermoirs cassés. En silence, elle remit à leur place des boucles d'oreilles en grenat, des colliers en strass, des broches et une parure entière de topazes et de perles – autant de cadeaux qu'il avait faits à Villy, des choses qu'elle n'avait pas envie de voir et dont elle n'avait pas envie de connaître l'existence. Une petite clé Bramah était attachée à la poignée du coffret par un ruban rouge. Elle la dénoua pour le verrouiller, puis se tourna pour le poser sur la banquette arrière. Consciente d'être la proie d'une jalousie et d'une peur incontrôlables, elle ne put se retenir de demander : « Lequel lui as-tu offert pour le dernier bébé ?

— Les topazes », répondit-il d'un ton bref. Puis : « Grand Dieu, Diana, pourquoi me poser une question pareille ?

— J'étais curieuse.

— Eh bien, tu n'as pas de raison de l'être. Ça n'a rien à voir avec toi... avec nous, se corrigea-t-il, plus conciliant.

— Si, tout de même. Tu m'as raconté que tu n'avais eu ce bébé que parce que Villy le voulait absolument. Ça me paraît très étrange de la couvrir de bijoux en plus.

— Je lui en ai toujours offert un à la naissance des enfants. Difficile de ne pas le faire cette fois. » Après un silence, il ajouta : « Non ?

— Manifestement si. »

Soit il ne perçut pas le sarcasme, soit il l'ignora. « Je suis sûr qu'Angus t'a offert un cadeau quand tu as eu les garçons. » Avec ce qu'elle-même jugea d'une incroyable bêtise, il ajouta : « Changeons de sujet, d'accord ? »

Des images d'Angus, ivre et larmoyant après la naissance de leur premier, et du stupide manteau de fourrure qu'il lui avait acheté lui revinrent. « Ah oui, dit-elle, amère. À la naissance d'Ian, il m'a offert un manteau de fourrure – un long sconse que j'ai dû rapporter au magasin dès que j'ai été en état de sortir.

— Et pourquoi donc ?

— Parce qu'il n'avait pas l'argent pour le payer. Le chèque avait été refusé, avant même que j'y retourne.

— C'était vache pour toi. Ma pauvre chérie ! » Puis il ajouta : « Ça partait sans doute d'une bonne intention.

— Tu parles. Il voulait seulement être le genre d'homme qui offre une fourrure à sa femme. Il l'avait annoncé à tous nos amis, et quand les gens ont demandé à le voir, il a prétendu avoir dû le rendre parce que j'avais des principes ridicules m'interdisant de porter de la fourrure. »

Edward ne répondit pas. Ils descendaient Whitehall, et des camions chargés de sacs de sable se dirigeaient vers Downing Street et les portes des ministères, guidés par des agents de police. En dehors de ça, il n'y avait pas beaucoup de circulation.

« Alors évidemment, poursuivit Diana – se sentant à la fois énervée et imprudente –, il ne m'a rien offert pour Fergus. Ni Jamie. » C'est absurde, pensa-t-elle. Pourquoi est-ce que je raconte des choses aussi moches, insignifiantes et *stupides* ? Elle prit peur. « Edward…

— Puisque tu as abordé le sujet, dit-il, je trouve drôle que tu fasses toute une histoire parce que Villy a eu un enfant alors que nous couchons ensemble toi et moi, vu que tu as fait la même chose de ton côté.

— Je ne t'ai jamais dit que je ne couchais plus avec Angus ! Je t'ai dit que je ne voulais pas le faire ! De toute façon, pour Jamie ce n'était pas pareil. »

Il ne tint pas à s'appesantir sur la différence.

« Eh bien, si on va par là, je n'ai pas le souvenir de t'avoir dit que je ne couchais plus jamais avec Villy. Je n'en ai pas parlé parce que…

— Parce que quoi ?

— Parce que ce n'est pas le genre de choses dont on parle, tout simplement.

— Tu veux dire que ça pourrait être gênant ?

— Oui, dit-il avec obstination, ça pourrait tout à fait l'être. »

Devant la gare de Waterloo, il y avait une file de cars remplis d'enfants attendant d'aller prendre le train. Lorsqu'ils passèrent devant l'un des véhicules, ils entendirent les voix aiguës retentir en un chant tonitruant : « Jeepers creepers ! Where d'yer get those peepers ? Jeepers creepers ! Where d'yer get those eyes ! », et reprendre encore et encore ce même refrain.

« Pauvres petits chenapans, dit Edward. Certains n'ont jamais dû mettre les pieds à la campagne. »

Sa réflexion la toucha ; elle lui posa la main sur le genou. « Chéri ! Je ne sais pas ce qui m'a pris ! J'ai un tel vague à l'âme. Et nous avons passé des moments si merveilleux. Je suppose que je suis terrifiée à l'idée qu'on t'envoie quelque part et que je ne te verrai plus jamais. C'est ridicule de se quereller quand tout est déjà si épouvantable.

— Chérie ! Tiens, prends mon mouchoir. Tu sais que je ne supporte pas de te voir pleurer. Pas question qu'on se dispute. Et je te promets une chose. »

Elle sortit son nez du voluptueux mouchoir qui sentait si bon le cèdre du Liban. « Laquelle ?

— Quoi que je fasse, je trouverai un moyen de te voir. Rien ne m'empêchera de te rejoindre. »

Elle se moucha puis se repoudra le nez.

« Garde le mouchoir, dit-il.

— Vraiment, tu m'encourages à pleurer comme une madeleine », dit-elle. Elle se sentait étourdie, comme quand on vient de frôler l'accident. « Tu me dis toujours de garder tes ravissants mouchoirs. J'en ai une collection impressionnante.

— C'est vrai, mon canard ? Eh bien, j'en suis ravi. »

Tout rentra dans l'ordre après ça et ils discutèrent des moyens de se voir. Diana avait trouvé une fille au village qui voulait bien garder Jamie de temps à autre. S'il téléphonait et tombait sur Isla, Edward se ferait passer pour un vieil ami du père de Diana qui, depuis qu'il était veuf, vivait sur l'île de Man et passait ses journées à jouer avec sa gigantesque maquette de train mécanique. « Bon, pas trop vieux tout de même, dit Diana. Papa a soixante-douze ans, et tu n'as pas la voix d'un homme de cet âge. Tu ferais mieux d'être le *fils* de son plus vieil ami. » Edward dit qu'il pouvait très bien prendre une voix de vieux, mais lorsqu'elle le mit au défi d'essayer, elle jugea qu'il parlait exactement comme un homme de quarante-deux ans. Et quelle raison le fils aurait-il de continuer à l'appeler ? Ils inventèrent alors une histoire ingénieuse, mais abracadabrante, et l'atmosphère devint beaucoup plus légère. « Et, bien sûr, on pourrait s'écrire », finit par dire Diana. Mais Edward fit la grimace et répondit qu'il n'était pas trop du genre à écrire.

« J'ai dû copier tellement de lignes à l'école que j'ai mis au point un système consistant à attacher dix stylos, non pas en paquet mais en une colonne, afin de pouvoir écrire dix lignes à la fois.

Mais je me suis fait prendre, et on m'en a collé encore plus.

— Je n'arrive pas à t'imaginer à l'école.

— Moi non plus. J'ai tellement détesté cet endroit. J'étais puni en permanence. »

Ils se séparèrent devant le portail de Plum Cottage. Une rapide étreinte dans la voiture.

« Fais attention à toi, dit-il.

— Toi aussi. Au revoir. » Elle sentit des larmes lui monter aux yeux, mais était décidée à ne pas pleurer.

Après être sortie de la voiture et l'avoir contournée pour rejoindre le portail, elle se retourna, et il lui envoya un baiser. Ça lui donna envie d'aller le rejoindre en courant, au lieu de quoi elle lui adressa le sourire le plus radieux qu'elle put, agita la main et s'engagea dans le sentier de briques. Elle l'entendit démarrer et s'en aller, et resta là jusqu'à ce que le bruit de la voiture ait disparu. « Je suis amoureuse de lui, se dit-elle. Amoureuse. De lui. » Ça pouvait arriver à n'importe qui, mais une fois que ça arrivait, on n'avait pas le choix.

*

Ce samedi soir, tous les adultes logés à Pear Tree Cottage – c'est-à-dire Villy et Edward (même s'il était en retard), Sybil et Hugh, Jessica et Raymond, et Lady Rydal – dînèrent à Home Place, selon les ordres du Brig. Seule Miss Milliment resta au cottage pour dîner avec les plus âgés des enfants, dont certains étaient venus de Home Place pour le repas. Edward arriva au moment où ils entamaient le rôti de veau, accompagné de la délicieuse farce de Mrs Cripps et de très fines rondelles de citron, de purée de pommes de terre et de haricots verts. Ils étaient quinze autour de la longue table, dont la quatrième rallonge avait été mise pour l'occasion, et Eileen avait demandé à Bertha de l'aider à servir les légumes. Sid, qui s'aperçut qu'elle était la seule étrangère – une situation familière à bien des égards –, les regarda avec une affection teintée de son ironie habituelle, mais aussi d'une certaine admiration. Tout le monde avait travaillé dur ce jour-là en prévision de la guerre, mais ils se comportaient comme s'il s'agissait d'une soirée ordinaire. Pendant qu'ils mangeaient, parlaient ou les deux, elle en profita pour parcourir la table des yeux. Le Brig racontait une histoire à propos de l'Inde à Lady Rydal – qui l'interrompait fréquemment : tous deux se considéraient comme des experts sur le sujet, lui à la suite d'un voyage de trois mois là-bas avec sa femme dans les années vingt, et elle parce qu'elle y était née, « un bébé au milieu de la mutinerie ». « Mon *ayah* m'a portée dans le jardin, où elle m'a cachée pendant deux jours dans la cabane du jardinier, et c'est ainsi qu'elle m'a sauvé la vie. Vous comprenez donc, monsieur Cazalet, que je ne puisse souscrire à l'idée que tous les Indiens sont indignes de confiance, même s'il arrive à certaines personnes moins bien informées de l'affirmer. Et, ajouta-t-elle pour mettre la touche finale à cette magnanimité, je ne peux pas croire que la nature indienne ait *changé*. Il y avait chez eux une loyauté tout à fait touchante – mon père, dont l'expérience n'a pas d'équivalent, disait toujours qu'il avait confiance en ses cipayes comme en son propre frère. »

La remarque suscita un échange discret de

regards complices entre Jessica et Villy – elles seules savaient que le père de Lady Rydal s'était querellé si violemment avec son frère qu'ils ne s'étaient pas adressé la parole pendant au moins quarante ans – et offrit au Brig l'ouverture dont il avait besoin : armé de la plus infime coïncidence, il était capable de percer une brèche dans toute conversation. C'était fort intéressant, dit-il, qu'elle parle des cipayes, parce qu'un homme remarquable qu'il avait rencontré sur le bateau – coïncidence extraordinaire – à la fois à l'aller et au retour lui avait raconté… Sid poursuivit son tour de table avec les grand-tantes, assises côte à côte dans leurs robes en crêpe de Chine à manches longues vert bouteille et bordeaux, qui triaient placidement la nourriture dans leurs assiettes : Dolly trouvait la farce indigeste et Flo ne supportait pas le gras, chacune déplorant le caractère difficile de l'autre. « Pendant la dernière guerre, nous étions reconnaissants pour moins que ça », disait Flo. Et Dolly de répliquer : « Je n'ai pas le souvenir que tu aies jamais été reconnaissante pour quoi que ce soit ; pas même quand Père t'a offert ces agréables vacances à Broadstairs après que tu avais dû quitter l'hôpital. Flo ne valait rien comme infirmière, puisqu'elle ne supportait pas la vue du sang, fit-elle remarquer à peine plus fort, à l'intention de quiconque aurait pu être en train de l'écouter. À la fin, ce sont d'autres infirmières volontaires qui ont dû s'occuper d'elle, ce qui, bien sûr, n'était pas du tout ce que le médecin avait prévu… »

Sybil, vêtue d'une robe de crêpe un peu informe – elle avait grossi depuis la naissance de Wills –, expliquait à la Duche à quel point elle s'inquiétait pour lui.

« Ce n'est qu'une phase, répondit la Duche. Quand il était enfant, Edward crachait chaque fois qu'il s'énervait. Il était sujet à des crises de rage incontrôlables et, bien sûr, je m'inquiétais pour lui. Tous les bébés font des colères. » Assise au bout de la table, très droite, elle portait comme toujours son corsage en soie bleue, sa croix en saphir et nacre reposant sur son buste discret – les seins, songea Sid avec affection, ne faisaient pas plus partie de son anatomie que de son vocabulaire –, et dirigeait son regard franc et sans artifice vers sa bru. Puis elle se mit à rire en poursuivant : « Edward était le plus fripon de tous. Un jour, quand il avait dix ans, je crois, il a cueilli absolument toutes les jonquilles du jardin, en a fait des bouquets qu'il a attachés avec les rubans à cheveux de sa sœur et qu'il est allé vendre au bout de l'allée. Il avait fabriqué un écriteau disant "Aidez les pauvres", et devinez qui étaient les pauvres ? Lui-même ! Nous l'avions privé d'argent de poche pour une autre incartade, et il voulait une toupie d'un modèle particulier ! » Elle prit le petit mouchoir en dentelle passé sous le bracelet en or de sa montre et s'essuya les yeux.

« Et il l'a eue ?

— Bien sûr que non, ma chère. Je l'ai obligé à mettre tous ses gains dans le tronc à l'église le dimanche. Et il a reçu une fessée.

— Je suppose que vous parlez de moi », intervint Edward de l'autre côté de la table. Auparavant, il écoutait Jessica.

« Oui, mon chéri, je parlais de toi.

— J'étais nul à l'école par-dessus le marché, dit Edward. Je ne sais pas comment vous me supportiez. »

Quelle assurance il doit posséder pour dire une chose pareille, songea Sid, mais le cours de ses pensées fut interrompu par la réponse de Jessica. « J'aimerais bien que tu dises ça à Christopher. Il a le sentiment d'être un cancre.

— Parce qu'il en est un, intervint Raymond. Je n'ai jamais vu un garçon gâcher ses chances de cette façon.

— Il est bon en latin, dit aussitôt Jessica.

— Parce qu'il aime le latin. Le vrai test, c'est de travailler une matière qu'on n'aime pas.

— Et en histoire naturelle. Il connaît énormément de choses sur les oiseaux et tout ça.

— Rares sont ceux qui travaillent les sujets qu'ils n'aiment pas, fit observer Villy. Regardez Louise. Pendant toutes ces années avec Miss Milliment, on dirait qu'elle n'a fait que lire des pièces et des romans. Ses connaissances en maths et en latin restent rudimentaires. En grec aussi.

— Miss Milliment leur enseigne le grec ? demanda Rupert. C'est une vieille dame remarquable, non ? Qui l'a formée, je me le demande. Elle est très calée en peinture.

— Ça ne m'étonnerait pas qu'elle se soit en grande partie formée toute seule. Mais vous devez le savoir, maman, non ? » Villy se tourna vers Lady Rydal, qui la regarda avec une légère surprise.

« Je n'en ai pas la moindre idée. Elle venait d'une famille respectable, et Lady Conway m'a assuré qu'elle avait été très bien avec ses filles. Naturellement, je n'ai pas enquêté sur sa vie privée.

— Dans tous les cas, je trouve mieux pour les filles d'être éduquées à la maison, dit Hugh. Tu as détesté le pensionnat, pas vrai, Rachel ? »

Et Sid, reportant aussitôt son attention sur

Rachel, la vit tressaillir à ce souvenir. « C'est vrai, mais je suppose que ça m'a fait du bien. » Elle était presque trop fatiguée pour manger, constata Sid, qui aurait tant voulu lui dire : « Chérie, c'est assez pour aujourd'hui – va te coucher, et je t'apporterai ce que tu voudras sur un plateau. » Mais je ne suis pas chez moi, songea-t-elle, elle n'est pas censée être mon amoureuse, ou quoi que ce soit qui s'en rapproche, et je n'ai aucun pouvoir. Après ça, elle n'eut d'yeux que pour Rachel, qui occupa aussi ses pensées. Elle eut conscience que la Duche intégrait Zoë dans la conversation en attirant l'attention de tous sur la composition florale au centre de la table, réalisée par Zoë, mais pendant tout ce temps elle remarqua les efforts de Rachel pour manger ce qu'il y avait devant elle – la famille n'aimait pas qu'on chipote avec la nourriture et la Duche déplorait le gâchis. Elle vit Rachel couper un fin morceau de veau, le porter à sa bouche et, enfin, l'avaler, puis jouer avec la purée du bout de sa fourchette, émietter le pain dans sa petite assiette et en manger des bouts minuscules entre des gorgées d'eau. Rachel avait non seulement rencontré d'incessants et épineux problèmes administratifs pour déménager son Hôtel des Tout-Petits, mais aussi fait les frais des désaccords entre ses parents sur ce sujet, même si cela avait été bien moins pis que l'année précédente, lorsqu'il n'y avait que le court de squash pour les loger. Les considérations pratiques n'avaient alors pas entamé la générosité patriarcale du Brig – pas plus que maintenant –, mais avaient heurté, et heurtaient encore, les principes de la Duche quant à ce qui était raisonnable et convenable. Rachel, qui détestait les conflits, s'était vu assigner la tâche peu enviable de relayer les messages entre ses parents, adoucissant au passage les projets arbitraires et grandioses de son père, ainsi que les questions délicates, pour ne pas dire sans réponses possibles, de sa mère, ce qui, constata Sid, arrangeait les deux parties : le Brig ne tolérait aucune interférence dans ses plans, et jamais la Duche ne se serait opposée à eux ; la présence de leur fille leur permettait dès lors d'afficher une relation sans aspérité en public. Mais cela, comme tant d'autres choses dans la vie filiale de Rachel, se faisait à ses dépens, et dans ce cas précis, c'était son organisme de charité qui était en jeu, si bien qu'elle se montrait encore plus motivée et dévouée. Qu'adviendra-t-il de nous ? se demanda Sid, sans trouver de réponse. Au moins, elle n'avait plus à se préoccuper de sa sœur Evie, installée en sécurité à Bath, où elle assurait le secrétariat d'un autre musicien auquel elle avait succombé – c'était en tout cas l'impression qu'avait eue Sid la dernière fois qu'elles s'étaient parlé au téléphone. Mais elle, que ferait-elle lorsque la guerre finirait par éclater ? Elle ne pourrait sûrement pas continuer à enseigner la musique dans des écoles, si ? Ç'aurait été bien qu'elle rejoigne un service féminin quelconque, mais chaque fois qu'elle y pensait, comme elle le faisait de plus en plus souvent ces dernières semaines, elle se rendait compte qu'elle serait alors obligée de quitter Rachel, complètement et pour une période indéterminée, une perspective si glaçante et atroce qu'elle la paralysait. Jusqu'ici, elle avait réussi à éviter ce dilemme parce qu'il appartenait encore à un avenir incertain – c'était une possibilité, un hypothétique dernier recours –, mais depuis la veille et l'annonce que les Allemands avaient envahi la Pologne, détruit l'aviation polonaise et neutralisé leurs chemins de fer, la menace se précisait. Elle désirait parler seule à seule avec Rachel… au cas où elle aurait besoin de moi, se dit-elle, mais Rachel n'admettait aucun besoin propre : elle considérerait uniquement le devoir de Sid, avec le même sérieux et la même honnêteté que si c'était le sien. De toute façon, ce ne serait pas possible ce soir. Ce soir, à l'instigation de la Duche, ils écouteraient la *Symphonie pastorale*, dirigée par son cher Toscanini, sur son splendide nouveau phonographe. « Je crois que nous avons besoin de ce genre de musique ce soir », avait-elle dit avant le dîner, seule allusion faite par l'un d'eux à ce qui les attendait. Et après Beethoven, Rachel serait épuisée, à supposer qu'elle tienne le coup jusque-là. Elle tenta de capter le regard de Rachel de l'autre côté de la table, mais elle parlait à Villy, et quand Sid détourna la tête, c'est le regard de Zoë qu'elle croisa. Cette dernière lui adressa un petit sourire hésitant – presque d'une étrangère à une autre, songea Sid en le lui rendant. Elle avait jusqu'ici évité Zoë, se méfiant de ce visage qu'elle jugeait extraordinairement beau, mais vide. L'expression habituelle de Zoë avait cependant changé : elle qui auparavant donnait l'impression de savoir tout ce qu'elle estimait nécessaire de savoir avait à présent l'air de ne plus rien savoir du tout. Elle en paraissait plus jeune, ce qui était étrange, parce que Sid pensait que le chagrin – après tout, elle avait très récemment perdu son bébé – vieillissait les gens. Elle avait observé que la famille ne la traitait plus comme l'année précédente ; ils semblaient l'avoir acceptée, comme ils m'ont acceptée, se dit-elle ; quoique dans mon cas, c'est seulement parce qu'ils ne connaissent pas mon secret. Et elle regarda de nouveau Zoë, alors que lui venait l'idée (bizarre, sans doute) que la jeune femme aussi avait peut-être un secret. Non, ça n'a pas de sens, se dit-elle, elle paraît un peu perdue parce qu'elle a perdu quelque chose, mais au moins cette perte peut être connue et reconnue – c'est une perte *respectable*, toute sévère soit-elle.

Ils avaient attaqué la tarte aux prunes, et Rupert, à l'instigation de la Duche, racontait son anecdote sur Henry Tonks à l'école des beaux-arts. « Il avait l'habitude de faire très lentement le tour de la salle, scrutant en silence le travail de chaque étudiant, jusqu'à ce qu'il trouve un dessin plus mauvais que les autres – fait par une des filles. Il le contemplait, et le silence devenait si atroce qu'on aurait pu entendre une mouche voler. Puis il disait : "Vous tricotez ?" » Étant assis à côté de Villy, c'est à elle qu'il adressa la question, et Villy, qui connaissait l'histoire, mima aussitôt l'étudiante tétanisée et admit, avec un parfait rire nerveux, que oui. « "Dans ce cas, je vous suggère de rentrer chez vous pour vous adonner à cette activité."

— C'est horrible ! s'écria Jessica. Pauvre fille !

— C'était un excellent professeur au demeurant, dit Rupert. Mais il ne voulait pas perdre son temps avec des gens dénués de talent.

— Mais toi, il aimait ton travail, n'est-ce pas, Rupe ? dit Zoë.

— En tout cas, il ne m'a jamais demandé si je savais tricoter.

— Heureusement pour toi, mon vieux, commenta Edward. Tu ferais un piètre tricoteur. »

Flo lâcha un petit éclat de rire haut perché, s'étouffa, sur quoi Dolly lui donna un coup assez violent dans le dos, la faisant expulser par le nez un peu de tarte aux prunes qui tomba sur la table.

« Edward, passe-lui ton mouchoir », s'écria Villy, alors que Flo cessait de tousser et se mettait à renifler.

Edward palpa ses poches. « Navré, je ne l'ai pas sur moi. »

Raymond offrit le sien ; Villy se leva avec un verre d'eau et s'occupa de Flo, dont le visage était passé du violet foncé au rouge betterave.

« Vous aurez de la chance si vous récupérez votre mouchoir, fit remarquer Dolly. Je n'ai jamais vu Flo rendre un mouchoir. De toute sa vie.

— Moi, au moins, j'ai le sens de l'humour, répliqua Flo entre deux reniflements, et on ne peut pas en dire autant de tout le monde. »

Rachel croisa le regard de Sid et lui adressa un clin d'œil, qui lui fit l'effet d'une caresse. Elle le lui rendit.

*

Au dîner, à Pear Tree Cottage, la guerre – entre autres sujets variés – fut discutée avec des degrés divers d'anxiété et de joyeuse insouciance. Dans ce dernier camp figuraient Teddy, Simon, Nora, Lydia et Neville (Lydia et Neville avaient obtenu de dîner dans la salle à manger sous prétexte, d'une part, que ça donnerait moins de travail aux domestiques, d'autre part, qu'ils n'avaient pas été chouchoutés depuis des semaines). Polly et Clary supportaient mal leur présence, ayant obtenu le droit de dîner en bas depuis peu de temps, et encore pas toujours. « Il n'y a pas une once d'équité chez eux », avait déclaré Clary plus tôt, parlant de son père et de Tante Villy. Christopher et Polly partageaient un même refus et une même crainte de la guerre ; Louise occupait une position incertaine entre eux tous : désapprouver la guerre était une chose, voir sa carrière gâchée en était une autre ; en même temps, il lui semblait que tout ça allait être terriblement excitant. Miss Milliment, ayant senti que Villy serait soulagée qu'elle ne s'attende pas à dîner avec le reste de la famille et déclaré en conséquence qu'elle préférait de beaucoup rester avec les enfants, affichait une équanimité intéressée. Elle était assise parmi eux, vêtue de sa jupe et de son cardigan en maille jersey marron foncé – qu'elle avait retrouvés ce matin-là au fond de sa penderie ; elle n'avait pas dû les porter depuis au moins deux ans, et ils avaient été attaqués par les mites, mais Dieu merci dans des endroits qui ne se voyaient pas beaucoup. Ses petits yeux gris étincelaient d'amusement derrière ses lunettes à monture métallique.

« Si seulement Hitler avait attendu trois ans, disait Teddy, j'aurais intégré la RAF et je m'amuserais à lui balancer des bombes. » Sa voix avait mué au cours du printemps et paraissait maintenant trop forte, remarqua Louise.

« Je croyais que tu voulais être pilote de chasse, dit-elle.

— Oui, c'est vrai, mais je serai peut-être obligé d'être bombardier.

— Et que veut faire Christopher ? » s'enquit Miss Milliment. Elle le trouvait quelque peu étouffé par Teddy.

« Oh... je ne sais pas, marmonna-t-il.

— Christopher est un objet de conscience, déclara Simon.

— Tu veux dire objecteur, rectifia Nora avec condescendance.

— C'est quoi ? On fait quoi si on en est un ? demanda Neville.

— Ben, on objecte, idiot.

— Ne le traite pas d'idiot. De toute façon, je suis d'accord avec Christopher, Miss Milliment.

— C'est vrai, Polly ? Je ne savais pas.

— Tu veux dire que tu t'opposes à la guerre ? C'est incroyable de s'opposer à la guerre.

— Pas du tout. Tu n'y connais rien, Neville, alors tais-toi.

— Je crois que Neville essaie de comprendre, dit gentiment Miss Milliment.

— Dans ce cas, tu pourrais conduire une ambulance, ou un truc ennuyeux de ce genre, dit Teddy.

— Ou être un évacué, dit Neville. On en a rencontré, cet après-midi.

— Qui ça, "on" ?

— Moi et Lydia.

— Lydia et moi, le corrigea Clary.

— Ils étaient dégoûtants, dit Lydia. Il y en a un qui s'est arraché une croûte au genou et l'a mangée.

— Je t'ai déjà vue faire ça, rétorqua Neville.

— C'est pas vrai !

— Si, c'est vrai. C'est assez rare, expliqua-t-il à Miss Milliment, pour que je m'en souvienne. Tu étais dans ton bain ! »

Lydia piqua un fard. « Je ne voulais pas qu'elle tombe dans l'eau et redevienne du sang.

— Et tu traitais les autres de dégoûtants ? fit remarquer Nora.

— C'est les choses qui sont dégoûtantes, pas moi, dit Lydia.

— Si tu n'étais pas là, dit Clary, on ne parlerait pas de choses dégoûtantes. On aurait une conversation beaucoup plus intéressante. »

Le silence se fit, et tout le monde mangea sa tourte au poisson et ses haricots.

« Quand est-ce que Judy revient ? » demanda Clary au bout d'un moment. Elle n'avait pas particulièrement envie de savoir, mais sentait qu'elle devait montrer qu'une autre conversation était possible.

« Papa va la chercher demain. Elle est à Rottingdean chez une amie d'école. Elle s'est fait opérer des amygdales au début des vacances, et maman a pensé que l'air de la mer lui ferait du bien.

— Et Angela ? demanda Miss Milliment.

— Angela s'est plus ou moins dégoté un emploi et partage un appartement avec une amie. On ne la voit presque plus. Elle déteste vivre à Frensham. Maman voulait qu'elle fasse son entrée dans le monde puisque maintenant, on a de l'argent, mais elle a refusé.

— Vous appelez ça une conversation intéressante, Miss Milliment ? demanda Neville.

— L'un des évacués avait des vers, dit Lydia, avant que la préceptrice ait pu répondre. Et on a dû leur couper les cheveux parce que des petits animaux vivaient dedans. D'un point de vue médical, ils n'étaient pas gâtés.

— Au contraire, dit Neville. Je suis sûr que les médecins préfèrent de beaucoup que quelques personnes aient plein de maladies, plutôt que tout le monde n'en ait qu'une. Vous imaginez avoir la varicelle, la rougeole et les oreillons en même temps ? ajouta-t-il, emporté par son sujet. On aurait tellement de boutons qu'on ne serait plus qu'un seul énorme bouton – on ne les verrait plus puisqu'il n'y aurait plus de peau entre eux. L'autre avantage, c'est qu'on irait bien pour le restant de sa vie. Si j'étais médecin, je refilerais aux gens toutes les maladies qu'ils n'ont pas encore eues…

— La ferme ! Je savais bien que c'était une erreur de les faire dîner en bas avec nous…

— C'est le principe de la vaccination, dit Miss Milliment. Et la raison pour laquelle les habitants de ce pays, au moins, n'attrapent plus la variole. Vous avez tous reçu une toute petite dose de variole quand vous étiez bébés.

— C'est bon à savoir, dit Neville. Il suffirait que notre camp donne la variole à tous les Allemands, qui seraient trop malades pour se battre. On en meurt ?

— Autrefois, on en mourait, oui.

— Vous voyez ?

— Ne mets pas tes noyaux de prune sur la table, Neville », dit Clary d'un ton fâché. Elle se rendait compte que Polly se crispait chaque fois qu'on parlait de la guerre, et Miss Milliment s'en aperçut peut-être aussi, parce qu'elle commença à parler du Dr Jenner et à leur raconter les expériences qu'il avait menées sur la variole de la vache.

Christopher fut très impressionné. « Il a dû sauver des milliers de vies humaines grâce à ça », dit-il. Ses lunettes s'embuèrent alors que son visage devenait rouge d'excitation. « J'aimerais bien inventer un truc pareil !

— Les découvertes de cette nature sont souvent le fruit d'une intense observation, fit remarquer

Miss Milliment. Il n'y a pas de raison que tu ne découvres pas quelque chose, Christopher, si c'est ce qui te tient le plus à cœur.

— Un riche, un pauvre, un mendiant ou un voleur », marmonna Lydia. Elle prit une autre prune, retira le noyau avec sa fourchette et recommença à chanter la comptine. « Un riche ! s'exclama-t-elle avec une surprise feinte.

— Moi, je ne compte pas mes noyaux comme ça, dit Neville. Je le fais très différemment.

— Comment ? »

Il plissa les yeux et retint son souffle.

« Conducteur de train, pirate, gardien de zoo, cambrioleur, énuméra-t-il enfin. Je ne triche pas comme toi avec mes noyaux, parce que tous ces métiers me vont.

— Tu ne comprends jamais rien, dit Clary. L'intérêt de ce jeu, c'est qu'il y a quelque chose qu'on ne veut pas dans la liste.

— Comme se marier avec un voleur, dit Lydia.

— Je ne sais pas, ça pourrait être assez amusant, dit Polly. Il reviendrait le soir à la maison avec un tas d'objets auxquels on n'aurait pas pensé. Si c'est un voleur avec les mêmes goûts que nous, on pourrait meubler toute la maison. »

Teddy, ayant mangé sa part de pudding et voyant qu'il n'y avait rien d'autre, demanda la permission de retourner à Home Place avec Simon, prétextant qu'ils étaient au milieu de quelque chose qu'ils devaient terminer. « Toutes ces femmes et ces enfants me courent sur le haricot », expliqua-t-il à Simon quand ils repartirent en courant, ce à quoi Simon répondit qu'il était bien d'accord. Il ne le pensait pas vraiment des grandes, mais admit que c'était une faiblesse de sa part : il savait que dans peu de temps, il éprouverait le même sentiment que Teddy.

« On est au milieu de quoi ? » demanda-t-il. Il était un peu embêté que Christopher soit exclu de l'activité.

« Tu verras. »

Ils atteignirent le bout du chemin et se retrouvèrent sur la route. Il faisait presque noir, mais pas complètement. Lorsqu'ils parvinrent à l'allée menant à Home Place, Teddy la laissa derrière lui pour continuer de courir sur la route qui montait la colline. Puis il ralentit et se mit à examiner la haie bordant le petit bois près de Home Place. « Il y a un passage quelque part, dit-il. Christopher me l'a montré l'année dernière.

— Il va faire archi noir dans le bois. » Simon était gagné par l'appréhension.

« Non. Tu vas voir. Ah, voilà ! » Il plongea dans un trou dans la haie, et Simon suivit à travers les ronces, les clématites et le vieux cerfeuil sauvage, dont les graines s'entrechoquaient. Juste au moment où il commençait à regretter de ne pas être avec Christopher en train de regarder sa collection de cartes illustrées de Peter Scott ou de nourrir sa chouette, Teddy s'arrêta.

« On y est », dit-il, et il s'assit. Simon s'installa à côté de lui ; l'endroit en question n'avait rien de particulier. Il regarda Teddy sortir une lanterne et une boîte d'allumettes. « Dégage-nous une petite surface plate », dit-il. Et Simon, obéissant, balaya les feuilles et les brindilles pour aménager un petit espace. Il espérait que ce ne serait pas de la sorcellerie, mais garda le silence.

« Bon, maintenant... » Teddy sortit son canif.

« Qu'est-ce que tu vas couper ? » Il commençait à craindre que Teddy veuille leur taillader la peau pour mélanger leur sang comme dans les serments des Peaux-Rouges.

« Ça. » C'était un cigare qui avait vu des jours meilleurs.

« Où l'as-tu trouvé ?

— Facile. Le Brig l'avait laissé dans un cendrier. Il a dû l'oublier. Je ne l'ai pas volé, je l'ai pris, c'est tout. » Il posa le cigare sur son genou et se mit à le couper en deux. « Ce sera plus drôle si on fume en même temps », ajouta-t-il, et Simon fut tiraillé entre sa fierté d'être inclus et la crainte de l'activité dans laquelle on l'incluait.

« Il faut suçoter l'extrémité pour qu'elle soit vraiment humide », reprit Teddy en tendant à Simon sa moitié. Puis il craqua une allumette et alluma la lanterne posée entre eux. Simon vit que le visage de Teddy était rouge après la course. « Allume le tien d'abord », dit Teddy, lui tendant la boîte d'allumettes. Simon essaya : il utilisa trois allumettes, sans résultat. Dans sa bouche, l'extrémité du cigare avait la consistance et le goût amer des très vieilles feuilles.

« Donne. Je vais le faire à ta place. »

Une fois qu'il eut rendu à Simon sa moitié de cigare, à présent rougeoyante, il expliqua : « Tu dois continuer à fumer, sinon il va s'éteindre. Et maintenant, le meilleur. » Il fit apparaître une petite bouteille de sous sa chemise en flanelle. Simon lut « Sirop de figue » sur l'étiquette. Teddy la posa avec précaution par terre et sortit une autre bouteille, que Simon reconnut comme étant de l'eau gazeuse. Il avait aussi apporté une tasse de pique-nique en bakélite.

« Nous allons fumer *et* boire, dit-il. Et porter des toasts. Ce genre de trucs. »

Simon se sentit extrêmement soulagé : pas de sorcellerie, pas de sang versé.

« Sauf que ce n'est pas de l'eau gazeuse, poursuivit Teddy en versant une quantité égale de chaque liquide dans la tasse. Je n'en ai pas trouvé, ils avaient tout bu. J'ai mélangé de l'Andrews Liver Salts dans de l'eau. Ça reviendra à peu près au même. » Il alluma son cigare, tira une bouffée et resta un moment sans voix. Simon s'aperçut que le sien s'était éteint. Pendant qu'il le rallumait, Teddy prit une grande rasade de la mixture et lui tendit la tasse. « C'est un peu chaud, parce que c'est resté contre ma poitrine, et, bien sûr, je n'ai pas pu apporter de glaçons. »

Simon prit une petite gorgée prudente. C'était bien moins bon que de l'orangeade, ou que n'importe quelle autre boisson, d'ailleurs.

« Et ça ne pétille plus beaucoup », ajouta Teddy. Simon fut dans l'incapacité de répondre. Il avait pris une bouffée de son cigare, qui lui donna la sensation de tomber dans le vide.

« Maintenant, portons des toasts. Mort à Hitler. » Il but et passa la tasse à Simon. « Tu dois le dire aussi avant de boire.

— Mort à Hitler », répéta Simon. On aurait dit un coassement, et il eut l'impression que la première rasade lui remontait dans la gorge à la rencontre de la seconde. Il déglutit plusieurs fois, et les choses s'apaisèrent.

« On ne doit pas aussi boire à la santé des gens ? demanda-t-il.

— Bonne idée. À Strangways Major. »

Strangways Major, préfet et capitaine de l'équipe

de rugby, était si populaire que Simon ne lui avait jamais adressé la parole.

« Tu ne prends pas de grandes gorgées – vas-y, il y en a encore plein. »

Il reprit une lampée, espérant finir par aimer ça, mais non.

« Je crois que je vais m'en tenir au cigare », dit-il, mais Teddy rétorqua « Ne sois pas idiot », récupéra la tasse et la remplit.

Il porta de nouveaux toasts. Ils burent à la santé de Laurel et Hardy, de Bobby Riggs, de Mr Chamberlain, de Cicely Courtneidge et, enfin, du roi, mais pour ce dernier, Teddy déclara qu'ils devaient se mettre debout, ce qui se révéla étonnamment difficile. Teddy tanguait et rigolait. « Je crois que je suis un peu ivre », dit-il. Il aida Simon à se lever, mais dès qu'il le lâcha, Simon retomba, puis il vomit tout ce qu'il put, ce qui fit ruisseler des larmes sur ses joues, même s'il affirma qu'il ne pleurait pas. Teddy se montra très sport, déclara qu'il avait dû manger un truc pas frais, « sûrement le poisson, dit-il. Il fait tout le trajet en camionnette depuis Hastings », et ajouta que ce n'était pas grave du tout. « C'est pas grave, dit-il. D'ailleurs, rien n'est grave. » Quand Simon se sentit mieux, ils éteignirent la lanterne et rentrèrent à la maison.

*

« Quel drôle de monde quand même. » À son ton, on comprenait qu'il s'efforçait d'être indulgent, mais qu'il trouvait que ledit monde ne faisait pas beaucoup d'efforts pour s'améliorer. Mrs Cripps, ne sachant jamais quand il faisait référence à des sujets personnels, qui suscitaient son intérêt et une fervente curiosité, ou aux affaires internationales, pour lesquelles elle n'en avait aucune, réagit avec circonspection.

« Oui, sans aucun doute », dit-elle. Elle versa un peu de thé dans sa tasse pour voir s'il était assez infusé et c'était le cas.

« Après tout, ce n'est pas comme s'ils faisaient partie de l'Empire. » Il la regarda remplir sa tasse ; le liquide sombre, se mélangeant au lait crémeux, lui donna la couleur des feuilles de hêtre. Sa casquette de chauffeur, d'un gris élégant et ornée d'une cocarde noire, était posée sur la table à côté d'une assiette de tartelettes à la frangipane.

« Attention, je n'ai rien contre les Polonais. *A priori*. »

Elle ressentit un grand découragement. Que voulait-il donc dire ? Il y eut un silence pendant qu'il faisait fondre trois morceaux de sucre dans son thé – il était très méticuleux là-dessus, et ne laissait jamais de sucre au fond de sa tasse, contrairement à certains.

Ils étaient installés dans le tout petit salon attenant à la cuisine, où elle se reposait parfois l'après-midi. Selon un accord tacite, les autres domestiques n'utilisaient pas cette pièce, à l'exception d'Eileen qui y prenait parfois le thé avec elle. Le dîner était terminé dans la salle à manger ; elle entendait le son lointain du phonographe de Madame et, plus près, le bruit des filles qui faisaient la vaisselle dans l'office.

« Voulez-vous une tartelette, monsieur Tonbridge ? demanda-t-elle.

— Puisque c'est vous qui les avez faites, madame Cripps. Après vous. » Il lui tendit l'assiette dans laquelle elle prit une pâtisserie pour l'accompagner.

« C'était tendu, à Londres ? » s'enquit-elle. Elle voulait qu'il lui parle de Londres, et de ce qui lui était arrivé là-bas.

« Si vous saviez », répondit-il sans pouvoir se retenir. Il but un peu de thé – elle le faisait tellement bien – en tentant de surmonter son désir soudain et pressant de lui raconter les choses épouvantables qui s'y passaient. Mais non, il était encore trop secoué et humilié – et craignait en le racontant de perdre le respect qu'elle avait pour lui.

« Qu'on le veuille ou non, nous sommes au bord du gouffre, madame Cripps, couloir de Dantzig ou pas. Voilà où nos politiciens nous ont conduits. »

Quel rapport pouvait-il bien y avoir entre un couloir et le déclenchement d'une guerre ? Elle n'en avait aucune idée. Aussi afficha-t-elle une expression d'inquiétude prudente. On l'avait envoyé à Londres pour la journée chercher quelques affaires dans la maison londonienne, et la rumeur avait couru (glanée par Eileen quand elle avait servi le petit déjeuner) qu'on lui avait proposé de les ramener, l'enfant et *elle*, mais il ne l'avait pas fait, sans quoi il ne serait pas assis là.

Pour ne pas prendre de risque, Mrs Cripps s'en remit à l'une des phrases préférées du chauffeur. « On ne peut pas faire confiance aux politiciens, monsieur Tonbridge, voilà ce que je crois.

— Je suis bien d'accord avec vous. » Il poussa de quelques centimètres sa tasse vers elle ; aussitôt, elle vida dans le bol les feuilles de thé accumulées au fond et le resservit.

« Et la moitié du temps, ils ne savent pas ce qu'ils font.

— C'est tout à fait juste, madame Cripps. Et ils ne nous disent pas tout, loin de là, si vous voulez mon avis. » Elle rapprocha de lui l'assiette de tartelettes et il en prit une sans faire attention, de sorte qu'il n'eut pas à lui dire merci. « Mais quand ça tourne mal, madame Cripps, qui paie les pots cassés ? »

Elle lui adressa un sourire, révélant sa prothèse dentaire en or, qu'il trouvait très attirante, à l'instar d'autres choses chez elle qu'on voyait rarement ou pas du tout.

« À vous de me le dire », répondit-elle. Elle se pencha vers lui, et sa poitrine remua légèrement sous son tablier.

Une bien belle femme, songea-t-il – et ce n'était pas la première fois qu'il se faisait la réflexion. « Vous avez l'esprit vif. Pour une femme. Ça c'est sûr. Mais je n'ai pas besoin de vous le dire. Vous le savez déjà. C'est un plaisir de discuter avec vous. Et je ne le dirais pas de tout le monde. »

Cette allusion vague, mais plaisamment critique, à Mrs Tonbridge, fut tout ce qu'elle eut pour apaiser sa curiosité, mais elle en déduisit qu'une visite avait bien eu lieu et qu'elle avait mal tourné. Et s'il y avait la guerre, ce à quoi elle n'était évidemment pas favorable en soi, ça signifierait que la famille resterait ici et qu'elle aurait davantage de travail, mais aussi que Frank (comme elle l'appelait en secret) serait dans les parages. Ça vaudrait donc le coup de se faire faire une permanente, se dit-elle plus tard en glissant ses jambes gonflées entre les draps – à force de travailler debout, elle avait les veines douloureuses à la fin de la journée.

De son côté, après avoir pendu avec soin son uniforme sur le dos d'une chaise dans sa petite chambre sombre à côté de l'armurerie, détaché ses guêtres de cuir et délacé ses bottes, Tonbridge se retrouva, en caleçon et maillot de corps, à côté de la petite fenêtre qu'il venait de fermer pour la nuit, figé par les terribles souvenirs de la journée. Naturellement, il avait commencé par faire son travail et n'était arrivé à Gosport Street que bien après quatorze heures. La maison lui avait semblé très silencieuse. En remarquant les rideaux fermés à l'étage, il avait eu le soudain espoir qu'elle soit partie rendre visite à sa mère. Il était entré mais, après avoir claqué la porte derrière lui, avait entendu du bruit en haut. Alors qu'il s'engageait dans l'escalier, la porte de la chambre s'était ouverte et elle était apparue, dévêtue, en train d'enfiler sa robe de chambre, ses mules claquant sur le lino. « C'est toi ! avait-elle dit. Qu'est-ce que tu veux ? » Il lui avait tout de suite fait part de la généreuse proposition de Madame pour elle et l'enfant, et elle avait lancé des remarques sarcastiques, du genre « Alors là, merci, c'est trop aimable de t'abaisser à penser à moi », tout en bloquant l'escalier. « Que se passe-t-il ? » avait-il demandé – il ne voulait pas savoir, mais était bien obligé de dire quelque chose.

Elle avait croisé les bras sur sa poitrine plate et s'était mise à rire. Puis elle avait appelé : « George ! Tu ne devineras jamais qui est là ! » La porte de la chambre s'était rouverte, livrant passage à l'un des hommes les plus corpulents qu'il avait jamais vus de sa vie. Mesurant plus d'un mètre quatre-vingts – il avait dû se baisser pour passer la porte –, il avait les cheveux roux et bouclés et une moustache. Il refermait sa braguette sur son gros ventre de buveur de bière, et son tricot de peau révélait des bras pareils à des gigots de mouton. « George veille sur moi maintenant, avait-elle annoncé, tu peux donc ficher le camp.

— Il nous espionne ? avait lancé George. Un voyeur, c'est ça ? » Il avait avancé d'un pas, faisant grincer le parquet.

« Je suis là pour l'emmener loin des bombes. Elle et le petit », avait-il dit, mais sa voix manquait de fermeté.

« Le petit est parti. Je l'ai envoyé à la campagne avec son école.

— Où ça ?

— T'occupe. Qu'est-ce que ça peut te faire ? »

Il avait commencé à dire que c'était son fils, mais elle avait de nouveau éclaté de rire. « Ton fils ? Tu plaisantes, ou quoi ? Pourquoi tu crois que je t'ai épousé, un avorton comme toi ? »

Voilà, c'était dit. Il s'était toujours posé la question et avait toujours évité la réponse, se refusant de croire à une idée aussi scandaleuse.

« Dans ce cas, je vais juste récupérer mes affaires », avait-il dit en montant aveuglément quelques marches, mais ses jambes tremblaient tant qu'il avait dû saisir la rampe.

« Ne t'avise pas de me toucher ! » s'était-elle écriée. George l'avait alors rejointe et avait posé une main, pareille à un tas de saucisses de porc, sur son épaule.

« Va lui chercher ses vêtements, Ethyl, avait-il dit. C'est pas comme si j'entrais dedans, pas vrai ? Lui, y va les attendre dehors sans faire plus de bruit que… – il s'était interrompu et l'avait jaugé de ses yeux bleu clair pleins de mépris – qu'une souris », avait-il conclu.

Voilà comment ça s'était terminé. Il était

redescendu et sorti dans la rue. Elle avait ouvert la fenêtre de la chambre et balancé ses affaires – chaussettes, chemises, deux paires de chaussures, son uniforme d'hiver –, qui avaient atterri sur la chaussée, le trottoir, dans le caniveau, et qu'il avait ramassées au fur et à mesure pour les fourrer à l'arrière de la voiture, sous l'œil de George, planté, massif, dans l'embrasure de la porte. Jamais de sa vie il n'avait ressenti pareille humiliation ; toute la rue le regardait peut-être, si bien qu'il avait tout récupéré le plus vite possible, était monté dans la voiture et reparti. Mais il avait à peine tourné au coin de la rue qu'il avait dû s'arrêter en s'apercevant qu'il sanglotait et ne voyait rien, or s'il y avait des choses dont il avait toujours pris grand soin, c'étaient les voitures de Mr Cazalet. Ce dernier disait toujours que personne ne s'en occupait mieux que lui. « Je n'hésiterais pas à vous confier ma Rolls toute neuve si j'en avais une », voilà ce qu'il lui avait dit peu de temps avant. Deux fois. Il travaillait pour Mr Cazalet depuis vingt et un ans, et tout le monde ne pouvait pas en dire autant. Ce n'était pas seulement la conduite, mais aussi l'entretien, et il mettait au défi quiconque de trouver la moindre saleté, le moindre problème mécanique, la moindre négligence en matière de polissage. Il se moucha, chercha de ses doigts tremblants son paquet de Weights dans sa poche et en alluma une. Mr Cazalet, perdant la vue, ne pouvait pas se passer de lui. « J'ai besoin de vous, Frank », lui avait-il dit récemment – l'été précédent, quand la guerre avait commencé à se profiler. « Je sais que je peux toujours compter sur vous. » Un gentleman comme Mr Cazalet ne parlait pas en l'air. Et quand il avait eu ce problème avec Mr Cazalet qui roulait à droite parce que c'était ainsi qu'il montait ses chevaux, « J'ai tapé du poing sur la table », dit-il tout haut. « Soit vous roulez à gauche, monsieur, soit je prends le volant. » À présent, c'était toujours lui qui conduisait Mr Cazalet, ainsi que Madame et Miss Rachel, qui était une dame charmante, sans parler de Mrs Hugh et Mrs Edward. « Vous faites partie de la famille, lui avait dit Miss Rachel lorsqu'elle était venue le voir à l'hôpital après qu'il avait eu son problème d'ulcère. Je vous trouve très courageux », avait-elle dit. Très *courageux*. Miss Rachel ne mentait jamais. Il avait jeté un coup d'œil à l'arrière de la voiture : il allait devoir trouver une caisse ou une valise pour ranger ses affaires – il ne pouvait pas rentrer à Home Place avec un tel bazar dans la voiture ; il avait sa fierté.

Il reniflait à présent bruyamment à côté de la fenêtre. Il banda les biceps et regarda ses bras, mais ça ne faisait guère de différence. Elle lui avait dit qu'il était maigrichon. « Tu as les jambes arquées », lui avait-elle dit en une autre occasion. Il avait les épaules si étroites que Mr Cazalet avait dû lui faire faire un uniforme sur mesure. On ne peut pas être tous pareils, songea-t-il, malheureux. Il regarda la valise contenant ses affaires, qu'il n'avait pas encore défaite. Ça attendrait le lendemain. Il ne penserait plus à tout ça, et se réjouissait de ne pas en avoir parlé à Mabel – comme il l'appelait en secret. Elle avait de l'admiration pour lui, le respectait, comme une femme le devait ; ça paraissait naturel quand il était avec elle. En se mettant au lit, il se rendit compte qu'il n'avait plus de maison – puisque cet homme occupait les lieux – et ensuite il songea que c'était ici chez lui, là où se trouvait la famille ; ç'avait toujours été ici. Il avait cru qu'il continuerait à se ronger les sangs sans pouvoir fermer l'œil, mais les tartelettes à la frangipane lui avaient calé l'estomac, et il s'endormit aussitôt. C'était le dernier jour avant la guerre.

*

Une fois que Mr Chamberlain eut fini son allocution et qu'ils eurent fait sortir les enfants, le Brig suggéra à ses fils – et à Raymond, bien sûr – de le suivre dans son bureau afin qu'ils discutent de l'organisation, mais la Duche dit non, s'il fallait discuter de l'organisation, tout le monde devait être présent. Elle le dit avec une rudesse si surprenante qu'il céda aussitôt. Miss Milliment demanda à voix basse s'ils préféraient qu'elle se retire, mais comme personne ne sembla l'entendre, elle croisa les chevilles et baissa les yeux vers ses chaussures, s'apercevant avec un peu d'anxiété que les lacets s'étaient déjà défaits. Le Brig, qui avait pris tout son temps pour allumer sa pipe, déclara qu'ils devaient tous rester ici : on pouvait fermer les maisons londoniennes, ou peut-être toutes sauf une… « Et les écoles des enfants ? » demandèrent aussitôt Villy et Sybil. Elles resteraient sûrement ouvertes – après tout, elles étaient à la campagne, et ce serait dommage d'interrompre leur scolarité. Il fut décidé que Villy appellerait le pensionnat de Teddy et Simon, tandis que Jessica se renseignerait à propos de celui de Christopher et de l'école d'arts ménagers fréquentée par Nora et Louise. Il y eut un silence, que Villy finit par rompre en s'enquérant de l'Hôtel des Tout-Petits. Les infirmières ne pourraient pas passer l'hiver dans le court de squash, où il faisait un froid glacial à cause de la verrière, sans parler du fait que les pauvres ne disposeraient pas d'installations dignes de ce nom pour se laver ou ranger leurs vêtements. « En plus elles n'auraient nulle part où aller quand elles ne travaillent pas », ajouta-t-elle. Le Brig répondit qu'il avait réfléchi à des modifications à apporter au court de squash qui résoudraient ces problèmes, mais la Duche répliqua qu'il était hors de question de faire des travaux dans un endroit où des gens étaient obligés de dormir. Le silence retomba. Tout le monde comprit qu'elle était contrariée, mais seule Rachel savait pourquoi. Raymond annonça alors que, malgré leur générosité à tous, Jessica, leurs enfants et lui disposaient d'une maison parfaite à Frensham, où ils retourneraient une semaine plus tard, comme cela avait toujours été prévu. Rupert déclara qu'il allait tenter d'entrer dans la marine et qu'il savait qu'Edward avait déjà pris ses dispositions ; Hugh serait à Londres, les aînés des enfants à l'école, alors pourquoi ne laisseraient-ils pas les infirmières s'installer à Pear Tree Cottage tandis qu'eux tous vivraient à Home Place ? Si rien ne s'y opposait, la suggestion rencontra une résistance voilée. Sybil et Villy n'étaient pas ravies de ne pas disposer d'un foyer à elles ; la Duche avait de sérieux doutes quant à la capacité de Mrs Cripps de cuisiner pour tant de gens ; Rachel avait mauvaise conscience de chasser ses belles-sœurs de leur maison pour y installer son association de charité ; quant au Brig, il renâclait à abandonner ses ingénieux projets pour le court de squash. Aucun d'eux n'exprima ses réserves, et quand la Duche déclara qu'ils s'en soucieraient le moment venu, certains d'entre eux furent capables de reconnaître que ce projet était une bonne idée. Rachel dit alors que Sid et elle devaient retourner à Mill Farm, pour finir de déballer les malles et d'installer la directrice et les bébés. Puis Edward décréta qu'ils avaient tous besoin d'un verre, et il partit s'en occuper avec Rupert.

« Je t'ai trouvée très silencieuse, chérie, dit Rupert à Zoë qui les suivit hors de la pièce.

— Je n'avais rien d'utile à dire, répondit-elle. Mais, Rupe, tu as vraiment l'intention d'entrer dans la marine ?

— S'ils veulent bien de moi. Il faudra que je fasse quelque chose. » Il la regarda et ajouta : « Rien ne dit, bien sûr, qu'ils veuillent de moi.

— Mais moi, qu'est-ce que je vais faire ?

— Chérie, nous en reparlerons. Nous avons beaucoup de choses à organiser. »

Edward lui tendit un plateau chargé de verres, et Rupert répéta : « Ne t'inquiète pas, nous reparlerons de tout ça... plus tard. »

Sans répondre, Zoë tourna les talons et traversa le couloir en courant avant de se précipiter dans l'escalier. Edward haussa les sourcils. « Toute cette discussion à propos de l'Hôtel des Tout-Petits a dû la remuer, la pauvre petite. Tout le monde est un peu à cran. »

Sauf toi, songea Rupert avec une admiration teintée de ressentiment. Il lui semblait qu'Edward était capable de transformer n'importe quoi – même la guerre – en une aventure personnelle excitante.

Après le déjeuner, on envoya les enfants ramasser des mûres, puisque la Duche déclara qu'il fallait faire des confitures tant qu'il y avait encore du sucre. « Autant les occuper à une tâche utile », dit-elle, ce à quoi tantes et mères acquiescèrent. Louise et Nora furent désignées responsables, et Neville et Lydia reçurent l'ordre d'enfiler leurs bottes en caoutchouc, ce qui les mit de mauvaise humeur.

« Toi, tu ne mets pas les tiennes, dit Lydia à sa sœur, alors pourquoi nous, on est obligés ?

— Parce que vous êtes beaucoup plus petits et que vous allez vous égratigner les jambes.

— On va se les égratigner autant au-dessus des bottes.

— Oui, renchérit Neville, et le sang va dégouliner dedans et se mélanger aux plaies de nos talons.

— Soit tout le monde les met, soit personne, voilà ce que je pense », dit Clary. C'était énervant, fit-elle remarquer à Polly, de voir les deux autres se prendre pour des adultes alors qu'elles n'en étaient pas.

« Et pourquoi Teddy et Christopher ne sont pas obligés de venir avec nous ? exigea-t-elle de savoir, alors qu'ils attendaient dans l'arrière-cuisine qu'Eileen leur procure des récipients.

— Parce que le Brig a des choses à leur faire faire dans le court de squash, dit Louise.

— Et puis, ça ne vous regarde pas », dit Nora. Neville lui tira la langue, et Nora le vit. « C'est très grossier, Neville, excuse-toi tout de suite.

— Elle est sortie toute seule, dit-il en s'écartant. Je n'ai pas à m'excuser pour quelque chose qui est arrivé à mon insu.

— Si, tu dois t'excuser. »

Il réfléchit un instant. Il s'était mis sur la tête la grande passoire que lui avait donnée Eileen, et on ne voyait pas son expression.

« Je suis navré de ne pas pouvoir venir, dit-il enfin. C'est ce que les gens disent quand ils n'ont pas envie de faire quelque chose. »

Clary vit les yeux de son frère scintiller à travers les trous de la passoire. « Ça ne compte pas, dit-elle à Louise. Faisons plutôt comme s'il n'avait rien dit. »

Louise était d'accord. Elle trouvait Nora trop autoritaire, mais savait qu'elle était aussi obstinée et ne céderait pas devant les autres enfants. « Allez, Neville, dis que tu es désolé. Sans faire d'histoires. »

Il la regarda ; elle était beaucoup plus gentille que Nora. Elle le vit remuer les lèvres.

« Ça y est, dit-il. Mais comme j'ai parlé tout bas, personne n'a entendu.

— Bon, voilà, conclut Nora, passant la lanière de son panier sur son épaule. Beaucoup de bruit pour rien.

— Pas la peine d'en faire tout un plat de fromage », acquiesça Neville. Il avait retiré sa passoire et son visage était sans expression.

« Allez, on y va ! » s'écria Clary. Les gens mettaient un temps fou à démarrer quoi que ce soit, c'était pénible.

Le meilleur coin à mûres se trouvait au bout de la grande prairie de l'autre côté du petit bois derrière la maison. L'herbe, qui n'avait pas été coupée pour faire du foin, était haute et décolorée ; les quelques grands arbres changeaient de couleur et les châtaigniers étaient chargés de leurs bogues jaunissantes hérissées de piquants. Cette année, songea Polly, ils seraient là pour faire griller des marrons ; ils avaient cru pouvoir le faire l'année précédente, et puis finalement ils étaient tous rentrés à Londres à la même date que d'habitude. « Qu'est-ce que tu crois qu'il va nous arriver ? demanda Clary.

— Je pense qu'on restera ici et que Miss M. nous fera la classe. Sinon, ils ne l'auraient pas amenée. Mais les garçons retourneront sûrement en pension – puisque c'est à la campagne –, et *elles*, à leur école ménagère. Neville aussi devrait aller dans une école de garçons, ajouta-t-elle. Il devient horriblement gâté.

— Mais... si on est ici, et que nos pères sont à Londres ou ailleurs, qu'est-ce qui se passera quand on sera envahis ?

— Oh, *Poll* ! Nos pères seront à Londres. Ils nous rejoindront le week-end. Et on ne sera pas envahis. La marine arrêtera tout ça. »

Polly resta silencieuse, non qu'elle fût convaincue, mais parce qu'elle avait le sentiment désespérant que plus les gens tentaient d'être rassurants, moins on pouvait leur faire confiance. Ils avaient atteint le grand talus qui descendait en pente vers le bois suivant – là où, l'année précédente, elle avait imaginé qu'un tank ouvrait le feu en avançant vers son père et elle. Les ronces festonnaient les massifs d'aubépine disséminés sur cette parcelle de terre, où l'on trouvait aussi de nombreux terriers de lapins, des taupinières et, à un endroit, ce qu'il restait d'un étang de rosée, qui n'était plus aujourd'hui qu'une pente marécageuse entourée de quelques malheureux joncs. Durant les vacances de Pâques, c'était un bon endroit où cueillir des primevères, qui poussaient autour des massifs, et au début de l'été, ils y avaient trouvé de petites orchidées pourpres. En cette saison, les grands arbres du bois brunissaient dans la lumière dorée et immobile, et les bosquets étaient piquetés de mûres sauvages, de bryones et de cenelles.

« Tout le monde se disperse et commence à cueillir ! » cria Nora. On se serait cru à une sortie scolaire, songea Louise en remarquant que les autres se hâtaient de s'éloigner le plus possible de Nora, ce qui la laissa, elle, dans l'obligation de rester avec sa cousine pour ne pas paraître impolie. Ils délogèrent un faisan qui, avant de s'envoler, parcourut quelques mètres de sa démarche guindée d'ivrogne ; puis quand Lydia courut derrière lui il décolla et s'enfuit dans un battement d'ailes.

Neville en eut vite assez de la cueillette puis il renversa sa passoire, ce qui le découragea encore davantage. Il alla explorer les terriers de lapins : il avait le secret désir de voir l'intérieur, et se dit que s'il réussissait à élargir l'entrée, il pourrait se glisser dedans. Il n'avait même pas envie de parler à Lydia de son plan ; ce serait beaucoup plus amusant de le mentionner en passant quand ils prendraient leur bain. « Je suis entré dans un terrier, aujourd'hui, lui dirait-il. C'était comme dans Beatrix Potter – des petites poêles suspendues à des racines sortant des murs, et un sol de sable lisse. Les lapins ont adoré que je vienne les voir. » Il imagina qu'ils lui sautaient sur les genoux, avec leur fourrure toute douce, leurs jolies oreilles collées le long de leur dos et leurs yeux globuleux levés vers lui d'un air confiant. Mais il ne réussit pas à creuser. Il essaya avec la passoire, sans résultat, puis tenta de pelleter la terre avec une de ses bottes, qui se révéla trop molle. Quand il remit la botte, il lui sembla qu'elle était pleine de petits cailloux pointus, si bien qu'il la retira de nouveau. Il devrait aller chiper une truelle dans l'abri de McAlpine, songea-t-il, boitillant vers les autres en se demandant comment justifier le fait qu'il n'avait pas une seule mûre. Évidemment, il marcha sur une ronce, des épines lui rentrèrent dans le pied, et quand il voulut continuer à marcher, ça lui fit très mal.

Grâce à ça, personne ne remarqua qu'il n'avait pas de mûres et Nora fut aux petits soins avec lui. Elle le fit asseoir, lui prit le pied, localisa les épines et, à force d'appuyer dessus, réussit à en faire sortir deux, mais la dernière était trop enfoncée. « On pourrait l'aspirer », dit-elle, et tous ceux qui faisaient cercle autour de lui regardèrent son pied sale d'un air dubitatif. « C'est ton frère, dit Nora à Clary, qui ne semblait pas très enthousiaste.

— S'il s'était fait mordre par une vipère et risquait de mourir, je le ferais sans hésiter, dit-elle, mais pour une simple *épine*...

— Ce n'est qu'une ronce, dit Louise.

— Non, c'est une épine de rose, et assez grosse, en plus. Elle s'est cassée. S'il marche dessus, elle va s'enfoncer de plus en plus.

— Dans ce cas, elle ressortira peut-être de l'autre côté, fit remarquer Lydia. Elle jaillira sur le dessus de son pied. » Ils avaient tous plein de suggestions inutiles.

« Bon, dit Nora. Redonne-moi ton pied. » Elle s'assit en face de Neville et lui prit le pied dans ses deux mains. Puis elle cracha dessus et le frotta avec sa robe, ce qui ne se verrait pas, pensa Louise, vu que le tissu était un mélange plutôt moche de rayures et de taches orange et noires – un croisement entre une girafe et un zèbre. Elle suça le pied un instant, puis appuya dessus, et une épine noire et assez grande finit par sortir.

« Tu aurais dû mettre des chaussettes dans tes bottes, dit-elle gentiment. Et voilà. Quelqu'un a une chaussette à lui prêter ? »

Lydia lui en donna une. « S'il y avait eu un raid aérien, je parie que tu aurais réussi à courir, dit-elle.

— Rentrons », dit aussitôt Polly. L'idée ne l'avait pas effleurée avant, mais maintenant qu'elle pensait à ça, elle s'inquiétait, constata Clary.

« Dis merci à Nora, ordonna Clary.

— J'allais le faire, répliqua Neville d'un ton boudeur. À cause de toi, c'est fichu. Je te remercierai sur le chemin de la maison, ajouta-t-il à l'intention de Nora. Quand je serai de nouveau prêt. »

Un après-midi ordinaire, songea Polly alors qu'ils repartaient. Combien y en aurait-il encore ? Elle jeta un coup d'œil à Clary qui marchait en traînant les pieds à côté d'elle. « À quoi tu penses ?

— J'essayais de décrire ce faisan. Tu sais… à quoi il ressemblait avec précision… tu comprends… un oiseau en tenue habillée… un peu militaire, et sa façon de courir… une espèce de dandinement titubant…

— Pourquoi ? Je ne pensais pas que tu t'intéressais aux oiseaux.

— Je ne m'y intéresse pas plus que ça. Mais il se peut que je veuille en mettre un dans un livre un jour, et pour ça, je dois me souvenir des choses.

— Ah. »

Tante Rachel pesa les mûres – il y en avait un peu plus de cinq kilos –, la Duche leur donna à chacun une pâte de fruit, et Dottie pleura parce que Mrs Cripps dit qu'elle n'avait pas bien lavé le chaudron à confiture, et que ça risquait d'accrocher. En début de soirée, le parfum de noisette des mûres en train de bouillir se diffusa dans le grand hall et jusqu'au palier supérieur, où la grand-tante Dolly le détecta en allant à la salle de bains remplir d'eau son verre à dents pour faire tremper ses gousses de séné.

Toute la maisonnée fut appelée pour entendre le roi s'exprimer à la radio à dix-huit heures, et tous demeurèrent immobiles et silencieux en l'écoutant prononcer son discours tendu et heurté, alors qu'il luttait contre son bégaiement. « Pauvre roi ! dit Lydia. Être obligé de parler quand on en est presque incapable ! » Et Louise fit remarquer que par chance, il n'avait pas voulu être acteur, sans quoi ç'aurait été une tragédie : il aurait été condamné à des rôles de figurants qui traversaient le plateau armés d'une lance. Ensuite, un homme du nom de J. B. Priestley lut quelque chose qu'il avait écrit et, juste au moment où l'on entendit le merveilleux Sandy Macpherson à l'orgue de cinéma, les bonnes reçurent l'ordre d'aller mettre la table pour le dîner, ce qu'elles trouvèrent fort dommage, et les enfants d'aller prendre leur bain, tandis que les adultes, qui n'étaient pas obligés de faire quoi que ce soit, éteignirent la radio.

« Ils ne veulent même pas nous laisser écouter ce qui ne les intéresse pas », se plaignit Clary. Dans un grand cinéma de Londres, elle avait vu un jour Sandy Macpherson jouer de l'orgue dans la fosse et avait eu hâte de s'en vanter. « Alors qu'eux, on est obligés de les écouter pendant des heures. Parfois, ajouta-t-elle, sachant que ce n'était pas tout à fait exact.

— En tout cas, la France est entrée en guerre, fit gaiement remarquer Teddy. Oh… pardon,

Christopher, mais tu vois ce que je veux dire. Ça rend la chose plus *amicale.* » Christopher, à genoux, enroulait de petits morceaux de foie autour de bouts de fourrure de lapin. Perchée en haut de l'armoire, la chouette, une hulotte, l'observait. Christopher l'avait trouvée sur la lande de Hampstead, alors qu'elle était encore bébé : elle avait une patte cassée et était très mal en point. Il lui avait mis une attelle et l'avait soignée jusqu'à ce qu'elle recouvre la santé. À présent elle était apprivoisée. Simon aurait adoré en avoir une, mais il savait qu'il n'aurait pas le droit de l'emmener à son école. La chouette plongea soudain et atterrit sur l'épaule de Christopher avec un bruit de froissement. Christopher lui présenta un morceau de nourriture sur sa paume, la chouette l'attrapa et rejoignit le haut de l'armoire, sans se départir de son mystérieux air indigné.

« Tu la laisses sortir, parfois ? demanda Teddy.

— J'ai essayé un jour, mais elle est allée se poser dans un arbre et n'en a plus bougé de la journée. Elle en est descendue le soir quand je lui ai apporté à manger, et elle est rentrée dans la maison avec moi. » Il n'ajouta pas qu'il n'avait tenté l'expérience qu'une fois, comme gage de la liberté de l'oiseau ; il espérait en secret qu'elle resterait toujours. Sauf qu'il était pensionnaire depuis qu'ils avaient emménagé à Frensham, que son école risquait d'être évacuée vers une autre et qu'il lui serait alors difficile de garder sa chouette, mais il comptait bien trouver un moyen. L'oiseau vint chercher un autre morceau de nourriture : cette fois, il faillit perdre l'équilibre et planta ses serres pour avoir une meilleure prise sur l'épaule de Christopher. Simon avait déjà remarqué les griffures sur la peau de Christopher, mais ce dernier ne semblait pas s'en soucier.

*

La première soirée de guerre se passa comme tant d'autres soirées, ponctuée par la succession des protestations mécaniques de chacun des enfants – fierté oblige – quand arrivait son heure d'aller se coucher. « Si ça continue, on ira au lit *avant* Wills et Roland, râla Lydia, alors que Wills n'a que deux ans et que Roland est à peine né.

— Oui, dit Judy. À Berkeley Court, on prenait notre bain après le dîner, Monica et moi, si bien qu'on ne se couchait pas avant neuf heures. »

Cet après-midi-là, son père était allé la chercher chez sa camarade de classe, et les deux autres n'en pouvaient plus de l'entendre raconter à quel point tout y était formidable et merveilleux. Ils avaient déjà appris que Monica possédait deux poneys, qu'il y avait des éclairs au chocolat pour le goûter, un réfrigérateur qui fabriquait de la glace, une piscine, un étang avec une barque, que Monica s'était fait faire une permanente et qu'elle avait un collier de vraies perles.

« Frime, frime, frime », marmonna Neville. Il était assis par terre dans la chambre qu'ils partageaient et essayait de voir s'il aurait pu retirer lui-même l'épine de son pied en l'aspirant. Il aurait pu.

« Mais qu'est-ce que tu fabriques ? s'écria Judy.

— Je me ronge les ongles de pieds. Pour changer.

— C'est répugnant ! Lydia, tu ne trouves pas que c'est répugnant ?

— C'est les pieds de Neville, il fait ce qu'il veut

avec », répondit Lydia d'un ton dédaigneux. Secrètement, elle trouvait ça à la fois malin et dégoûtant de la part de Neville, mais ils étaient à présent unis par un même agacement à l'égard du séjour de Judy, dont ils étaient fatigués d'entendre parler.

« Monica avait sa propre salle de bains rien qu'à elle, poursuivit Judy au moment où Ellen vint leur dire que leur bain était prêt et leur demander de se dépêcher.

— Oui, et je parie qu'elle avait sa propre tête, son propre nez, ses propres dents…

— Et son propre derrière », termina Lydia, ce qui fit éclater de rire Neville.

À Home Place, on avait dressé une table dans le hall pour leur dîner, puisqu'ils étaient trop âgés pour prendre seulement du lait et des biscuits à l'étage ; les adultes voulaient la salle à manger pour eux seuls, et le mécontentement grondait chez les enfants, privés du privilège accordé d'ordinaire à deux d'entre eux. Ils mangèrent de la viande hachée, accompagnée de purée et de haricots d'Espagne. Le ciel, visible par les dômes, passa du violet à l'indigo, segmenté comme un melon par les montants entre les vitres qui, remarqua Clary, étaient sombres quand le ciel était clair puis semblèrent pâlir avec le crépuscule. Ils entendirent l'eau couler là-haut pour les bains, des portes s'ouvrir et se fermer, tous les bruits que faisaient les adultes se préparant pour leur dîner. Couchée aux pieds de Christopher, Bessie, la grande chienne du Brig, fixait sur lui ses yeux ronds et bruns comme des cigarettes russes, avec une avidité que le labrador croyait faire passer pour des sentiments. Il la caressa, mais ne lui donna rien à manger. Un an plus tôt, songea-t-il, il avait établi son campement dans les bois, un rêve d'aventure et de fuite. Le projet lui semblait aujourd'hui irréaliste, et donc puéril, mais il ne voyait rien pour le remplacer. Il avait compris à l'école qu'il y avait un prix à payer si on était pacifiste : les moqueries et le mépris ouvertement agressif qu'il s'était attirés de presque tout le monde au cours de l'année.

Seul Mr Milner semblait comprendre. Mr Milner enseignait les humanités, et Christopher, qui au début n'aimait pas beaucoup le grec, s'était aperçu qu'il y prenait goût parce qu'il appréciait Mr Milner et sa façon d'exprimer ce qu'il pensait. Christopher passait son temps à dessiner, des oiseaux surtout et parfois d'autres animaux, et le faisait souvent dans les cahiers réservés aux devoirs scolaires. Quand Mr Milner était tombé sur un dessin de Tawny, accompagné de quelques croquis de ses serres ou d'une aile déployée, il ne s'était montré ni sarcastique ni réprobateur, s'exclamant seulement : « Ma foi, c'est excellent, vous savez, vraiment excellent ! Vous dessinez beaucoup comme ça ? » Et lorsque Christopher avait marmonné « pas mal », il avait dit : « Vous avez tout à fait raison. Si vous voulez être un artiste, l'important est de pratiquer *sans relâche* – c'est ça, être un professionnel. Je n'ai jamais pu supporter les minces volumes, les uniques concertos pour violoncelle. Aussi bons qu'ils soient, on sait parfaitement que si le type en avait fait davantage, il aurait été meilleur. » Et puis, après les examens et juste avant les grandes vacances, il lui avait donné un bloc d'un magnifique papier, très épais, très blanc et au toucher délicieux. « J'avais ça dans mes affaires, avait-il dit, et vous en ferez un bien meilleur usage que moi. » Mr Milner savait qu'il était pacifiste, et il avait été le seul à se comporter comme si c'était une opinion tout à fait normale – il s'était contenté de lui demander pourquoi il l'était et avait écouté sa réponse. Puis il avait dit : « Eh bien, Christopher (Christopher avait remarqué qu'il n'appelait les gens par leur prénom que s'il les aimait bien, sinon il l'aurait appelé Castle), les principes peuvent coûter cher… » Il était gros et presque chauve, ce qui faisait paraître ses sourcils encore plus broussailleux, il parlait d'une voix sifflante qui se cassait quand il s'emballait, et il s'emballait souvent. Il portait toujours la même veste de tweed aux coudes en cuir et le genre de bottes utilisées pour gravir des montagnes, ses cravates n'étaient jamais très propres, et, quand il riait, il émettait un « Oh, oh, oh ! » suivi de nouvelles inspirations sifflantes. La pension avait épargné à Christopher les agressions de son père, mais l'expérience s'était révélée négative à bien des égards, sauf qu'il y avait eu Mr Milner.

Mon opposition à la guerre ne l'empêchera pas d'arriver, songea-t-il, parce que je ne compte pas vraiment, puis il entendit la voix de Mr Milner disant : « Tout le monde compte, mon garçon, ne serait-ce que pour soi-même. Ne vous dévalorisez pas au point de devenir l'exception. »

« Qu'est-ce qui te fait sourire ? lui demanda Neville.

— Rien d'important », répondit-il. Puis il se dit, c'est un mensonge et je l'ai prononcé presque sans m'en rendre compte. Il décida de les compter le lendemain pour voir à quelle fréquence ça arrivait. Sauf que si je sais que je les compte, pensa-t-il, il y en aura moins. Cela lui rappela la remarque de quelqu'un, rapportée par Mr Milner, sur l'état d'esprit des gens lorsqu'ils tenaient leur journal intime.

*

Polly était songeuse : elle laissa une grande partie de sa viande hachée et, quand la tarte aux pommes meringuée fut servie, dit qu'elle n'en voulait pas. Elle aussi se rappelait l'année précédente, lorsque Oscar était en vie et s'était perdu, puis avait été retrouvé juste à temps pour la paix. Mais un jour, on avait découvert Oscar étendu au fond du jardin, raide comme une planche. Il s'était fait renverser, avait dit le vétérinaire : il avait le dos brisé. Après un autre enterrement solennel, elle avait décidé de ne plus avoir de chat tant qu'elle n'aurait pas sa maison à elle. Elle se félicitait à présent de sa décision. Au moins elle n'aurait pas à craindre de voir son animal mourir gazé. Son père avait voulu lui en offrir un autre pour son anniversaire, mais elle avait déclaré qu'elle était trop vieille pour avoir un chat. « J'ai atteint un âge intermédiaire où ce ne serait pas raisonnable, avait-elle dit. — C'est toi qui vois, Poll », avait-il répondu, et elle s'était ensuite demandé pourquoi les gens disaient toujours ça quand ils n'étaient pas d'accord. En fait, elle était triste de ne pas *vouloir* de chat, mais elle songeait maintenant qu'elle avait peut-être toujours su que la guerre n'avait jamais disparu, qu'elle n'était que différée et n'avait jamais cessé d'être une menace. Et voilà qu'elle était déclarée, et, en apparence, rien n'avait changé. Si seulement papa n'était pas obligé de travailler à Londres, pensa-t-elle. S'ils pouvaient rester tous ensemble, ce qui arriverait ne pourrait pas être si affreux. Au moins, elle n'avait plus à continuer d'essayer de croire en Dieu.

Bessie se trouvait entre Christopher et elle. La chienne, s'étant vite aperçue qu'il y avait de la nourriture dans l'assiette de Polly, avait calé sa masse contre le genou et la chaise de cette dernière. Christopher s'était tourné vers elle en souriant. « Ne lui cède pas, elle est beaucoup trop grosse pour son âge. Tu ne lui rendrais pas service.

— Je sais », dit Polly. Bessie n'aurait pas de masque à gaz. La bonté des humains envers les animaux n'allait pas jusque-là : ils n'étaient pas *vraiment* bons, estima-t-elle. Teddy et Simon parlaient de cricket. Ils parlaient de plus en plus souvent de choses qui ne l'intéressaient pas. Si un jour elle avait des enfants, elle les enverrait tous dans la même école, pour qu'ils continuent de faire les mêmes activités et ne s'éloignent pas les uns des autres. Cette idée lui remonta le moral, et elle demanda à Christopher s'il était d'accord avec elle, ce qui était le cas. Puis Nora, qui les avait entendus, intervint pour dire qu'il existait une école moderne comme ça du nom de Dartington Hall, dans le Devon, où les enfants étaient tous pourris gâtés.

« Comment ça, pourris gâtés ? demanda Clary.

— Eh bien, ils ont le droit de faire ce qu'ils veulent tout le temps. Et ils font des travaux manuels, comme de la menuiserie, ce qui n'a rien d'une matière scolaire.

— Je ne vois pas pourquoi on deviendrait pourri gâté en faisant ce qu'on aime. Moi, ça me rend beaucoup plus aimable.

— Tout le monde a besoin de discipline, dit Nora. Moi, j'en ai besoin, c'est sûr.

— Eh bien, on n'est pas tous pareils », dit Clary. Christopher éclata de rire, mais Nora devint écarlate.

Une soirée semblable à toutes les autres, pensa Polly au moment où Tante Rachel descendit, vêtue de sa robe bleue en moire, une petite cape sur les épaules. « Coucou, mes chéris ! Le dîner est bon ?

— Qu'est-ce que tu dirais si on te répondait qu'il est dégoûtant ? dit Simon.

— Je dirais "Bien fait pour toi, vieille tante écervelée, ça t'apprendra à poser des questions aussi bêtes". »

Elle se rendait au salon, mais le Brig, qui avait entendu sa voix, l'appela. « Rachel ! Justement celle que je voulais voir. » Alors elle dévia de sa route pour aller dans le bureau de son père.

« Pauvre Brig, dit Clary. Vous imaginez, ne plus être capable de lire.

— Ou de monter à cheval. Ou de conduire, dit Teddy, ce qui semblait bien pire à ses yeux.

— Cela fait des siècles qu'il n'a pas tenu un volant. Tonbridge refuse de le laisser faire. Mais il prend le train tout seul.

— Bracken va le chercher à Charing Cross.

— Bracken est en train de devenir si énorme que, d'après papa, il faudra bientôt acheter une plus grosse voiture pour qu'il puisse monter dedans. Et à la fin, il ne rentrera plus que dans un camion. Je suppose qu'il sera mobilisé et qu'on lui fera conduire un tank. Tu viens, Simon, on va finir notre partie. » Ils allèrent à la salle de billard.

« Nous, on va jouer aux cartes », annonça Clary. Elle n'en avait pas plus envie que ça, mais elle voulait distraire Polly du sujet de la guerre. « Une partie de memory ? » suggéra-t-elle d'un ton enjôleur, sachant qu'elle était particulièrement bonne à ce jeu. Polly plissa son front blanc. « Un rami ? »

Louise, ayant compris qu'il s'agissait de changer les idées de Polly, déclara que c'était une excellente idée. Elles montèrent donc dans l'ancienne nursery, où dormaient maintenant Polly et Clary, sortirent les paquets de cartes et enrôlèrent Christopher pour jouer avec elles, mais comme il n'arrêtait pas de perdre, il les quitta bientôt en disant qu'il allait lire.

*

Au dîner, dans la salle à manger, personne ne parla de l'avenir ; les réflexions d'ordre général ayant été épuisées, tous s'étaient repliés sur leurs incertitudes personnelles, dont la plupart d'entre eux, pour des raisons variées, estimaient qu'il serait égoïste et pusillanime de discuter. Ils mangèrent leur soupe d'asperges, faite avec la dernière récolte de l'année, précisa la Duche, et de la queue de bœuf aux betteraves et sauce blanche, accompagnée de carottes, de petits pois et de purée, suivie d'une charlotte russe, un entremets cher au cœur de Mrs Cripps – elle adorait disposer les petits boudoirs à la verticale dans le moule –, mais Edward le jugea spongieux et préféra attendre le fromage. Même lui était à court de conversation ; les précieux rondins de bois dur avaient de nouveau été plongés dans le fleuve, mais les hommes ne parlaient de leurs affaires que lorsqu'ils étaient seuls. Il se demanda comment allait Diana, si Angus l'avait rejointe et, dans ce cas, si elle le laisserait coucher avec elle. Il était mal placé pour le lui reprocher, vu que Villy et lui… l'idée ne lui faisait pas franchement plaisir pour autant. Il regarda Villy, vêtue d'une robe couleur prune avec une espèce de col bénitier qui ne lui allait pas du tout. Ils avaient eu un début de dispute à Pear Tree Cottage, alors qu'ils se préparaient pour le dîner, parce qu'elle avait dit qu'elle ne comptait pas passer toute la guerre réfugiée à la campagne à s'occuper d'un bébé ; elle deviendrait folle, avait-elle assuré. Si une maison devait rester ouverte à Londres, elle estimait que ce devait être Lansdowne Road. « Hugh pourrait y vivre durant la semaine, et le reste de la famille y venir chaque fois qu'ils en auraient besoin. »

Cela l'avait réduit au silence : il savait que ses chances de voir Diana seraient diminuées de moitié si Villy se trouvait à Londres, mais il pouvait difficilement utiliser cet argument. « Nous verrons comment les choses évoluent », avait-il conclu.

Il s'aperçut que son père désirait du porto, qui se trouvait à sa droite, mais qu'il cherchait son verre. Il se leva pour aller le servir, puis poussa la carafe vers la personne suivante.

« Zoë, le porto est avec toi », dit-il, et il la vit sursauter, avant de le passer à Hugh. Elle était très séduisante. Elle portait une longue robe d'intérieur, en brocart bleu pâle tirant sur le vert, brodée de petites fleurs abricot, et ses cheveux, tirés en arrière pour lui dégager le visage, étaient retenus dans une résille qui formait comme un énorme chignon – l'effet était très victorien. Elle avait beau être toute pâle en ce moment, à côté d'elle les autres femmes paraissaient fanées ou fatiguées. Il se demanda si Rupert avait suivi son conseil de mettre en route un bébé aussi vite que possible.

La Duche savait très bien que les hommes voulaient discuter entre eux dès qu'ils auraient terminé le dessert (elle était contre le fromage le soir), aussi suggéra-t-elle aux femmes de se retirer. Une fois qu'elles furent installées et qu'Eileen eut apporté le café, Rachel dit : « Avant que vous ne commenciez à jouer, Duche chérie, je ferais mieux de vous distribuer ceci. Le Brig veut qu'on les accroche à la porte de toutes les chambres. » Elle fit passer des feuilles.

« "Instructions en cas de raid aérien", lut tout haut Sybil. Mon Dieu ! Qui a fait tout ça ?

— Moi. La directrice en voulait pour les infirmières, et le Brig a estimé que tout le monde devrait en avoir. Je suis désolée que ma dactylographie soit aussi mauvaise... je tape à la machine comme un paresseux avec ses deux orteils. »

La tâche avait dû lui prendre des heures, pensa Sid, et Villy dut se faire la même réflexion car elle dit : « Il n'y avait pas de papier carbone ?

— Si, mais il était affreusement vieux, et quand on fait autant d'erreurs que moi, ça ne change rien de toute façon. » Les instructions, frappées au coin du bon sens, expliquaient comment réagir, de jour comme de nuit. « Même si, bien sûr, il n'y aura pas de raid aérien dans le noir. Ils ne seraient pas capables de se repérer, dit Villy.

— Tant que le black-out est correctement fait. »

Elles passèrent un moment à décider de quels enfants elles seraient responsables, puis le silence retomba.

La soirée, remplie de menues activités domestiques – Sid et la Duche jouant des sonates de Mozart, les hommes sortant de la salle à manger –, n'en fut pas moins ponctuée par ces courts temps morts, durant lesquels le bruit léger des aiguilles à tricoter de Sybil, d'une bûche s'affaissant dans la cheminée ou d'une cuillère dans une tasse de café, ne fit que souligner les instants où chacun d'eux se trouvait plongé dans ses inquiétudes personnelles.

« Vous souvenez-vous qu'il était devenu antipatriotique de jouer de la musique allemande pendant la dernière guerre ? fit remarquer la Duche en refermant le piano. Quelle idée ridicule.

— Ce n'était pas l'avis de tout le monde, si ? » Sid rangeait son violon, mais Rachel entendit à sa voix qu'elle était choquée.

« Seulement du genre de personne qui, pour leur faire honte, donnait des plumes blanches aux hommes ayant les pieds plats ou une mauvaise vue.

— Je suis sûr que les Allemands sont encore pires que nous à cet égard, dit Hugh.

— Certes, mais ils ont beaucoup moins à perdre. En matière de compositeurs, nous ne pouvons pas rivaliser avec eux », dit Rachel, avant de porter la main à sa bouche en regardant Villy, dont le père, après tout, en était un. Quelle chance, songea-t-elle, que Lady Rydal ait préféré dîner au lit ce soir-là.

Mais Villy, qui avait tendrement aimé son père, peut-être plus qu'elle n'avait aimé quiconque, se remémora soudain ce qu'il avait écrit dans un de ses carnets à propos de son premier voyage en Allemagne : enivré par la quantité de musique disponible, le jeune étudiant s'était senti comme un chien lâché dans un champ de lapins.

« Hitler a la réputation d'aimer Wagner », dit Sybil. Ayant fini la deuxième chaussette, elle sortit sa jumelle du sac pour donner les deux à son mari. Dieu merci, cette paire-là était terminée : elle était franchement lasse de tricoter des chaussettes, mais Hugh semblait tellement les aimer qu'elle se sentait obligée de continuer à lui en fournir.

« Ça ne m'étonne pas. » La Duche détestait Wagner : d'après elle, il allait trop loin dans des directions qu'elle ne voulait même pas considérer.

« Au lit ! s'écria Edward. On se lève tôt demain matin. » Il regarda ses frères. « Il vaut mieux que tu emmènes Rupert, j'ai une visite à faire en chemin. »

*

Rupert redoutait quelque peu le moment où il se retrouverait seul avec Zoë dans leur chambre. Lorsqu'il était monté prendre son bain avant le dîner, il l'avait trouvée assise devant la coiffeuse, désœuvrée. Lui faisant lever le visage vers lui, il s'était aperçu qu'elle avait pleuré : elle avait les paupières gonflées et d'une nuance bleutée légèrement translucide. À sa surprise, elle avait souri, pris la main qu'il avait posée sur l'épaule de son kimono et l'avait glissée sous la soie. Alors qu'il fixait ses étonnants yeux voilés, d'un vert inimitable, comme il l'avait découvert depuis longtemps, elle avait déplacé sa main de son épaule à son sein. Stupéfait, envoûté, il s'était baissé pour l'embrasser, mais elle lui avait mis la main sur la bouche et avait esquissé un petit mouvement de tête aguicheur, montrant le lit. Il avait éprouvé un accès soudain, joyeux, d'excitation et de plaisir – sa vieille, jeune Zoë était de retour.

À présent, tandis qu'ils remontaient l'escalier

en silence et parcouraient le couloir menant à leur chambre, cette brève et idyllique demi-heure, interrompue – heureusement, peut-être – par Peggy qui avait frappé à la porte et était entrée sans attendre de réponse pour ouvrir le lit, lui apparaissait comme un rêve – à croire qu'il avait été seul à la vivre, ou qu'elle n'était pas arrivée du tout. Peggy avait poussé un petit cri et rougi d'embarras, mais sans elle, ils n'auraient jamais été à l'heure pour le dîner. Ils s'étaient habillés à la vitesse de l'éclair, en riant – Zoë avait attaché ses cheveux, encore un peu humides après avoir été lavés, et enfilé la robe d'intérieur qu'il lui avait offerte à Noël. « Je n'ai même pas le temps de me maquiller, avait-elle dit. Je suis présentable ?

— Tu es tellement… » avait-il commencé, pour finir par dire : « Je t'aime, voilà tout. Pour moi, tu es parfaite. »

Mais au terme de cette soirée assez pénible en famille, il commença à s'inquiéter de lui avoir dit plus tôt qu'ils parleraient de l'avenir – de son incorporation dans la marine (si possible), de ses sentiments à elle –, par peur d'une dispute. Elle n'était pas douée pour les disputes, et son incapacité à comprendre des choses qu'elle ne voulait pas ou n'aimait pas l'irritait au point qu'il la soupçonnait intérieurement de le faire exprès ; extérieurement, il se montrait d'une patience acerbe et elle finissait par bouder. Il redoutait de terminer la journée sur une telle note ; puisqu'ils avaient déjà fait l'amour, ce qui, jusqu'à ces derniers mois, était leur mode de résolution de ces conflits, il craignit d'aboutir à une nuit de veille tendue.

Il se trompait. Car il se passa sensiblement la même chose qu'avant le dîner, et cette fois, parce qu'il n'était plus si stupéfait par la joyeuse ardeur de sa femme, il mesura à quel point c'était agréable quand il n'était pas désolé pour elle à cause de l'épreuve qu'elle venait de traverser, ni angoissé à l'idée de ne plus être capable de lui donner du plaisir. Lorsqu'ils furent couchés, paisibles, dans un silence de délicieux contentement, elle dit : « Rupert, j'ai réfléchi. »

Il eut un instant de découragement, puis se reprit. Il était animé des meilleures intentions : il se montrerait patient, délicat, et réussirait à lui faire comprendre que certaines choses dépassaient leurs propres souhaits. Il l'installa au creux de son bras. « Je t'écoute, dit-il.

— J'aimerais bien trouver un bureau à offrir à Clary pour Noël. Avec un tiroir secret, un beau meuble ancien qu'elle utiliserait pour écrire. Je me suis dit que nous pourrions faire un saut dans cette boutique où va Edward à Hastings…

— Chez Cracknell.

— Voilà. Tu ne crois pas que ce serait une bonne idée ?

— Une merveilleuse idée. » Des larmes lui montèrent aux yeux. « Nous irons le week-end prochain.

— Mais ça doit être un secret.

— Bien sûr. Tu n'imagines pas que je le lui dirais, si ? » Il était ravi de se sentir si indigné.

« Noël est dans longtemps. » Elle se tortilla pour se libérer et se leva d'un bond.

« Où vas-tu ?

— Enfiler un vêtement pour Peggy demain matin », dit-elle en passant sa chemise de nuit.

C'était étrange, songea-t-il en mettant son pyjama, puis en allant ouvrir la fenêtre pour laisser entrer l'air froid et brumeux, avant de retourner au lit, étrange que le seul avenir dont ils aient parlé se limite au week-end suivant. De manière perverse, après l'avoir embrassée et avoir éteint la lumière, il regretta qu'ils n'aient pas parlé – sérieusement, mais sans se disputer – de ce qui les attendait, puis il se maudit de toujours vouloir quelque chose de plus, ou autre chose, que ce qu'elle lui offrait.

*

« Tu l'es. En tout cas, tu l'es pour moi. »

Edward et Villy avaient ramené Jessica et Raymond au cottage en voiture, à cause de la jambe de Raymond, mais Sybil et Hugh avaient décliné la proposition, préférant rentrer à pied pour profiter de la fraîcheur de l'air. Sybil tenait une lampe de poche qu'elle dirigeait si soigneusement devant Hugh qu'elle trébucha et qu'il tendit le bras pour la stabiliser. « Mets-toi de l'autre côté, dit-il, comme ça je pourrai te tenir la main.

— La beauté se trouve dans l'œil de celui qui regarde, dit-elle, se moquant à moitié d'elle-même en le disant.

— Je ne crois pas que ce soit vrai. Mais quelles que soient la façon dont je te vois et la façon dont toi, tu te vois, je t'aime. Je t'ai toujours aimée et je t'aimerai toujours. Quoi qu'il arrive. » Cette dernière phrase lui avait échappé. Pourquoi diable avait-il dit ça ?

Il y eut un silence durant lequel il commença à espérer qu'elle ne l'avait pas entendu. Mais elle dit : « Je pourrai supporter n'importe quoi si nous sommes tous ensemble. Mais avec Simon en pension à des kilomètres et toi seul à Londres... Écoute, Hugh, ce ne serait pas idiot de garder notre maison ouverte. Wills et Polly peuvent rester ici, et nous reviendrions tous les week-ends. Tu n'es pas d'accord ?

— Je ne serai jamais tranquille si je te sais toute seule à la maison, et, en cas de raid aérien, je serais trop loin pour veiller sur toi. C'est hors de question. » Il lui étreignit la main. « Je viendrai tous les week-ends sans faute. »

Elle fut à deux doigts de répliquer que ce serait elle qui passerait ses journées à s'inquiéter de ce qui risquait de lui arriver à lui, mais réussit à ravaler sa réponse. Si l'un d'eux devait se ronger les sangs, c'était à elle de le faire. L'idée qu'il s'inquiète lui était insupportable. Elle garda le silence.

« Mais tu sais, reprit-il quand ils furent couchés, tout sera peut-être fini bien plus tôt que nous le croyons. Hitler ne va pas aimer la ligne Maginot – ce ne sera pas comme la dernière fois. Et les Américains nous rejoindront peut-être plus tôt. Ce qui réglerait la question. »

Voulant lui faire croire qu'il l'avait rassurée, elle dit : « Je suis sûre que tu as raison. »

LOUISE

Janvier 1940

« Ah, Louise ! Quel plaisir de vous revoir. Vous serez notre plus ancienne pensionnaire ce trimestre. » Miss Rennishaw se tenait dans le vestibule, vêtue d'un de ses habituels tailleurs en tweed traversé de grands accrocs réguliers comme un champ labouré, apparemment insensible aux rafales de vent glaciales qui accompagnaient chaque nouvelle arrivée. L'allée devant le bâtiment était encombrée de voitures et de chauffeurs trimballant de lourdes valises en cuir. Bracken ne tarda pas à arriver avec la sienne – un très vieux modèle ayant appartenu à son père et qu'il fallait entourer de lanières parce que les fermoirs étaient gauchis. La sœur de Miss Rennishaw, sa jumelle – étonnamment puisqu'elle mesurait bien soixante centimètres de moins que son imposante sœur –, sortit en trombe de leur salon privé et murmura quelque chose.

« Ils sont dans le tiroir supérieur de mon bureau, Lily. N'en fais pas trop.

— Merci, Bracken, dit Louise.

— Bien, miss. » Il effleura sa casquette et disparut dans l'obscurité. Ça ne me rend plus triste, songea Louise en montant l'escalier derrière Blake, le jardinier de l'école, qui portait sa valise. Elle était dans la même chambre qu'elle avait occupée les deux précédents trimestres, une pièce mansardée au dernier étage, pourvue de deux petites lucarnes. Pendant le premier trimestre épouvantable, elle l'avait partagée avec Nora puis, après le départ de sa cousine pour cause de guerre, avec l'ennuyeuse Elizabeth Crofton-Hay, qui passait des heures à parler de son entrée dans le monde, de son bal des débutantes, de sa présentation au roi, etc. Son seul autre sujet de conversation était Ivor Novello, dont elle était folle amoureuse ; elle était allée voir *The Dancing Years* quatorze fois, même si le théâtre ne l'intéressait pas du tout d'un point de vue *artistique*. Elizabeth partie, Louise aurait une nouvelle camarade de chambre, mais comme cette dernière n'était pas encore là, elle s'empressa de choisir le meilleur lit près d'une des fenêtres. Rien n'avait changé dans la chambre. Deux lits en fer à couverture bleue ; deux commodes surmontées d'un petit miroir carré accroché au mur ; deux étroites penderies et deux chaises aux assises en rotin. Au sol, un linoléum bleu foncé tellement lustré par les pensionnaires que les descentes de lit en laine glissaient au milieu de la pièce chaque fois qu'on posait le pied dessus. Elle s'assit sur son lit sans retirer son manteau : il faisait si froid qu'on ne sentait même pas l'odeur d'encaustique. Elle s'était rendu compte que sa tristesse était passée – que la maison ne lui manquait plus – à peu près au milieu du trimestre précédent. Avant ça, elle avait évité de trop y penser de peur que son malaise revienne. (C'était souvent arrivé au cours du premier trimestre. Au moment où elle se disait que ce n'était pas si terrible d'être loin de chez elle – pendant qu'elle mettait de la graisse de rognon dans un moule à pudding ou écoutait les conversations, assise dans la salle à manger –, la nostalgie déferlait soudain sur elle, et elle devait interrompre ce qu'elle était en train de faire pour filer pleurer sur son lit.) Puis petit à petit, elle s'était aperçue qu'elle s'habituait. Elle ne cassait plus de vaisselle et n'avait plus mal au cœur ; des heures, parfois des jours entiers passaient sans qu'elle pense à la maison. Elle s'était demandé pourquoi cette prise de conscience ne la réjouissait pas davantage, mais lorsqu'elle en avait parlé à Polly à Noël (après tout, sa cousine était dans la même situation : elle avait passé des années à craindre qu'il y ait la guerre, or la guerre ne s'était jusque-là pas révélée plus effrayante que la vie ordinaire), Polly lui avait dit que, si elle s'inquiétait moins, elle n'était pas devenue euphorique pour autant. Et cela, avait-elle ajouté, parce que la guerre n'allait pas demeurer seulement ennuyeuse et un peu sinistre. Clary l'avait alors interrompue pour dire que les Finlandais ne voyaient peut-être pas les choses du même œil – elle manquait vraiment de tact, songea Louise. En ce qui la concernait, ça s'expliquait plutôt par ses autres sujets d'inquiétude : son audition, par exemple. Elle avait réussi à convaincre ses parents qu'elle devait en passer une pour entrer dans une école de théâtre – si elle échouait, c'en serait fini de ses projets. Elle devrait apprendre la dactylographie pour s'orienter vers un emploi de bureau rasoir. Ils avaient accepté, pensait-elle, parce que sa mère était si déterminée à l'envoyer en France apprendre le français dans une famille (impossible maintenant que la guerre était déclarée) qu'ils n'avaient pas réfléchi à une alternative, et qu'à son âge – elle aurait dix-sept ans en mars – elle était trop jeune pour s'engager. Dieu merci ! Ça paraissait injuste, après des années passées à suivre des leçons et à être traitée comme une enfant, de devoir renoncer à sa fervente ambition, jugée égoïste et frivole. Elle imaginait les Wrens et l'ATS[1] comme de vastes pensionnats. En intégrant l'école de théâtre, elle gagnerait une année, et en un an, tout pouvait arriver. C'était égoïste de sa part, bien sûr. Le trimestre avec Nora, placé sous le signe de la sainteté, le lui avait appris. Les demoiselles Rennishaw étaient très Haute Église : l'assiduité à l'église était presque obligatoire, même si on n'était pas obligé d'aller à la leur – on pouvait en choisir une où l'on ne brûlait pas d'encens, ne pratiquait pas la confession, etc. –, mais Nora avait joué le jeu avec son ardeur habituelle et plus ou moins entraîné Louise avec elle. Chaque semaine, pendant tout ce trimestre, Louise s'était agenouillée dans le petit isoloir, et bien qu'au début elle ait eu du mal à trouver des choses à confesser, au point qu'il lui était arrivé une fois d'en inventer, c'était devenu de plus en plus facile – son caractère empirait d'une semaine sur l'autre. « Je suis fort vaniteuse, vindicative, ambitieuse », avait-elle commencé un jour, mais le père Fry, reconnaissant tout de suite la citation, lui avait dit que Hamlet avait seulement *désiré* être ainsi, et que ces remarques étaient trop générales pour constituer une confession. Elle avait dû

1. Le Wren (Women's Royal Naval Service) et l'ATS (Auxiliary Territorial Service) étaient des branches féminines respectivement de la marine et de l'armée britanniques.

se rabattre sur d'autres choses, comme admettre qu'elle jugeait anormal de devoir nettoyer les toilettes ou récurer les sols – tâches qu'elles étaient obligées d'effectuer quand c'était leur semaine d'endosser l'uniforme de bonne à tout faire –, ce qui l'avait aussitôt menée au sujet de l'orgueil. Lorsqu'elle s'était plainte à Nora que ça ne semblait pas faire d'elle quelqu'un de meilleur, au contraire, Nora lui avait répondu qu'on ne pouvait pas évoluer tant qu'on n'avait pas admis à quel point on avait un caractère vicieux et faible au départ, et elle avait essayé d'inciter Louise à pratiquer des confessions avec elle tous les soirs pour s'entraîner. Nora, il fallait lui rendre cette justice, se trouvait toujours un tas de défauts – qu'elle appelait des péchés –, et, chaque fois qu'elle en mentionnait un, Louise s'apercevait qu'il s'appliquait aussi à elle ; une fois ou deux, l'exercice avait presque tourné à la compétition pour savoir laquelle des deux était la pire. La vie quotidienne était devenue un champ de mines. Un seul instant d'inattention, et c'était le péché assuré. « C'est pour ça que c'est si important et excitant ! » s'était exclamée Nora. À l'inverse, Louise estimait que ça gâchait tout le plaisir. Elle avait décidé que si elle croyait désormais en Dieu, elle ne l'aimait pas, ne l'appréciait même pas tellement, mais c'était là un péché trop énorme pour qu'elle s'en ouvre à Nora, même si le père Fry l'avait accueilli avec un calme surprenant, disant qu'il ressentait à peu près la même chose à son âge, une remarque qu'elle avait trouvée à la fois rassurante et condescendante.

Mais ensuite, Nora avait quitté l'école pour travailler à l'Hôtel des Tout-Petits de Tante Rachel, qui avait été retransféré à Londres. Elizabeth

Crofton-Hay n'était pas du tout portée sur la religion, bien qu'elle allât à l'église tous les dimanches. Au début, Louise s'était amusée d'entendre parler de maquillage, de découvrir qu'Elizabeth lavait ses bas tous les soirs avec de la lessive Lux et qu'elle portait un collier fait de perles que ses parrain et marraine lui avaient offertes au fil de ses anniversaires, mais les expériences les plus notables de la vie d'Elizabeth – un trimestre à Florence et un long week-end à Sandringham – ne semblaient pas avoir fait d'elle quelqu'un d'intéressant, et Louise n'avait pas tardé à se lasser des effusions exaltées concernant Ivor Novello. Elle alla à la porte pour voir qui pouvait bien être sa nouvelle compagne de chambre. Le morceau de papier punaisé dessus indiquait : « Louise Cazalet et Stella Rose ». Sans qu'elle sache pourquoi, le nom lui évoqua une fille à la peau très claire et aux longs cheveux blonds et raides, une illustration sortie du livre des fées – un nom d'héroïne. Elle décida de défaire sa valise et de sortir un pull plus chaud.

Le dîner était presque terminé quand Stella arriva. Elle avait raté le train et, en conséquence, les taxis de l'école, ce qui l'avait obligée à attendre qu'il en vienne un autre. On lui servit à dîner, et Miss Rennishaw suggéra à Louise de rester lui tenir compagnie pendant qu'elle prenait son repas. Elles se retrouvèrent donc seules dans la grande salle à manger, assises à l'une des huit tables rondes. Stella ne ressemblait pas du tout à une princesse. Ses cheveux noirs, fins et bouclés, lui encadraient le visage ; elle avait le teint uniformément mat, de longs yeux étroits gris-vert au-dessus de hautes pommettes, un nez fort et osseux, et une petite bouche pâle d'une surprenante élégance, ponctuée d'un côté par un grain de beauté sous la lèvre. Louise eut juste le temps de remarquer tout ça, avant de s'apercevoir que Stella la dévisageait avec une égale curiosité. Elles échangèrent des sourires gênés.

« Tu n'as pas le cafard, si ?

— Le cafard ?

— Enfin, ça ne te fait pas bizarre d'être ici... ton premier soir.

— Oh, non ! Je me disais au contraire que j'étais très contente de ne pas être chez moi. Quand mon père apprendra que j'ai raté le train, il grimpera aux rideaux. Si j'étais à la maison, je n'aurais pas fini d'en entendre parler.

— Ta mère aussi serait contrariée ?

— Elle serait contrariée qu'il soit contrarié, ce qui revient au même. C'est comment, ici ? »

Louise répondit que ce n'était pas si mal. Mais il en fallait plus pour satisfaire Stella qui, avant d'avoir fini sa charlotte aux pommes, avait déjà posé mille questions et appris qu'il y avait quatre catégories de tâches – cuisine, intendance, ménage et blanchisserie – dont elles se chargeaient par roulement hebdomadaire, que deux professeurs leur enseignaient la cuisine, qu'une ancienne élève prénommée Patsy supervisait les intendantes, que la plus petite des Miss Rennishaw leur apprenait à faire le ménage et qu'une vieille Irlandaise sardonique, Miss O'Connell, dirigeait la blanchisserie. Elles travaillaient tous les matins, avaient leurs après-midi libres, puis recommençaient à cinq heures, après le thé, jusqu'à ce que le dîner soit servi puis débarrassé. « La pire, c'est Miss O'Connor : au dernier trimestre, elle m'a fait regaufrer trois fois un surplis. Chaque fois que je terminais, elle le froissait, le trempait dans l'amidon et m'obligeait à recommencer. »

Stella ouvrit de grands yeux, puis éclata de rire. « Je n'ai pas la moindre idée de ce dont tu parles.

— Tu sais ce qu'est un surplis ? Le vêtement blanc plissé que les prêtres portent à l'église.

— Ah, c'est vrai, dit-elle très vite.

— Eh bien, un fer à gaufrer est une espèce de… »

Mais à cet instant, Miss Rennishaw la Petite passa la tête dans l'embrasure de la porte et annonça à Stella que son père voulait lui parler. Stella mima une grimace de peur, mais Louise devina qu'elle n'était pas tranquille ; elle bondit sur ses pieds et sortit de la pièce en suivant la Petite, qui revint peu après dire à Louise de débarrasser le couvert de Stella et de tout ranger dans l'office. Une fois qu'elle eut fini, Louise traîna dans le couloir. Elle entendait la voix de Stella entre de longues plages de silence. « Oui, papa, je sais. Oui, c'est vrai. Je t'ai dit que j'étais désolée. Je ne sais pas. Le temps a passé, c'est tout. Je sais. Oui, c'est vrai. Allez, papa, ce n'est pas la fin du monde ! Désolée. J'ai dit que j'étais désolée. Je ne sais pas. Je ne sais pas quoi dire d'autre. » La conversation parut se poursuivre ainsi jusqu'au moment où Louise crut entendre des sanglots dans la voix de Stella et où elle commença à avoir pitié d'elle. Une minute plus tard, Stella reparut et, dès qu'elle eut refermé la porte du salon des Rennishaw, refit la grimace, levant les yeux au ciel et haussant ses fines épaules d'un faux air de désespoir.

« Oh là là, dit-elle. J'ai donné la migraine à ma mère, le dîner a été retardé à cause de tous les coups de fil, je ne devrais pas être autorisée à sortir tellement je suis égoïste et irresponsable, et il a bien envie de me priver d'argent de poche pendant tout le trimestre.

— Je croyais que tu…

— Que je pleurais ? J'étais bien obligée de faire semblant. C'est la seule manière de l'arrêter. *Les pères !* Tu as des problèmes avec le tien ?

— Non… enfin, parfois.

— J'ai tellement hâte d'être adulte, dit Stella alors qu'elles montaient l'escalier jusqu'à la mansarde.

— Je suis bien d'accord avec toi ! »

Le premier lien entre elles. Louise fut encore plus heureuse de découvrir que Stella, contrairement à toutes les autres, n'avait aucune envie d'être une débutante – « Je sais à peine ce que c'est ! » déclara-t-elle avec un mépris charmant. Elle voulait pourtant faire quelque chose de sa vie, bien qu'elle n'eût pas encore décidé quoi, ce qui incita Louise à lui révéler ses ambitions théâtrales et à lui parler de sa prochaine audition. Stella fut favorablement impressionnée. « Tu peux t'entraîner avec moi, dit-elle. J'adore qu'on me joue la comédie – enfin, façon de parler. »

« En fait, je m'inscrirai peut-être avec toi à l'école de théâtre, dit-elle beaucoup plus tard. Je pense que ça me plairait. » La remarque choqua Louise, qui y vit un manque de respect pour son art sacré.

« On ne peut pas décider comme ça d'être actrice, dit-elle.

— Pourquoi ?

— Pourquoi ? Parce que c'est plus une vocation qu'un métier. C'est un don, qu'on a ou qu'on n'a pas.

— Et toi, tu l'as ?

— Je n'ai jamais dit ça.

— Mais tu le penses. Peut-être que tu veux juste être célèbre. Moi, je m'en fiche. Je m'inscrirai par curiosité. On n'a pas besoin d'être doué pour s'intéresser aux choses. L'amusant, c'est de les essayer.

— Ah.

— Tu n'es pas d'accord ?

— Je ne l'avais jamais envisagé de cette façon. »

Elles allaient avoir de nombreuses conversations de ce genre au cours du trimestre, qui se révéla le plus froid de mémoire de Miss Rennishaw. Tout le monde dormait en chaussettes et avec des bouillottes, et refermait les fenêtres le soir après le passage de la Grande pour leur dire bonsoir. Cette dernière croyait dans les vertus de l'air frais, quelle que soit la température. Il y avait un poêle à charbon dans leur salon, ce qui permettait à six élèves à la fois de se réchauffer. Les repas étaient copieux en dépit du rationnement, mis en place avant le début du trimestre. On adapta les recettes. Au début, ça ne changea pas grand-chose : on leur distribua leurs cent dix grammes de beurre dans des soucoupes individuelles, mais le bacon et le sucre étaient mis en commun – on cuisinait au saindoux et à la margarine. La viande ne fut pas rationnée avant la fin du trimestre, mais elle était devenue plus chère, aussi leur apprit-on à préparer davantage de ragoûts et de tourtes, et à utiliser les abats, peu appréciés en général. Louise ne se rendit plus à confesse, mais elle redoutait trop la réprobation de Miss Rennishaw pour cesser d'aller à l'église. Stella l'y accompagna le premier dimanche, elle se leva, s'assit et s'agenouilla, mais demeura muette. « Je ne connais pas les paroles, avait-elle répondu quand Louise lui avait ensuite demandé pourquoi. De toute façon, je n'irai plus, ajouta-t-elle. Je voulais juste voir comment c'était.

— Ta famille n'y va jamais ?

— Jamais. » Elle répondit d'un ton si catégorique que Louise n'insista pas.

L'insatiable curiosité de Stella semblait s'étendre à tout. Elle la poussait à s'aventurer dans des endroits interdits (« Allons voir où mène ce chemin ») ; à examiner le contenu des commodes des autres filles quand Louise et elle étaient chargées du ménage ensemble. (« Barbara Carstairs a une boîte de faux cils – noirs – pas du tout comme ses cils clairs, et, dans son tiroir à sous-vêtements, Sonia Shillingsworth cache la photo d'un garçon qui n'est sûrement pas son frère » ; bien que choquée, Louise tombait alors dans le piège et demandait : « Comment tu le sais ? — Elle n'en a pas, je lui ai posé la question. ») Sa curiosité l'incitait à plonger les doigts dans des bocaux et des boîtes de conserve pour en goûter le contenu, à tester des pots de crème hydratante et des flacons de lotion astringente – voire des rouges à lèvres, vite essayés et essuyés. En même temps, Louise découvrit que Stella pouvait se montrer étonnamment secrète et qu'elle ne supportait pas qu'on lui pose des questions. Elle était très drôle : en quelques semaines, elle réussit à imiter n'importe qui dans l'école, pas seulement la voix, mais aussi tout le reste. Elle constituait aussi un public merveilleux : pleurant devant la Juliette de Louise ou riant aux larmes en regardant son sketch sur une professeur de danse. « Tu es un ange, Louise ! J'adore les gens qui me font rire. Et pleurer. Tu es la seule personne ici qui y arrive. » Elle était pleine d'empathie pour Louise, dont les parents s'intéressaient si peu à la carrière de leur fille. « Même si ça peut être pire quand ils ont des idées arrêtées nous concernant.

— Tes parents ont des idées pour toi ?

— Si tu savais ! Parfois, ma mère veut que j'aille à l'université pour que je devienne enseignante, bibliothécaire ou ce genre de choses, tandis que mon père insiste pour que je fasse un beau mariage. D'autres fois c'est l'inverse. Ils se disputent puis se réconcilient et me mettent tout sur le dos.

— Et ton frère ?

— La question ne s'est jamais posée pour lui. Il a toujours été évident que Peter serait musicien. Dès qu'il a quitté l'école, il est entré au Conservatoire. Le seul problème, c'est qu'il sera appelé avant d'avoir terminé sa formation. Il a obtenu un sursis pour aller au bout de sa première année parce qu'il a une double bourse. Il ne lui reste plus qu'un trimestre.

— La guerre sera peut-être finie avant. Il n'a pas l'air de se passer grand-chose.

— Ça ne durera pas.

— Comment tu le sais, Stella ?

— Je le sais, c'est tout. Mon père dit qu'Hitler est devenu incroyablement puissant – et qu'il est fou. »

Louise remarqua que Stella achevait souvent leurs discussions par une citation de son père, comme si ça suffisait à clore le débat. Parfois, comme maintenant, elle s'en agaçait. « Eh bien, ce n'est pas l'impression qu'on a. Tous nos évacués sont retournés à Londres et on n'a pas connu les terribles raids aériens qu'on nous avait annoncés. Et mon père dit que nous avons chaque mois plus d'avions et de navires, ce qui réduit la probabilité que les Allemands osent nous attaquer. Donc sincèrement, Stella, il est possible que ton père se trompe. »

Mais le visage de Stella – son corps entier – indiquait que la chose était impossible. Louise laissa tomber le sujet. Elles s'aimaient désormais assez pour être en désaccord, pour se critiquer ou se rabrouer l'une l'autre, mais elles ne se querellaient jamais.

« J'ai tellement de chance que tu sois là ! » disait Stella, qui enchaînait souvent en énumérant les qualités de Louise : elle réfléchissait, elle avait *lu* des choses, elle s'était choisi une carrière, elle était une « personne sérieuse », jusqu'à ce que Louise, rougissant du plaisir d'être tant appréciée, proteste, tout à fait consciente qu'elle ne réfléchissait ni ne lisait assez pour mériter pareils éloges. Elle contre-attaquait en dressant la liste des talents de Stella, qui lui semblaient d'autant plus grands qu'elle en faisait si peu de cas (Stella était non seulement capable de rejouer tout ce qu'elle entendait, mais elle avait l'oreille absolue ; elle parlait couramment allemand et français et possédait une mémoire photographique – il lui suffisait de lire une recette pour se rappeler ensuite chaque détail). Elles s'émerveillaient aussi de leur chance de s'être rencontrées, et Stella soulignait à quel point les autres filles étaient ennuyeuses : on les connaissait par cœur ! Et elle se mettait alors à mimer les sept âges de la débutante : « D'abord tout à son amour des chevaux, le visage rose et luisant, débordante de santé dans sa veste en tweed Harris, parlant de poulinage et de jarrets ; puis minaudant en tulle et résille blanche, avec un collier de petites perles et une permanente serrée ; puis toute radieuse et larmoyante en satin blanc froncé le jour du mariage, et ensuite en cachemire, avec des perles un peu plus grosses et un affreux bébé dans les bras… ah, j'ai oublié la présentation au roi, avec ses ridicules plumes blanches dans les cheveux et ses longs gants blancs… et après on la retrouve avec pas mal de kilos en plus, en tailleur et chapeau tarabiscoté pour la remise des prix de l'enfant, puis, l'air dépassée, en dentelle beige, au premier bal de sa fille… » Elle accompagnait ses caricatures d'expressions merveilleusement comiques, et ses mains dessinaient les vêtements appropriés, jusqu'à ce que Louise ne puisse plus s'arrêter de rire.

« Henrietta n'est pas si épouvantable que ça, finissait-elle par dire.

— Si ! Elle dort sur le dos afin que son visage reste lisse quand elle sera vieille.

— Comment tu le sais ?

— C'est Mary Taylor qui me l'a dit. Elle est obligée de réveiller Henrietta qui fait sans cesse des cauchemars.

— Et les Sœurs Séraphiques ? » Angelica et Caroline Redfern étaient de vraies jumelles : cheveux blond cendré, yeux de biche marron, jambes élégantes d'une longueur surprenante, et le glamour incarné d'après l'opinion générale.

« Oh, *elles* ! C'est le fait qu'il y en ait deux pareilles qui impressionne. Tu sais, comme ces objets qui ont plus de valeur par paire, d'un point de vue de collectionneur. Deux têtes et pas une seule pensée, si tu veux mon avis. »

Après avoir ri, Louise dit que Stella courait le risque de devenir prétentieuse. « Franchement, nous ne sommes pas si merveilleuses que ça.

— Je n'ai jamais dit ça. Mais nous, nous tirons le meilleur parti de ce que nous sommes – du moins nous essayons. Nous avons le *désir* de nous surpasser. »

Stella réussissait toujours à avoir le dernier mot. Comme Nora le plus souvent, dut reconnaître Louise. J'ai peut-être un caractère faible, se dit-elle avec incrédulité. Sûrement pas ! Quoi qu'il en soit, Stella était sa meilleure amie, et Louise n'ayant jamais, contrairement à cette dernière, fréquenté d'autres écoles ou pensionnats, c'était une expérience nouvelle et excitante, qu'assombrissait seulement la crainte d'être séparées après ce trimestre, puisque Stella reviendrait terminer la formation. « Mais peut-être pas, dit-elle. On ne sait jamais. Je déteste cuisiner, il est sûr que je ne ferai jamais le ménage, et à quoi bon apprendre à recruter des domestiques puisqu'il n'y en aura bientôt plus ?

— Stella, ne sois pas folle ! Il y aura toujours des domestiques.

— Mais non. Ils vont partir travailler pour l'effort de guerre et ne voudront plus revenir après. Tu voudrais, toi ?

— C'est différent.

— Parce que tu crois à la vieille structure de classes.

— Et alors ? On n'en a pas d'autre. » Mais elle venait de mettre le doigt sur une nouvelle facette, jusqu'ici complètement cachée, de la personnalité de son amie, qui se lança dans l'énoncé de son point de vue politique. De quoi dépendait la structure de classes, d'après Louise ? Du fait que les gens recevaient si peu d'éducation qu'ils ne pouvaient exercer que les emplois ennuyeux et ingrats, ou que certains avaient une vocation, comme les infirmières, qu'ils voulaient tellement exercer qu'ils étaient prêts à accepter d'être très mal payés. Il suffisait de s'assurer que le peuple était mal formé et mal rémunéré pour le maintenir dans une position où personne d'autre ne voulait être, conclut-elle. Allongées tête-bêche sur le lit de Louise, enveloppées dans leur duvet, elles mangeaient des bouchées au chocolat, et pendant un instant, elles restèrent silencieuses, mais la tempête qui se déchaînait dehors, le vent cinglant et la pluie qui martelait les fenêtres, rappela à Louise ses propres pensées, chaotiques, bruyantes – et accablantes.

« Tu n'avais jamais réfléchi à ces choses-là, n'est-ce pas ? demanda Stella.

— Non, pas de la façon dont tu les présentes.

— Ta famille ne parle pas de ça ?

— Pas beaucoup. » Elle songea à son père qui vitupérait contre les gens trop paresseux pour travailler. « Mon père m'a dit un jour qu'il avait conduit un bus pendant la grève générale. »

Mais Stella se contenta de rire et répliqua : « Et voilà. Conservatrice pure et dure.

— Et ma mère a beaucoup travaillé pour la Croix-Rouge. Et d'autres organismes de charité.

— Les bonnes œuvres sont un autre moyen de maintenir le peuple à sa place. »

Louise était réduite au silence. Tout ce que disait Stella la stupéfiait ; elle-même n'avait aucune expérience, aucune connaissance, aucun mécanisme intellectuel pour contester ou nier ces idées, ni même pour contribuer au débat. Bien plus tard, quand elles se furent lavé les dents, que

Miss Rennishaw fut passée leur dire bonsoir et leur apprendre qu'un arbre était tombé en travers de l'allée, elle demanda : « Mais qui s'en chargera, si tu ne veux pas le faire et que personne d'autre ne veut s'y coller ? »

Et Stella, qui comprit aussitôt qu'elle parlait du travail ménager, répondit : « Je ne sais pas. À mon avis, on s'en passera pour une grande partie. La plupart ne servent à rien : regarde tout l'astiquage inutile que nous faisons. »

Cette réponse ne parut pas complètement satisfaisante, mais Louise était trop déboussolée pour argumenter. Parce que c'était perturbant (et excitant) et qu'elle se sentait ignorante comparée à Stella, elle décida de se renseigner, tout en songeant qu'il serait difficile de trouver quelqu'un à interroger.

Elles devaient toutes deux rentrer chez elles le même week-end, mais le vendredi précédent, Louise reçut un coup de téléphone de sa mère. « Je crains qu'il ne faille repousser ta venue, Louise. Grania est très mal en point, et je dois l'emmener dans une maison de santé.

— Que lui est-il arrivé ?

— Comme je viens de te le dire, elle ne va pas bien. Sa mémoire lui joue des tours depuis quelque temps, mais là, elle n'a plus l'air de comprendre ce qui se passe, et les domestiques ne savent plus quoi faire. Je vais la conduire dans un très bel endroit près de Tunbridge Wells, où l'on m'assure que les soins sont de qualité, et où l'on s'occupera d'elle correctement. Et, bien sûr, papa est absent – on dirait qu'il n'a jamais de permission. Est-ce que tu pourrais plutôt revenir le week-end suivant ?

— Mais je peux très bien rester seule à la maison. Et ça ne te prendra pas plus d'une journée, si ?

— Je crains que si, parce que je dois aller la chercher à Frensham chez Tante Jessica pour l'emmener dans cet établissement, aller ensuite à Londres fermer sa maison… et m'occuper de cette pauvre Bryant qui frôle la dépression nerveuse. Grania lui commande d'énormes repas pour des dîners mondains, mais sans aucun invité puisqu'elle ne connaît presque plus personne, après quoi elle se met dans tous ses états et accuse cette pauvre Bryant.

— Mon Dieu ! Elle a perdu la boule ! »

Mais sa mère commenta d'un ton sans réplique : « Elle est devenue un peu confuse, c'est tout. »

Quand elle le raconta à Stella, son amie lui dit : « Il faudrait d'abord que je demande, mais tu pourrais peut-être venir passer le week-end à la maison. »

Et c'est ce qui se passa, au terme de ce qu'elles jugèrent comme beaucoup d'agitation inutile. La mère de Stella accepta, après quoi Miss Renni-shaw décréta que la mère de Louise devait donner son accord, puis la mère de Louise réclama le numéro de téléphone de Mrs Rose… « Mais pour quoi faire ? s'écria Louise. C'est atroce, cette façon qu'ils ont de nous traiter comme des bébés.

— Je suis entièrement d'accord. D'autant que si nous étions des garçons, dans un an nous aurions l'âge d'être envoyés en France mourir pour notre pays. Au moins, en ce qui me concerne. » À dix-huit ans, Stella avait un an de plus que Louise.

« Ta famille parle beaucoup de politique ? lui demanda-t-elle dans le train.

— Ils parlent beaucoup de tout. Ils parlent

tellement qu'ils ont à peine le temps d'entendre ce que disent les autres, et ensuite ils s'accusent mutuellement de ne jamais s'écouter. Ne prends pas cet air inquiet. On fera des choses de notre côté. »

Les Rose vivaient dans un vaste et sombre appartement, au deuxième étage d'un immeuble cossu de Saint John Wood. On y accédait par un ascenseur semblable à une cage, qui faisait des bruits étranges lorsqu'il se mettait en mouvement. La porte d'entrée était constituée d'une grille de fer devant un vitrail. Elle fut ouverte par une petite dame corpulente, qui, remarqua Louise, semblait fatiguée d'être aussi fatiguée. Elle avait des yeux noirs soulignés par des cernes légèrement moins sombres, et une bouche comprimée par une résignation tragique. En voyant Stella, elle sourit et la tripota avec effusion, avant de l'embrasser. « Voici ma Tante Anna, dit Stella. Et voici mon amie, Louise Cazalet.

— Dans l'autre sens, Stella. Combien de fois t'ai-je expliqué qu'il faut d'abord dire à la personne la plus âgée à qui on la présente ? » La mère de Stella émergea alors d'un couloir obscur qui semblait s'étirer à l'infini devant elles.

« Une enfant, vraiment », marmonna Tante Anna, et, adressant un signe de tête à Louise, elle passa devant la mère de Stella et disparut.

« Comment allez-vous, Louise ? Je suis ravie que vous puissiez tenir compagnie à ma fille ce week-end. Montre sa chambre à Louise, Stella. Le déjeuner sera servi dans un quart d'heure, et ton père sera là.

— Ce qui signifie "tu n'as pas intérêt à être en retard", murmura Stella. Tu as remarqué qu'ils ne disent presque jamais les choses simplement ? »

Elle n'en fut pas moins prête en un rien de temps et attendit Louise à la porte de sa chambre.

« Ta mère est française ?

— Mon Dieu, non. Viennoise.

— Elle est extraordinairement belle.

— Je sais. Viens. Papa est arrivé, j'ai entendu la porte d'entrée. »

Elle l'emmena dans un grand salon encombré de fauteuils et de canapés très rembourrés, de bibliothèques vitrées et d'un piano à queue. Tout un pan de mur était occupé par d'immenses miroirs dorés devant lesquels étaient posés, sur deux tables à plateau de marbre, des bustes en plâtre de Beethoven et d'un autre personnage que Louise ne reconnut pas. Les hautes fenêtres sur le mur opposé se trouvaient en partie obscurcies par des rideaux de velours sombres, retenus par d'épaisses embrases de corde en soie terminées par des pompons pour révéler des voilages en dentelle blanche ouvragée. Un feu de charbon brûlait dans l'âtre, scintillant dans la pénombre surchargée. Il faisait très chaud dans la pièce. Stella la prit par le coude et la pilota entre les meubles jusqu'à l'autre extrémité où Mrs Rose se tenait à côté de son mari, beaucoup plus petit qu'elle.

« Papa, voici Louise. »

Tout en lui serrant la main, il fit remarquer : « Quand tu présentes les gens, Stella, tu devrais donner leur nom complet. Ton amie n'est pas une bonne.

— Parfois, si. Ça fait partie de ce qu'on doit apprendre à l'école.

— Ah, ah ! » Ça ressemblait à un grognement. « Peter est en retard. Pourquoi ?

— Il a une répétition, Otto. Il ne veut pas qu'on l'attende.

— Ses désirs sont des ordres. Venez, Miss Louise, allons déjeuner. »

Il traversa le salon jusqu'à une autre porte à côté de celle par laquelle elles étaient entrées et menant à une pièce plus petite où une table était richement dressée : nappe blanche, couverts en argent, porcelaine assez lourde et d'aspect démodé, grandes chaises à dossiers droits et assises en velours. Les mêmes rideaux ornaient les fenêtres, mais la pièce était éclairée par un grand lustre aux ampoules en forme de bougie couvertes d'abat-jour en parchemin. Les parents de Stella s'installèrent à chaque extrémité de la table, tandis que Louise et Stella furent placées de chaque côté de Mr Rose. Un instant plus tard, Tante Anna apparut, suivie par une petite bonne accablée par le poids de l'énorme soupière qu'elle portait sur un plateau. Elle la posa devant Mrs Rose, qui commença à remplir les assiettes empilées devant elle. Louise n'avait pas l'habitude de manger de la soupe. Celle-là avait une odeur forte, mais appétissante, et contenait des boulettes qui flottaient dans le bouillon et que Louise ne savait pas comment manger.

Mr Rose s'en aperçut aussitôt. « Vous n'avez jamais goûté de Lerklösse, Louise ? C'est très bon. » Il prit une cuillerée de soupe avec une boulette et l'enfourna dans sa bouche. Louise l'imita. La boulette était brûlante et, sans réfléchir, elle la recracha dans sa cuillère. Tout le monde le remarqua, et elle se sentit rougir.

« C'est la faute d'Otto, dit gentiment Mrs Rose. Personne au monde ne peut manger de la nourriture aussi chaude. » Louise but un peu d'eau.

« Vous avez raison de ne pas vouloir vous brûler la bouche, jeune fille. Sinon vous ne sentiriez plus rien. » Au moment où elle se disait qu'il était vraiment gentil, il reposa sa cuillère avec brusquerie et cria presque : « Cette soupe n'a pas de céleri ! Anna ! Anna ! Comment as-tu pu oublier un ingrédient aussi important ?

— Je n'ai pas oublié, Otto, je n'ai pas réussi à en trouver. Il ne restait que des tiges blanches sans les feuilles. Que voulais-tu que je fasse ?

— Une autre soupe, évidemment. Tu en as quatorze à ton répertoire, je le sais, et la plupart sinon toutes ne nécessitant pas de feuilles de céleri. Ne me regarde pas comme ça, ce n'est pas une tragédie. Je te dis juste qu'elle n'est pas telle qu'elle devrait être. » Il reprit sa cuillère et s'adressa à Louise. « Vous voyez ? La plus petite critique et je passe pour un tyran. Moi ! » Une telle absurdité le fit rire complaisamment.

Malgré ça, Mr Rose – et tous les autres – reprit de la soupe, et pendant que Stella répondait à un interrogatoire concernant l'école, Louise eut tout loisir d'observer en paix les parents de son amie. Mrs Rose, bien qu'elle fût sans doute assez vieille – au moins quarante ans –, n'était pas une ancienne beauté – elle était encore très belle. Extrêmement grande, elle avait des cheveux gris acier ondulés, retenus d'un côté par une barrette. Tous ses traits étaient grands, mais si joliment agencés qu'en la regardant on avait l'impression d'un gros plan au cinéma. Elle avait d'immenses yeux marron foncé très écartés, sous un front large et une implantation de cheveux en forme de cœur. Ses pommettes ressemblaient à celles de Stella, mais son nez, quoique long, n'était pas osseux comme celui de sa fille : il avait la bonne quantité de chair, ainsi que des narines bien dessinées et dilatées. Elle avait la bouche large, et quand elle souriait ces proportions sculpturales s'illuminaient d'une gaieté que Louise trouva envoûtante.

Peter Rose arriva juste après que les assiettes à soupe eurent été débarrassées, au moment où son père disait à Stella qu'il était ridicule qu'elle ne sache pas lire l'italien alors qu'il avait si souvent proposé de le lui apprendre.

« Chaque fois que tu essaies de m'enseigner quelque chose, tu te mets en colère et je fonds en larmes », dit-elle.

Propos qui faillirent provoquer un nouvel éclat, remarqua Louise, évité seulement par l'arrivée de Peter. Il se glissa dans la pièce puis à sa place comme s'il avait voulu être invisible. Tous les yeux se tournèrent vers lui ; il fut bombardé d'attentions, de réprobations et de questions. Il était en retard ; pourquoi arrivait-il si tard ? Comment s'était passée sa répétition ? Voulait-il de la soupe – Anna en avait gardé au chaud –, ou préférait-il passer directement au plat de viande ? (La bonne avait apporté un copieux et appétissant ragoût.) Il n'était pas allé chez le coiffeur en dépit du rendez-vous qu'on lui avait pris ; il devrait y aller après le déjeuner… mais la remarque donna lieu à une myriade d'autres suggestions concernant la façon dont il devait passer son après-midi. Il devrait se reposer ; faire une promenade revigorante ; aller au cinéma pour ne plus penser à son concert. Pendant toute la conversation, il ne cessa de repousser de sa talentueuse main blanche la mèche de cheveux qui lui retombait sur le front, ses yeux de myope brillant derrière ses épaisses lunettes, esquissant puis ravalant un sourire nerveux. Il accepta la soupe, et Tante Anna se hâta d'aller la lui chercher. Au même moment, son père lui fit observer qu'il était tellement centré sur lui-même et son concert qu'il n'avait pas eu l'élémentaire politesse de saluer leur invitée. Il s'étonnait, rumina-t-il, donnant de la voix comme pour un monologue sur la scène de l'Albert Hall, que deux enfants – vu tout le mal que se donnaient leurs parents – soient à l'évidence incapables de se comporter convenablement. Une fille qui répondait, qui répondait à *son père*, et un fils qui ignorait la présence d'une jeune invitée dans leur maison. Sophie parvenait-elle à le comprendre ? Mais sa femme se contenta de sourire et continua de servir le ragoût. Et Anna ? « Otto, ce sont des enfants. » Il se tourna vers Louise qui, gênée, se mit à rougir : il s'en aperçut et la laissa tranquille.

« Bonjour ! lui dit Peter. Je sais que tu t'appelles Louise, Stella me l'a dit. »

Pendant qu'ils mangeaient le ragoût, accompagné de chou rouge (encore une première pour Louise) et d'une excellente purée, le père de Stella l'interrogea sur ce qu'elle comptait faire avec son amie durant le week-end.

« Nous irons au concert de Peter, évidemment.

— Vous aimez la musique ?

— Oh, oui. Beaucoup.

— Le grand-père de Louise était compositeur, dit Stella.

— Ah bon ? Et de qui s'agit-il ?

— Il s'appelait Hubert Rydal. Mais je crois que c'était un compositeur mineur.

— Vraiment ? Je n'apprécierais pas beaucoup, Stella, dit-il tout en mâchant furieusement, que tes enfants me décrivent comme un chirurgien mineur. Qu'y connaîtraient-ils en chirurgie pour proférer ce genre d'affirmation ?

— Je voulais dire que c'est ce que les gens pensent de lui. » Louise rougit une nouvelle fois et, pire, elle sentit des larmes lui monter aux yeux en se rappelant à quel point elle l'avait aimé – elle se souvint de son visage d'ordinaire distingué, au nez en bec d'aigle, à la barbe toute blanche et aux grands yeux bleus, innocents et tristes, qui se chiffonnait sous l'effet d'un fou rire incontrôlable quand quelque chose l'amusait ; elle se souvint qu'il lui prenait la main, « Allez, viens avec moi, petite chérie », et l'entraînait vers le lieu d'une surprise tenue secrète, par un accord tacite, de sa grand-mère que peu de choses amusaient ; elle se souvint de l'odeur d'églantine odorante de sa barbe quand il l'embrassait… « C'est la première personne que j'aie connue qui soit morte », ajouta-t-elle d'une voix tremblante. Levant les yeux, elle vit que Mr Rose l'observait avec une bonté pénétrante et compréhensive.

Quand leurs regards se croisèrent, il lui sourit – un sourire curieux qu'elle aurait décrit comme cynique si elle n'y avait pas vu aussi tant d'empathie et d'affection. « Une digne petite-fille, dit-il. Et demain, Stella ? Que comptes-tu faire avec ton invitée ? »

Stella marmonna qu'elles iraient faire des courses.

« Et le soir ?

— Je ne sais pas, papa. Nous n'avons pas encore réfléchi.

— Très bien. Je vous emmènerai donc au théâtre. Et ensuite je vous emmènerai dîner. Vous vous amuserez », ordonna-t-il, promenant un sourire féroce autour de la table.

Les assiettes furent débarrassées et le plateau de fromage servi. Louise, chez qui le fromage se limitait à du cheddar pour les enfants et les domestiques et du stilton pour les adultes et les jeunes de son âge à Noël, fut stupéfaite d'en découvrir une telle variété. « Le père de Stella adore le fromage, dit Mrs Rose en voyant sa réaction, et nombre de ses patients le savent.

— Le fromage est rationné, papa, dit Stella. À l'école, nous n'avons droit qu'à cinquante grammes par semaine. Tu t'imagines vivre avec si peu ?

— Aux concerts de la National Gallery, on sert des sandwichs au fromage et aux raisins secs, dit Peter.

— C'est pour ça que tu y vas, espèce de glouton ?

— Bien sûr ! La musique ne m'intéresse pas du tout ; mais j'adore les raisins secs. » Il imita sa sœur en le disant.

Louise remarqua pourtant qu'aucun membre de la famille ne mangea beaucoup de fromage, à l'exception de Mr Rose, qui s'en servit de trois sortes différentes, les coupa en plus petits morceaux et les saupoudra généreusement de poivre avant de les fourrer dans sa bouche.

Les fromages laissèrent place à une appétissante pâtisserie à base de pâte fine comme du papier, fourrée de pommes et d'épices, à laquelle Louise, bien qu'elle eût déjà beaucoup trop mangé, ne voulut pas résister – ça n'aurait de toute façon pas été possible, puisque Mr Rose, décrétant que personne ne pouvait refuser le strudel d'Anna, ordonna à sa femme de lui en servir une énorme part. Pendant le dessert, une violente querelle éclata entre Peter et son père à propos des qualités de différents compositeurs russes, que Mr Rose, provocateur, accusa de créer de la musique de conte de fées, des mièvreries, ce qui mit Peter dans une telle colère qu'il commença à bégayer, à crier, et qu'il renversa un verre d'eau.

Il fallut attendre le café, très noir et servi dans de toutes petites tasses délicates rouge et or, pour que Louise et Stella soient autorisées à s'en aller, et encore, après moult questions et critiques sur la façon dont elles allaient passer l'après-midi.

« On va vraiment se promener ? » demanda Louise. Elle était fatiguée après ce très copieux repas et redoutait l'air vif et froid.

« Bien sûr que non ! J'ai dit ça parce que c'est la seule chose contre laquelle ils n'ont jamais rien à dire. On va ficher le camp d'ici, et ensuite réfléchir à une activité à faire en intérieur. »

Finalement, elles prirent le bus 53 jusqu'à Oxford Street et passèrent des heures chez Bumpus où, après avoir feuilleté un tas de livres, elles décidèrent de s'en offrir chacune un. « Un titre qu'on pense que l'autre devrait avoir lu, dit Stella.

— Je ne sais pas ce que tu as lu.

— Eh bien, si je l'ai déjà lu, tu devras en sélectionner un autre. » Mais ce ne fut pas nécessaire. Stella lui choisit *Madame Bovary* : « J'aurais préféré le prendre en version originale, mais ton français n'est pas très bon », dit-elle, et Louise, qui ne parlait pas deux mots de français, même si elle

avait tenté de le cacher à son amie, n'insista pas. Après avoir longtemps tergiversé, elle avait choisi *Ariel*, d'André Maurois – dans la collection bleue de chez Penguin. Elle se fit l'effet d'être un peu radine, puisque *Madame Bovary* coûtait deux shillings et *Ariel* seulement six pence, mais savait que Stella n'aurait que mépris pour cette comptabilité.
« Ça parle de Shelley, dit-elle.

— Ah, bien ! répondit Stella. Je ne connais pas grand-chose de lui. »

Elles rentrèrent en bus, décidant de se dédicacer les livres quand elles seraient à la maison, et s'amusèrent à imaginer les choses horribles que les autres filles de l'école se seraient offertes. « Du rouge à lèvres, et de la poudre, et des breloques à ajouter à leurs bracelets, et des petits carnets pour inscrire les dates d'anniversaire des gens » figurèrent parmi les suggestions, jusqu'au moment où Louise, se remémorant Nora, dit qu'elles ne devraient pas se croire si supérieures.

« Pourquoi ? Nous le sommes. En plus, on ne dit pas de mal. Enfin tout de même, regarde-les !

— Tu sais, Stella, pour une grande démocrate comme toi, je te trouve extraordinairement arrogante !

— Pas du tout. Je ne dis que la vérité. Toi, tu es si peu démocrate que tu as l'habitude que les gens te soient inférieurs, mais tu juges plus gentil de dire des mensonges à leur propos. Pas moi.

— Mais il y a une différence entre les gens qui ont eu des opportunités et n'en ont rien fait, et ceux qui n'en ont pas eu du tout.

— Oui, c'est vrai. C'est pour ça que je méprise tant nos camarades de classe. Elles sont presque toutes beaucoup plus riches que nous, et la dépense n'a pas dû être un frein à leur éducation, alors que la plupart des gens – surtout les filles – n'ont aucune possibilité de recevoir la moindre instruction. Regarde ta famille ! Tous les garçons sont allés à l'école, où on leur enseigne au moins le grec et le latin, alors que toi tu n'as eu droit qu'à une gouvernante ! » Stella était allée à Saint Paul, l'un des rares établissements où l'on prenait au sérieux l'instruction des filles, et Louise savait que si son amie voulait entrer à l'université, elle était assez intelligente pour le faire et y avait été préparée.

« Miss Milliment faisait de son mieux. Sauf qu'elle était trop bonne avec nous et nous laissait tirer au flanc. Ce dont je ne me privais pas. » Elle commençait à découvrir toutes ses lacunes, qu'il s'agisse des classiques, des langues étrangères, d'économie politique ou d'actualité – leur étendue l'horrifiait.

Stella lui jeta un coup d'œil. « Tu t'en sortiras. Tu as envie d'apprendre, et, de toute façon, tu sais ce que tu veux faire. Veinarde ! »

Plus tard, alors qu'elles prenaient un bain avant de s'habiller pour le concert de Peter, elle fit remarquer : « Mon père dit qu'en étant aussi instruites que les garçons, les filles risquent moins d'ennuyer leur mari et leurs enfants. Ou elles-mêmes, j'imagine, si elles n'ont ni l'un ni l'autre.

— C'est drôle. Je croyais que ta famille allait parler politique pendant tout le repas. J'étais terrifiée.

— Ça arrive souvent. Mais pas aujourd'hui. Je crois que papa voulait éviter d'énerver Peter avant son concert. »

Si bien qu'à la place ils se sont disputés à propos

de musique russe, songea Louise, mais sans le dire. C'était nouveau pour elle de remarquer des choses et d'avoir des avis personnels : chez elle, elle n'avait jamais rien remis en question. Une preuve qu'elle grandissait – qu'elle vieillissait et, par conséquent, devenait plus intéressante ?

La famille Rose semblait s'épanouir dans les querelles. Il y eut une scène entre Stella et sa mère à propos de la tenue que Stella avait décidé de porter pour le concert – un cardigan violet et une jupe plissée à carreaux noirs et blancs. Sa mère affirma que l'ensemble n'était pas assez habillé pour la circonstance. Elles haussèrent tant la voix que Mr Rose émergea par une autre des innombrables portes du long couloir pour se plaindre qu'il ne s'entendait plus penser dans ce vacarme. Puis il se jeta dans la mêlée avec ardeur, s'opposant à sa femme qui jugeait la robe en veloutine vert bouteille plus adaptée et se prononçant pour celle en tussor de couleur crème qui, d'après Stella, avait cent ans et était trop courte pour elle. Les deux parents arguèrent des goûts de Peter, bien qu'ils ne soient pas d'accord dessus. Mrs Rose déclara qu'il aurait honte de voir sa sœur se présenter à son concert vêtue comme si elle s'apprêtait à jouer aux dames. Mr Rose affirma que Peter détesterait la voir apparaître dans une tenue visant si manifestement à attirer les regards. Stella dit que si elle portait la robe en tussor, les amis de Peter seraient pliés de rire. Tante Anna arriva et proposa un chemisier de soie rose pour aller avec la jupe noir et blanc de Stella. Les deux autres s'allièrent alors temporairement – contre elle –, et elle s'adossa au mur en émettant de petits cris de désarroi. Mr Rose, s'il ne criait pas à proprement parler, articulait de cette manière irritante qu'on emploie pour se faire comprendre d'un idiot ou d'un étranger. « C'est très simple. Tu mettras la robe en soie et tu feras ce qu'on te dit. » En entendant ça, Stella et sa mère poussèrent des cris de consternation ; Stella fondit en larmes, sa mère commença par lâcher une cascade de soupirs, puis disparut dans sa chambre avant de revenir un instant plus tard avec une robe de lainage gris clair qu'elle tint contre sa fille, tandis que des larmes coulaient lentement le long de grands sillons sur son beau visage. « Otto ! Otto ! Ne serait-ce pas là la solution ? »

Il les examina toutes les deux, sa femme à l'expression dûment implorante, Stella retranchée dans un silence rebelle. « Il faudra bien s'en contenter », dit-il enfin. Il en avait assez de toute cette histoire. En définitive, ce que portait sa fille ne l'intéressait pas le moins du monde ; elle était assez grande pour se ridiculiser si ça lui chantait. Il s'en moquait complètement. Il ne comprenait même pas pourquoi elles avaient fait tant d'histoires. Il sourit avec un air de martyr bienveillant et las, puis referma sa porte. Mrs Rose soupira de nouveau, puis s'éloigna dans le couloir d'un pas vif, en apparence rajeunie.

« Et moi, qu'est-ce que je vais mettre ? demanda anxieusement Louise à son amie.

— Oh, ce que tu veux. Ils se moquent de ce que tu porteras. »

Louise avait du mal à y croire, mais elle avait apporté très peu d'affaires et, comme elle voulait garder sa plus belle tenue pour le théâtre, il ne restait plus qu'une robe-tablier en tweed et le chemisier de soie grège que Tante Rachel lui avait offert pour Noël.

En pensant à Noël, elle se sentit mal à l'aise – triste. Ils l'avaient passé, comme toujours, à Home Place et, bien que chacun eût mis du sien pour faire comme d'habitude, ça n'avait pas été pareil, même s'il était difficile de définir en quoi. Ils avaient tous eu des chaussettes garnies – mais sans mandarine, et Lydia avait pleuré en pensant qu'ils avaient seulement oublié la sienne. Pas de mandarines, ni d'oranges – ni de citrons, donc pas de tarte au citron le 26 décembre, l'une des traditions de la Duche –, des détails, mais qui s'additionnèrent. Et puis la maison avait paru plus froide ; il n'y avait presque pas d'eau chaude, parce que le fourneau était trop gourmand en charbon, et la Duche avait changé toutes les ampoules pour en mettre de plus faible voltage à cause du black-out et pour utiliser moins d'électricité. Peggy et Bertha, les bonnes, étaient parties rejoindre le WAAF[1], et Billy travailler dans une usine. Le jardin paraissait différent : les parterres de fleurs avaient disparu, remplacés par les plants de légumes que McAlpine faisait pousser. Il se déplaçait avec difficulté, de très mauvaise humeur à cause de ses rhumatismes qui empiraient ; la Duche avait voulu embaucher une fille pour l'aider dans le jardin, mais la première avait rendu son tablier au bout d'une semaine – incapable de supporter McAlpine, qui refusait de lui adresser la parole et ne cessait de se plaindre d'elle dans son dos. Tous les chevaux étaient partis sauf les deux vieux, si bien que Wren, le palefrenier, exécutait de menus travaux comme couper du bois,

1. Women's Auxiliary Air Force : forces féminines auxiliaires de la RAF.

alimenter la chaudière et peindre des morceaux du toit de la serre. Il portait toujours ses guêtres en cuir luisantes et une casquette en tweed couleur muscade qui jurait beaucoup avec son teint de betterave, disait Polly, mais il paraissait ratatiné, et on l'entendait souvent parler tout seul d'un ton de fort ressentiment. Dottie avait été promue au rang de bonne et, en cuisine, Mrs Cripps devait se contenter d'une fille beaucoup plus jeune et pire qu'inutile, répétait-elle sans cesse. La vue du Brig avait encore beaucoup baissé depuis l'été ; il obligeait désormais Tante Rachel à l'emmener à Londres trois fois par semaine lorsqu'il allait au bureau, et avait fait d'elle, comme elle le disait en plaisantant, sa secrétaire particulière. Tante Zoë était enceinte, et malade en permanence, ou allongée sur le sofa, le visage verdâtre. Tante Sybil – qui, au moins, avait minci – semblait d'humeur grincheuse, en particulier avec Polly, qui l'accusait de trop gâter Wills et d'inquiéter Oncle Hugh en s'inquiétant trop pour lui. Quant à *sa* mère… Parfois, Louise pensait que Villy la détestait ; elle ne montrait aucune curiosité pour son école ou son amie ; elle critiquait son apparence et ce qu'elle achetait avec sa nouvelle allocation vêtements (quarante livres par an – pour *tout*, répétait sa mère avec cette voix qui, aux oreilles de Louise, signifiait même les serviettes hygiéniques). Elle désapprouvait sa décision de se laisser pousser les cheveux, alors que c'était une nécessité quand on voulait devenir comédienne, au cas où on serait amenée à jouer une très vieille dame avec un chignon ; elle se plaignait chaque fois qu'elle surprenait Louise en train de faire quelque chose qui n'était pas *utile*, au lieu, par exemple, de mettre la table ; elle voulait l'envoyer se coucher à des heures ridicules et parlait d'elle – en sa présence – comme si elle était une délinquante ou une idiote, disant qu'on ne pouvait pas compter sur elle pour tenir la moindre de ses promesses, qu'elle était égocentrique et si gauche qu'on se demandait vraiment ce qui se passerait si elle réussissait un jour à monter sur scène. Ce fut cette dernière remarque qui l'avait le plus blessée. La situation avait atteint un point critique quand, le lendemain de Noël, Louise avait cassé la théière préférée de la Duche : de l'eau bouillante avait débordé du bec pour tomber sur sa main gauche, le choc l'avait fait lâcher la théière, et du thé, des feuilles de thé et des morceaux de porcelaine s'étaient répandus partout par terre. Elle était restée figée, horrifiée, tenant sa main brûlée dans l'autre en contemplant le sol, et, avant que quiconque ait pu dire ou faire quoi que ce soit, sa mère avait déclaré de son ton sarcastique – mauvaise imitation de son amie Hermione Knebworth : « Franchement, Louise, nous allons finir par croire que tu as deux mains gauches ! » Il y avait des invités pour le thé. Le visage en feu, sachant qu'elle allait se mettre à pleurer, elle s'était précipitée hors de la pièce, faisant tomber un livre d'une petite table dans sa fuite.

Elle était au milieu de l'escalier quand la voix glaciale de sa mère l'avait arrêtée. « Où crois-tu aller ? Va dans la cuisine chercher un torchon, un balai et une pelle, pour nettoyer tes cochonneries. »

Elle avait fait demi-tour et était allée chercher ce qu'on lui demandait, avant de retourner dans le salon, où elle avait ramassé les morceaux de porcelaine, balayé les feuilles de thé, épongé le thé, jusqu'à ce qu'Eileen, qu'on avait envoyée refaire du thé, vienne l'aider, tandis que sa mère discourait sur sa maladresse. « La seule fille qui reste dans son école d'arts ménagers pendant trois trimestres parce qu'elle a cassé trop de plats à pudding pendant les deux premiers. » Un sentiment de malaise planait dans la pièce, où personne ne semblait savoir quoi dire, et quand enfin elle avait eu fini de nettoyer, sa main lui faisait très mal. Après avoir rendu le balai et la pelle à Eileen, elle avait cherché en vain la Duche pour s'excuser, mais n'avait trouvé que Tante Rachel occupée à coudre des étiquettes au nom de Neville sur ses vêtements pour sa nouvelle école. « Je ne sais pas où elle est, mon canard. Que se passe-t-il ? Ça n'a pas l'air d'aller. »

Louise avait fondu en larmes. Tante Rachel s'était levée pour fermer la porte et l'avait fait asseoir sur le canapé. « Raconte à ta vieille tante, avait-elle dit, et Louise s'était exécutée.

— Elle me déteste ! Sincèrement, elle doit me détester – devant tous ces gens ! Elle m'a traitée comme si j'étais une stupide gamine de dix ans, et plus elle en rajoutait, plus j'étais maladroite – bien plus que si elle l'avait bouclée. » Elle avait marqué une pause, puis ajouté : « Elle ne me dit jamais rien de *gentil*. » Entendant ça, Tante Rachel lui avait pressé la main d'un geste affectueux, mais c'était la mauvaise main. Tante Rachel l'avait examinée, puis était allée chercher sa trousse de premiers secours ; elle avait allumé la lampe à alcool que la Duche utilisait pour faire du thé, réchauffé la paraffine, attendu, puis en avait couvert la brûlure, ce qui lui avait fait très mal au début, avant de la soulager.

Après lui avoir bandé la main, Tante Rachel avait dit : « Elle ne te déteste pas, ma chérie, bien sûr que non. Mais tu ne dois pas oublier qu'elle traverse une période compliquée, en l'absence de ton père. Les gens mariés sont censés être ensemble, et quand ils sont séparés, c'est souvent plus difficile pour la femme, parce qu'elle reste à la maison sans savoir ce qui arrive à son mari. Tu dois essayer de comprendre. À ton âge, on commence à réaliser que les parents ne sont pas que des parents, mais aussi des gens avec leurs propres problèmes. Mais je suppose que tu l'as remarqué. »

Et Louise, qui n'avait rien remarqué du tout, avait répondu oui, elle s'en rendait compte. Depuis, elle s'était efforcée de les considérer comme tels, et alors qu'elle boutonnait le chemisier de soie grège que Tante Rachel avait *fait* pour elle, elle songea que ce devait être très dur pour sa mère de voir sa propre mère devenir zinzin au point de devoir être emmenée en maison de repos. Et de vivre presque toute seule à Lansdowne Road sans jamais savoir quand papa aurait une permission, chose qui arrivait rarement – son père organisait la défense d'un aérodrome à Hendon. Il n'avait passé que deux jours avec eux à Noël, ce qui était pourtant déjà mieux qu'Oncle Rupert, à qui la marine n'avait pas accordé la moindre permission.

Le concert lui plut bien plus que tous ceux auxquels elle avait assisté. En partie parce qu'elle connaissait le pianiste (ou du moins avait-elle déjeuné avec lui), en partie parce que, la salle du Duke étant pleine de parents, de proches et d'amis des musiciens, il y régnait une effervescence inhabituelle.

Il y eut une ouverture, puis une pause le temps que le piano soit installé, après quoi le chef d'orchestre revint avec Peter, presque noyé dans sa queue-de-pie. C'était le troisième concerto de Rachmaninov – avec sa mystérieuse et étonnamment longue mélodie d'ouverture. À l'instant où il commença à jouer, Peter parut transformé. Impossible, au déjeuner, d'imaginer qu'il détenait de tels pouvoirs – une telle technique et cette capacité d'absorption totale dans la musique. Après ça, il lui inspira une admiration teintée de respect.

*

Le lendemain, elles allèrent faire du shopping.

« Est-ce que tu vois tes parents comme des gens ? demanda-t-elle à Stella.

— Parfois, quand ils sont avec d'autres personnes. Pas quand je suis seule avec eux. Mais c'est parce qu'ils adorent être des parents. Ils n'ont pas du tout l'air de remarquer que j'ai grandi.

— Mais tu ne vois pas la façon dont ils se comportent l'un avec l'autre ?

— Si, mais même dans leur relation ils jouent tout le temps au papa et à la maman.

— Ça va leur faire drôle, quand Peter et toi serez adultes.

— Ça ne changera rien. Même Tante Anna se concentre désormais sur son rôle de tante.

— Elle a toujours vécu avec vous ?

— Mon Dieu, non ! Elle est venue en vacances un été ; son mari n'a pas pu l'accompagner, j'ignore pourquoi – Oncle Louis est avocat à Munich –, puis il lui a envoyé un télégramme disant “Ne rentre pas”. Elle était tout de même décidée à repartir, mais il a téléphoné à mon père et, après, mon père lui a dit qu'elle devait faire ce qu'on lui disait.

— Elle est là depuis l'été dernier ?

— Depuis l'été d'avant. C'est horrible pour elle, parce que sa fille s'est mariée cette année-là, qu'elle a eu un bébé depuis et que Tante Anna ne l'a jamais vu.

— Mais *pourquoi* ?

— Mon père le sait, mais il refuse d'en parler. Il a essayé de faire venir Oncle Louis, mais n'a pas encore réussi. Elle cuisine pour nous parce qu'elle n'a pas d'argent, et mon père dit que c'est bien qu'elle s'occupe.

— Il n'a pas l'air de faire beaucoup d'efforts pour venir. Ton oncle, je veux dire. »

Stella commença par nier, puis elle se mordit la lèvre et se tut.

« Tu ne veux pas en parler ?

— Quelle perspicacité ! Non, je ne veux pas.

— Ça ne me gêne pas. » Le sarcasme de Stella la gênait beaucoup.

Elles étaient sur l'impériale d'un bus, à l'avant, en route vers le magasin Peter Jones, à Sloane Square. Louise sentit que leur sortie serait gâchée si elles ne se réconciliaient pas avant d'arriver là-bas. Juste au moment où elle formulait cette pensée dans sa tête, Stella lui posa la main sur le genou en disant : « Désolée ! Je ne voulais pas être méchante. S'il ne vient pas, c'est surtout qu'il a ses parents – terriblement âgés – et une sœur qui s'occupe d'eux. Tu comprends ? Bon, qu'est-ce qu'on va s'acheter ? »

Et elles reprirent une conversation qu'elles avaient entamée quelques semaines plus tôt. Elles ne pouvaient s'offrir qu'un seul beau vêtement chacune, et elles avaient passé le trimestre à se mesurer contre la porte de leur chambre pour voir si elles avaient arrêté de grandir : c'était le cas pour Stella, mais pas pour Louise.

« Tu pourrais t'acheter une jupe si elle a un grand ourlet.

— On n'en trouve plus des comme ça. » Louise repensa aux vêtements qui existaient dans son enfance, des robes avec de très longs ourlets, ou même des corsages que l'on pouvait élargir à mesure qu'on grandissait. « J'aimerais bien trouver une jolie veste qui irait avec tout.

— On passera en revue tout le magasin avant d'acheter quoi que ce soit. »

Elles y restèrent si longtemps que Stella dut téléphoner chez elle pour prévenir qu'elles ne rentreraient pas déjeuner. Il était évident qu'elle redoutait de le faire, mais par chance elle tomba sur sa Tante Anna. Comme la conversation se déroula en allemand, Louise sut seulement après que Stella avait prétendu avoir rencontré une camarade de classe et sa mère, qui avaient insisté pour les inviter à déjeuner chez elles. « Si on veut manger quoi que ce soit, on va devoir se l'acheter », conclut Stella. Elles avaient très faim toutes les deux, mais aucune ne voulait dépenser sa précieuse allocation en nourriture. « D'autant que papa va nous offrir un merveilleux dîner », dit Stella. Leurs courses leur prirent un temps fou parce qu'elles n'arrivaient pas à se décider et se faisaient un devoir scrupuleux de laisser celle qui essayait essayer autant de choses qu'elle le voulait. Pour finir, Louise acheta une robe en lainage léger vert pâle et Stella un blazer à boutons de cuivre.

Puis Louise décida qu'après tout elle prendrait aussi le pantalon en lin couleur terre cuite qu'elle avait repéré plus tôt et qui ne coûtait que deux livres, puisque c'était un invendu des soldes d'hiver. « C'est un Daks, de chez Simpson », dit-elle fièrement. Il lui allait très bien, songea Stella avec envie. Son père à elle aurait une attaque s'il le voyait : il ne supportait pas les femmes en pantalon. Quand elle le dit, Louise répondit que sa mère le trouverait elle aussi ridicule, mais qu'il était parfaitement approprié pour quelqu'un qui se destinait à une carrière d'actrice. Stella décida alors d'acheter les chaussures qu'elle avait vues et qui lui plaisaient beaucoup : des sandales rouge écarlate avec d'énormes semelles compensées en liège. « Elles non plus ne seront pas très bien accueillies à la maison », dit-elle. À présent affamées, elles achetèrent une tablette de chocolat qu'elles mangèrent dans le bus en rentrant.

« Quelle sortie divine. Tu es la meilleure compagne de shopping du monde, Louise. » Rougissant de plaisir d'être ainsi appréciée, Louise répondit : « Toi aussi. »

En retournant dans l'appartement, Louise eut l'impression de pénétrer dans une grotte inconnue – tant il était sombre et mystérieux, avec ses miroirs dorés et le scintillement du verre coloré des petits lustres vénitiens, dont les ampoules chandelles éclairaient par endroits le long couloir. Il fallait presque repousser les odeurs de cannelle, de sucre, de vinaigre et du parfum de Mrs Rose ; le bruit aérien et rythmé de *Papillons* de Schumann leur parvenait du salon.

« Papa est sorti ! » annonça Stella. Louise ignorait comment elle savait ça, mais la joie et le soulagement de son amie étaient évidents. « On doit montrer à ma mère ce qu'on a acheté.

— Tout ?

— Puisque papa n'est pas là, oui. Elle adore les vêtements. »

Mrs Rose était allongée sur le sofa, drapée dans un châle de soie noir brodé d'improbables fleurs de couleurs vives. Il avait d'immenses franges de soie dans lesquelles tout s'accrochait sans cesse – ses longues boucles d'oreilles, que la plupart des femmes n'auraient portées que le soir, les bagues à ses doigts, la ganse bordant le sofa et même le dos du livre qu'elle lisait. Elle posa le doigt sur ses lèvres et dit très doucement : « Ton père est sorti. » Sa voix trahissait la même joie comploteuse que celle de Stella. « Et qu'est-ce que votre amie vous a servi à déjeuner ?

— Oh, une espèce de tarte au poisson, rien d'extraordinaire. Et du pain perdu. » Stella s'agenouilla auprès de sa mère, l'entoura de ses bras, l'embrassa et lui prit le livre des mains. « Rilke, encore ! Tu dois le connaître par cœur ! »

Peter cessa de jouer. « Nous, nous avons mangé du lièvre et le chou rouge de Tante Anna. Et en dessert, des pancakes aux coings, dit-il. Allez, montrez-nous ce que vous avez acheté.

— Faites-nous un défilé, ajouta Mrs Rose.

— Nous n'avons pas acheté tant de choses que ça.

— Si ta mère ne veut pas que tu portes de pantalon, ça ne lui plaira pas de me voir dedans, dit Louise en enfilant la robe verte.

— C'est différent. En plus, c'est mon père qui n'aime pas ça. Mutti est bien plus ouverte d'esprit.

— Vas-y en premier.

— Non, toi d'abord… tu es l'invitée. »

Plus tard, Louise médita sur l'extraordinaire différence entre les Rose et les Cazalet. L'idée de parader devant sa famille, et en particulier devant sa *mère*, pour montrer ses achats après une virée shopping lui donna envie de rire – sauf qu'elle ne rit pas. La seule personne avec qui on aurait pu faire ça était Tante Zoë qui, elle le savait, était secrètement critiquée au prétexte qu'elle attachait trop d'importance aux vêtements et à son apparence. Mrs Rose avait observé puis examiné chaque article. Elle avait dit « Très jolie » à propos de la robe verte, avait admiré le blazer de Stella et était demeurée énigmatique devant le pantalon. Elle déclara qu'elle n'aimait pas les chaussures rouges de Stella, mais qu'elle les aurait achetées au même âge. Peter participa en jouant des bribes de ce qui lui paraissait un choix judicieux et adapté de morceaux de musique. « Greensleeves » et la « Marche militaire » pour Louise, Chopin et Offenbach pour sa sœur.

Puis tout le monde se sépara pour aller se reposer, avant de s'habiller pour le théâtre. Louise découvrit avec ravissement qu'ils verraient *Rebecca*, avec Celia Johnson et Owen Nares. « Et dîner au Savoy après, dit Peter. J'espère que vous n'avez pas trop mangé au déjeuner, les filles.

— Pas trop, non », répondit Stella. Quand l'appartement fut silencieux, elle fila en douce dans la cuisine leur chercher des biscuits au gingembre et du lait. Elles s'étendirent et lurent les livres qu'elles s'étaient offerts en tentant de faire durer les biscuits.

Couchée dans son lit à côté de Stella, Louise se réjouit de sa chance et se dit que la guerre ne semblait rien gâcher du tout. « Une des choses que j'apprécie le plus dans l'amitié, déclara-t-elle, c'est de pouvoir faire ce qu'on a envie de faire côte à côte sans être obligé de se parler. »

Stella ne répondit pas, et Louise vit qu'elle s'était endormie. Elle tendit la main pour effleurer les cheveux noirs merveilleusement doux de son amie. « Je t'aime », dit-elle, mais pas tout haut. C'était merveilleux d'être libre ; de pouvoir quitter la maison, de commencer à rencontrer des gens qui ne faisaient pas partie de la famille. Tout pouvait arriver, songea-t-elle, *tout* ! Et je suis prête à tout – quoi qu'il advienne. Je ne me marierai pas : je m'efforcerai juste de devenir la meilleure actrice du monde. Ils seront tous impressionnés, à la maison. Je serai la seule Cazalet célèbre. Vraiment, sa famille était extraordinairement *ordinaire*. Tellement moins intéressante que les Rose. Les Cazalet semblaient mener leur petit train-train sans qu'il leur arrive grand-chose : ils ne partaient jamais à l'étranger – en fait, sans eux, elle serait peut-être déjà allée partout pour se forger des expériences utiles. Mais non. Tout ce qu'ils faisaient, c'était se marier, aller au bureau et mettre au monde des enfants. Ils ne s'intéressaient pas aux arts, sauf à la musique, d'accord, mais depuis quand sa mère n'avait-elle pas lu une pièce de Shakespeare ? Ou une autre, d'ailleurs ? Son père, lui, il ne lisait rien du tout. C'était stupéfiant, qu'il réussisse à survivre sans la moindre nourriture artistique. Peut-être devrait-elle essayer de sauver Polly et Clary de ce désert petit-bourgeois. Elle le ferait, dès qu'elles auraient l'âge. Les autres n'étaient encore que des enfants ; quant aux parents, il était trop tard pour les sauver. Il était impossible d'avoir avec eux une conversation digne de ce nom sur un sujet important – comme l'état du théâtre, ou la poésie ou même la politique ! Il fallait voir tout ce que connaissait Stella par rapport à eux ! Elle aurait parié qu'ils ne réfléchissaient jamais à la structure de classes, à la démocratie, ou à ce qui serait juste pour le peuple. Pourtant, si les choses évoluaient comme Stella pensait qu'elles le feraient, ils se préparaient à un sacré choc. *Plus* de domestiques ! Comment se débrouilleraient-ils sans eux ? Au moins, maintenant, elle savait cuisiner, ce qui était plus qu'on ne pouvait en dire d'eux tous. En cas de révolution sociale, ils mourraient de faim. Elle commença à avoir pitié d'eux, mais une pitié teintée de colère ; ils l'auraient cherché, même si ça ne rendait pas les choses plus agréables pour eux, comme elle le savait d'expérience. D'un autre côté, vu la remarquable fadeur de leur vie, leurs sens devaient être si émoussés qu'ils ne remarqueraient presque rien : au lieu, par exemple, d'être follement et passionnément amoureux comme Juliette ou Cléopâtre – qui, c'est vrai, n'était déjà plus toute jeune quand elle avait aimé Antoine –, ils se vouaient une affection tiède et dénuée d'émotions, de sorte qu'une gigantesque révolution sociale leur apparaîtrait sans doute comme un simple inconvénient. Ils semblaient n'avoir aucune expérience des extrêmes, se dit-elle, or c'est précisément ce que je veux connaître. Tout l'intérêt est là.

« En partie, dit Stella, alors qu'elles se passaient du déodorant sous les aisselles après leur bain. On ne peut pas vivre en permanence au comble de la joie ou du malheur. De toute façon, les gens que tu cites sont morts, et je ne vois pas trop l'intérêt d'aimer quelqu'un au point d'en mourir.

— Ils ont joué de malchance.

— La tragédie ne peut se résumer à de la malchance. La tragédie ne prend pas tout en compte, et en particulier le caractère de chacun. Je ne suis pas prête pour la tragédie – pas moi. »

Comme d'habitude, elle fut réduite au silence par Stella, qui lui semblait la personne la plus intelligente qu'elle eût jamais rencontrée.

Ils se retrouvèrent tous dans le salon pour prendre une coupe de champagne et des petits canapés de poisson salé. Tout le monde s'était mis sur son trente et un : Peter et Mr Rose en smoking, Mrs Rose sculpturale et romantique dans des mètres de mousseline de soie noire plissée, Stella vêtue de sa robe de taffetas bordeaux, à encolure carrée et manches trois quarts ajustées, et Louise (profondément reconnaissante à Stella d'avoir insisté pour qu'elle apporte une tenue de soirée) dans sa vieille robe rose corail qui épousait la courbe de ses hanches et dont l'étoffe faisait comme une tournure derrière.

« Quelles femmes magnifiques m'accompagnent ce soir ! » s'exclama Mr Rose avec un enthousiasme qui les fit se sentir encore plus belles. Peter fut envoyé chercher un taxi, on enfila capes et châles, et les femmes montèrent dans l'ascenseur avec Mr Rose. « Vous souriez, dit le père de Stella à Louise dans la cabine. Pourquoi ?

— Je suis si heureuse, répondit-elle sans réfléchir.

— La meilleure des raisons », dit-il. Par certains côtés, il devait être un très bon père, songea-t-elle.

Dans le taxi, Peter les taquina, disant qu'elles allaient forcément tomber amoureuses d'Owen Nares, qui jouait de Winter.

« Et pourquoi donc, je te prie ? s'enquit Stella, se hérissant.

— Parce que c'est une idole. Toutes les filles se pâment devant lui. Et les vieilles dames aussi.

— Je vais devoir faire très attention », dit sa mère. Son mari lui prit la main et déclara : « "Tu ne seras jamais, belle amie, vieille pour moi..."

— "Car telle que tu étais quand mon œil vit ton œil – ta beauté y ressemble encore..." poursuivit Louise.

— Continuez. »

Louise le regarda et rougit. « "Trois hivers froids..." » Et elle récita le sonnet jusqu'au bout.

Il y eut un court silence appréciateur, puis Mrs Rose porta les doigts à ses lèvres et les posa sur la main de Louise. « Ça, c'est de l'instruction, dit Mr Rose. Voilà ce dont je parle. Prends-en de la graine, Stella, tu n'aurais pas pu en faire autant.

— Bien sûr que non, dit Stella. Louise est merveilleuse. Elle connaît presque tout Shakespeare par cœur. »

Et Louise, vaguement enivrée par son succès, dit : « C'est à peu près tout ce que je connais. Contrairement à Stella. »

Les Rose, sembla-t-il, ne l'en apprécièrent que davantage.

Pour parfaire son bonheur, elle découvrit qu'ils occuperaient une loge, ce qui ne lui était jamais arrivé. Sa famille choisissait toujours des places à la corbeille, bien qu'elle eût toujours caressé le rêve d'être au premier rang de l'orchestre. Mais une loge ! Un mélange de luxe et de romance ; le simple fait d'y être la fit se sentir importante. On l'installa devant, avec Mrs Rose et Stella, et un programme fut placé sur la tablette de velours devant elle. Mrs Rose déboutonna un petit étui de cuir, révélant une jolie paire de jumelles de théâtre en émail rose, qu'elle tendit à Louise dès qu'elle s'extasia sur leur beauté. « On peut regarder les spectateurs arriver. C'est parfois très amusant », dit-elle. Les jumelles étaient très efficaces : elle distingua l'expression sur le visage des gens qui entraient, cherchaient leur place, repéraient des amis, riaient et parlaient… C'était son *père* ! Son père ? Oui ! Il venait d'acheter un programme, glissant un mot à l'ouvreuse qui avait souri, puis il avait continué d'avancer et passé le bras autour d'une dame qui l'attendait. Elle portait une robe noire très échancrée – Louise vit la naissance de ses seins, puis la main de son père se refermer un instant sur l'un d'eux. La dame dit quelque chose en souriant, et il se pencha pour déposer un baiser rapide sur sa joue. Puis ils descendirent l'allée de la corbeille et allèrent s'asseoir au troisième rang. La vue de Louise se troubla, et elle se dépêcha de détourner la tête. Une sensation de froid lui parcourut la nuque et, l'espace d'une seconde, elle crut qu'elle allait s'évanouir, mais il ne le fallait surtout pas. Le désir de regarder de nouveau – ce ne pouvait pas être son père – le disputait à sa terreur d'être vue à son tour. C'était bien lui. Elle se remémora les paroles de sa mère au téléphone : « Papa est absent, on dirait qu'il n'a jamais de permission… » Comment s'assurer qu'il ne la verrait pas ? Les gens regardaient toujours qui se trouvait dans les loges. Au moins, il n'avait pas de jumelles de théâtre, et il n'utilisait jamais celles qui étaient payantes, les jugeant inutiles. Elle regarda une fois encore dans leur direction. Stella avait pris les jumelles, mais Louise distinguait leurs têtes penchées sur le programme. Dissimulant une partie de son visage derrière sa main, elle se tourna vers la scène. Durant l'entracte, elle pourrait proposer à Peter de profiter à son tour du premier rang, et elle serait en sécurité – ou presque. D'ici là, cependant, elle devait rester immobile, la main sur la partie gauche du visage, et se comporter comme si de rien n'était. Parce que l'autre difficulté, comprit-elle, consistait à ne pas montrer aux Rose que quelque chose n'allait pas…

« Tu trembles. Tu as froid ? lui demandait Stella.

— Un peu. Je peux emprunter un châle ? »

Peter lui tendit celui de sa mère, qu'elle enroula autour d'elle alors même qu'elle avait chaud. « En fait, j'ai hâte que la pièce commence, dit-elle.

— Votre vœu va être exaucé », murmura Mrs Rose tandis que les lumières baissaient.

Le reste de la soirée ressembla à un rêve effrayant, sauf qu'il lui parut beaucoup plus long qu'un rêve. Pendant le premier acte, elle s'efforça de prêter attention à la pièce, mais le fait de savoir son père dans le même théâtre, en train de regarder la même chose, à côté de l'inconnue dont il devait sûrement être amoureux (sinon pourquoi mentirait-il à sa mère en disant qu'il n'avait pas de permission ?), lui parut soudain trop choquant pour qu'elle puisse penser à autre chose. Pendant le premier entracte, les Rose suggérèrent d'aller se dégourdir les jambes, mais comprenant que ça signifierait peut-être aller au bar, où elle risquait de les croiser, elle refusa en prétextant vouloir lire le programme. Les autres la laissèrent seule, et elle resta lamentablement assise dans le fond de la loge, en renonçant à de folles idées de fuite. Elle n'avait pas d'argent sur elle, aussi ne pouvait-elle pas laisser un message et prendre un taxi pour rentrer chez les Rose. La Tante Anna n'aurait peut-être pas d'argent non plus pour régler la course ; elle n'était peut-être même pas à l'appartement. Louise ne pouvait pas leur *dire* qu'elle se sentait patraque, puisque ça obligerait l'un d'eux à la raccompagner et qu'elle ne voulait pas gâcher cette soirée avec un mensonge. Elle ne pouvait rien leur dire du tout. Elle avait mal à la tête et envie d'aller aux toilettes, mais elle ne savait pas où ça se trouvait, et la crainte de le croiser, de retour du bar, l'incita à rester où elle était.

Ce fut une erreur. Durant le deuxième acte, son envie devint si pressante qu'elle ne pensa à rien d'autre, mais ils avaient insisté pour qu'elle reste devant, et elle ne voulut pas déranger Mr Rose et Peter en les obligeant à se lever et à pousser leurs chaises pour la laisser sortir. Au deuxième entracte, elle sut qu'elle devait prendre le risque, et Stella annonça qu'elle l'accompagnait. Il y avait la queue devant les toilettes pour dames.

« Un moment merveilleux, quand elle descend l'escalier vêtue de la robe de Rebecca, disait Stella. La méchante Mrs Danvers joue très bien aussi, tu ne trouves pas ? Louise ? Qu'est-ce qui t'arrive ?

— Rien. J'ai juste terriblement envie… » Elle montra la porte des toilettes.

« Pardonnez-moi, je suis terriblement désolée, mais mon amie ne se sent pas bien. Je crois qu'elle va être malade. » Les visages d'abord légèrement hostiles affichèrent une peur véritable, et Louise fut autorisée à utiliser la première cabine qui se libéra. Elle y resta un bon moment, parce qu'en se soulageant, elle se mit à pleurer en silence. Elle sortit son minuscule mouchoir pour essuyer ses larmes, et tenta de se moucher avec du papier toilette qui n'était pas conçu pour ça.

Lorsqu'elle sortit, elle se retrouva nez à nez avec l'inconnue. L'espace d'une fraction de seconde, elles se dévisagèrent : elle avait des yeux bleu jacinthe et une drôle de petite mèche blanche qui jaillissait de ses cheveux noirs artistement coiffés en corne de bélier. Puis la femme lui sourit – elle portait un rouge à lèvres cyclamen sur sa longue bouche fine – et l'écarta doucement pour entrer dans les toilettes. La femme n'avait pas pu la reconnaître, impossible, mais Louise avait senti quelque chose – de la surprise ? de l'intérêt ? – traverser ces yeux magnifiques. Stella sortit de l'autre cabine, et Louise commença à se rafraîchir le visage.

« Ça va mieux ?

— Beaucoup mieux. » Elle ne voulait pas parler à Stella tant qu'elles n'étaient pas ressorties. À présent, elle craignait de trouver son père en train de rôder quelque part dans le couloir. « Vas-y. Je te rejoins dans une minute. » Et comme la pièce était pleine de femmes en train de faire la queue, Stella obéit.

Louise sortit et regarda des deux côtés, mais ne le vit nulle part. Stella l'attendait. « Bravo, tu as réussi à me faire doubler tout le monde, dit-elle.

— N'est-ce pas ? Mais j'attendais que tu émettes des bruits de haut-le-cœur pour appuyer mes dires. »

Cette fois, elle réussit à convaincre Peter de prendre sa place devant, ce qui lui valut un sourire approbateur de la part de Mrs Rose pour sa générosité, alors que ça n'avait rien à voir, songea-t-elle piteusement.

Et puis, à la fin de la pièce, elle redouta de les croiser à l'extérieur du théâtre, où tout le monde tenterait d'attraper un taxi. Heureusement, grâce au black-out, il était presque impossible de reconnaître quiconque dans l'obscurité. Mais ensuite, elle commença à s'inquiéter pour le Savoy. Son père y allait souvent après le théâtre, parce que sa mère aimait bien danser. Elle s'aperçut qu'elle ne supportait pas de penser à sa mère, à qui il mentait et qui le croyait – mais le croyait-elle ? Peut-être était-elle au courant et malheureuse, ce qui expliquerait qu'il soit si difficile de s'entendre avec elle. Louise ne parvenait pas à réfléchir devant tous ces gens.

Quand ils furent installés à leur table au Savoy et qu'elle eut balayé du regard la salle bondée pour s'assurer qu'ils n'étaient pas là, elle crut qu'elle allait se sentir mieux. Elle devait se reprendre et faire semblant de passer un bon moment ; quiconque s'y connaissait en théâtre savait que c'était possible. Elle se mit donc à papoter, et but beaucoup trop vite, sans réfléchir, le verre de vin qu'on lui servit, mais s'aperçut ensuite qu'elle n'avait pas faim. Elle décida de commander le poulet froid, jugeant que c'était le plus facile à manger, et ses compagnons la taquinèrent pour ce choix tellement anglais et si dénué de fantaisie. Une fois ou deux, au cours de la soirée, elle surprit le regard de Mr Rose sur elle, un regard pénétrant, qui la jaugeait, et qui sembla un instant ruiner ses efforts, mais elle tint bon : si elle souriait, personne ne pourrait la percer à jour. Après qu'elle eut laissé presque tout son poulet, on lui proposa une coupe de glace qu'elle parvint à manger. Enfin, l'addition fut réglée, un taxi trouvé, et ils rentrèrent à travers les rues plongées dans l'obscurité.

« Merci infiniment, dit-elle. J'ai passé une merveilleuse soirée.

— Non, non », répondit Mr Rose, mais entendait-il par là qu'elle n'avait pas à le remercier, ou qu'il n'était pas dupe, elle l'ignorait.

Ce fut seulement dans le train, lors du trajet de retour à l'école, que Stella l'interrogea.

« Bon, qu'est-ce qui se passe ?

— Rien, Stella, je t'assure.

— D'accord, si tu persistes à me raconter des mensonges, je la boucle. Et si tu refuses de m'en parler, libre à toi. Ça me fera de la peine, bien sûr, parce que je croyais qu'on se disait tout, mais j'arrêterai de te poser la question. Alors ?

— Il y a quelque chose, c'est vrai. Je ne peux pas te dire quoi. J'aimerais bien, ajouta-t-elle, mais j'aurais l'impression d'être déloyale. »

Stella resta un instant silencieuse. « D'accord. Si tu es sûre que je ne peux rien faire pour t'aider.

— Personne ne peut faire quoi que ce soit.

— Mes parents étaient très inquiets pour toi. Ils t'aiment vraiment bien. Tu es la première personne que je ramène à la maison qu'ils apprécient. Tant mieux, d'ailleurs, sinon ils feraient toute une histoire pour ne pas me laisser aller chez toi pendant les vacances. J'ai tellement hâte de voir votre maison à la campagne et ce grand clan familial.

— Comment sais-tu que tes parents étaient inquiets pour moi ?

— Parce qu'ils me l'ont dit, bien sûr. En plus, ça se voyait comme le nez au milieu de la figure. Même Peter s'est rendu compte de quelque chose, et il n'est pas connu pour sa perspicacité.

— Oh. » C'était décourageant de penser que sa performance d'actrice avait été un tel échec.

« Ma mère s'imaginait que tu étais malade, ou que tu avais tes règles, mais mon père a dit, pas du tout – tu avais subi un choc quelconque. » Les yeux gris-vert l'observaient avec intensité.

Louise se réfugia dans la colère. « Je t'ai dit que je ne voulais pas en parler ! Bon sang de bois ! »

Ce soir-là, elle demanda la permission de téléphoner à sa mère à Londres.

« Chérie ! Tout va bien ? Tu as un problème ?

— Non. Je me demandais juste comment s'était passé ton week-end avec Grania.

— C'était assez épouvantable, en réalité. Elle ne voulait pas quitter Tante Jessica, qui est épuisée. Il faut dire que Grania a pris l'habitude de se lever au milieu de la nuit et de réveiller Jessica pour avoir son petit déjeuner. Ensuite, quand on a enfin réussi à rassembler ses affaires et à la faire monter dans la voiture, elle a cru qu'elle rentrait chez elle. Et, une fois à Tunbridge Wells, elle a refusé de descendre pendant des heures. J'ai dû ruser en lui racontant que nous allions juste prendre le thé avec des gens. C'était terrible de la laisser là-bas. » Sa voix se brisa, et Louise comprit qu'elle s'efforçait de ne pas pleurer.

« Maman chérie, c'est horrible ! Je suis tellement désolée.

— C'est gentil d'appeler. Ils disent qu'elle va s'y habituer… que tout le monde finit par s'habituer.

— Et toi ?

— Oh, moi, ça va. Je suis rentrée et je me suis offert un grand bain délicieux – pas les dix centimètres d'eau de la Duche. Ensuite j'ai bu un énorme verre de gin, et je m'apprête à me préparer un œuf. Tu as passé un bon week-end avec ton amie ?

— Formidable. Nous sommes allés au concert… et au théâtre. » Elle marqua une pause, puis demanda, du ton le plus naturel possible : « Tu as eu des nouvelles de papa ?

— Pas un mot. Ils le font travailler comme un forcené. Il m'a dit qu'étant responsable de la défense, il ne pouvait presque jamais quitter l'aérodrome. Enfin, c'est ce qu'il voulait – faute d'avoir pu rejoindre la marine comme Oncle Rupert.

— Je vois.

— Nous allons devoir raccrocher, chérie, si nous ne voulons pas nous ruiner. Mais merci de m'avoir appelée. C'était très attentionné. »

Non, elle n'était pas au courant. Même si Louise ignorait si c'était mieux ou pis ainsi. Toutes les émotions que lui inspirait d'ordinaire sa mère étaient à présent dominées par un terrible sentiment de pitié. Si son père était la proie d'une passion incontrôlable – sacrément inconvenant à son âge –, il pourrait faire n'importe quoi ! Même divorcer pour partir avec cette femme. Elle se demanda si elle connaissait des gens ayant divorcé et finit par se rappeler l'amie de sa mère, Hermione Knebworth. Son divorce avait été si terrible, et inhabituel, que les gens n'en parlaient jamais ; sa mère semblait d'avis qu'Hermione n'était pas responsable, voilà tout ce que Louise avait réussi à glaner. Mais Villy n'était pas comme Hermione. Elle ne tenait pas une boutique de vêtements, n'était pas douée pour les affaires et n'affichait pas une apparence glamour en toutes circonstances. Si papa divorçait – s'il l'abandonnait –, sa vie n'aurait plus de sens. Elle était beaucoup trop vieille pour commencer une carrière. Soudain, Louise imagina sa mère devenir pareille à Grania après la mort de son mari : passant ses journées assise dans un énorme fauteuil en refusant tout plaisir et en disant qu'elle préférerait être morte. Ce serait sa faute à lui. C'était déjà sa faute. Elle se rappela Tante Rachel lui disant qu'à son âge, les jeunes commençaient à s'apercevoir que leurs parents n'étaient pas que des parents mais aussi des gens, et les gens étaient bien plus stressants que les parents. Avec les parents, on n'avait pas à *agir*, seulement à réagir – ils étaient là, c'est tout. Ça ne signifiait pas qu'ils ne pouvaient pas vous rendre la vie impossible, mais quoi qu'ils fassent, on n'était pas *responsable* d'eux. Je ne veux pas être responsable de mon père : je le déteste, songea-t-elle. Chaque fois qu'elle repensait à l'instant où elle les avait vus au théâtre, elle revoyait la main de son père se refermer sur le sein de la femme et se sentait submergée par l'ignoble souvenir d'autres choses, d'autres moments, auxquels elle ne voulait plus jamais penser. Et malgré ses efforts pour enterrer, repousser, refouler tout ça, elle savait qu'elle le détestait depuis une éternité, depuis cette soirée où, sa pauvre mère s'étant fait arracher toutes les dents, elle s'était retrouvée seule avec lui et où il avait voulu toucher *ses* seins. Depuis lors, elle l'avait évité ; lorsqu'il était là, elle ne croisait jamais son regard ; elle refusait tout compliment ; le rabrouait, l'ignorait – ou plutôt essayait de donner l'impression qu'elle l'ignorait ; en réalité, elle avait une conscience aiguë de sa présence. Sa grossièreté envers lui était la cause de la plupart des disputes avec sa mère – comme lors de cette soirée atroce où ils l'avaient emmenée voir *Late Joys*, de Ridgway, un spectacle de music-hall victorien pourtant merveilleux ;

Leonard Sachs faisait un maître de cérémonie courtois et spirituel ; un étrange jeune homme du nom de Peter Ustinov y campait un chanteur d'opéra parlant d'un fragment jusqu'ici inconnu d'une chanson de Schubert – « zette bauvre créature attore les nymphes » – et se mettait soudain à chanter les trois mesures dudit fragment. Tout ça était fort amusant et ils avaient beaucoup ri. Mais ensuite, ils étaient allés au Gargoyle Club, et quand son père l'avait invitée à danser, elle avait refusé, disant qu'elle n'aimait pas danser et n'aimerait jamais. Son père s'était vexé et sa mère était furieuse contre elle. Finalement, ses parents avaient dansé ensemble, pendant qu'elle restait assise là, malheureuse, à les regarder – elle aurait dansé avec n'importe qui sur terre plutôt que lui. Après ça, la soirée était gâchée.

Pendant le reste du trimestre, alors qu'elle apprenait à faire la pâte à choux, à désosser un poulet, à clarifier un bouillon et à embaucher une femme de chambre, alors que Stella et elle lisaient des livres, qu'elle répétait sa pièce pour l'audition, qu'elles se lavaient mutuellement les cheveux et inventaient des blagues idiotes qui les faisaient mourir de rire, que Stella lui parlait en détail de l'inflation en Allemagne, lui expliquait à quel point le traité de Versailles était injuste et en quoi il ne servait à rien d'être pacifiste une fois la guerre déclarée (« C'est préventif, tu comprends, lui dit-elle, comme la médecine alternative : une fois qu'on s'est fait tirer dans la jambe, il faut retirer la balle »), jusqu'à ce que Louise ait la tête qui tourne à force d'essayer de suivre ses comparaisons ; pendant le trimestre, donc, au milieu ou entre ces activités, elle en revenait à ce qu'elle nommait intérieurement son horrible secret, et elle s'imaginait, rêvait qu'elle remettait tout en ordre. Elle irait voir cette femme pour lui dire qu'il était déjà marié et ne pourrait jamais l'épouser, que c'était un menteur, que les menteurs mentaient à tout le monde et qu'elle serait sa prochaine victime. Elle irait trouver son père et le menacerait de tout raconter à sa mère à moins qu'il promette de rompre avec cette femme (entre autres variations sur ces principaux thèmes) – *ensuite* venait le plus beau rêve de tous, ses parents s'avançaient vers elle, bras dessus, bras dessous, souriants, heureux, lui disant que c'était à elle seule qu'ils devaient leur bonheur – comment pourraient-ils jamais la remercier ? ; elle était l'enfant la plus merveilleuse et la plus mûre qu'on pût avoir ; sa mère ajoutant qu'elle était belle, son père s'extasiant sur son courage et sa compréhension... Ces rêves éveillés étaient comme des chocolats dérobés et rances : en en sortant, elle se sentait toujours un peu honteuse et nauséeuse.

Quoi qu'il en soit, vers la fin du trimestre, elle s'était plus ou moins *habituée* à la situation. La perspective de recevoir Stella à Home Place et de passer son audition pour l'école de théâtre – qui aurait lieu seulement trois semaines plus tard – contribuait à lui faire sentir que, pour l'essentiel, la vie n'était pas si mal.

CLARY

Mai-juin 1940

« Elle est plutôt *distante*, sinon vraiment maussade, mais je suppose que c'est largement dû à la frustration sexuelle », écrivit-elle. Puis elle regarda avec satisfaction la nouvelle page ornée de cette phrase fluide et sophistiquée. Elle était tombée sur cette expression dans un livre et brûlait de l'utiliser. Au cours de l'hiver, et toujours en quête de nouveaux sujets, elle avait décidé d'écrire sur toutes les choses dont, d'après ses observations, on ne parlait jamais. Elle en avait dressé la liste. Le sexe. Aller aux toilettes. Les règles. Le sang en général. La mort. La naissance des bébés. Le fait de vomir. Les défauts personnels qui ne semblaient pas romantiques, comme d'être maussade, plutôt que soupe au lait. Admettre sa peur de certaines choses. L'adultère, le divorce – même si c'était un peu difficile d'écrire là-dessus sans informations de première main. Quoique beaucoup de bons romans traitent un peu d'adultère. La vie après la mort, ou la question de savoir s'il y en avait une. Les juifs, et pourquoi les gens étaient contre eux. Ce qu'il y avait d'horrible dans le fait d'être un enfant (les gens ne racontaient que des histoires pittoresques ou drôles à propos de leur prime jeunesse). La possibilité de perdre la guerre et de devenir esclaves des Allemands. Et ainsi de suite. Elle conservait et enrichissait parfois la liste qui, de manière décevante, ne lui avait pas inspiré d'intrigue, et comme Miss Milliment avait fort injustement augmenté la quantité de travail que Polly et elle étaient censées faire – et leur avait aussi donné des devoirs de vacances très compliqués –, elle décida de composer de petits portraits de tous les gens de sa connaissance qui lui venaient à l'esprit, pour ne pas perdre la main. Celui-là était un portrait de Zoë qui, étant assez ennuyeuse en ce moment, représentait un défi d'un point de vue littéraire. À l'automne, tout juste remise de la tristesse de la mort du bébé, elle était retombée enceinte et redevenue très jolie, et puis, quand papa lui avait annoncé qu'il avait été pris dans la marine et qu'il partait dans un endroit du nom de King Alfred's pour son entraînement militaire, ç'avait été l'enfer. Elle avait pleuré pendant des jours. Apparemment, et d'après papa, qui avait été bouleversé, elle s'était mis en tête que les hommes n'étaient pas mobilisés quand leurs femmes étaient enceintes. Ou qu'ils n'étaient pas *obligés* d'y aller – on se demande où elle était allée pêcher ça. C'était idiot. Même elle – Clary – se rendait compte que les deux choses n'avaient rien à voir, mais Zoë avait des idées puériles – elle était comme une espèce de *vieille enfant,* s'aperçut Clary, en s'empressant de le noter.

« Veille sur Zoë pour moi », lui avait dit son père juste avant son départ, ce qui était tout de même une drôle d'inversion. Après tout, c'était qui, la belle-mère ? Mais elle ne l'imaginait pas disant : « Veille sur Clary pour moi. » Elle doutait qu'on ait jamais demandé à Zoë de veiller sur quiconque. On ferait peut-être bien de lui offrir un animal ne nécessitant que des soins limités, un lapin par exemple, pour son prochain anniversaire, afin de l'habituer à s'occuper de quelqu'un – sans quoi son bébé n'allait pas s'amuser tous les jours. (En réalité, c'était Ellen qui s'occupait de tout le monde.) Le jour de la fête du sport, à son école, Neville avait fait comme s'il la connaissait à peine. « Tu l'as blessée, imbécile », l'avait rabroué Clary quand on les avait envoyés chercher des assiettes de fraises pour les adultes dans la tente réservée au buffet. « C'est elle qui m'a blessé en portant cette ridicule fourrure de renard autour du cou », avait-il répliqué en transférant adroitement de plus belles fraises sur l'assiette qu'il avait choisie. Il avait beaucoup poussé, mais ses dents de devant semblaient trop grandes pour son visage, et il avait passé une bonne partie des vacances de Noël en haut d'arbres dans lesquels Lydia avait eu peur de grimper. Il ne semblait pas se faire d'amis à l'école, et il détestait le sport. Son asthme s'était beaucoup calmé, mais la veille du départ de leur père, il s'était disputé avec tout le monde, avait bu les trois quarts de la bouteille de xérès de cuisine d'Emily, avait défait la valise de leur père, jeté toutes ses affaires dans la baignoire et ouvert les deux robinets. Leur père l'avait trouvé, ils s'étaient un peu chamaillés, mais à la fin, il pleurait tant que papa l'avait porté dans sa chambre, où ils avaient passé un long moment seul à seul. Il avait eu une crise d'asthme pendant toute la nuit, et Ellen était restée à son chevet, parce que leur père avait dû s'occuper de Zoë qui était dans tous ses états. « Veille sur Nev, tu veux bien ? avait-il demandé à Clary le lendemain matin. Hier soir, il n'a pas arrêté de répéter qu'il n'aurait plus personne, et je n'ai pas cessé de lui dire qu'il t'avait, toi. » Son père avait le teint si gris et l'air si fatigué qu'elle n'avait pas eu le cœur de lui dire à quel point *elle* était malheureuse qu'il s'en aille, pas eu le cœur de dire : « Et moi, tu crois que j'aurai qui ? » ou autre chose d'aussi égoïste. Elle voyait bien que certaines formes d'amour l'épuisaient, aussi s'était-elle obligée à sourire en disant « D'accord, compte sur moi ». Il lui avait rendu son sourire. « Je reconnais bien là ma Clary », avait-il dit, avant de lui demander de l'accompagner à la gare. « Zoë ne s'en sent pas le courage. » Neville était allé à l'école comme d'habitude, et Tonbridge les avait conduits à Battle ; elle avait attendu sur le quai avec son père, sans savoir quoi dire de plus, et vu avec soulagement le train arriver. « N'oublie pas de mettre ton gilet de sauvetage », avait-elle dit à la fin – la chose la plus adulte à laquelle elle ait pu penser. « À vos ordres, mon capitaine », avait-il répondu, puis il s'était penché pour l'embrasser, avant de monter dans le train. Il avait agité le bras jusqu'à ce qu'il soit hors de vue. Elle était retournée lentement à la voiture où l'attendait Tonbridge et s'était assise, toute droite et raide, à l'arrière. À un moment, elle avait vu Tonbridge la regarder dans le rétroviseur. Il s'était arrêté à Battle, était entré dans un magasin et en était ressorti avec une tablette de chocolat au lait qu'il lui avait donnée, et bien qu'elle déteste le chocolat au lait, c'était d'une immense gentillesse. Elle avait commencé à le remercier, puis avait dû faire croire qu'elle était prise d'une quinte de toux. Il l'avait ramenée à Home Place sans ouvrir la bouche, mais quand elle était sortie de la voiture, il avait dit : « Vous êtes un bon petit soldat, pour sûr », et lui avait souri, révélant sa dent noire à côté de celle en or.

Bref – retour à Zoë. En montant, elle l'avait trouvée allongée sur le lit où était encore posé le pyjama de papa. Debout à côté d'elle, un plateau dans les mains, Ellen lui disait qu'elle se sentirait mieux si elle mangeait quelque chose, qu'elle devait penser au bébé. Mais Zoë avait pleuré de plus belle.

Description de Zoë allongée dans son lit. Cheveux noirs soyeux, tout emmêlés bien qu'ils paraissent encore plus beaux que quand ils sont coiffés ; peau très blanche au fort aspect nacré (crémeuse ? satinée ?) ; joues dénuées de couleur, d'une teinte crème à peine plus sombre ; cils charbonneux qui semblent couverts de mascara, mais ne le sont pas ; yeux très écartés, non pas émeraude – plutôt couleur d'herbe… en fait, exactement comme ceux de l'avant-dernier chat de Polly. Une lèvre supérieure plutôt courte, et une bouche étirée qui remonte aux commissures quand elle sourit, ce qui creuse aussi une fossette sur sa joue gauche. Quel horrible mot que fossette. Shirley Temple a une fossette. Si elle avait été en train de décrire une héroïne de roman, elle ne lui aurait jamais mis de fossette, mais bon, Zoë en avait une et c'était censé être un portrait. Elle ne pouvait pas écrire grand-chose sur le reste de son corps puisqu'il était caché sous les couvertures, à l'exception d'un bras – un bras blanc tout ce qu'il y a de plus ordinaire, terminé par des ongles terriblement bien manucurés, recouverts d'un vernis rose pâle. Ça n'allait pas du tout. Elle soupçonna qu'il aurait fallu être amoureux de Zoë pour s'intéresser à son apparence, mais se souciait-on de l'apparence de quelqu'un quand on était amoureux ? C'est parce qu'on aimait bien le physique d'une personne qu'on avait envie de mieux la connaître. Le seul qui ait jamais paru apprécier *son* physique était son père, ce jour où ils avaient rempli les bouteilles d'eau de source et où il avait dit qu'elle était belle – enfin, il avait dit qu'il était entouré de belles femmes, et elle se trouvait là. Le problème, quand on écrivait *quoi que ce soit*, c'est que ça vous faisait penser à autre chose. Elle avait l'impression d'être un puits sans fond de souvenirs, et elle n'avait que quinze ans. Qu'est-ce que ça devait être quand on atteignait l'âge de la Duche ? On ne devait plus pouvoir penser ; comme dans une pièce si encombrée de meubles qu'on n'a plus la place de circuler.

Ce jour-là, elle s'était assise sur le lit de Zoë et avait tenté de lui remonter le moral en lui répétant tout ce qu'il lui avait dit : qu'il ne resterait que quelques semaines à King Alfred's avant d'avoir une permission, qu'il ne courait pas le moindre danger, que d'ailleurs, personne n'en courait dans cette guerre d'après ce qu'elle voyait, sauf dans des endroits comme la Finlande, ou maintenant la Norvège, même si Polly n'était pas du tout d'accord avec elle là-dessus. Puis elle avait dû aller à ses leçons avec Polly, Miss Milliment et, suprême ennui, avec Lydia : Neville ayant été envoyé à l'école préparatoire près de Sedlescomb, on avait décrété que Lydia ne pouvait pas prendre de leçons toute seule. Sauf que ça revenait presque au même, puisqu'elle n'avait que neuf ans et ne comprenait pas ce qu'elles faisaient, Polly et elle, malgré la patience de Miss Milliment qui partageait très intelligemment son temps entre elles trois. L'Hôtel des Tout-Petits avait redéménagé à Londres. Au début, ils étaient restés à Pear Tree Cottage puisque les garçons étaient là pour les vacances, mais après la rentrée, tout le monde était retourné à Home Place. Miss Milliment dormait dans le cottage au-dessus du garage, et les leçons se passaient dans le petit salon du rez-de-chaussée. Mill Farm était désormais loué comme centre de convalescence – au départ, ce devait être pour des soldats blessés, mais comme il n'y en avait pas, la maison accueillait des gens se remettant d'opérations ou ce genre de choses. Les jours de semaine, Tante Sybil et Tante Villy allaient à Londres, et confiaient Wills et Roland à Ellen. Le week-end, Oncle Hugh revenait avec Tante Sybil, mais Tante Villy revenait toute seule – et encore, pas toujours, ce qui peinait Lydia. Parfois, on les emmenait à Londres pour aller chez le dentiste ou acheter des vêtements. La maison de son père avait été fermée, de sorte que quand elle allait à Londres, elle habitait chez les autres ; elle n'avait plus de maison londonienne, mais elle avait récupéré tous ses objets précieux, ses livres, son album contenant les photos de sa mère, enfant, et la carte postale de Cassis, en France, que cette dernière lui avait écrite avant même qu'elle sache lire – « Clary chérie, voici une photo de l'endroit où nous sommes, ton papa et moi. Nous logeons dans la petite maison rose sur la droite. Ta maman qui t'aime. » La maison était marquée d'une croix à l'encre passée. Clary s'était nourrie de cet amour pendant des années. À présent, elle était habituée – à ne pas avoir de mère – et Neville n'avait rien connu d'autre. Mais ça rendait son père d'autant plus important pour elle. Après les leçons, elle avait pleuré un bon coup avec Polly dans l'abri de jardin. Polly était quelqu'un avec qui il faisait bon pleurer, parce qu'elle pleurait aussi, mais moins.

Son père était revenu une semaine à Noël, tandis qu'Oncle Edward n'avait eu droit qu'à deux jours. Louise était allée passer une semaine avec Nora et sa mère à Frensham, mais à son retour, elle avait dit qu'elle était contente d'être là. La maison était pleine de musiciens, avait-elle raconté, ce qui rendait Oncle Raymond très sarcastique. Nora allait travailler à l'Hôtel des Tout-Petits de Tante Rachel jusqu'à ses dix-huit ans, quand elle pourrait commencer une formation d'infirmière. Nora était revenue à Home Place avec Louise pour y passer plusieurs nuits, et Clary avait surpris une de leurs conversations, fort intéressante, à propos de Tante Jessica et d'un des musiciens, appelé Laurence ou Lorenzo. Louise avait l'air de penser que Tante Jessica était amoureuse de lui, ce que Nora jugeait ridicule.

« Mais Villy s'est entichée de lui. »

C'était si fascinant que Clary s'était installée dans une position d'écoute plus confortable et avait tendu l'oreille.

« Entichée ? De Laurence ? Comment veux-tu ? C'est impossible !

— Et pourquoi donc ? »

Il y avait eu une pause, et Louise avait répondu d'un ton distant : « Il a les cheveux gras et d'énormes points noirs sur le nez.

— Ça ne compte pas. Il *exsude* littéralement le charme. » À entendre Nora, le charme était la pire chose qu'on pût exsuder. « Moi, il ne m'attire pas du tout, évidemment.

— Mais il est marié, et elles aussi.

— Ce genre d'homme doit s'en moquer complètement. Villy n'arrêtait pas de lui réclamer une leçon de piano.

— Et Jessica lui faisait jouer les accompagnements des chansons de grand-père… Enfin, celles qu'elle sait chanter. » Nouveau silence, pendant que Clary songeait que ça faisait très adulte d'appeler ses parents par leurs prénoms.

« Elles adorent la musique toutes les deux, ça ne va peut-être pas plus loin. » Mais Louise le dit avec un tel manque de conviction que Clary comprit qu'elle ne le pensait pas.

« Eh bien, je crois que tu devrais interroger ta mère.

— Franchement, Nora, c'est une très mauvaise idée. Il ne se passe rien, et ça ne me regarde pas… En plus, si c'est ce que tu crois, pourquoi tu n'interroges pas la tienne ?

— Un, parce que c'est ta mère qui est entichée de lui, deux, parce que ton père est parti combattre à la guerre et que ce n'est donc pas juste vis-à-vis de lui, le pauvre, et trois, parce qu'il se passe des choses – ta mère portait du rouge à lèvres *tous* les jours à Frensham et des tenues tout à fait déplacées, sachant qu'il y a une guerre en cours. En plus, c'est évident que c'est elle qui a commencé à l'appeler Lorenzo de cette manière affectée et… » Elle marqua une pause avant de sortir ce qu'elle considérait manifestement comme son atout. « Il était évident que sa femme la détestait encore plus qu'elle déteste maman. Les épouses savent toujours, tu sais…

— Tu as fini de dire que tout est évident ? Laurence, ou quel que soit son nom, est marié, Mercedes est catholique (elle aussi l'appelle Lorenzo, soit dit en passant, ce n'était donc pas une idée de maman), et ta mère a arrêté de se coiffer avec son drôle de chignon et elle a préparé des tonnes de crème avec du lait concentré parce qu'elle sait qu'il adore les desserts. C'est bonnet blanc et blanc bonnet, donc rien ne t'empêche d'interroger ta mère...

— D'accord, supposons qu'elles soient toutes les deux amoureuses de lui. Il a une tête d'étranger, et l'air suffisamment dénué de scrupules pour les encourager. Maman a dit qu'il était malheureux parce que sa femme était jalouse de tout le monde. J'ai remarqué qu'elles étaient assez dures l'une envers l'autre.

— Qui ?

— Jessica et Villy. Je parie qu'elles sont jalouses l'une de l'autre. Franchement, Louise, tu vois bien que ça ne peut que mal finir.

— Tout ce que je vois, c'est que ça ne me regarde pas. Et je trouve injuste qu'au moment où j'essaie d'entamer ma propre vie, je doive m'inquiéter pour eux. Et pour des choses autrement plus graves, ajouta-t-elle.

— Comment ça, plus graves ?

— Pendant des années ils se sont seulement inquiétés de savoir si on s'était lavé les dents, si on avait fait nos devoirs et si on avait arrêté de lire au lit à la seconde où ils le demandaient. Et toi, tu voudrais qu'on s'inquiète parce que nos mères flirtent peut-être avec un homme marié. Ou pire.

— Qu'entends-tu par pire ?

— Rien.

— Tu veux dire, au cas où elles auraient une liaison ? Où cet idiot de Lorenzo les embrasserait et ce genre de choses ? Tu ne crois tout de même pas... »

Là, Nora baissa la voix au point que Clary n'entendit plus ce qu'elle disait, et le fait de ne plus l'entendre la fit se sentir légèrement coupable d'avoir écouté le reste. Mais quand on voulait devenir romancière, il était essentiel de saisir toutes les occasions de savoir ce qui se passait. Deux sœurs amoureuses du même homme, voilà une idée très puissante, surtout si les uns et les autres étaient déjà mariés. Ce qui la déroutait, c'était que la vie des gens ne paraisse jamais aboutir à une conclusion ; si ses tantes, à leur âge avancé, étaient sur le point de tomber amoureuses de la mauvaise personne (à la réflexion, existait-il une *bonne* personne ? C'était l'idée générale qui était gênante, plus que l'identité de celui dont elles étaient susceptibles de tomber amoureuses), quand pouvait-on dire, voilà, la vie d'Untel est sur des rails et elle n'a plus qu'à suivre son cours ? À ce compte-là, l'idée que les héroïnes doivent être jeunes et tout ça devenait assez ridicule. Supposons que son père tombe amoureux de quelqu'un d'autre pendant son absence ? D'après ce qu'elle venait d'entendre, c'était parfaitement possible. La prochaine chose qu'elle devait faire, c'était tomber amoureuse, pour mieux comprendre ce qu'on ressentait dans ce cas-là. Le problème, c'est qu'elle ne rencontrait personne, et l'idée de se languir d'amour pour Teddy ou Christopher, les seuls garçons d'âge vaguement adéquat, lui parut désespérante ; elle n'aimait même pas beaucoup Teddy, qui ne parlait plus que d'avions, des différentes sortes de canons et de battre les autres à des jeux. Un homme plus âgé constituerait un meilleur choix. Elle passa en revue ceux de sa connaissance, mais soit ils étaient de sa famille, ce qui était déconseillé pour la reproduction, elle le savait d'après les chiens, soit – Tonbridge, Wren, McAlpine et Mr York lui apparurent tour à tour – ils ressemblaient aux photos de criminels « Recherchés » au commissariat de police... quoique sûrement pas recherchés par elle. Elle ne voyait personne d'autre. Peut-être pouvait-on *s'entraîner* sur un parent. Quand elle songea à ses oncles, elle les trouva non seulement trop ordinaires et familiers pour une romance sérieuse, mais plus tout à fait à la hauteur du rôle. Son père lui semblait le seul candidat valable, or elle avait besoin de lui comme père. Il lui suffit de penser à lui pour qu'il lui manque, et elle décida de lui écrire au lieu de continuer à s'échiner sur le portrait de Zoë.

Home Place
6 mai 1940

Papa chéri [écrivit-elle],

J'espère sincèrement que tu vas bien et que ça te plaît d'être sur un destroyer. Avant de te raconter quoi que ce soit, je dois souligner que les lettres sont à présent une fois et demie plus chères qu'elles ne l'étaient la dernière fois que je t'ai écrit, puisqu'elles coûtent deux pence et un demi-penny, ce qui m'amène à mon besoin d'avoir plus d'argent de poche, sinon tu devras recevoir une fois et demie moins de lettres. Pourrais-tu m'augmenter de six pence par semaine pour arriver à une livre et six pence tous les samedis ? Je me rends bien compte que c'est sans doute un détail pour toi, mais ma vie ne semble constituée que de ça [une assez bonne phrase, celle-là]. C'était triste que tu ne puisses pas revenir du tout à la maison pour Pâques. Louise a invité une amie de son école – une fille incroyablement intelligente du nom de Stella Rose, dont le frère va devenir un pianiste célèbre. Son père est chirurgien. Stella a joué du piano avec la Duche, qui a dit qu'elle était très douée. Tante Villy prétend qu'ils sont juifs, mais j'ai interrogé Louise, qui ne savait pas, et personne d'autre n'en a parlé. J'espère que tu n'as plus le mal de mer. Je compatis vraiment – surtout parce que tu dois travailler, vu que moi je suis incapable de faire quoi que ce soit quand j'ai mal au cœur ; mais j'imagine que ton travail consiste à donner des ordres, tu n'as pas à récurer des ponts, à grimper aux mâts ou ce genre de choses. C'est l'un des avantages d'être un officier, même si tu es le plus vieux sous-lieutenant de la RNVR. [Elle avait ressorti la dernière carte postale de son père pour recopier le sigle, dont elle n'était pas sûre de la signification.] Nous avons dû écrire une petite biographie de qui on voulait comme devoir de vacances, et j'ai choisi le général Gordon. Il était très pieux et, après avoir accumulé les victoires en Chine, il s'est retrouvé coincé sur le Nil et assiégé par des ennemis, et comme on n'a pas envoyé de renforts à temps, il s'est fait tuer. On peut voir cet épisode au musée de Madame Tussauds, mais malgré une fin aussi tragique, il était finalement moins intéressant que je ne croyais. Polly s'est beaucoup plus amusée avec Florence Nightingale. Polly est ravissante ; son visage s'est affiné et elle se laisse pousser les cheveux, qui ont la couleur d'un très beau renard, tu ne trouves pas ? Dommage que les renards n'aient pas les yeux bleus. J'y pense parce qu'elle dessine des animaux et a fait un très joli renard. Je n'ai écrit qu'une nouvelle et la moitié d'une pièce de théâtre, avant de me retrouver bloquée. Le problème, c'est qu'il ne se passe pas grand-chose ici, à part les repas, les leçons et les gens qui se tracassent pour le black-out et écoutent les nouvelles, toujours assez ennuyeuses. Je n'ai plus envie d'inventer des choses, si bien que j'attends qu'il arrive des événements excitants. Il paraît que Louise n'est pas belle, mais saisissante, ce que, personnellement, je détesterais être. Elle est très adulte et a commencé ses cours de théâtre, ce qui la rend plutôt frimeuse et distante – franchement, son caractère s'est détérioré. [Puis elle se souvint qu'il voudrait avoir des nouvelles de Zoë et de Neville.] Neville va bien et il se plaît en pension la semaine, donc ça va. Il a un ami horrible qui porte des lunettes, bégaie et fait tout ce que Neville lui dit de faire – il s'appelle Mervyn, ça ne t'étonnera pas. Mervyn lui fait ses devoirs de maths, et Neville a raconté à l'école qu'il n'avait pas le droit de manger du chou, et ils l'ont cru ! Quelle incroyable naïveté de leur part. Sa pire bêtise du trimestre a été de jeter une grenouille dans les toilettes, mais heureusement il a eu tellement de remords qu'il l'a avoué à Ellen qui l'a dit à la Duche, et il a été puni. Que penses-tu de Modigliani ? Miss Milliment m'a parlé de lui quand je l'ai interrogée sur les juifs, parce que je ne comprenais pas comment ils pouvaient aussi être anglais, et elle m'a dit que, n'ayant pas d'endroit vraiment à eux, ils avaient dû vivre dans un tas de pays dont ils avaient enrichi la culture – donnant l'exemple de Modigliani. Ses personnages sont un peu comme les gens dans les rêves, je trouve. On les reconnaît, mais ce ne sont jamais des gens qu'on a déjà vus. Tu penses que c'est bien d'être immédiatement reconnaissable ? En peinture ou en littérature, je veux dire – et en musique, j'imagine, mais je m'en fiche un peu puisque je n'ai pas du tout l'oreille musicale. Une fois qu'on a vu un Modigliani, on reconnaît toujours ses tableaux, n'est-ce pas ? Alors, c'est bien, ou pas ? D'un côté, ça peut vouloir dire que l'artiste faisait toujours la même chose ; de l'autre, qu'il a peut-être inventé son propre langage intime, et que les *choses* ne sont pas du tout les mêmes. Comme tu es peintre, papa, tu devrais être capable de répondre à cette question. Tu me manques [là, elle s'interrompit et sentit la sensation familière d'indigestion dans sa poitrine] parfois [écrivit-elle prudemment]. Regarde ce timbre, s'il te plaît, et n'oublie pas le début de cette lettre.

Des baisers et des câlins de Clary.

Et maintenant, quoi faire ? se demanda-t-elle. Elle décida d'aller voir si elle trouvait quelqu'un en train de faire une activité intéressante. Elle n'avait guère d'illusions. Tante Rachel – son meilleur espoir – était à Londres avec le Brig et ne rentrerait pas avant dix-huit heures. Il y avait toujours ses devoirs – une rédaction sur la reine Élisabeth et la tolérance religieuse, plus un peu d'algèbre qu'elle détestait –, ou sa corvée hebdomadaire de sarclage – deux heures passées à exécuter les ordres de la Duche et de McAlpine ; elle pouvait aussi aller à Watlington avec Polly racheter de la laine kaki pour les cache-nez qu'elles tricotaient (tout le monde tricotait ; Zoë pour son bébé qui avait maintenant dix fois trop de vêtements, et même Miss Milliment, qui s'échinait sur une écharpe, bien que son cas soit désespéré – leur préceptrice ne semblait pas s'apercevoir que l'écharpe était pleine de trous à force de mailles perdues et même pas droite sur les bords).

La quête ne donna pas grand-chose. Zoë était couchée, Ellen repassait, la Duche rempotait des plants de tomate dans la serre et Wren était juché sur une échelle, dehors, à chauler les vitres du toit en sifflant entre ses dents comme s'il pansait un cheval. On ne pouvait rien faire avec *lui* : il parlait sans arrêt, puis ne disait plus un mot dès que quelqu'un approchait. Les vitres étaient couvertes de traînées, parce que ce n'était pas son boulot. Elle alla faire un tour dans la cuisine puisque le déjeuner – des macaronis au fromage et des pruneaux au sirop – était déjà loin et qu'elle avait faim. Tonbridge nettoyait une carafe, dans l'office, avec l'aide de Mrs Cripps. Une assiette d'appétissants biscuits aux flocons d'avoine attendait sur l'égouttoir. Elle demanda la permission d'en prendre un. Mrs Cripps poussa l'assiette vers elle, puis lui dit de filer. Elle alla s'asseoir sur les marches du hall et mangea très lentement son biscuit, comme s'il s'agissait de son dernier repas sur terre. La guerre est ennuyeuse, songea-t-elle, même Polly devait s'ennuyer, ce qui lui fit penser qu'elle ne l'avait pas vue depuis le déjeuner.

Elle finit par la trouver dans la nursery de jour, en train de jouer avec Wills, bâtissant patiemment des châteaux de cartes qu'il détruisait d'un grand geste maladroit. Leur vieux phonographe jouait « Le pique-nique des nounours ». Lydia, les mains passées sous les bras de Roland pour tenter de le faire tenir debout, dit : « Regardez, Roly marche ! », tandis que le bambin, chaussé de chaussons en tricot, moulinait en vain des jambes et souriait avec une aimable gratitude à chaque effondrement du château. Un côté de son visage était rouge tomate, l'autre rose pâle, et un lourd filet de bave se balançait de-ci de-là quand il tournait la tête. Clary regarda le spectacle avec découragement. Bientôt Zoë en aurait un comme ça, qu'elle serait censée adorer.

« C'est fou comme ils sont affreux et peu attirants », dit-elle à Polly quand elles eurent réussi à s'échapper en prétextant une mission à accomplir pour la Duche. Lydia, qui avait bien sûr voulu les accompagner, en avait été dissuadée par Ellen avec la promesse de la laisser pousser le landau.

« Les chiots, les chatons, les faons et même les oisillons ne sont pas aussi dégoûtants. Je ne comprends pas pourquoi on doit commencer sa vie en étant si gros et crasseux. Si j'en avais un, j'aurais envie de l'envoyer dans un chenil, un hôpital ou je ne sais où jusqu'à ce qu'il devienne humain. Et on ne peut même pas dire qu'ils ont une bonne nature, vu que tout ce qu'ils aiment faire c'est casser.

— Personne ne t'oblige à en avoir. Il te suffit de ne pas te marier.

— Je pourrais me marier si j'en avais envie, et ne pas en avoir.

— Je ne crois pas que ce soit possible, répondit Polly d'un ton pensif. Je me demande s'il n'y a pas une sorte de piège, là. C'est tout ou rien.

— Pas sûr. Regarde Mrs Cripps.

— Si ça se trouve, elle n'est pas mariée. On appelle souvent les cuisinières “madame” pour leur faire plaisir. En plus, on n'est pas *certaines* qu'elle n'a pas d'enfants. »

Clary fut réduite au silence. Elles traversaient les champs pour aller au magasin de Watlington, où elle voulait acheter un timbre.

« Il me semble que les gens deviennent plus ennuyeux en vieillissant, reprit Polly. Je suis d'accord sur le fait que la nature humaine est inférieure à tout âge. Je veux dire, même les tigres mangeurs d'hommes ne le font que quand leurs pauvres dents sont tombées ou qu'ils ont des rhumatismes, parce que les humains sont plus faciles à attraper. Mais Wills est adorable. S'il était capable de construire le château de cartes, il le ferait. Pour l'instant, il ne sait que le casser. Je te trouve un peu trop négative à l'égard des gens.

— Non, pas du tout ! Tu n'as pas le droit de dire ça ! Il n'y a que les bébés que je n'aime pas.

— Tu n'as pas voulu que Lydia vienne avec nous, et si je t'avais demandé pourquoi, tu m'aurais répondu qu'elle était barbante.

— Bien sûr, répliqua Clary, parce qu'elle l'aurait été ! » Et elle fondit en larmes. Soit on lui demandait de veiller sur les gens, soit on la critiquait, sanglota-t-elle. Personne n'avait jamais dit d'elle qu'elle était adorable quand elle était bébé ; ils étaient tous trop occupés à lui dire d'être gentille avec Neville à cause de son asthme. Ellen lui avait avoué qu'elle préférait les garçons. Puis Zoë était arrivée et avait tellement accaparé son père qu'elle avait l'impression de compter pour du beurre. Et maintenant qu'il était parti pour Dieu sait combien de temps, elle était censée veiller sur Zoë *et* Neville, sans qu'aucun des deux ne lui témoigne la moindre reconnaissance. Neville lui avait raconté qu'un camarade de l'école lui avait dit qu'il existait une société dont le but était de se débarrasser des filles et des femmes, à l'exception de quelques-unes pour servir de bonnes, comme des abeilles ouvrières, et même si elle se rendait compte qu'il leur faudrait des années pour y parvenir tant elles étaient nombreuses, ça montrait à quel point ils étaient *contre* les femmes. De toute sa vie, elle n'avait jamais eu personne de son côté...

« Moi, je suis de ton côté », lui dit Polly. Elles avaient arrêté de marcher et Clary s'était assise par terre, les bras autour des genoux. Polly s'accroupit près d'elle. « Tu es ma meilleure amie, lui dit-elle. On compte l'une sur l'autre. Je suis désolée de t'avoir critiquée.

— Tu le pensais vraiment ? »

Polly hésita. « Oui. Mais je sais que tu es d'une extrême exigence. La plupart des gens ne pourraient pas être à la hauteur. Du moins pas tout le temps. Et tu as beau être très dure, je t'aime quand même. Je ne peux pas m'empêcher de le remarquer, mais ça ne change rien à mes sentiments. » Elle regarda le visage anxieux de Clary et ressentit une bouffée d'amour pour elle. « Et je t'admire d'être si franche », dit-elle.

Elles se relevèrent, finirent de traverser le dernier champ appartenant au domaine de Home Place, escaladèrent la barrière pour rejoindre la route, en haut de la colline, et parcoururent les quelques centaines de mètres les séparant du magasin. Son jardin était plein d'aubriètes, de tulipes jaunes, de myosotis et de deux massifs de lilas mauves au léger parfum de miel, mais à l'intérieur, ça sentait comme d'habitude la corde goudronnée, le bacon, la laine vierge et le savon Wright's Coal Tar. Mr Cramp, occupé à découper des coupons dans un livret de rationnement, s'arrêta et passa derrière le comptoir, côté bureau de poste, pour donner son timbre à Clary, tandis que Mrs Cramp finit de mesurer trois mètres d'élastique avant d'aller chercher la laine de Polly.

« Et comment va Mrs Hugh ? demanda-t-elle à Polly, en détachant deux écheveaux.

— Elle est très fatiguée. Elle a un problème au dos.

— Comme Miss Rachel. Ça doit être de famille », fit remarquer Mrs Cramp d'un ton réconfortant, comme si deux maux de dos valaient mieux qu'un seul.

Clary entendit Polly demander poliment : « Vous avez eu des nouvelles de Peter ? » Peter, le fils de Mrs Cramp, avait travaillé au garage local, avant de s'engager dans la RAF.

« Eh bien, oui et non. Il n'est pas très porté sur l'écriture – enfin, il n'en avait pas eu besoin jusqu'ici – mais il nous a passé un coup de téléphone l'avant-dernier dimanche… ou était-ce il y a trois semaines ? Alfie ! C'était quand que Peter nous a téléphoné, l'avant-dernier dimanche ou celui encore d'avant ? » Mais Mr Cramp ne savait plus non plus.

« Et toi, tu as eu des nouvelles de ton père ? » demanda-t-il à Clary, et quand elle eut répondu oui, Mrs Cramp, baissant la voix pour s'accorder au sujet, s'enquit de la santé de Mrs Rupert. Clary répondit qu'elle allait bien, qu'elle aurait son bébé le mois suivant. « Bien sûr, mon père lui manque », ajouta-t-elle par loyauté.

Mrs Cramp parut satisfaite. « Évidemment. On la comprend. Ça fera trois livres et trois pence pour la laine, miss. » Elle l'avait fourrée dans un sac en papier peu solide, où les écheveaux, trop à l'étroit, semblèrent se tortiller, animés d'une vie propre. Polly paya, et Mrs Cramp lui demanda si elle voulait un pain aux raisins. « On n'en vendra plus d'ici à ce soir, et ils ne seront plus bons demain », dit-elle en en mettant deux dans un autre sachet en papier.

Sur le chemin du retour, elles s'assirent sur un talus à la lisière du bois, déroulèrent leurs pains aux raisins et les mangèrent.

« C'est drôle, non, que le fait d'être à la campagne ne soit plus aussi chouette.

— Rien ne le reste quand ça dure longtemps. »

Stimulée par cette idée, Clary songea aussitôt à tout ce dont elle ne se lasserait jamais. « Être adulte, pour commencer. »

Polly n'était pas d'accord. « Ça ne marche pas comme ça. À peine est-on adulte qu'on commence à vieillir.

— Je ne crois pas que les gens s'en rendent compte, puisque ça se passe en continu, et de manière si lente qu'ils ne se rendent pas compte de ce qui leur arrive, avant qu'il soit trop tard.

— Quand ils meurent, tu veux dire ? Là, je te parie qu'ils le remarquent. Donne-moi deux avantages à être adulte.

— Aller se coucher à l'heure qu'on veut et pas quand on nous le demande. Plus généralement, faire les choses parce qu'on l'a décidé et pas parce qu'on nous l'impose. Ça, je ne m'en lasserai jamais.

— Eh bien, moi, je ne suis pas lassée de la campagne, dit Polly. Quand je serai grande, j'aurai une petite maison avec toutes mes affaires dedans, et elle sera à la campagne. J'aurai une bibliothèque, une piscine, plein d'animaux, une radio à côté de mon lit et une pièce séparée pour les jeux. Tu y seras toujours la bienvenue.

— Merci. » Elle nota que Polly ne lui avait pas proposé de vivre là-bas et lui en voulut. « Si on ne gagne pas la guerre, tu ne pourras pas l'avoir.

— Idiote ! Tu crois que je ne le sais pas ? Et d'après mon père, si on ne se débarrasse pas de Mr Chamberlain…

— On ne gagnera pas ?

— Il n'a pas dit ça. Mais je sais qu'il est inquiet. Il déteste que maman soit à Londres et elle déteste être séparée de Wills, mais elle ne veut pas laisser papa tout seul – ils sont parfois à deux doigts de se disputer ! »

Elles se levèrent et reprirent le chemin de la maison. Alors que Clary notait à quel point les jeunes feuilles de chêne étaient belles à la lumière du soleil, Polly ajouta d'une voix tremblante : « Il se peut aussi qu'on soit envahis pendant la semaine, quand ils ne sont pas là. Je ne pourrais pas me cacher avec Wills, parce qu'il ferait du bruit, et je ne vois pas comment fuir à Londres…

— Polly, tais-toi ! Je ne vais pas te laisser te mettre dans des états pareils à cause de ça ! Tu imagines bien qu'ils seraient ici s'ils croyaient que c'était possible… ou alors, ils t'emmèneraient ailleurs. Aux Hébrides, lança-t-elle d'un ton furieux. Sincèrement, si Hitler avait dû venir ici, ce serait déjà fait. Tout se passera sans doute en France, comme la dernière fois. S'il se passe quoi que ce soit.

— Oui, tu as raison. » Le sac en papier se déchira ; Polly défit les écheveaux de laine et les accrocha autour de son cou. « Heureusement que tu es là, Clary. Je ne sais pas ce que je ferais sans toi. »

Dissimulant l'intense plaisir que lui causait cette dernière remarque, Clary conclut avec dédain : « Considère qu'il s'agit d'une fausse guerre, Poll – très ennuyeuse, mais pas de quoi s'inquiéter. »

Cet après-midi – le reste de cette journée ordinaire – fut le dernier de ce genre, songea-t-elle, bien qu'elle ne se fît la réflexion que le week-end suivant, quand les informations annoncèrent que Mr Churchill était devenu Premier ministre. Tout le monde semblait très content et, en regardant la photo dans le *Times* le lendemain matin, elle vit qu'il avait un visage bien plus optimiste que ce pauvre vieux Chamberlain à la mine de chien battu. L'événement fut discuté au cours des leçons le lundi suivant. Miss Milliment leur expliqua ce qu'était un gouvernement de coalition : ça signifiait que les meilleurs gouverneraient le pays. Puis elle suggéra (avec insistance) que Polly et elle commencent à tenir un journal des événements. Cela les aiderait à comprendre, ajouta-t-elle, et ce serait intéressant à lire quand elles seraient plus âgées. « Ou même pour vos enfants », dit-elle. Lydia voulut aussitôt en faire autant et, avant que Polly ou elle aient pu la rembarrer, Miss Milliment répondit, bien sûr, que tout le monde devrait s'y mettre. Affligée d'un rhume épouvantable, Miss Milliment se mouchait sans cesse avec le même mouchoir grisâtre et détrempé, qui semblait lui mouiller encore plus le visage. Polly observa que leur répétitrice ne devait pas avoir les moyens de s'acheter plusieurs mouchoirs. « Elle n'a pas porté de nouveaux vêtements depuis son arrivée, dit-elle, à part le cardigan que maman lui a offert pour Noël. »

Elles y réfléchirent un moment. « Tu ne pourrais pas lui donner un de ceux de ton père ? suggéra Polly.

— Je n'en ai pas très envie.

— On n'a pas assez d'argent pour lui en acheter

– ça coûte environ trois pence pièce. Quand on offre des mouchoirs, c'est au moins par six. »

Finalement, elles décidèrent de s'adresser à Tante Rachel, qui avait toujours la bonne solution. « Tu crois qu'il faut raconter *ça* dans notre journal ? demanda Polly.

— Sûrement pas. C'est bien trop... provincial. On ne peut pas considérer le rhume de Miss Milliment comme un événement mondial. »

Elle passa l'après-midi à se battre avec le *Times* et à écrire sur des gens comme Lord Halifax, Mr Attlee et un autre qui avait un nom ravissant, Lord Beaverbrook. Elles liraient les premiers extraits de leurs journaux plus tard dans la semaine.

Lydia n'avait rien compris à l'exercice.

> Ce matin, je me suis levée et j'ai mis ma robe bleue, mais je n'ai pas trouvé de ruban assorti pour mes cheveux. Le petit déjeuner était dégoûtant ; les tomates étaient pleines d'eau et le morceau de lard avait une énorme bande de gras. Ellen était encore de mauvaise humeur parce qu'elle n'avait pas dormi de la nuit à cause de Roly qui fait ses dents. Je ne vois pas à quoi va lui servir une seule dent, mais j'imagine qu'il faut un début à tout. Il y avait un petit lapin très mignon sur la pelouse, mais la Duche n'était pas contente. Tante Sybil va passer la semaine ici parce qu'elle ne se sent pas bien. Je regrette que maman ne soit pas malade, comme ça elle resterait aussi. Neville a été méchant tout le week-end comme d'habitude ; à mon avis, il est de pire en pire et ça ne va pas s'améliorer. Il m'a bombardée avec des pommes de pin depuis un arbre. J'ai failli pleurer et il a dit que je pleurais, alors que c'était pas vrai. Je le déteste, mais je ne

souhaite quand même pas qu'il meure, parce que ce serait mal.

Et ainsi de suite.

Polly et elle levèrent les yeux au ciel avec mépris et portèrent la main à leur bouche pour se retenir de rire tout fort, mais Miss Milliment déclara – c'était à peine croyable – que Lydia avait fait du beau travail. Quand elles eurent toutes trois lu leur texte, elle leur parla un long moment des journaux intimes, expliquant qu'ils ne devaient pas seulement contenir le récit des événements, mais aussi les pensées et sentiments qu'ils inspiraient à l'auteur, et Clary se rendit compte alors que le sien – comme celui de Polly – était assez ennuyeux. N'empêche, c'était énervant que Lydia s'en soit mieux sortie qu'elles, alors qu'elle était beaucoup plus jeune. « Un coup de bol », dit-elle à Polly, mais Polly répondit que c'était chouette que Lydia soit la meilleure pour une fois, et Clary se sentit rabaissée par la gentillesse de sa cousine.

Cette semaine-là, elle écrivit son journal tous les jours.

> *Mardi 14 mai.* Aux informations ce soir, ils ont annoncé que la reine Wilhelmine était arrivée de Hollande, fuyant l'avancée des Allemands. Elle a eu de la chance de réussir à s'enfuir, même si ça doit être horrible pour elle. Miss Milliment nous a dit que les Hollandais pourraient ouvrir les digues et tout inonder pour empêcher les Allemands de s'emparer de leur pays, mais il n'en a pas été question dans les nouvelles. C'est peut-être trop tard. Polly a comparé ça aux accidents de voiture : on croit toujours que ça n'arrive qu'aux autres, et les Hollandais ont dû penser que les Allemands

ne les envahiraient pas. Les Alliés vont aider les Belges à arrêter les Allemands, ce qu'ils n'ont pas fait pour cette pauvre reine Wilhelmine, si bien qu'ils (les Allemands) auront peut-être une très mauvaise surprise. La vérité, c'est que ça paraît encore très irréel ; la vie continue comme si rien de tout ça ne se produisait. On a mangé un gratin de chou-fleur infect au déjeuner, et la Duche a eu beau dire qu'il était délicieux et tellement nourrissant, j'ai remarqué que Tante Sybil n'y avait pas touché. En plus de son mal de dos, elle a l'air de souffrir très souvent d'indigestion, mais d'après Tante Rachel, c'est parce qu'elle se fait trop de souci pour Oncle Hugh, alors qu'il l'appelle tous les soirs, ce que mon pauvre papa ne peut pas faire puisqu'il est sur un bateau. Nous ne sommes pas censés savoir où il se trouve, mais quand Zoë a montré à Oncle Hugh une de ses lettres où elle ne comprenait pas qu'il parle de retrouver le merveilleux air londonien, Oncle Hugh a deviné qu'il se trouvait dans l'Atlantique nord, en route vers Londonderry pour faire le plein de carburant, de nourriture et de tout ce qu'il leur fallait. Zoë mange comme quatre – la Duche l'oblige à boire du lait, elle a droit à des œufs supplémentaires, et le Brig lui donne toute sa ration de sucre, ce que je trouve profondément injuste. Elle a beaucoup grossi – pas seulement du ventre, de partout –, mais reste très glamour. J'ai laissé tomber son portrait. Je pense qu'il est impossible de bien écrire sur quelqu'un qu'on ne juge pas passionnant. Zoë est le genre de personne dont j'aimerais avoir un portrait – une peinture, je veux dire –, plutôt que de l'avoir dans la vraie vie…

À partir de ce passage, elle commença à ne plus avoir envie de montrer son journal aux autres.

C'était une autre particularité des journaux : plus ils étaient privés, plus ils avaient de chances d'être intéressants. Mais elle ne voulait pas que Miss Milliment ait la moindre idée de ses sentiments – ou de son absence de sentiments – pour Zoë. Finalement, elle en tint deux : le journal public qu'elle lisait pendant les leçons, et le journal privé, plus important, qu'elle se lisait à elle-même – et très souvent à Polly, qui ne semblait pas avoir le même problème. « Je ne trouve pas grand-chose à dire sur les gens, déclara-t-elle, et tout le monde a ses bons côtés. » Polly mettait des dessins dans son journal – ils n'avaient pas forcément de rapport avec le sujet, elle dessinait ce qui lui passait par la tête. À ce moment-là, il était couvert de taupes, parce qu'elle en avait trouvé une morte sur le gazon du court de tennis et s'était entraînée à la dessiner jusqu'à ce que le cadavre se mette à empester et qu'elle doive l'enterrer. Les taupes de Polly étaient très réussies : elles avaient une expression qui faisait penser que ça ne les dérangeait pas du tout d'être aveugles. Miss Milliment les admira beaucoup et lui trouva un livre illustré par Archibald Thorburn dans la bibliothèque du Brig. Mais il peignait surtout des oiseaux, qui n'intéressaient pas trop Polly.

> Pour en revenir à Zoë – non, je n'ai pas envie d'y revenir, sauf pour dire que si papa ne s'était pas marié avec elle, ce serait à moi qu'il écrirait… enfin, s'il n'avait pas épousé quelqu'un d'autre.

Ce qui semblait probable puisque tous les hommes plus âgés qu'elle connaissait étaient mariés. Si bien qu'elle aurait malgré tout dû se contenter de post-scriptum et des deux lettres qu'il lui avait adressées à elle.

« Lord Beaverbrook, écrivit-elle, est devenu ministre de la production d'aéronefs. » C'était un nom merveilleux. Elle se demanda s'il existait une Lady Beaverbrook. « Clarissa Beaverbrook », inscrivit-elle sur un bout de papier séparé. Ç'avait de l'allure. Quoique pour les gens qu'elle connaissait bien, elle signerait « Clary Beaverbrook ».

Les nouvelles cette semaine n'étaient pas bonnes du tout. La ligne Maginot, que Miss Milliment leur avait fait tracer sur leur carte, et que Clary avait imaginée comme une énorme et longue montagne couverte de canons et de chars, sous laquelle des soldats vivaient dans des tunnels, n'avait apparemment servi à rien. Les Allemands l'avaient contournée par le nord, ce qui semblait logique vu qu'elle n'avait pas été prolongée jusqu'à la mer. Les adultes paraissaient pourtant surpris.

> *Mercredi 15 mai*. Il y a eu un horrible raid aérien sur un endroit appelé Rotterdam hier. Trente mille victimes civiles. Pas étonnant que la Hollande ait dû se rendre. Et maintenant, ça a l'air de mal se passer en Belgique. Polly dit que ça ressemble à la dernière guerre, où les Allemands se battaient contre nous et les Français en France. Elle dit qu'ils ne vont pas tarder à creuser des tranchées, à poser des tonnes de fils de fer barbelés et que ça va durer des années comme la dernière fois. Je reconnais que c'est une perspective effrayante. Qu'est-ce qu'on va devenir, Polly et moi ? On ne va pas continuer éternellement à prendre des leçons avec Miss Milliment, en devenant de plus en plus vieilles et en étant coupées du monde. D'après Polly, ce devrait être le cadet de nos soucis, mais on ne peut jamais

être le cadet de ses propres soucis, si ? Aussi égoïste que ce soit, on vit jour après jour avec soi-même – une situation qu'on ne peut pas ignorer, à mon avis. Je sens que l'ennui risque de me submerger. Louise a tellement de chance d'aller à son école de théâtre, parce que ça signifie qu'ils la laissent vivre à Londres. Bien sûr, elle est avec une amie. Je ne pourrais pas habiter seule à Brook Green – c'est du moins ce qu'ils prétendraient...

Elle commença à s'imaginer vivre seule dans leur maison de Brook Green. Elle mangerait des Grape Nuts au petit déjeuner (pas de cuisine à faire), puis elle enfilerait son manteau pour sortir, prendrait le bus et s'installerait près de la porte, de manière à pouvoir observer tout le monde. L'après-midi, elle irait au cinéma et rentrerait le soir à la maison, où elle se ferait cuire une côtelette – elle ne l'avait jamais fait, mais se disait qu'au début, elle pourrait en acheter un peu plus que nécessaire, le temps d'apprendre. L'argent : elle devrait probablement vendre des choses. Les placards de la maison et le grenier regorgeaient d'objets dont personne ne remarquerait la disparition. Si elle rencontrait quelqu'un qu'elle aimait vraiment bien – un chauffeur de bus ou son voisin au cinéma –, elle l'inviterait à venir déguster des côtelettes et un gin-vermouth, un cocktail qu'elle savait préparer avec les alcools du meuble bar de son père. Et si l'un d'eux était convenable, elle en tomberait amoureuse. Tout ça lui fournirait ce que Tante Villy appelait du grain à moudre.

Parce que l'autre inconvénient auquel je me heurte, c'est que l'écriture n'est pas une matière qu'on

> enseigne. On ne peut pas s'inscrire dans une école d'écriture, comme on s'inscrit dans une école d'art ou dans celle de Louise, or le mot école semble le sésame pour obtenir l'approbation des adultes. Donc ils ne m'enverront jamais nulle part, sauf si je change de métier pour en choisir un qui a de la valeur à leurs yeux. Et Polly, qui réussirait sans doute à les convaincre de l'envoyer dans une école d'art, dit qu'elle ne veut pas quitter la maison tant que dure la guerre. Sans compter que je suis presque à court de livres à lire. Cet endroit ressemble de plus en plus à une île déserte, en beaucoup moins excitant que ne le seraient toutes les îles désertes.

Elle s'arrêta là et commença, morose, à passer en revue les adultes qui l'entouraient. Il n'y en avait pas *un* qu'elle aurait voulu être. Pas Tante Rachel – qui accompagnait le Brig à Londres en train tous les jours et devait lui dactylographier ses lettres alors qu'elle n'avait jamais appris à taper à la machine, si bien qu'elle allait très lentement et faisait plein de fautes. Une fois rentrée, elle écoutait la Duche et Tante Syb lui rapporter les nouvelles de dix-huit heures, puis elle allait se reposer avant le dîner parce qu'elle avait mal au dos, passait la soirée à tricoter des chaussettes pour des marins avec de la laine qui sentait mauvais et écoutait les informations de neuf heures avant d'aller se coucher. Parfois, quelqu'un l'appelait au téléphone le soir, ce qui semblait toujours l'égayer, mais c'était sûrement un appel longue distance parce qu'elle écourtait toujours la conversation. « Prends soin de toi », l'entendit-elle dire quelquefois, alors que Clary se trouvait dans le vestibule donnant sur le bureau du Brig où était le téléphone. Personne n'aurait voulu être la Duche, parce qu'elle était très vieille, presque à la fin de sa vie, même si c'était une pensée affreusement triste ; d'un autre côté, elle menait une existence si tranquille qu'elle vivrait sans doute plus longtemps que la plupart des gens. Tante Syb – sûrement pas. Le week-end, elle paraissait plus ou moins elle-même – sauf le dernier, quand Oncle Hugh avait annoncé, après les informations de dix-huit heures, qu'il comptait fermer leur maison de Londres puisqu'il allait être très souvent de garde sur les quais la nuit, en cas d'incendie. Tante Syb avait complètement craqué, éclaté en sanglots déchirants, avant de sortir du salon en courant. Oncle Hugh l'avait suivie et n'était pas redescendu avant un long moment, après quoi il était venu chercher Tante Rach, et quand *elle* était redescendue à son tour, elle avait dit que Tante Syb avait mangé quelque chose qui ne lui avait pas réussi, qu'elle resterait à la campagne cette semaine et qu'ils discuteraient de la maison quand elle serait remise. Tante Syb avait passé la plus grande partie du lundi au lit et avait une mine épouvantable quand elle avait réapparu. Elle avait envoyé Polly lui acheter un flacon d'aspirine au magasin, disant s'il te plaît, pas un mot à la Duche qui était contre l'aspirine. Tante Rach avait voulu faire venir le Dr Carr, mais Tante Syb s'était mise dans tous ses états et avait refusé. La Duche lui avait fait prendre de l'arrow-root et du Benger's Food pour la digestion ; elle avait aussi essayé de lui faire avaler du Parrish's Food, mais Tante Syb l'avait jeté dans le lavabo de la salle de bains. Polly avait dit qu'on ne pouvait pas lui en vouloir, que ç'avait un goût de vieille grille de fer. Un jour, Neville en avait bu une bouteille entière (on était censés en prendre une cuillerée à café diluée dans l'eau), il était devenu tout rouge et surexcité pendant plusieurs jours – mais il n'avait même pas vomi, contrairement aux prédictions. Pauvre Tante Syb ! Elle avait les cheveux horriblement ternes – comme des vieilles chaussures marron pas cirées – et, en maigrissant, son corps était devenu informe, comme dégonflé, et des rides profondes s'étaient creusées sur son front. Il existait une chose appelée le retour d'âge, dont ni Polly ni elle n'avaient vraiment compris la signification – elle avait entendu Ellen et Eileen en parler alors qu'elles changeaient les draps. Le retour d'âge. Sûrement pas très enviable, si on se sentait aussi mal en point. Non, décidément, elle ne voudrait pas être Tante Syb. Et pas non plus Zoë, *évidemment*, qui passait ses journées à faire des réussites, quand elle n'était pas en train de manger ou de coudre.

À son retour le week-end suivant, Oncle Hugh avait ramené Tante Villy et Louise. Louise était éblouissante : elle portait un pantalon en lin couleur terre cuite, une chemise Aertex vert émeraude, un cardigan crème sur les épaules et des sandales. Elle avait du fard à paupières *vert*, du rouge à lèvres éclatant et les cheveux très longs. Tous les matins, elle faisait des exercices physiques, disant qu'elle écrivait l'alphabet avec son corps – elle faisait bien de le préciser, songea Clary. Louise semblait ravie de passer du temps avec Polly et elle, pour la simple raison, Clary le découvrit aussitôt, qu'elle ne voulait parler que de théâtre et de son école, alors que les adultes ne discutaient de presque rien d'autre que la guerre, qui semblait évoluer dans le mauvais sens.

« J'en ai tellement marre des histoires de guerre »,

déclara Louise. Elle sortit de sa poche un tout petit paquet de cigarettes et, fascinées, elles la regardèrent en allumer une.

« Depuis quand tu fumes ? demanda Polly.

— Depuis des semaines. Tout le monde fume à l'école. » Elle soufflait la fumée très vite après chaque bouffée. « Ce ne sont que des De Reszke Minors : je n'ai pas les moyens d'acheter des cigarettes de taille normale – aucun d'entre nous ne peut se le permettre. Beaucoup de gens fument parce qu'ils sont trop pauvres pour s'acheter à manger », ajouta-t-elle. Les deux autres n'allaient pas laisser passer ça.

« Ça coûte combien les De Minors ou je ne sais pas quoi ?

— Seulement six pence les dix.

— On peut acheter une côtelette pour quatre pence. Et ça laisse deux pence pour les légumes, le pain, etc. »

Louise parut vexée. « On n'a pas de temps à consacrer à des trucs idiots comme la cuisine, dit-elle. Pas quand on essaie sérieusement de devenir un artiste. Roy Prowse, un garçon que je connais, ne mange que des sandwichs à la moutarde au déjeuner. C'est un brillant acteur – il a fait un Lear remarquable la semaine dernière.

— Il a quel âge ?

— Il est beaucoup plus vieux que moi, presque dix-neuf ans, mais il en paraît vingt – il est très sophistiqué. Il travaille comme serveur et il a voyagé seul à l'étranger.

— Je le trouve un peu jeune pour jouer Lear. »

Elle s'en prit à Clary. « Franchement, ce que tu peux être gourde. Tu crois peut-être qu'il y a des vieux de soixante-dix ans dans une école de théâtre ? Et puis, on doit jouer des personnages stéréotypés – en cours de maquillage, on apprend à se mettre des rides partout pour faire un grime. »

Clary se vengea d'avoir été traitée de gourde en s'abstenant délibérément de demander ce qu'était un grime.

« Louise est insupportable ! s'exclama-t-elle quand Polly et elle prirent leur bain.

— C'est vrai qu'elle a beaucoup changé. Dix-sept ans doit être un âge difficile : on n'est plus une enfant et pas encore une adulte.

— Je croyais que c'était nous, ça.

— Nous aussi, mais j'imagine que ça s'aggrave régulièrement jusqu'à – jusqu'à ce qu'on soit... *finis*.

— Hmm... Personnellement, je crois que ça vient de sa lubie du théâtre. C'est un métier prétentieux, tu ne trouves pas ? Son amie, Stella, n'était pas comme ça. Elle voulait tout savoir sur nous, alors que Louise ne nous a pas posé une seule question. Comment peut-elle dire qu'elle en a marre des histoires de guerre ? On est en guerre, on n'y peut rien.

— En tout cas, si elle descend un jour dîner en pantalon, la Duche sera furieuse. »

Mais elle ne le fit pas. Elle avait essayé, apparemment, mais Tante Villy l'avait renvoyée, et elle était revenue, maussade et silencieuse, dans sa robe verte en lainage – trop tard pour le verre de xérès qu'Oncle Hugh lui avait servi.

Clary comprit que les actualités devaient être particulièrement mauvaises, parce que personne n'en parla au dîner. Chacun s'en tint à des sujets mineurs, telle l'augmentation du prix de l'essence : à une livre et onze pence le *gallon*, dit la Duche, ils devraient laisser la grosse voiture au garage et ne plus utiliser que la petite. Oncle Hugh dit que tous les employés étaient merveilleux aux docks et Tante Villy se montra assez drôle en racontant la formation qu'elle suivait pour devenir garde de l'Air Raid Precautions[1], après avoir essayé en vain de décrocher toutes sortes d'emplois de volontaire. « Le jargon est tellement administratif et pédant qu'on n'y comprend plus rien. On ne *commence* jamais quelque chose, on l'entame. On ne *va* pas, on se dirige, et ainsi de suite. » Ils parlèrent aussi de musique parce que ça faisait toujours plaisir à la Duche, et Tante Villy dit qu'elle était allée à un concert merveilleux cette semaine-là, de musique baroque que l'on entendait trop rarement. Quelqu'un demanda qui dirigeait. « Oh… cet ami de Jessica, Laurence Clutterworth, répondit-elle. Il est vraiment très bon », et Clary vit Louise regarder soudain sa mère avec une expression qui était peut-être méfiante, ou alors hostile ou effrayée, ou les trois à la fois – elle ne réussit pas à trancher.

« Vous auriez adoré, Duche chérie, disait Villy, et toi aussi, Syb. La prochaine fois qu'il donne un concert à Londres, nous devons absolument y aller. Et j'ai pensé que peut-être, s'il a un peu de temps libre, nous pourrions l'inviter ici pour un concert impromptu ? » Elle s'adressait de nouveau à la Duche, qui répondit que ce serait formidable et que, si elle réussissait à avoir un congé, Sid serait aussi la bienvenue.

« Elle a parfois des jours de congé, mais on la prévient toujours au dernier moment, dit Tante

1. L'Air Raid Precautions (ARP) est un organisme britannique dédié à la protection civile contre les attaques aériennes.

Rachel. Et la dernière fois, elle n'a pas pu venir parce qu'Evie était repassée à Londres pour prendre ses affaires d'été et aller chez le médecin, et qu'elle a insisté pour que Sid l'accompagne. »

Après le dîner, ils écoutèrent les informations, et comme Polly voulait rester, Clary en fit autant. Il y avait eu une attaque allemande, et l'armée belge avait été coupée des Alliés. « Et voilà, c'en est fini de la vaillante petite Belgique », dit Oncle Hugh. Il paraissait amer. Le bulletin se termina avec la nouvelle qu'un certain Trotski avait été blessé chez lui au Mexique, mais ça n'intéressait apparemment personne, et quand elle demanda qui c'était, Oncle Hugh répondit seulement : « Un sale petit coco. » Puis le téléphone sonna : c'était Oncle Edward. Villy eut une longue conversation avec lui, avant de revenir chercher Oncle Hugh, qui lui parla aussi pendant une éternité. À son retour, il annonça : « C'est l'heure d'aller au lit pour tous les jeunes. » Les autres adultes renchérirent avec une telle fermeté qu'ils durent obéir. Louise, aussi vexée que les autres d'être traitée de cette façon, redevint humaine, et ils jouèrent tous au rami.

Le lendemain matin, il parut pourtant évident qu'il y avait eu des discussions houleuses. Oncle Edward et Oncle Hugh avaient décrété que Tante Villy, Tante Sybil et Louise resteraient à la campagne, même si Louise négocia bec et ongles la permission d'aller à son école à Londres tous les jours, à condition de rentrer par le train de seize heures vingt, comme le Brig et Rachel. Mais elle devrait arrêter si Oncle Hugh le lui demandait. Toutes les protestations suscitées par ces décisions cessèrent le dimanche, alors que les Alliés poursuivaient leur retraite vers la côte. Le soir, ils apprirent que les forces britanniques allaient être évacuées vers la Grande-Bretagne. « Si elles le peuvent », dit Oncle Hugh, et elle vit son tic réapparaître sur sa tempe. « Va me chercher de l'aspirine, Poll », dit-il. Et Polly revint en disant qu'elle n'en avait pas trouvé. Puis Tante Syb déclara qu'il n'y en avait plus.

« Mais je t'en ai acheté un énorme flacon lundi ! » s'exclama Polly – la pire chose qu'elle aurait pu dire à la cantonade. Oncle Hugh se mit à poser des questions ; Tante Syb eut les larmes aux yeux et parut fâchée, et Tante Villy partit chercher ses propres cachets d'aspirine pour Oncle Hugh. L'atmosphère était tendue dans toute la maison. C'était peut-être à cause de la mauvaise tournure que prenait la guerre, mais peut-être y avait-il autre chose. Le plus horrible, c'était le sentiment que tout – absolument tout – allait ou risquait de mal tourner, et que non seulement elle n'y pouvait rien, mais qu'en plus on ne leur disait même pas ce qui n'allait pas. Je n'ai aucune prise sur rien, pensa-t-elle avec colère, alors que je suis aussi vivante que les autres. Et je parie que c'est moi qui en subirai les conséquences.

Lorsque Polly la rejoignit, elle était au lit et commençait à écrire à son père. Sa cousine avait l'air malheureuse. Elle se déshabilla à toute vitesse en laissant ses affaires traîner par terre au lieu de les poser avec soin sur le dos d'une chaise comme à son habitude.

« Qu'est-ce qu'il y a ? lui demanda Clary.

— Quand je suis allée leur dire bonsoir, maman m'a presque crié dessus parce que je n'avais pas frappé avant d'entrer. Après, papa l'a rabrouée, ils ont fait semblant de m'embrasser, il y a eu une espèce de silence, puis je suis ressortie.

— Qu'est-ce qu'ils faisaient quand tu es entrée ? » Sa curiosité – toujours affûtée – était en éveil. Ils étaient peut-être en train de *coucher* ensemble ? Ce mot avait apparemment plusieurs sens. Mais Polly répondit qu'ils ne faisaient rien : son père était debout à la fenêtre et tournait le dos à sa mère, qui retirait ses bas, assise sur le lit.

« Je crois qu'ils se disputaient, dit-elle. Ce qu'ils ne font *jamais*.

— Plus rien n'est normal.

— Non, acquiesça tristement Polly. Plus rien du tout. »

26 mai

Papa chéri,

En fait, on est le 27, lundi matin, et il fait merveilleusement beau – une journée comme tu les aimes, papa, avec des petites gouttes de rosée scintillant sur l'herbe et prisonnières des toiles d'araignées, pas un souffle de vent et un ciel couleur de delphinium sans les parties roses dedans. Je suis installée dans le confortable pommier que Polly et moi utilisons souvent quand on veut être tranquilles ; il y a des renoncules et des cardamines des prés dans le verger ; ça ressemble assez à une scène préraphaélite, mais il faut dire qu'ils peignaient des choses ravissantes. C'est l'expression mièvre de toutes ces dames, en chemises de nuit légères bien trop grandes pour elles, qui gâche tout, si tu veux mon avis. Mais la nature y est très bien rendue, tu ne crois pas ? Je serais contente de savoir ce que tu en penses. Miss Milliment ne les aime pas beaucoup – je crois qu'elle préfère les natures impressionnistes, mais c'est sans doute parce qu'elle y voit mal, la pauvre.

Les nouvelles sont mauvaises, mais je suppose que tu le sais. Je ne comprends pas vraiment ce qui a mal tourné : les Alliés avaient l'air d'aller parfaitement bien, puis, en quelques jours, ils se font encercler par les Allemands. Ça paraît incroyable, vu le calme qui règne ici. Le calme... façon de parler ! Environ cinquante avions viennent de passer au-dessus de ma tête – dans un vrombissement de tous les diables. Je pense que c'étaient des bombardiers, vu leur taille gigantesque, et ils se dirigeaient vers la mer. Je me demande où tu es, papa ; au moins, tu n'es pas bloqué en France, et les navires ont l'avantage de pouvoir se déplacer et s'échapper. Oncle Hugh dit que la Belgique est sur le point de capituler, si ce n'est déjà fait. [Là, elle s'interrompit une minute, se demandant si elle devait lui raconter à quel point tout le monde avait eu l'air bizarre, la veille au soir. Elle conclut qu'il ne pourrait rien y faire et qu'elle ne réussirait qu'à l'inquiéter.] Mrs Cripps s'est fait une permanente. Tu sais comment étaient ses cheveux, tout raides et gras – retenus par ces énormes pinces que tu avais peur de retrouver dans le Christmas pudding ? Eh bien maintenant, ils sont tout frisés et hirsutes, sauf quand elle va à Battle, une fois par semaine ; ils ressemblent alors à ces espèces de vagues dessinées sur le sable par la marée descendante, avec des petites boucles plates pareilles à des escargots aux extrémités. Ce n'est pas une amélioration, d'ailleurs beaucoup de changements n'en sont pas, ce qui n'empêche pas les gens de les désirer. La nourriture n'est plus la même ici. Mrs Cripps fait des pains de viande – bien nommés puisqu'ils contiennent plus de miettes de pain qu'autre chose. Et un jour, on a eu du cœur de mouton farci, qui était dégoûtant. Mais j'imagine que toi, tu te nourris de biscuits de mer, de pemmican (qu'est-ce que ça peut bien être, papa ? On dirait du pélican séché) et de lait concentré – vu qu'on ne doit pas pouvoir embarquer de vaches sur des destroyers, ce qui vaut mieux pour elles, parce que ça ne doit pas être une partie de plaisir d'avoir le mal de mer quand on a quatre estomacs. On élève des poules maintenant, ce qui met McAlpine très en colère, mais la Duche dit qu'il est important d'avoir des œufs supplémentaires pour Zoë, Wills et Roly. Évidemment, je fais partie du groupe qui n'est pas censé en avoir besoin. Les poules s'appellent Flossie, Beryl, Queenie, Ruby et Brenda, les prénoms que la Duche aime le moins, ce qui m'amène à Zoë et au prénom du bébé. Les derniers en date sont *Roberta* et *Dermot*. Franchement, papa, tu vas devoir mettre ton veto. Quelques avions plus petits viennent de passer. J'aimerais être dans l'un d'eux pour voler vers toi. Tu me manques beaucoup, papa. [Elle raya complètement cette dernière phrase.] Je regrette ton absence. Cet après-midi, je vais chez le dentiste à Tunbridge Wells avec Tante Villy, qui va rendre visite à sa mère là-bas. Elle a perdu la boule. J'espère qu'elle m'emmènera, puisque je n'ai jamais vu de personne folle. Tu ne m'as pas répondu à propos de l'argent de poche, mais je vais devoir considérer que tu es d'accord, ou alors emprunter des timbres à Tante Rach. C'est l'heure du petit déjeuner – j'entends la cloche. Je ferais mieux d'y aller, même si je déteste les céréales Force et qu'on nous en sert presque tout le temps en ce moment ; le magasin est toujours à court de Grape Nuts. Tante Rachel m'a mesurée contre la porte du salon, et j'ai grandi de plus d'un centimètre depuis la dernière fois, juste avant Noël. Fais bien attention à toi, papa. Ne va pas attraper le scorbut : j'ai lu que c'était un vrai danger pour les marins. Si tu vois des gens qui l'ont, décris-les-moi, parce qu'on en parle souvent dans les livres d'histoire, mais sans dire exactement ce que c'est. Le citron vert est censé être un bon remède, donc il te suffit de garder une bouteille de Rose's Lime Juice à portée de main. Mais c'est sûrement une maladie d'autrefois, comme la peste.

Bons baisers de Clary.

Mardi 28 mai. Je n'ai pas pu écrire hier puisque j'étais à Tunbridge Wells. Nous sommes allées à la gare en voiture puis avons pris le train, pour ne pas consommer trop d'essence. Tous les noms des gares ont été retirés, ce qui doit être affreux si on ne les connaissait pas avant, mais je me rends bien compte que c'est pour embrouiller les Allemands. En même temps, ils ne vont quand même pas se déplacer dans *nos* trains, si ? Mr Alabone m'a soigné deux caries et m'a dit de revenir dans six mois. Tante Villy a été très gentille. Elle m'a emmenée goûter dans un salon de thé, et nous avons mangé des scones et un petit morceau de gâteau au chocolat. Ensuite, nous sommes allées à Forrest Court, là où est installée sa mère, Lady Rydal. Nous lui avons acheté un bouquet de fleurs, de très jolies tulipes rayées rose et blanc, et des chocolats fourrés à la menthe. J'ai demandé si je pouvais la voir aussi, et Tante Villy a d'abord répondu non, mais quand j'ai insisté (sans dire pourquoi j'y tenais) elle a fini par accepter, en me prévenant que je risquais de trouver ça éprouvant. « Elle ne se souvient pas toujours des gens », m'a-t-elle dit. Nous avons attendu dans une espèce de salon-salle d'attente au rez-de-chaussée, puis la directrice est venue nous chercher et nous a emmenées dans un long couloir à l'odeur de cire et de désinfectant. Tante Villy a demandé comment allait sa mère, et la directrice a répondu pas de changement, les personnes âgées mettent toujours du temps à s'habituer.

Elle était assise dans son lit, adossée à plein d'oreillers et vêtue d'une liseuse. Ses cheveux, qu'elle avait toujours portés en un volumineux chignon, pendaient tristement dans son dos, et la chambre sentait le renfermé et un peu les toilettes. À notre entrée, elle était en train de parler, alors qu'il n'y avait personne d'autre dans la pièce. « Qu'est-il arrivé à Bryant ? a-t-elle demandé en voyant Tante Villy. Tu as renvoyé Bryant, n'est-ce pas ? C'est très méchant. » Tante Villy a dit qu'elle était en vacances, mais Lady Rydal a rétorqué que Bryant était à son service depuis quinze ans et n'avait *jamais* pris de vacances. Nous lui avons montré les tulipes, mais elles n'ont pas eu l'air de lui plaire. Tante Villy les a déballées, a trouvé un vase qu'elle a rempli d'eau au lavabo et les a disposées dedans, et Lady Rydal, qui n'arrêtait pas de tripoter les draps et la couverture, m'a demandé où était ma mère. Je n'ai pas su quoi répondre, à part qu'elle était morte, mais Tante Villy m'a dit doucement : « Je crois qu'elle te prend pour Nora. » Lady Rydal s'est alors écriée : « Tu as interdiction de parler tant qu'on ne t'a pas adressé la parole ! Si seulement Jessica était là ! Elle, elle ne permettrait pas que je reste dans cet endroit honteux. Je ne suis la *chérie* de personne ! Le thé est indien et ils ont pris l'argenterie. Ils empêchent Hubert de venir me voir. Ils me contredisent ! Ils me coupent de *tous* mes amis ! Je leur ai dit que je savais que Lady Elgar était derrière tout ça, et là, ils n'ont rien trouvé à répondre ! Cette femme m'a toujours détestée – non contente de ruiner la carrière de ce pauvre Hubert, elle m'a manipulée pour me faire venir dans cet endroit épouvantable, où elle me laisse pourrir. Je leur ai écrit à toutes – Lady Tadema, Lady Stanford, Lady Burne-Jones –, mais elles ne répondent pas ; aucune ne m'a répondu, et je ne peux pas écrire à Jessica parce qu'elle a changé de nom... » Elle a continué de parler comme ça, en s'agitant dans tous les sens dans son lit si bien que les coussins sont tombés par terre, et Tante Villy a tenté de l'entourer de ses bras, mais Lady Rydal paraissait très costaude et elle l'a repoussée en criant : « Je n'ai pas envie d'utiliser la chaise percée ! Qu'on ose me parler de ce genre de choses ! » Puis elle s'est mise à pleurer – c'était horrible –, un petit gémissement aigu et plaintif, et cette fois, Tante Villy a réussi à la consoler. Puis Lady Rydal a dit : « Si vous aviez la gentillesse de me déposer, ce n'est pas loin, j'habite à St John's Wood, à Hamilton Terrace – le numéro m'échappe, mais c'est une porte bleue, et Bryant vous servira une tasse de thé dans la cuisine, et après nous pourrons appeler la police… » Ensuite elle a regardé Tante Villy pour la première fois et demandé : « Je vous connais ? » Tante Villy a dit qui elle était, ajoutant : « Je vous ai apporté vos chocolats préférés, à la menthe. » Lady Rydal les a pris, a ouvert la boîte et les a regardés. « J'ai le terrible sentiment qu'Hubert est mort et qu'on me le cache. C'est la seule explication possible, sinon il serait venu à mon secours. — Oui, il est mort, maman, a dit Tante Villy. C'est pour ça qu'il n'est pas venu. » Pendant un moment, il ne s'est rien passé, puis Lady Rydal s'est remise à parler. « Ils ne comprennent pas ! Je dois récupérer Bryant : c'est elle qui me donne les numéros pour le téléphone. Sans elle, le téléphone ne me sert à rien ! J'ai fait faire des cartes, mais je n'ai aucun moyen de les distribuer ! Les gens s'attendent à en recevoir. Je ne peux pas garder le contact ! Une méchante personne m'a enlevée et m'a emmenée ici, où je n'ai plus rien ! Un cauchemar sans fin… » Elle s'est interrompue, puis regardant Tante Villy, elle a repris d'une voix différente, basse et effrayée : « Est-ce que je suis en *enfer* ? C'est ça, l'enfer ? » Tante Villy l'a prise dans ses bras et lui a dit non, non, pas du tout. À ce moment-là, une infirmière a frappé à la porte et est entrée. Tante

Villy m'a dit de retourner dans la salle d'attente, si bien que j'ignore ce qui s'est passé après.

Dans le taxi qui nous a ramenées à la gare, Tante Villy a fumé et n'a pas beaucoup parlé, mais dans le train, elle m'a dit qu'elle n'aurait pas dû m'emmener, que j'avais dû trouver ça très dur, et j'ai répondu oui, mais que ce n'était pas une raison de ne pas m'emmener. Je lui ai demandé pourquoi, puisque Lady Rydal semblait *si* malheureuse là-bas, elle ne pouvait pas venir chez nous, où elle resterait dans son lit, et Tante Villy a répondu que ça ne marcherait pas, qu'elle ne tiendrait pas en place et qu'elle avait besoin de beaucoup de soins à cause de son incontinence. Ça signifie, je crois, qu'on ne peut pas se retenir d'aller aux toilettes – une pensée atroce –, mais Tante Villy a dit qu'on lui avait donné quelque chose pour qu'elle soit plus calme et qu'ils avaient affirmé qu'avec le temps, elle s'habituerait. Je me suis demandé si les gens pouvaient devenir fous à force d'en avoir marre de la vie, parce que Lady Rydal semblait n'avoir eu plaisir à rien ou presque, mais je n'ai pas osé poser la question à Tante Villy parce qu'elle avait l'air bouleversée. « Elle s'est sûrement régalée avec les chocolats après notre départ », ai-je dit, parce que ça me semblait horrible d'avoir gâché sa ration de sucre pour quelqu'un qui dédaignait ce cadeau. Tante Villy a souri et dit qu'elle espérait que j'aie raison. Elle m'a demandé ce que papa me donnait d'habitude pour les plombages ; j'ai répondu un shilling par dent et elle m'en a donné deux.

À notre retour, nous avons appris que le roi Léopold avait dit aux Belges de se rendre – alors, bien sûr, ils avaient obéi. Contrairement à la reine Wilhelmine, il ne viendra sans doute pas en Angleterre. Autre chose : la Duche était très agitée à cause de Tante Syb, qui souffrait tant qu'elle avait appelé le Dr Carr. Il soupçonne un ulcère et lui a dit qu'elle devrait aller à l'hôpital pour un repas baryté. Qu'est-ce que ça peut bien être ? Ça ne doit pas être très agréable s'il faut aller à l'hôpital pour le prendre. Polly et moi faisions nos devoirs après le dîner, quand Tante Villy est venue dans notre chambre et nous a demandé combien d'aspirine nous avions achetée à Tante Syb. J'ai répondu un flacon cette semaine, mais Polly a ajouté qu'elle lui en avait acheté un deuxième. Ça expliquait tout, a dit Tante Villy : manifestement, Tante Syb a pris dix ou douze cachets d'aspirine par *jour*, et c'est ça qui lui a causé un ulcère. Polly a été très soulagée que ça ne soit pas plus grave, et nous avons promis de ne plus en acheter maintenant qu'elle avait vu le Dr Carr, mais après, je me suis demandé *pourquoi* Tante Syb en avait eu besoin d'autant. Mais je n'en ai pas parlé à Polly, parce qu'entre la bataille de France et son père à Londres, elle a assez de sujets d'inquiétude.

Mercredi 29 mai. Il fait si beau et chaud que Polly et moi avons commencé à sortir nos affaires d'été. Nous n'en avons pas beaucoup. Nous avons tellement grandi toutes les deux que nos robes en coton ont l'air ridicules, et il n'y a plus assez de tissu pour les rallonger parce qu'Ellen l'a déjà fait l'année dernière. Elles sont trop petites à d'autres endroits que je ne nommerai pas – je déteste l'idée de bourgeonner, à aucun endroit que ce soit, mais Poll a l'air de l'accepter avec philosophie. « C'est une étape obligée, m'a-t-elle dit, ça arrive à tout le monde. » Je n'ai jamais compris cet argument : si c'était la fin du monde, en quoi serait-ce rassurant que ça le soit pour tous ? J'aimerais tellement que papa nous écrive. Ça fait plus de deux semaines que même Zoë n'a pas reçu de lettre. Ça n'a pas l'air de l'embêter : elle préfère qu'il téléphone – moi aussi, j'aime bien, mais quand il appelle, c'est Zoë qui lui parle le plus longtemps, bien sûr.

Il passe maintenant tant d'avions au-dessus de nos têtes qu'on n'y prête presque plus attention. Tante Syb et Zoë ont dit qu'elles nous feraient deux nouvelles robes à chacune si Tante Villy voulait bien aller acheter du tissu, et elle nous a emmenées à Hastings en voiture – quelle chance ! Quand nous sommes sorties sur le front de mer, nous avons entendu comme un grondement de tonnerre au loin, et Tante Villy a dit que c'étaient des canons. Il y avait beaucoup de gens, accoudés à la barrière, en train de regarder vers le large. Comme on ne distingue pas la France d'ici, ça rendait les coups de canon encore plus inquiétants. La mer était d'huile, mais on ne voyait pas le moindre bateau. Puis Tante Villy a déclaré : « De toute façon, pour ce qu'il restera de nous ! », la seule chose agaçante qu'elle ait dite ce jour-là. Puis nous sommes allées au magasin acheter du tissu. Tante Villy a annoncé que nous pouvions choisir ce que nous voulions dans la limite du raisonnable, ce qui signifiait sans doute que si elle n'était pas d'accord avec notre choix, nous devrions en changer. Polly a dit qu'elle voulait du rose, parce que Tante Syb l'habillait toujours dans des bleus et des verts à cause de ses cheveux. « Je trouve que le rose et le roux vont très bien ensemble. » Elle a choisi un piqué de coton couleur glace à la fraise, et un coton Tootal lilas parsemé de petites fleurs, mais moi je ne savais pas quoi prendre, parce qu'en fait, je me fiche un peu des vêtements, sauf que je déteste quand ils ont des froufrous et qu'ils font trop fifille. J'ai demandé à Polly de choisir à ma place. Elle a opté pour du tissu qui s'appelle du Vichy – l'un, rayé blanc et gris vert, ou vert grisé, l'autre à petits carreaux jaunes et blancs. Tante Villy a approuvé, et en a acheté trois mètres cinquante de chaque. « Elles devront peut-être vous durer longtemps », a-t-elle dit. Ensuite nous sommes passées à la pharmacie, où Tante Villy a acheté des biscuits au charbon pour Tante Syb et une jolie lampe de poche pour Miss Milliment afin qu'elle puisse mieux voir son chemin quand elle retourne au cottage, parce qu'elle a glissé et qu'elle est tombée la semaine dernière, et le sang a collé à son bas, mais elle ne s'en est pas aperçue. Poll et moi en avons conclu qu'elle ne retirait pas ses bas *la nuit*, ce qui est bizarre. Enfin nous sommes allées à la librairie, et cette gentille Tante Villy nous a permis de choisir un livre chacune, jusqu'à deux shillings ; j'ai pris des histoires de fantôme de M. R. James, et Polly…

Papa a téléphoné ! Il m'a parlé pendant six minutes entières ! « Tant pis si les bips retentissent, m'a-t-il dit, j'ai vraiment envie de te parler. » Il m'a raconté qu'il n'avait presque plus le mal de mer, sans doute parce qu'il s'est habitué depuis le temps qu'il est embarqué. À son retour à terre, cette fois, il a trouvé tout un paquet de lettres – il y en avait même une de Neville. Je lui ai dit que c'était difficile d'écrire des lettres intéressantes d'un endroit où il ne se passait rien, mais il a affirmé que j'écrivais de très bonnes lettres qui l'intéressaient, lui, et m'a demandé de continuer. Il est d'accord pour augmenter mon argent de poche – je dois le dire à Tante Rachel. Je lui ai demandé quand serait sa prochaine permission. Il n'en sait rien. Il allait bientôt reprendre la mer, et il appellerait dès qu'il reviendrait à terre. Je lui ai demandé si le fait de s'ennuyer contribuait à rendre les gens fous, et il m'a dit qu'il ne savait pas ; il m'a demandé pourquoi je lui posais la question, et quand je lui ai parlé de la mère de Tante Villy, il m'a dit, tu as peut-être raison. Puis il a imité le bruit des destroyers quand ils sont contents de quelque chose – une espèce de cacardement que j'ai trouvé très drôle. Je ne sais pas comment ils le font. « C'est moi, bien sûr », a-t-il dit, et on a tous les deux ri au-dessus des bips. Puis il m'a demandé de veiller sur Zoë, comme d'habitude, et j'ai dit que je faisais de mon mieux, mais il n'a pas dû m'entendre car il a poursuivi en disant qu'il ne serait pas là à la naissance du bébé et que c'était rude pour elle. J'ai dit qu'elle avait l'air sereine et plutôt résignée à son sort, ce qu'il a semblé trouver rassurant. Je lui ai demandé ce qu'il pensait de l'évolution de la guerre, et il m'a répondu que ça ne se présentait pas très bien pour le moment, mais qu'il était sûr que la marée allait changer. C'est effrayant d'imaginer les Allemands comme une marée ; je ne le répéterai pas à Polly. Puis il a dit qu'il devait parler à la Duche, et j'ai demandé à Polly d'aller la chercher, et pendant qu'elle était partie, il m'a dit « Souviens-toi que je t'aime énormément », et je lui ai dit que moi aussi. Puis la Duche est entrée et il a ajouté « Dors bien », ce qui était idiot de sa part vu qu'il n'était que six heures et demie. C'est drôle. J'avais envie qu'il appelle ou écrive depuis très longtemps, et maintenant qu'il l'a fait, ça me rend profondément triste – et aussi un peu effrayée. J'ai pensé à plein de choses que je ne lui avais pas dites ; elles paraissaient anodines prises séparément, mais je regrettais de ne pas les lui avoir racontées, parce que les semaines passant ces choses-là s'accumulent et que dans un an, il risque de ne plus me connaître du tout. C'est différent pour lui parce que, dans l'ensemble, j'ai l'impression que les adultes ne changent pas. Si c'est vrai, je me demande *à quel moment* les gens sont plus ou moins finis et restent tels qu'ils sont devenus. Et s'ils peuvent *choisir* ce moment.

J'ai pleuré après le coup de téléphone de papa. Je ne voulais pas l'écrire dans mon journal, mais c'est la vérité, alors je l'ai noté. Il me manque tellement, et le fait d'entendre sa voix, puis de ne plus l'entendre, est presque insupportable. Je me demande si le sexe ne rend pas l'amour moins déchirant. Il est hors de question que je couche avec papa, bien sûr, mais je me rends compte qu'il doit y avoir quelque chose de très apaisant là-dedans...

Comme souvent, elle songea que coucher *avec* quelqu'un devait signifier autre chose que seulement coucher *à côté* de lui, mais elle eut beau réfléchir, impossible de savoir exactement quoi. Et à qui diable pouvait-elle poser la question ? Miss Milliment n'avait pas eu l'air très intéressée par le sexe les seules fois où elle avait tenté de la cuisiner discrètement sur le sujet. Elle s'était contentée de réponses vagues, disant que ce n'était qu'un aspect des choses, qu'il valait mieux, sauf d'un point de vue biologique – et elle n'enseignait pas la biologie –, s'en remettre à l'expérience qui arriverait en temps voulu plutôt qu'à une discussion qui, d'après elle, n'aurait aucune utilité. Clary en revint donc à la même conclusion : il lui faudrait tomber amoureuse si elle voulait en savoir plus. Une idée qui lui coupa l'envie d'écrire son journal pendant plusieurs jours.

Vendredi 31 mai. Les tantes sont parties à Tunbridge Wells. Tante Syb doit recevoir son repas baryté, qui consiste apparemment en une épaisse bouillie crayeuse qu'on doit boire d'un trait, après quoi on passe votre estomac aux rayons X pour voir si vous avez un ulcère. Et la pauvre Tante Villy retourne voir sa mère. Elles ont emmené Miss Milliment, qui a besoin de meilleures lunettes. Zoë m'a fait la robe rayée jaune : je l'aime bien, même si j'ai l'air un peu idiote dedans. Zoë a dit qu'il me faudrait des sandales blanches, mais je suis très bien avec mes tennis. Il fait très chaud, et on a l'impression que des avions nous survolent en permanence. Je sais que c'est une semaine extraordinaire, mais je ne vois pas ce que je pourrais en dire. On continue à prendre le petit déjeuner, à déjeuner et dîner, à suivre nos leçons, et l'après-midi on a quartier libre (ah, ah). Ils ne sont jamais à court d'idées de choses ennuyeuses à nous faire faire. Aujourd'hui, c'était transporter des bûches coupées par Tonbridge et McAlpine, pour les entreposer dans le garage. Il y avait de pauvres scarabées et des cloportes dans les bûches, et Polly a perdu un temps fou à les attraper et aller les déposer ailleurs, même s'ils ont de grandes chances de mourir de mort naturelle bien avant qu'on utilise ce bois. On rapatrie maintenant des gens de France, mais il y en a des milliers à récupérer, dont beaucoup de blessés, ce qui doit compliquer l'opération. On renvoie chez elles les personnes en convalescence à Mill Farm, au cas où on aurait besoin des lits pour les soldats. M. R. James est plutôt pas mal : il écrit comme s'il portait toujours un costume sombre. On ne peut pas l'imaginer en bras de chemise. Ses nouvelles me donnent juste ce qu'il faut de frissons. Mon Dieu, qu'est-ce que je déteste le tricot ! Poll aime bien ça, alors forcément, elle est meilleure que moi.

Le problème avec un journal, c'est qu'on se sent obligé de le continuer. Polly a laissé tomber le sien ; pourtant, elle lit des bouts du *Times* tous les jours et fournirait un bien meilleur compte rendu de ce qui se passe – à seulement cent dix kilomètres d'ici – que moi, si elle avait continué. Elle dit qu'elle entend parfois le bruit des canons, mais elle fait exprès de tendre l'oreille. Si ça se trouve, c'est seulement son imagination.

Là, elle s'arrêta encore, découragée. C'était bien joli de dire qu'on vivait un moment historique – une remarque qu'elle avait entendu Tonbridge faire devant Mrs Cripps, quand elle était allée chercher le verre d'eau chaude que Miss Milliment prenait toujours en milieu de matinée – mais que se passait-il véritablement ? Et dans quel but ? Si on ne le savait pas, c'était impossible d'avoir des sentiments assez intéressants pour figurer dans un journal. Tout ce qu'elle ressentait, c'était la douloureuse absence de son père et sa crainte qu'il se fasse torpiller ou bombarder. C'était peut-être pareil pour les autres ? Les gens s'inquiétaient peut-être à cause de ce qu'ils savaient, et considéraient le reste comme un affreux mystère. Elle décida de mener une petite enquête. En commençant par les domestiques, qui eux, au moins, s'interrompaient dans leur tâche pour répondre. Dottie, occupée à ouvrir les lits, lui répéta seulement que Mrs Cripps avait dit qu'Hitler ne savait pas s'arrêter. Lorsque Clary lui demanda ce qu'elle en pensait, elle parut déconcertée : de sa vie, personne ne lui avait demandé ce qu'elle pensait de quoi que ce soit. « Pour sûr, je ne sais pas », répondit-elle en tirant d'un coup le couvre-lit, comme Eileen le lui avait appris, puis en mettant soigneusement les coins bord à bord. Ellen, qui donnait son bain à Wills, dit qu'elle était convaincue que tous les soldats reviendraient et qu'il fallait regarder le bon côté des choses. Eileen dit qu'il ne fallait pas oublier que nous avions une marine, et que les gens comme Hitler allaient toujours trop loin. Mieux valait prévenir que guérir. Mrs Cripps dit qu'Hitler ne savait pas s'arrêter, et il n'y a qu'à voir notre aviation – ajoutant d'un ton énigmatique que tout ce qui montait devait redescendre. Le Brig lui dit de ne pas tourmenter sa jolie petite cervelle. Il était en train de se faire couper les cheveux par Tante Villy, une tâche sacrément compliquée puisqu'il n'en avait presque pas. Tante Villy dit que nous devions faire confiance à Mr Churchill. Tante Rachel dit que tout ça était assez épouvantable – et ne te fais pas trop de souci pour ton papa, mon canard. Et ainsi de suite. Aucun d'eux ne semblait au courant de grand-chose ; ou alors ils n'étaient pas capables ou pas désireux de lui en parler. Elle renonça, ayant résolu de laisser Polly en dehors de tout ça pour ne pas la tourmenter. Ce soir-là, pourtant, alors qu'elles se préparaient sans se presser à se mettre au lit, Polly lui demanda soudain : « Comment ce sera vraiment, à ton avis, si les Allemands nous envahissent ? »

Elle avait plusieurs fois tenté de l'imaginer, mais n'était arrivée… nulle part – ou plutôt, elle était arrivée à des conclusions très différentes, qui ne cadraient pas les unes avec les autres. Des gens brûlés au bûcher, des petits garçons obligés de grimper dans les cheminées comme à l'époque victorienne, Trafalgar Square bourré d'Allemands avec leurs casques en forme de soupières sur la tête ; les gens réduits en esclavage, envoyés en prison ; Hitler installé à Home Place et eux tous qui lavaient ses chemises, cuisinaient et lui faisaient son ménage, recevaient des crachats, devaient apprendre l'allemand et se nourrir de pain noir et d'eau – ces idées-là et beaucoup d'autres se bousculaient dans sa tête, atroces, évidemment, mais lui paraissant aussi idiotes et vaines…

« Et toi qu'en penses-tu ?

— Je trouve tellement difficile d'y penser. J'imagine qu'ils pourraient tous nous tuer, puis envoyer plein d'Allemands vivre ici, et même s'ils ne nous tuaient pas, ils seraient horribles avec nous, mais rien de tout ça ne me paraît *réel*. Je ne comprends pas ce que ça leur apporterait.

— Eh bien, l'Angleterre et tout ce qui va avec – il y a des choses de grande valeur, comme les tableaux à la National Gallery et les joyaux de la Couronne, et des milliers de maisons où ils pourraient habiter. Ah, et toutes les plages – eux, ils manquent de stations balnéaires.

— Plus maintenant qu'ils ont la Hollande, la France, la Norvège et la Belgique.

— Bon, alors diriger le monde. Ils mettraient aussi la main sur l'Empire, pas seulement sur l'Angleterre. C'est ce que veulent les dictateurs, non ? Napoléon et tout ça. »

Polly soupira. « Je commence à voir l'intérêt d'être objecteur de conscience, comme Christopher l'année dernière.

— Pas moi. Ça ne sert à rien, à moins que tout le monde le soit, ce qui n'arrivera jamais.

— Tu sais parfaitement que c'est un argument idiot. Les réformes sont faites par une poignée de gens dont tout le monde se moque, ou par des martyrs.

— En tout cas, on est du côté du bien, dit Clary, vexée d'avoir été traitée d'idiote. Mr Churchill a dit qu'Hitler et tout ce qu'il représentait étaient le mal.

— Oui, mais les bons dirigeants réussissent toujours à faire croire à leur camp qu'ils ont raison. Tu peux être sûre qu'Hitler fait pareil. Et comme personne n'a l'air de savoir ce qui se passe, et encore moins *pourquoi*, c'est ça qui compte. »

Clary ne pouvait pas le contester ; c'était précisément ce qu'elle avait découvert tout au long de la journée. À moins que… « Tu ne crois quand même pas que les oncles et les autres savent, mais préfèrent ne pas nous dire ?

— J'ai posé la question à papa la semaine dernière. Il m'a dit : "Polly, si je savais quoi que ce soit avec certitude, je te le dirais. Tu as autant le droit de savoir que n'importe qui."

— Mais qu'en pense-t-il ? »

Polly haussa les épaules, quoiqu'elle n'eût pas l'air rassurée. « Il n'a pas voulu me dire. »

Elles se regardèrent. Clary avait mis sa chemise de nuit – Polly, toute nue, cherchait la sienne sous son oreiller. Quand elle l'eut trouvée et enfilée, elle reprit : « Quoi qu'il arrive, on reste ensemble toutes les deux. Tu es ma meilleure amie, Clary, *tout* serait mieux si tu es là. Et tout serait pire sans toi. »

Des larmes montèrent aux yeux de Clary ; sa tête lui tourna et elle fut incapable de parler, alors que la joie explosait dans son cœur comme une fusée, puis retombait gracieusement en étoiles de réconfort et d'affection. « Je ressens exactement la même chose », dit-elle quand elle recouvra l'usage de la parole.

Dimanche 2 juin

Papa chéri,

Je te réécris très vite après ma dernière lettre, parce que pour une fois, j'ai plein de choses à te raconter. La première : Oncle Edward est allé à Dunkerque ! Il a eu deux jours de permission et il a embarqué sur le voilier d'un de ses amis de son club ; ils ont fait la traversée et ont dû jeter l'ancre au large de la plage parce que le voilier a une grande quille. Oncle Edward a mis le canot pneumatique à l'eau et ramé vers le rivage, assez près pour que des gens puissent monter dedans. Il a fait trois voyages, parce que le canot ne pouvait contenir que quatre personnes, lui compris. Après avoir ramené neuf hommes à bord, il est reparti une quatrième fois et a embarqué un blessé, mais le canot s'est fait tirer dessus et a chaviré, et il a dû nager vers le voilier en tenant le blessé, ce qui lui a pris beaucoup de temps. Ensuite, leur bateau était si chargé qu'ils ont préféré rentrer en Angleterre, d'autant que les bombes pleuvaient autour d'eux et que des avions allemands essayaient de les mitrailler, mais Oncle Edward a dit que notre aviation tentait de les neutraliser. Enfin, il ne me l'a pas dit à moi : il l'a raconté au téléphone à Oncle Hugh, qui nous l'a raconté. Il nous a aussi appris qu'Oncle Edward avait reçu des éclats d'obus dans l'épaule gauche, mais qu'il allait bien. Le pire, c'est qu'ils n'avaient pas assez à boire sur le voilier – seulement une petite citerne d'eau, une bouteille de cognac et des conserves de lait concentré, mais pas d'ouvre-boîtes ; ils ont dû les percer avec un tournevis. Ils ont préparé du thé dans une casserole avec du lait concentré, et comme c'était dégoûtant, Oncle Edward a eu la bonté de renoncer à sa part. Ils sont tombés en panne de carburant. Heureusement l'Angleterre était en vue, mais il n'y avait presque pas de vent, si bien qu'ils ont mis des heures à parcourir la dernière partie du trajet à la voile. Ils ont chanté des chansons – « Roll Out the Barrel », et « We're Going To Hang Out The Washing On The Siegfried Line », et « Run Rabbit Run », et aussi « It's A Long Way To Tipperary » – pour faire plaisir à Oncle Edward. Certains s'étaient endormis, et l'un d'eux a vomi sept fois alors qu'il n'y avait presque pas de mer. Heureusement qu'il n'avait pas rejoint la marine, celui-là, tu ne crois pas ? Ah, j'ai oublié, Oncle Hugh a dit qu'Oncle Edward avait débarqué sur la plage pour aller chercher le blessé qui ne pouvait pas marcher et le porter jusqu'au canot, et que ce n'était vraiment pas de chance qu'ils se soient fait tirer dessus juste à ce moment-là. Oncle Hugh a dit que c'était un exploit magnifique et qu'Oncle Edward méritait une médaille ; toute la famille était excitée, et on a porté des toasts à sa santé pendant le dîner, et il a téléphoné et eu une conversation avec Tante Villy. Apparemment, il ne pourra pas recommencer parce que son commandant lui a ordonné de retourner à l'aérodrome pronto. C'est un joli mot, n'est-ce pas, papa ? On dirait le nom d'un chien de chasse. Polly pense que son père est un peu jaloux d'Oncle Edward, mais ce serait plus difficile de secourir des gens avec une seule main. Il a demandé comment tu allais, papa, mais nous n'avons rien pu lui dire.

La nouvelle suivante n'est pas particulièrement réjouissante, puisqu'elle concerne Neville. Il a été collé ce week-end, et devine pourquoi ? Il cultive un bout de jardin avec un autre garçon – ils ont tous un bout de jardin –, et comme il devait y avoir une Journée d'évaluation, Neville a mis du désherbant dans les jardins des autres pour pouvoir gagner, mais c'est le genre de désherbant qui, au début, fait tout pousser, et c'est ce qui est arrivé le jour de l'évaluation. En plus, Farquhar – l'autre garçon – et lui avaient tellement déplacé leurs plantes qu'elles étaient toutes fanées et qu'ils sont arrivés derniers. De toute façon, quelqu'un avait cafté et ils se sont fait prendre, donc c'était un échec complet. Mais cette histoire en dit long sur le caractère de Neville, qui a toujours été son point faible.

La prochaine fois, il fera avaler du désherbant à celui qu'il soupçonnera d'arriver premier aux examens, et il finira en prison dès qu'il aura l'âge d'y aller. Tu crois que les gens sont capables de changer, papa ? Je pense que oui, mais uniquement s'ils le veulent. Le problème avec Neville, c'est qu'il n'a pas l'air de se rendre compte de ses défauts, ce qui est assez surprenant vu leur nombre. Je sais pourtant qu'on doit voir le meilleur en chacun.

Elle relut le passage concernant Neville, ayant le sentiment désagréable que son père l'accuserait d'être trop dure avec lui, mais conclut qu'elle s'était montrée parfaitement honnête, que voulait-il de plus ?

L'annonce de la troisième nouvelle – apparemment, Zoë avait commencé à accoucher ce matin – la mettait mal à l'aise. Ça durait maintenant depuis des heures. Tante Villy et Tante Rachel aidaient le Dr Carr et l'infirmière, arrivée après le déjeuner. Le médecin était passé trois fois pour voir si les choses avançaient, mais avait déclaré chaque fois qu'il était encore trop tôt. Clary avait très envie de regarder, puisqu'elle n'avait jamais assisté à la naissance d'un bébé, mais ils lui avaient tous dit que c'était hors de question, bien sûr – et tiens-toi éloignée de cette partie de la maison, je te prie. Polly et elle avaient tout de même traîné sous la fenêtre de la chambre de Zoë et, à un moment, elles avaient entendu un cri étouffé qui les avait intriguées et horrifiées.

« Tu crois que ça fait très mal ? avait-elle demandé à Polly.

— J'en ai bien l'impression, sans quoi ils ne prendraient pas cet air joyeux et dégagé en l'évoquant.

— Très mal pensé, si c'est le cas, vu le nombre

de femmes qui doivent en passer par là pour assurer la survie de l'espèce humaine.

— Quand la chatte de Miss Boots a eu ses petits, ils ont paru sortir facilement, en glissant comme du dentifrice d'un tube. Elle n'a pas eu l'air de souffrir du tout. » Polly avait eu la chance d'y assister à Pâques, contrairement à Clary.

« Ça ne peut pas être pareil pour les humains. Les chatons ont de jolis petits corps tout mous – les bébés sont bien plus compliqués, avec leurs oreilles sur le côté, les orteils, les doigts et tout ce qui dépasse. »

Aucune des deux ne sachant précisément comment ça se déroulait, elles en parlaient d'un ton particulier et désinvolte, que chacune reconnut comme un signe d'inquiétude et d'ignorance, même si elles ne le mentionnèrent pas.

« En plus, ajouta Polly, si c'était aussi facile que pour les chatons, les gens en feraient plein à la fois par commodité. »

En secret, Clary ne put s'empêcher de se demander si Zoë allait mourir – après tout, c'était arrivé à sa mère – et en déduisit que son père devait être plus inquiet que la plupart des pères. Mieux valait ne pas annoncer cette nouvelle tant qu'elle n'en savait pas plus.

> Voilà, papa chéri, je crois que c'est tout ce qu'il y a à te raconter pour ce soir. On a mangé du lapin au déjeuner, parce que les furets de Mr McAlpine en ont attrapé quatre hier. Le lapin ne compte pas comme de la viande d'un point de vue du rationnement. Ah, oui – Tante Sybil est allée à Tunbridge Wells pour voir si elle avait un ulcère ; elle a pris un repas baryté qui a montré qu'elle en avait un.

Zoë m'a fait une très jolie robe et en a commencé une autre. Tante Syb en fait deux pour Polly. Tante Villy a acheté un cardigan pour Miss Milliment, mais il était trop petit, ce qui était plutôt gênant. C'est dommage, parce que ses autres cardigans ont une odeur de fromage chaud, ce qui est curieux vu qu'à cause du rationnement, on ne mange presque jamais de fromage, sauf mélangé à du chou-fleur – le plat que je déteste le plus et qu'on mange une fois par semaine. Tante Villy a dit qu'elle en achèterait un autre quand elle irait à Londres la semaine prochaine, parce que là-bas on trouve du 48, la taille de Miss Milliment. Je lis une nouvelle terrifiante de Henry James intitulée *Le Tour d'écrou*. Je n'en ai pas parlé à Miss Milliment, parce que dedans il y a une gouvernante que je trouve assez méchante et que ça risquerait de lui faire de la peine. Elle finit les mots croisés du *Times* en vingt minutes. Elle a accepté de nous enseigner le français puisqu'il n'y a personne d'autre. Elle le parle très bien, même si son accent est moins bon que le tien, papa. Quelle chance tu as eue de faire des études en France. D'ici à ce qu'on y aille, Polly et moi, on sera sûrement trop vieilles pour apprendre des langues, si tant est qu'on puisse y aller un jour. Enfin – *je t'aime**. On peut dire ça à son père, mais si je le disais, par exemple, à Mr Tonbridge – ce qui n'arrivera évidemment jamais –, je devrais dire *je vous aime**. J'ai toujours l'impression qu'il aurait dû avoir une forme différente, et que quelqu'un l'a fait rétrécir. Il est gentil, mais pas au point que *je l'aime**. Toi, je t'aime. Je te fais un câlin en pensée. Clary.

C'était presque l'heure du dîner. Quand Clary eut inscrit l'adresse, elle se rendit compte qu'une fois encore, elle n'avait pas de timbre, et décida d'aller en chiper un dans le bureau du Brig, qu'elle lui rendrait lundi. La voiture du Dr Carr se trouvait dans l'allée, et elle croisa Dottie dans l'escalier, portant un seau d'eau chaude. Le bébé était peut-être tout près de naître, mais il lui sembla plus important de se procurer son timbre. Elle s'immobilisa ; dans le vestibule, elle entendit les informations en provenance du salon, ce qui signifiait que la plupart des adultes, voire tous, étaient en train de les écouter. Par le dôme de verre, le ciel avait la couleur des violettes sauvages ; la porte d'entrée ouverte formait un cadre sombre pour la portion du jardin ainsi révélée ; un parterre de tulipes ivoire, et autour, des giroflées des murailles dont les nuances cuivrées, rehaussées par le soleil du soir, les faisaient ressembler à des dos d'abeilles. Des effluves de leur délicieux parfum lui parvinrent, se dissipèrent puis revinrent. Elle éprouva un instant de bonheur si pur et si parfait qu'elle eut l'impression d'être assiégée – incapable de bouger. Imperceptiblement, le moment passa, glissa dans le passé, tandis que les choses reprenaient leur cours avec leur monotonie familière : elle allait seulement dans le bureau chercher le timbre.

Il faisait toujours plus sombre dans le bureau que dans les autres pièces, parce que le Brig insistait pour garder ses gros pots de géraniums sur le rebord des fenêtres, où ils bloquaient une grande partie de la lumière. Ça sentait le cigare, les échantillons de bois, la garniture en cèdre du Liban des nombreux tiroirs, souvent ouverts, du bureau, et le panier de Bessie – une vieille chienne dont l'odeur nauséabonde rappelait ses fréquents plongeons dans de sombres et silencieux étangs.

Clary s'installa dans le grand fauteuil d'acajou, à l'assise en crin de cheval qui piquait, et se demanda où chercher. À présent qu'elle passait à l'acte, chiper un timbre lui semblait plus proche du larcin qu'elle ne l'avait voulu. Elle ne faisait que l'emprunter, se remémora-t-elle. Si elle demandait, elle se retrouverait embringuée dans une des interminables histoires du Brig, et, en plus, il lui faudrait attendre la fin du bulletin d'informations, tandis que si elle en prenait un maintenant, elle aurait le temps d'aller glisser sa lettre dans la boîte au bout de la route avant le dîner, et son père la recevrait plus tôt. Elle achèterait un autre timbre le lendemain et le remettrait sans rien dire à personne, si bien qu'aucune infraction n'aurait été commise. Elle se mit à fouiller dans les tiroirs et venait de trouver une grande feuille de timbres à un demi-penny quand le téléphone sonna. C'était le seul appareil de la maison : si elle ne répondait pas, quelqu'un viendrait et la surprendrait là. Elle rapprocha le téléphone, souleva le combiné et le porta à son oreille. La voix d'une opératrice demanda : « C'est bien Watlington 2-1 ? » et elle répondit oui. « J'ai le capitaine de frégate Pearson en ligne pour vous », reprit la voix. Il y eut beaucoup de friture, puis une voix d'homme inconnue, mais paraissant très fatiguée, demanda : « Madame Cazalet ? C'est bien madame Rupert Cazalet ? », et quelque chose l'incita à répondre : « Oui, ici madame Cazalet.

— Écoutez, je suis le commandant de Rupert. Je ne sais pas si vous avez déjà reçu un télégramme, mais je tenais à vous dire à quel point je suis désolé. Nous appréciions tous tellement Rupert – allô, vous êtes toujours là ? »

Elle dut répondre oui, parce qu'il poursuivit : « Vous ne devez pas perdre espoir, voilà surtout ce que je voulais vous dire. Il a été envoyé à terre avec le groupe chargé d'organiser l'embarquement de presque un millier d'hommes, mais quand le jour s'est levé, nous avons dû mettre les bouts. Il a effectué un boulot extraordinaire, et il n'est pas impossible qu'il ait été fait prisonnier. C'est très dur pour vous, je le sais, mais ça aurait pu être pire. Je ne voulais pas que vous receviez le télégramme sans préavis, parce qu'il vous dira seulement qu'il est porté disparu. Je suis terriblement désolé, madame Cazalet. Je sais que c'est un choc épouvantable, mais il me semblait de mon devoir de vous prévenir en personne. Nous vous renverrons ses effets personnels, évidemment. Allô... ? La communication est très mauvaise... Vous êtes là ? »

Elle parvint à répondre oui, et merci de m'avoir prévenue.

« Je suis vraiment navré d'avoir à vous dire ça. Mais ne perdez pas courage. Vous devrez sans doute attendre un certain temps avant de savoir s'il est prisonnier, mais je parierais là-dessus si j'étais vous. Nous croisons les doigts. » Elle l'en remercia, puis sentit qu'il cherchait autre chose à ajouter. « Terriblement désolé. Bon, eh bien, au revoir. » Et il coupa la communication.

Elle avait pressé le combiné si fort qu'elle avait mal à l'oreille en raccrochant. Le choc était tel qu'elle se sentit très calme – elle ne pouvait s'ôter de la tête l'idée dérisoire que si elle ne s'était pas fait passer pour Zoë, la conversation aurait pu ne jamais avoir lieu – qu'une espèce de justice puérile avait été rendue : elle avait dit un mensonge, bien fait pour elle. Ça, c'était ridicule, mais pas le reste. Son père était… des larmes commencèrent à ruisseler sur son visage. Son père était… était *peut-être*… non, impossible – elle, qui avait déjà subi une perte inconcevable, insupportable, avait pourtant du mal à ne pas croire que c'était en train de se reproduire. Que ce soit épouvantable n'y changeait rien.

Elle était toujours assise dans le fauteuil, et ses larmes coulaient toujours avec la régularité de la pluie quand, bien plus tard, Tante Rachel vint chercher quelque chose dans le bureau. Elle fut pourtant capable de répéter toute la conversation – disant aussi, simplement, que le capitaine de frégate Pearson l'avait prise pour Zoë et qu'au moment où elle aurait pu le détromper, il était trop tard. D'autres arrivèrent ; le bureau se remplit de gens qui tentèrent de la consoler et qu'elle dévisagea l'un après l'autre comme si elle ne pouvait ni les entendre, ni les comprendre. À la fin, elle se leva avec raideur du fauteuil pour aller chercher Polly.

Le bébé de Zoë – une fille – naquit plus tard ce soir-là, et le télégramme arriva le lendemain matin, mais ils ne le dirent pas à Zoë, avant qu'elle soit remise du long accouchement. Lorsqu'ils finirent par lui en parler, ils n'avaient reçu aucune nouvelle supplémentaire.

POLLY

Juillet 1940

Le ciel était d'un bleu parfait, sans un nuage, mais il n'était pas vide pour autant.

« J'en compte sept », annonça Christopher. À l'instant où il le dit, elle les distingua elle aussi : sept petites bulles nacrées qui descendaient lentement, entraînées par le poids de minuscules silhouettes rigides en dessous d'elles. Plus haut dans le ciel, comme venus de nulle part, cinq bombardiers, noirs dans le soleil, apparurent, et encore au-dessus, aussi frénétiques que des hirondelles en quête de nourriture, des chasseurs tournoyaient et plongeaient, viraient sur l'aile puis grimpaient pour regagner de l'altitude, dessinant dans le ciel de fins sillages de vapeur blanche, le bout de leurs ailes scintillant à peine dans l'intense luminosité. Il était impossible de ne pas regarder. Un chasseur, descendant en piqué pour attaquer un bombardier, fut touché par un autre avion de chasse, volant plus haut et derrière lui ; le premier changea de direction, s'efforçant de regagner de l'altitude, avec son poursuivant à ses trousses, quand il fut touché de nouveau. Lâchant de la fumée noire, il tomba soudain à la verticale jusqu'à disparaître. Avant qu'ils aient pu sentir, ou croire entendre son explosion, un autre chasseur avait atteint le bombardier de tête ; l'espace d'une seconde, la collision frontale parut inévitable ; puis le chasseur dévia au dernier moment, mais le bombardier était touché et commença à perdre rapidement de l'altitude. Ils entendaient le vrombissement irrégulier de ses moteurs et voyaient la fumée noire qui s'en échappait.

« Il va s'écraser », dit Christopher, quand l'appareil fut dissimulé par le bois derrière le champ dans lequel ils se trouvaient. Ils attendirent, les yeux rivés sur la forêt. Le bruit du moteur s'intensifia, puis soudain, l'avion réapparut au-dessus d'eux – un énorme monstre noir et disgracieux, portant des cocardes criardes – rasant presque la cime des grands arbres. Il s'éloigna en tanguant sur leur droite et descendit pesamment en direction de la maison, crachant de la fumée noire et léché par des flammes écarlates.

« Il va s'écraser sur la maison !

— Non, dit Christopher. Il va sans doute atteindre le bas de la colline. Viens ! » Et il s'élança pour dévaler le champ. C'est ce que papa aurait fait, se dit Polly en se précipitant derrière lui, mais elle avait peur : Christopher n'était pas son père.

Christopher passa à toute vitesse par la brèche dans la haie et descendit le talus d'un bond pour rejoindre le chemin, pendant qu'elle courait tant bien que mal et dérapait à sa suite. « N'essaie pas de me rattraper », cria-t-il, avant d'accélérer encore. Elle entendit l'avion s'écraser. « C'est dans le champ de York ! » Christopher tourna à gauche pour prendre le sentier menant à la ferme du voisin. Elle était résolue à ne pas se laisser distancer et réussit à arriver à temps pour voir trois hommes s'extraire de l'épave fumante. Christopher courut vers eux, mais levant les mains, ils lui firent signe de s'éloigner, puis coururent à leur tour et se jetèrent sur le sol à l'instant où une énorme explosion retentissait dans le cratère où se trouvait l'avion. Christopher avait fait volte-face pour lui crier de se coucher à plat ventre à la seconde même où elle sentit un souffle coupant et brûlant sur ses jambes. Quand elle leva les yeux, elle vit que d'autres hommes étaient mystérieusement apparus dans le champ : Mr York, un homme qui travaillait pour lui, ainsi que Wren. Mr York tenait un fusil et Wren était armé d'une fourche plus grande que lui. Les aviateurs se remirent lentement debout, tandis que les trois autres s'avançaient vers eux. Personne ne disait quoi que ce soit, mais le silence avait quelque chose d'effrayant. Christopher fit signe aux aviateurs de poser les mains sur leurs têtes. Puis il s'approcha d'eux et prit les pistolets que portaient deux d'entre eux ; le troisième n'était pas armé. Ils paraissaient sonnés, et leurs visages étaient maculés de sueur. Deux autres ouvriers agricoles avaient surgi de nulle part ; l'un avec un fusil, remarqua Polly, l'autre avec une serpe.

Christopher déclara lentement et distinctement : « Vous êtes des prisonniers de guerre. Gardez les mains en l'air. Polly, va téléphoner au colonel Forbes. Monsieur York, demandez à un de vos hommes de montrer le chemin. Nous allons les emmener à la salle paroissiale et les surveiller jusqu'à ce qu'on vienne les chercher. » Il y eut une autre explosion, beaucoup plus petite, en provenance de l'avion, qui s'affaissa, sa queue brisée pointant vers le haut. Christopher, hésitant pour la première fois, leur demanda : « Il y en avait d'autres avec vous – là-dedans ? », mais alors que l'un des prisonniers lui faisait comprendre que c'était trop tard, Mr York prit la parole pour la première fois.

« Un certain nombre, ça m'étonnerait pas, mais ils sont cuits, monsieur Christopher, complètement cuits, qu'ils sont. » Son ton exprimait seulement de la satisfaction – bon débarras.

Christopher se tourna vers Polly. « Je t'ai dit d'y aller ! » Il avait le visage livide. « Passez devant, je vous en prie, monsieur York. »

Polly courut jusqu'à la barrière. En l'escaladant, elle regarda derrière elle et vit qu'ils la suivaient – en file indienne, Christopher tenant les deux pistolets. Tandis qu'elle courait sur le chemin puis dans l'allée, elle songea à l'expression qu'elle avait lue dans les yeux ronds de Mr York ; Christopher s'était aussi bien débrouillé que l'aurait fait son père. Une chance qu'il ait accompagné ce dernier le week-end précédent, quand les parachutes avaient atterri dans le champ de houblon derrière Mill Farm. Chris lui avait raconté qu'il avait demandé à son père comment il avait su que c'étaient des parachutistes anglais, et son père avait répondu qu'il ne le savait pas, mais qu'il importait d'arriver en premier sur les lieux, au cas où ils n'en seraient pas. Les esprits s'échauffent beaucoup, avait-il expliqué – d'autant que le neveu de Mrs Cramp s'était fait tuer la semaine précédente. Quoi qu'il en soit, Christopher s'était montré calme et courageux : il avait adopté le ton qu'il fallait – déployant une telle autorité que les fermiers, et même Wren, avaient dû lui obéir. Ayant assisté à la scène, elle savait pourtant que ce n'était pas ce qu'ils voulaient. Ils voulaient quelque chose de très différent. Certes, Wren était un peu toqué ; « pas lui-même », avait-elle entendu Mrs Cripps commenter quand on avait découvert qu'il avait chapardé les couteaux de cuisine et les avait aiguisés dans son grenier à foin pour en faire des armes mortelles. Mais les autres n'étaient pas mieux.

Le bureau du Brig était vide, et son père avait collé le numéro sur le socle du téléphone. C'était le numéro du quartier général des volontaires de la défense civile locale, mais comme il était installé chez le colonel Forbes (son armurerie avait été convertie en bureau, puisqu'il contenait le seul téléphone de la maison) on continuait de dire « appeler le colonel Forbes ». Un certain brigadier Anderson répondit, à qui Polly transmit le message. « Bravo, lui dit-il. Nous y allons de ce pas. La salle paroissiale de Watlington, c'est ça ? Encore bravo. » Et il raccrocha. À l'entendre, on croirait une agréable partie de campagne, pensa-t-elle. Depuis que Christopher était arrivé, officiellement pour de courtes vacances et pour aider à l'entretien du potager largement agrandi (mais en réalité, lui avait-il confié, parce que les disputes avec son père étaient devenues si violentes qu'il ne pouvait plus rester là-bas), ils avaient eu plusieurs conversations sérieuses à propos de la guerre. Plus elle l'écoutait, plus elle se sentait tiraillée entre deux extrêmes : soit elle pensait que tout ça n'avait aucun sens et que l'objection de conscience était la seule attitude digne, soit elle se disait qu'Hitler était une espèce de démon malfaisant qu'il fallait détruire à n'importe quel prix. À cela s'ajoutait l'idée que, le risque d'invasion devenant plus tangible, il fallait y résister par tous les moyens. C'était ce que disait Mr Churchill. On racontait aussi que le roi, qui, lui, était irréprochable, s'entraînait à tirer au fusil dans les jardins du palais de Buckingham afin de pouvoir mourir en combattant. Il ne s'était pas enfui au Canada comme la famille royale hollandaise. C'était horrible de ne pas avoir d'opinion ferme, mais elle n'était sûre de rien. Elle avait tenté d'interroger Miss Milliment qui, après l'avoir écoutée attentivement, lui avait dit que ce genre d'indécision était parfois une forme de sincérité. Plus tard, elle avait ajouté que les principes pouvaient être très exigeants, mais qu'une fois qu'on les avait adoptés, il fallait être prêt à en payer le prix, si élevé soit-il. Polly n'avait trouvé personne d'autre à sonder : son père travaillait tant qu'il semblait épuisé en permanence ; quand elle n'était pas mal en point à cause de son ulcère, sa mère passait tout son temps avec Wills ou à écrire à Simon en pension. Elle lui avait cousu deux très jolies robes, mais s'était montrée un peu brusque avec elle pendant les essayages. Cela faisait un temps fou qu'elle n'avait pas eu de vraie conversation avec sa mère.

L'arrivée de Christopher avait constitué un enrichissement aussi bienvenu qu'inattendu dans sa vie. Il travaillait avec McAlpine tous les matins, et la Duche l'appréciait beaucoup, disant qu'il était un jardinier né. Mais l'après-midi, ils avaient pris l'habitude d'aller se promener ensemble. Au début, ils se parlaient peu, voire pas du tout parfois, sauf quand il lui montrait des choses – une autoroute à lapins, selon son expression, à travers une haie, un nid dans lequel un coucou avait déposé son œuf plus tôt ce printemps, ou des chenilles de grand sphinx de la vigne sur les peupliers plantés par le Brig l'année du Couronnement. Petit à petit, en réponse à ses questions, il commença pourtant à lui parler d'autres choses, à lui montrer ses carnets remplis de dessins au crayon qu'elle admira énormément. Il réussissait à rendre intéressantes une simple griffe d'oiseau ou les frondes de différentes fougères ; chaque fois qu'il trouvait quelque chose qui lui plaisait, il s'asseyait et le dessinait. Elle mit beaucoup de temps à lui avouer qu'elle dessinait aussi, jugeant ses propres dessins beaucoup moins bons, mais elle finit par lui montrer l'un de ses meilleurs et il fut très encourageant. « Tu dois pratiquer sans relâche, lui dit-il. Ça ne devrait pas être une distraction, ni une corvée ou une activité exceptionnelle. Il faut que ça devienne la chose la plus *naturelle* de ta vie. »

La seule difficulté posée par cette nouvelle amitié, c'était Clary. Clary ne voulait pas aller se promener ; elle passait des heures dans le pommier, à lire des livres qui n'étaient plus de son âge, comme *Black Beauty*, ou *Le Monde, le vaste monde*, en pleurant chaque fois qu'elle les lisait. Après cette première et terrible soirée, où la nouvelle concernant Oncle Rupert était arrivée par téléphone, et où Clary avait pleuré, parlé et pleuré encore toute la nuit, elle n'en avait plus jamais fait mention. Polly avait cependant remarqué que sa cousine guettait le passage du facteur et examinait les lettres sur la table du hall avant que leurs destinataires ne viennent les chercher, et que chaque fois que le téléphone sonnait, elle se figeait – comme si elle retenait son souffle. Jusqu'ici, ils n'avaient pourtant reçu aucune nouvelle disant qu'il avait été fait prisonnier, et presque six semaines avaient passé. C'était difficile de savoir quoi lui proposer, ou même de quoi parler, mais en même temps, Clary était devenue terriblement jalouse de Christopher, elle la charriait à propos de lui et boudait lorsque Polly rentrait de ses après-midi dessin. Quand Polly essayait de l'inclure, Clary l'envoyait balader ; quand elle tentait de suggérer une activité qu'elles pourraient faire ensemble, sa cousine répondait que rien ne l'ennuierait davantage, ou qu'elle était sûre que Christopher serait un bien meilleur compagnon. Pendant les leçons, elle était imbuvable : la pauvre Miss Milliment devait supporter ses devoirs bâclés ou pas faits du tout ; elle avait arrêté de tenir son journal, disant que c'était idiot et inutile, et Miss Milliment, qui n'avait pas l'habitude de s'énerver, était souvent à deux doigts de perdre son calme. Polly s'en rendait compte, parce que leur préceptrice se mettait à parler de plus en plus lentement et doucement, ce qui avait le don d'exaspérer Clary. Cette semaine, enfin, elle s'était fâchée et avait demandé à Clary comment elle osait parler à quiconque sur ce ton. Il y avait eu un horrible silence, pendant lequel elles s'étaient défiées du regard, et Polly avait su que Miss Milliment était très en colère à la façon dont ses petits yeux gris étincelaient derrière ses grosses lunettes. Puis Clary avait dit : « Je m'en fiche. Vous ne pouvez vous plaindre de moi à personne, si ? Personne à qui ça importerait vraiment. » Elle s'était levée et avait quitté la pièce, et Polly avait vu les yeux de Miss Milliment se remplir de larmes. Zoë était la seule personne avec qui Clary ne se montrait pas méchante et désagréable. Elle passait du temps avec elle tous les jours, l'aidait à s'occuper du bébé dont elle admirait le moindre petit sourire, apprenait à le baigner, à plier et à attacher ses couches, allait chercher ou portait des choses pour Zoë avec une patience infinie. Le bébé – prénommé Juliet – leur donnait à toutes deux une raison de tenir bon, et elles ne parlaient de rien d'autre. Et quand, de retour pour les vacances, Neville passa quelques mauvaises nuits à cause de son asthme, Clary resta assise à son chevet, lui lut des histoires de Sherlock Holmes et l'obligea à se laver les dents une deuxième fois après avoir mangé des biscuits au lit. Polly le savait, parce qu'elle partait souvent à la recherche de Clary pour s'assurer qu'elle allait bien, et c'était seulement dans ces moments-là qu'elle était apaisée – ou du moins le paraissait.

Après avoir parlé au brigadier Anderson, elle alla chercher Clary pour lui raconter la découverte des prisonniers. Elle la trouva dans son arbre, plongée dans un gros volume rouge qu'elle reconnut comme étant un Louisa Alcott. « Beth vient de mourir, annonça Clary. C'est horriblement triste. Tu peux m'apporter une feuille de patience sauvage ? Mon mouchoir est trempé. »

Polly cueillit la plus belle qu'elle put trouver et, utilisant la vieille corde effilochée, grimpa jusqu'à sa place habituelle, légèrement en surplomb de Clary et sur une branche opposée. « C'est terrible qu'ils n'aient rien su de la tuberculose, dit Clary, s'essuyant la pommette avec le dos de sa main. Des milliers de gens ont dû en mourir.

— Tu as vu le bombardier ?

— Quel bombardier ?

— Celui qui allait s'écraser sur nous.

— Ah, ça ! J'ai entendu un grand bruit, mais je n'ai pas eu l'impression qu'il s'écrasait sur nous.

— Il a pourtant bien failli. Christopher a dit qu'il essaierait de nous éviter. Et il s'est écrasé tout près, dans le champ de Mr York. » Après un court silence, elle ajouta : « Tu ne veux pas savoir ce qui s'est passé ? »

Clary plaça deux doigts sur sa page pour marquer l'endroit où elle en était, et leva les yeux. « Quoi ?

— L'avion a explosé après s'être écrasé, mais trois hommes ont juste eu le temps d'en sortir. Mr York et d'autres ont surgi de nulle part, mais Christopher s'est avancé vers les trois hommes, leur a pris leurs pistolets et les a faits prisonniers. Puis il m'a envoyée téléphoner au colonel Forbes et a escorté les hommes à la salle paroissiale ! Il a été formidable.

— Moi, ça me paraît drôle. Un objecteur de conscience qui joue au soldat.

— C'était pour les sauver. Il leur a sauvé la vie !

— Je ne vois pas pourquoi tu t'excites comme ça. Ce sont des *Allemands*. En ce qui me concerne, je me fiche totalement qu'ils soient morts ou vivants.

— Tu ne peux pas ! »

Polly était si choquée qu'elle eut peur. Mais Clary, le visage maculé de larmes et de traces gris-vert à cause du lichen qu'elle avait sur les mains, soutint son regard avec défi.

« Ce sont des êtres humains ! dit finalement Polly.

— Je refuse de penser à eux en ces termes. Pour moi, c'est *Eux*, voilà tout. Une grande masse de gens qui détruisent nos vies. Tout s'effondre, si tu veux mon avis, et comme on ne peut absolument rien y faire, je ne vois pas l'intérêt d'avoir des principes moraux. Le monde entier est sans doute en train de sombrer lentement, alors ne compte pas sur moi pour m'apitoyer sur le sort d'Allemands que je n'ai jamais rencontrés.

— Pourquoi tu pleures la mort de Beth, alors ? Tu ne l'as jamais rencontrée non plus.

— Beth ? Je la connais depuis des années ! Et elle, elle n'est pas en train de disparaître. Elle meurt, d'accord, mais elle est encore là chaque fois que j'ai besoin d'elle. Dans l'ensemble, je préfère les livres aux gens en ce moment, et les gens *dans* les livres plutôt que n'importe où ailleurs. D'une manière générale », ajouta-t-elle après une pause pénible, durant laquelle Polly la regarda se colleter avec l'exception, reconnaissant avec un coup au cœur l'enchaînement qu'elle avait maintes fois vu au cours des dernières semaines ; Clary, maussade, intransigeante, dédaigneuse, était soudain arrachée au fil de ses pensées ; quelque chose déclenchait sa curiosité – *où était-il ?* – et la projetait nez à nez avec l'atroce question – était-il *encore* quelque part ? – avant de la ramener laborieusement à l'angoisse familière d'au moins ne pas savoir ; autant d'étapes par lesquelles elle était passée et repassée au cours de cette abominable première nuit où elle avait appris la disparition de son père. Cette première nuit, elles étaient finalement convenues qu'il valait peut-être mieux accepter *l'idée* qu'il ne reviendrait pas. « Qu'il est mort, tu veux dire », avait déclaré Clary sans broncher. Comme ça, avait fait remarquer Polly, ce serait merveilleux quand il finirait par revenir, alors que si, par malheur, il ne devait pas revenir – « Parce qu'il s'est fait tuer », était intervenue Clary –, au moins elle, Clary, se serait quelque peu habituée à cette idée. À l'aube, au terme d'une nuit sans sommeil, cette solution avait semblé sensée et même réconfortante, sauf que, bien sûr, elle ne l'était pas. Ça allait encore dans les premiers temps, lorsque Clary espérait à chaque sonnerie de téléphone entendre son père et surveillait l'allée dans l'attente d'un télégramme, mais à mesure que les jours devenaient des semaines, elle avait eu de plus en plus de mal à l'accepter ; et elle s'accrochait plus farouchement à un espoir lentement submergé par le temps et le silence.

« Je vois, dit Polly, découragée.

— Tu vois quoi ?

— Ce que tu veux dire à propos des gens dans les livres.

— Ah. Bon, ça va... pas besoin de me caresser dans le sens du poil.

— Ce n'était pas ce que je faisais. J'ai juste dit que je comprenais, pas que j'étais d'accord avec toi.

— C'est déjà ça. » Mais elle le dit avec méchanceté, songea Polly.

Elle fit un nouvel effort. « Moi, je te préfère à n'importe quel personnage de livre. »

Clary lui lança un regard noir. « Quelle lèche-bottes. »

C'en était trop. Polly attrapa la corde et se propulsa en bas de l'arbre.

« Je disais juste que si tu lisais davantage, tu n'aurais pas de mal à trouver quelqu'un de mieux que moi. »

Polly reconnut que la remarque, quoique vaguement insultante, se voulait une branche d'olivier. « Et moi, idiote, je disais juste que je t'aime beaucoup. Et tu le sais très bien. C'est pourtant simple à accepter.

— Je n'accepte jamais rien simplement, répondit Clary, mais d'un ton triste, comme si c'était un défaut.

— Bon, n'oublie pas le goûter », dit Polly en s'éloignant. Et Clary répondit : « Non, mais je me demande ce qu'on aura à se mettre sous la dent. » Il y avait eu un accident avec le beurre ce matin-là. (Provoquée par Flossy, la chatte, qui s'était servie à loisir, avait souillé le reste avec ses poils et déposé juste à côté une musaraigne parfaitement morte, s'assurant que la motte de cinq cents grammes ne puisse pas être utilisée, or ça correspondait à la moitié de la ration hebdomadaire de la maisonnée.)

« Je ne sais pas. Des tartines à la graisse de bœuf, comme dans les goûters d'hiver de l'époque victorienne. »

Mais Mrs Cripps, relevant le défi, avait préparé des pancakes et une sorte de pain aux raisins, et il restait plein de confiture de framboises de l'année précédente. Tout le monde prenait désormais le thé dans le hall, puisque la Duche estimait qu'il n'y avait pas assez de personnel pour assurer deux services séparés. Ce qui avait de bons et de mauvais côtés, de l'avis de Polly : cela signifiait que la conversation n'était plus dominée par des sujets infantiles – une succession de clichés, ponctuée par le genre de silence dans lequel on entendait les gens boire leur lait, comme l'avait un jour fait remarquer Clary ; d'un autre côté, quand on avait faim, on devait affronter la concurrence féroce des grand-tantes, dont la capacité à ingurgiter d'énormes quantités de nourriture, sans avoir l'air d'y toucher, était impressionnante. Une virtuosité acquise pendant des années passées à essayer de contrarier l'autre – le dernier sandwich, la tranche de gâteau avec du glaçage *et* une cerise, le toast le plus beurré : voilà ce dont Flo s'évertuait à priver Dolly, qui, à l'inverse, estimait que Flo n'avait pas droit à certaines choses. Comme la plupart des dames de l'époque victorienne, on leur avait appris à ne montrer aucun intérêt pour la nourriture : leur gourmandise était subreptice – d'où le geste de la main à la bouche digne d'un tour de passe-passe, qui signifiait que les autres obtenaient rarement leur juste part des mets en libre service sur la table.

La Duche veillait à servir équitablement les plats au déjeuner et au dîner ; c'étaient le petit déjeuner et le thé qui fournissaient les principaux champs de bataille. Comme elle voulait garder à manger pour Christopher, qui arrivait souvent en retard aux repas, Polly lui prépara une assiette de ce qu'il y avait de meilleur, mais lorsqu'il finit par arriver, il n'avait pas faim.

Ce soir-là, elle alla se promener avec lui, et ils traversèrent deux champs jusqu'au bois où coulait un torrent. Les champs étaient remplis de boutons-d'or, de marguerites et de coquelicots parcheminés ; des sauterelles sautaient sur leur passage, à hauteur de leurs genoux. Le chant d'un coucou leur parvint du bois, qui était bordé d'une ombre courte et tachetée. Christopher, silencieux, marchait à grandes enjambées rapides, d'un air absent qui fit penser à Polly que s'il avait été seul, il aurait peut-être couru. Elle avait voulu lui parler des prisonniers – le questionner sur ce qui s'était passé dans la salle paroissiale – et de Clary, mais il paraissait si préoccupé qu'elle eut le sentiment que tout ce qu'elle pourrait dire ou demander paraîtrait sans intérêt. Malgré tout, elle était venue pour la conversation plus que pour l'exercice, si bien qu'une fois dans le bois, elle lui demanda où ils allaient. Il s'arrêta et répondit : « Je ne sais pas. Où tu veux. » Elle prétendit vouloir voir l'endroit où Simon et lui avaient installé leur campement clandestin, l'année précédente. En réalité, elle l'avait déjà visité avec Clary pendant les vacances de Pâques, un jour où elles étaient parties cueillir des primevères, mais décida de le passer sous silence. C'était pourtant bizarre, songea-t-elle, au moment où l'on *voulait* que tout se passe bien avec quelqu'un, de commencer par lui faire des cachotteries. Comme mes parents, ajouta-t-elle *in petto*, même si ce système semblait fonctionner pour eux. Quoi qu'il en soit, elle n'avait pas envie d'être ce genre de personne avec Christopher, pour qui elle avait un grand respect. Aussi mentionna-t-elle qu'elle croyait être déjà passée au campement à Pâques, mais comme elle marchait derrière lui, il ne parut pas l'entendre – au moins avait-elle eu l'honnêteté de le dire.

Lorsqu'ils arrivèrent à destination, rien ne témoignait plus de la présence d'un ancien campement, à l'exception de quelques branches calcinées et de cendres sur un petit espace de sol nu. Christopher, semblant mal à l'aise, suggéra qu'ils continuent de marcher jusqu'à l'autre côté du bois. « Là où il y a un étang », dit-il.

Mais une fois qu'ils furent parvenus à l'étang, qui brillait comme de la mélasse sous le soleil du soir et dégageait une odeur de marécage légèrement nauséabonde, elle s'aperçut qu'il était aussi difficile d'entamer une conversation assis sur la berge que ça l'avait été en marchant. Christopher, ses longs bras osseux entourant ses genoux, contemplait l'eau. Elle observait encore sa pomme d'Adam, agitée de spasmes, en se demandant si ça l'embêterait qu'elle l'interroge sur les prisonniers lorsqu'il dit : « Ce que je déteste le plus, c'est de devoir toujours être *contre* quelque chose. Quand on fait partie d'une minorité, c'est obligé. Je ne peux pas être *pour la paix* ; je dois être *contre la guerre* et supporter ensuite qu'on me prenne pour un fou ou un lâche. Et il y a ça aussi ! s'exclama-t-il comme si elle venait de l'y faire penser. Les gens qui pensent que la guerre est une bonne chose…

— Personne ne pense ça !

— Alors, une chose *nécessaire* – inévitable ou je ne sais quoi. Ceux-là ont le droit de se réclamer d'une morale – ils sont pleins de principes et d'intégrité et tout. Et ils accusent les gens comme moi qui sont contre la guerre d'avoir peur qu'une bombe nous tombe dessus ou de ne pas supporter la vue du sang…

— Je ne crois pas que tout le monde soit comme ça.

— Cite-moi une personne qui ne l'est pas.

— Moi. Je ne suis pas d'accord avec toi, mais j'accepte…

— *Pourquoi* tu n'es pas d'accord avec moi ?

— Parce que, finit-elle par répondre après une réflexion accélérée, parce que je ne vois pas ce qu'on pourrait faire d'autre. Je ne sais pas quand tout a vraiment commencé, mais maintenant que c'est là il faut bien l'affronter d'une manière ou d'une autre. Affronter Hitler et le reste. Rien de ce qu'on pourra dire ne l'empêchera de continuer la guerre. Donc, le choix ne me paraît pas aussi clair que tu le dis. On doit plutôt choisir entre deux options pas très agréables.

— Qui sont ? »

Elle tenta d'ignorer l'hostilité qu'elle percevait dans la voix de Christopher. « Faire la guerre, comme on le fait. Ou laisser Hitler envahir tout le monde.

— Tu parles exactement comme les autres. »

Elle sentit des larmes lui picoter les yeux. « C'est toi qui m'as posé la question. » Elle décida de s'en aller, mais avec dignité. « Je crois que je ferais mieux d'aller retrouver Wills, dit-elle. J'ai promis à maman de lui donner son bain et de le faire dîner ce soir. »

Lorsqu'elle fut hors de vue, elle l'entendit appeler et s'arrêta pour écouter. Ça ressemblait à « papillon de nuit ».

« Quoi ? cria-t-elle.

— J'ai dit, pardon, Polly.

— Ah, très bien. »

Mais si c'était peut-être très bien d'un point de vue personnel, elle n'en avait pas moins échoué à avoir un débat apaisé avec deux des personnes auxquelles elle était le plus attachée, et elle qui avait souvent éprouvé du mépris en entendant ses parents et d'autres couples se dire des choses qu'ils ne pensaient pas fut contrainte de se demander, avec un certain malaise, si la dissimulation et la duplicité n'étaient pas des composantes nécessaires des relations humaines. Auquel cas elle ne se révélerait pas très douée dans ce domaine.

À son arrivée à Pear Tree Cottage, elle s'aperçut que, là non plus, les relations humaines n'étaient pas au beau fixe. Lydia était en train de se disputer avec sa mère, qui paraissait plus fâchée que ne le justifiait la prétendue raison de sa colère – une attitude que Polly avait souvent remarquée chez les adultes.

« Je n'y peux rien. C'est toi qui m'as demandé ! Tu m'as dit, est-ce que ce ne serait pas amusant d'avoir Judy pour jouer avec toi ?, et comme ça ne m'amuserait pas, je te l'ai dit.

— Avant, tu adorais jouer avec elle.

— Non, dit Lydia d'un ton réfléchi. Je n'ai jamais adoré ça. Je l'ai supporté, c'est tout.

— Je ne comprends pas pourquoi tu es aussi méchante avec elle.

— Franchement, ça t'amuserait de passer ton temps avec une espèce de nunuche toujours en train de copier les autres, qui n'a aucun humour, n'arrête pas de se vanter de ses horribles amis et de leurs piscines, et vole l'eau de Cologne des autres pour la mettre sur ses boutons ? En plus elle sent mauvais de la bouche, ajouta-t-elle. Et, quitte à devoir supporter la mauvaise haleine, je préférerais un truc plus intéressant, comme un tigre.

— Lydia, ça suffit ! Je ne veux pas entendre un mot de plus à propos de Judy.

— Eh bien, moi non plus. » Et elles continuèrent sur le même ton.

Polly prit Wills dans ses bras et lui fit un câlin. Il cligna des paupières, et un sourire de conspirateur apparut un bref instant sur son visage, qui devint majestueux et doux.

« Lydia ! Sors d'ici ! Je suis sérieuse ! Immédiatement ! »

Quand elle fut partie, Tante Villy dit : « Jessica

aurait pu venir n'importe quel autre week-end ! Maman se moque du moment où nous lui rendons visite, l'une ou l'autre. C'est à peine si elle nous reconnaît ! Mais non ! Elle ne supporte pas l'idée que ses amis viennent ici sans elle ! »

Sybil, à qui ces remarques étaient manifestement adressées, cessa de repasser la barboteuse de Wills. « Ou alors, ce week-end convenait peut-être mieux à Raymond ? Si tu comptais donner son bain à Wills, vas-y, Polly. »

Lorsqu'elle était jeune, elle serait partie à contrecœur, parce que la remarque de sa mère signifiait que les adultes allaient avoir une conversation très *intéressante*. Cette fois, cependant, elle obéit en feignant seulement la mauvaise grâce ; il n'était pas bon de leur laisser croire qu'ils pouvaient vous diriger, mais d'un autre côté, elle savait que la conversation qu'elles s'apprêtaient à avoir ne serait pas d'un grand intérêt. Ce qui différait, dans leurs discussions privées, ce n'était pas le *sujet*, mais le fait qu'ils exprimaient leurs sentiments – sentiments qu'ils tenaient, pour une raison incompréhensible à Polly, à cacher aux enfants. Ce fut un soulagement d'être avec Wills, même s'il s'empressa de lui faire comprendre qu'il n'avait pas envie de prendre un bain. Il arracha ses vêtements et les jeta dans la baignoire, puis grimpa sur le siège des toilettes et tira la chasse d'eau. Quand, ayant repêché les petites chaussettes grises, la barboteuse – dont les poches étaient remplies de pommes de pin et de pinces à cheveux de leur mère –, la chemise Aertex et les sandales, elle essaya de le mettre dans le bain, il souleva les jambes et enroula les bras autour de son cou jusqu'à l'étrangler. « Pas dans l'eau !

s'écria-t-il. Wills sale ! Gentil Wills sale ! » Son haleine sentait le caramel. « Pas le bain », dit-il plus calmement, comme d'un ton explicatif. À la fin, elle dut prendre le bain avec lui, et ils s'assirent l'un en face de l'autre ; elle le lavait subrepticement, par petits bouts, pendant qu'il restait assis, apparemment perdu dans ses pensées, frappant par moments l'eau avec sa paume et manquant l'aveugler. Il lui fit chanter « The Lambeth Walk » au moins onze fois, pendant qu'elle essayait de l'essuyer. Quand sa mère finit par arriver avec le dîner de Wills, Polly était épuisée.

« Qui vient ce week-end, maman ?

— Des amis musiciens de Jessica et Villy. Les Clutterworth. Il s'appelle Lorenzo, je crois ; je ne connais pas son prénom à elle.

— Il ne peut pas s'appeler Lorenzo Clutterworth ! On dirait un personnage de roman !

— N'est-ce pas ? Ou d'une mauvaise pièce. Ma chérie, depuis combien de temps ne t'es-tu pas lavé les cheveux ?

— Qu'est-ce que ça peut bien te faire ?

— Ne sois pas impertinente, s'il te plaît. Je voulais savoir parce qu'ils ne me semblent pas très propres. »

Quand elles eurent fini de se chamailler, elle avait cruellement besoin de Clary, mais en arrivant à Home Place, elle entendit ce qu'elle reconnut comme un air de Beethoven sur le phonographe, signe que sa cousine avait sa séance de musique avec la Duche. Sa présence ne serait donc pas souhaitée. Tante Rachel n'était pas rentrée de Londres. La radio était allumée dans le salon du matin, ce qui signifiait que les grand-tantes l'occupaient : elles écoutaient tous les bulletins d'informations puis se disputaient à propos de ce qui avait été dit. Polly n'avait aucune envie de se retrouver entre elles. Désœuvrée, elle monta l'escalier et traversa le palier jusqu'à la chambre qu'elle partageait avec Clary. Sa cousine étant très désordonnée, la chambre semblait avant tout la *sienne*, même si Polly organisait parfois de grands rangements. Si seulement Oscar n'était pas mort ! Elle n'avait décidément pas de chance avec les chats – et pas qu'avec les chats, lui sembla-t-il en cet instant, mais aussi avec les gens, avec absolument tout. La guerre, quand elle n'était pas effrayante, rendait tout très ennuyeux. Et pendant ce temps-là Polly continuait de grandir, sans qu'il ne lui arrive rien ; elle n'avait même pas une chambre à elle comme à Londres. Si, un an plus tôt, on lui avait dit qu'elle s'ennuierait à mourir en vivant ici, elle aurait ri. Plus maintenant. L'avenir s'ouvrait devant elle, tel un énorme et morne point d'interrogation. Qu'allait-elle devenir ? Qu'allait-elle bien pouvoir faire de toutes les années qui, probablement, l'attendaient ? Jusqu'ici, elle s'était contentée de tuer le temps – elle ne s'était pas découvert la moindre vocation, contrairement à Clary et Louise qui avaient toujours paru savoir à quoi elles étaient destinées ; tout ce qu'elle avait jamais imaginé, c'était avoir son incroyable maison, remplie de tous les objets qu'elle aurait chinés et fabriqués, au point qu'elle ne ressemblerait à aucune autre. Pour le reste, elle s'était seulement imaginée y vivre avec ses chats. L'idée l'avait certes traversée qu'il ne lui déplairait peut-être pas de voir Christopher dedans : un jour, alors qu'ils dessinaient ensemble, elle s'était dit que ce serait quelqu'un d'agréable avec qui vivre, et elle avait déplacé sa maison du Sussex dans un endroit plus sauvage, où il y aurait davantage d'animaux. Mais elle ne lui en avait pas parlé, de crainte qu'il n'en ait pas du tout envie. Et après ce soir, « Tu parles exactement comme les autres », il serait inutile de le mentionner. D'habitude, quand elle se sentait mal et déprimée comme ça, sa maison lui apportait du réconfort : elle pouvait s'y réfugier en pensée et s'absorber dans sa décoration. Quand elle s'y transporta ce soir-là, franchit la porte d'un noir brillant, encadrée de pilastres et d'un fronton blancs pour entrer dans le petit vestibule au carrelage à damiers noir et blanc et bordure (elle avait récemment refait le sol), admira son citronnier et son oranger plantés dans une paire de bacs noir et blanc flanquant le poêle russe, avant même d'avoir atteint la table qu'elle avait fabriquée en mosaïques de marbre avec un bord en coquillages, sur laquelle était posée la carafe en verre victorienne qui avait la particularité de garder la citronnade fraîche et qu'elle avait dénichée à une vente de charité au Noël précédent, elle fut arrêtée, frappée soudain par la sinistre perspective de vivre seule (quoique avec des chats) pour le restant de ses jours. À la fin, la maison serait achevée et ne pourrait plus accueillir le moindre tableau, la moindre table ou le moindre tapis supplémentaire, et alors, que ferait-elle ? J'avais l'intention de me nourrir de sandwichs, pensa-t-elle, parce qu'ils sont vite préparés. Et de donner de leur garniture à manger aux chats. Elle serait désœuvrée pendant des heures et des heures, car en dépit de ce que Christopher avait dit à propos des dessins, elle voulait seulement en faire assez pour la maison – et ne tenait pas à en avoir trop. L'intérêt de dessiner s'arrêterait quand elle en aurait suffisamment. À la mort d'Oscar, Tante Rachel lui avait rapporté une tortue de Londres, mais elle s'était vite perdue dans le jardin, si bien que la jolie boîte incrustée de coquillages que Polly avait fabriquée pour son hibernation ne servirait à rien. Pour avoir des enfants, il fallait se marier avec quelqu'un, mais qui pourrait-elle bien trouver ? De toute façon, après avoir baigné Wills, elle n'était plus si sûre d'en vouloir ; elle avait remarqué que les conversations avec sa mère étaient beaucoup plus ennuyeuses depuis qu'elle avait eu Wills – mais c'était peut-être le fait de se sentir si mal en point depuis très longtemps qui la rendait casse-pieds et rasoir à la fois. Ça, et son inquiétude permanente pour papa. Ou alors, c'était la confirmation de ce que Louise lui avait dit un jour, à savoir que les mères n'aimaient pas leurs filles ; mais comme c'est ce qu'on attendait d'elles, ça rendait leurs sentiments très ambigus. Avec une certaine anxiété, elle avait demandé à sa cousine si les pères, eux, aimaient leurs filles, mais Louise lui avait répliqué sèchement qu'elle n'en avait pas la moindre idée.

Puis Polly se souvint que la mère de sa mère était morte en Inde, alors qu'elle était en pension en Angleterre. Quand on n'a pas connu sa mère ou à peine, on trouve peut-être difficile d'en être une ? Mais sa mère ne cachait pas qu'elle adorait Simon et Wills. Heureusement pour les filles qu'elles avaient un père. Puis elle pensa à la pauvre Clary qui, selon toute probabilité, était désormais orpheline. Elle se remémora l'affreuse banderole qu'elle avait vue à Londres, déployée sur toute la longueur d'un immeuble, en lettres d'au moins trente centimètres de haut : « FOYER POUR ORPHELINES AYANT PERDU LEURS DEUX PARENTS ». L'idée de devoir vivre dans un endroit affichant un nom pareil ! Le bonheur, ou le malheur, était certes relatif, mais il n'était pas plus facile pour autant de se réjouir de son sort quand on n'en était pas content. Elle décida d'avoir deux conversations sérieuses, l'une avec Miss Milliment, l'autre avec son père, à propos de carrières pour les gens sans talent. Rassérénée, elle rangea la chambre, empilant gentiment les affaires de Clary en petits tas, puis se lava les cheveux.

*

« Lorenzo ! se moqua Clary. Un prénom à porter des collants blancs, une barbe taillée en pointe et des boucles d'oreilles ! Ça va être fascinant d'avoir quelqu'un d'aussi atroce à la maison. À quoi ressemblera sa femme, à votre avis ?

— Terriblement artiste, j'imagine, dit Louise, qui avait fini son trimestre d'école. Avec des jupes tissées main et d'immenses colliers en fiente d'oiseau battant contre son nombril. À la Mary Webb », ajouta-t-elle.

Les deux autres firent semblant de ne pas l'avoir entendue, estimant qu'elle se vantait de tous les livres qu'elle avait lus. « Et il n'y en a peut-être pas tant que ça, avait dit Clary un jour. Elle n'a pas lu les mêmes choses que nous, c'est tout. »

« En fait, son vrai nom est Laurence », poursuivit Louise. Elle se faisait les ongles avec un vernis opaque d'un blanc cadavérique que Polly trouvait affreux.

« Ah, oui, je me souviens ! C'est juste le surnom que lui donnent les tantes.

— Qui t'a dit ça ? »

Clary rougit. « Je croyais que c'était toi. »

Polly, qui savait toujours quand Clary était en mauvaise posture, intervint : « Si c'est un vrai chef d'orchestre, la Duche va sûrement le monopoliser. Elle adore les gens qui travaillent dans la musique.

— Ça, c'est vrai. Elle est amoureuse de Toscanini.

— Ne sois pas ridicule, Clary, la rabroua Louise.

— C'est vrai. "Je suis amoureuse de Toscanini" : c'est elle qui l'a dit hier, quand on a eu fini de jouer la *Pastorale* – c'est la sixième symphonie.

— C'était une façon de parler », dit Louise d'un ton hautain. Elle devenait vraiment trop vieille pour elles, songea Polly, et elle le répéta ensuite à Clary, alors qu'elles se préparaient pour le dîner.

« Je sais, dit Clary. Soit elle nous prend de haut, soit elle nous envoie promener.

— J'imagine qu'elle s'ennuie. Ça m'arrive à moi aussi, parfois.

— Mince alors ! Moi qui te croyais si indépendante.

— C'est ce que je croyais aussi. Mais plus maintenant. La vérité, c'est que je me sens inutile. » Sans le moindre avertissement, une larme coula de son œil. « Enfin… je sais que ce que je ressens n'a pas grande importance, vu qu'il y a la guerre et tout ça, mais je le ressens quand même. Je ne vois pas à quoi je sers, c'est tout. J'ai l'impression que je devrais réfléchir au sens de la vie, mais ça me paraît dangereux d'aller sur ce terrain-là…

— Comment ça, dangereux ?

— Eh bien, imagine que rien n'ait d'importance ?

Que la guerre n'ait pas d'importance, parce que nous ne sommes en fait que des petits objets doués de mouvement et de parole – comme des joujoux modérément intelligents.

— Créés par Dieu, tu veux dire ?

— *Non !* Même pas ! Créés par personne. Tu vois ? Et maintenant, voilà que j'y pense, et je ne veux pas y penser.

— On ne peut pas se réduire à ça, dit Clary, puisqu'on a des sentiments. » Elle cassa des dents de son peigne en le passant dans ses cheveux. « Je peux t'emprunter ta crème hydratante ? Merci. Si tu n'étais qu'un jouet intelligent, tu ne sentirais pas que ce serait horrible d'en être un. D'accord, on peut éprouver des sentiments assez *négatifs*, mais ce n'est pas rien. Que tu le veuilles ou non, tu as la capacité de réfléchir, de ressentir et de choisir assez souvent. » Elle frictionna son nez brûlé par le soleil. « Le problème, je crois, c'est que tu n'as pas encore complètement décidé ce que tu voulais faire. Et ta maison ? Elle ne t'intéresse plus ?

— Plus autant. Enfin si, mais un jour elle sera terminée.

— Et alors ? À ce moment-là, tu pourras commencer à vivre dedans. »

Il y eut un silence. « Je ne sais pas si j'en ai envie, reprit enfin Polly. Je n'ai pas l'impression que ce sera suffisant. Toute seule.

— Ah, c'est ça ! Tu veux quelqu'un *pour qui* vivre. » Elle paraissait soulagée. « Je suis sûre que tu trouveras, Poll. Tu es tellement jolie et tout. Tu as vu mes chaussures ?

— Il y en a une sous ton lit.

— Ah, l'autre doit être plus loin derrière. » Elle

se coucha sur le ventre pour aller la récupérer. « Je trouve que tout est très compliqué pour les gens de notre âge. On est censés tomber amoureux, mais on est entourés de membres de la famille, et l'inceste est incompatible avec la vie moderne. On devra donc attendre.

— Tu crois vraiment que c'est ça ? Tu ne peux pas mettre ce cardigan avec cette robe, Clary, c'est très moche.

— Ah bon ? Je suis bien obligée, l'autre est sale.

— Je te prête mon rose.

— Merci. C'est drôle, que je n'aie aucun goût en matière vestimentaire. » Elle se mit à rire. « Si vraiment je n'étais qu'un jouet modérément intelligent, tu pourrais m'habiller d'un petit costume en feutre tout cousu sur moi, et je n'aurais jamais à me changer.

— Non, répondit Polly, parce que moi aussi je serais un jouet. » À la fin de leur échange elle se sentait à la fois réconfortée et incomprise.

*

Le fameux week-end avec les Castle et les Clutterworth fut finalement reporté. À cela, tout le monde parut fournir une raison différente : Tante Villy, l'air contrariée, dit qu'il y avait eu une confusion sur les dates ; la Duche dit que Mrs Clutterworth était souffrante ; Christopher lui dit que sa mère lui avait raconté que son père avait fait une scène, refusant de venir et refusant de rester seul à la maison. Il avait ajouté qu'il était fichtrement content qu'ils ne soient pas venus, vu que son père l'aurait encore agressé en lui demandant comment il comptait contribuer à l'effort de guerre. Polly et lui s'étaient réconciliés ; elle était soulagée, mais demeurait méfiante et avait moins envie de se confier à lui. Elle ne le voyait plus autant, parce qu'il travaillait dans le jardin tous les matins et que, les combats aériens se poursuivant au-dessus de leurs têtes, il passait de nombreux après-midi à guetter les parachutes et à filer sur les lieux à bicyclette pour secourir les aviateurs – aucun ne tomba aussi près d'eux que la première fois. La Home Guard, ainsi que se nommait désormais la petite troupe du colonel Forbes et du brigadier Anderson, disait de lui que c'était un type formidable – dommage qu'il soit trop jeune pour les rejoindre. Christopher, lui, prétendait qu'ils lui donnaient mauvaise conscience, à envier ouvertement sa jeunesse et sa chance de pouvoir très bientôt mourir pour son pays, et qu'il était trop lâche et trop las de leurs discours pour leur avouer où allaient ses véritables sympathies.

« Si on croit en quelque chose, tu penses qu'on a l'obligation de le dire à tout le monde ? » lui demanda-t-il, par une chaude soirée du mois d'août.

Avant que Polly ait pu répondre, Clary, qui avait entendu la question, déclara : « Pas si tu n'as aucune chance de les convertir. » Et Polly dit qu'elle ne voyait pas comment on pouvait être sûr de ça.

Mais pour Christopher, il était impossible de faire changer d'avis le brigadier Anderson sur aucun sujet. « C'est le genre de personne qui pense *toujours*, dit *toujours* et fait *toujours* la même chose.

— Ça me rendrait dingue, si j'étais sa femme, dit Clary. Vous croyez que Mr Rochester était comme ça ? Je trouve que la folie de la première Mrs Rochester n'a jamais été bien expliquée.

— Et voilà, tu fais pareil ! dit aussitôt Christopher. "Jamais" et "toujours", ça revient au même. »

Clary lui jeta un regard mi-admiratif, mi-hostile.

« Je n'ai jamais connu quelqu'un de fou, dit Polly d'un ton pacifique.

— Si, la pauvre vieille Lady Rydal. »

Elle ne voulait pas s'aventurer sur ce terrain. Clary lui avait fait une description très crue de sa visite, et Tante Villy, en réponse à une question de la Duche sur l'état de santé de sa mère, ayant récemment dit qu'elle semblait plus calme et dormait beaucoup, Polly craignait que Lady Rydal soit suffisamment remise pour venir vivre à Pear Tree Cottage, où elle risquait à tout instant de redevenir complètement folle. Je ne pourrais jamais être infirmière, songeait souvent Polly. J'aurais trop pitié des malades pour être d'une quelconque utilité. Mais elle gardait cette réflexion pour elle, puisqu'en conclusion des deux conversations sérieuses qu'elle avait eues – avec son père et Miss Milliment – ils lui avaient suggéré que ce pourrait être une carrière possible. Certes, ça n'avait pas été le premier choix de Miss Milliment. « Je me suis toujours demandé, avait-elle dit de sa voix douce et prudente, si l'université ne pourrait pas vous être bénéfique, à Clary et toi. C'est la période de la vie où l'on est le plus réceptif, et il me plairait de savoir que vous profitez du rayonnement d'esprits brillants, d'un enseignement de première classe et de l'opportunité de rencontrer un grand nombre de gens différents. » Elle avait regardé Polly d'un air interrogateur. « Il vous faudrait, bien sûr, travailler très dur pour préparer les examens de fin d'études secondaires et pouvoir vous présenter. J'avais l'intention de suggérer ce petit projet au père de Clary et à tes parents, mais compte tenu des circonstances, c'est devenu difficile et même impossible dans le cas de Clary. Une formation universitaire élargirait pourtant vos possibilités de trouver une carrière utile et intéressante. » Elle avait examiné Polly derrière ses petites lunettes à verres épais et cerclées de métal. « Je ne te sens pas très enthousiaste, mais j'aimerais beaucoup que tu y réfléchisses. Quant à Clary, il me semble que ça lui fournirait un but, ce qui pourrait l'aider en ce moment. Mais ton cœur penche peut-être plutôt vers une école d'art ?

— Oh, non, Miss Milliment. Je sais que je ne pourrais pas être peintre. Je ne suis qu'une espèce de décoratrice, et je n'aspire à rien d'autre. » Elle s'était aperçue que le long et très curieux tricot de sa préceptrice était tombé d'un de ses genoux et que des mailles glissaient subrepticement de l'aiguille.

Miss Milliment s'agrippa à l'aiguille, mais comme elle avait le pied sur le bout – ou le début – de son ouvrage, elle ne réussit qu'à transformer toutes les mailles restantes en petites boucles sournoises, qui se défaisaient de plus en plus vite. « Je crois que vous marchez dessus, Miss Milliment. Vous voulez que je rattrape vos mailles ?

— Merci, Polly, je veux bien. Mais je crains qu'il ne faille une autre forme de courage à l'un de nos braves soldats pour porter un cache-nez tricoté par mes soins. Je suis incapable de conserver le même nombre de mailles d'un rang sur l'autre.

— Ce que je voulais vraiment savoir, c'est ce que je devrais *faire* de ma vie, reprit Polly après avoir détricoté avec tact assez de rangs du cache-nez pour retirer les plus gros trous.

— Je le comprends. Mais tu as du temps avant de devoir te décider. Et d'ici là, tu peux réfléchir à la meilleure façon de te préparer.

— Je devrais sûrement faire quelque chose en rapport avec la guerre. »

Miss Milliment soupira. « Ça serait une bonne chose en effet. J'ai toujours pensé que tu ferais une excellente infirmière, tandis que je verrais bien Clary rejoindre un service féminin, car je crois que l'aventure lui plairait.

— Je ferais une infirmière *nulle* ! Je ne serais jamais assez objective ! Je m'apitoierais sur le sort de tous les gens blessés au lieu de les aider !

— Ma chère Polly, je ne dis pas que tu *es* une infirmière, mais que tu pourrais le devenir. Quoi qu'il en soit, tu n'auras pas l'âge de commencer une formation avant trois ans. Bien sûr, tu ne pourrais pas non plus entrer à l'université avant trois ans. Toutefois, si tu étais étudiante, tu pourrais sans doute différer toute incorporation jusqu'à l'obtention de ton diplôme. Peut-être pourrions-nous en discuter avec ton père ? »

Quand Polly lui avait parlé, il avait cependant répondu qu'il ne voyait pas l'intérêt de l'envoyer à l'université. « Ma fille, une bas-bleu ! s'était-il exclamé. Je ne saurais bientôt plus de quoi parler avec toi. Je préfère te garder en sécurité à la maison. » Ce qui était un soulagement, mais ne l'aidait pas du tout.

« Ce serait assez excitant, je trouve, déclara Clary, à propos de cette idée d'université.

— En tout cas, Miss Milliment pense que tu devrais y aller.

— Ah bon ? Elle en a marre de nous faire la classe ?

— Ce n'est sûrement pas ça, parce qu'elle a dit que nous devrions travailler encore plus dur pendant des années.

— Pourquoi tu ne veux pas venir, Polly ? »

Elle réfléchit un instant. « Je ne crois pas être assez douée, finit-elle par répondre. Je pense que c'est surtout pour les garçons, et quelques filles atrocement intelligentes. Moi, ça me ferait me sentir inférieure, c'est tout.

— Oh, Poll ! Tout te fait sentir comme ça. Ces derniers temps.

— Qu'est-ce que tu entends par "ces derniers temps" ?

— Tu le sais bien. *Ces derniers temps.* Ces temps affreux, intenses, effrayants que nous vivons actuellement.

— Monotones, tu veux dire.

— Oui ! Tu sais, il se passe des choses horribles tous les jours – et nous, nous devons continuer à nous lever, nous brosser les dents, sans qu'il nous arrive quoi que ce soit. Ça prend un temps fou de devenir adulte et de pouvoir faire ce qu'on veut. Sans parler de tout ce qu'on ignore…

— Comme quoi ?

— Comme tout ce qu'on ne nous dit pas. » Elle prit une méchante voix parodique. « "Parce que tu n'es pas assez grande." Je suis assez grande pour savoir que papa a disparu. Ce qui me fait me sentir assez grande pour n'importe quoi. » Elle pleurait à présent, mais n'y prêta pas attention. « Zoë pense qu'il est mort. Elle a complètement perdu espoir. Ça se voit, elle ne se soucie plus du tout de son apparence. Et tous les autres ont cessé de parler de lui. Quand quelque chose est très inquiétant, on s'imaginerait que les gens en parleraient davantage, mais pas dans notre famille – chez nous, on fait l'autruche.

— Tu peux parler de lui avec moi. »

Mais à la vérité, elle le redoutait. Clary avait dessiné une carte de la côte nord de la France, commençant à Saint-Valery, où l'on savait que son père avait débarqué, et continuant vers l'ouest, par la Normandie et la Bretagne, pour redescendre jusqu'au golfe de Gascogne. Puis elle l'avait punaisée à l'un des vieux tapis de bain en liège, et y inscrivait la progression supposée de son père, qu'elle résumait – ou détaillait – dans un feuilleton qu'elle présentait à Polly le soir. Sa connaissance de la France se limitait au *Mouron rouge*, au *Conte de deux villes* et à un roman historique de Conan Doyle intitulé *Les Réfugiés*. Les Allemands étaient devenus les Républicains, et les Français, le groupe clandestin qui aidait un aristocrate à rejoindre sa famille en Angleterre. Oncle Rupe passait entre les mains de ces gens loyaux et courageux en avançant le long de la côte. Il manqua plusieurs fois de se faire prendre, mais réchappa de justesse et, en quelques occasions, dut se terrer dans un village pendant une semaine ou deux. Comme cela arrivait de plus en plus souvent, Polly comprit que Clary ne voulait pas faire arriver son père tout de suite à la côte ouest, sans quoi il serait déjà rentré à la maison. Il était vrai qu'il parlait couramment français, puisqu'il avait étudié et peint en France avant son premier mariage, et Clary estimait qu'il pouvait facilement passer pour un Français. Il comptait embarquer sur un bateau de pêche pour rejoindre les îles anglo-normandes, mais les Allemands, bien sûr, y étaient arrivés avant lui. Il avait failli périr dans l'incendie d'une grange où on l'avait caché, avait pédalé pendant deux jours sur une vieille bicyclette à laquelle étaient accrochés des chapelets d'oignons (elle avait vu ça à Londres), avait été transporté un jour dans une charrette, caché sous des sacs d'engrais de poisson (« Ce sont tous des paysans et des pêcheurs, donc c'est sûr qu'ils utilisent les vieilles arêtes et les têtes et tout ça »), et sentait si mauvais que ce soir-là, ses hôtes lui avaient pris tous ses vêtements pour les laver pendant qu'il dînait, enveloppé dans une couverture. Bien sûr, il s'était débarrassé de son uniforme depuis longtemps et avait acheté une panoplie complète de vêtements français en payant avec sa montre en or. Parfois, il se nourrissait de ce qu'il trouvait dans la nature : des pommes cueillies dans des vergers (Polly se retint de dire qu'elles ne seraient pas mûres) et même des œufs volés dans des poulaillers. « Et il pourrait traire une vache à l'occasion ! » s'était un jour exclamée Polly avec enthousiasme, mais Clary avait aussitôt rétorqué qu'il n'avait jamais aimé le lait. De bonnes âmes lui donnaient parfois des rasades vivifiantes de cognac, qu'ils semblaient toujours avoir sur eux, et des Gauloises qui, par chance, étaient ses cigarettes préférées. Il était tombé très malade en traversant une nuit la Seine à la nage, là où elle était très large, mais une généreuse vieille dame – une bergère – l'avait soigné jusqu'à ce qu'il soit sur pied ; elle avait raconté à Oncle Rupe qu'elle se montrait si grossière envers les Allemands qu'ils craignaient de venir inspecter sa ferme.

Deux ou trois soirs par semaine, Polly écoutait cette saga d'aventures triomphales – dont l'issue n'était pas contestable, d'après la narratrice – mais, même si elle se laissait souvent captiver par le récit, elle ne parvenait jamais à y croire. En secret, comme le reste de la famille, elle pensait que Rupert était mort, car s'il avait été fait prisonnier – une hypothèse à laquelle seule la Duche se raccrochait –, pourquoi n'avaient-ils pas été prévenus ?

Même la nouvelle de ces quatre cents hommes probablement morts après le torpillage d'un navire français dans la Manche n'eut pas sur Clary l'effet que Polly redoutait tout en estimant qu'il vaudrait mieux pour elle. « Ça prouve que des bateaux français circulent, dit-elle, et un jour, papa sera sur l'un d'eux. Parfaitement logique », ajouta-t-elle, ignorant la possibilité qu'il ait pu être sur celui-là.

Les jours s'écoulaient avec lenteur. Les combats aériens se poursuivaient, et Teddy et Simon, de retour de pension, quadrillaient la campagne à vélo dans l'espoir de capturer des Allemands. On le leur interdit dès qu'on l'apprit, mais Teddy contournait l'interdiction en traînant au QG de la Home Guard, où le colonel Forbes, qui approuvait son attitude, lui confiait des tâches inoffensives et fatigantes. Simon, maintenant aussi grand que sa mère et couvert de boutons, était exclu à cause de son âge, ce qui le vexa – bien plus, Polly le savait, qu'il ne le montrait – et, pire, le laissa dans un état de désœuvrement insupportable. Pour l'en sortir, leur père eut la bonne idée de lui donner un poste de radio tout déglingué en disant : « Si tu réussis à le faire marcher, il est à toi. » Si bien qu'à la fin, lui au moins allait bien, songea Polly avec ressentiment. Où était, métaphoriquement parlant, son poste de radio ? Lydia et Neville, qui s'étaient réconciliés, servaient de patients dans les cours de premiers soins que donnait Tante Villy deux fois par semaine. Ils s'allongeaient sur des tables à tréteaux, tandis que des dames du village, anxieuses, enroulaient avec précaution des mètres de bandages en crêpe autour de divers membres. Le reste du temps, ils passaient des heures à jouer dans ce qu'on appelait la très, très vieille voiture – l'un des premiers véhicules du Brig, qui avait été sorti du garage lors de l'évacuation de l'Hôtel des Tout-Petits et abandonné depuis dans le champ derrière le verger, où il s'enfonçait lentement et majestueusement dans le sol. Autant d'activités qui l'auraient amusée autrefois, songeait-elle avec tristesse ; elle semblait soit trop âgée, soit trop jeune pour presque tout.

En août, sa mère l'emmena passer une journée à Londres pour s'acheter des vêtements d'hiver, ses affaires de l'année précédente étant presque toutes trop petites. Tante Villy les accompagna puisqu'elle allait à un concert à la National Gallery, où jouait l'homme qui n'était pas venu passer le week-end. Dans le train, sa mère et Tante Villy s'installèrent dans le sens de la marche. Elle s'assit en face d'elles et fit semblant de ne pas les connaître – de ne les avoir jamais vues avant. Tante Villy était très élégante dans son tailleur de flanelle grise, son chemisier en crêpe de Chine bleu marine, ses bas de soie et ses escarpins bleu marine ; ses gants et son sac à main étaient assortis à sa tenue, et son chapeau, perché sur ses cheveux gris ondulés, s'ornait d'un ruban de petersham blanc avec un nœud derrière. Elle était maquillée : elle avait mis du fard sur ses pommettes et un rouge à lèvres couleur cyclamen foncé qui lui faisait une bouche un peu cruelle. Malgré tout, en la regardant, on devinait un peu à quoi elle ressemblait quand elle était jeune et avait des choses qui l'enthousiasmaient dans sa vie.

Sa mère, en revanche, ne portait pas de maquillage. Ses cheveux roux cendré étaient attachés en un chignon désordonné, dont des mèches s'échappaient et des épingles dépassaient comme des extrémités de trombones. Son visage pâle – sauf le nez et le front parsemés de taches de rousseur – luisait déjà de sueur après qu'elle s'était tenue sur le quai ensoleillé. Elle était vêtue d'une robe à fleurs vertes, noires et blanches et d'un manteau de lin crème qui semblait trop grand pour elle : il était déjà froissé. Ses bas avaient une couleur pêche trop prononcée ; elle avait des chaussures noires et des gants de coton blanc, qu'elle retira en prenant place sur son siège. Ses mains, blanches et douces, dont les doigts fins étaient parés de sa bague de fiançailles en émeraude à côté de son alliance en or, étaient ce qu'elle avait de plus élégant, songea tristement Polly. Il était difficile d'imaginer à quoi elle ressemblait quand elle était jeune : elle donnait l'impression d'être née avec ce physique de femme mûre, et de l'avoir déjà depuis trop longtemps. Elle souriait à Tante Villy, s'éventait avec un gant en disant oui, je veux bien que tu ouvres la fenêtre. Son sourire disparut aussi vite que le soleil derrière un nuage rapide, remplacé par une espèce de neutralité blême, mais inquiète.

« Les Galeries Lafayette font de jolies choses pour les jeunes, disait Tante Villy. Vous pourriez sans doute tout trouver à Regent Street, et vous seriez à deux pas du Café Royal pour déjeuner avec Hugh.

— On ne peut pas aller chez Peter Jones ? » Polly voulait acheter ses vêtements dans le même magasin que Louise, qui avait affirmé que c'était le mieux.

« Non, ma chérie, c'est trop loin. De toute façon, je veux passer chez Liberty's acheter du tissu pour Wills et toi. »

Elle se retrancha dans le silence. Cette sortie était censée être pour elle, et elle n'avait même pas le droit de choisir l'endroit où elles iraient. Elle voulait un pantalon en lin comme celui de Louise, sa mère était contre les pantalons pour les filles, sauf pour le ski ou ce genre d'activités.

Beaucoup de gens montèrent à Robertsbridge et, à Tunbridge Wells, le train était plein. Là, une alerte aérienne retentit, mais les passagers continuèrent à lire leur journal ou à regarder par les fenêtres sans y faire attention. Puis ils entendirent des avions ; soudain, l'un parut être pile au-dessus d'eux et des coups de feu retentirent. L'homme à côté de Polly lui posa la main sur la tête et l'obligea à se baisser. « Des mitrailleuses – qu'est-ce que ce sera ensuite ? » dit-il d'un ton de léger étonnement.

Mais tous les autres passagers regardaient par les vitres. « Ils l'ont eu ! » dit quelqu'un, et il y eut des acclamations dans tout le train. Polly se redressa, fâchée de n'avoir pas vu l'avion se faire abattre, puis stupéfaite de découvrir qu'elle l'avait souhaité.

Sa mère sourit à l'homme et demanda à Polly de le remercier. « Merci », dit-elle en lui adressant un regard noir. Il répondit par un sourire compréhensif humiliant et retourna à ses mots croisés.

La gare de Charing Cross semblait pleine d'hommes en uniforme, chargés de gros sacs en toile, attendant des trains. Ils avaient le cou irrité par le frottement de leurs blousons rêches, et leurs bottes noires étaient énormes.

Sa mère voulait remonter Regent Street à pied, mais Tante Villy lui dit qu'il était inutile de se fatiguer avant même de commencer, et qu'elles prendraient un taxi ensemble ; elle les déposerait devant chez Liberty's et continuerait jusque chez son dentiste.

Le taxi était un des très vieux modèles jaunes aux sièges grinçants, conduit par un chauffeur âgé. Ils firent lentement le tour de Trafalgar Square, puis passèrent devant les grands immeubles de Piccadilly Circus, dont les vitrines étaient protégées par des sacs de sable, devant Swan and Edgar, où des gens se donnaient rendez-vous, devant les Galeries Lafayette et Robinson and Cleaver – où sa mère dit qu'elle devait acheter des serviettes de table pour la Duche – et devant Hamley's, un magasin que tous les enfants étaient censés adorer, mais que Polly n'avait jamais aimé – les jouets lui avaient toujours paru de pauvres substituts aux choses réelles –, avant d'arriver chez Liberty's, qui ressemblait à une gigantesque maison Tudor.

Quand elles furent à l'étage des tissus, sa mère, à sa grande surprise, lui dit : « Bien, Polly. Je veux que tu te trouves du tissu pour deux robes en lainage, une en soie et une en voile de coton. Pendant ce temps, je vais m'occuper des affaires pour

Wills. Tu me montreras ensuite ce que tu as choisi et, si ça convient, nous le prendrons. »

C'était inattendu et merveilleux. Elle choisit donc, changea d'avis, tergiversa, au point qu'à la fin, elle demanda à sa mère de trancher.

Après Liberty's, elles continuèrent à faire les boutiques de Regent Street. Elles se chamaillèrent un peu chez Robinson and Cleaver, quand Polly refusa qu'on lui achète des sous-vêtements à bretelles – elle avait entendu Louise dire que c'était bourgeois, une tare épouvantable d'après sa cousine, mais sa mère fut intraitable. Aux Galeries Lafayette, Sybil lui acheta deux jupes – une jupe plissée bleu marine avec le blazer assorti, et une en tweed vert olive – ainsi que trois chemisiers et deux pulls, un jupon ourlé de dentelle et un beau manteau brun muscade au col en fausse fourrure. Puis il fut l'heure de retrouver son père au Café Royal.

« C'est l'anniversaire de quelqu'un, à ce que je vois, dit la vieille dame qui prit tous leurs paquets. J'ai deviné juste ? Vous êtes trop jeune pour vous marier, donc ce doit être votre anniversaire. » Et Polly rougit, parce que ça faisait effectivement beaucoup de cadeaux, plus qu'elle n'en avait jamais eu de sa vie.

« Nous demanderons à papa de tout rapporter à la maison en voiture, dit sa mère quand elles descendirent l'escalier.

— Ce ne sera pas avant ce week-end !

— Eh bien, tu devras être patiente, ma chérie. Nous ne pouvons pas trimballer ça avec nous tout l'après-midi. Le voici ! »

Le déjeuner fut merveilleux. Elle eut droit à un verre de xérès, des hors-d'œuvre, du saumon avec une délicieuse mayonnaise et de la glace à la vanille avec un coulis au chocolat. « Tu peux prendre ce que tu veux, dit papa. Ce n'est pas si souvent que je déjeune avec les deux femmes de ma vie. » Ils avaient commandé du saumon tous les trois, mais elle remarqua que sa mère avait laissé la plus grande partie du sien. « Et toi, ma chérie, que t'es-tu acheté ? lui demanda-t-il quand ils choisirent leur dessert.

— Je n'ai besoin de rien, je t'assure. » Sa mère rendit le menu au serveur en disant : « Je prendrai un café. Tu sais, ajouta-t-elle à l'intention du père de Polly, depuis que j'ai perdu un peu de poids, je peux remettre toutes mes affaires d'avant la naissance de Wills.

— Je ne trouve pas ça bien, pas vrai, papa ? Avoir des choses à se mettre, ce n'est pas pareil que d'avoir un beau vêtement tout neuf.

— Tout à fait d'accord. Je compte sur toi pour lui faire acheter quelque chose de très joli et d'horriblement cher cet après-midi.

— Je te le promets. »

Mais ce ne fut pas possible. Après le déjeuner, une fois qu'il les eut mises dans un taxi, sa mère dit : « Polly, j'ai rendez-vous tout près de chez John Lewis, où tu trouveras des soutiens-gorge et le reste des sous-vêtements. Tu pourras te débrouiller ?

— Bien sûr. Mais où vas-tu ? Tu me rejoindras là-bas ?

— Non, on n'aura pas le temps. Quand tu auras fini tes courses, prends le bus pour retourner à Charing Cross. Je vais te donner ton billet de train, au cas où. Ah… et de l'argent pour acheter tes affaires. » Elle fouilla dans son sac élimé et lui donna quelques billets. « Bon, ne les perds pas. Voici une liste de ce que je voudrais que tu trouves. Et monte dans le train de seize heures vingt, même si je ne suis pas là ; mais je serai là, évidemment. Si tu as peur d'être en retard, prends un taxi. » Il y avait vingt-cinq livres – plus d'argent qu'elle n'en avait jamais eu de sa vie. « Mon Dieu ! Je n'ai pas besoin de tout ça.

— Tu me rendras la monnaie, mais je veux être sûre que tu auras assez. Garde toutes les factures. Et promets-moi d'attraper le train.

— Bien sûr. » Quand le taxi l'eut déposée, elle le regarda s'éloigner, se sentant perplexe et vaguement troublée.

*

Sa mère n'arriva pas à l'heure pour le train. Polly l'attendit à la barrière jusqu'au dernier moment, en vain, et embarqua si tard qu'elle grimpa dans la voiture la plus proche, qui se trouva être un wagon de première classe. En parcourant le couloir alors que le train franchissait lentement la Tamise, elle vit une chose très étrange : Tante Villy dans un compartiment de première. Assis face à elle, penché en avant, un petit homme à l'abondante chevelure noire et ondulée tenait sa main dans les deux siennes. Polly devina aussitôt qu'il s'agissait de Mr Clutterworth. Ils ne la virent pas, et elle se hâta d'avancer, avec la certitude gênante qu'ils n'auraient pas voulu qu'elle les surprenne. Tante Villy n'avait pas dit qu'il viendrait… mais sa mère n'avait pas parlé non plus d'un rendez-vous cet après-midi. Que se passait-il ? Elle regretta que Clary ne soit pas là, car sa cousine aurait pensé à des dizaines de raisons (intéressantes et incroyables) expliquant ces deux mystères. Tante Villy et (sans doute) Mr Clutterworth se regardaient, mais c'était lui qui parlait. Aussi extraordinaire que ça paraisse, Tante Villy semblait avoir un soupirant, ce qui amena Polly à se demander si sa mère lui avait faussé compagnie pour retrouver quelqu'un pour la même raison. Mais non, impossible, puisque sa mère n'avait pas fait les mêmes efforts vestimentaires que Tante Villy. De plus, sa mère adorait son père – elle ne ferait jamais rien derrière son dos. Elle tenta de songer à tous ses nouveaux vêtements, mais ses pensées la ramenaient sans cesse à sa mère et à ce qu'elle avait bien pu fabriquer pour finir par rater son train.

Quand le train arriva à Battle et qu'elle descendit sur le quai, elle vit Tante Villy s'avancer vers elle – seule. Encore une chose bizarre : où était passé Mr Clutterworth – s'il s'agissait bien de lui.

« Où est Sybil ? s'écria Villy en approchant.

— Elle a raté le train. Elle avait un rendez-vous après le déjeuner, et comme elle m'avait dit de rentrer quoi qu'il arrive, je ne l'ai pas attendue.

— Tu as bien fait. » Tante Villy ne paraissait pas perturbée. Puis Polly comprit que sa tante était au courant pour le rendez-vous. « Je suis sûre qu'elle sera dans le suivant. Mr Carmichael a dû la faire attendre. C'est souvent comme ça avec les grands pontes.

— Qui est Mr Carmichael ?

— Elle ne te l'a pas dit ? C'est un médecin spécialiste. Il connaît tout sur les intestins. Je n'aurais probablement pas dû te le dire. Je sais qu'elle ne voulait pas inquiéter ton père. » Elle jeta un coup d'œil à Polly et ajouta : « Il n'y a pas de quoi se faire du souci. Tante Rachel a insisté pour qu'elle y aille – tu sais comment elle est avec la santé des autres. C'était juste par précaution. Ta mère a dû penser que ce serait plus simple pour toi de ne rien dire devant ton père si tu ne savais rien. Le mieux, c'est de ne pas en parler du tout. Je compte sur toi, n'est-ce pas ? »

Polly eut soudain la bouche toute sèche. « D'accord.

— Voici Tonbridge. Tu as trouvé de jolies choses ? Tu n'as pas l'air très chargée.

— Nous avons donné la plupart des paquets à papa pour qu'il les rapporte vendredi. »

Tante Villy lui pressa doucement le bras. « J'ai hâte de les voir. »

Polly sourit. La peur, tel un éclat de glace, l'avait transpercée, et elle réussit à la dissoudre dans un accès de rage brûlante et silencieuse : dissimulation, condescendance, elle détestait ça ; ils étaient affreux, ces hypocrites qui croyaient pouvoir détourner l'attention des petites filles (elle était sûre qu'on la considérait comme telle) en leur achetant des jolies choses, qui prétendaient les « protéger » alors qu'ils voulaient seulement assurer leur propre confort… Je pourrais effacer ce sourire stupide de son visage si je l'interrogeais sur l'homme du train, se dit-elle en montant à l'avant de la voiture avec Tonbridge. Durant tout le trajet jusqu'à la maison, elle se raccrocha à ce petit morceau de pouvoir pour occulter le reste.

*

« Bon sang de bois ! C'est pas croyable comme ils peuvent être sournois ! » dit Clary. Elle avait emprunté la pince de Zoë et tentait de s'épiler les sourcils, qu'elle trouvait trop broussailleux au milieu. « Si je n'interviens pas, ils vont finir par se rentrer dedans. Zoë a dit que ça m'embellirait, mais je crois franchement que c'est un cas désespéré, pas toi ?

— Ne t'écarte pas du sujet », répondit Polly d'un ton fâché. Il lui semblait que la nouvelle concernant Tante Villy méritait une réaction de surprise un peu plus marquée. « Et puis, je croyais que tu te moquais de ton apparence.

— Je ne m'en moque pas *complètement*. » Elle reposa la pince. « Eh bien, ce que je pense, c'est qu'elle est sans doute amoureuse de Lorenzo, mais qu'elle ne va évidemment pas le clamer sur les toits. Il vaut mieux éviter, si on a une liaison. Je soupçonne fort que le secret fait partie de l'excitation. En plus, bien sûr, si Oncle Edward était au courant, il serait capable de tuer Lorenzo, ce qui ne plairait pas à Tante Villy. Donc, tout ça me paraît assez simple. »

Elle pouvait être extrêmement agaçante, songea Polly. « Tu ne la trouves pas un peu vieille pour ce genre d'histoires ?

— Beaucoup trop vieille. Mais ça en devient d'autant plus pathétique. Il y a un âge pour tout, ajouta-t-elle d'un ton enflammé. D'ailleurs, c'est une de *ses* expressions favorites. Coucher avec des gens quand on a des cheveux gris frise le ridicule, si tu veux mon avis. Quand aura lieu ce fameux week-end ?

— Je ne sais pas. En septembre, je crois. Lorenzo voyage sans cesse pour ses concerts, d'après ce que disait Tante Villy.

— À ce moment-là, on devra les surveiller toutes

les deux. “Un âge pour tout”, ça ferait un sacré bon titre pour une nouvelle, tu ne trouves pas ? »

En voyant le sourire de Clary, qui réussissait à être à la fois joyeux et pénétré (ces derniers temps, elle était obnubilée par les titres des œuvres qu'elle écrirait), Polly éprouva, comme ça lui arrivait parfois, et toujours à l'improviste, une affection où le respect se mêlait à l'exaspération.

« Allonge-toi, dit-elle, je vais m'occuper de tes sourcils. »

Une fois au lit, bien plus tard, après qu'elles se furent brossé les dents, qu'elles eurent éteint la lumière et ouvert le rideau du black-out à cause de la chaleur, elle repensa au sujet dont elle n'avait rien dit à Clary. Sa mère était revenue par le train suivant, avait pris un taxi depuis la gare et fait un saut à Home Place pour la voir et s'excuser de ne pas l'avoir retrouvée à Charing Cross. « J'avais rendez-vous, mais on m'a fait attendre, et tout a pris beaucoup plus de temps que prévu. Tu as trouvé le bon soutien-gorge ?

— Oui. Tout s'est bien passé ?

— Quoi donc ?

— Tante Villy m'a dit que tu étais chez le médecin.

— Ah, oui. Oui, très bien. Je ne t'en ai pas parlé parce que je ne voulais pas… faire une histoire avec papa et gâcher notre déjeuner. »

Tu as préféré que je m'inquiète comme jamais, avait-elle songé.

« C'était amusant, n'est-ce pas, chérie ? Une sortie mémorable. La seule chose que j'ai oublié de t'acheter, c'est un imper, mais je le ferai la prochaine fois que j'irai à Londres.

— Quand y vas-tu ? » Sybil n'avait pas répondu

tout de suite, et Polly avait ajouté : « Je pourrai venir avec toi ? »

Et sa mère avait aussitôt dit d'un ton léger : « Non, chérie, pas cette fois. Maintenant, il faut vraiment que je file. Je dois faire dîner Wills. » Et elle était partie.

L'essentiel, dans tout ça, c'était que sa mère ne lui avait *pas* demandé de ne rien dire à papa : ça devait signifier qu'il n'y avait rien à cacher. Malgré tout, elle se réjouissait de ne pas s'être confiée à Clary, qui avait déjà assez de sujets d'inquiétude. Ce qui lui rappela une autre chose qu'elle n'avait pas racontée.

« Tu dors ?

— Bien sûr que non. Je ne m'endors pas comme les gens dans les films – la tête touche l'oreiller, les paupières battent une fois et boum !

— On s'est fait mitrailler ce matin dans le train. J'avais oublié de te le dire. »

Il y eut un silence.

« Tu as entendu ?

— Bien sûr. » Après un autre silence, Clary ajouta d'un ton plein de ressentiment : « Franchement, tu as vraiment de la chance. Tu ne m'as pas dit non plus ce que tu avais mangé au déjeuner.

— Des hors-d'œuvre, du saumon mayonnaise et de la crème glacée. Et un xérès pour commencer.

— Hum.

— Clary, tu aurais pu venir !

— Tu sais bien que je déteste courir les magasins – surtout pour acheter des vêtements. Qu'ont fait les gens quand le train a été mitraillé ?

— Pas grand-chose. Et puis, ça n'a duré qu'une seconde. Un de nos chasseurs a descendu l'avion et tout le monde a applaudi.

— Bon, voilà, tu me l'as dit. » Polly l'entendit rassembler les couvertures autour d'elle d'un geste boudeur. « Mais merci d'avoir épilé mes sourcils, ajouta-t-elle. Même si je t'avoue que si ça fait toujours aussi mal, je ne recommencerai pas de sitôt.

— Tu pourrais les teindre à l'eau oxygénée et avoir une fourrure blanche brillante au milieu.

— Polly, tu n'as pas l'air de comprendre. Je ne me soucie pas beaucoup de mon apparence, mais je n'ai pas non plus envie de ressembler à un croisement entre le roi Lear et Groucho Marx... »

Polly trouva la remarque immensément drôle. Et pendant quelques minutes, s'étranglant de rire, elles rivalisèrent d'idées pour savoir que faire des sourcils de Clary. « Je vais devoir supporter d'être appelée la Barre, si je ne fais rien.

— Tu pourrais essayer l'urine de vache, comme les dames de Botticelli avec leurs ravissants fronts blancs et lisses – pas un poil en vue.

— Tu imagines essayer de faire uriner une vache dans un récipient ? Et si je les rasais, j'aurais toujours une ombre de barbe, comme Oncle Edward.

— Si tu étais un cambrioleur, ce ne serait pas gênant – ils seraient cachés par le masque. » Et ainsi de suite.

Quand enfin le silence retomba, Polly resta allongée dans le noir, à écouter le bourdonnement distant des avions (l'alerte avait retenti des heures plus tôt, comme souvent désormais) et l'occasionnelle salve sourde des canons antiaériens qui résonnait au loin près de la côte. Le soulagement la faisait se sentir légère : la soirée n'avait pas été consacrée à Oncle Rupe en France, sa mère allait bien, c'était seulement Tante Rach qui s'inquiétait pour rien, et ce week-end, elle aurait tous ses ravissants vêtements neufs. Puis elle s'étonna d'éprouver des sentiments aussi simples alors qu'elle se trouvait en pleine guerre. Peut-être avait-elle une nature superficielle, mais même ça ne dut pas lui paraître très important puisque, à l'instant où cette idée lui vint, elle s'endormit.

*

Vers la fin de la semaine, la guerre s'intensifia : les Allemands bombardaient le pays tout entier du matin au soir. On disait qu'ils envoyaient un millier d'avions par jour. « Nous avons abattu cent quarante-quatre de leurs appareils ! claironna Teddy, les yeux brillants.

— Mais on en a perdu vingt-sept, dit Simon.

— Ce n'est pas beaucoup comparé à cent quarante-quatre. »

Le lendemain, en revanche, le bilan était plus inquiétant. Oncle Edward téléphona dans la soirée et eut une longue conversation avec le père de Polly, qui annonça ensuite qu'il devrait sans doute retourner aux docks, à Londres, le dimanche matin.

Simon ayant réussi à faire marcher sa TSF, Teddy et lui passaient des heures à écouter les informations et tout ce qu'ils pouvaient capter. La réception était mauvaise, et les speakers donnaient souvent l'impression d'être sous l'eau, mais ça n'avait pas l'air de gêner Teddy et Simon.

Le dimanche, le père de Polly retourna à Londres. Le moment du départ fut horrible : tout le monde feignait la désinvolture et trouvait des choses à faire que Polly jugeait parfaitement inutiles.

« Leur plan, c'est de détruire notre force aérienne puis de nous envahir », déclara Teddy au petit déjeuner. La perspective semblait l'exalter.

« Et comment tu sais ça ? demanda Clary de sa voix la plus cinglante.

— Le colonel Forbes me l'a dit. Il en connaît un rayon en stratégie. Et puis on saura si ça arrive, parce que toutes les cloches des églises se mettront à sonner.

— Ah, bien ! Ça nous sera très utile.

— Oui, justement. Ça nous donnera le temps de rassembler nos armes. J'ai le fusil que papa me laisse utiliser pour chasser les lapins. Et Simon aura la canne-épée de papa. N'oublie pas ce qu'a dit Mr Churchill sur la nécessité de se battre sur les plages et partout. Et si tu n'es pas d'accord avec ça, au moins tu auras le temps de te suicider.

— Avec quoi ?

— Oh, ne fais pas ta mauviette, Poll. Il y a des centaines de moyens de procéder si tu le veux vraiment. »

Plus tard, elle demanda à Clary : « Tu crois qu'on devrait se suicider si les Allemands débarquent ? » On les avait envoyées cueillir toutes les reines-claudes qui poussaient sur les murs du potager.

« Non, Teddy est idiot, c'est tout. Pour lui, les filles sont inutiles. Il est assez rétrograde, si tu veux mon avis.

— N'empêche, fit remarquer Polly, ça montre que les hommes *aiment* la guerre, ou du moins qu'elle les excite beaucoup trop.

— Sans eux, on n'en aurait pas. Ensuite, ils partent tranquillement se battre et nous laissent toutes à la merci d'affreux envahisseurs.

— Franchement, Clary, je te trouve injuste.

— C'est injuste. Je viens de le dire. Regarde-nous. Toute une troupe de femmes et d'enfants...

— Il y a des hommes, ici...

— Le Brig est presque aveugle. McAlpine a de tels rhumatismes qu'il peut à peine creuser pour la victoire, alors je ne vois pas bien ce qu'il pourrait faire d'autre. Tonbridge est si maigre qu'un Allemand n'aurait qu'à éternuer pour le faire tomber. Wren est ivre en permanence et complètement maboul. » Elle les avait comptés sur ses doigts, et conclut : « Quant à ton cher Christopher, il ne croit pas à la guerre, si bien qu'il se contenterait sans doute de nous regarder nous faire violer ou je ne sais quoi, sans lever le petit doigt. Et si, entre eux et nous, il n'y a que Teddy avec son fusil à lapins et Simon et sa canne-épée, on n'a pas la moindre chance. »

Elle était juchée sur le petit escabeau qu'elles utilisaient pour atteindre les reines-claudes les plus hautes. Après avoir choisi deux prunes bien mûres, elle en tendit une à Polly et mordit dans l'autre. « Ce qui m'énerve le plus, c'est que personne ne veut nous dire en quoi consiste le viol. Si c'est un danger pour nous, nous devrions tout de même avoir une idée de ce qui nous attend. Mais ils refusent de nous le dire. Cette famille a la manie de ne jamais parler de choses qu'ils jugent un tant soit peu désagréables. C'est de ça qu'il faudrait parler, au contraire. Quand je les interroge, les uns ou les autres, je n'obtiens aucune réponse. Tante Rach dit que je ne devrais pas avoir une curiosité aussi morbide, mais ça n'a rien à voir. C'est de la simple curiosité. Je veux *tout* savoir ! » Elle tendit à Polly la petite corbeille de jardinier pour qu'elle déverse les reines-claudes dans la plus grande, posée dans la brouette. « Mais pas toi, si, Polly ?

— Tout savoir ? Je n'aurais pas le temps. Et personne ne sait *tout*. Le problème, c'est que quand on sait des choses, on est obligé d'agir.

— Non, pas forcément. On le sait, c'est tout, et on le garde en réserve pour le jour où on en aura besoin.

— Je comprends qu'on puisse en avoir besoin pour écrire des livres », dit Polly. Elle commença à se sentir triste, comme ça lui arrivait souvent en ce moment, lorsqu'elle était confrontée à son absence de vocation. « Tu as demandé à Miss Milliment ? En général, elle est très bonne pour donner des informations.

— Miss Milliment ne sait rien sur le viol, répondit Clary avec dédain. Je l'ai interrogée et je m'en suis rendu compte tout de suite.

— Comment ? Elle est si vieille, je parie qu'elle sait. Comment tu t'en es rendu compte ?

— Tu vois son visage, d'un gris très pâle tirant sur le jaune citron ? Eh bien, il a commencé à prendre la couleur des feuilles mortes.

— Parce qu'elle était gênée, répondit promptement Polly. À mon avis, ça montrait plutôt qu'elle *savait*, mais ne voulait pas te le dire.

— Non. Elle savait que c'était un truc épouvantable, bien sûr, mais elle ne voulait pas en discuter. *Et* elle ne savait pas vraiment. C'est sûr que ça doit être gênant pour une personne âgée.

— Regarde dans le dictionnaire.

— Quelle bonne idée, Poll ! »

La conversation s'interrompit ici, parce que Clary cueillit une prune dans laquelle il y avait une guêpe et se fit piquer.

Alors qu'elle poussait la brouette vers la maison pour aller donner les reines-claudes à Mrs Cripps (Clary était rentrée mettre du vinaigre sur la piqûre), elle s'étonna du fait que des choses ordinaires aient commencé à paraître irréelles. C'était sans doute parce que *l'inconnu* – qui planait au-dessus d'eux et qu'ils semblaient presque attendre – avait commencé à paraître… pas seulement bizarre et mélodramatique, mais *plus* réel que ce qui se passait vraiment. C'est toute cette attente, se dit-elle, de grandir, de voir la guerre bien ou mal tourner, ou se terminer.

Le lendemain matin, Teddy annonça qu'un bombardier allemand avait lâché des bombes sur Londres. « Mais il a été abattu », ajouta-t-il. Simon et lui avaient installé un tableau d'informations dans le hall, sur lequel ils punaisaient les dernières nouvelles. Le père de Polly appela et eut une longue conversation avec la Duche, au terme de laquelle elle annonça que tous ceux qui habitaient à Pear Tree Cottage devaient déménager à Home Place. C'était en partie parce qu'Emily, la cuisinière de Pear Tree Cottage, avait décidé de retourner dans le Northumberland vivre avec ses sœurs, mais aussi parce qu'il semblait préférable, dit la Duche, qu'ils soient tous au même endroit. La décision suscita des sentiments mitigés.

« On doit *déménager* ! s'écria Clary. Et abandonner notre jolie chambre, dans laquelle on a toujours été si bien, pour s'installer dans cette horrible petite pièce au papier peint qui se décolle.

— C'est vrai ?

— Oui. Ils vont transformer notre chambre en nursery de nuit pour Wills et Roland. Je ne vois pas pourquoi ce n'est pas eux qui prennent la petite : ils sont plus petits et trop jeunes pour se soucier du papier peint. »

Mais au cours du déjeuner, Tante Rach rappela à la Duche que Villy avait dit qu'Edward avait dit que Louise, qui était logée chez une amie à Londres, devait rentrer à la maison. « Donc, vous restez dans votre chambre et Louise s'installera avec vous.

— On préférerait beaucoup prendre la petite, dit aussitôt Clary.

— Impossible, j'en ai peur. Elle sera pour Neville et Lydia. »

Il n'y avait rien d'autre à faire que râler. « Elle passera la nuit à se mettre du vernis à ongles et à parler théâtre, en nous empêchant de dormir, dit Clary d'un ton désespéré, tandis qu'elles déplaçaient leurs lits pour faire de la place à un troisième et à une commode supplémentaire.

— C'est pire pour moi », dit Neville. Il faisait le poirier dans l'embrasure de la porte. Elles ne l'avaient pas entendu arriver. « Je dois dormir avec une fille ! poursuivit-il, alors que son visage virait lentement au rouge écarlate. J'ai divisé la chambre en deux avec de la craie blanche, et je lui mettrai une amende si elle pénètre sur mon territoire.

— Neville, c'est extrêmement impoli d'écouter les conversations privées des autres. »

Il soutint le regard de Clary sans ciller. « Je *suis* extrêmement impoli », dit-il.

Elle le poussa, et il s'effondra sur le palier, bousculant Lydia qui venait de monter l'escalier, les bras chargés d'affaires. Il en résulta une terrible pagaille, et Lydia se mit à pleurer en voyant s'éparpiller ses trésors : des boîtes de craie, de fragiles enveloppes remplies des perles avec lesquelles elle fabriquait d'interminables colliers à offrir à tout le monde, sa collection de coquillages, deux ours en peluche et une mue de couleuvre à collier punaisée à un morceau de balsa. Clary gronda Neville, qui disparut aussitôt, et Polly aida Lydia à ramasser ses affaires. « Mets toutes les perles dans mon chapeau », dit-elle en récupérant la mue de serpent. Elle espéra que sa petite cousine ne s'apercevrait pas qu'elle était abîmée, mais Lydia, bien sûr, s'en aperçut. « Mon objet le plus rare ! gémit-elle. Ça me prendra peut-être toute la vie pour la remplacer !

— Elle n'est pas si abîmée que ça, et je parie que Christopher pourra t'en dénicher une.

— Je veux la trouver moi-même ! Je ne veux pas des trouvailles des autres.

— Si tu te tiens tranquille, je te mettrai du rouge à lèvres. »

La ruse fonctionna. Lydia s'assit par terre et, subjuguée, leva le visage vers Polly qui appliqua sur sa bouche humide et rose le bâton Tangee tout dur et sec qu'elle n'avait pas utilisé depuis des lustres.

« Ce qui est injuste, dit Lydia, c'est de ne pas choisir avec qui on partage les chambres. Ils ont même dit que si l'horrible Judy venait, ils la mettraient avec Neville et moi. Alors qu'eux, ils ne partagent pas. Franchement, ils pourraient très bien mettre Oncle Hugh avec maman quand Tante Syb partira pour son exploration.

— De quoi tu parles ?

— Elle va avoir une opération pour qu'on puisse l'explorer. J'ai entendu maman lui en parler, et dès qu'elles m'ont vue, elles ont dit cette phrase en français qui signifie qu'elles ne veulent pas qu'on sache ce qu'elles se racontent.

— ... *Poll !* Pour la troisième fois ! Tu veux le lit près de la fenêtre ou pas ?

— Ça m'est égal », dit-elle. Puis elle se leva en chancelant et, tel un automate, partit à la recherche de sa mère.

LA FAMILLE

Automne-hiver 1940

« Bien sûr que je vais te conduire, dit Edward, ne sois pas ridicule. Mais on doit y aller tout de suite si tu veux attraper ton train. »

Elle lui sourit vaillamment : elle s'était maquillée dans la salle de bains pendant qu'il s'habillait, et il n'y avait rien de plus moche qu'un mascara qui coulait.

« Je descends régler la note, dit-il. Donne-moi ta valise. »

Il se tint face à elle, une valise dans chaque main et son chapeau sous le bras.

« J'aurais aimé te voir sans ton uniforme, dit-elle sans réfléchir.

— Mais tu m'as vu hier soir, chérie. Sans lui, ni rien d'autre. Je t'attends à la voiture. » Elle avait été si gênée à la réception quand ils étaient arrivés et s'étaient présentés – chef d'escadron et Mrs Johnson-Smythe – qu'il ne tenait pas à renouveler l'expérience. « Ne tarde pas », dit-il, avant de partir.

Elle regarda la chambre autour d'elle. La veille au soir, elle lui avait paru si romantique : le grand lit, les petites lampes de chevet en soie rose, les lourds rideaux soyeux, la coiffeuse à trois miroirs et le tabouret tapissé de brocart devant. À présent, elle lui semblait triste – en désordre, et même sordide. Les draps repoussés et les oreillers cabossés, les reliefs de leur petit déjeuner sur un plateau au bout du lit – les miettes, les assiettes grasses et les ronds de café sur le napperon –, la poudre qu'elle avait fait tomber sur la coiffeuse et les serviettes de bain mouillées, l'une par terre – celle d'Edward – et la sienne sur le tabouret. Les rideaux ouverts offraient une vue déprimante sur le parking, et elle s'aperçut que l'épaisse moquette sur laquelle elle s'était plu à marcher pieds nus la veille était d'une propreté douteuse. Elle savait qu'il était marié : il avait été d'une redoutable honnêteté là-dessus. C'était l'homme le plus honnête qu'elle eût jamais rencontré ; ses yeux bleus vous regardaient avec un tel sérieux quand il vous parlait, même pour dire des choses qu'il trouvait difficiles – comme d'avouer qu'il était marié. Il lui suffit de se rappeler son regard sur elle pour ressentir un frisson. « Tu es sûre d'en avoir envie ? » lui avait-il demandé alors qu'ils roulaient vers l'hôtel après dîner. Bien sûr qu'elle en avait envie. Elle ne lui avait pas dit que c'était la première fois : elle avait toujours pensé qu'elle ne le ferait pas avant le mariage – qu'elle se réserverait pour sa nuit de noces ; qu'elle attendrait ce que les autres filles de sa compagnie appelaient le droit du chef d'escadron. À présent, elle se rendait compte qu'elle avait seulement attendu de tomber amoureuse – rien d'autre n'importait. Il avait été un peu décontenancé en découvrant que c'était sa première fois. « Oh, chaton, je ne veux pas te faire mal », lui avait-il dit. Il l'avait fait pourtant. Elle avait adoré ses baisers, frissonné sous la caresse de ses mains sur ses seins, mais le reste avait été très différent de ce qu'elle avait imaginé. La troisième fois, elle n'avait pas souffert autant. Elle avait compris qu'elle finirait par ne plus souffrir du tout. C'était le fait d'être désirée qui était si incroyablement excitant – ou, du moins, d'être désirée par quelqu'un d'aussi attirant qu'Edward.

Elle se tenait près de la fenêtre, son miroir de poche ouvert, et tentait d'appliquer son rouge à lèvres en une ligne nette, mais elle avait la peau tellement rouge et irritée autour de la bouche à cause de sa moustache que le résultat ressembla à un barbouillis. Elle finit par étaler de la poudre blanche sur sa lèvre supérieure et son menton. C'était le mieux qu'elle pût faire. Maintenant, quitter la chambre, prendre l'ascenseur pour descendre, traverser le hall d'une démarche assurée – inutile de regarder qui que ce soit – et marcher jusqu'à la voiture. Elle tira d'un coup sec sur sa cravate, coiffa son calot, passa son sac sur son épaule et sortit d'un pas raide.

Il rangeait leurs valises à l'arrière du véhicule quand elle le rejoignit.

« Bravo, chaton, dit-il, et elle loua intérieurement sa délicatesse, pour s'être rendu compte que sortir de l'hôtel était pour elle une épreuve. Bien, madame. Où allons-nous ?

— À Paddington.

— Vos désirs sont des ordres. »

Dans la voiture, elle songea une seconde qu'il serait merveilleux de passer son week-end de permission avec lui, plutôt qu'avec ses parents à Bath, où elle n'aurait rien à faire puisque tous ses amis étaient partis à la guerre d'une manière ou d'une autre, à part entendre sa mère critiquer son maquillage et voir son père lui servir des gins citron vert ridiculement légers.

Sur Great West Road, en rentrant dans Londres, ils se retrouvèrent coincés derrière un immense convoi militaire. Elle leur alluma une cigarette chacun quand il en réclama une. « Heureuse ? » lui demanda-t-il alors qu'elle lui tendait la sienne. Elle savait qu'il voulait l'entendre dire oui, aussi le fit-elle, mais en réalité, elle luttait contre la panique à l'idée des adieux et des heures mornes qui suivraient jusqu'à leurs retrouvailles à Hendon lundi.

« Tu n'as que le week-end, comme moi ?

— Oui. Il faudra en profiter au maximum. »

Elle voulut lui demander s'il rentrait chez lui, mais c'était inutile puisqu'elle connaissait la réponse. Il avait quatre enfants, elle le savait, et quand elle lui demanda leur âge – elle n'osa pas s'aventurer plus loin dans sa curiosité à l'égard de sa femme –, il sourit et répondit qu'ils étaient horriblement vieux, à l'exception du dernier. « J'ai l'âge d'être ton père, tu sais », lui dit-il. Encore une chose qu'elle admirait chez lui : de nombreux hommes auraient menti sur leur âge, mais pas Edward. Lorsqu'ils arrivèrent à la gare de Paddington et qu'il la mit dans le train, il dit même au vieux chef de bord : « Prenez soin de ma fille aînée, George, voulez-vous ? » et l'homme sourit d'un air approbateur en répondant qu'il n'y manquerait pas. Edward l'installa près d'une fenêtre. « Tu as de quoi lire ? » Et comme elle n'avait rien, il alla lui chercher *Lilliput*, le *Times* (qu'elle n'avait jamais ouvert de sa vie) et *Country Life*. « Voici de quoi t'occuper », dit-il. Puis il se pencha et lui chuchota à l'oreille : « C'était bien, n'est-ce pas, chérie ? Formidablement bien ? »

Elle sentit ses yeux s'emplir de larmes chaudes et, avant qu'elle ait pu les ravaler en clignant des paupières, il lui tendit son magnifique mouchoir en soie au parfum délicieux. Encore une chose qu'elle aimait chez lui : sa prévenance, ainsi que sa générosité.

« Je te le rendrai lundi, dit-elle, s'efforçant toujours de ne pas pleurer.

— Garde-le, chérie. J'en ai des quantités. » Il lui retira son calot et l'embrassa sur la bouche – un seul baiser rapide. « Au revoir, trésor, profite bien de ta permission. » Et il était parti. Elle se tamponna les yeux et tenta d'ouvrir la vitre pour le voir s'éloigner sur le quai, mais quand enfin elle y parvint, il avait disparu. Elle se rassit à sa place ; c'était très attentionné de sa part de s'en aller aussi vite. Elle se moucha et, peu après le démarrage du train, s'endormit.

*

« Pauvre maman !

— Oui, tu peux le dire. Pauvre maman !

— Je commence à voir l'intérêt de l'euthanasie volontaire.

— Sauf que, dans le cas de maman, elle n'est pas assez saine d'esprit pour prendre ce genre de décision. »

Reconnaissant la logique qui, sa vie durant, l'avait agacée chez sa sœur, Villy demeura silencieuse.

Elles étaient dans un salon de thé, à boire du café gris. Une assiette de biscuits Marie était posée, intouchée, entre elles. Elles avaient été convoquées en urgence à la maison de santé, la directrice ayant craint que Lady Rydal ne soit en train de partir, comme elle l'avait dit à Villy au téléphone la veille (jeudi) au soir. Mais à leur arrivée ce matin-là – Jessica de Frensham, Villy du Sussex –, la directrice les avait accueillies avec la nouvelle, finalement assez éprouvante, selon laquelle Lady Rydal semblait aller un peu mieux. « Elle s'accroche, avait-elle dit, les précédant dans le couloir dans un froissement de robe. Elle a le cœur très solide ; malgré tout je n'entretiendrais pas *trop* d'espoirs. »

Elles avaient passé une heure pitoyable avec leur mère, qui était allongée, empourprée et comme rétrécie sur les oreillers, son agitation réduite aux mouvements de phalène de ses doigts spectraux sur lesquels ses grosses bagues en diamant avaient été collées avec des pansements adhésifs. « Elle ne veut pas s'en séparer, avait dit la directrice, et elles n'arrêtent pas de glisser et de se perdre entre les draps. Lady Rydal ? Vos filles sont venues vous voir ! » Mais son intonation joyeuse, de celles qui accompagnent les grandes nouvelles, avait été ignorée. Leur mère n'avait pas paru les reconnaître, ni se soucier de qui elles pouvaient bien être. Une seule fois pendant cette heure, alors qu'elles discutaient toutes les deux à voix basse de choses sans intérêt, elle avait soudain dit très distinctement : « Après la chute, quand mon cheval a refusé l'obstacle, ils sont venus couper mes lacets – quel soulagement exquis ! Évidemment, le corset a son utilité, et mon dos n'a pas tardé à me faire souffrir.

— C'était quand, maman chérie ? » Mais elle n'avait prêté aucune attention à la question.

Jessica sirota une gorgée de café et fit la grimace.

« J'imagine qu'il n'y aura bientôt plus de café du tout. Ce sera particulièrement horrible pour toi, qui aimes tant ça. »

C'était une branche d'olivier – ou plutôt une brindille – dont Villy, quoique irritée, fut ravie de se saisir. « Tu rentres avec moi, n'est-ce pas ? Il me semble que tout pourrait arriver, et c'est un si long trajet pour toi.

— Merci, chérie. Peut-être juste pour le week-end, alors. Ensuite, je devrai aller fermer Frensham. Tout ranger et essayer de trouver un locataire.

— Vraiment ? Qu'en dit Raymond ?

— Il n'a pas l'air de s'en soucier, ce qui est surprenant, mais il a trouvé un emploi à Blenheim, et il est si enthousiaste qu'il ne pense plus à rien d'autre.

— Jess ! C'est fantastique ! Que fait-il ?

— Il paraît que c'est très confidentiel et qu'il ne peut rien dire. Un ami de sa mère – le vieux Lord Carradine, qui était toujours charmant avec lui quand il était jeune – l'a recommandé et, étant invalide, un emploi de bureau est tout à fait ce qu'il lui faut. Il ne voulait en parler à personne avant son entretien, qui s'est révélé une formalité. C'est merveilleux qu'il ait trouvé sa voie.

— Alors, que vas-tu faire ?

— Eh bien… Je me demandais si Judy ne pourrait pas intégrer votre petit groupe avec Miss Milliment. Je n'ai pas envie de l'envoyer en pension, et elle adore être avec Lydia. »

Se rappelant les remarques de sa fille à propos de Judy, Villy répondit : « C'est une très bonne idée, mais il faudrait que j'en parle à la Duche. Et à Miss Milliment aussi, bien sûr.

— Ça ne la dérangera pas. Elle s'inquiétait, cet été, de ne pas être assez utile.

— Vraiment ? Quand donc ?

— Quand nous sommes venus au début des vacances. Elle sentait qu'elle devait s'éloigner pendant quelques semaines, m'a-t-elle dit, mais elle ne savait pas où aller. Je n'ai pas pu proposer de l'accueillir, parce que Raymond la trouve pénible.

— Et toi, que feras-tu ? Veux-tu rejoindre le clan ?

— C'est adorable, chérie, mais je me suis dit que je prendrais peut-être la maison de maman à Londres. Nous ne pouvons pas la laisser fermée avec tout ce qu'il y a dedans.

— Bryant y est toujours, n'est-ce pas ?

— Oui, il faut qu'on en parle. Avec la maison de repos, je ne suis pas sûre que maman ait les moyens de continuer à payer des domestiques dont elle n'aura plus jamais besoin. Je sais que c'est épouvantable, ajouta-t-elle en voyant le visage de sa sœur, mais j'ai pensé que nous devrions nous mettre d'accord sur un arrangement possible, en particulier avec Bryant, qui s'est montrée si fidèle et qui est trop vieille pour trouver un nouvel emploi.

— Oui, il le faut. Mais pourquoi tiens-tu tant à rester à Londres ? »

Jessica donna une réponse vague, disant qu'elle envisageait de trouver un emploi quelconque, « pour participer à l'effort de guerre, même s'il ne s'agit que de cuisiner dans une cantine », mais il y eut une légère tension entre elles après ça. Jessica savait, et Villy soupçonna, que la participation à l'effort de guerre n'était pas l'unique raison. Pour changer de sujet, Jessica demanda : « Des nouvelles d'Edward ?

— Il vient demain. Il devait arriver ce soir, mais il a appelé pour dire qu'il ne pourrait pas partir avant demain.

— Je suppose qu'on doit apprendre à se réjouir de peu.

— Il vaut mieux, oui. Sans quoi on n'aurait plus aucun motif de réjouissance. » Il y avait une telle amertume dans son ton que Jessica préféra ne pas répondre.

Alors que Jessica conduisait la voiture sur le chemin du retour, Villy dit : « Tu es sûre qu'il est sage de t'installer à Londres en ce moment ? Raymond ne préférerait-il pas te savoir plus en sécurité – tu pourrais trouver un endroit plus près de lui. Oxford ?

— Oh, non ! Il est ravi d'être tout seul loin de nous. Et je crois que ça lui fait du bien de se retrouver avec des gens nouveaux, qui ignorent tout de l'élevage de volailles, du chenil et de ces entreprises malheureuses. Et, pour être honnête, je suis contente de l'éloigner de Frensham, parce que la maison est dans un état épouvantable – Tante Lena ne l'a pas entretenue pendant des années –, et il était bien parti pour dépenser jusqu'à notre dernier penny en réparations. Si je suis à Londres, ce sera facile pour lui de passer lorsqu'il sera libre… » Il y eut un autre silence pendant que la même pensée, très différente, leur traversait l'esprit.

« Comment va Sybil ? demanda Jessica avec une sorte d'inquiétude enjouée.

— Elle rentrera à la maison dans une semaine environ.

— Est-ce qu'on a dû tout lui…

— Tout lui retirer ? Oui, la pauvre chérie. Elle

aura besoin d'une longue convalescence. Mais les médecins ont dit que c'était la seule chose à faire. Évidemment, nous avons pensé qu'il s'agissait d'un cancer – elle aussi. Elle a été très courageuse – son seul souci était que Hugh n'en sache rien.

— Il n'était pas au courant ? »

Villy secoua la tête. « Il ne s'est, semble-t-il, douté de rien, Dieu merci. Mais il a tant de tracas en l'absence d'Edward, entre l'obligation de vivre à son club, la surveillance des docks la nuit en plus de son travail dans la journée, qu'il n'avait ni le temps ni l'énergie de chercher plus loin. Je crois qu'il est très soulagé que les médecins aient découvert ce qui n'allait pas et qu'ils y aient remédié. »

Pendant le reste du trajet, elles comparèrent les problèmes que leur causaient Angela et Louise.

C'était drôle que Villy ressemblât tant à leur mère, s'agissant des malheurs des autres, songea Jessica : elle se comportait presque comme s'ils avaient été envoyés pour *la* mettre à l'épreuve.

Et Villy nota avec ironie que quand Jessica voulait vraiment faire quelque chose, elle prétendait que ce serait mieux pour les autres. Exactement comme leur mère à propos des vacances d'été lorsqu'elles étaient petites. Elle décrétait qu'il était essentiel que leur père s'éloigne de son travail pour se reposer, alors qu'il ne souhaitait rien d'autre que de rester seul à Londres pour composer en paix. En général, ces perceptions négatives qu'elles avaient l'une de l'autre ne diminuaient pas l'affection qu'elles se portaient, mais cet après-midi-là, comme elles taisaient ce qui les préoccupait le plus, elles étaient à cran et compatirent pour la forme en se réconfortant dûment d'avoir des filles si difficiles. « Au moins, elle a un emploi stable et utile à la BBC (Angela) » et « Je suis sûre qu'elle a beaucoup de talent – après tout elle a dû hériter en partie du tien (Louise) ».

Jessica avait toujours son allure égarée, même si elle était désormais plus élégante ; son long foulard en mousseline de soie d'un bleu turquoise très pâle, enroulé autour de son long cou, formait un contraste d'une audace discrète avec sa robe jaune-vert. Même ses mains, jadis si abîmées par les tâches ménagères, étaient devenues douces et blanches ; elles s'ornaient de veines assorties à son foulard et d'une grosse bague en argent Amy Sandheim surmontée d'une turquoise. Bien sûr, elle avait à présent plus de moyens, songea Villy, et cette pensée ranima un peu de la vieille affection compatissante qu'elle avait pour sa sœur. « Ce foulard te va à ravir, dit-elle.

— Il cache mon horrible cou, qui commence à "tomber" comme dirait maman.

— Chérie, tu as toujours été incroyablement séduisante.

— Je ne vieillirai pas aussi bien que toi. »

Plus tard, Villy se souvint d'avoir laissé sa voiture à la gare de Battle. « On va devoir y passer pour que je la récupère. »

Et c'est ce qu'elles firent, avant de parcourir l'une derrière l'autre les quatre kilomètres jusqu'à Home Place.

Une fois seule, Villy se fit la réflexion qu'en s'installant dans la maison de leur mère à St John's Wood, Jessica pourrait voir Laurence n'importe quand, puisque sa femme et lui vivaient non loin de là dans un appartement de Maida Vale. C'est pour ça qu'elle veut y aller, bien sûr, songeat-elle, alors que je serai coincée à la campagne. Elle commença à se demander s'il n'y aurait pas un moyen de persuader Edward de rouvrir *leur* maison à Lansdowne Road. Elle n'avait pas revu Laurence depuis son concert à la National Gallery et le merveilleux après-midi passé ensemble, à marcher le long des berges, lorsqu'il lui avait confié son tourment de vivre avec une femme d'une jalousie maladive, qui ne faisait que broyer du noir en son absence, s'enfermant dans sa chambre avec ses romans français et ses migraines, et en ressortant à son retour pour lui faire des scènes épouvantables. Son travail l'amenait à voyager à travers le pays, et elle l'imaginait toujours dans les bras de toutes les violonistes ou chanteuses qu'il accompagnait, alors qu'il n'aspirait qu'à une paisible vie domestique avec quelqu'un qui comprenait que la musique passait en premier. En se remémorant l'intensité brûlante de ses yeux noirs plongés dans les siens, Villy fut parcourue d'un frisson d'excitation romantique qu'elle n'avait jamais éprouvé de sa vie. Ils avaient pris le thé à l'hôtel Charing Cross, et il lui avait tenu la main en lui répétant à quel point il se sentait chanceux de l'avoir rencontrée. Lorsqu'elle lui avait annoncé qu'elle devait aller attraper son train, il avait dit : « Je vais le prendre avec vous. » Enchantée par ce geste, elle avait expliqué que sa belle-sœur et sa nièce seraient elles aussi dans le train… « Nous irons en première classe, comme il sied aux gens de première classe », avait-il répondu, pompeux. Finalement, elle l'avait fait descendre à Tunbridge Wells, mais cette heure avait été l'une des plus exquises de sa vie. Elle lui avait raconté qu'elle avait autrefois dansé avec les ballets russes ; que Cecchetti s'était extasié sur son talent de danseuse

– refusant de croire, au début, qu'elle n'avait pas commencé avant seize ans –, mais qu'elle avait tout arrêté après son mariage. Il avait un don d'empathie qu'elle n'avait auparavant jamais rencontré chez un homme, et elle ne voyait pas que la vie qu'elle avait menée ces vingt dernières années l'avait empêchée d'avoir beaucoup d'expérience – voire la moindre – des hommes qui ne lui soient pas apparentés d'une manière ou d'une autre. Il savait écouter, posait les bonnes questions et semblait presque savoir à l'avance ce qu'elle voulait lui dire. Avant de partir, il lui avait baisé la main, et elle avait contemplé l'endroit du baiser comme aurait pu le faire une jeune fille – elle s'était même prise pour Karsavina dans le *Spectre de la rose*. Depuis, il lui avait envoyé deux lettres – ou plutôt, deux cartes postales dans des enveloppes : l'une de Manchester, l'autre de Maida Vale. « Je pense si souvent à notre charmante conversation dans le train – entre autres », avait-il écrit dans la première. Dans la seconde, il avait mentionné « notre oasis dans le désert de nos vies ». À chacun de ces messages, elle avait répondu par des missives de quatre et cinq pages, dans lesquelles elle avait déversé la frustration que lui inspirait la futilité de son existence. La première fois qu'elle avait prononcé ce mot, il lui avait caressé le côté du visage d'un doigt en disant : « Vous avez l'âme russe, vous désirez toujours aller à Moscou. Moscou est votre rêve – votre grande retraite. » Après quoi ils avaient échangé des plaisanteries napoléoniennes tragicomiques à propos de la grande retraite *en* Russie, et elle avait eu le sentiment qu'enfin, quelqu'un pénétrait dans la tragédie de sa vie. Elle avait poussé le jeu plus avant dans ses lettres – il fallait lui faire voir qu'elle était vaillante, et elle usa de sa touche la plus légère. Évidemment elle ne les envoya pas – il n'y avait aucun lieu sûr où les adresser. Croire qu'il la comprenait permettait à Villy d'admirer sa force morale, la patience avec laquelle il endurait le joug de la jalousie. Elle devinait qu'il n'était pas allé aussi loin dans sa profession qu'il l'avait voulu – il avait plusieurs fois fait des remarques en ce sens : « C'était juste après que j'ai décroché la bourse pour l'université », et « C'est quand le Pr Tovey a demandé à m'être présenté après un concert, lorsque j'ai gagné la médaille d'or de… ». C'était fou, tout le chemin qu'ils avaient parcouru en cet unique après-midi. Avant, elle ne l'avait pratiquement jamais vu seul. Mais depuis qu'il dirigeait un orchestre et un chœur amateurs le temps d'une saison à Guildford, Jessica, qui n'avait pas pu s'empêcher de rejoindre le chœur, l'avait beaucoup vu elle aussi.

Villy regarda dans son rétroviseur : alors qu'elle tournait dans l'allée, sa sœur la suivait de près.

*

« Il n'empêche, l'idée de te savoir à Londres ne me plaît pas.

— Chéri, je serai tout à fait en sécurité. Ils ont un immense abri antiaérien au sous-sol, dans lequel ils nous emmènent s'il y a le moindre danger. » Elle tendit la main, et Hugh la prit. « Il ne faut pas t'inquiéter comme ça.

— Bon, avec un peu de chance, tu seras rentrée à la maison plus tôt que tu ne le penses. Je dois voir le Grand Chef blanc avant de partir, et si tu as une bonne infirmière, il te laissera sortir.

— C'est très gentil. Comment t'es-tu débrouillé ?

— J'ai pris rendez-vous la semaine dernière. Il m'a dit qu'il serait là aujourd'hui et qu'il serait libre quand il aurait fini d'opérer. Si j'arrive à le convaincre, l'hôpital ne pourra pas te garder. »

Il lui sourit, et elle se rendit compte à quel point il était épuisé. Si ça le rassurait qu'elle soit à la campagne, elle irait, bien sûr… même si elle se sentait pour l'heure tellement faible que la seule idée de sortir du lit la faisait trembler et lui donnait envie de pleurer. En plus, maintenant que tout le monde avait emménagé à Home Place, elle ne voyait pas où une infirmière pourrait dormir, à supposer qu'ils réussissent à en trouver une. Il était en train de dire qu'il ferait mieux de partir pour ne pas rater Mr Heatherington-Bute, et, même si elle n'avait pas envie qu'il s'en aille, les visites de plus d'une demi-heure la fatiguaient terriblement.

« Au revoir, ma petite chérie, dit-il. Et veille à manger ce saumon fumé ; tu dois reprendre des forces. J'embrasserai Polly, Simon et Wills pour toi, ajouta-t-il en anticipant ce qu'elle allait dire. Je t'appelle demain. »

Puis il partit, la laissant avec les nombreux cadeaux qu'il lui avait apportés : le saumon fumé, mais aussi deux romans, même si elle n'avait pas le courage de lire, des roses et une grande grappe de raisins – il ne venait jamais les mains vides. Dans une minute j'appellerai l'infirmière pour qu'elle mette les fleurs dans l'eau, songea-t-elle avec lassitude. Puis elle détourna la tête de la porte et s'endormit.

*

Une demi-heure plus tard, il passa l'énorme porte noire, descendit les marches de l'hôpital et traversa la rue jusqu'à sa voiture. Son esprit était curieusement vide, comme s'il avait pris congé de son corps, qui savait néanmoins mettre un pied devant l'autre, ouvrir une portière de voiture et monter dedans.

Une fois qu'il fut assis dans le véhicule, des fragments de ce que le médecin lui avait dit lui revinrent, mais pas dans le bon ordre : « Votre femme se remet très bien – aussi bien qu'on puisse l'espérer. » « Je suis navré de vous apprendre que sur les deux tumeurs que nous avons retirées, l'une n'était pas bénigne. » « L'opération elle-même a été un succès, donc tout devrait bien se passer. » « J'ai pensé devoir vous informer. » Puis il s'était tu et lui avait offert une cigarette. « Mais elle va guérir, n'est-ce pas ? Vous avez parlé d'un succès. » Cela semblait irréfutable, mais ça ne l'était pas. Chaque fois qu'il rassemblait son courage pour poser une question directe, l'homme répondait d'une manière telle qu'il n'était pas plus avancé – ne se sentait ni terrifié, ni rassuré. Il y avait toutes les chances que son état s'améliore. Il ne voyait aucune raison d'être excessivement inquiet. Seul point sur lequel il était catégorique : l'inutilité d'en discuter avec la patiente elle-même. « Oh, non, non, non », avait-il dit, ses lourdes bajoues rubicondes s'agitant d'un côté à l'autre. Cela, au moins, avait rassuré Hugh : il lui importait par-dessus tout qu'elle ne s'inquiète pas, et Mr Heatherington-Bute avait approuvé avec enthousiasme. Rien n'était plus néfaste aux patients – et en particulier aux patientes – que l'anxiété.

Là-dessus, il s'était vu prendre congé : Mr Heatherington-Bute s'était levé, lui avait tendu une main blanche et soigneusement entretenue, alors qu'une série de sourires de plus en plus larges – telles des ondulations à la surface d'un bassin – déformaient à intervalles réguliers son visage, et il avait prié Hugh de ne pas hésiter à le recontacter chaque fois qu'il en ressentirait le désir.

Hugh s'aperçut qu'il n'avait pas demandé quand il pourrait la ramener à la maison, bien que la question figurât en haut de sa liste, et il ressentit le désir de recontacter aussitôt Mr H.-B., puis le réprima. Elle n'était manifestement pas prête à rentrer *tout de suite* ; il pourrait s'entretenir avec la surveillante lundi à propos de dates. Il avait bien senti en parlant à Sybil qu'elle était épuisée. Sa peau avait un aspect laiteux et translucide, seulement colorée par les marques de la fatigue, de minuscules arborescences de veines virides sillonnant ses paupières, qui auraient été invisibles si elle avait été en bonne santé, et par les ombres couleur de poussière sous ses yeux ; ses cheveux, attachés en deux tresses pour l'opération, n'avaient pas encore été détachés, et ses lèvres demeuraient boursouflées à cause de la fièvre qu'elle avait eue pendant les deux jours suivants. En pensant à sa bouche – et à sa façon irrésistible de rentrer sa lèvre supérieure avec les dents quand elle réfléchissait – il se souvint avec un pincement au cœur qu'il ne l'avait pas embrassée en partant. En avait-elle été attristée – l'avait-elle remarqué ? Soudain, il fut submergé par un tel désir d'elle – de la prendre dans ses bras, de la regarder respirer, d'entendre sa petite voix douce, d'évoquer des souvenirs avec elle, de papoter, d'échanger un potin qui n'avait aucune importance, sauf qu'il avait été partagé, qu'ils savaient la même chose, même s'ils réagissaient parfois de manière délicieusement différente...

Non, s'il retournait la voir, il risquait de l'inquiéter. Elle penserait peut-être que son entretien avec le Dr Heatherington-Bute ne s'était pas bien passé – qu'il y avait une mauvaise nouvelle, ou une complication. Alors que ce n'était pas du tout le cas : le médecin était très satisfait, elle faisait de beaux progrès, l'opération avait été un succès... En se préparant à lui répéter ce qui avait été dit, il commença à ressentir lui-même du soulagement – naturellement, ces médecins devaient se couvrir et ne s'engageraient jamais à cent pour cent... Il avait raison de ne pas retourner la voir – malgré l'envie qu'il en avait –, ça ne lui ferait pas de mal de penser aux autres pour changer. Il alluma une cigarette et démarra. Il lui parut très bizarre de s'éloigner d'elle pour aller dans le Sussex, alors que ç'avait toujours été l'inverse et que le vendredi avait été le plus beau jour de la semaine. Mais bientôt, elle serait à la maison. Il parlerait à Rachel pour qu'elle l'aide à trouver une excellente infirmière, et ainsi elle rentrerait plus tôt.

*

« C, U, écrivit-elle laborieusement. Su ?

— Cul. Avec un l à la fin.

— Tu n'avais qu'à le dire, aussi.

— Tu écris tellement lentement, se plaignit-il. Le suivant est facile. Con. C, O, N. »

Lydia humecta son crayon et continua d'écrire.

« Prête ? dit Neville. Boules.

— Boules ? Je ne vois pas ce qu'il y a de grossier là-dedans. Ça devient ennuyeux, si tu veux savoir.

— La ferme ! Merde ! Chiotte – pisse de chat. *Soixante-dix* !*

— Comment ça s'écrit ? On dirait un mot étranger.

— C'est une position étrangère – sûrement la plus grossière du monde.

— Vas-y, Nev... montre-moi ! »

Mais il n'allait pas se faire piéger. « Tu as écrit les autres ?

— Pas encore.

— Eh bien, fais-le, sinon tu les oublieras.

— Non. C'était quoi, le premier ? »

Il le lui dit. Ce plan à long terme pour l'expulser de ce qui, d'après lui, était devenu *sa* chambre se révélait laborieux. Elle ne retenait tout simplement pas les mots – mais ne manquait jamais de lui poser des questions gênantes sur ce qu'ils signifiaient. Et ce serait difficile de la pousser à faire étalage de vulgarité devant tout le monde au repas, si elle n'avait aucune idée de ce dont elle parlait. Parfois, il devait admettre qu'il n'en savait pas plus qu'elle, puisque c'était la mode, à l'école, de faire semblant de tout savoir, privant ainsi quiconque de toute chance d'acquérir de nouvelles informations. *Soixante-dix**, par exemple : il avait beau se creuser la tête, pas moyen de trouver la moindre position anglaise grossière, encore moins étrangère. Il s'efforçait d'être ce que les adultes appelaient une mauvaise influence – tellement mauvaise qu'ils éloigneraient Lydia de la chambre. Il se ferait gronder, mais ça valait le coup : on le transférerait peut-être avec Teddy et Simon ! C'est même ce qui se passerait si l'horrible Judy venait – il en avait été question –, et cette pauvre vieille Lyd se retrouverait alors avec la nunuche. D'un autre côté, si Teddy et Simon refusaient catégoriquement de l'avoir avec eux, il risquait de finir tout seul, or il avait découvert que s'il se disait souvent qu'il apprécierait la solitude, en général elle le rendait triste. À l'école, on n'était jamais seul – même les toilettes n'avaient pas de murs du sol au plafond, si bien que les autres entendaient tout. Son autre inquiétude concernait ses crises d'asthme. S'il n'y avait personne à proximité et qu'il ne trouvait pas son inhalateur, il risquait de se sentir très mal. Il avait toujours pu compter sur Lydia dans ces cas-là : elle s'asseyait dans son lit et lui faisait la lecture jusqu'à ce que la crise passe, et elle la bouclait le lendemain matin. De plus, quand il était seul, il ne pouvait s'empêcher de penser aux choses en général, et elles semblaient toutes négatives. Contrairement à ce qu'il avait imaginé, la guerre n'était pas du tout excitante : avec elle, les choses amusantes devenaient impossibles ou ennuyeuses, et les choses ennuyeuses l'étaient encore plus qu'avant. Et puis, il y avait le problème de son père, auquel il lui était *impossible* de penser. Comment papa avait-il pu partir de cette façon en les laissant sans *rien*, Clary et lui ? Parce que Zoë ne comptait pas, pas plus que cet horrible bébé qu'elle avait eu exprès. Il y avait eu trop de morts dans cette famille, songea-t-il. Sa mère qui mourait alors qu'il commençait sa vie ; et maintenant papa, disparu sans crier gare – ça ne l'étonnerait pas qu'Ellen soit la suivante. Il se sentit envahi par le besoin d'être seul et, regardant la tête de Lydia penchée sur son cahier de brouillon, il regretta de s'être lancé dans cette entreprise ; il ne voyait pas comment ça pouvait bien se terminer.

« ... pisse de chat, c'est dégoûtant, c'est tout, disait-elle. Je *sais* l'écrire, mais je ne vais pas m'embêter avec ça. Ça ne m'intéresse que si c'est horriblement grossier.

— Je connais plein de trucs beaucoup plus grossiers, mais tu es trop petite pour que je te les dise. » L'exercice devenait lassant.

« Je t'ai presque rattrapé. J'aurai neuf ans en novembre.

— Il n'empêche que tu n'as toujours que huit ans. Et tu es une fille. » Pour lui échapper, il allait devoir sauter de la très, très vieille voiture par le côté des orties, mais il s'ennuyait tellement que ça en valait la peine. Il courut, les jambes brûlantes, jusqu'à ce que les hurlements de protestation de sa cousine ne soient plus que comiques. Dans le verger, il trouva des feuilles de patience sauvage avec lesquelles il se frictionna les jambes, les maculant de traînées vertes. Puis il se coucha dans l'herbe haute et se demanda que faire de sa vie. Une grosse bêtise, si une idée lui venait. À l'école, Hawkins et lui avaient fait un pacte pour voir lequel des deux réussirait à faire le plus de bêtises au cours des vacances ; le gagnant récolterait la moitié de l'argent de poche trimestriel de l'autre. Pour éviter toute contestation, ils avaient élaboré un barème de points compliqué. Une petite bêtise, c'était quand les gens étaient seulement fâchés et vous disaient de ne pas recommencer : un point. Une moyenne bêtise vous valait une punition : deux points. Encore mieux, la bêtise qui n'avait jamais été faite avant et pour laquelle vous étiez puni : trois points. Cette dernière catégorie était difficile, mais le summum de la réussite consistait à faire une très grosse bêtise qui n'avait jamais été faite *et* sans se faire prendre. Pour ça, on obtenait cinq points. « Comment l'autre saura qu'on l'a faite ? » avait-il demandé, et Hawkins lui avait répondu qu'il existait une chose du nom d'honneur, et que si de vrais amis se trahissaient, ils iraient en enfer. « C'est comme ça, c'est tout », avait-il dit. Il avait six mois de plus que lui, des cheveux roux flamboyants, et, l'été, ses taches de rousseur se rejoignaient sur son nez au point qu'il paraissait jaune. Il s'était fait mordre par un serpent et n'en était pas mort, avait visité la Chambre des Horreurs à Madame Tussauds, où il avait vu des choses terribles ; en fait, la seule chose barbante, chez lui, c'étaient ses tours de magie, parce qu'on voyait toujours le truc, mais il continuait de les faire devant quiconque acceptait de regarder, et Neville, en tant que meilleur ami de Hawkins, devait bien sûr s'y coller plus souvent que les autres. À part ça, il était tordant. Une idée de bêtise jaillit dans son esprit et il partit la faire.

*

« Il m'a fichu une telle frousse, dit Eileen, se tenant le côté pour prouver qu'elle était sérieuse. Je suis entrée, parce que je croyais y avoir laissé mon chiffon à poussière, et il était là, nu comme un ver, en train de danser le Lambeth Walk sur la table de billard, avec le club de golf de Mr Hugh. Franchement, conclut-elle en prenant la tasse de thé réconfortante offerte par Mrs Cripps. Tous les rideaux fermés et les lampes allumées – j'ai eu un de ces chocs. Comme je n'ai pas trouvé Ellen, j'ai dû aller chercher Miss Rachel. Il ne devrait pas se mettre tout nu – un grand garçon comme ça.

— Ce sera quoi la prochaine fois, je me le demande. » Mrs Cripps avait recommencé à tamiser les miettes de pain. « Son père lui manque, bien sûr, à ce pauvre petit. » Le silence se fit dans la cuisine et Edie, qui avait cessé de laver la vaisselle par respect, fit tomber un plat à tarte par terre – il se brisa en mille morceaux ; elle pleura quand Mrs Cripps la réprimanda.

*

« C'était tellement hilarant que j'ai eu le plus grand mal à ne pas rire, dit Rachel à la Duche. Dieu merci, il n'a pas déchiré ni abîmé le tapis. Mais où va-t-il chercher des idées pareilles ?

— Il est en quête d'attention, répondit calmement la Duche. Son père lui manque. Zoë ne lui a jamais été d'un grand secours ; quant à Clary, elle est trop jeune à certains égards et trop âgée à d'autres pour lui apporter du réconfort. »

Elles se regardèrent, en pensant la même chose. « Une sortie pour lui tout seul ? suggéra Rachel.

— Certainement, mais pas aujourd'hui. Qu'il n'aille pas s'imaginer que danser sur des tables de billard donne droit à une récompense. En fait, je crois que Hugh ferait bien de lui passer un bon savon à son retour ce soir. »

*

Zoë entendit les pleurs de Juliet en remontant l'allée, et quand elle arriva en vue de la maison, elle courait. Elle fut vite hors d'haleine. Elle avait su, à Mill Farm, qu'elle était en retard, parce que ses seins avaient commencé à lui sembler lourds et pleins, mais il lui avait été impossible d'abandonner le pauvre garçon à qui elle faisait la lecture avant que l'infirmière vienne la libérer. Et si Ellen n'était pas avec Juliet ? Si sa fille était tombée de son berceau et s'était fait mal ? Dans sa hâte, son cardigan s'accrocha au loquet de la barrière du jardin et, se tournant avec impatience pour le détacher, elle déchira la poche. Dans le vestibule, elle faillit entrer en collision avec Eileen, qui portait un plateau avec l'argenterie pour aller mettre la table. Quand enfin elle arriva en haut de l'escalier, elle avait un point de côté, mais continua de courir dans le couloir jusqu'à sa chambre. Ellen faisait les cent pas, portant Juliet qui, le visage écarlate, lâchait des petits cris de colère à intervalles réguliers. « Elle a faim, c'est tout, lui dit Ellen. C'est un vrai petit tyran quand elle veut son repas. »

Zoë s'assit dans son fauteuil d'allaitement à haut dossier, déboutonna son corsage, dégrafa son soutien-gorge et ôta les coussinets trempés. Ellen lui tendit le bébé, raide et transpirant de rage, et le cala au creux de son bras. Après quelques mouvements de tête désordonnés et comme aveugles, l'enfant trouva le sein, et son corps se détendit presque instantanément. Une expression d'extase (sérieuse) apparut sur son visage. « Ne la laissez pas téter trop vite, conseilla Ellen, mais elle le dit avec une véritable adoration, et Zoë réussit à s'arracher à la contemplation de son bébé pour lui sourire.

— Ne vous inquiétez pas. » Ellen lui passa un

carré de coton Harrington pour son autre sein qui coulait par solidarité et quitta la chambre en boitant – elle souffrait de rhumatismes qui l'handicapaient.

Zoë caressa du bout des doigts les mèches de cheveux humides, et les yeux du bébé, fixés sur les siens avec cet air de confiance réfléchie dont elle ne se lassait jamais, papillonnèrent une seconde avant de recouvrer leur fixité. Juliet avait à présent le teint d'un rose délicieux ; en voyant ses petits pieds nus, recourbés de plaisir, Zoë eut envie d'en saisir un pour l'embrasser – une interruption qui, elle le savait, ne serait pas bien accueillie. « Tu as les cheveux plantés en pointe sur le front », dit-elle, dressant l'inventaire de ses nombreuses perfections. Les sourcils soyeux, au dessin délicat, les merveilleux yeux écartés, qui avaient encore la couleur de l'ardoise humide, mais changeraient sûrement, lui avait-on dit, l'adorable petit nez et la charmante bouche, rouge comme la peau d'une cerise, et sa tête, aux cheveux roux doré, d'une forme si parfaite – comme une noisette, songea-t-elle… Il était temps de lui faire faire son rot. Elle remonta le bébé sur son épaule et lui caressa le creux du dos. L'enfant émit quelques gargouillements puis rota – un bébé parfait.

La Duche lui avait suggéré d'aller donner un coup de main à la maison de convalescence de Mill Farm l'après-midi et, presque effrayée d'être si absorbée par Juliet, elle avait accepté. Sa belle-mère ayant été d'une gentillesse sans faille à son égard, Zoë tenait beaucoup à ce qu'elle ait une bonne opinion d'elle. C'était la Duche qui lui avait annoncé la nouvelle concernant Rupert – deux jours après la naissance, et alors qu'elle avait eu sa montée de lait. Elle avait pleuré – des larmes faciles, futiles – mais la nouvelle possédait une espèce d'irréalité, une distance qui l'avait rendue incapable de ressentir ce qu'ils attendaient manifestement qu'elle ressente – de l'angoisse et de l'espoir d'abord, qui diminuait à mesure que les semaines passaient. Elle était incapable d'*assimiler* l'idée qu'il pût être mort et qu'elle ne le reverrait jamais – elle ne pouvait et ne voulait pas y penser. La Duche, qu'elle s'en soit rendu compte ou non, n'avait jamais insisté pour avoir des réponses. Elle lui avait dit la vérité et la laissait libre d'en parler ou pas. Elle ne l'avait pas fait. Une fois, avec Clary, elle avait entrevu l'affreuse, l'inimaginable réalité l'espace d'une seconde, mais elle l'avait fuie, se réfugiant dans l'existence, la possession de Juliet. « Je ne peux pas, avait-elle dit à Clary. Je ne peux pas y penser maintenant. Je ne peux pas. » Et Clary avait répondu : « Je comprends. Mais ne crois pas qu'il est mort, parce qu'il ne l'est pas. » Et elle n'en avait plus jamais reparlé. Depuis presque trois mois maintenant, sa vie entière avait été Juliet : la nourrir, la baigner, changer ses couches, jouer avec elle, l'emmener en promenade dans le vieux landau de la famille Cazalet. La nuit, elle dormait d'un sommeil sans rêve, mais comme par magie, elle se réveillait toujours une minute ou deux avant Juliet, pour sa première tétée – son moment préféré, où elles semblaient seules au monde toutes les deux. La guerre n'existait plus pour elle : elle n'écoutait pas les informations sur la TSF et ne lisait pas les journaux. Elle passait des heures à confectionner de jolies robes compliquées que Juliet porterait quand elle serait un peu plus grande, des robes en fin linon, à petits plis et jours à fils tirés, ourlées parfois d'étroites broderies faites à la main, cadeau de la Duche. Elle avait développé avec Sybil une amitié aimable et peu exigeante : sa belle-sœur était en admiration devant Juliet, parlait volontiers de bébés, de façon informée et rassurante, avait crocheté trois gilets et lui avait montré comment couper les ongles de Juliet pour qu'elle cesse de se griffer le visage. Mais deux semaines plus tôt, la Duche avait suggéré qu'elle propose son aide à Mill Farm, où étaient accueillis un certain nombre de jeunes aviateurs gravement blessés – des brûlures surtout – qui se reposaient entre deux opérations. « Ils ont besoin de visites, avait-elle dit. J'ai parlé à la directrice ; ils sont loin de leurs familles, qui ne peuvent pas venir les voir souvent, et je pense que ça vous ferait du bien de sortir davantage. » Ce n'était pas exactement un ordre, mais Zoë avait compris qu'elle était censée s'exécuter. Il fut donc convenu qu'elle irait trois après-midi par semaine. Bien que Villy l'eût prévenue que « les brûlures peuvent défigurer les gens d'une manière très étrange », elle n'était pas préparée à ce qu'elle avait découvert à Mill Farm.

« C'est très gentil de venir nous aider, madame Cazalet, avait dit la directrice à sa première visite. Nous sommes un si petit service, mais ils ont tous besoin de beaucoup de soins, et on ne me donne pas assez de personnel – seulement quatre infirmières, dont une se charge des gardes de nuit.

— Je ne connais rien aux soins infirmiers, avait répondu Zoë, inquiète.

— Oh, ce n'est pas ce que nous attendrons de vous. Non, non, c'est de compagnie qu'ils ont besoin… d'un nouveau visage ; certains aiment qu'on leur fasse la lecture. J'ai pensé vous faire commencer avec Roddy – il veut qu'on écrive une lettre pour lui, puis vous pourrez lui donner son thé. » Elle escortait Zoë dans le couloir jusqu'à la petite chambre où logeait l'un des enfants quand Villy habitait là, et qui était à présent occupée par un haut lit d'hôpital, un meuble de chevet à tiroir et placard en dessous, et une chaise pour les visiteurs. « Voici Mrs Cazalet, venue vous rendre visite, sous-lieutenant Bateson, dit la directrice, d'un ton à la fois doux et enjoué. Elle a tout le temps d'écrire votre lettre avant le thé. Mon Dieu, ces oreillers n'arrêtent pas de glisser, n'est-ce pas ? Je vais vous apporter quelque chose contre quoi reposer vos pieds. » Et elle les laissa.

Le sous-lieutenant Bateson, assis tout droit dans son lit, tourna lentement la tête vers Zoë, et elle vit que le côté droit de son visage était couvert d'une peau horriblement tendue, brillante et violet foncé, qui étirait le coin de sa bouche en un sourire asymétrique. Il n'avait pas d'œil de ce côté du visage, et l'autre côté ne souriait pas. Ses bras étaient éclissés jusqu'aux coudes et entourés d'épais bandages. Ils reposaient sur des oreillers.

« Bonjour, dit Zoë, puis elle ne sut pas quoi ajouter.

— Il y a une chaise, là », dit-il. Elle s'assit. Le silence fut rompu par le retour de la directrice, apportant un traversin. Elle souleva le drap et la couverture au bout du lit, et Zoë s'aperçut qu'il avait aussi une jambe immobilisée. « Oh, oui, dit-elle, en voyant Zoë regarder l'attelle. Les guerres n'ont pas épargné le sous-lieutenant Bateson.

— Une a suffi, madame. » Zoë crut le voir essayer de lui faire un clin d'œil.

« Bien, disait la directrice comme s'il n'avait pas parlé, vous pouvez pousser votre bonne jambe contre ce coussin, ça vous aidera à tenir en place.

— Il n'y a guère de risque que je bouge. »

Elle finit de rajuster la literie et se redressa. « Ça ne m'étonnerait pourtant pas de vous, dit-elle, réussissant à prendre un ton à la fois neutre et affectueux. Vous trouverez son bloc de papier à lettres dans le tiroir, madame Cazalet. » Dès qu'elle fut partie, Zoë paniqua : elle ne savait pas si elle devait le regarder ou pas, mais il résolut la question en disant : « Pas très beau à voir, hein ? »

Elle le regarda et répondit : « Je vois que ça n'a pas dû être facile. » Et elle sentit qu'il se détendait contre les oreillers. Elle se leva et prit le bloc, posé à côté d'un stylo-plume dans le tiroir. « Voulez-vous qu'on s'occupe de votre lettre ?

— D'accord. C'est pour ma mère. Je ne suis pas très doué pour les lettres, je le crains.

— Chère maman… » Il y eut une longue pause, puis le fait de la voir, le stylo à la main, prête à écrire, l'aiguillonna. « Alors, comment vas-tu ? C'est un bel endroit, ici. Je vais y rester quelques semaines, puis on me renverra à Godalming pour la prochaine opération. Il paraît que je récupère bien. La nourriture est bonne et on s'occupe très bien de nous. » Il y eut un long silence, puis il dit rapidement : « J'espère que papa se plaît dans la Home Guard et que ton travail à la cantine n'est pas trop fatigant pour ton dos. Remercie Millie de ma part pour sa carte.

— Attendez, dit Zoë, vous allez trop vite pour moi.

— Désolé.

— Ce n'est pas grave. J'en suis à Tante Millie.

— Ce n'est pas ma tante, c'est la chienne », dit-il. Puis il lui demanda : « Vous croyez que ça suffit ? Je ne vois pas quoi dire d'autre.

— Ça ne fait même pas une page.

— Ah, oui. Peux-tu, s'il te plaît, appeler Ruth et lui dire de ne pas venir ? Tu pourrais lui raconter que nous n'avons pas le droit de recevoir de visites. Je ne veux pas qu'elle vienne, c'est tout. J'espère que cette lettre te trouvera... » Il s'interrompit. « Ça ne va pas, si ? » Elle s'aperçut qu'il essayait de sourire et sentit des larmes lui picoter les yeux. « Mettez seulement, ton fils qui t'aime, Roddy », dit-il.

Elle eut juste le temps de lui relire la lettre, de la glisser dans une enveloppe et d'inscrire l'adresse dessus, avant l'arrivée de l'infirmière avec un plateau garni d'une assiette de sandwichs et de deux tasses de thé. « La directrice a dit que c'est vous qui lui donniez son thé. Il y a une paille pour la boisson, dit-elle. Vous êtes bien installé, monsieur Bateson ?

— Ça va, mademoiselle. Et vous ?

— J'ai pas à me plaindre », répondit-elle. Elle posa le plateau sur le meuble de chevet et arrangea les oreillers, ceux qui se trouvaient derrière sa tête et celui sur lequel reposait son bras gauche. « On ne refait pas les pansements ? demanda-t-il, et Zoë perçut une note d'appréhension à peine dissimulée.

— Pas ce soir. Nous vous laissons tranquille ce soir. Je repasserai chercher le plateau. Appelez si vous avez besoin de quoi que ce soit. »

Elle allait devoir le faire manger, songea Zoë, commençant à s'inquiéter de la manière de procéder. Elle mit la paille dans une des tasses de thé.

« Ce sera trop chaud, dit-il. Je ne peux pas le boire chaud. »

Les sandwichs étaient fins, et la croûte avait été retirée. Elle avança sa chaise près du lit, en prit un et l'approcha des lèvres du jeune homme. Il tenta de mordre dedans, mais elle se rendit compte qu'il pouvait à peine ouvrir la bouche et que ça lui faisait mal, aussi en coupa-t-elle un petit morceau qu'elle enfourna. « Je suis un peu déglingué, pas vrai ? dit-il.

— Complètement déglingué.

— Quand vous souriez, vous me rappelez quelqu'un. Une actrice de cinéma. » Il s'était contenté de garder la nourriture dans sa bouche, puis avala tout rond – elle vit le mouvement de sa gorge osseuse et lisse. « Vous vivez dans le coin ?

— Oui, en haut de la route.

— Je vois que vous êtes mariée.

— Oui. » Après un silence, elle ajouta : « Il était dans la marine. »

Un bras éclissé tomba maladroitement sur le sien. « Pas de veine », dit-il, et elle vit qu'il rougissait du côté gauche. « Je crains de ne pas pouvoir soulever le bras. » Elle reposa le sandwich et replaça avec précaution le bras du soldat sur son oreiller. Tout en lui donnant le reste du sandwich, elle lui parla de Juliet ; il se montra poli, mais guère intéressé. Elle lui demanda s'il avait des frères et sœurs, et il répondit non, il était fils unique. Il avait eu un petit frère, mais il était mort de la diphtérie à l'âge de huit ans. Il la pria de manger des sandwichs, parce qu'il ne pouvait pas en avaler plus d'un et qu'on ne cessait de l'enquiquiner pour qu'il se nourrisse davantage. Elle lui donna son thé, tenant la tasse pendant qu'il aspirait avec la paille. « Rien de tel qu'une bonne tasse de thé », dit-il.

Quand il eut terminé, elle lui demanda : « Je suppose que vous ne pouvez pas lire, avec vos bras comme ça ?

— J'en serais incapable de toute façon. Mes yeux ne sont pas en état.

— Je pourrais apporter un livre et vous le lire, si vous voulez ?

— Je veux bien, dit-il. Quelque chose de léger. »

Au moment où elle prit congé, il dit « C'est très gentil », quoique d'un ton guindé, presque agressif, comme s'il ne l'aimait pas. Mais quand, arrivée à la porte, elle lui sourit pour lui dire au revoir, il s'exclama : « Vivien Leigh ! Voilà à qui vous me faites penser ! Vous savez ? *La Valse dans l'ombre*. Je l'ai vu trois fois. Vous pouvez demander à l'infirmière de venir, s'il vous plaît ? »

Petit à petit, après cette première fois, elle en apprit davantage sur lui, quoique surtout par la directrice. Il avait ramené son avion avec un seul moteur, mais le feu s'était déclaré dans le cockpit et il s'était cassé la jambe en sortant. « Il a reçu la DFC[1] », lui avait-elle dit : il avait abattu trois appareils ce jour-là. Il faisait de terribles cauchemars. Il avait vingt ans et ne volait que depuis un mois, sa formation mise à part. Quand elle avait demandé si on allait pouvoir raccommoder son visage, la directrice avait répondu que c'était probable, mais que ses bras, et en particulier ses mains, avaient subi des brûlures si profondes qu'on ignorait comment leur état évoluerait.

1. Distinguished Flying Cross : importante décoration militaire anglaise.

Puis elle avait regardé Zoë et ajouté : « Il y a pire que lui. Même ici. Et nous ne recevons pas les cas les plus graves. Ceux-là, ils restent à Godalming. » Elle avait donné à Zoë une petite tape sur l'épaule. « Vous vous en sortez très bien avec lui. N'oubliez pas qu'il est encore en état de choc. En plus de l'accident, l'aspect des brûlures est ce qu'il doit affronter de plus difficile. Comment va le bébé ? » Elle demandait toujours des nouvelles de Juliet. Un après-midi, comme c'était le jour de congé d'Ellen, Zoë l'emmena à Mill Farm pour la montrer à la directrice et aux infirmières, ce qui donna lieu à une plaisante séance d'adoration du bébé, tout le monde voulant le tenir et s'extasiant sur sa beauté. Mais quand elles lui suggérèrent de présenter Juliet au sous-lieutenant Bateson, elle répondit que ça ne lui semblait pas être une très bonne idée, et elles n'insistèrent pas. Ce qu'elle fit se révéla cependant encore pire. Elle laissa Juliet aux bons soins de la directrice, qui lui dit qu'elle avait des rapports à écrire et pouvait donc garder un œil sur l'enfant pendant qu'elle allait dire bonjour à Roddy. Elle avait commencé à lui lire des nouvelles de Sherlock Holmes – après avoir essayé P. G. Wodehouse, mais ça le faisait rire et rire lui faisait trop mal. Elle lui annonça qu'elle ne pouvait pas rester plus de dix minutes. Il en fut contrarié, et lorsqu'elle lui expliqua que c'était parce qu'elle avait amené le bébé, il se ferma. Elle proposa de commencer une nouvelle, et il répondit qu'il n'en avait pas envie. Après quoi, un silence pesant s'installa. « On ne peut pas lire grand-chose en dix minutes », finit-il par déclarer. Elle dit qu'elle était désolée, mais que c'était le jour de congé de la nounou. Il avait détourné la tête, ne lui montrant que le côté brûlé. « De toute façon, je suis fatigué, dit-il. J'en ai marre de tout ça. »

Elle se leva et dit qu'elle reviendrait le lendemain.

« Comme vous voulez. » Puis quand elle fut à la porte, il fit remarquer : « Un peu snob d'avoir une nounou, pas vrai ?

— Pas vraiment. Elle m'aide de temps en temps, c'est tout, ce qui me permet de venir vous voir. » Elle se sentait en colère en le disant, et craignit ensuite qu'il l'ait perçu.

Mais deux jours plus tard, elle trouva un petit paquet sur sa chaise. « Ouvrez-le », dit-il. Il semblait plus joyeux que d'habitude. « Allez ! »

C'était un jouet : un petit singe blanc, avec des oreilles en feutre rose et une queue. « C'est pour votre bébé. J'ai demandé à une infirmière de le choisir. Elle m'a dit que c'était ce qu'elle avait trouvé de mieux.

— Il est tellement mignon. Elle va l'adorer. Merci, Roddy, c'est vraiment gentil. » Elle se pencha et l'embrassa, un baiser très léger sur la peau luisante et cramoisie. Il poussa un profond soupir, et elle craignit de lui avoir fait mal, mais un instant plus tard, il dit d'un timbre rauque : « Vous êtes la première personne à m'embrasser… depuis… », et des larmes se mirent à couler de ses yeux, lentement d'abord, puis sans discontinuer. Elle sortit son mouchoir et les essuya, puis le tint devant son nez pour qu'il se mouche. Ce fut à ce moment-là qu'il lui parla de Ruth – sa petite amie. Ils ne se connaissaient pas depuis longtemps – s'étaient rencontrés dans un dancing ; elle dansait très bien et avait une coiffure à la Ginger Rogers. Ils se voyaient deux fois par semaine, une fois pour aller au cinéma, une fois pour aller danser. « C'était avant », dit-il d'un ton las. Elle lui avait écrit pour lui dire qu'elle voulait venir le voir lorsqu'il était à Godalming, mais il ne lui avait pas répondu. « Je ne veux pas qu'elle me voie », dit-il. Et Zoë, qui avait beaucoup appris ces dernières semaines, ne l'avait pas contredit, se contentant de l'écouter.

Puis elle retourna s'asseoir, prenant le singe sur la chaise, et, d'un ton très anodin, dit que d'après la directrice, ils pensaient pouvoir faire davantage pour son visage. « De toute façon, conclut-elle, on n'aime pas les gens uniquement pour leur physique – ou du moins, c'est triste si c'est le cas.

— Pourquoi dites-vous ça ?

— J'ai été ce genre de personne. Mais on finit par se détester. Vous savez. C'est comme d'être aimé parce qu'on a beaucoup d'argent. »

Il y réfléchit un instant. « Il n'empêche que ça commence comme ça, non ? On aime l'apparence de quelqu'un.

— Ensuite, on aime d'autres choses chez cette personne. S'il y a des choses à aimer.

— Beaucoup d'hommes s'intéressent à Ruth, dit-il. Elle adore prendre du bon temps, danser et tout. Elle n'a que dix-huit ans – beaucoup plus jeune que moi. » Après ça, Zoë passa au moins autant de temps à discuter avec lui qu'à lui faire la lecture – et elle comprit que ç'avait été pour tous les deux un moyen de surmonter leur timidité et leur gêne…

Juliet avait terminé. Elle s'était endormie sur le deuxième sein ; c'était un crève-cœur de la réveiller, mais il fallait lui faire faire son rot puis la mettre sur le pot ; Ellen n'étant pas là, Zoë décida de lui épargner le pot.

En entendant des portières claquer dehors, elle alla voir qui arrivait. Deux voitures, l'une conduite par Villy, l'autre par sa sœur. Depuis qu'elle allait à Mill Farm, elle s'entendait mieux avec Villy, mais Sybil restait sa préférée, et elle se dit que quand sa belle-sœur rentrerait à la maison, elle s'occuperait d'elle. On frappa à la porte, et Clary entra pour emprunter une jupe.

« Je crois que j'ai mis de l'encre sur la robe que tu m'as faite. Cette vache de stylo qui a fui.

— Attends, je vais poser Juliet.

— Pourquoi tu ne l'appelles pas Juju ? Tu sais, comme la nourrice de Juliette. “Tu tomberas sur le dos quand tu auras plus d'esprit”, même si je ne vois pas ce qu'il y a de spirituel à tomber sur le dos. Je trouve que Juju est un très joli nom. *Juju* », dit-elle affectueusement en se penchant sur le berceau. Le bébé ouvrit les yeux et lui adressa un sourire fugace. « Tu vois ? Ça lui plaît. Où as-tu trouvé ce joli petit singe ?

— C'est un cadeau d'un des patients de Mill Farm, qui a chargé une infirmière de l'acheter.

— Ça alors ! Il doit être amoureux de toi. Regarde ton singe, Juju !

— Elle est presque endormie, Clary – mieux vaut la laisser tranquille. Voyons plutôt ce que je peux te trouver. »

Clary avait beaucoup grandi au cours de l'année écoulée et disposait d'une garde-robe pitoyable. Je devrais faire comme Sybil avec Polly, songea-t-elle en fouillant dans sa penderie. En attendant, elle avait plusieurs vêtements dans lesquels elle ne rentrait plus – sa taille avait élargi d'au moins cinq centimètres. Elle sortit une jupe à six pans, en toile gris foncé, qui autrefois lui moulait les hanches.

« Essaie ça. »

Clary retira son short – déchiré, remarqua Zoë, et maintenu à la taille par une épingle de nourrice – et se retrouva en chemise Aertex jaune délavé et culotte bleu foncé. « Je ferais mieux d'enlever mes sandales, dit-elle. Il y a du goudron sur l'une des deux qui ne part pas, sauf sur les affaires. »

La jupe lui allait parfaitement, même si elle était un peu longue. « Je vais la raccourcir », proposa-t-elle. Mais Clary s'écria : « Oh, non ! Je la préfère longue !

— Il te faut un joli chemisier pour aller avec.

— Celui-là passe très bien, non ?

— Je ne veux pas qu'il passe, Clary, je veux que tu sois belle. »

Clary sourit et répondit : « Je crains que ce ne soit un désir irréaliste. »

Mais quand Zoë lui eut trouvé un chemisier rouge vif et brossé les cheveux qu'elle fit tenir avec deux peignes pour lui dégager le front – elle se laissait toujours pousser la frange –, elle était époustouflante, « comme la photo d'une adulte », dit-elle, étonnamment ravie de son apparence.

« Mes chaussures ne t'iront pas. Qu'est-ce que tu as ?

— Des tennis, des chaussures à lacets et ces sandales. Et des bottes en caoutchouc, bien sûr. Je ne pourrais pas rester pieds nus, comme dans une peinture romantique ?

— Tu sais bien que la Duche ne serait pas d'accord. Il faudra se contenter des sandales. Mais je te promets que nous irons bientôt faire les magasins pour te trouver une jolie paire de chaussures. Bon... prends aussi ces jupes-là. Elles ont la même coupe, et je ne rentre plus dans aucune.

— Mais tu pourras les remettre quand tu n'allaiteras plus Juju, n'est-ce pas ? Tu vas remincir, non ? Ça serait une bonne chose, Zoë. La minceur t'allait bien. Tu pourrais faire ce que Tante Villy appelle le régime Banting, même si je ne sais pas ce que c'est.

— Je ne suis pas sûre de vouloir m'embêter avec ça. Qu'est-ce que ça peut te faire, de toute façon ?

— Ça ne me fait rien *à moi* », commença Clary, puis elle s'arrêta : elles avaient atteint ce seuil au-delà duquel Rupert se trouvait mort – ou vivant –, et firent toutes deux machine arrière.

« Polly m'a épilé les sourcils, s'empressa-t-elle de reprendre. Ça fait horriblement mal. »

Une fois Clary repartie, en emportant ses vieux et nouveaux vêtements et en la remerciant avec des effusions qui n'étaient pas dans son caractère, Zoë se regarda d'un œil critique dans le miroir pour la première fois depuis la naissance de Juliet. Elle s'était « laissée aller », comme aurait dit sa mère. Non seulement sa taille et ses hanches s'étaient élargies, mais son ventre – elle le sentait sous ses mains – ressemblait encore à une peau de chamois. Elle se rapprocha du miroir pour examiner son visage. Sa peau était toujours veloutée, mais la moitié inférieure avait épaissi au point qu'elle distinguait – presque – le début d'un double menton. Elle avait vingt-cinq ans, un âge qui, avant qu'elle l'atteigne, lui avait paru excessif ; elle devait commencer à faire de l'exercice et arrêter de grignoter entre les repas. Vivien Leigh, avait dit Roddy, mais Zoë portait des vêtements qui dissimulaient ses formes, et, de toute façon, elle était sûre qu'il parlait de son visage. Lorsqu'il lui avait raconté qu'il allait danser avec cette jeune fille une fois par semaine, qu'elle adorait prendre du bon temps et était très courtisée par les hommes, Zoë s'était rappelé à quel point elle avait aimé danser et être désirée ; ç'avait été pour elle un jeu délicieux où elle choisissait ce qui se passait, distribuait des faveurs, acceptait les hommages... Jusqu'à Philip et ce moment où ça n'avait plus du tout été un jeu. Jusqu'au bébé qui n'était pas celui de Rupert et n'avait pas vécu. Mais même sa mort n'avait pas diminué sa culpabilité, alimentée par sa duplicité permanente – avec Rupert, surtout, mais aussi le reste de la famille –, puisqu'elle feignait d'être malheureuse à la suite de la perte du bébé tout en sachant que c'était un pur mensonge. Ensuite, à l'automne dernier, après le début de la guerre, lorsqu'ils avaient rangé l'appartement de sa mère à Earl's Court (l'amie de l'île de Wight l'avait invitée à rester chez elle jusqu'à la fin du conflit), elle n'avait pas voulu que Rupert l'aide, mais il avait insisté. (« C'est trop, pour toi toute seule. ») Il avait fait livrer des malles dans lesquelles ils avaient rangé les babioles qu'ils pensaient que sa mère voudrait garder – les meubles iraient dans un garde-meubles, et les affaires à jeter ou à vendre étaient entassées au milieu du salon. L'appartement, à l'instar des lieux inhabités pendant un certain temps, frôlait le sordide : les voilages pendus aux fenêtres étaient si sales qu'on aurait cru qu'il y avait du brouillard dehors. Rupert en avait ouvert certains pour faire pénétrer un peu de lumière, ce qui avait eu pour seul effet de révéler l'état piteux des meubles en chêne vieilli et du canapé recouvert de damas rose, les taches indistinctes et indéterminées sur la moquette rose, les éléments cassés dans la cheminée, les abat-jour en parchemin décoloré des appliques murales, la poussière qui recouvrait chaque surface – chaque cadre photographique et chaque bibelot. Elle avait rangé les vêtements de sa mère dans des valises qui pourraient lui être envoyées, tandis que Rupert se chargeait de la cuisine. Il devait sans cesse lui demander s'il fallait ou non garder telle ou telle chose – les vieilles casseroles en aluminium cabossées, le service en porcelaine Susie Cooper incomplet, les couteaux à poisson aux manches en corne jaunissants, la théière en forme de cottage au toit de chaume et le sac en lin brodé rempli de cache-œufs au crochet et de papillotes à manchon en papier. « Quel extraordinaire bric-à-brac ! » avait-il fait remarquer, alors qu'il s'efforçait encore à la bonne humeur. Elle l'avait rembarré et avait défendu sa mère : elle n'avait aucun endroit où ranger ses affaires – ce genre de défense – jusqu'à ce qu'il se justifie : « Chérie, je ne me moque pas de ta pauvre mère : ça doit être un peu pareil chez tout le monde. »

Elle n'avait pas répondu. Elle n'était pas revenue dans l'appartement – pas une fois – depuis la nuit qu'elle y avait passée avec Philip, ce qui n'avait pas été très compliqué puisque sa mère s'y était rarement trouvée. Or il lui semblait, par de petits détails cuisants, être demeuré tel qu'elle l'avait laissé ce matin-là. Même le morceau craquelé de savon Morny à la lavande était toujours posé sur son rebord penché et poussiéreux dans la salle de bains, et la cuisine contenait les restes d'un paquet de café qu'elle avait utilisé. Elle n'avait pas eu l'intention de remettre les pieds ici, et y revenir avec Rupert ajoutait une nouvelle dimension à son malaise.

« Pauvre petite Zoë : tu as dû dormir là-dessus », avait-il dit à leur arrivée, en s'asseyant sur le canapé pour lire la liste des affaires que sa mère voulait qu'ils lui expédient.

L'espace d'une folle seconde, elle avait imaginé annoncer calmement : « En fait, j'ai été violée dessus. » Incapable de rester dans la pièce avec lui, elle avait dit qu'elle allait ranger les vêtements et qu'il ferait mieux de se charger de la cuisine. « On ne va pas y passer la journée. » Elle lui avait presque arraché la liste des mains, ajoutant qu'il n'avait aucune raison de la lire. Dans la chambre, elle s'était effondrée sur le dessus-de-lit rose satiné orné de broderies machine, dévorée par la culpabilité, se reprochant d'être si désagréable avec lui et de l'avoir laissé l'accompagner. Elle avait le sentiment que, seule, elle aurait peut-être pu repenser une dernière fois à toute cette affaire, exorciser ou effacer l'épisode Philip – aurait peut-être réussi à se persuader que sa duplicité persistante à l'égard de Rupert (tant qu'elle ne le lui *disait* pas, elle était obligée de continuer à mentir) était la preuve qu'elle l'aimait et ne voulait pas le faire souffrir. Si seulement elle n'était pas tombée enceinte, s'il n'y avait pas eu le bébé, elle aurait pu avouer le reste. Il aurait été blessé et en colère, mais quand elle lui aurait dit à quel point elle était désolée, elle était presque sûre qu'il lui aurait pardonné. Mais pas le bébé. Alors qu'elle avait refusé pendant des années de porter son enfant, comment aurait-il supporté ce qui serait apparu comme de la négligence volontaire, cette nuit-là ? Comme si elle avait *voulu* l'enfant d'un autre homme ?

« Il y a de drôles de petites mouches dans le pot de farine ! Tout va bien, chérie ?

— J'essaie de savoir par où commencer. Tout va très bien. Jette toute la nourriture. »

Elle ne mit pas longtemps à empaqueter les vêtements de sa mère. Des mites s'envolèrent du manteau en écureuil gris, que Zoë lui avait toujours connu ; en plus des mites, il était terriblement usé : mieux valait s'en débarrasser.

Ce serait bien de lui en offrir un neuf, mais Zoë n'avait pas d'argent, hormis ce que lui donnait Rupert, et les frais de scolarité de Neville avaient plus ou moins absorbé la petite augmentation de salaire générée par son embauche dans l'entreprise familiale (le Brig n'était pas pour payer ses fils un penny de plus que leur valeur, et Rupert toucherait encore moins dans la marine).

Lorsqu'elle eut fini la chambre, Rupert était dans le salon, en train de regarder un vieil album de photos qu'il avait trouvé sur le bureau.

« On ne pourrait pas le garder ? demanda-t-il. Il n'y a pratiquement que des photos de toi depuis la naissance. J'ai envie d'écrire à ta mère pour lui demander si je peux l'avoir.

— Tu as déjà des photos de moi : maman t'en a donné.

— Pas celles-là. Je détesterais qu'elles se perdent.

— Tu vois pourtant bien que maman ne jette rien. »

Le reste du temps dans l'appartement s'était passé de la même façon : elle avait été odieuse avec lui – tout ce qu'il avait dit ou fait l'avait exaspérée ;

tout ce qu'elle avait trouvé avait aggravé sa culpabilité, qui s'était entre-temps étendue à sa mère. L'agenda de cette dernière, un modèle coûteux en cuir, au rouge vif d'une gaieté trompeuse, était presque vide – « se laver les cheveux » était parfois la seule mention de la semaine ; ou « porter mon manteau d'hiver chez le teinturier ». Une fois par mois, il y avait « bridge avec les Blenkinsop (ici) », ou, le mois suivant « (chez eux) ». C'était presque tout. La solitude lui sautait au visage. Et les objets ! Le salon était rempli de bibelots qui réussissaient à être superflus et indésirables – le genre de choses qu'on offrirait à quelqu'un qu'on connaissait mal ou dont on n'avait que faire : des babioles en poterie, en raphia, en cire à cacheter, des poupées vêtues de costumes folkloriques, des éventails, des fleurs en cire et d'innombrables cadres, en argent, en cuir, en laiton, en coquillage, avec passe-partout, qui, à l'exception de deux clichés de son père, ne contenaient que des photos d'elle. Dans le tiroir du bas de la commode branlante, elle découvrit une boîte pleine de ses habits de bébé et de petite fille. Sa mère était ridicule de les avoir gardés pendant toutes ces années. Elle le fit remarquer à Rupert, pour le regretter aussitôt, parce qu'elle savait, bien sûr, pourquoi ils avaient été conservés. Mais Rupert avait seulement commenté : « C'est parce qu'elle t'aime, chérie. » Agenouillé par terre, il enveloppait les cadres dans du papier journal et les rangeait dans une des malles. Il avait cessé de faire des commentaires sur les photos et paraissait fatigué.

Lorsqu'ils eurent fini, il proposa d'aller au pub – il avait besoin d'un verre.

L'endroit, qui venait d'ouvrir, était presque vide.

« Un gin-vermouth ? »

Elle hocha la tête.

C'était un de ces vastes pubs sombres avec beaucoup de lambris d'acajou et de verre dépoli, un feu de charbon et des chaises recouvertes de simili cuir rouge. Elle choisit une table dans un coin et attendit son verre, se sentant sale et déprimée.

« Il a bien voulu me vendre un paquet de cigarettes. » Il posa les verres sur la table. « Je nous ai pris des doubles. »

« Je me demandais, reprit-il quand il eut allumé une Gold Flake, prise dans le paquet de dix, si ça te ferait plaisir que ta mère vienne séjourner à Home Place. Je suis sûr que la Duche lui trouverait de la place... » Il regarda son visage et ajouta : « Ou alors, tu pourrais aller passer une semaine ou deux à l'île de Wight, si tu veux.

— Elle refuserait de venir dans le Sussex et je ne peux pas loger avec elle – son amie ne voudrait pas de moi.

— Tu n'as pas envie de la voir ?

— Ce n'est pas ça.

— Mais tu te sens tellement coupable vis-à-vis d'elle, Zoë. Tu ne veux pas faire quelque chose pour y remédier ?

— Non ! Je ne me sens pas coupable ! J'ai pitié d'elle.

— Ça ne lui sert pas à grand-chose, si ?

— Qu'est-ce que tu veux dire ?

— Je n'avais pas mesuré, avant aujourd'hui, à quel point sa vie était liée à toi. J'aurais dû, pourtant – tu es sa fille unique. Et tu as été grognon et sur la défensive toute la journée, alors je sais très bien que tu culpabilises. »

Il y eut un silence chargé de colère. Puis il tendit

la main et prit la sienne malgré sa résistance. « Chérie. Ce n'est pas grave de se sentir coupable, c'est triste et inutile. Je l'ai découvert à la mort d'Isobel. La seule façon d'arrêter ça est d'admettre ce que tu ne peux pas faire et de faire ce que tu peux. »

Elle le dévisagea, effrayée : il n'avait presque jamais parlé d'Isobel depuis leur mariage.

« Que pouvais-tu faire pour *elle* ? Après sa mort ?

— Prendre soin de nos enfants, pour elle autant que pour moi. Tu le sais. Tu as commencé à le faire avec Clary.

— C'est elle qui a commencé », dit-elle d'une voix mal assurée.

Il serra sa main d'une petite pression, puis la reposa sur la table.

« Tu as été complice, dit-il. Je vais nous chercher un autre verre. »

En le regardant s'éloigner pour aller au bar, elle avait soudain été submergée par tous les composants de l'amour, certains familiers, d'autres inédits : elle s'était sentie attendrie, chanceuse et indigne, et pleine du désir de faire n'importe quoi pour le rendre heureux.

Ils étaient retournés chez Hugh où ils devaient passer la nuit, et étaient sortis dîner avec lui chez Ciccio, à Church Street. (Rupert avait dit plus tôt qu'il espérait que ça ne la dérangeait pas, vu que son frère devait passer la plupart de ses soirées seul ; ça l'avait dérangée sur le moment – elle l'avait pris comme un affront –, mais à la fin de la journée, elle était dans un état d'esprit bien différent, et ils avaient passé une très agréable soirée.)

« Si vous voulez aller danser quelque part, tous les deux, ne vous gênez pas pour moi. Je suis prêt à aller me coucher », avait annoncé Hugh quand ils avaient eu fini leurs cafés et leur liqueur Strega. Rupert l'avait regardée. Se rendant compte qu'il la laissait presque toujours choisir, elle avait rougi en disant que ça lui était égal. Ils étaient donc tous rentrés, et ç'avait été l'origine de Juliet. Elle l'avait conçue pour Rupert – sans avoir la moindre idée de la joie que leur enfant lui apporterait. Mais il n'avait pas été là à sa naissance... et ne connaîtrait peut-être jamais rien d'elle.

En se remémorant tout ça, assise dans le fauteuil à côté du berceau de Juliet, elle commença à admettre l'absence de Rupert, à la pleurer pour la première fois – à se laisser infecter par la terrible fièvre de l'espoir qu'il s'agisse seulement d'une absence, tandis qu'elle sanglotait et implorait en silence qu'il soit en vie.

*

« Je parie que vous ne saviez pas ça, Miss Milliment.

— En effet. J'ai toujours cru que les platanes étaient apparus dans ce pays bien après l'époque de Chaucer. »

Elle était en train de relire le dernier chapitre du livre du Brig, consacré aux arbres en Grande-Bretagne, remplaçant Rachel qui avait dû aller à Londres ce week-end.

« La plupart des gens ont l'air de croire qu'ils ont été introduits ici à l'époque de l'East Indian Company. C'est faux, comme vous pouvez le voir.

— Il y a un intéressant récit à propos de Xerxès et d'un platane chez John Evelyn.

— Vraiment ? Un type remarquable. Trouvez-le et lisez-le-moi, vous voulez bien ? »

Miss Milliment se leva et trottina jusqu'à la grande bibliothèque vitrée. Y dénicher un livre était toujours une épreuve pour elle, puisque les rayonnages occupaient un coin sombre du bureau et que l'ordre de classement lui échappait. Rachel, bien sûr, aurait su où il était. Elle chercha, mais il lui fallait sortir chaque volume pour réussir à lire ce qu'il y avait sur les dos. « Je crains de mettre du temps à le localiser », dit-elle d'un ton d'excuse, mais le Brig ne parut pas y prêter attention : il discourait sur la taille gigantesque des platanes qu'il avait vus à Mottisfont, un certain presbytère du Sussex, et dans l'allée de Cowdray Park, tout en tâtonnant pour trouver sa carafe de whisky de ses vieilles mains rouges et noueuses… « Apportez-moi un verre, vous voulez bien, Miss Milliment ? »

Elle abandonna sa quête du livre pour celle d'un de ses immenses et lourds verres en cristal taillé. La pièce était tellement remplie de meubles, de papiers et d'ouvrages divers qu'elle avait du mal à s'y déplacer.

« Il y a un texte de Pline quelque part, à propos de dix-huit gars en train de manger à l'intérieur d'un arbre creux. Lisez-le-moi plutôt, voulez-vous ? Ça pourrait peut-être convenir. »

Elle réussit à mettre la main sur le Pline puisqu'il était sur le bureau, mais repérer l'extrait désiré était une autre paire de manches. Heureusement pour elle, une voiture arriva, que le Brig identifia comme étant celle de Hugh ; elle fut chargée de trouver un autre verre, et le Brig, abandonnant son monologue sur la circonférence des platanes, commença à s'agiter dans son désir de héler Hugh à l'instant opportun pour pouvoir le coincer. « C'est toi, Hugh ? *Hugh ?* C'est toi ? Ah, précisément celui que je voulais voir. Sers-toi à boire, mon vieux. Merci, Miss Milliment. Elle m'a fait la lecture parce que Rachel est allée à Londres trier les livres à Chester Terrace. Elle devrait faire pareil à la cave. Tu te souviens, quand tu es revenu en permission et qu'il ne me restait plus que trois bouteilles de ce que je croyais être un bordeaux imbuvable ? Je l'avais acheté à une livre et neuf pence la bouteille à une vente aux enchères – douze caisses ; j'avais pris l'habitude de l'offrir en cadeau à des mariages tant il était infect – puis nous avons ouvert ces trois bouteilles qui se sont révélées superbes ! Tu te rappelles ? »

Hugh répondit que c'était lors d'une permission d'Edward. Miss Milliment posa le deuxième verre près de la carafe et se retira. En sortant, elle entendit le Brig dire que dans ce cas, Hugh ne devait pas connaître l'histoire : s'il s'en souvenait bien, il s'agissait d'un mouton-rothschild 1904, ou peut-être 1905 – bref, chaque fois qu'il l'avait goûté, le vin ne semblait pas tenir ses promesses…

Miss Milliment repartit d'un bon pas vers son appartement au-dessus du garage, que l'on appelait toujours le cottage de Tonbridge, bien que sa famille et lui ne l'aient occupé que quelques semaines deux ans plus tôt. Sa chambre, l'une des deux à l'étage, était petite, mais donnait sur le bois de pins à l'arrière de la maison, qui sentait si bon après la pluie. Elle avait logé quelque temps à Pear Tree Cottage, jusqu'à ce que tout le monde redéménage à Home Place et qu'elle revienne ici. Malgré l'étroitesse et le dénuement de la pièce, elle l'aimait bien. Cette chère Viola – si prévenante – était passée l'inspecter, avait tâté les couvertures sur le lit – deux seulement, ainsi qu'un édredon – et décrété qu'il lui en fallait au moins deux de plus, ce qui était vrai, les deux premières étant à la fois fines et feutrées. Elle lui avait aussi offert le luxe merveilleux d'une lampe de chevet et lui avait fait installer une petite table où elle pouvait écrire des lettres. Une attention des plus délicates, mais hélas, elle n'avait personne à qui écrire. Sauf à sa propriétaire, à Londres, à qui elle avait *dû* écrire pour lui annoncer qu'elle rendait sa chambre, après quoi il lui avait fallu faire le trajet jusque là-bas pour récupérer le reste de ses affaires. Ç'avait été assez désagréable, ainsi qu'extrêmement fatigant. En ce qui concernait ce logement, elle avait brûlé ses vaisseaux. Dans le taxi dispendieux qui la remmenait de Stoke Newington à la gare de Charing Cross, elle avait pris conscience qu'elle était désormais sans abri. À cette pensée, elle avait été la proie d'une panique si accablante qu'elle avait dû se réprimander sévèrement : « Eh bien, Eleanor, tu résoudras ce problème quand il se posera. » À la suite de quoi elle s'était demandé si, à partir d'un certain âge, on était capable de résoudre le moindre problème que ce soit. Elle avait essayé de lire dans le train – un recueil de poètes mineurs du XVIIIe siècle, qu'elle avait trouvé d'occasion, pour un penny, à la vente de charité de l'église à Noël. Mais sa panique, bien que réduite à un état d'anxiété, n'avait pas disparu et revenait la submerger par vagues irrégulières. Elle se disait que c'était à cause de sa logeuse, qui s'était montrée fort déplaisante et répétait « *Certains* ne s'en font pas ». Nul doute que la dame était fâchée de perdre une locataire de longue durée, mais quelle tristesse d'avoir habité ici si longtemps pour finir par être tant détestée. À moins qu'elle l'ait toujours été et qu'elle ne s'en soit jamais rendu compte. Elle s'était efforcée de ne pas être une gêne, ce qui, bien sûr, ne signifiait pas qu'elle avait réussi. Elle ne prenait pas d'extras : pas de café au petit déjeuner comme Mrs Fast ; pas de blanchisserie comme Mr Marcus. Tout ça était désormais derrière elle, se répétait-elle avec fermeté. Mais qu'est-ce qui l'attendait ensuite ? Un jour viendrait où Polly, Clary et Lydia n'auraient plus besoin d'elle, tandis que Roland et Wills seraient encore trop jeunes. Sans compter qu'elle risquait de ne bientôt plus se sentir capable d'enseigner. Sa vue s'était beaucoup dégradée : elle savait qu'elle avait besoin de nouvelles lunettes, mais craignait tellement qu'elles ne lui apportent pas le confort souhaité qu'elle n'avait pas fait l'effort d'aller en acheter à Hastings ou Tunbridge Wells. Elle avait des douleurs dans les genoux : tôt le matin, quand elle demeurait trop longtemps dans la même position, ou si elle restait debout plus de quelques minutes ; presque tout le temps, en fait. « Franchement, Eleanor, je commence à en avoir assez de tes problèmes. Quelle était cette chanson, déjà ? "Range tes problèmes dans ton vieux fourre-tout et souris, souris, souris." » Lorsqu'elle tenta de sourire, des larmes lui montèrent aux yeux. Elle les essuya avec un mouchoir qui aurait eu besoin d'être lavé et retourna à sa poésie.

Mais quand elle arriva à Battle et trouva sa chère Viola qui l'attendait, lui évitant une course en taxi ou un trajet embarrassant avec Tonbridge, elle fut de nouveau submergée par l'émotion. Assise à l'avant de la voiture de Viola pendant que cette dernière et le porteur rangeaient les valises dans le coffre, Miss Milliment tenta de réprimer son affreux désir de fondre en larmes.

« Voilà. Tout est entré. » Viola prit place au volant. « Nous serons bientôt à la maison. Miss Milliment ! » Car elle n'avait pas réussi à se contenir. Elle avait alors tout déballé. Sa peur de devenir inutile, de ne pas savoir que faire du reste de sa vie. D'être une gêne – elle ne voulait vraiment pas être une gêne, ne cessait-elle de dire alors que les larmes coulaient dans les plis de ses mentons. Et la bonté de Viola (elle était *si* bonne !) semblait la faire pleurer encore plus. Elle se confondit en un flot d'explications, d'excuses, et même de justifications que, dans son état normal, elle aurait profondément désapprouvées... Elle avait besoin de se sentir *utile* ; elle avait été utile à son cher papa et, après sa mort, elle avait découvert que seul l'enseignement lui permettait d'assouvir ce besoin. Elle craignait de devenir trop âgée pour servir à grand-chose. Elle ne voulait pas de la charité – sentir que les gens devaient supporter sa présence alors qu'elle n'était plus bonne à rien. Elle craignait d'être un peu fatiguée : le chauffeur de taxi avait refusé de monter chercher ses valises à la pension, et sa propriétaire n'avait pas voulu l'aider. L'un des bagages lui avait échappé dans l'escalier et avait dégringolé tout en bas où il s'était ouvert, et elle avait eu du mal à le refermer – tout ça n'était qu'une conséquence de sa fatigue, et Viola ne devait pas le prendre au sérieux. Elle avait un peu d'argent de côté, bien sûr, mais elle ne savait pas où elle pourrait aller pour le faire durer. Cette dernière remarque la fit rougir de son front brûlant jusqu'en bas, et elle eut aussitôt honte d'avoir mentionné ce sujet.

Et Viola l'écouta, un bras passé autour de ses épaules secouées de sanglots, lui donna un mouchoir puis lui dit : « Chère Miss Milliment, nous ne vous abandonnerons jamais. Je vous le promets. Nous vous devons tant. » Paroles bénies ! Réconfort, affection, et restitution d'une certaine dignité ! Puis Viola lui avait demandé si elle aimerait s'arrêter au salon de thé Gateway, et comme elle avait préféré ne pas toucher à la pâtisserie achetée à Charing Cross, qui une fois ouverte lui avait donné l'impression d'être fourrée à la souris morte, elle avait accepté avec gratitude. Elles avaient pris du thé et des scones, et Viola avait dit qu'elle ignorait ce que leur réservait l'avenir – ils ne resteraient sûrement pas dans le Sussex une fois la guerre terminée –, mais que Miss Milliment serait toujours la bienvenue chez eux. Une dernière remarque qui avait de nouveau menacé son équilibre, de sorte que Viola s'était dépêchée de changer de sujet. Elle lui avait rappelé avec délices le bon vieux temps – quand sir Hubert était en vie et qu'elle allait à Albert Place pour faire la classe à Viola et Jessica, et comme elles savaient toujours que l'heure du déjeuner approchait parce que la bonne entrait dans la salle pour changer les rideaux de dentelle – propres le matin, ils étaient déjà gris de suie à midi, surtout l'hiver quand il y avait du brouillard épais comme de la purée de pois.

« Ce brouillard ! Vous vous en souvenez, Miss Milliment ? On n'en a presque plus jamais des comme ça, n'est-ce pas ? » Et ainsi de suite. C'était agréable et apaisant. Après, elle avait eu le hoquet, ce qui était fort embarrassant dans un lieu public, mais Viola avait ri et lui avait fait répéter la comptine : « Hoquet, toquer, trois petits coups bien placés font passer le hoquet », qu'elle avait apprise à Viola et à sa sœur tant d'années plus tôt.

« Je la tenais de ma Tante May. Oh, ciel ! Il faut que je recommence ! »

« C'est très plaisant d'évoquer le passé, dit-elle alors qu'elles retournaient à la voiture. Grand Dieu ! Je suis désolée ! » L'une des anses de son sac à main très vieux et très usé avait lâché et, comme il était trop rempli pour se fermer correctement, des crayons, un porte-monnaie en cuir maintenu par un trombone, un étui à lunettes, des pinces à cheveux et un peigne innommable dégringolèrent sur le trottoir. En se penchant pour tout ramasser, Villy résolut de lui acheter un nouveau sac, mais garda sa décision pour elle.

Dans la voiture, elles parlèrent de ses élèves actuelles, en commençant par Lydia, dont la concentration, reconnut Miss Milliment, laissait un peu à désirer, mais qui avait fait des progrès notables au cours du dernier trimestre. « Je m'efforce de me faire discrète pendant les vacances, ajouta-t-elle. Ce doit être pénible d'avoir une gouvernante qui ne s'en va jamais. »

« Je me demandais, ajouta-t-elle quelques instants plus tard, si vous verriez un inconvénient à ce que je prenne Lydia toute seule l'après-midi. Elle pourrait se joindre aux deux autres le matin, pour nos lectures à voix haute, mais je crains que ce ne soit décourageant de tout faire avec les deux grandes, qui naturellement sont beaucoup plus avancées dans d'autres matières. »

Villy répondit que ça lui paraissait une bonne idée.

Lorsqu'elles arrivèrent à Home Place, elle transporta les valises terriblement lourdes de Miss Milliment dans l'étroit escalier jusqu'à sa chambre et embrassa sa douce joue ridée – encore une expérience extraordinairement agréable (et inhabituelle) pour Miss Milliment.

Ce soir, puisqu'on était vendredi, elle dînerait avec la famille, comme elle le faisait deux fois par semaine. Les autres soirs, elle prenait son repas plus tôt, avec Lydia et Neville. C'est elle qui avait suggéré cette organisation, de manière à libérer Ellen de l'obligation de superviser le souper des enfants au moment où elle devait baigner Wills et Roly. Alors qu'elle se tortillait pour entrer dans son tailleur brun et moutarde – qu'elle appelait encore son « beau » tailleur par-devers elle –, elle se fit la réflexion qu'elle ne s'était pas acheté de nouveaux vêtements depuis environ deux ans, jugeant qu'elle devait économiser autant qu'elle pouvait en prévision des mauvais jours. Mais depuis sa conversation des plus réconfortantes avec Viola, elle n'avait plus d'excuses, d'autant qu'elle serait bien embêtée si le rationnement s'étendait aux habits, songea-t-elle en fouillant dans le tas de bas dépareillés pour en trouver deux d'une couleur chamois presque identique. Elle devrait se rendre à Hastings en bus, puis trouver un magasin vendant des grandes tailles, mais elle pouvait difficilement demander à quelqu'un de l'accompagner, puisqu'il fallait être seule pour acheter des articles tels des sous-vêtements. Elle n'avait jamais été très douée dans le maniement de l'aiguille ; de toute façon, presque toutes ses affaires avaient dépassé le stade du raccommodage : il y avait d'énormes échelles dans ses culottes en point de jersey, des trous de tailles diverses dans ses deux cardigans, et ses vêtements tenaient souvent avec des épingles de nourrice, qui s'ouvraient sans crier gare, lui causant de désagréables picotements – sans parler de la crainte d'embarras pires encore. « Tu dois te reprendre, Eleanor, et regarnir ta garde-robe. »

Elle mit beaucoup de temps à s'habiller, en partie parce qu'elle n'arrêtait pas de s'interrompre pour regarder par la fenêtre le jeu de la lumière déclinante sur la cime des arbres de la forêt. Les pins devenaient brumeux, et le bronze dilué des chênes plus livide – elle ne savait pas décrire leurs nuances ; *morne* était un mot très utile pour les poètes, songea-t-elle, romantique et évasif, mais qui ne servirait à rien si on peignait des arbres. Sous le bois, il y avait un talus raide et herbeux, richement décoré de primevères au printemps et, plus tard, de fraises des bois encore plus délicates, de vesces violet foncé, de stellaires et de mouron rouge, toutes ces fleurs avec lesquelles elle avait grandi. En cette saison, il ne restait plus que les fougères et l'herbe, mais le talus possédait une beauté différente – c'était une frontière naturelle dense au-dessus de laquelle les arbres poussaient avec une grâce majestueuse. La cour, au premier plan, était pleine de chaudes couleurs domestiques : celles des pavés, ces blocs ardoise souvent disposés à la sortie des écuries (faciles à laver et si beaux quand ils sont mouillés – à présent, hélas, uniquement par la pluie !), et du chemin de briques patinées qui la traversait sans raison apparente et s'arrêtait au mur du potager là où se trouvait jadis une porte, aujourd'hui condamnée. De la mousse et des mauvaises herbes poussaient entre les étroites briques roses, ajoutant encore à leur charme. Elle avait dû passer l'équivalent de plusieurs heures à observer cette scène, d'abord dans l'espoir de pouvoir se la remémorer rien qu'en fermant les yeux, à présent parce que l'habitude lui était agréable. Une fois – seulement – elle avait ressorti l'ancienne boîte d'aquarelle de sa Tante May pour tenter de peindre ce qu'elle voyait, mais la peinture, toute sèche et craquelée, n'avait pas voulu livrer ses couleurs, et l'unique pinceau dans la petite boîte noire, déjà mal en point, semblait décidé à perdre le peu de poils qui lui restait. Ç'avait été absurde ne serait-ce que d'essayer, mais malgré son échec, la tentative l'avait tant absorbée que Polly avait dû venir la chercher pour le dîner.

« Et tu vas encore être en retard aujourd'hui, Eleanor, si tu n'accélères pas la manœuvre », s'admonesta-t-elle. Ladite manœuvre, consistant à mettre ses bas, n'était pas simple. Elle dut s'asseoir sur le lit en posant un pied sur une chaise pour les enfiler, puis vint la tâche délicate de remonter ses jarretières à la hauteur requise. Trop bas, et des plis paresseux se formaient au niveau des chevilles dès qu'elle se levait ; trop haut, et la constriction était désagréable et probablement mauvaise pour la circulation. Il lui arrivait de dormir avec pour s'éviter cette épreuve le lendemain. Mais on ne pouvait pas porter des bas gris avec du brun foncé, de sorte que ce soir-là, le changement s'imposait. La petite salle de bains se trouvant au rez-de-chaussée, elle se lava le visage et les mains en partant.

En traversant la cour d'un pas léger, avec la délicieuse perspective d'une pièce bien chaude, pleine de gens familiers, et du verre de xérès qu'on lui offrait en ces occasions, elle songea combien elle était chanceuse : rien de tout cela ne serait arrivé du temps de Lady Rydal. Et, après le dîner, elle pourrait passer une heureuse soirée avec une bouillotte (le cottage n'était pas très bien chauffé), à chercher dans l'œuvre d'Evelyn des références à des arbres susceptibles d'intéresser Mr Cazalet père. Vraiment, seuls manquaient à sa vie les musées et les tableaux qu'ils contenaient. Mais quand on songeait aux terribles événements en cours – elle lisait le *Times* tous les jours lorsque la famille avait terminé le journal –, c'était secondaire, et elle se sentit ingrate ne serait-ce que d'y avoir pensé.

*

Assise sur le lit non fait et recouvert d'une housse, dans sa chambre de Chester Terrace, Rachel regardait une photo de ses frères et elle, prise quand ils s'étaient tous retrouvés peu après la première guerre. Edward, encore en uniforme, souriant et débonnaire, la tenait par les épaules. Hugh était légèrement à l'écart : il avait le bras en écharpe, flottait un peu dans sa veste Norfolk, et le soleil semblait lui blesser les yeux. Quelque chose avait fait rire Rupert, qui avait l'air incroyablement jeune avec sa chemise ouverte au col. La photo avait été prise sur le terrain de croquet de leur maison de Totteridge, avant qu'ils déménagent tous à Londres. C'était l'œuvre du Brig : photographe enthousiaste, pour ne pas dire inlassable à cette époque, il en avait pris cinq ou six à cette occasion. Celle-là, la meilleure, avait trôné dans son cadre sur la coiffeuse de Rachel pendant des années, avant d'être entreposée, enveloppée de papier de soie, dans la penderie, comme tous les autres objets dans la pièce. Rachel voulait la donner à Clary. Elle alla refermer la penderie, qui contenait encore une rangée de robes du soir et l'étole en hermine que le Brig lui avait offerte pour ses vingt et un ans. Il semblait inutile d'emporter tout ça dans le Sussex. Le placard sentait le camphre, sa coiffeuse était nue et poussiéreuse.

Elle s'engagea dans l'escalier – sa chambre se trouvait au deuxième étage – et s'arrêta dans le salon pour vérifier que les meubles étaient encore bien protégés sous des draps, les petits tapis roulés, le très grand recouvert d'un immense droguet, les volets correctement fermés. Le lustre pendait dans son énorme sac de lin, telle une gigantesque poire attendant de mûrir. La pièce, comme tout le reste de la demeure, avait cet air pesant et triste caractéristique des maisons entièrement meublées, mais inhabitées. Elle se demanda s'ils revivraient un jour ici. Au rez-de-chaussée, le vestibule était encombré des caisses à présent pleines des livres que le Brig l'avait envoyée chercher à Londres. Tonbridge superviserait leur chargement dans un des camions de l'entreprise la semaine suivante. Elle était fatiguée et avait envie d'une tasse de thé, mais l'eau et l'électricité étaient coupées ; en plus, il n'y avait pas de lait.

Elle décida de traverser le parc pour rejoindre Baker Street, où elle prendrait un bus qui la rapprocherait de Maida Vale, même s'il lui fallait encore marcher pour arriver à la maison de Sid. Un taxi coûterait les yeux de la tête, pourtant elle savait que Sid la gronderait de ne pas en avoir pris un…

*

« Tu es venue à pied ?

— J'ai fait une partie du trajet en bus.

— Ma chérie, tu es incorrigible ! J'ai branché le chauffe-eau. Ça te dit de prendre un bain chaud ?

— Une tasse de thé, voilà ce que je désire plus que tout au monde.

— Va pour une tasse de thé. »

Elle suivit Sid dans le petit escalier obscur qui descendait au demi-sous-sol où se trouvaient une cuisine, un garde-manger, un cellier, une cave à vin et des w.-c. Tout était très propre, mais il y avait de grandes fissures dans les murs de la cuisine, leur peinture verte se craquelait et s'écaillait, et le linoléum était tellement usé que le dallage en dessous apparaissait par endroits. Sid alluma la lumière, indispensable dans cette pièce dont les fenêtres à barreaux donnaient sur un mur en briques noir. C'était une cuisine victorienne peu adaptée à la vie moderne.

« Je dois utiliser tes toilettes, dit Rachel.

— Celles du bas fonctionnent. Je les ai fait réparer la semaine dernière. Tu veux un toast ou autre chose ?

— Uniquement du thé. »

Et ensuite un bain, songea Sid en remplissant la bouilloire. L'idée de Rachel dans le bain était un tendre tourment qui, bien que familier, l'étonnait toujours. Si elle avait pris un taxi, nous aurions eu une heure de plus ensemble, pensa-t-elle aussi, en chauffant la théière. Mais considérant qu'elles avaient un week-end entier – jusqu'au dimanche soir, où elle serait de nouveau de service – et que Rachel avait sauté le pas et accepté de rester avec elle à Londres plutôt que de retourner dans le Sussex…

« Tu as regardé ce qui passait à l'Academy ?

— *La Femme du boulanger**.

— Oh, allons-y !

— Tu n'es pas trop fatiguée ?

— Ciel, non ! C'est notre soirée. Nous pourrions dîner dehors.

— Ce serait sage. Tu connais mes talents de cuisinière. Allons boire notre thé là-haut, on y sera plus à notre aise.

— Je prends le plateau !

— Pas question ! Mais tu peux éteindre la lumière. »

Elles remontèrent dans le petit salon, presque entièrement occupé par le vieux piano à queue Bechstein, et s'assirent dans les deux fauteuils dont les accoudoirs étaient recouverts de vieux lin fleuri pour cacher le revêtement râpé. Sid servit le thé et sortit des cigarettes égyptiennes de la marque préférée de Rachel.

« Petite maligne ! Où les as-tu trouvées ?

— Dans un magasin de Soho. » Elle ne mentionna pas la recherche exhaustive qu'elle avait menée.

« Merveilleux. J'avoue qu'elles me manquent. Les Passing Clouds ne sont pas du tout pareilles. »

Elles fumèrent et se regardèrent avec de petits sourires ravis, puis échangèrent quelques nouvelles décousues, de celles qui n'interféraient pas avec leur intense bonheur d'être ensemble – et seules. Sid sortit une demi-bouteille de gin, ainsi qu'un fond de Dubonnet qui était dans la maison depuis des années. Rachel parla de la photo, que Sid, bien sûr, voulut voir aussitôt. Elle contempla un long moment la ravissante image de Rachel – ses cheveux retenus en chignon, son chemisier blanc à col montant et sa longue jupe sombre ceinturée, son visage à l'expression si innocente et franche qu'elle dut recourir à une remarque légère pour cacher son émotion.

« Ma parole, tu étais une beauté renversante !

— N'importe quoi !

— Tu l'es encore, évidemment. » Mais ce ne fut pas très bien reçu non plus. Le manque total de vanité de Rachel et son indifférence à son physique se trouvaient perturbés quand on y faisait référence. Elle était comme sa mère, songea Sid : leur beauté devait demeurer en silence dans l'œil de celui qui la regardait. Rachel avait rougi et fronçait les sourcils en signe de désapprobation et de gêne.

« Chérie, je ne t'aime pas pour ton physique, dit Sid, mais on ne pourrait pas m'en vouloir si c'était le cas. »

Rachel remballait à présent la photo.

« Tu ne voudrais pas m'en faire une copie ?

— Je suis sûre que le négatif est perdu. Le Brig en a pris un si grand nombre, et la Duche s'est débarrassée d'un tas de choses de ce genre quand nous avons emménagé à Londres. Je l'ai rapportée pour la pauvre Clary. Elle est si malheureuse à cause de son père.

— Aucune nouvelle ?

— Pas la moindre. Honnêtement, Sid, j'ai perdu tout espoir. Je crois que même la Duche a fini par ne plus en avoir.

— Et Clary ?

— Je crois que si. Elle ne parle pas beaucoup de lui, mais quand elle le fait, ce n'est jamais comme si… comme si… » Elle ne put terminer sa phrase. Après un silence, elle reprit d'une voix aiguë et tremblante : « Tant de gens doivent vivre la même chose ! Tant de chagrin, de choc, de patience angoissée et d'espoirs abandonnés ! Parfois, je me dis que nous sommes fous ! À quoi bon tout ça ?

— Et si ça nous évitait un plus grand mal ?

— Oh, *Sid* ! Je peine à croire que ça puisse être pire !

— Je sais. C'est plus facile pour moi.

— Pourquoi ? »

Elle répondit : « Je n'ai rien à perdre. Toi, tu n'auras pas à partir à la guerre. Voilà. Je n'ai rien à perdre. »

Mais elle s'aperçut que Rachel n'avait pas compris, ou pas voulu comprendre, et elle laissa tomber le sujet.

Elles prirent la vieille Morris de Sid pour aller à Oxford Street, virent leur film puis dînèrent chez McWhirter's, un restaurant en sous-sol d'un immeuble d'Abbey Road – de la soupe à la tomate et de la morue pochée. Sid décrivit à Rachel la station d'ambulances (elle était devenue conductrice). Rachel, qui savait si bien écouter, adorait entendre parler des gens qui y travaillaient : « … un ancien pédicure – enfin, je suppose qu'on est tous "ancien" quelque chose, sauf notre chauffeur de taxi aux pieds plats. Il nous est précieux, même s'il ne peut évidemment pas faire usage de son "savoir", comme il dit, puisque nous n'intervenons que dans un seul quartier. Il y a aussi une professeur de gym qui terrorise les infirmières qu'elle conduit, parce qu'elle adore brûler les feux rouges et rouler du mauvais côté de la route…

— Comment sais-tu qu'il a les pieds plats ?

— Il le dit à tout le monde. Il voulait s'engager, mais l'armée n'a pas voulu de lui. Il n'arrête pas de s'en plaindre. Et puis, nous avons un pacifiste qui s'enivre, Dieu sait avec quoi, et nous raconte toutes les choses horribles qu'il aimerait faire subir aux "fauteurs de guerre", dont nous faisons tous partie, apparemment. Tout ça pendant les soirées interminables où nous buvons du thé – enfin, sauf lui.

— Ça a l'air plutôt amusant », dit Rachel. Il y avait une pointe de mélancolie dans sa voix. Elle n'avait jamais appris à conduire, ni eu de véritable emploi.

« La plupart du temps, on s'ennuie beaucoup. Il ne se passe rien. Bien sûr, nous avons quelques cas d'appendicite, d'attaques et de crises cardiaques, mais l'équipe régulière s'en charge la plupart du temps. Nous sommes des sortes de renforts d'urgence, et jusqu'ici, il n'y a pas eu d'urgence.

— Dieu merci.

— Oui. On rentre ? Je peux nous faire un café bien meilleur que celui qu'on nous servira ici. »

Alors qu'elle introduisait la clé dans la serrure de la porte d'entrée, elle songea que ç'aurait dû être comme ça tout le temps. Rachel et elle rentrant ensemble à la maison. Une fois la porte refermée, elle tâtonna à la recherche de l'interrupteur puis changea d'avis et passa les bras autour de Rachel, qui lui rendit son étreinte. Elles s'embrassèrent. Rachel dit : « C'était une délicieuse soirée.

— N'est-ce pas ? Exactement le genre de film qu'il nous fallait. Je me demande pourquoi les films aussi touchants, drôles et charmants sont toujours français ?

— J'aime tout ce que je fais avec toi. »

Une petite pépite à mettre de côté, songea Sid en allumant la lumière.

Elle fit le café et elles s'installèrent dans les fauteuils usés devant le vieux poêle à gaz que Sid alluma. Puis elle se souvint qu'il restait un fond de cherry-brandy, qu'Evie avait reçu en cadeau mais qui lui faisait mal à l'estomac. « Nous pouvons donc le finir en toute impunité. »

Elles s'étaient déjà dit tout ce qu'il y avait à dire à propos d'Evie : elle était en voyage, accompagnant le pianiste de renommée mondiale pour qui elle travaillait, et semblait apprécier son emploi. C'était merveilleux, dit Sid, de ne pas avoir à s'inquiéter pour elle. Bien plus tard, une fois le cherry-brandy fini (il en restait plus que ne l'avait cru Sid), elles entamèrent leur discussion préférée, sur ce qu'elles feraient après la guerre : de longues vacances – mais où ? Sid était en faveur de l'Italie, si c'était possible ; Rachel penchait pour l'Écosse, où elle n'était jamais allée. Minuit était passé quand elles allèrent se coucher.

Après avoir installé Rachel dans la chambre d'Evie, de loin la plus agréable des deux chambres, et l'avoir laissée défaire ses bagages et faire sa toilette, Sid descendit lui préparer une bouillotte. Elle était consciente de la légère tension qui avait surgi entre elles – presque au moment où elles avaient monté l'escalier. Elle savait pourquoi *elle* était tendue : Sid avait séjourné de nombreuses fois à Home Place, avait même parfois dormi dans la chambre de Rachel – dans des lits séparés – quand la maison était pleine, et elles avaient pris l'habitude de s'allonger côte à côte dans le lit de Rachel durant un court, doux et souvent déchirant moment, durant lequel, sentant

Rachel pelotonnée dans le creux de son bras, Sid ne pouvait pas ne pas imaginer d'autres délices plus intimes. Mais c'était la première fois qu'elles passaient la nuit seules dans une maison, sans avoir à penser aux autres. Ça aurait dû rendre la situation plus facile, mais non : cela ne faisait que souligner la différence de nature entre leurs sentiments. Sid y voyait une certaine malhonnêteté chez Rachel ; si, dans les autres circonstances, Rachel s'était toujours inquiétée de ce qu'on penserait, que pouvait-elle dire, à présent qu'elles étaient seules ? Mais elle savait aussi, bien sûr, que la question n'était pas là. Rachel lui avait clairement (et involontairement) fait comprendre que toute forme d'intimité sexuelle la rebutait. C'est moi qui suis malhonnête, songea-t-elle ; combien de fois, combien de milliers de fois ne s'était-elle pas dit qu'elle avait dompté ces sentiments, qu'ils étaient inutiles, voire pires, puisque leur révélation ferait à coup sûr fuir Rachel, et qu'alors il ne lui resterait plus rien ? Mais ce soir, la première occasion qui se présentait depuis qu'elles se connaissaient, elle se rendait compte qu'elle n'avait rien dompté du tout. Quand Rachel était absente, elle pouvait se languir de sa présence ; lorsqu'elle était présente, elle se languissait de son corps consentant.

Elle se colleta avec ce dilemme désespérant en remontant l'escalier, mais une fois dans la chambre de Rachel, elle ne put résister à l'envie de dire : « Comme tu n'auras pas ton amour pour te tenir chaud, voici une bouillotte.

— Sid ! » Elle s'était déshabillée et se trouvait en combinaison, sa trousse de toilette à la main. « *Sid !* Qu'est-ce qu'il y a ?

— Rien du tout. Je vais te passer une robe de chambre – tu vas avoir froid.

— Tu serais un ange : il n'y avait plus de place pour la mienne dans la valise. » Rachel la suivit jusqu'à sa chambre beaucoup plus petite, et Sid lui posa tendrement sur les épaules une vieille robe de chambre d'homme en tissu écossais. Le bain coulait et de fins nuages de vapeur avaient atteint le couloir.

« Qu'est-ce qu'il y a ? Tu ne vas pas venir me parler dans le lit ?

— Va prendre ton bain. Bien sûr que je viendrai. »

Rachel s'endormit peu après son bain, détendue, la tête posée sur l'épaule de Sid.

« ... n'est-ce pas, ma chérie ? » disait Sid. Baissant les yeux, elle s'aperçut qu'elle n'aurait pas de réponse. Elle resta allongée, réveillée, jusqu'à ce que le cadran lumineux du réveil de voyage de Rachel marque deux heures et demie, puis sachant que si elle ne dormait pas, elle gâcherait la journée du lendemain, elle se dégagea avec précaution et rejoignit son propre lit, où le sommeil continua de la fuir.

*

Le samedi après-midi, il y eut un tournoi de tennis auquel tous les enfants, jusqu'à Neville et Lydia, eurent le droit de participer. Edward et Hugh avaient tout organisé. Les partenaires avaient été tirés au sort, et les matchs se déroulaient en trois jeux. Ils avaient commencé à deux heures de l'après-midi, par un match d'enfants. « Les petits chenapans viennent de se goinfrer de nourriture », avait dit Edward. Neville, jouant avec Simon, s'était fait battre par Clary et Polly. « De toute façon, je déteste le tennis, dit-il, écarlate de désespoir. Et si on ne m'avait pas obligé à jouer avec Simon, qui n'arrêtait pas de mettre la balle dehors, j'aurais gagné.

— Sûrement pas, dit Simon, dont la déception n'était pas moins intense. Tu ne touchais même pas les balles. Tu les ratais toutes. Je ne comprends même pas pourquoi tu participes au tournoi.

— Tu dois apprendre à perdre poliment, Neville, le tança Clary.

— Pourquoi ? Je ne vais pas passer ma vie à perdre. Soit je gagnerai tout ce que je ferai, soit je ferai autre chose.

— Il faut bien que quelqu'un perde, Neville, dit Lydia d'un ton agaçant.

— Bon, vous pouvez être ramasseurs de balles, tous les deux.

— Alors là, vous pouvez toujours courir.

— Ça suffit, Simon, dit sèchement Villy.

— Rassurez-vous, toutes les équipes ont deux chances, dit Edward. Dommage que Simon soit tombé avec Neville, ajouta-t-il à l'intention de Villy.

— Personne ne gâchera un si bel après-midi », dit quelqu'un d'autre, et le match suivant commença.

L'après-midi était exceptionnellement beau : serein, parfumé et ensoleillé ; le ciel était d'un bleu pâle et cependant éclatant, le soleil juste assez chaud pour le plaisir des spectateurs, mais pas trop pour le confort des joueurs. Zoë amena Juliet dans son landau, Wills n'arrêta pas de monter et de descendre des genoux de Hugh. La Duche allait et venait avec sa corbeille pleine de fleurs fanées ; seul le Brig était absent, travaillant dans son bureau avec Miss Milliment. Jessica, une piètre joueuse, faisait équipe avec Christopher : ils perdirent leur premier match. Vers seize heures, tout le monde avait très soif, et la Duche leur fit apporter du thé sur la terrasse au-dessus du court de tennis.

« C'est plutôt un temps à citronnade, dit-elle. Quel dommage qu'il n'y ait pas de citrons.

— Wills, Roly et Juliet ne sauront jamais ce qu'est un citron, n'est-ce pas ? » fit remarquer Lydia ; elle était très contente de ne plus faire partie des plus jeunes. « Si on leur dit qu'ils n'ont rien dans le citron, ils ne comprendront pas.

— Parce qu'ils n'auront rien dans le citron », répliqua Neville.

Il y avait des sandwichs au concombre et des biscuits aux flocons d'avoine ; Simon compta ces derniers et calcula qu'il aurait de la chance s'il réussissait à en avoir deux. Au moment opportun, il commença à faire un tour discret de l'assistance pour demander aux gens s'ils prendraient le leur. La méthode paya, puisque Zoë ne voulait pas du sien ; d'un autre côté, sa tante en avait donné un morceau à Wills qui, l'ayant goûté, était maintenant occupé à l'enterrer dans un parterre de fleurs – un monstrueux gâchis. Les bébés étaient tellement idiots parfois qu'il avait honte d'en avoir un jour été un, même s'il était sûr de n'avoir jamais été idiot à ce point. Polly était allongée dans l'herbe à côté de son père. « C'est quoi, des hémorroïdes ? demandait-elle. Ellen n'arrête pas de dire qu'il faut faire attention à ne pas en attraper, mais elle refuse de dire ce que c'est.

— Parce que c'est grossier, voilà pourquoi », dit

aussitôt Neville. Comme personne ne le contredisait, il improvisa : « C'est des petits boutons pointus qui poussent sur les fesses et qui vous rentrent dedans quand on s'assoit. Il y a parfois des *fourmis* à l'intérieur. Oui. Des espèces de fourmilières à l'intérieur des gens. » Il se tourna vers Lydia. « Tu sais tout sur les fesses. Dis-leur.

— C'est pas vrai. » Lydia se tortilla, mal à l'aise.

« Si. Je te l'ai dit. »

Il y eut un court silence. Puis Lydia, incapable de résister à la sollicitation, dit : « C, O, N, c'est ça ?

— Je ne crois pas que nous ayons envie d'entendre cela, Lydia », dit Villy du ton le plus sévère qu'elle put. Elle résolut de découvrir ce qui se passait le soir dans la chambre bleue : Neville était peut-être un peu grand pour partager une chambre avec une fille.

Un autre match se termina. « Ton revers s'est bien amélioré, Teddy, dit Edward, et Teddy rayonna tout en prenant l'air désinvolte.

— Ah bon ? répondit-il, comme si ça s'était produit à son insu.

— Des chrysanthèmes blancs, dit la Duche, une jolie variété précoce. Je les adore.

— Ils ont une odeur de feux de joie, des feux de joie étrangers, dit Clary après les avoir reniflés.

— Moi, je trouve que ça sent la souris effrayée, dit Neville pour l'embêter.

— Son père lui manque », chuchota Villy à Jessica.

La sirène antiaérienne résonna, mais personne n'y fit très attention. Les joueurs qui sortaient du court voulurent prendre du thé, mais il n'y avait plus d'eau chaude.

« Allez viens, Poll, dit Hugh en se levant. On va en chercher tous les deux. »

Juste avant de parvenir à la maison, ils entendirent le vrombissement d'avions – ils semblaient très nombreux.

« Ce sont les nôtres, n'est-ce pas ? » demanda Polly, mais son père ne parut pas l'entendre. Quand ils ressortirent avec les pots d'eau chaude, ils les virent : des nuées d'avions, volant très haut et scintillant dans le soleil, fonçant tous dans la même direction. Polly, regardant son père qui les regardait, dit : « Ils sont allemands ? »

Et Hugh, sans les quitter des yeux, répondit : « Des bombardiers.

— Tu crois qu'ils vont nous bombarder ?

— Non, pas ici. »

Le bruit s'était amplifié – comme si le ciel entier vibrait –, mais les appareils volaient si haut que le son était plus distant qu'assourdissant.

« Emporte l'eau, Polly », dit Hugh, et il fit demi-tour.

Elle croisa Oncle Edward en retournant vers la terrasse.

« Où est ton père ?

— Il est rentré dans la maison. »

Au moment où elle rejoignait les autres, elle entendit Teddy commenter : « S'ils se dirigent vers Londres, ils vont sûrement tout raser – ils sont des milliers.

— Pas des milliers, Teddy.

— Bon, tu vois ce que je veux dire, maman. Et d'autres continuent d'arriver. Un nombre incroyable. Où est papa ? C'est lui qui a la liste des parties suivantes. »

Villy répondit avec une certaine lassitude : « Il

a dû aller téléphoner à Hendon pour voir s'ils ont besoin de lui. »

C'est ce qu'il avait fait, bien sûr, mais on lui répondit non, inutile de revenir, ils ne semblaient pas être la cible. De son côté, Hugh tenta désespérément d'appeler l'hôpital, sans résultat.

*

Cette journée avait été un extraordinaire mélange – une journée comme aucune des deux n'en avait jamais passé. Elle avait commencé par une affectueuse querelle parce que Sid voulait utiliser toute sa ration de bacon pour leur petit déjeuner – deux tranches chacune. Elle eut gain de cause, et servit aussi des tomates et du pain grillé.

« J'aurais dû apporter mon carnet de rationnement, dit Rachel alors qu'elles allumaient leurs premières cigarettes de la journée.

— Sûrement pas ! De toute façon, je mange à la cantine la plupart du temps. Je ne m'embêterais jamais à me faire du bacon toute seule. » Sa fatigue due au manque de sommeil se dissipait sous l'effet du bonheur que lui procurait la perspective de leur journée ensemble. « La grande question. Qu'as-tu envie de faire ?

— Un concert à la National Gallery ?

— Il n'y en a pas le samedi, hélas.

— Eh bien, j'ai quelques courses à faire. J'ai besoin d'un tailleur chaud – en tweed ou l'équivalent. Et je voulais t'acheter un chemisier pour ton anniversaire. Il faudrait aussi que j'aille voir Sybil. Elle n'a pas Hugh le week-end. »

Ce fut le premier nuage – alors encore tout petit.

« Moi, je ne t'ai ni la semaine, ni le week-end. C'est notre moment, non ?

— Oui. Allons déjeuner dans un endroit chic après les magasins, et c'est moi qui t'invite, vu que j'ai mangé tout ton bacon. Nous verrons à ce moment-là ce que nous voulons faire. »

Ne sachant pas si ça signifiait que la visite à Sybil était annulée, ou du moins remise en question, Sid laissa tomber le sujet.

D'habitude, elle détestait faire les magasins, mais pas avec Rachel. Assise sur une petite chaise dorée chez Debenham and Freebody pendant que Rachel paradait dans divers tailleurs, elle éprouva un plaisir intense à l'aider à choisir. Enfin, avec une longue veste en tweed du Donegal gris-bleu et une jupe à plis creux empaquetées dans une belle boîte, elles retournèrent à la voiture pour se rendre à Jermyne Street, où Rachel choisit un chemisier en soie pour Sid – rayé brun et café – puis trouva la parfaite cravate en soie couleur tabac pour aller avec.

« Chérie, c'est une boutique très chère. Je ne crois pas que tu devrais m'offrir la cravate en plus.

— Bien sûr que si. Le Brig me donne une allocation vestimentaire très généreuse, et cela fait un temps fou que je n'ai pas acheté de vêtements. »

L'idée que le Brig était responsable de ces cadeaux, même de manière indirecte, lui sembla quelque peu déprimante. Des pensées lui vinrent, telle « Ils la paient pour qu'elle reste chez eux. Ils l'ont rendue complètement dépendante ». Elle se hâta de les chasser, les jugeant injustes et idiotes. Il fallait bien que Rachel ait de l'argent : personne ne pourrait vivre sans rien du tout ; elle avait tort d'avoir des scrupules. « Achetons des choses pour toi à présent », dit-elle. Mais convaincre Rachel de dépenser de l'argent pour elle-même, au-delà du strict nécessaire, se révéla presque impossible. Elle refusa de s'acheter une jupe : elle n'en avait pas besoin, dit-elle. Elle accepta de chercher un pull pour aller avec le tailleur, et elles traversèrent Burlington-Arcades dans ce but. Mais elle refusa de prendre du cachemire : « Ah, non, chérie, je n'en ai jamais eu – c'est hors de prix », et choisit un twin-set en lambswool bleu myosotis. « Tu crois qu'il ira avec mon tailleur ?

— J'en suis certaine. » Il est assorti à ses yeux, pensa Sid.

Rachel fit aussi l'acquisition de nouveaux chaussons : « Les miens ont la forme de vieilles fèves. »

Au moment du déjeuner, Rachel dit que le Bentley's, l'un des restaurants favoris d'Edward, se trouvait à proximité, et comme elles aimaient toutes les deux le poisson, elles y allèrent. Rachel persuada Sid de prendre de la langouste, sachant que c'était son plat préféré, et elle-même opta pour une sole grillée ; elles burent une demi-bouteille de vin du Rhin et furent parfaitement heureuses. Sid dut aider Rachel à calculer le pourboire, et elle se rendit compte alors que c'était la première fois que son amie invitait quelqu'un au restaurant. « Je suis nulle en calcul, dit-elle. Même si ça ne se fait pas, je vais devoir te révéler le montant de la note. » Elles étaient la seule table de deux femmes : il y avait les habituels couples et des hommes seuls, mais pas d'autres femmes seules ou à deux. Sid remarqua que les gens les regardaient – parlaient d'elles –, se souriaient, puis *évitaient* de les regarder, mais elle ne pensait pas que Rachel s'en fût aperçue. Son attention demeurait si gaiement fixée sur Sid qu'elle ne finit même pas sa sole, qui « était énorme ». À un moment, quand Sid déclara qu'elle adorait leur petite sortie, Rachel lui prit la main (c'est là que Sid avait remarqué avec gêne le regard des autres), mais elle n'allait pas rejeter un geste affectueux de sa bien-aimée, aussi s'agrippa-t-elle sciemment et avec bravade à la main offerte. C'était un autre petit nuage, mais elle n'en dit mot.

Les choses se compliquèrent alors qu'elles retournaient à la voiture, lorsque Rachel lui demanda de la déposer à l'hôpital de Sybil. « Et si nous voyons un marchand de fleurs, je m'arrêterai pour lui en acheter.

— Et que feras-tu ensuite ?

— Je prendrai le bus pour te rejoindre chez toi.

— Je t'attendrai.

— Pas question. Je ne veux pas te savoir en train de traîner dehors.

— Tu l'as prévenue de ta visite ?

— Non, je n'étais pas sûre de pouvoir passer.

— Et maintenant tu l'es ?

— Eh bien, je n'ai pas de raison de ne pas y aller. Nous n'avons rien de spécial à faire.

— Tu ne pourrais pas y aller demain ? En début de soirée – avant de prendre ton train ? Je suis de service à dix-huit heures.

— Non, je leur ai promis de prendre un train dans l'après-midi et d'être rentrée à temps pour faire la lecture au Brig avant le dîner.

— Tu ne me l'avais pas dit.

— Je suis sûre que si. Je t'ai dit que je devais rentrer dimanche. »

Elle ne comprenait pas, songea Sid. Pas du tout. Écoutez-la, maintenant : « La pauvre Syb a vécu une épreuve terrible. Je ne peux quand même pas ne pas lui rendre visite. Ce serait affreusement égoïste. Tu t'en rends compte, non ?

— Et ce serait égoïste de ne *pas* faire la lecture au Brig pour une fois – juste une fois, afin que nous puissions avoir plus de temps ensemble ? »

Rachel la regarda, plissant le front. « Bien sûr.

— Alors, s'écria Sid, j'aimerais que ce ne soit pas égoïste de me voir ! Mais je suppose qu'il en ira ainsi tant que tes parents seront en vie ! »

Il y eut un silence de mort. Puis Rachel déclara, d'une voix distante et tremblante : « Quelle horrible chose à dire. »

Résistant avec force au désir de présenter des excuses, de tout balayer avec ses remords, Sid dit : « Tu ne veux faire que des choses que tu estimes devoir faire – pour les autres. Tu ne fais jamais rien pour toi. »

Toujours distante, Rachel répondit : « Pourquoi le devrais-je ? J'ai une vie merveilleuse. Et il se trouve que j'aime beaucoup mes parents. »

Elles ne parlèrent plus après ça – durant tout le trajet de Regent Street jusqu'à Portland Place, puis dans New Cavendish Street jusqu'à l'hôpital. Il y avait un petit étal de fleurs devant la porte principale. Rachel descendit. « Je reviendrai vers cinq heures », dit-elle.

Sid la regarda choisir un bouquet de roses puis disparaître par la grande entrée. Elle parcourut encore quelques mètres, arrêta la voiture, coupa le moteur et pleura.

Il se passa presque deux heures avant que Rachel ressorte. Pendant ce temps, Sid avait cessé de pleurer, fumé huit cigarettes, s'était dit qu'elle avait eu raison, qu'elle était capable d'affronter la réalité et que des deux, c'était Rachel qui était lâche – dépendante – et qui ne voulait prendre aucun risque. Elle se dit que Rachel avait une nature aimante et désintéressée. Que c'était *elle*, Sid, qui gâchait le peu de temps qu'elles avaient ensemble – à cause de sa jalousie, parce qu'elle était possessive et reprochait à cette pauvre Rachel ce qu'elle considérait comme son devoir… Elle se souvint de Rachel disant « J'aime tout ce que je fais avec toi ». Ce n'était pas que Rachel ne l'aimait pas : « Je préfère être avec toi qu'avec n'importe qui d'autre au monde », lui avait-elle dit un jour, un vieil os que Sid gardait enfoui, mais qu'elle pouvait toujours déterrer pour se consoler. C'était elle qui était incapable de profiter de ce qu'elle avait ; elle était avide, irascible et possessive. Quand Rachel finit par revenir, Sid était devenue la méchante de l'histoire.

« Tu n'aurais pas dû m'attendre.

— J'en avais envie. Pardonne-moi d'être aussi rosse.

— Tu n'as pas été rosse. Tout va bien, je t'assure. »

Elle prit la main de Rachel et la baisa. « Je suis désolée. C'est merveilleux de t'avoir, voilà tout. »

Et Rachel sourit, plissa les yeux, se pencha et l'embrassa. « Désolée d'avoir fait la tête, dit-elle.

— Non, non, tout était ma faute. Tout.

— Je me disais… et si nous allions au théâtre ce soir ?

— Quelle bonne idée. Nous prendrons l'*Evening Standard* en passant à Baker Street. »

Puis elles parlèrent de Sybil, dont elle demanda des nouvelles avec la sollicitude dont elle aurait fait preuve en n'importe quelles circonstances.

« Elle est encore très faible, la pauvre chérie, et il lui tarde de rentrer à la maison. Mais elle ne veut pas être un poids. Elle pense que Hugh souhaite la voir rester à l'hôpital plus longtemps, mais qu'il essaie de la faire sortir parce qu'il croit que c'est ce qu'elle veut.

— Ça paraît très compliqué.

— Je sais. Mais les couples mariés ont leurs sentiers personnels pour circuler dans la jungle. Eux les connaissent, même s'ils paraissent tortueux aux personnes extérieures.

— Sans doute. » Et elle songea qu'elle adorerait avoir un ou deux de ces sentiers secrets et sûrs.

« Malgré cet énorme déjeuner, je prendrais volontiers une tasse de thé.

— Nous en ferons dès que nous serons rentrées. C'est l'heure. »

Rachel consulta sa montre. « Presque cinq heures moins le quart. Tu as raison. »

Elles se garèrent devant la maison et eurent juste le temps de rentrer leurs courses avant que la sirène retentisse.

« Oh, mon Dieu.

— Ça hurle sans arrêt, et il ne se passe pas grand-chose. »

Mais peu après, elles distinguèrent les détonations sourdes des canons antiaériens.

« Il leur arrive d'abattre des avions ? demanda Rachel, alors qu'elles descendaient à la cuisine préparer le thé.

— Parfois sans doute, mais ils les obligent surtout à voler trop haut pour atteindre leurs cibles avec précision. »

Lorsqu'elles eurent bu leur thé et choisi un théâtre, Rachel fit remarquer : « Si l'on entend la défense antiaérienne, c'est qu'il doit y avoir une attaque quelque part.

— Peut-être, mais elle doit être loin. Et si nous jouions un air de Brahms ?

— Oh, Sid, je suis nulle ! Pas du tout à ton niveau.

— On s'en fiche. J'adore jouer avec toi. »

Si bien que Rachel peina sur la sonate en sol majeur de Brahms, tandis que Sid supportait ses erreurs avec une infinie patience. Puis elles décidèrent de prendre un verre, et Rachel voulut voir le jardin de Sid. « Il n'y a rien à voir ; c'est une jungle, j'en ai peur. » Mais Rachel ouvrit les portes-fenêtres, et elle s'engageait sur la petite volée de marches en fer forgé quand elle s'écria : « Sid ! Viens voir ! »

Sid referma son étui à violon et la rejoignit. Il y avait un gigantesque nuage de fumée au loin, qui s'élevait lentement dans le ciel telle une vaste montgolfière.

« C'est où, à ton avis ?

— À l'est, peut-être vers les docks… dans l'East End, en tout cas. »

Le soleil se couchait, et le ciel d'un bleu violet autour du ballon de fumée sembla se teinter de rose. Dehors, on entendait mieux la défense antiaérienne – semblable à un petit jappement pédant. Elles continuèrent de regarder et d'écouter pendant quelques minutes, puis Rachel déclara qu'elle voyait le jardin d'ici et qu'elle s'en contenterait.

« Je vais raccommoder ta robe de chambre, annonça-t-elle.

— Oh, tu veux bien, chérie ? Si tu fais ça, je te paierai en *gin*. Et le théâtre ? demanda-t-elle un instant plus tard, en rapportant son matériel de couture – rudimentaire –, que lui avait réclamé Rachel.

— Eh bien, je me disais que ce serait peut-être agréable de rester ici, finalement », répondit Rachel, en mettant la manche sur l'envers pour atteindre l'ourlet.

Sid était ravie. Elle alluma le feu et leur servit à boire.

« Pour le dîner, annonça-t-elle, nous pourrions préparer des toasts au fromage ou une boîte de sardines millésimées. Ou les deux.

— L'un ou l'autre suffira. Je ne vois plus rien, chérie. Tu peux faire le black-out ? »

Sid ferma les volets de devant et alla tirer les rideaux des portes-fenêtres. On ne distinguait plus le ballon de fumée, mais le ciel avait pris une couleur rouge-orange surnaturelle. Le bruit des canons s'était tu.

Rachel sentit qu'il y avait quelque chose de bizarre, puisque Sid ne bougeait plus. Elle se leva pour aller la rejoindre. Ensemble, elles observèrent.

« On dirait que le ciel saigne, dit Rachel. L'attaque a dû être terrible.

— La fin de l'alerte n'a pas sonné. Ce n'est pas encore fini. »

Comme pour confirmer ses dires, les canons retentirent de nouveau.

« Ce sera peut-être nous, cette fois, dit Sid. Il y a un abri antiaérien dans la rue d'à côté. Je crois que nous devrions préparer des sandwichs et une Thermos au cas où il faudrait y aller. »

Mais elles n'eurent pas à le faire. Une heure plus tard, lorsqu'elles éteignirent les lumières pour regarder par les fenêtres, le ciel était toujours embrasé, et ce n'était plus un mais plusieurs grands panaches de fumée noire qui le traversaient.

« Écoutons les informations.

— Ma radio est en panne. Depuis le temps que je me dis que je dois aller la faire réparer. Je suis désolée. »

Elles mangèrent les sandwichs et burent la Thermos de café. « Il ne faut pas le gâcher, dit Rachel. Je déteste te savoir à Londres, ajouta-t-elle.

— Tout va bien. J'ai un bon emploi sûr et ennuyeux. »

Elles jouèrent au piquet, et Sid, qui gagnait d'habitude, perdit toutes les parties. Le vieux dicton lui monta aux lèvres, mais elle ne le dit pas. Par consentement mutuel, après un dernier coup d'œil stupéfait au ciel, elles allèrent se coucher.

Le téléphone réveilla Sid après qu'elle fut retournée dans sa propre chambre et même après qu'elle se fut endormie. C'était sa station d'ambulances qui l'appelait. « On manque d'ambulances. Bon sang, on manque de tout, il faudrait que vous veniez en renfort immédiatement », conclut la voix.

Il était quatre heures et demie du matin. Elle enfila sa combinaison d'ambulancière avec un pull en dessous. Puis elle alla prévenir Rachel.

*

La famille terminait un dîner tardif, retardé parce que tout le monde avait voulu prendre un bain après le tournoi, quand le téléphone sonna. Hugh se leva d'un bond. « C'est sûrement Sybil », dit-il. Il avait tenté de joindre l'hôpital depuis que la première vague de bombardiers était passée au-dessus de leurs têtes.

« J'espère que c'est elle, fit observer la Duche. Il s'est fait tellement de mouron. » Il n'avait pas été le seul à s'inquiéter après avoir entendu aux informations qu'il y avait eu une attaque sur Londres : Villy se tracassait pour Louise, qui avait appelé pour dire qu'elle ne reviendrait pas avant le dimanche car il y avait une pièce qu'elle devait absolument voir ; la Duche se faisait du souci pour Rachel, et Edward était secrètement préoccupé à cause de Diana, avec qui il avait passé la nuit précédente et qui lui avait annoncé son intention de rester à Londres pour faire du shopping ce jour-là.

Hugh revint ; il n'avait pas l'air soulagé. « Les quais ont été touchés, dit-il. Un grand raid sur l'East End et les docks.

— Quel quai ? s'enquit le Brig.

— Les trois, j'en ai bien peur. Les scieries ont explosé comme des barils de poudre. Toute la sciure de bois. C'était le vieux George. Au moment où il me parlait, il a cru qu'une autre attaque commençait. Il n'était pas de garde cette nuit, mais il est allé voir. Il téléphonait d'une cabine et s'est trouvé à court de pièces, je n'en sais pas plus. »

Il y eut un silence, finalement rompu par Teddy : « Ça veut dire que nous sommes ruinés ?

— C'est fort possible, répondit son père. Hugh, nous ferions mieux d'aller à Londres.

— Ça ne servirait à rien d'y aller ce soir, dit le Brig. Partez demain matin, à la première heure. »

Polly fondit en larmes. « Tous ces pauvres gens ! Qui ont vu leurs maisons démolies et sont morts sous les bombardements !

— Polly chérie, dit Hugh en s'asseyant à côté d'elle. Nous allons espérer que ce n'est pas si grave que ça. »

Mais le lendemain matin, elle découvrit que ça l'était. Quatre cents personnes avaient été tuées, plus de quinze cents grièvement blessées, et des milliers avaient perdu leurs maisons, réduites à l'état de gravats et de verre brisé.

LOUISE

Automne-hiver 1940

C'était son tout premier vrai dîner d'adulte – pas un événement familial, qui vous reléguait automatiquement au rang incertain d'adulte sous condition, mais bien une soirée où, à l'exception d'Hermione Knebworth, l'amie de sa mère qui l'avait invitée, il n'y aurait que des inconnus plus âgés qu'elle, qui la traiteraient comme une égale. Hermione – Dieu qu'elle était gentille ! – l'avait invitée à l'improviste, et, encore mieux, avait persuadé sa mère de la laisser aller à Londres et d'y passer la nuit. Voici ce qu'elle avait dit à Villy : « Chérie, j'ai follement besoin d'une jeune fille – tous les autres sont vieux comme le monde et déjà *pris*, et il est temps que Louise rencontre des gens convenables au lieu de ces artistes maniérés de son école de théâtre. » Mais cela, Louise l'ignorait. Sa mère lui avait seulement dit qu'Hermione souhaitait lui parler.

« Hermione ? Je ne connais personne du nom d'Hermione – à part la femme de Leontes.

— Hermione Knebworth. Bien sûr que tu la connais. » Villy devait crier parce que Louise n'était pas allée plus loin que le palier du haut de l'escalier, tandis qu'elle-même était dans le bureau du Brig. « *Louise !* Descends immédiatement. C'est un appel longue distance. »

Louise avait pris l'habitude de faire (presque) tout ce que sa mère lui disait, mais très, très lentement. Là, en descendant l'escalier d'un pas traînant, elle était l'image même de la dignité blessée. « "Tout ce que j'ai à dire tendant nécessairement à nier les faits dont je suis accusée, murmura-t-elle, et n'ayant d'autre témoignage à produire en ma faveur que celui qui sort de ma bouche[1]..."

— *Louise !* »

Cette invitation n'en était pas moins excitante. Et tout valait mieux que de moisir à Home Place. L'école de théâtre avait fermé pour cause de Blitz, et bien qu'elle eût tenté de décrocher un emploi dans différentes troupes classiques, personne n'avait voulu d'elle. Elle avait eu une brève altercation avec sa mère à propos de sa tenue ; elle n'avait plus rien à se mettre et avait voulu que sa mère lui prête une de ses robes, mais Villy avait refusé – disant qu'elles seraient trop vieilles pour elle, si bien qu'elle avait dû se résoudre à emporter sa robe rose corail qu'elle ne supportait plus et qui en plus était un peu trop courte.

Mais dès qu'elle était arrivée dans le luxueux appartement d'Hermione à Mayfair, la première chose ou presque que lui avait dite son hôtesse fut : « Je suppose que tu aimerais emprunter une tenue affriolante », et elle l'avait emmenée dans sa boutique – à cinq minutes de là –, où elle lui avait trouvé une divine robe bleue en mousseline de soie, à bretelles en mousseline

1. Shakespeare, *Conte d'hiver*, acte III, scène 2, trad. François Guizot.

tressée, de sorte qu'elle ne pouvait pas porter de soutien-gorge, une perspective émoustillante en soi. Et Hermione lui avait donné une boîte, dans laquelle se trouvaient une petite culotte de marque française et un jupon – en satin bleu pâle bordé de dentelle crème –, ainsi qu'une belle paire de bas en pure soie.

À présent, huit personnes étaient assises dans la salle à manger bleu nuit d'Hermione – très sombre dans la journée, mais elle ne déjeunait jamais chez elle – autour d'une table éclairée par des bougies, à déguster un dîner incroyable qu'Hermione avait fait livrer d'un hôtel voisin : caviar (une première pour Louise), perdreau rôti, mousse au chocolat et champagne rosé, suivis de délicieux amuse-bouche de champignons et petits morceaux de bacon frit. Elle mangea tout, mais parla peu, parce que l'atmosphère était nouvelle pour elle, les convives plus vieux de plusieurs siècles, et qu'elle ne voulait pas risquer de dire une bêtise. Il y avait deux couples – les hommes en uniforme et leurs femmes en robes du soir –, ainsi que deux hommes un peu plus jeunes : l'un, silencieux et semblant tout dévoué à Hermione, qui faisait à peine attention à lui, et l'autre en uniforme de la marine, assis à côté d'Hermione et face à Louise. Il n'était pas aussi vieux que les deux couples, mais vieux tout de même – au moins trente ans, songea-t-elle. Elle était assise entre les deux officiers qui se montraient très aimables avec elle, d'une manière polie et insipide, lui demandant où elle habitait et ce qu'elle faisait, puis Hermione les interrompit en disant : « Malcolm, Louise est la fille d'Edward Cazalet – vous vous souvenez d'Edward ?

— Mais oui, bien sûr. » Et Louise remarqua que l'épouse la regardait avec un nouvel intérêt.

Tous à présent taquinaient Hermione, pour avoir réussi à servir comme par magie un dîner aussi délicieux. « Elle y arriverait même sur une île déserte.

— Je me félicite que nous n'y soyons pas.

— Quoique... Les nuits y seraient plus tranquilles, vous ne croyez pas ?

— Je dors la plupart du temps au War Office. En sous-sol. Je n'entends pas un bruit.

— La pauvre Marion ne peut pas en dire autant.

— La pauvre Marion passe la plupart de ses nuits en folles parties de cartes dans un poste de l'ARP.

— C'est faux ! Nous ne cessons d'intervenir, maintenant qu'ils ont tourné leur attention vers le West End.

— Et Hermione, poursuivit l'homme, ignorant Marion, Hermione fait des robes. »

L'homme silencieux s'anima. « Détrompez-vous ! s'exclama-t-il. Hermione se lève à cinq heures tous les matins et travaille dans une usine de munitions. »

L'autre homme moins vieux leva la tête de son perdreau. « Vraiment, Hermione ? Et vous ne m'en avez rien dit alors que nous avons passé tant d'heures ensemble.

— Ça ne m'étonne pas d'elle.

— Je vais sans doute devoir laisser tomber », dit Hermione, comme pour couper court à cette discussion.

Mais l'homme silencieux ne voulait plus être réduit au silence.

« Savez-vous pourquoi ? Elle a trouvé le moyen

d'effectuer sa tâche tellement plus vite que les autres qu'elle désorganise toute la chaîne. L'usine est presque à l'arrêt à cause d'elle.

— John chéri, n'allez pas raconter ça ! Franchement, je ne connais pas de sujet plus ennuyeux. » Elle lui sourit néanmoins en posant sur lui son regard gris et intelligent, et lui demanda de lui allumer sa cigarette. Il se retrancha ensuite dans un silence aimable et total.

Ils ne parlèrent pas de la guerre proprement dite, mais échangèrent des ragots sur les personnalités. Le général de Gaulle : « Un individu bizarre – très raide, et dépourvu du fameux tact français », dit l'homme qui dormait au War Office ; et le général Ismay qui, par coïncidence, avait été *prefect* dans l'école fréquentée par l'autre monsieur : « Un type charmant – il s'entend avec la terre entière. » Ils semblaient tous se réjouir de la réélection du président Roosevelt. « Avec lui, nous avons une bien meilleure chance de recevoir de l'aide, directe ou pas, que nous n'en aurions eu avec un républicain. » La conversation devint assez technique et ennuyeuse à ce moment-là, quand les hommes se mirent à évoquer un contrat passé par Churchill pour obtenir cinquante contre-torpilleurs américains. Les femmes parlaient de leurs enfants : « Le croiriez-vous, Jonathan a pleuré parce que nous n'avons pas fait de feu d'artifice la nuit de Guy Fawkes ! » et Louise commençait à éprouver de la déception lorsque l'homme assis en face d'elle se pencha au-dessus de la table et dit, si doucement qu'elle l'entendit à peine : « Vous êtes ravissante ! » Puis il soutint son regard avec un air d'admiration si séduisant qu'elle se sentit rougir et fut incapable de trouver une réponse.

Il lui sourit. « Je vois que les contre-torpilleurs ne sont pas votre sujet de prédilection.

— Oh, non ! Comment pourraient-ils passionner quiconque ?

— Moi, par la force des choses puisque je suis dans un de ces navires.

— Ah ! » Quels pièges surgissaient quand on ignorait tout de son interlocuteur ! « Je suis désolée, dit-elle.

— Parlez-moi de votre sujet de prédilection.

— Je prends des cours pour devenir comédienne. Du moins j'en prenais – mais l'école a fermé à cause du Blitz. » Après ça, ce fut facile : elle lui raconta qu'elle avait passé des auditions pour intégrer une troupe spécialisée dans les pièces du répertoire, sans succès ; que son école allait peut-être être évacuée à la campagne, dans un endroit où il y avait un théâtre gratuit et où ils se produiraient ; qu'elle avait toujours voulu jouer les rôles masculins dans Shakespeare ; que sa famille était opposée à tout ça, considérant qu'elle devrait plutôt faire une activité utile à la guerre. On venait de leur servir la mousse au chocolat.

« Vous ne voulez pas de votre dessert ? Il est absolument délicieux.

— Je ne suis pas très dessert », dit-elle ; ce n'était pas vrai, mais ça faisait plus adulte de le prétendre.

« Vraiment ? Moi, j'adore ça. Plus il est riche, mieux c'est. Mon préféré, à l'école, c'était le pudding à la graisse de bœuf et la mélasse. »

La remarque la prit de court. « Enfin, j'en aime certains. Mais j'ai déjà beaucoup mangé.

— Vous êtes sans doute très sage. »

Quelqu'un réclama alors l'attention de son

interlocuteur, et Louise mangea quelques cuillerées de mousse au chocolat pour ne pas sembler impolie. Lorsqu'elle leva les yeux, Hermione lui adressa un sourire rassurant. Plus tôt, leur hôtesse avait présenté Louise en disant : « Voici ma nouvelle fille. » J'aimerais bien qu'elle soit ma mère, songea Louise. Ce serait la mère parfaite. Elle était incroyablement glamour dans sa robe de soie écarlate moulante, fendue très haut sur le côté pour lui permettre de marcher, et ses chaussures de satin rouge assorties. Elle sentait le gardénia. Louise le savait parce qu'elle lui avait posé la question. Tout l'appartement était imprégné de ce léger parfum, comme s'il suffisait à Hermione de traverser une pièce pour l'embaumer. « C'est Bellodgia de Caron », avait-elle dit, juste avant l'arrivée des invités. Elle faisait alors le tour de la table de la salle à manger, remettant droits couteaux et fourchettes, rectifiant la position des serviettes, arrangeant les roses au milieu, disant au serveur de changer les verres à bordeaux. Elle rendait tout parfait en un instant, et Louise avait remarqué que les serveurs ne semblaient pas se formaliser d'entendre ses reproches adressés d'une voix traînante et impérieuse. « Je déteste les beurriers en verre, avait-elle dit, changez-les. J'avais précisé que je voulais de la porcelaine blanche. Et pas un brin de persil en vue, je vous prie. » Et tous répondaient oui, madame, et couraient obéir à ses ordres.

Après le dîner, ils se retirèrent dans le salon d'Hermione, meublé de gros fauteuils rembourrés aux accoudoirs dorés – lui rappelant un peu l'appartement de Stella –, où on leur servit du café avec du vrai sucre à mettre dedans. L'homme qui l'avait admirée s'assit à côté d'elle – elle se souvenait qu'il s'appelait Michael quelque chose, mais n'osa pas lui demander son nom de famille parce qu'on le lui avait dit au moment des présentations et qu'elle ne l'avait pas retenu.

C'est alors que Marion demanda : « Et ce fameux tableau ? Il est fini ? Pouvons-nous le voir ? »

Et l'homme répondit : « Je l'ai laissé dans l'entrée. Il est à Hermione.

— J'adorerais vous le montrer. Allez le chercher, Michael. »

C'était un portrait en pied d'Hermione, vêtue d'une robe en satin gris foncé, à côté d'une cheminée de marbre blanc sur laquelle elle avait posé un bras. Derrière elle, de l'autre côté de la cheminée, se trouvait un rideau de velours très sombre, d'un jaune un peu sale. La peinture était irréprochable, songea Louise : on reconnaissait tout de suite Hermione à ses cheveux, ses traits, et pourtant, le tableau ne donnait pas une idée très claire de qui elle était vraiment. Le satin de la robe, les plis épais du rideau de velours, le marbre blanc veiné avaient un rendu parfait. Il lui sembla que c'était un tableau brillant, mais pas un bon portrait d'*elle*. Elle n'eut pas à dire quoi que ce soit, parce que tous les autres s'exclamaient : « Fabuleux ! Tellement vous ! Excellent ! Je craignais que ce ne soit un de ces machins modernes auxquels on ne comprend rien, et où l'on ne sait même pas si ça représente quelqu'un en particulier.

— Il me flatte, mais je suppose que j'aurais été vexée dans le cas contraire », dit Hermione.

Les convives furent très vite à court de commentaires, et elle remarqua que Michael continuait de regarder le tableau d'un air sérieux, presque comme s'il le découvrait.

Peu après, il fut question de poursuivre la soirée dans un night-club. « Il y a eu une alerte », dit quelqu'un. À quoi quelqu'un d'autre répondit : « Il y en a toujours. Je ne compte pas laisser Herr Goering entraver ma vie nocturne.

— Ce sera sans moi, dit Marion. Je suis de service demain soir, et je manque déjà cruellement de sommeil. Mais vas-y, Frank, si ça te fait plaisir.

— Non. Je vais te ramener à la maison, puis je retournerai dans ce vieux bunker. Même si je ne suis pas sur le terrain, on a un sacré boulot en ce moment. »

Pour finir, ils ne furent que quatre à aller à l'Astor, à Berkeley Street : Hermione, le silencieux John, Michael et elle. Ils prirent la voiture de John.

À leur entrée, l'endroit lui parut très sombre, mais Louise découvrit qu'on s'y habituait vite. Il y avait un monde fou, cependant Hermione était connue, et on leur trouva une table sans tarder. Du champagne fut commandé ; Michael réclama aussi de l'eau gazeuse. Hermione demanda à Michael de danser avec elle. Un peu déçue, Louise se retrouva seule avec John, qui le sembla tout autant.

« On danse ? » fut tout ce qu'il dit.

Au moins, il était facile de danser avec lui : la petite piste était bondée et il sut éviter adroitement les autres danseurs.

« Le portrait vous a plu ? se risqua-t-elle à demander pour rompre le silence.

— Je n'y connais rien à la peinture, répondit-il. Mais si vous voulez mon avis, n'importe qui pourrait faire un beau portrait d'Hermione.

— C'est la femme la plus glamour que je connaisse. »

Il s'anima à ces mots. « N'est-ce pas ? Et fort intelligente, qui plus est. En réalité, je n'ai jamais rencontré quelqu'un de si extraordinaire. Vous la connaissez depuis longtemps ?

— C'est une vieille amie de ma mère. Donc oui, d'une certaine façon. Même si on ne connaît jamais vraiment les amis de ses parents, si ?

— Sans doute pas. » Au bout d'un moment il demanda : « Vous connaissez Michael ?

— Je ne l'avais jamais rencontré. Quel est son nom de famille ?

— Vous ne le savez pas ? » Pour une raison qu'elle ne s'expliqua pas, il parut s'en réjouir. « Il est censé être célèbre. Un célèbre portraitiste. Ses tableaux coûtent une fortune. Hermione n'aurait jamais eu les moyens de se faire peindre par lui. Quelqu'un le lui a offert, mais elle refuse de dire qui. » Il parut de nouveau déprimé.

« Comment peut-il peindre s'il est dans la marine ? Dans un contre-torpilleur, si j'ai bien compris.

— Il a été en congé pour raisons de santé. Une crise d'appendicite. Le médecin du bord a dû l'opérer. Il l'a un peu charcuté, si bien qu'il a eu une permission d'environ six semaines. » À ce moment, la musique s'arrêta et ils retournèrent à leur table.

Lorsque vint son tour de danser avec Michael, elle s'aperçut qu'il possédait une virtuosité presque effrayante. C'était un quickstep, et il la fit tournoyer en décrivant un tas de figures compliquées. Elle se crispa dans son effort pour suivre le rythme qu'il imposait.

« Détendez-vous et laissez-vous guider, dit-il, mais les deux injonctions lui paraissaient incompatibles.

— Désolée, je ne danse pas assez bien pour vous.

— Ne dites pas de bêtises ! J'ai plus d'entraînement, c'est tout. Avant, j'allais au Hammersmith Palais toutes les semaines. Vous voyez ? Quand je tourne votre épaule, vous ne pouvez aller que dans une direction. »

Mais ce n'était pas aussi évident pour elle.

« Les deux autres sont en train de danser, dit-il. Retournons à la table et parlons. Les contre-torpilleurs ne sont mon sujet que depuis peu. Jusqu'ici, je m'intéressais surtout aux visages. Et le vôtre est d'une beauté extraordinaire. Il me tarde de le dessiner. Beaucoup de gens jugent mes tableaux assez vulgaires, et je suppose qu'ils ont raison, mais je dessine plutôt bien. Quand pourrai-je vous dessiner ?

— Je ne sais pas. » Subjuguée par la description qu'il venait de faire de son visage, elle brûlait d'aller le regarder pour voir en quoi il avait changé. « Je ne suis là que pour la soirée. Mes parents rechignent à me laisser venir à Londres.

— Je suis sûr qu'ils ont raison. Eh bien, vous pourriez peut-être... »

Mais à cet instant il se passa quelque chose de si stupéfiant que tout sembla s'arrêter. Il y eut une explosion sourde et très sonore ; la seconde d'après, la pièce entière parut tanguer, comme si les murs vacillaient dans leur effort pour rester debout ; les grands lustres tamisés s'agitèrent avec un tintement discordant, les petites lampes aux abat-jour rouges posées sur chaque table tremblèrent et le champagne oscilla dans les verres. Louise entendit la salle retenir son souffle, puis une femme s'écrier « *Oh !* » d'une voix aiguë qui sonnait faux, bien que tout semblât se dérouler en même temps. Ensuite, très lentement, un petit morceau de plâtre tomba du plafond pour atterrir sur leur table à côté des verres. Pendant tout ce temps, elle était restée assise très droite, figée.

Michael lui prit la main. « Quelle fille courageuse. J'étais sur le point de dire, venez passer un week-end dans le Wiltshire, ma mère serait ravie de vous rencontrer. À présent j'en suis sûr.

— Une bombe ? demanda-t-elle.

— Une bombe à proximité, je pense. »

Hermione et John revinrent à la table à ce moment-là.

« Ils exagèrent, dit Hermione de sa voix traînante. On ne peut pas s'accorder un petit exercice innocent et distrayant sans qu'ils essaient de nous le gâcher. Commandons une autre bouteille de ce délicieux champagne pour nous remonter le moral. »

Lorsque le serveur vint prendre la commande, il leur apprit que l'église de Piccadilly avait, paraît-il, été touchée. Des gens s'en allèrent, mais Hermione affirma qu'ils devaient rester. « Ce n'est pas non plus une pluie de bombes. » Elle regarda Louise. « Tu vas bien, mon chou ? »

Louise hocha la tête. Après avoir été jugée courageuse, elle se sentait maintenant assez secouée.

Beaucoup plus tard, une fois de retour dans l'appartement d'Hermione, et alors qu'elles retiraient leurs étoles dans l'entrée, Hermione remarqua : « Tu as tapé dans l'œil de Michael Hadleigh. Tu t'es amusée ?

— C'était une soirée merveilleuse. Merci infiniment de m'avoir invitée. »

Louise embrassa le visage sculptural et parfumé de son hôtesse. Hermione lui donna une petite tape et dit : « Je dois te mettre en garde, c'est un grand séducteur. Je suis sûre que tu le reverras, mais ne sois pas *trop* éprise de lui, tu veux bien, chérie ?

— D'accord. » Elle le dit parce que c'était ce qu'on attendait d'elle, mais en secret, elle se demanda s'il avait le pouvoir de lui briser le cœur, et s'il le ferait.

Hermione l'observa, semblant sur le point d'ajouter quelque chose, puis elle changea d'avis.

Ensuite, pendant que Louise se brossait les dents après s'être déshabillée, elle toqua doucement à la porte. « J'ai oublié de te dire, chérie. Je dois partir tôt ce matin, de sorte que je ne te verrai pas.

— Vous allez dans votre usine ?

— Je vais dans mon usine très privée. Oui. Dors aussi tard que tu veux, et sonne Yvonne quand tu voudras ton petit déjeuner. Et sois gentille d'attraper ton train pour le Sussex avant le déjeuner, sans quoi ta mère ne me laissera plus jamais t'inviter. *Compris** ? » Et elle disparut.

Quand elle se mit au lit, la sirène de fin d'alerte retentit. Il était quatre heures vingt. Ça ne valait même pas la peine que cette pauvre Hermione se couche, songea-t-elle à l'instant où sa tête toucha l'oreiller et où le sommeil la gagna.

Le lendemain matin, elle fut réveillée par Yvonne qui lui annonça qu'un monsieur la demandait au téléphone.

« C'est Michael, dit-il. Michael Hadleigh.

— Bonjour.

— Je vous ai réveillée ? »

Elle regarda sa montre : il était dix heures. « Pas vraiment.

— J'ai appelé ma mère, qui dit qu'elle serait enchantée si vous veniez le week-end prochain.

— Eh bien… je ne crois pas… » Elle avait projeté de voir Stella.

« Le problème, c'est que c'est mon dernier week-end avant de rejoindre mon navire. Si ce n'est pas celui-là, Dieu sait quand ce sera. Venez donc ; je serai trop triste sinon. »

Aussi répondit-elle qu'elle allait voir si elle pouvait changer ses plans, et, bien sûr, elle le put.

« Michael Hadleigh ? Celui qui peint ces portraits académiques ? Pourquoi diable veux-tu le voir ? » Stella avait pris son ton le plus tranchant. « Je sais, ajouta-t-elle. Je parie qu'il t'a dit que tu étais sublime, et tu as mordu à l'hameçon. »

Ce qu'elle pouvait être exaspérante. « Et sa mère est fille de comte. Ce sera affreusement grandiose.

— Comment tu sais tout ça ?

— Mutti lit tous les magazines qui racontent ce genre de choses. Elle espère toujours repérer un bon parti pour moi – du moins, c'est la raison qu'elle invoque lorsqu'on la taquine là-dessus, mais c'est juste qu'elle est snob. Elle adore les histoires des gens riches et célèbres.

— Si tu viens chez nous le week-end d'après, je te raconterai tout.

— D'accord, je viendrai, mais *pas* parce que j'ai envie de savoir. Et je t'en supplie, Louise, ne tombe pas amoureuse de lui, tu ficherais ta vie en l'air. Tu es beaucoup trop jeune pour te retrouver enchaînée à quelqu'un. »

Le « beaucoup trop jeune » lui resta en travers de la gorge. Stella se montrait parfois très autoritaire. Elle-même ne se jugerait jamais trop jeune pour rien, alors que dix-neuf ans n'était guère plus âgé ; se faire traiter comme une enfant par sa meilleure amie, c'était un peu fort.

« Je n'ai pas l'intention de me retrouver enchaînée à qui que ce soit », dit-elle du ton le plus hautain qu'elle put.

*

« Passer un *week-end* avec Michael Hadleigh ? Le portraitiste ? Certainement pas !

— Maman, il n'y aura pas que lui. Il y aura ses parents. Ils ont une maison dans le Wiltshire. Il est en permission et retournera ensuite sur son bateau. »

C'était mieux, mais pas encore suffisant pour la convaincre. Sa mère téléphona à Hermione pour avoir le numéro de Lady Zinnia à la campagne, et elle l'appela – tout ça était très humiliant, mais lui donna encore plus envie d'y aller. Si bien que quand sa mère finit par dire qu'elle la laisserait peut-être s'y rendre puis se mit à faire tout un foin pour qu'elle ne porte pas de pantalon et autres bêtises de ce genre, Louise bouda et fit mine de prendre toute l'histoire à la légère.

Ce ne fut qu'une fois installée dans le train pour Londres, un foulard noué sur ses cheveux fraîchement lavés et arborant une tenue dans laquelle elle aurait adoré être vue par ses amis de l'école de théâtre – une jupe et un manteau en tweed vert olive, des *bas* et de vraies chaussures (la mode était aux sandales et chaussettes à l'école), avec un sac à main (ses camarades utilisaient des sacoches de pêcheur en toile où ils pouvaient cacher leur masque à gaz) et la valise Revelation assez coûteuse de sa mère posée dans le porte-bagages au-dessus d'elle –, qu'elle commença à se sentir à la fois nerveuse et excitée par ce qui l'attendait. Elle s'était dit un tas de choses à ce propos : qu'une actrice devait rencontrer autant de gens différents que possible pour accumuler les expériences, qu'elle ne surmonterait les accès de nostalgie dont elle souffrait encore parfois quand elle était loin de chez elle que par des efforts répétés, qu'il ne pensait probablement pas un mot de ce qu'il avait dit sur elle – pas grand-chose, au demeurant –, mais ensuite elle se rappelait ses mots : « Vous... êtes... ravissante. » C'était comme un double cognac sur un estomac vide. Dans sa famille, on ne mentionnait pas le physique des gens – et on en discutait encore moins –, sauf sa mère, pour critiquer. Louise savait qu'elle était maladroite : les cours d'expression corporelle à son école le lui avaient montré, en plus des cruelles remarques maternelles. Mais personne n'avait jamais dit qu'elle était agréable à regarder, encore moins *ravissante*. Peut-être était-il la seule personne au monde à le penser ? Elle savait que les peintres avaient des goûts bizarres en matière de physique, qu'ils aimaient parfois les gens gros et négligés, ou d'autres dont le visage ne correspondait pas aux canons de la beauté conventionnelle. Sans doute était-il comme ça. Pourquoi était-ce si important pour elle ? Elle l'ignorait, soupçonnant seulement que les gens vous aimaient pour ça au départ, et que sans ça, ils ne prendraient pas la peine d'aimer le reste. Ce qu'elle désirait, en plus de devenir une grande actrice, c'était que quelqu'un la voie comme la personne la plus spéciale du monde. Elle ne cherchait pas à séduire à proprement parler, mais elle avait commencé à désirer être convoitée.

Il l'attendait à la gare de Pewsey en fin d'après-midi, vêtu d'un pull à col roulé et d'un très vieux pantalon large en flanelle, silhouette plutôt carrée et trapue – mais je n'ai pas le goût de Lydia ou Kitty Bennet pour les uniformes, songea-t-elle. Comme toujours, Jane Austen se révélait très utile ; sans elle, Louise l'aurait sans doute trouvé beaucoup plus glamour en uniforme de la marine.

« Votre train n'avait presque pas de retard, dit-il, même si, bien sûr, ce "presque pas" m'a paru très long. » Il lui prit sa valise. « C'est merveilleux que vous ayez pu venir. Maman a hâte de faire votre connaissance. »

Un soleil ardent se couchait, laissant un ciel froid et translucide qui s'assombrissait. Ils roulèrent dans une vallée de grands champs de chaume – semblable à des broderies dorées en relief –, avec en arrière-plan les doux replats de collines calcaires aux couleurs de phalènes dans la lumière déclinante. Cette campagne était beaucoup plus nue que celle à laquelle elle était habituée : il y avait moins d'arbres, et ceux qu'il y avait étaient gracieusement balayés par le vent. Il roula vite sur les routes étroites et sinueuses qui montaient pour sortir de la vallée, traversa un ou deux hameaux obscurs, où les panaches de fumée sortant de quelques cheminées étaient les seuls signes de vie, jusqu'à ce qu'ils parviennent à une forêt et, au milieu, à une allée.

« Nous y sommes », dit-il. La forêt se clairsema,

et elle distingua des grilles de part et d'autre de l'allée, puis la masse sombre de la maison devant eux. Ils n'avaient pas beaucoup parlé dans la voiture : elle lui avait demandé qui serait là, et il avait répondu qu'il n'y aurait que ses parents. Il arrêta la voiture. Elle en descendit et attendit, en frissonnant un peu, qu'il sorte sa valise du coffre.

Après avoir passé deux portes, dont la seconde était en verre, ils se retrouvèrent dans un immense vestibule au fond duquel un double escalier montait à une galerie. Un très vieux domestique apparut et leur annonça qu'ils prendraient le thé dans la bibliothèque.

« Bien. Voici la valise de Miss Cazalet. Demandez à Margaret de la monter, je vous prie. » Il se tourna vers elle, lui dénoua son foulard et lui adressa un sourire rassurant en disant « Voilà, ma beauté ». La prenant par la main, il la fit passer par une grande porte en chêne et la guida dans un couloir jusqu'à une autre porte en chêne s'ouvrant sur une pièce carrée tapissée de livres. Un feu de bois brûlait dans une énorme cheminée de pierre. Trois canapés l'entouraient. Sur l'un d'eux se tenait une femme aux cheveux blancs et à l'aspect fragile, en train de broder quelque chose dans un cercle.

« Maman, voici Louise. »

Quand Louise s'approcha pour prendre la main tendue, elle s'aperçut que la dame n'était pas aussi âgée que les cheveux blancs le lui avaient laissé penser. Elle portait une veste matelassée en soie de Chine bleue, brodée d'oiseaux et de fleurs, sur une longue jupe blanche en lainage. Des boucles d'oreilles en argent, ressemblant à des poissons, pendaient de ses longues mais élégantes oreilles.

« Louise », dit-elle. Ses yeux étaient aussi pâles que bleus et la contemplaient avec une sorte d'éclat pénétrant, qui donna à Louise l'impression d'être transparente. « Bienvenue, Louise », dit-elle. Puis se tournant vers son fils, qui se pencha pour l'embrasser, elle ajouta : « Tu avais tout à fait raison, Mikey. C'est une petite beauté. » Mais il y avait dans sa façon de le dire un soupçon de condescendance impersonnelle qui mit Louise mal à l'aise.

« Le thé n'est pas servi ?

— Je l'ai demandé, chéri, quand j'ai entendu ta voiture.

— Où est le Juge ?

— Dans son bureau, comme d'habitude, en train de travailler. Venez vous asseoir, Louise, et parlez-moi de vous. »

Mais cette invite accrut son malaise, et elle s'entendit donner des réponses banales aux questions qu'on lui posa pendant qu'elle mangeait des scones chauds à la confiture de mûres et du cake aux cerises.

« Mon gâteau préféré ! s'exclama Michael en le découvrant, et Louise vit un petit sourire satisfait et fugace traverser le visage de sa mère.

— Vraiment, mon chéri ? Quelle chance tu as ! Bien, je compte sur vous pour jouer devant nous ce soir », ajouta-t-elle à l'intention de Louise, en léchant délicatement de la confiture sur son doigt, avant de l'essuyer avec un grand mouchoir blanc très fin. Mon Dieu, non, songea Louise.

Après le thé, Michael sortit son paquet de Senior Service et lui en offrit une. Quand elle eut pris une cigarette et qu'il l'eut allumée, Lady Zinnia dit : « Vous fumez ? C'était la mode dans ma jeunesse, mais ma mère disait toujours que c'était vulgaire pour les jeunes filles de fumer.

— Maman ! À t'entendre, elle trouvait vulgaire tout ce que faisaient les filles. Les temps ont changé. Mais si tu préfères que nous ne fumions pas ici…

— Chéri, loin de moi l'idée de te dire ce que tu dois ou ne dois pas faire. Je pensais seulement que si Louise désire devenir comédienne, elle devrait prendre soin de sa voix… »

Enfin, Michael lui proposa d'aller voir son atelier. Il l'emmena à l'étage puis à travers ce qui lui parut des kilomètres de couloirs sombres jusqu'à une très grande pièce, à l'autre bout de la maison, dotée de lucarnes sur tout un côté du plafond.

« Attendez une minute que je fasse le black-out », dit-il en déroulant toute une enfilade de stores. Puis il alluma les lumières et la pièce resplendit. Les sols étaient en bois nu, et ça sentait bon la peinture. Il alla ouvrir le poêle à bois dans un coin, la fit asseoir dans un grand fauteuil et lui offrit une autre cigarette. « Ne vous laissez pas impressionner par maman, lui dit-il. Elle déteste que les gens aient peur d'elle, mais ne peut pas s'empêcher de taquiner les nouvelles connaissances pour voir si elles seront intimidées. Tenez-lui tête. Elle appréciera. Elle a un problème au cœur, et comme elle a toujours été extrêmement active, c'est dur pour elle. Et, bien sûr, elle se fait beaucoup trop de souci pour moi, même si elle ne l'avouera jamais. »

Il semblait exprimer deux choses à la fois, songea Louise. Et elle se demanda comment un étranger pourrait tenir tête à quelqu'un ayant des problèmes cardiaques et souffrant d'anxiété ?

Elle se contenta néanmoins de répondre : « Ne la laissez pas m'obliger à jouer. Je serais muette de terreur. Sincèrement, je ne vois rien qui pourrait m'effrayer davantage.

— Louise chérie, nous jouerons tous ce soir : des gens viennent dîner, et maman adore les jeux de mime. Vous ne serez donc pas la seule. Même si je me doute que vous nous battrez tous – puisque vous êtes une pro.

— Il y aura beaucoup de monde ?

— Une famille de voisins, les Elmhurst. À présent, parlez-moi de vous. Je veux tout savoir. »

Comme il semblait animé d'un intérêt sincère – et non pas d'une simple curiosité, contrairement à sa mère –, Louise fut capable de se lancer dans une description de sa famille qu'il parut trouver distrayante ; et elle s'aperçut qu'elle réussissait à imiter les grand-tantes à la perfection et à le faire rire. Elle parla d'Oncle Rupe – il dit que ce devait être très éprouvant –, puis des leçons qu'elle avait prises avec Polly et Clary, « jusqu'à ce que je sois trop vieille, bien sûr », puis de l'école de cuisine et de sa grande amie Stella, avant d'en revenir à son désir ardent d'intégrer la troupe quand l'école s'installerait à la campagne, si ses parents l'y autorisaient. « Mais je crois qu'ils veulent que j'apprenne la dactylographie pour trouver un ennuyeux travail de guerre, conclut-elle. Ils me laisseront peut-être tout de même faire une année.

— Jusqu'à vos dix-huit ans ?

— Comment connaissez-vous mon âge ?

— J'ai demandé à Hermione. Elle m'a dit que vous aviez tout juste dix-sept ans.

— J'ai dix-sept ans et demi, précisa-t-elle, sentant que son âge la desservait.

— Vous êtes une remarquable jeune fille de dix-sept ans et demi », dit-il.

Elle demanda à voir quelques-uns des tableaux posés contre les murs.

« Ils ne vous plairont pas. Ils ne sont pas modernes, ni audacieux, ni rien. Je possède une sorte de dextérité qui rassure les gens, voilà tout, si bien qu'ils me paient une fortune pour ces tableaux. »

Les portraits de femmes ressemblaient tous plus ou moins à celui d'Hermione qu'elle avait vu : en robe du soir et, pour la plupart, parées de bijoux, assises dans de grands fauteuils dorés, ou allongées avec élégance sur des canapés – pas vraiment souriantes, mais avec l'air d'avoir souri puis de s'être lassées. Louise ne sut qu'en dire. Deux étaient différents ; bien qu'ils soient adossés au mur, la toile vers l'extérieur, il ne les commenta pas. L'un représentait une très belle fille en tenue d'équitation et l'autre un jeune homme en chemise bleue à carreaux au col ouvert – d'une beauté stupéfiante, à la manière poétique d'un faune. Elle n'aurait pas su expliquer en quoi ces tableaux différaient des autres, sinon que, si les deux modèles représentaient une beauté idéalisée, on subodorait que la fille était peut-être stupide et le garçon agressif. Formée par Miss Milliment à regarder les tableaux qu'elle jugeait bons, mais de peintres qui étaient presque tous morts, elle s'aperçut qu'elle n'avait jamais contemplé une œuvre d'art contemporaine, encore moins signée par quelqu'un qu'elle connaissait. Sauf Oncle Rupe, bien sûr, mais elle se rendait compte que ses peintures avaient toujours fait partie du décor – comme lui en tant qu'oncle – et, à ce titre, avaient toujours échappé à son œil critique.

« Je me doutais qu'ils ne vous plairaient pas, dit-il. Ils sont plutôt médiocres et vulgaires, n'est-ce pas – comme moi.

— Vous ne le pensez pas !

— Mais si. Je suis un peintre de deuxième ordre. Attention, je ne dis pas *mauvais*. La plupart des gens s'en contenteraient.

— Mais vous n'êtes pas la plupart des gens ?

— Bien sûr que non. Je suis aussi peu banal que vous. »

Elle le regarda pour voir s'il se moquait d'elle et ne put décider.

« Louise chérie, je ne me moque pas de vous... vous me stupéfiez trop pour ça. Connaître Shakespeare presque par cœur et être si courageuse face aux bombes... et... enfin, tout le reste. J'ai plus ou moins su, à l'instant où je vous ai vue, que vous étiez à part, et ma foi, vous l'êtes ! »

Avant qu'elle ait eu à répondre quoi que ce soit, une sonnerie résonna d'en bas, et il se leva.

« L'heure de s'habiller, annonça-t-il. Je ferais mieux de vous montrer votre chambre. »

Il lui fit retraverser le couloir, passer devant l'escalier et continuer de l'autre côté.

« La salle de bains se trouve au fond, dit-il. Vous avez le temps de prendre un bain si vous le souhaitez. Je viendrai vous chercher dans une demi-heure. »

Durant ce week-end, il fit deux dessins d'elle, l'emmena monter à cheval (c'était un brillant cavalier, dont témoignait la rangée de coupes qu'il avait gagnées à des concours de sauts d'obstacles, dont certains à Olympia et Richmond), fit équipe avec elle aux jeux de mime – il n'était pas très bon, mais n'avait aucune inhibition et s'amusait manifestement beaucoup ; il joua du piano – il jouait à l'oreille – et chanta des chansons comme « Don't Put Your Daughter On The Stage, Mrs Worthington ». Et pendant tout ce temps il ne manqua jamais d'*admirer* presque tout ce qu'elle disait ou faisait. Le lundi matin, il la mit dans un train à Pewsey, l'embrassa et lui demanda de lui écrire.

« Mais *comment* était-il ? demanda Stella, le week-end suivant, après avoir écouté son récit.

— Je te l'ai dit !

— Pas du tout. Tu m'as seulement raconté ce que vous aviez fait. Tu étais si médusée par la maison grandiose, la sonnerie annonçant l'heure de se changer et le fait qu'une femme de chambre ait défait ta valise à ta place que tu n'as rien remarqué d'intéressant. À quoi il ressemble ? »

Louise réfléchit un instant. « C'est drôle. Si je décrivais son physique, tu le trouverais banal, mais il ne l'est pas. Il a un charme fou.

— Continue.

— Alors, les cheveux châtain clair – plutôt clairsemés, j'avoue. Je pense qu'il deviendra chauve assez jeune. D'ailleurs, il n'est déjà plus tout jeune : il a trente-deux ans. Des yeux bleu pâle – d'une espèce de gris-bleu –, mais qui regardent intensément... tout. Un assez grand front. » Elle s'arrêta là ; il avait un soupçon de double menton, mais elle ne voulait pas le dire à Stella. « Un petit nez, ajouta-t-elle.

— Je le vois comme s'il était devant moi, railla Stella.

— Il a une jolie voix. Je crois que c'est ce qu'il y a de plus remarquable chez lui. »

Il y eut un silence. Puis Louise dit d'un ton

défensif : « Tu penses que j'accorde trop d'importance aux apparences, n'est-ce pas ?

— Non. Tout le monde doit accorder de l'importance à ce qu'il ou elle voit. C'est ce que tu vois qui compte. Parle-moi de ses parents. »

Cette fois, Louise fit un effort. Elle décrivit la fragile créature qu'elle avait découverte sur le canapé et comment ces premières impressions s'étaient démenties au fil du week-end. « Je crois qu'elle est très puissante, en fait. Elle dessine et fabrique des bijoux, entre autres activités. Avant, elle faisait de la poterie et des assiettes, mais Michael a dit qu'elle avait dû arrêter à cause de ses problèmes de cœur. Elle est en admiration devant son fils. J'ai senti que c'était la personne la plus importante de sa vie...

— Et son mari ?

— Elle est tout à fait charmante avec lui, et il est évident qu'il l'adore, mais il a passé presque tout le week-end à travailler ; je ne l'ai vu qu'aux repas. Il a été extrêmement gentil avec moi. C'est le genre de personne qui cherche à savoir ce qui vous intéresse puis qui en parle ; et, évidemment, il connaît tout sur tout. Et il n'y avait pas qu'avec moi. Quand des gens sont venus dîner, il a eu plein d'égards pour deux des filles qui étaient terrifiées par Zee.

— Par qui ?

— C'est comme ça qu'elle s'appelle. Mais tous les jeunes gens l'adoraient : elle les avait tous autour d'elle.

— On dirait qu'elle n'aime pas les femmes, fit remarquer Stella.

— Oh ! Ça non, tu as raison.

— Dans ce cas, prends garde à toi.

— Elle m'a invitée à revenir.

— Sans doute parce que Michael le souhaite. Ça ne veut pas dire qu'elle t'apprécie.

— Je ne crois pas qu'elle m'aime beaucoup, en effet. » Elle paraissait si malheureuse que Stella rit et lui passa un bras autour des épaules. « Haut les cœurs ! C'est beaucoup moins important que d'être une actrice mondialement connue, tu ne crois pas ?

— Tais-toi ! Je ne vais même pas avoir le droit de le devenir ! Ils vont m'obliger à faire un boulot de dactylo barbant jusqu'au moment où il sera trop tard ! J'ai l'impression de n'avoir fait qu'attendre pendant toute ma vie, et maintenant, juste au moment où elle pourrait commencer, cette satanée guerre va tout gâcher.

— La plupart des gens ne peuvent pas faire ce qu'ils veulent pendant la guerre.

— Tu parles. Mon père était enchanté d'organiser la défense d'un aérodrome. Il n'avait pas du tout envie d'aller réparer les dégâts subis par l'entreprise après le bombardement. Et je parie qu'il y a plein de gens qui *aiment* se battre. Tu me trouves égoïste, je le sais, et tu as raison. Tout ce que je dis, c'est que je ne suis pas la seule, mais que ça se voit moins chez les autres parce qu'ils veulent faire des choses qui sont valorisées. »

Plus elle parlait ainsi, plus elle avait mauvaise conscience. Dans une minute, elle le savait, Stella lui ferait remarquer que les milliers de personnes chassées de chez elles par les bombardements n'avaient sûrement pas aimé ça, aussi s'empressa-t-elle d'ajouter : « Je sais que j'ai beaucoup de chance en comparaison avec la plupart des gens, mais je ne trouve pas ça très réconfortant ; au contraire, ça me fait culpabiliser de me sentir aussi mal.

— D'accord, dit Stella sans s'émouvoir. Revenons à Mozart.

— Le mouvement lent, alors. Tu sais bien que je n'y arrive pas avec les autres. »

Elles avaient passé la matinée à jouer sur deux pianos. Aucune des deux n'était très douée, mais elles s'amusaient bien. Stella était meilleure déchiffreuse que Louise et prête à s'attaquer à des œuvres qu'elle n'avait pas travaillées, et Louise n'avait pas pratiqué du tout depuis des mois, mais elles se pardonnaient leurs erreurs, s'arrêtaient et recommençaient, jusqu'au moment où elles eurent trop froid pour continuer – le feu couvait toute la journée dans le salon et envoyait le gros de sa chaleur dans le conduit de cheminée (la Duche jouait toujours avec des mitaines).

Stella adorait séjourner chez les Cazalet. Elle disait avoir l'impression de vivre dans un village plutôt que dans une boîte, ainsi qu'elle décrivait, de manière assez injuste, l'appartement de ses parents. Elle appréciait avant tout le manque de curiosité de la famille à l'égard de ce que faisaient et pensaient les autres. Il n'y avait pas d'interrogatoires, pas de ces analyses critiques que Peter et elle devaient endurer à propos de presque tout ce qu'on les avait vus faire ou, parfois, qu'on imaginait qu'ils avaient fait. Elle se languissait d'avoir son propre appartement et avait souligné que si Louise la rejoignait chez Pitman, l'école de secrétariat, elles seraient peut-être autorisées à partager un logement, puis trouveraient peut-être un emploi dans le même organisme : au ministère de l'Information, à la BBC ou l'équivalent. Mais Louise s'accrochait à l'idée de disposer d'une année pour percer en tant que comédienne ; à l'inverse, Stella avait refusé de suivre la première année d'université qu'on l'implorait d'entreprendre ; elle ne voulait pas, avait-elle répété encore et encore, être coupée de ce qui se passait. « Je veux être *dans* la guerre », avait-elle dit. Son père avait fini par céder – pas parce qu'elle avait raison, avait-il conclu, mais parce qu'elle devait commencer à apprendre de ses propres erreurs. Elle avait raconté tout ça à Louise, qui avait commenté que tous les parents faisaient des histoires dès lors qu'on avait une volonté propre. « Vu qu'on a des souhaits contraires, il est dommage qu'on ne puisse pas échanger nos parents », avait-elle dit ; là-dessus, de manière inattendue (pour elle), Stella avait eu les larmes aux yeux et s'était vue gratifiée d'une étreinte pleine d'une sentimentalité inhabituelle. Le séjour de Stella chez elle était une des meilleures choses de sa vie, songeait-elle, parce que bien qu'elle ait cru que Michael lui manquerait, le temps passé avec lui ne tarda pas à lui paraître irréel au point qu'elle avait du mal à croire à ses propres souvenirs.

« En fait, j'y suis allée par pure vanité, avoua-t-elle ce soir-là alors que Stella et elle étaient au lit.

— Je le savais. Parfois, ton manque de confiance en toi m'inquiète.

— Comment ça ?

— On a l'impression que tu as besoin que les autres te disent comment tu es.

— Toi, tu n'as pas besoin que les autres te le disent ?

— Je ne peux pas te répondre, parce que dans ma famille, on parle tout le temps des autres, pour les admirer, en discuter, les critiquer…

— Ma famille me critique. Elle ne fait que ça.

— Tu veux dire, ta mère. Ton père ne m'a pas donné cette impression. » Elle l'avait rencontré une fois quand il les avait invitées à déjeuner toutes les deux à son club à Londres. « Ça se voit qu'il t'adore. » N'obtenant pas de réponse, elle ajouta : « Revenons-en à ta vanité.

— Reviens-y si tu veux, répliqua Louise, boudeuse. Ce que je voulais dire, c'est que j'y suis allée parce qu'il a été la première personne à m'avoir réellement admirée.

— Et moi ? Moi aussi, je t'ai admirée.

— OK. Le premier homme à m'avoir jamais admirée.

— Bon, au moins, tu es honnête. Arrange-toi juste pour que ça n'aille pas trop loin.

— Qu'entends-tu par "ça" ?

— Il y a plein d'exemples de jeunes femmes qui se sont mariées beaucoup trop tôt et ont tant souffert d'ennui que ça s'est mal terminé. Pense à Anna Karénine et à Mme Bovary.

— Franchement, Stella. Un, je ne compte pas épouser qui que ce soit avant des années, et deux, Michael ne ressemble pas du tout à Karénine ou à M. Bovary.

— À t'entendre, ce n'est pas non plus Heathcliff ni Roméo, répliqua Stella. Il pourrait même se révéler assez rasoir. »

La conversation menaçait de s'envenimer. « Je vais dormir, dit Louise avec une dignité désinvolte. Je ne veux plus en discuter. »

Le lendemain, Stella s'excusa. « Pas parce que je pense avoir dit des choses fausses, mais parce que je ne les ai pas dites de la bonne manière », déclara-t-elle, ce qui ressemblait bien peu à des excuses aux yeux de Louise. Il n'empêche que Home Place fut plus ennuyeux que jamais après le départ de Stella, et elle fut au comble de la joie quand une lettre finit par arriver, adressée à sa mère par Mr Mulloney (l'un des professeurs de son école), annonçant qu'il avait trouvé un théâtre dans le Devonshire ainsi qu'une grande maison à cinq kilomètres de là où les étudiants pourraient vivre, et qu'il avait aussi déniché une Mrs Noel Carstairs pour être surveillante de l'établissement. Louise se verrait offrir une bourse, si bien qu'elle n'aurait à payer que deux livres dix par semaine pour sa pension. Après beaucoup d'insistance, sa mère déclara qu'elle pourrait peut-être y aller.

Il y eut encore quelques disputes mineures lorsqu'elle fit ses bagages, Louise insistant pour emporter tous les vêtements en sa possession, au prétexte que, s'ils montaient des pièces modernes, ils devraient utiliser leurs propres costumes. Polly et Clary étaient dûment envieuses. « J'espère qu'on aura le droit d'aller te voir jouer, dit Polly. Tu as trop de chance de savoir ce que tu veux faire.

— Et d'arrêter les cours si jeune », ajouta Clary.

Tante Rach l'emmena à Tunbridge Wells et lui acheta une robe de chambre chaude. Le Brig lui donna cinq shillings. Sa mère, deux mois d'argent de poche – sept livres, et de quoi payer son billet de train –, en lui demandant d'appeler à son arrivée. Tante Syb lui avait tricoté un pull chaud – « Ce devait être ton cadeau de Noël, mais tu en auras besoin avant » –, et Tante Zoë lui offrit un pot de crème de Huit Heures d'Elizabeth Arden. « Mets-en sur ta bouche le soir, lui dit-elle. C'est merveilleux contre les lèvres gercées. » Lydia lui offrit un agenda datant de l'année précédente, mais dit que ça n'avait pas d'importance. « Il te suffit d'aller au jour d'après, et tu peux choisir si tu préfères être à la bonne date ou au bon jour de la semaine. J'y ai réfléchi avant de te l'offrir. » Elle avait écrit « Pour ma sœur Louise, de la part de sa sœur Lydia qui l'aime » à l'encre rouge sur deux pages au début. « Ces jours-là sont déjà passés, donc ce n'est pas gênant. »

Louise la remercia. Elle était touchée. Tout le monde se montrait beaucoup plus gentil avec elle maintenant qu'elle partait, et, le dernier soir, elle se demanda l'espace d'un instant si ça allait être effrayant et horrible au point qu'elle voudrait rentrer à la maison, mais chassa cette idée aussi vite que possible.

Stella lui fit la surprise de l'attendre à Charing Cross et l'accompagna à la gare de Paddington où elles achetèrent d'infects sandwichs – elles avaient le choix entre pâté et betterave et en prirent un de chaque.

« Où va-t-on les manger ? »

La gare était pleine de monde et il n'y avait nulle part où s'asseoir.

« Sur le quai, dit Stella. Je vais prendre un billet d'accès. »

Elles s'assirent sur les valises de Louise, qu'elles avaient traînées du taxi jusqu'au quai pour économiser le prix d'un porteur et pour que Louise puisse s'acheter un paquet de De Reszke Minors.

« Tu vas terriblement me manquer.

— Toi aussi.

— Mais pas autant. Toi, tu feras quelque chose.

— Oui, je sais. Mais tu me manqueras tout de même. N'oublie pas de m'écrire. »

Une partie de la verrière de la gare était tombée et de l'eau gouttait sur elles.

« Tante Anna a fait ça pour toi. J'ai failli oublier. » Stella fouilla dans son sac à bandoulière et en sortit une petite boîte en carton. « Ses fameux gâteaux à la cannelle. Elle n'arrête pas de cuisiner parce qu'elle est très malheureuse.

— Oh, merci ! Remercie-la de ma part.

— Écris-lui pour la remercier. Elle ne reçoit plus jamais de lettres.

— Je n'y manquerai pas. Si seulement tu venais aussi. »

Ensuite, elles ne trouvèrent plus grand-chose à se dire et furent toutes deux soulagées quand le long train gris-vert entra lentement en gare.

« Bien. Allons te chercher un bon siège. Tu veux la fin de mon sandwich ? Je n'y tiens pas vraiment.

— Non, merci. »

Elles hissèrent les valises dans le train et trouvèrent pour Louise un siège à côté de la fenêtre.

« Je vais y aller, à présent, dit Stella. Je ne suis pas très douée pour les au revoir.

— D'accord. »

Elles s'étreignirent, puis Stella partit. Louise la regarda par la vitre ouverte, mais son amie ne se retourna pas. Elle fit comme si elle venait de dire adieu au seul homme qu'elle pût jamais aimer, et dont elle devait se séparer pour retourner dans le Devon soigner un frère qui se mourait de quelque mal incurable. Bientôt, la tristesse de ce sacrifice héroïque faisait ruisseler des larmes sur son visage, seulement endiguées par l'apparition d'un couple âgé. Elle se mit alors à renifler très fort et à se moucher ; les nouveaux venus se regardèrent, reprirent leurs valises sur le porte-bagages et quittèrent le compartiment. Juste au moment où elle s'imaginait expliquer aux membres de sa troupe comment se garder un compartiment de train pour soi, deux dames arrivèrent ; elle se remit à renifler pour voir si ça marchait, mais non. Les dames la regardèrent avec dégoût, mais s'installèrent aux places les plus éloignées de la sienne. Elle se demanda s'il lui faudrait continuer à renifler pendant tout le voyage, et décida que non ; si elles l'interrogeaient, elle répondrait que c'était l'air de la gare qui lui donnait le rhume des foins.

Le train démarra. Il n'était pas rapide et s'arrêtait souvent, dans les gares et parfois en dehors. À seize heures il faisait nuit ; un vieil employé vint fermer les stores des fenêtres, et Louise commença à s'inquiéter de ne pas savoir où descendre, puisque le nom de toutes les gares avait été occulté, mais l'homme dit qu'elles étaient annoncées à chaque arrêt, et qu'elle devrait arriver à Stow Halt à dix-sept heures cinquante. Les deux dames avaient partagé un énorme pique-nique qui se termina par du thé d'une Thermos, dont la vue lui donna très soif. Elle ouvrit la boîte de biscuits à la cannelle de Tante Anna et tenta de les manger très lentement tout en lisant *La Formation de l'Acteur,* de Stanislavski, espérant vaguement qu'une des dames lui demanderait si elle s'intéressait au théâtre, afin qu'elle puisse lui en parler. À une gare, un grand nombre de marins montèrent dans le train. Ils remplirent le wagon et beaucoup restèrent dans le couloir, à fumer. Leurs uniformes paraissaient tellement neufs qu'on les aurait crus déguisés ; à cause de leurs bottes, qui leur faisaient des pieds gigantesques, et de leurs grands sacs en toile, il était très difficile de se rendre aux toilettes. Elle fut consciente de plaisanteries chuchotées alors qu'elle se frayait un passage. Une fois de retour à sa place, elle abandonna Stanislavski et ouvrit *La Maison de la flèche*, un roman palpitant mettant en scène un détective très vaniteux dénommé Hanaud. Tous les matelots descendirent à Exeter, et quand elle finit par arriver à destination elle était seule. Elle eut du mal à baisser la vitre derrière le rideau de black-out pour pouvoir ouvrir la portière. Il faisait nuit noire et très froid. Elle resta là, frissonnante, flanquée de ses deux valises. Elles étaient trop lourdes pour qu'elle puisse les porter en même temps. Puis un homme muni d'une lampe électrique s'avança vers elle. « Vous allez à Stow House ?

— Oui.

— C'est vos bagages ? Bien. Suivez-moi. »

Elle monta avec soulagement dans le vieux taxi cabossé, qui sentait le missel humide, trouva-t-elle.

« J'en ai deux autres à récupérer », dit-il quand il eut rangé ses valises.

Il s'agissait de Reuben, un garçon qui était en deuxième année quand elle avait intégré l'école, et d'une nouvelle prénommée Matilda. Ils restèrent presque silencieux pendant le court trajet, serrés sur la banquette arrière, faute de trouver quelque chose d'assez passionnant à dire aux autres.

Chris Mulloney les attendait, débordant d'hospitalité théâtrale, dans une entrée sombre au sol de mosaïque. Il portait, comme à l'ordinaire, son pantalon de tweed informe, des tennis blanches sales et un pull gris à col roulé, qui du fait de son cou très court recouvrait une grande partie de ses oreilles. Au-dessus, sa tête bombée et chauve était coiffée d'une casquette en laine. Ses yeux marron étincelaient, joyeux, sous la toundra de ses sourcils plantés par touffes, et l'on racontait que quelqu'un lui avait cassé le nez autrefois.

« Mes chéris ! dit-il. Bienvenue à Exford, mes chéris ! »

Louise, pressée un instant contre son ventre rond quoique d'une étonnante fermeté, esquissa un sourire gêné. La dernière fois qu'elle l'avait vu, il l'avait fait pleurer en l'obligeant à répéter inlassablement la même réplique tout en lui disant chaque fois que c'était pire que la fois précédente. À Londres, il impressionnait car il obtenait des résultats. Il disposait de deux armes, la rage artificielle ainsi qu'une véritable et profonde sentimentalité, et il utilisait les deux à tour de bras.

« La *surveillante*, dit-il d'une voix un peu moqueuse (comme si le titre était entre guillemets), va vous montrer vos chambres. Surveillante ! »

À ce signal, la dame apparut en haut de l'escalier. « Voici Louise, Reuben et…

— Matilda, dit Matilda.

— Matilda. Mrs Noel Carstairs. » Il le dit comme si elle était célèbre ou du moins comme s'ils auraient dû la connaître. C'était une toute petite femme au physique d'oiseau et aux cheveux blonds décolorés qui auraient eu grandement besoin de soins. Elle portait une espèce de robe de chambre en satin bleu pâle, au col bordé d'un ruché de dentelle sale, et tenait à la main une feuille de papier qu'elle scrutait d'un air désespéré. « Chéris, dit-elle – elle avait un accent étranger –, cherchant leurs noms. Ah, voilà. Louise ! Vous partagez une chambre avec Griselda. Venez ! »

La chambre était petite et meublée de deux lits, de deux commodes et d'une armoire. « De jour, vous avez vue sur la mer. C'est bon ? » Ses yeux délavés et mélancoliques vous regardaient par-dessous d'énormes faux cils bleus semblant presque trop lourds pour elle. Le reste de son visage était luisant et dépourvu de maquillage. « Aujourd'hui, je repose ma peau », dit-elle. Ses mules à hauts talons, ouvertes derrière, s'éloignèrent en claquant sur les lattes du parquet teinté couleur mélasse.

Griselda devait être arrivée : il y avait des flacons et des pots sur l'une des commodes, ainsi qu'une photo de deux personnes d'âge mûr en tenue de tennis. La fille s'était manifestement réservé le lit le plus éloigné de la fenêtre : son masque à gaz et une robe de chambre en laine étaient posés dessus. Il faisait un froid de canard dans la pièce, et il n'y avait qu'une seule lumière, suspendue au milieu du plafond et entourée d'un abat-jour en parchemin vieillissant. Pas de lecture au lit, songea Louise. Elle avait froid et se sentait déprimée. Elle sortit de sa valise un pull plus chaud et partit en quête d'une salle de bains.

La maison paraissait s'étendre à l'infini le long de couloirs sombres partant dans trois directions. Enfin, elle vit une porte ouverte sur une grande chambre où se trouvaient trois filles.

« Je cherchais une salle de bains.

— *La* salle de bains. Et le seul w.-c. Enfin, il y en a un autre pas très propre derrière la cuisine, mais la chasse d'eau est sacrément dure à tirer. Viens, je vais te montrer. »

Petite et enjouée, la fille avait des taches de rousseur et un nez retroussé. « Je suis Betty Farrell, ajouta-t-elle en ouvrant le passage. Il fait un peu plus chaud dans la cuisine grâce au fourneau. Ce sera bientôt l'heure du dîner. »

La salle de bains était exiguë : une baignoire dont l'intérieur avait été peint en couleur crème, un petit chauffe-eau rouillé, un évier de cuisine et des toilettes avec un siège en bois. La fenêtre à guillotine fermait mal, et quelqu'un avait fourré des morceaux de journaux dans la fente, sans grand effet.

La cuisine, immense, était pleine de gens et il y faisait nettement meilleur. Chris la présenta à tout le monde, terminant par une fille mince et morne, qui paraissait beaucoup plus jeune que les autres et dont les longs cheveux étaient attachés en une queue-de-cheval peu soignée. « Et voici ma précieuse fille Poppy, qui fait tourner la maison. » Poppy eut un sourire timide, mais ne dit rien. Elle prit une énorme casserole sur le fourneau, la porta en chancelant vers l'évier et en versa le contenu dans deux passoires. L'odeur chaude des légumes verts s'éleva avec la vapeur dans l'air. La longue table de cuisine était mise.

« Asseyez-vous, mes chéris, le dîner sera servi sous peu. Annie ? Annie, va aider ta sœur, allez. »

Une fille encore plus jeune, une enfant aux longs cheveux blonds détachés dans le dos, retira les trois doigts qu'elle avait dans la bouche, s'approcha du fourneau et souleva une autre grande casserole pleine de pommes de terre bouillies. Tanguant sous son poids, elle l'apporta à table d'un trot lourd et irrégulier. Dès qu'elle eut déposé les pommes de terre, elle remit les doigts dans sa bouche. Au même moment, à l'autre bout de la pièce, un garçon mince et blond racontait une histoire, interrompu par les éclats de rire des filles rassemblées autour de lui. Alors qu'il s'approchait de la table, l'une d'elles dit : « Allez, raconte l'histoire du perroquet – allez, Jay !

— Vas-y, pendant que Chris découpe la viande. »

Il fit des yeux le tour de la table. Tout le monde s'était assis, sauf Poppy qui apportait maintenant un énorme rôti qu'elle posa devant son père, et Annie qui attrapait des cuillères de service de sa main gauche.

« L'histoire du perroquet ? Bon : l'histoire du perroquet. » Il avait une voix traînante et un brin pédante, qui semblait tout à fait adaptée à la narration. Il décrivit le perroquet d'une vieille dame, connu pour son intelligence remarquable, et que sa fière propriétaire encourageait à marcher sur une corde à linge accrochée à cet effet. Il devint le perroquet, posant une griffe prudente sur la corde, manquant perdre l'équilibre, puis posant l'autre patte. Redevenu narrateur, il décrivit ensuite une dame âgée lâchant un gloussement nerveux et excité devant le spectacle. Puis il fut de nouveau le perroquet, levant la tête de la corde à linge sur laquelle il oscillait, et disant de sa voix de perroquet : « Ridicule, mais putain, sacrément difficile. »

Les gens éclatèrent de rire, et Louise les imita par flagornerie, bien que perplexe. Elle n'avait jamais entendu quiconque utiliser ce mot, mais savait que sa mère l'aurait jugé d'une grossièreté indicible. Elle jeta un coup d'œil à Chris, qui était concentré sur le découpage. Annie, qui s'était assise, fixait la viande, tandis que Poppy préparait de la sauce devant le fourneau. Puis elle surprit Jay en train de la regarder ; il ne dit rien, mais sourit, un petit sourire entendu, comme s'il savait exactement ce qu'elle pensait, ce qui la fit rougir. Elle pencha la tête sur l'assiette fumante devant elle, afin que les autres croient que c'était la nourriture qui lui donnait chaud.

Pendant le dîner tout le monde parla théâtre. Apparemment, ils commenceraient par quelques scènes de Shakespeare qu'ils joueraient pour des écoles du coin, mais Chris refusa de discuter de la distribution. Après le repas, deux personnes firent la vaisselle, et les autres se dispersèrent. Griselda se révéla une fille saisissante, aux cheveux si noirs qu'ils paraissaient bleutés, aux pommettes hautes et aux yeux allongés, étroits et bridés – tout à fait fascinante, songea Louise alors qu'elles remontaient l'escalier ensemble.

« Qu'est-ce qui se passe le matin ?

— Oh. Le petit déjeuner. Pas de toasts, parce que le grille-pain est cassé, seulement du pain, de la margarine, une espèce de confiture et du thé. Ensuite on va à Exford – presque cinq kilomètres, et le plus souvent en stop pour économiser le prix du bus.

— Il est comment, le théâtre ?

— Plutôt miteux, et il empeste le gaz. Les loges sont glaciales, et beaucoup de fauteuils sont cassés dans la salle. Malgré tout, ce sera notre théâtre.

— Qu'est-ce qu'on fait pendant que les autres répètent ?

— Eh bien, Lilli nous donne des leçons de voix.

— Qui est Lilli ?

— Mrs Noel Carstairs. En fait, elle est roumaine. C'était *la* star de la comédie musicale en Roumanie. Puis elle est venue ici et elle a épousé Noel Carstairs – tu sais, l'impresario ? –, mais il l'a quittée pour une femme beaucoup plus jeune et elle est malheureuse.

— C'est pour ça qu'elle n'est pas venue au dîner ?

— Oh, non. C'était un jour où elle ne mangeait

que des aliments crus. Elle fait toujours des choses pour sa santé. Elle prépare d'horribles petites assiettes de carottes et de choux râpés, qu'elle mange dans sa chambre. Elle marche à reculons sur le sable pendant des heures, parce qu'elle prétend que c'est bon pour la silhouette. Elle a une immense photo de la reine de Roumanie dans sa chambre – avec un autographe en pattes de mouche, impossible à déchiffrer. Elle est complètement folle, en fait, mais c'est une crème. »

Le lendemain matin, elle découvrit que la maison donnait sur un vaste estuaire. La mer était basse ; il y avait une étendue de sable étincelant et une rangée de petites maisons sur la rive opposée. C'était une belle journée dégagée ; il avait gelé. Louise se réveilla, tout excitée, et trouva Griselda déjà habillée d'un pantalon et d'un pull.

« La salle de bains est peut-être encore libre si tu veux y aller, dit-elle. Je me lève tôt, sinon c'est la queue. »

Une fois lavée et vêtue du pull rouge neuf de Tante Sybil et de son pantalon de velours côtelé bleu foncé – également neuf –, elle rejoignit Griselda dans la cuisine. Poppy préparait un plateau de petit déjeuner pour son père. Il ne faisait pas très chaud dans la pièce. « Le fourneau était presque éteint, dit Poppy d'un ton contrit. Et je peux avoir ton livret de rationnement ? »

Un gros chat noir était assis au centre de la table et regardait Annie couper des petits bouts du rôti de la veille et les mettre dans une soucoupe. Griselda et Louise mangèrent du pain avec de la margarine et de la confiture en attendant que l'eau chauffe dans la grande bouilloire noire.

« Je vais t'accompagner en bus aujourd'hui, proposa Griselda. Pour que tu saches te repérer.

— Tu es là depuis combien de temps ?

— Moins d'une semaine. Je suis arrivée en avance parce que notre maison a été bombardée et que ma mère ne voulait pas que je reste à Bristol. »

Elle fut prise au dépourvu en s'apercevant que depuis son départ de chez elle, elle n'avait pas du tout pensé à la guerre, que personne n'en avait parlé la veille au soir, et que les livrets de rationnement, les masques à gaz et autres faisaient désormais tellement partie du quotidien qu'elle avait presque oublié leur raison d'être.

« Je suis désolée, dit-elle. Ça a dû être horrible pour toi. »

Griselda haussa les épaules. « Je déteste parler de la guerre. Pas toi ? »

Le reste de la journée fut passionnant. Louise se fichait pas mal de l'état du théâtre. C'était un *vrai* théâtre, avec un rideau rouge sombre ourlé d'un galon d'un jaune sale. Monter pour la première fois sur la scène poussiéreuse fut un enchantement – un aboutissement, le début de sa carrière. Les odeurs de gaz et des vieilles coulisses, les exhalaisons froides, sueur et moisi mêlés, des fauteuils défoncés de la salle la ravirent ; les loges au sol de béton, qui sentaient encore le vieux maquillage, avec leurs rangées d'ampoules électriques nues autour des miroirs piquetés la comblèrent. Quand ils furent assis sur des chaises en bois dures sur le plateau au rideau levé, éclairé par des lampes de service, que les scènes à répéter et la distribution des rôles furent annoncées, elle fut étourdie de joie. Elle jouerait Katherina dans la première scène de séduction de *La Mégère apprivoisée*, ainsi qu'Anne dans deux scènes de *Richard de Bordeaux*. Seule ombre au tableau : comme la troupe se composait de dix filles pour quatre garçons seulement, les filles étaient deux à jouer le même rôle, ce qui signifiait qu'elles ne participeraient qu'à une représentation sur deux, tandis que les garçons, ces veinards, apparaissaient non seulement dans presque toutes les scènes, mais joueraient aussi tout le temps. Griselda fut choisie pour le rôle de Lady Macbeth, et elle jouerait la scène du meurtre avec Roy, qui, à en juger par la première lecture, était de loin le meilleur acteur du groupe. Il ferait aussi Petruchio avec elle. Et Jay lui donnerait la réplique dans le rôle de Richard.

Au déjeuner, ils allèrent au café face à la rivière, et elle partagea un œuf au plat et des frites avec Griselda – divisant l'œuf avec un soin scrupuleux et comptant les frites. Elles avaient toutes les deux très faim.

*

Elle apprit beaucoup au cours des semaines suivantes – et pas seulement son métier d'actrice. Les lettres qu'elle envoyait chez elle étaient soigneusement réfléchies : elle craignait par-dessus tout qu'ils l'obligent à s'en aller d'ici si elle lâchait la moindre information risquant de les inquiéter. Lorsqu'elle écrivit pour demander un peu plus d'argent de poche afin de payer le bus et les déjeuners, elle n'expliqua pas, par exemple, que sinon le rôti, les pommes de terre et légumes bouillis du soir (seul plat que Poppy savait préparer) constituaient l'unique repas de la journée (ils partaient souvent sans avoir pris de petit déjeuner, puisque le fourneau s'éteignait sans arrêt, les empêchant de faire bouillir de l'eau, et qu'ils terminaient la margarine et la confiture bien avant que Poppy ne puisse en racheter, pour cause de rationnement). Elle ne raconta pas non plus qu'ils allaient à Exford en stop la plupart du temps pour économiser le prix du bus (et s'acheter des cigarettes), taisant surtout la méthode que certains employaient – se coucher au milieu de la route en faisant semblant de s'être évanouis ou d'être malades, ce qui marchait à coup sûr. Elle écrivit qu'ils avaient des conversations très intéressantes le soir après dîner, qu'ils récitaient de la poésie, et avaient-ils entendu parler de Dylan Thomas et de T. S. Eliot, deux merveilleux poètes ? Elle ne mentionna pas la fête d'anniversaire durant laquelle ils avaient organisé un concours pour désigner celui ou celle qui réussirait à être le moins vêtu, et qu'elle l'avait remporté avec deux morceaux de bordure de timbre et une houppette à poudre. Et, bien sûr, elle passa sous silence le juron tellement à la mode : les gens disaient putain à tout bout de champ. Elle ne dit pas qu'un soir ils s'étaient soûlés avec une boisson liquoreuse vert-jaune appelée Strega que leur avaient donnée des Hollandais vivant sur un bateau dans l'estuaire. Ne raconta pas les semaines épouvantables où Annie avait découvert qu'elle avait les cheveux infestés de lentes, et que toute la troupe en avait attrapé. Exford fut à court de peignes fins, et ils avaient dû passer leur temps à se laver les cheveux dans l'évier avec une lotion d'une puanteur terrible. Elle n'avoua pas que la « surveillante » n'était en fait qu'une vieille actrice fatiguée sans aucune compétence domestique ou d'infirmière, et que Chris Mulloney faisait tourner son établissement grâce à ses deux filles adolescentes. Poppy avait seize ans et Annie, douze. Cette dernière n'était jamais allée à l'école, mais passait ses journées à lire, s'occupait de son chat qu'elle avait baptisé Tsar Alexandre et semblait tout à fait satisfaite. Certains parents leur rendirent visite, descendant dans le pub local au bout de la route, et, dans ces occasions, selon un accord tacite, tout le monde changeait de comportement le temps de la visite. Elle ne dit pas qu'ils étaient tous affamés en permanence, qu'elle avait de la chance quand elle pouvait prendre un bain par semaine, et que leurs draps n'avaient encore jamais été changés ; et elle se garda surtout de leur dire que Chris Mulloney était membre de la Peace Pledge Union[1] – un groupe communiste. Avec Stella, elle se montrait plus honnête.

> C'est étrange : bien que nous discutions d'un tas de choses qu'on n'imaginerait même pas évoquer à la maison (enfin, quand on ne parle pas théâtre, ce qu'on fait presque tout le temps, je l'avoue), il y a des sujets qu'on n'aborde pas du tout. La guerre, par exemple. Plusieurs personnes sont pacifistes, et Chris est membre de la PPU. Nous ne recevons pas de journaux, et si Chris a une radio, il ne l'utilise que pour écouter des émissions comme ITMA[2], qui est terriblement drôle – tu l'as déjà écoutée ? Et Lilli – alias Mrs Noel Carstairs, également connue comme la Surveillante – écoute parfois des

1. Organisation pacifiste fondée en Angleterre en 1934.
2. *It's That Man Again*, émission humoristique de la BBC diffusée entre 1939 et 1949.

chansons. Nous ne parlons jamais non plus de nos familles, surtout pas des parents. Personne ne parle de chez lui, ni ne dit grand-chose de ce qu'il faisait avant de venir ici. D'un autre côté, nous avons eu une conversation très intéressante à propos de lesbiennes la semaine dernière, mais aucune des personnes présentes ne l'a jamais été, et une seule en connaissait une, si bien que je n'ai pas appris grand-chose. Le fait d'être vierge est plutôt mal vu ici – je crois –, du moins par la plus âgée des filles, qui s'appelle Ernestine et est censée avoir vingt-cinq ans, même si elle paraît dix fois plus vieille. J'en apprends beaucoup sur la vie, autant que sur le métier de comédienne. Un comédien très intéressant ici, nommé Jay Coren, est stupéfait que j'aie si peu lu, et il m'a donné un roman d'Ernest Hemingway qui, d'après lui, est le plus grand romancier du monde. Ça s'appelle *L'Adieu aux armes* et ne parle presque que de sexe – mais les gens sont amoureux –, et elle a un bébé et elle meurt. Il faut absolument que tu le lises. Un livre incroyable. Chris nous a loué des costumes merveilleux pour Shakespeare, etc. J'ai l'authentique robe que portait Gwen Ffrangcon-Davies pour *Richard de Bordeaux* quand elle a joué avec Gielgud ! Elle est jaune, avec une magnifique coiffe. Et pour Katherina j'ai une superbe robe de velours rouge brodée de perles, même si elle tient horriblement chaud et sent plutôt mauvais. Nous avons des places gratuites pour le cinéma qui, par chance, se trouve tout à côté du théâtre, si bien qu'on peut y faire un saut pour voir un bout de film quand on n'est pas requis pour les répétitions. J'ai dû y aller neuf fois pour voir *La Vie privée d'Henri VIII* en entier. Mais il est extra, tu ne trouves pas ?

Lilli nous apprend à placer notre voix ; chacun a droit à deux leçons par semaine. Nous passons aussi beaucoup de temps à nous donner la réplique.

Les journées filent à toute vitesse, et la première aura lieu la semaine prochaine ! J'aimerais tellement que tu puisses venir. En tout cas, pense à moi à huit heures vendredi prochain – nous commençons par la *Mégère*. Le pauvre Roy a d'horribles furoncles dans le cou, et quand il a essayé sa fraise, ça les a irrités encore plus…

Elle réfléchit un instant. C'était beaucoup plus facile d'écrire à Stella qu'à sa mère, mais elle avait passé en revue toutes ses nouvelles. Ah !

Inutile de t'inquiéter pour Michael Hadleigh et moi. Il ne m'a pas écrit, je pense qu'il m'a complètement oubliée.

Pas plus tard que le lendemain, elle reçut une lettre de lui que sa famille lui avait fait suivre. Elle sut que ce devait être lui, parce qu'à la place du timbre, il y avait un tampon « Received from HM Ships » sur l'enveloppe. Elle l'emporta dans la vieille serre délabrée au fond du jardin de Stow House pour pouvoir la lire dans une intimité confortable.

Louise chérie,

J'avais décidé de ne pas vous écrire, par crainte de vous importuner, mais je n'ai pas pu résister. Si vous ne voulez pas que je vous écrive, dites-le-moi d'une ligne, même si j'espère que ce ne sera pas le cas. La nuit est bien avancée ; étant l'officier de service, je dois sans cesse m'interrompre pour effectuer des « rondes » et diverses autres tâches de routine, et comme je suis le seul officier sur le navire en ce moment, j'ai peu de temps pour moi.

J'ai beaucoup de mal à écrire cette lettre. Les

inhibitions... la censure, et c'est la première lettre que je vous envoie. Mais pendant toutes ces semaines passées en mer, je n'ai cessé de vous imaginer, assise avec une si belle dignité dans ce night-club quand la bombe est tombée – et vous qui êtes si jeune ! Je crois que j'ai aussi un peu peur de votre jeunesse. Oh, Louise, quoi que vous fassiez, ne me prenez pas au sérieux, parce qu'il n'en faudrait pas plus pour que je me prenne au sérieux, et ce serait risible. Mais nous nous sommes bien amusés ce week-end, n'est-ce pas ? Vous avez été merveilleuse aux mimes – maman était impressionnée. Les dessins que j'ai faits de vous ne vous rendent pas justice. Mais j'ai l'un d'eux avec moi, et il me permet au moins de me remémorer de petites choses importantes, comme la façon dont les coins de votre bouche remontent, et dont vos sourcils s'inclinent soudain au milieu – pas en triangle, mais en formant un angle intéressant – non, ce n'est pas ça, ils ressemblent plutôt à de délicats petits toits pointus.

Je me demande si votre troupe va voir le jour. Qu'elle le fasse ou non, je ne doute pas que vous deviendrez une formidable comédienne. Et si vous refusez de me reconnaître, dans quelques années, je hanterai les théâtres du West End où vous jouerez le premier rôle et dirai aux gens que je vous ai connue quand vous étiez jeune... Louise chérie, je dois aller vérifier une amarre qui semble s'être détachée. Bonne nuit.

Affectueusement, Mike

Elle la lut très vite – l'engloutit d'une traite – puis la relut très lentement. Ma première lettre d'amour, songea-t-elle, avant de se demander si c'en était bien une. Elle l'examina encore, s'efforçant d'être calme. Il écrivait « Louise chérie », mais les gens se donnaient tout le temps du « chéri », même quand ils se lançaient des vacheries – ça ne voulait rien dire. Et il y avait le passage où il lui demandait de ne pas le prendre au sérieux – peut-être ne voulait-il pas qu'elle le fasse ? –, mais aussi les remarques sur son visage, sa belle dignité, sa bouche et ses sourcils… Bon, on pouvait aimer certains aspects d'une personne sans être amoureux d'elle, et il était incroyablement sophistiqué et vieux et avait dû connaître des centaines de filles. Il la flattait, ce que personne n'avait jamais fait. Il fallait admettre que c'était excitant ; elle tenta de le dire à voix haute et posée, mais sa main, qui tenait la lettre, tremblait. C'était assez… adulte (un mot très utilisé à Stow House) de recevoir une lettre pareille. Elle la lut attentivement une fois encore, puis la plia et la remit dans son enveloppe. Elle la garderait dans son sac au cas où elle voudrait la relire.

La répétition en costume, jeudi, dura de dix heures du matin à onze heures et demie du soir, en partie parce qu'il fallut tout jouer deux fois pour que chaque fille passe. Le soir Chris envoya certains chercher des *fish and chips* pour tout le monde, et Lilli prépara des litres de thé dans une des loges. Louise se sentit complètement nulle. Elle n'oublia pas son texte, mais son jeu manquait de relief, tandis que Roy maintint un niveau qu'elle jugea de bout en bout très professionnel. Chris, assis à l'orchestre avec une femme apparue de manière mystérieuse quelques jours plus tôt, lui fit part de ses commentaires à chaque scène. Elle en fut accablée. « Tu es censée être physiquement attirée par cet homme – dès le début, tempêta-t-il. Là, on dirait que tu parles au facteur qui t'a apporté ton courrier en retard. Allez, ma petite, tu vois ce que je veux dire. » Le problème, c'était qu'elle ne voyait pas. Elle n'avait pas la moindre idée de la façon dont on se comportait avec un inconnu par qui on était physiquement attirée, mais elle aurait préféré mourir plutôt que de l'admettre. Souriant avec une faiblesse complice, elle recommença la scène, empruntée et raide. Ensuite, il énuméra ses erreurs techniques : les fois où elle s'était déplacée en retard, quand elle avait perdu le rythme lors du premier échange acerbe en ne donnant pas la réplique assez vite, le moment où elle avait volé la vedette à Roy durant une tirade, « Tu ne peux pas espérer être au centre de l'attention du public en permanence », et ainsi de suite. Après ça, alors qu'elle retirait la robe rouge dans la loge, elle se mit à pleurer et les autres furent très gentils avec elle : Lilli dit qu'elle ne devait pas abîmer son maquillage, et l'autre Katherina, Jane Mayhew, alla lui chercher une tasse de thé, avant d'enfiler la robe pour jouer la scène. Puis elle resta seule pendant quelques minutes. Elle s'essuya les yeux avec précaution et s'observa dans le miroir brillamment éclairé. Je n'ai peut-être aucun talent, songea-t-elle. Entre autres choses, Chris lui avait dit qu'elle était maladroite dans ses mouvements : ce que sa mère lui répétait sans cesse. Ils avaient raison, sans aucun doute. Une « si belle dignité », tu parles ! pensa-t-elle en regardant ses yeux maculés de noir et les sillons laissés par les larmes sur son fond de teint soigneusement appliqué. Sa boîte de maquillage en étain – son bien le plus précieux – était posée devant elle, à peine utilisée. Elle semblait beaucoup trop neuve. Certains avaient sali les leurs exprès pour faire croire qu'elles avaient beaucoup servi, mais elle y avait vu de la tricherie ; sa précieuse boîte l'accompagnerait toute sa vie, et son usure serait authentique.

On frappa à la porte : c'était Jay, avec un paquet de cigarettes.

« Il t'a fait passer un sale quart d'heure, dit-il, s'asseyant sur la coiffeuse à côté d'elle. Ça doit signifier qu'il te trouve au niveau.

— Qu'est-ce qui te fait dire ça ?

— Je l'ai remarqué. Avec certains, il se contente d'indiquer qu'ils se sont gourés dans une réplique – dans les mots –, puis il ajoute qu'ils ont été drôlement bons.

— Peut-être qu'ils l'étaient.

— Non.

— Peut-être qu'il *pensait* qu'ils l'étaient. »

Il secoua la tête. « C'est un idiot à bien des égards, mais là-dessus il ne se trompe pas. Comment tu trouves sa petite amie ?

— C'est sa petite amie ?

— Sûr. Elle habite à Exford. Pour l'instant. Je parie qu'elle va emménager avec nous très vite. Sous un prétexte quelconque, comme d'aider la pauvre et ignorante Poppy. » Il la regarda. « Tu as froid ? Tu frissonnes. » Soudain, il se pencha vers elle, glissa la main sous le vieux kimono de soie qu'elle avait convaincu sa mère de lui laisser, chercha et trouva son sein. « Exactement la taille de ma main », dit-il avec une douceur surprenante. Quand il l'embrassa sur la bouche, une boucle de ses cheveux blonds tomba en avant et chatouilla le cou de Louise.

« Voilà. » Il se redressa ; il lui souriait, avec une expression attentive. « Tu me plais pas mal, dit-il.

Maintenant, putain, il faut que j'enfile mes bas blancs. »

Il avait laissé les cigarettes. Sur le paquet il avait écrit : « Pour Anne de Bohême » et en dessous, entre parenthèses, « (Mrs Queenie Plantagenet) ».

Elle se sentit soudain beaucoup mieux. Puis Lilli revint et lui montra comment appliquer son noir tout neuf sur ses sourcils.

Quand elle retourna dans la salle pour regarder Jane et Roy jouer la scène de la *Mégère*, elle jeta un coup d'œil discret à la petite amie de Chris. Elle était plutôt vieille, avait de longs cheveux bruns, une frange, et portait une écharpe autour du cou. Ce fut tout ce qu'elle remarqua dans l'obscurité. Elle reporta son attention sur la scène. Jane, petite et rousse, avait une voix étonnamment puissante et l'air très assurée. Le malheur que Louise percevait sous la hargne de Katherina ne transparaissait pas. Jane faisait presque *semblant* d'avoir mauvais caractère et flirtait avec Roy. Son interprétation à lui n'avait pas évolué du tout depuis la première lecture. Son intuition soufflait à Louise que ce n'était pas normal, sans qu'elle puisse préciser pourquoi. À la fin, remarquant que Chris ne faisait que des critiques sommaires à Jane et aucune à Roy, elle se demanda si Jay n'avait pas raison. Jay semblait beaucoup plus *vieux* que les autres, et elle décida qu'elle préférait les hommes plus âgés. Je peux le dire à présent, songea-t-elle, puisque j'en connais deux. Le baiser, le contact de la main sur son sein s'étaient produits si vite que ça lui avait paru irréel ; il n'y avait eu ni prémices, ni conclusion, mais à présent, ça la touchait – le geste, à la fois léger et audacieux, mais sans conséquence, était entièrement nouveau pour elle.

Elle émergea de sa rêverie pour entendre Chris annoncer dix minutes de pause avant de passer à *Macbeth*.

« Griselda a été malade », dit quelqu'un alors qu'elle retournait à la loge, où elle trouva la pauvre fille penchée au-dessus d'un seau, le visage couleur œuf de canard sous le maquillage blême de Lady Macbeth. « Je n'arrive pas à me souvenir de mon texte, gémit-elle. Je commence, et ensuite c'est le vide. Oh, mon Dieu ! Ça ne va pas. Je ne peux pas continuer. Helen va devoir me remplacer. »

À la fin, ils firent venir Chris, qui entra d'un pas martial en disant : « Alors, comme ça, tu as vomi ? C'est une bonne chose. Maintenant que tu as dégueulé ton trac, tu es prête à y aller. Donne-moi tes premières répliques, et nous continuerons. » Il était accroupi devant elle, et lui prit les mains. « Allons. Cheville ton courage jusqu'au cran d'arrêt et tu n'échoueras pas. »

Elle le dévisagea, puis commença d'une voix mal assurée : « "Elles sont venues à moi au jour du succès..."

— Tu vois ? l'interrompit-il. Tu le sais. Je sais que tu le sais, et tu sais que tu le sais. Tu peux lire la lettre lentement ; Macbeth ne devait pas avoir une très bonne écriture. »

Elle lui souriait à présent. Il se releva, tenant toujours une des mains de Griselda, et la guida hors de la loge.

« Je t'ai trouvée merveilleuse ! » s'exclama Louise un peu plus tard. Un grand pot de graisse végétale Trex posé entre elles, elles en étalaient avec soin sur leur peau fardée. (C'était chic d'utiliser du Trex : l'un d'eux étant entré dans la loge d'une comédienne assez connue dans un théâtre londonien et ayant vu que c'est ce qu'*elle* utilisait, elles méprisaient les pauvres novices qui continuaient d'acheter du cold-cream.)

« Toi aussi. Surtout dans le rôle d'Anne. Tu as bien mieux joué que Helen avec Jay.

— Qu'est-ce que tu penses de lui ? demanda Louise d'un ton très désinvolte.

— Eh bien, il est très intelligent et tout, mais il a une bouche cruelle, tu ne trouves pas ? »

Intérieurement, Louise jugea la remarque un peu idiote : qu'était-ce donc qu'une bouche cruelle ? Quelle différence avec une gentille bouche ? Mais Griselda poursuivit : « Tu sais bien. Elle est assez grande, et incurvée, mais *dure*. Et il a un regard froid. Je ne crois pas que je lui ferais confiance. »

Voilà qu'elle recommençait. « Un regard froid. » Un regard, leur avait-on appris, pouvait changer du tout au tout en fonction des sentiments de la personne. Au théâtre, les yeux étaient l'attribut le plus important. Les siens étaient à présent irrités à force d'essayer de retirer le noir qui collait en pâtés sur ses sourcils. Il lui faudrait demander à Lilli comment le retirer.

« Il est très bon en Richard, dit Griselda. Et il raconte des histoires formidables. Mon Dieu, que j'ai faim ! Je pourrais avaler n'importe quoi !

— Tu crois qu'il y aura à manger quand on rentrera ?

— Je ne sais pas. »

Ils durent partager trois taxis pour rentrer, vu l'heure tardive. Poppy avait laissé deux assiettes d'épais sandwichs au fromage et à la pâte de hareng saur, mais le Tsar Alexandre avait goûté ces derniers, et personne ne voulut de ses restes infects.

« Annie aurait dû l'emmener quand elle est partie se coucher », dit Chris ; il était mort de faim.

« C'est ce qu'elle a fait, mais il est redescendu. C'est ma faute, j'aurais dû les ranger dans le garde-manger, mais j'ai eu peur que vous rentriez encore plus tard et que je sois couchée ; vous auriez pu ne pas les voir ou ne pas savoir qu'ils étaient là.

— Tu aurais pu laisser un mot, Poppy. Peu importe, ma petite. Pas de larmes, s'il te plaît – j'ai déjà eu assez d'émotions pour la journée. Apporte-moi quelque chose au lit, tu seras un ange. »

Finalement, la plupart décidèrent qu'ils étaient plus épuisés qu'affamés et se dispersèrent, laissant Poppy errer dans la cuisine avec une boîte de corned-beef et quelques crackers. « Je ne peux pas utiliser le pain, sinon il n'en restera plus assez pour le petit déjeuner. » Elle paraissait aussi fatiguée qu'eux.

« Elle n'a pas une vie très agréable, dit Louise, alors qu'elles se déshabillaient à la hâte à cause du froid.

— Non, et c'est assez injuste, parce qu'elle veut être comédienne elle aussi.

— Vraiment ? Elle n'a pas l'air d'être capable de jouer la comédie.

— C'est une famille de comédiens. D'après ce que j'ai entendu dire, sa mère était très douée.

— Que lui est-il arrivé ?

— Elle est morte dans un accident de voiture il y a un certain temps. Je ne sais pas quand. Lilli me l'a raconté le jour où elle m'a fait une manucure. » Griselda s'efforçait de ne pas se ronger les ongles parce que Lilli, que cela choquait, lui avait dit qu'elle devait apprendre à les entretenir.

« Je devrais peut-être l'aider. J'ai pris des cours de cuisine.

— Je ne te le conseille pas. Si tu le leur dis, Chris t'obligera à t'y coller. »

Une perspective si atroce que Louise décida égoïstement de garder le silence.

Le jour de la première, tout le monde se leva tard, et ils prirent un vague repas au milieu de la journée. Dans l'après-midi, Louise retourna au lit – l'endroit le plus chaud – et entreprit d'écrire à Michael.

« Cher Mike – Mike chéri – cher Mike », commença-t-elle, puis elle s'arrêta. « Cher Mike » paraissait froid, mais d'un autre côté, « Mike chéri » ressemblait à une imitation, car elle n'aurait jamais imaginé l'appeler chéri s'il ne l'avait pas fait le premier. En définitive, elle prit une nouvelle feuille de papier et laissa cette partie en blanc : elle la remplirait à la fin lorsqu'elle verrait la tournure prise par sa lettre. « Merci pour votre lettre. Ma famille me l'a fait suivre, parce que la troupe s'est montée ; ce soir, c'est même la première, et nous sommes tous très angoissés. Nous jouons des scènes de Shakespeare et deux scènes d'une pièce de Gordon Daviot qui, contrairement à ce qu'on pourrait croire, est une femme. » Elle continua dans cette veine, lui racontant la répétition en costumes et l'impression qu'elle avait eue d'être mauvaise, pour conclure : « Mais lorsqu'on a voulu quelque chose toute sa vie et qu'enfin on y arrive, que demander de plus ? Nous vivons dans une maison plutôt froide et dépouillée, et n'avons pas grand-chose à manger, mais tout le monde s'en fiche parce que nous sommes tous entièrement dévoués à notre art, et quand c'est comme ça, les choses matérielles ne comptent plus, vous ne croyez pas ? » (Elle trouva ce passage plutôt bon, mais craignit qu'il ne juge toute la partie sur le théâtre ennuyeuse.) « Oui, nous nous sommes bien amusés pendant ce week-end. J'ai adoré notre promenade à cheval et les mimes, et c'était la première fois que quelqu'un me dessinait. Et votre mère était très gentille, écrivit-elle sans se mouiller, parce qu'elle ne sut comment la qualifier sinon. Je lui ai envoyé un Collins – c'est ainsi que ma famille appelle les mots de remerciements après une visite, en référence à Mr Collins. » Puis elle se demanda s'il avait lu *Orgueil et Préjugés* et ajouta « Austen » entre parenthèses.

Puis elle écrivit « Mais vous savez tout ça, bien sûr », pour qu'il ne soit pas vexé qu'elle le croie ignorant. Enfin elle relut la lettre en entier. Elle lui parut très barbante. « Ce n'est pas une lettre passionnante, j'en ai peur. Je vois ce que vous voulez dire quand vous parliez d'écrire à quelqu'un pour la première fois. On ne sait pas très bien à quel point on connaît la personne sur le papier.

« Je n'arrive pas du tout à imaginer la vie sur un navire de guerre. Mon Oncle Rupert a eu le mal de mer les deux premiers jours. Ça doit être horrible, de combattre en ayant le mal de mer, mais je me rappelle ma préceptrice disant que Nelson en souffrait souvent, même si je ne vois pas en quoi cela pourrait vous réconforter. J'espère cependant que ce n'est pas trop dur. Affectueuses pensées de Louise. » Puis elle réfléchit encore et écrivit en dessous : « P.-S. : je n'ai pas été très courageuse quand la bombe est tombée. Je suis restée immobile parce que je ne savais pas quoi faire d'autre. Bien sûr, je suis contente que mon apparence vous plaise. » Puis elle ajouta « Cher Mike ». Le Mike faisait passer le « cher », pensa-t-elle. Elle écrivit son nom et le nom de son navire, c/o GPO. Ça semblait une drôle d'adresse, mais comme c'était ce qu'il avait mis, ce devait être juste.

Le soir de la première arriva – et passa. Stella lui envoya un télégramme, ce qui était adorable de sa part, parce que tous les autres en reçurent de leur famille sauf elle. « La salle », comme elle avait appris à l'appeler, n'était qu'à moitié pleine, mais peu lui importait ; c'était un vrai public, qui avait payé pour venir, c'était l'essentiel. Jay l'embrassa de nouveau dans les coulisses alors qu'elle attendait de monter sur scène. « Tiens, ma douce, dit-il, une dose d'affection ou de désir, à toi de choisir. » Roy se montra d'une merveilleuse fiabilité et, à certains moments, elle s'imagina que c'était Jay, ce qui le fit paraître plus intéressant. Se souvenant de ce qu'elle avait pensé de l'interprétation qu'avait faite Jane de Katherina, elle insuffla un peu de tristesse au personnage. Ce fut formidable de saluer le public dans la large robe de velours rouge au moment du rappel. Après la représentation, Chris la rejoignit, lui planta un baiser sur chaque joue et la serra contre son ventre rebondi et dur. « Bravo, ma petite ! Tu as bien joué, Louise. Tu joueras encore mieux, mais tu as bien joué. »

Ils prirent tous le dernier bus pour rentrer, puis s'assirent à la table de la cuisine pour passer en revue les détails de leurs interprétations, avant de finir par s'écrouler dans leur lit. Le lendemain matin, en trouvant des traces brunâtres de fond de teint sur son oreiller, Louise se demanda si le Trex était vraiment la meilleure solution.

Ils jouèrent quatre soirées, ainsi que quatre matinées pour des écoles – des spectateurs bruyants, mais qui au moins remplissaient la salle, alors que les soirées, ouvertes à tous les publics, n'attiraient pas les foules. Le journal local publia une critique, dans laquelle tous leurs noms étaient cités. L'article n'était pas signé et, si Chris en connaissait manifestement l'auteur, il refusa de dire quoi que ce soit sinon que ce n'était pas lui. N'empêche, lire « Louise Cazalet nous a offert deux interprétations très contrastées de Katherina et d'Anne » était exaltant. Elle acheta deux exemplaires : l'un à envoyer à sa famille et l'autre à garder dans un album avec le programme.

Dès que la semaine Shakespeare prit fin, Chris annonça les deux nouvelles pièces : *Week-end* et *La Force des ténèbres*. Cette fois, même si les filles doublaient les rôles féminins, il n'y en avait pas assez pour que toutes jouent dans les deux pièces. À sa grande déception Louise fut choisie pour interpréter Sorrel, l'ingénue de *Week-end* et le rôle le plus terne d'après elle ; elle ne jouerait pas dans *La Force des ténèbres*. Ils monteraient *Week-end* pour Noël, après quoi Louise pourrait rentrer chez elle pour deux semaines, lui dit Chris. Elle n'avait aucune envie d'y aller, craignant qu'on ne la laisse pas repartir ensuite. Mais elle reçut alors une autre lettre de Michael, la troisième, lui apprenant qu'il aurait une semaine de permission pendant que son navire serait en réparation – y avait-il la moindre chance qu'elle puisse en passer une partie avec lui ? Dans le cas contraire, il essaierait de descendre un soir dans le Devon pour la voir.

> Les communications étant si difficiles [écrivit-il], je prends la liberté de vous proposer de me retrouver à Markham Square le vendredi 10 janvier. J'ai consulté les horaires des trains d'Exford : avec de la chance, vous pourriez arriver vers quinze heures. Si ce n'est pas possible, écrivez-moi, et je vous téléphonerai à mon arrivée à Londres pour voir s'il y a une autre solution. Essayez, petite Louise chérie – il me tarde tant de vous voir. Vous seriez le meilleur antidote à mon existence présente. La Haute Mer est terriblement *humide* ; je me sens très privilégié quand enfin j'ai le temps de me laisser tomber sur ma couchette et qu'il n'y a plus que la condensation qui coule lentement sur mon nez. Il nous arrive cependant parfois de toucher une cible… Parlons d'autre chose. L'une de mes tâches consiste à censurer les lettres des hommes, si bien que je deviens une autorité en matières domestique et conjugale. Je me demande parfois si vous êtes tombée follement amoureuse d'un jeune et beau comédien et ne peux m'empêcher d'espérer que ce ne soit pas le cas…

Elle lui écrivit qu'elle pourrait aller à Markham Square le vendredi en question et se libérer pour une semaine. Quant au passage dans lequel il se demandait si elle était amoureuse, elle n'y répondit pas, car elle n'était pas sûre de ses sentiments – ni pour lui, ni pour Jay, qui avait pris l'habitude de venir dans leur chambre en l'absence de Griselda, de s'allonger sur le lit à côté d'elle et de lui lire des poèmes. Elle appréciait ces moments, et quand la poésie laissait place aux baisers, qu'il la caressait et embrassait ses seins, elle découvrait une autre forme de plaisir, mais qui ne ressemblait pas à ce à quoi elle s'attendait. Elle avait cru que quand on finissait par se laisser embrasser par quelqu'un, on était sûrement, forcément amoureux. Mais la bienheureuse extase promise par tant de ses lectures lui demeurait inconnue. Elle aimait bien Jay – elle avait un peu peur de lui, de sa voix douce et moqueuse, de son vocabulaire sophistiqué, de ses yeux pâles qui la jugeaient. Il savait aussi se montrer très doux avec elle, et lorsqu'elle n'avait pas peur, le bas de sa colonne vertébrale semblait se dérouler comme si elle n'était pas rigide du tout, mais dotée de petites frondes dont elle ignorait jusqu'ici l'existence. Elle avait cependant l'impression que son corps n'était pas connecté au reste de sa personne. Si elle fermait les yeux, Jay pouvait devenir n'importe qui, n'importe quels doigts, mains ou bouche. « Tu m'aimes, alors ? » lui demanda-t-elle un soir.

Il y eut un silence. Elle était couchée sur le dos, et il s'appuya sur ses coudes pour la regarder. « Ça, ma chère petite, c'est une question ridicule. Ça te plairait, à toi, que je te la pose ?

— Ça ne me gênerait pas.

— Non, c'est vrai. Au moins, tu ne fais pas semblant. Tu ne crois pas à toutes ces idioties romantiques. Je te trouve attirante, comme tu n'as pas dû manquer de le remarquer. Si tu n'étais pas une jeune vierge patentée, je te baiserais.

— Tu me baiserais ?

— Je coucherais avec toi. Mais je pressens, ajouta-t-il après avoir attendu une réponse, que tu serais horrifiée, ou que ta réponse véhémente ne me plairait pas. Donc je n'essaie même pas. » Il prit la revue *New Verse* de Geoffrey Grigson et se remit à lire :

Annie MacDougall en allant traire se prit les pieds
dans les bruyères
Et entendit à son réveil un disque de valse viennoise,
Qu'importe ta culture, qu'importe ton pucelage,
Tout ce qu'on veut c'est un pneu Dunlop, et une
rustine du diable

Et ainsi de suite jusqu'au dernier vers.

Sans faire de commentaire, il feuilleta le volume et poursuivit :

J'ai un beau profil
J'ai fréquenté une bonne école privée
J'ai un peu d'argent investi
Alors pourquoi ce sentiment d'être un idiot
Comme si je possédais un monde qui a fait son temps

Tu as sûrement de bonnes raisons
De ressentir ce que tu ressens
Pas étonnant que tu t'angoisses
Parce que c'est tout à fait exact
Tu possèdes un monde qui a fait son temps

Il referma l'ouvrage et la regarda.

« Tu vois ? Si tu veux savoir ce qui se passe dans le monde, lis les poètes contemporains. Ils savent.

— Les deux sont de la même personne ?

— Non. Le premier était de Louis MacNeice, et le deuxième de W. H. Auden. Deux poètes dont tu aurais dû entendre parler, mais je suppose que non. »

Elle secoua la tête d'un air si triste qu'il la lui caressa.

« Ne fais pas cette tête. Voici de quoi te remonter le moral. »

Il recommença à lire, d'une voix ressemblant à celle qu'il avait prise pour raconter l'histoire du perroquet :

Miss Twye se savonnait les seins dans son bain
Quand elle entendit dans son dos un rire égrillard
Et surprise elle découvrit
Un pervers caché dans le placard

« Est-ce que tu savonnes tes jolis seins dans le bain ? Tes jolis petits tétons, comme disait Henri VIII à Anne Boleyn ?

— Quand bien même je le ferais, dit-elle, il n'y a pas de place pour un placard dans cette salle de bains. » L'étendue du savoir de Jay la fascinait. « J'aimerais être plus savante, dit-elle. Le monde m'a l'air rempli de choses que j'ignore.

— Je te ferai une liste de poètes, si tu veux. Ce serait un bon début. »

Il le fit. Mais parfois, elle ne le voyait pas seul pendant plusieurs jours. En partie parce qu'il passait du temps avec Ernestine, la plus âgée des filles, qu'aucune des autres n'aimait beaucoup, mais que tout le monde craignait un peu. Ernestine disposait d'une chambre toute seule au rez-de-chaussée, avec une cheminée dans laquelle elle faisait des feux de charbon, si bien qu'elle profitait de la seule pièce chaude. Elle possédait une garde-robe de vêtements glamour et peignait ses longs ongles avec du vernis blanc. Elle était petite, avait de très belles jambes et une jolie silhouette, mais son visage paraissait bien plus vieux que les vingt-cinq ans qu'elle prétendait avoir. Elle laissait ses longs cheveux brun foncé libres dans le dos, avait une sorte de frange en forme de saucisse sur le front et portait toujours du rouge à lèvres cyclamen sur sa longue bouche fine. Sa voix, forte et grinçante, lui servait surtout à dénigrer – la société, le système de classes, les Anglais (elle se disait à moitié française), les riches, quiconque ne travaillait pas dans l'art, la virginité, qu'elle jugeait alternativement bégueule ou veule. Elle avait vécu à Chelsea et disait que c'était le seul havre de civilisation dans ce territoire inhibé et inégalitaire qu'était Londres. Bien que dénuée de talent, elle était convaincue de sa potentielle grandeur. Chris se montrait très indulgent avec elle ; certains estimaient qu'il lui faisait de la lèche, et c'est vrai qu'il lui accordait des privilèges, comme la chambre, dont ne jouissaient pas les autres. Elle n'arrêtait pas de parler de ses amants – un, en particulier, un Norvégien du nom de Torsten, le meilleur qu'elle ait jamais eu, disait-elle. Les gens l'écoutaient quand ils ne pouvaient pas faire autrement, aux repas surtout, mais l'évitaient autant que possible. Le bruit courait qu'elle payait plus que tout le monde pour être là, et que Chris avait besoin d'argent. Elle avait manifestement décidé que Jay était le seul homme digne de son attention et ne cachait pas son mépris pour Louise. Elle avait eu vent des lettres envoyées depuis un navire de Sa Majesté – étant au rez-de-chaussée, elle pouvait toujours consulter le courrier avant tout le monde – et se moqua beaucoup d'elle à propos de son matelot. « Il paraît que toutes les gentilles filles sont amoureuses d'un marin. Dieu merci, je n'en suis pas une. Louise doit être une très gentille fille, tu ne crois pas ? » – ça, à l'intention de Jay.

« Tout à fait charmante », s'empressa-t-il de

répondre, avec une expression si pince-sans-rire que Louise eut l'impression qu'il était de son côté.

Le soir précédant son départ, Ernestine l'invita de manière inopinée dans sa chambre. Elle avait appris que Louise s'absentait pour une semaine. « J'aurai peut-être quelque chose pour toi. »

Incapable de trouver une échappatoire, Louise la rejoignit après les habituels rôti et chou.

Ernestine lui proposa une de ses cigarettes noires Balkan Sobranies et un verre de vin. Louise était assise à une extrémité du divan orange pendant qu'Ernestine cherchait des verres et un tire-bouchon.

« Tu rentres chez toi voir ta famille ? lui demanda-t-elle, lui tendant le verre qu'elle venait de remplir.

— Non. » Louise avait du mal à mentir, et elle souhaitait aussi s'affirmer devant Ernestine, qui les prenait tous pour une bande de gamins. « En fait, je vais retrouver mon matelot, comme tu l'appelles. Il a une semaine de permission, ce qui tombe bien.

— Tant mieux pour toi ! » Elle paraissait admirative. « Je pensais bien que c'était ce que tu manigançais. » Elle leva son verre. « À vous deux ! » Quand elle ne dénigrait pas, sa voix rauque n'était pas désagréable. « Il n'est pas tout le temps matelot, si ?

— Oh, non, il est peintre.

— Un étudiant aux Beaux-Arts. Ça alors !

— Pas un étudiant. Un vrai peintre. Il fait des portraits.

— Comment s'appelle-t-il ?

— Michael Hadleigh.

— Michael Hadleigh ! Mais tu as un amant célèbre !

— Il n'est pas mon amant. » Elle sentit qu'elle commençait à rougir et prit une grande lampée de vin. « Je le connais, c'est tout. »

Ernestine se pencha vers elle et la resservit. « Eh bien, j'ai l'impression qu'il cherche à mieux te connaître. Tu n'imagines pas qu'il va te tenir la main pendant toute la semaine, si ?

— Non. » Cela lui parut idiot. « Bien sûr que non.

— Eh bien dans ce cas, mon chou, tu as peut-être besoin d'un petit conseil. » Elle se leva et alla jusqu'à une commode, dont elle revint avec ce qui ressemblait à un tube de dentifrice. « Une précaution », dit-elle en le lui tendant.

Louise regarda ce que c'était. « Gel Volpar, lut-elle. À quoi ça sert ? »

Ernestine leva les yeux au ciel. « Mon Dieu ! Je n'y crois pas ! Pour t'éviter de tomber enceinte, pauvre petite innocente. Plus tard, bien sûr, il te faudra un diaphragme. »

Louise, qui n'avait aucune idée de ce dont elle parlait, s'imagina se verser le gel dans la bouche directement du tube. Ça lui parut bizarre et ridicule – et comment cela pouvait-il empêcher quiconque de tomber enceinte ? Mystère. Elle finit son deuxième verre de vin en y pensant.

« Je ne compte pas du tout avoir un bébé », dit-elle, d'un ton qui aurait pu laisser croire qu'elle avait réfléchi à la question et décidé – en toute connaissance de cause, bien sûr – de s'en abstenir. Elle aurait bien voulu s'en aller, mais Ernestine, comme si elle l'avait deviné, alluma deux cigarettes et lui en tendit une. L'extrémité dorée était tachée de rouge à lèvres cyclamen, et Louise n'en avait pas envie, mais estima qu'il serait impoli de refuser.

« Bien sûr que non. J'essaie juste de t'aider. Je suppose que "Maman" ne t'a pas expliqué grand-chose, je me trompe ? Enfin, il te suffit d'aller à la pharmacie et d'en demander un tube, et on te le donnera. Je pensais que tu voudrais peut-être aussi m'emprunter des sous-vêtements qui fassent un peu moins écolière. Torsten m'a offert deux nuisettes qui, disait-il, le rendaient fou. Je vais te montrer. »

L'une était en mousseline de soie noire, l'autre en satin fuchsia bordé de dentelle noire.

Ça partait d'une bonne intention, songea Louise, qui décida que le plus simple était d'en accepter une. Rien ne l'obligeait à la porter ensuite, et Ernestine n'en saurait rien.

« C'est gentil… commença-t-elle.

— Pas de ça avec moi ! Viens voir Tante Ernestine quand tu as besoin de conseils en matière de sexe. Il vaut mieux que tu prennes aussi le tube. Je doute que tu aies le cran d'entrer dans une pharmacie pour en acheter. »

Peu après, Louise réussit à s'échapper. Elle avait le sentiment désagréable qu'Ernestine, qu'elle n'appréciait pourtant pas beaucoup, était bien intentionnée. Elle lui avait aussi ouvert les yeux sur ce que la semaine lui réserverait peut-être, et cela lui fit presque – mais pas tout à fait – regretter de l'avoir acceptée.

*

La Semaine… Elle lui parut merveilleusement longue – à l'inverse de ce que devait être un moment de rêve tel qu'elle l'imaginait. Elle avait cru que le temps filait à toute vitesse quand on s'amusait vraiment, mais ces sept jours s'étirèrent au point qu'au bout de deux, elle avait l'impression qu'ils duraient depuis des années. Le premier jour, elle était très nerveuse. Il portait son uniforme comme le soir de leur rencontre. Il l'avait prise dans ses bras et l'avait embrassée d'une manière fraternelle. Il avait tout organisé. Ils iraient voir une revue, *New Faces*, au Comedy Theatre. « J'ai des places pour la première représentation, dit-il, ainsi nous pourrons souper avant de partir à Hatton. Je sais que ce n'est pas assez intellectuel pour vous, mais il paraît que c'est très bon. Ça vous va ? »

Elle répondit que ça semblait formidable.

« Vous avez tout le temps de prendre un bain et de vous changer. » Il la conduisit à l'étage ; la maison paraissait très silencieuse.

« Tous les domestiques sont dans le Wiltshire, dit-il. Mon beau-père va fermer la maison et vivre à son club, ou louer un appartement dans une résidence avec services. Il ne veut pas que maman reste à Londres.

— Votre beau-père ?

— Oui. Vous pensiez qu'il était mon père ?

— Oui. Mais personne ne m'a dit son nom. Les domestiques l'appellent sir Peter, et vous et votre mère l'appelez Peter, alors comment aurais-je pu savoir ?

— Vous ne pouviez pas. Ne prenez pas cet air angoissé. Mon père est mort pendant la dernière guerre. Je me souviens à peine de lui. » Il lui montra la chambre d'amis et la salle de bains, quelques marches plus bas sur un demi-palier. « Je vais prendre un bain, moi aussi. Mes quartiers sont tout en haut. Faites vite, je veux profiter de chaque instant avec vous. »

La revue était merveilleuse ; le moment le plus mémorable, d'après elle, fut celui où l'adorable Judy Campbell chanta « A Nightingale Sang in Berkeley Square ».

Après le spectacle, il l'emmena chez Prunier où elle goûta ses premières huîtres. Puis il lui parla un peu plus de son père. « C'était une sorte de héros, et je sens que je dois me montrer digne de lui. »

Elle s'endormit dans la voiture, en route vers la campagne, et il la réveilla en lui ébouriffant les cheveux. À la porte de sa chambre, il l'embrassa de la même façon qu'il l'avait fait à Londres et dit : « Dormez bien. Je vous verrai au petit déjeuner. »

Rien à voir avec ce qu'Ernestine avait envisagé.

Une ou deux choses étranges se passèrent durant la semaine. Zee, la mère de Michael, avait annoncé que Rowena viendrait déjeuner le lendemain. Michael avait paru contrarié.

« Maman ! Pourquoi ?

— Chéri, elle avait tellement envie de te voir pendant ta permission. Je n'ai pas eu le cœur de le lui refuser. »

Rowena se révéla être la belle fille du tableau. Elle arriva, impeccable et distinguée dans sa tenue campagnarde : jupe en tweed, cachemire assorti, chaussures bien cirées et veste en veloutine pour compléter l'ensemble. Louise, en pantalon et chemise Viyella, se sentit mal fagotée en comparaison. Ses cheveux blond clair étaient coupés en un carré simple, elle n'était pas maquillée, et ses grands yeux très écartés et pâles ressortaient dans son visage exsangue. Elle avait l'air malheureuse. Le déjeuner fut assez tendu ; Zee fit parler Michael de son navire – qu'il semblait beaucoup aimer, remarqua Louise. Sa mère était très au courant de sa vie maritime : lorsqu'il mentionna les canons Oerlikon, elle sut aussitôt ce que c'était. Rowena et elle restèrent presque silencieuses pendant tout le repas. Ensuite, Zee suggéra à Michael de montrer les écuries à Rowena, tandis qu'elle s'installait avec Louise dans la bibliothèque.

« Pauvre petite Rowena, dit-elle en triant de la laine. Elle est folle de Michael. Mais vraiment, il n'y a rien entre eux. » Elle leva les yeux de son ouvrage pour regarder Louise, silencieuse et figée sur place. « Mais je crois qu'elle le comprend à présent. Michael est un bourreau des cœurs. J'espère que vous ne le laisserez pas briser le vôtre. »

Au bout d'une heure environ, ils revinrent. Louise s'aperçut que Rowena avait pleuré. La jeune femme remercia Zee pour le déjeuner et déclara qu'elle devait s'en aller.

« Michael va vous raccompagner à votre voiture. »

Au moment où ils quittèrent la pièce après des salutations polies, Louise surprit le regard de Zee sur elle. La femme lui sourit, mais elle fut incapable de lui rendre son sourire.

Plus tard, dans l'atelier, alors que Michael fixait du papier sur sa planche pour commencer un nouveau dessin, elle dit : « Le portrait que vous avez fait de Rowena est très juste.

— Oui, répondit-il d'un ton absent, l'un de mes meilleurs. Asseyez-vous sur cette chaise – là. » Il approcha un petit tabouret et s'assit, de sorte qu'il était légèrement plus bas qu'elle. « Maintenant, tournez un peu la tête vers la droite et regardez-moi. Un peu plus – encore, stop. C'est parfait. Désolé. Détendez-vous, je dois tailler mon crayon. »

Mais elle ne pouvait pas en rester là. « Votre mère m'a dit qu'elle était folle de vous.

— Elle a raison, je le crains. Pauvre Rowena. Nous avons eu une petite aventure, c'est vrai. Elle est adorable, bien sûr, et elle a un caractère d'une remarquable douceur, mais comme disait maman, ce n'est pas une lumière. J'aurais fini par m'ennuyer, hélas.

— Vous voulez dire, si vous l'aviez épousée ?

— Si je l'avais épousée, oui. » Il taillait minutieusement son crayon à l'aide d'un canif, effilant la mine de plomb. « Elle l'a compris en vous voyant. Vous n'avez donc pas à être jalouse.

— Je ne suis pas jalouse ! » C'était vrai : elle n'était pas jalouse, mais choquée. Elle imagina Rowena s'efforçant de préserver sa dignité face à une humiliation que Louise jugeait presque vulgaire, montant dans sa voiture et s'éloignant assez dans l'allée avant de fondre en larmes…

« Louise chérie ! Vous avez l'air furieuse. Mais maman avait tout à fait raison. Il était grand temps que je lui parle, et elle m'a dit qu'elle avait compris à l'instant où elle était entrée dans la pièce et vous avait vue. Maintenant, reprenez la pose. Tête vers la droite, non, c'est trop, là c'est mieux. Parfait. »

Il réussit, Dieu sait comment, à l'apaiser et à la charmer au point qu'elle cessa pour l'heure d'y penser, et, la semaine passant, elle se délecta tant de l'approbation générale qui émanait de la mère et du beau-père de Michael qu'elle l'oublia tout simplement. Elle était traitée comme un petit génie précoce, l'une des leurs – privilégiée, douée, favorisée à tous égards – et, en raison de sa jeunesse, chouchoutée, admirée et encouragée à les divertir. Sir Peter, qui partageait sa passion pour Shakespeare, la persuada cette fois sans mal de lui jouer quelques grandes scènes : Viola, Juliette, la reine Katherine d'*Henri VIII* et Ophélie. Il lui parla des pièces, prit son avis au sérieux et avec un assentiment courtois. « Vous ne croyez pas que Katherine et Wosley sont les deux seuls rôles de cette pièce qu'il ait lui-même écrits ? » Qu'est-ce qui lui faisait penser ça ? Parce qu'ils étaient en pentamètres iambiques, contrairement à ceux d'Henri et des autres, etc. Quand ils jouaient des saynètes le soir, leur admiration l'encourageait à briller, et elle se découvrit même un talent pour la comédie. Chez elle, personne n'avait jamais été aussi intéressé par ce qu'elle faisait ou ce qu'elle était, et ces attentes bienveillantes lui montèrent à la tête. D'autant qu'elles venaient d'une famille qui frayait avec les puissants et les célébrités. Ils paraissaient connaître tout le monde, et souvent intimement. C'était vrai en particulier de Zee, comme elle l'appelait désormais avec assurance. Impossible de mentionner un homme politique, un dramaturge, un chef d'orchestre qu'elle n'ait pas connu ou ne connaisse pas. Le livre d'or de la maison était rempli de leurs noms, qui côtoyaient ceux de comédiens, de musiciens, d'écrivains, de peintres et de danseurs célèbres. Des hommes pour la plupart. Les ouvrages de la bibliothèque portaient des dédicaces respectueuses et pleines d'affection, et Louise en conclut qu'une personne qui avait été – et était encore – tellement aimée ne pouvait être que merveilleuse et exceptionnelle. Un jour, à l'heure du thé, Zee reçut un télégramme, et Louise remarqua que Peter, ainsi qu'elle l'appelait maintenant lui aussi, traversa aussitôt la pièce pour s'approcher d'elle pendant qu'elle l'ouvrait. Elle le lut et le lui tendit avec un sourire : « Winston, annonça-t-elle. Je lui en avais envoyé un pour lui dire à quel point j'approuvais son action. »

C'était si différent de Stow House – ou même de chez elle. Ils l'interrogèrent sur sa famille, et elle les décrivit de la manière la plus intéressante possible : sa mère qui avait dansé avec les ballets russes, les bons états de service de son père durant la guerre, comment ils cohabitaient tous sous le toit patriarcal de son grand-père. Le vendredi, sa mère téléphona, et elle alla dans le petit bureau nommé « pièce du téléphone ».

« J'ignorais que tu n'étais pas à Stow House, commença sa mère ; elle semblait très mécontente.

— Eh bien, ils n'avaient pas besoin de moi pendant une semaine, et Michael m'a invitée ici puisqu'il avait une permission.

— Tu aurais dû m'appeler pour me faire part de tes projets. Tu le sais parfaitement.

— Désolée, maman. Je l'aurais fait si j'étais allée dans un endroit nouveau. De toute façon, ce n'est que pour une semaine.

— La question n'est pas là. Ton père avait deux jours de congé, et il voulait que nous descendions dans le Devon pour te voir. Nous aurions pu effectuer tout le trajet, pour découvrir ensuite que tu n'y étais pas. Nous avons bien failli, d'ailleurs. Papa voulait te faire la surprise.

— Oh là là ! Je t'ai dit que j'étais désolée. Mais je ne joue pas dans la pièce qu'ils font en ce moment, et sincèrement, je n'ai pas imaginé que vous puissiez venir.

— Tu es avec la famille, n'est-ce pas ?

— Oui. Ils sont adorables avec moi. La mère de Michael allait autrefois à des soirées avec Diaghilev et des gens comme ça. Elle m'a dit qu'elle t'avait sûrement vue danser.

— Vraiment ? Eh bien, j'espère que tu ne les embêtes pas. Et que tu passes un séjour agréable, ajouta-t-elle d'un ton dubitatif, comme si les deux pouvaient difficilement aller ensemble.

— Formidable. Je dois retourner à Stow lundi. Vous pourrez venir voir ma prochaine pièce ?

— J'en doute. Ton père n'a presque jamais de week-end libre. Appelle-moi à ton arrivée. N'oublie pas, s'il te plaît. »

Elle promit de le faire. Puis elle demanda des nouvelles de sa grand-mère, ce à quoi Villy répondit qu'elle n'allait pas très bien. Elle ajouta qu'elle devait raccrocher car c'était un appel longue distance, et Louise en fut soulagée. La conversation n'avait pas été très amicale.

Elle découvrit le samedi que c'était son dernier jour, puisque Michael devait retrouver son régiment le lundi à midi. Sa mère l'accompagnait à Londres pour passer la dernière soirée avec lui. « Vous comprenez, n'est-ce pas ? dit-il. Elle veut m'avoir pour elle toute seule, parce que Dieu sait quand j'aurai ma prochaine permission.

— Bien sûr que je comprends », répondit-elle de manière machinale, sans y accorder beaucoup d'attention. Il lui prit le visage entre les mains et l'embrassa. Cette fois, il posa les lèvres sur les siennes, un baiser chaleureux et apaisant. « Oh, Louise, parfois, je regrette égoïstement que vous ne soyez pas un peu plus âgée. »

Plus tard ce matin-là, il lui demanda : « Alors, qu'allez-vous faire ? » Elle n'y avait pas réfléchi. Ils consultèrent les horaires de train et s'aperçurent qu'elle ne pourrait pas retourner dans le Devon un dimanche – elle devrait passer la soirée à Londres. Elle appela Stella et tomba sur sa mère, qui lui apprit qu'elle était à Oxford avec des amis jusqu'au lundi soir. N'osant pas demander si elle pouvait coucher chez les Rose en l'absence de Stella, elle dit que ce n'était pas grave et qu'elle lui écrirait. Puis elle se souvint que si la maison de Lansdowne Road était plus ou moins fermée, ses parents l'utilisaient encore de temps en temps. Elle téléphona chez elle, demanda si elle pouvait aller là-bas et comment se procurer la clé. Sa mère alla poser la question à son père, puis il prit le combiné pour dire que c'était une excellente idée – mais il n'était pas question qu'il la laisse passer une soirée seule à Londres : il irait l'attendre à la gare de Paddington et l'emmènerait dîner, à quelle heure arrivait-elle ? Cette conversation eut lieu devant Michael, qui entendit la voix forte et ravie de son père et donna aussitôt l'heure, qu'elle retransmit, dans un état d'hébétude. « Très bien. À dimanche, alors, dit son père, avant de raccrocher.

— C'est merveilleux, commenta Michael. Ainsi, je ne me ferai pas de souci pour vous. »

Elle ne répondit pas. Ce n'était pas merveilleux ; elle se rendit compte qu'elle appréhendait la soirée, mais ne vit aucun moyen d'y échapper.

Elle évitait depuis si longtemps de se retrouver seule avec son père que ses raisons d'agir ainsi s'étaient estompées et brouillées. Son habile méfiance avait porté ses fruits, et sa terreur s'était réduite à une espèce de dégoût ; tout comme on chasse de son esprit ce qui nous donne la nausée, elle réussissait, à force de volonté, à ne jamais y penser. À présent, elle se sentait prise au piège, et la peur commença à bouillonner en elle, impossible à réprimer.

La journée passa. Au moment du thé, la mère de Michael lui demanda de descendre les dessins qu'il avait faits de Louise, « pour voir lequel est le meilleur, et comment tu veux qu'ils soient encadrés, chéri ».

Il y avait quatre dessins, deux au crayon et deux à l'encre, l'un sépia, l'autre noir. Le meilleur serait intégré à la prochaine exposition que sa mère lui organisait. Les compliments, le plaisir d'être au centre de l'attention se trouvaient maintenant ternis ; elle voulait pourtant s'y accrocher, faire durer cette journée pour toujours, les implorer de la garder en sécurité avec eux…

« L'encre noire, je pense, disait sa mère, pensive.

— Aucun d'eux n'est parfaitement juste. Je ferai mieux la prochaine fois, déclara Michael.

— Ce sera quand, la prochaine fois ? » s'écria-t-elle soudain. Tous la regardèrent, et elle comprit, à l'expression de Zee, qu'elle avait dit ce qu'il ne fallait pas.

« Dans pas très longtemps, j'espère », répondit Michael d'un ton décontracté, et elle s'aperçut qu'il parlait à sa mère.

Le dernier soir, il y eut un dîner spécial – ils n'étaient que tous les quatre – composé des plats préférés de Michael. « C'est comme si je retournais à l'école ! » s'exclama-t-il quand la tarte à la mélasse fut servie. « Mon chéri ! Si seulement ça pouvait être le cas », répondit sa mère, et pour la première fois, Louise comprit qu'elle avait peur que Michael se fasse tuer, ce qui lui parut horrible et en même temps impossible, puisque cette famille vivait une vie enchantée où le malheur n'avait pas sa place. Après le repas, ils s'installèrent dans la bibliothèque et prirent du café et des chocolats Charbonnel et Walker. Michael mordit dans l'un d'eux et fit la grimace. « Oh, zut ! De la pâte d'amande ! » Et sa mère lui dit : « Donne-le-moi. » Ils demandèrent de nouveau à Louise de jouer Juliette et Ophélie, elle s'exécuta, et sa propre interprétation d'Ophélie la fit pleurer, ce qui, à leurs yeux, sembla la rendre encore meilleure.

Quand ils montèrent se coucher, Michael lui demanda tout doucement : « Puis-je venir vous dire bonsoir ? », et elle hocha la tête. Elle se déshabilla et envisagea de revêtir la chemise de nuit d'Ernestine, mais en la regardant, elle lui parut plus affreuse que jamais, et elle remit sa vieille Viyella. Elle se brossa les dents et les cheveux puis s'assit sur son lit et attendit, se sentant gagnée par la nervosité. Mais lorsqu'il vint et s'assit sur le lit à côté d'elle, il se contenta de la prendre dans ses bras pendant un long moment, sans rien dire. Puis il l'écarta légèrement de lui. « Vous êtes si jeune, vous m'arrêtez dans mon élan. »

Elle soutint son regard ; elle n'était pas d'accord, et se demandait ce qui allait se passer.

« Je voulais juste vous dire au revoir. Demain, ma mère et votre père seront présents. J'aimerais vous *embrasser* pour vous dire au revoir. »

Elle lui adressa un petit hochement de tête. La

reprenant dans ses bras, il l'embrassa en tentant cette fois de lui faire ouvrir la bouche – elle trouva ça plutôt désagréable, mais désireuse de lui faire plaisir, elle ne résista pas.

Après ce qui lui parut une éternité, il poussa un petit grognement et la lâcha. « Je dois vous quitter, dit-il. Ça devient un peu dangereux. Dormez bien. Écrivez-moi. Merci de m'avoir offert un si bel adieu. »

Couchée dans le noir, elle se sentit profondément troublée. L'amour semblait s'accompagner de rituels qu'elle ne comprenait pas du tout ; le peu qu'elle avait glané, et de manière indirecte et implicite – avant tout auprès de sa mère –, se résumait à ce qu'on *ne devait pas* dire ou faire. En cet instant, la seule injonction maternelle qui lui revint à l'esprit était qu'il ne fallait pas « provoquer de tension chez les hommes » – elle le lui avait dit un jour à la plage, quand elle avait retiré son chemisier et était restée assise quelques minutes en soutien-gorge au soleil. Ça lui avait paru incompréhensible sur le moment ; elle avait seulement reconnu l'hostilité de sa mère, mais sans même savoir si elle était dirigée contre elle ou contre les hommes en général. Ça sous-entendait, cependant, que les hommes ne fonctionnaient pas comme les femmes – mais il y avait aussi autre chose, de plus effrayant encore, parce que même si elle était sûre que ça existait, elle ignorait ce que c'était. Si les gens ne parlaient jamais de sexe – du moins les femmes –, c'est que ça devait être épouvantable (elle se remémora des bribes de conversations entre Tante Jessica et sa mère, d'où il ressortait que le corps était une chose dégoûtante, dont il valait mieux parler le moins possible). Être amoureux, ça signifiait peut-être simplement aimer assez quelqu'un pour supporter ce qu'il nous faisait. Elle avait commencé à croire qu'elle aimait Michael, mais se disait à présent que ce ne pouvait pas être vrai, puisqu'elle avait tout de suite détesté sentir sa langue s'insinuer dans sa bouche... elle avait eu peur, ce qui n'était sans doute pas normal. C'est *moi* qui ne dois pas être normale, songea-t-elle. Je suis peut-être telle que Stella l'a dit, vaniteuse et trop désireuse d'être admirée, ce qui n'a rien à voir avec le fait d'être amoureuse. Ça doit être ma faute. Cette pensée l'attrista beaucoup.

Le lendemain, Margaret fit ses bagages pour elle, Louise signa le livre d'or (sur la même page que Myra Hess et Anthony Eden) et, après déjeuner, Peter disposa une couverture de fourrure sur les genoux de Zee, assise sur la banquette arrière à côté de Michael, pendant qu'elle-même était installée à l'avant avec le chauffeur ; un wagon de première classe jusqu'à Paddington et là, au bout du quai, elle vit son père qui attendait. Il la salua, elle lui présenta ses amis, il retira son chapeau pour saluer Zee en disant, « J'espère que ma fille s'est bien tenue », et Zee qui répondait « de manière irréprochable », avant de glisser le bras sous le sien pour l'entraîner sur le quai, lui parlant comme à un vieil ami. Michael et elle les suivirent ensemble. « Cette chère maman, dit-il, un modèle de tact. »

Son père proposa de les déposer en voiture, mais Zee répondit qu'un taxi leur irait très bien. Louise les regarda monter dans le véhicule et se laisser emporter, Michael agitant la main par la vitre ouverte. Elle éprouva un moment d'angoisse, aussitôt suivi par un sentiment de désolation, un terrible découragement : elle rentrait chez elle avec son père, une situation familière, sans être rassurante.

Son père lui prit le bras et l'escorta jusqu'à sa voiture.

« Eh bien, mon chou, ça fait très longtemps que je ne t'ai pas eue pour moi tout seul. Tu as passé un bon séjour ?

— Excellent.

— Quelle femme charmante que cette Lady Zinnia ! s'exclama-t-il en rangeant les bagages dans le coffre. Elle fait très jeune pour avoir un fils de cet âge.

— Michael a trente-deux ans.

— Précisément. Bon, ajouta-t-il, comme c'est dimanche, nous n'avons guère de choix en termes de distractions. Je me suis donc dit que j'allais t'offrir un bon dîner. J'ai réservé une table au Savoy Grill à huit heures. Maman m'a dit que tu ne devais pas te coucher trop tard à cause de ton train demain matin. Mais tu as le temps de te changer. »

Tout se passa bien pendant le dîner. Elle s'en sortit en demandant des nouvelles de tous les membres de la famille auxquels elle put penser. Sa mère était épuisée, parce qu'elle se faisait un devoir d'aller souvent rendre visite à Grania qui était très malheureuse, et, Tante Syb n'étant pas complètement rétablie, elle devait beaucoup s'occuper de Wills en plus de Roly. Et comment allait Ellen ? Elle souffrait de ses rhumatismes et, avec le bébé de Zoë, il y avait des tonnes de lessive à faire, dont elle se chargeait. Et lui, comment allait-il ? Il allait bien, avait hâte de retourner dans la RAF, mais Oncle Hugh avait emmené Tante Syb en voyage en Écosse – il y faisait un froid de canard en cette saison, mais c'était là qu'elle voulait aller –, si bien que l'entreprise reposait sur ses épaules, et, comme il fallait organiser la surveillance incendie sur les quais, il passait de nombreux week-ends loin de la maison. Teddy avait gagné le tournoi de squash au pensionnat et apprenait la boxe. Pour le reste, son bulletin n'était pas formidable. Neville avait fugué de son école ; par chance, dans le train pour Londres, il avait raconté à une vieille dame qu'il était orphelin et en route pour l'Irlande, et elle avait flairé l'entourloupe. Pour tout bagage, il n'avait que deux paires de chaussettes, un paquet de bonbons et une souris blanche volée à un autre garçon. Bref, la vieille dame l'avait invité à prendre le thé chez elle à Londres et avait eu la bonne idée de chercher son nom dans l'annuaire téléphonique. « J'ai reçu un coup de fil au bureau, lui raconta son père. Je suis allé chercher le petit sacripant, et Rach l'a ramené à Home Place.

— Pourquoi crois-tu qu'il ait fugué ?

— Il a dit qu'il s'ennuyait à l'école, et qu'il pensait que ça ne gênerait personne. Clary était furieuse contre lui. Que dirais-tu d'une glace pour aller avec ton dessert ? »

Sur le chemin du retour, il lui demanda : « Tu n'es pas… tu sais… trop mordue de ce type, n'est-ce pas ?

— C'est juste un ami. Pourquoi ?

— Comme ça. Tu es encore un peu jeune pour ce genre de choses. » Il lui posa une main sur le genou et le serra. « Je ne veux pas te perdre si tôt. »

Les sirènes se déclenchèrent au moment où ils arrivèrent à la maison, qui lui avait fait une drôle d'impression lorsqu'ils s'y étaient arrêtés un peu plus tôt : fantomatique, silencieuse, froide et pas très propre. Elle annonça qu'elle était très fatiguée et qu'elle montait se coucher tout de suite. « D'accord, répondit-il, bien qu'il parût déçu. Je vais prendre un dernier verre, avant de te rejoindre. »

Qu'avait-il voulu dire ? se demanda-t-elle en se déshabillant aussi vite que possible (sa chambre était glaciale) et en enfilant sa chemise de nuit Viyella. Qu'avait-il voulu dire ? Puis elle songea, ne sois pas idiote, il a voulu dire qu'il allait se coucher lui aussi. Elle fouilla dans sa vieille commode pour tenter de trouver une paire de chaussettes ; des avions passaient, puis les canons antiaériens se mirent à tonner. Ses tiroirs étaient pleins de vieilleries – vêtements trop petits, et divers objets qu'elle n'aimait plus : un chien en porcelaine noire, ses coupes gagnées à des gymkhanas, de vieux rubans à cheveux, entortillés et gras.

Elle ne l'entendit pas monter l'escalier parce que des bombes tombaient, et que leurs explosions, retentissantes malgré la distance, étouffaient les autres bruits. Il ouvrit la porte sans frapper, un verre de whisky à la main.

« Je suis juste venu m'assurer que tu n'avais pas peur, dit-il. Couche-toi, tu as l'air d'avoir froid.

— Je n'ai pas peur du tout.

— Tant mieux. Mets-toi au lit, je vais te border. »

Il s'assit sur le lit et posa son verre sur la table de chevet.

« Je sais que tu grandis, dit-il. J'ai du mal à y croire. Il me semble que c'était hier que tu étais ma petite fille. Et regarde-toi aujourd'hui ! » Il commença à tirer les draps autour d'elle, puis glissa la main en dessous et se pencha sur elle en lui saisissant un sein. Son haleine sentait le whisky – une odeur atroce, chaude et caoutchouteuse.

« Une vraie femme », dit-il. Et soudain il posa la bouche sur la sienne, et sa langue, comme un horrible ver de terre, tenta de se glisser à l'intérieur.

La terreur – semblable à une brusque marée – remonta dans tout son corps à une vitesse vertigineuse ; si elle atteignait sa gorge, elle serait engloutie et paralysée, mais elle refusa de se noyer… À la seconde où elle comprit qu'elle avait le choix, la rage la sauva. Elle remonta les genoux, posa les mains sur le cou de son père et le repoussa violemment. Dans la soudaine seconde de silence, avant que l'un ou l'autre ait pu bouger ou parler, une bombe tomba beaucoup plus près, la maison parut vibrer et du verre se détacha comme à contrecœur de la fenêtre de sa chambre.

« Je suis désolé », dit-il, semblant à la fois blessé et déconcerté.

Elle s'assit dans son lit, les bras autour des genoux.

« Je ne t'aurais pas fait de mal. » Il avait pris un air vertueux et maussade. Mais ce n'était pas assez.

« Je t'ai vu au théâtre, déclara-t-elle. Tu es obsédé par les seins, j'ai l'impression ; tu avais la main sur ceux de cette femme. Je t'ai vu depuis une loge. »

Il rougit, et elle vit son regard devenir plus dur et méfiant. « Qu'est-ce que tu racontes ? Ce devait être quelqu'un d'autre.

— J'avais des jumelles de théâtre. C'était toi. La dame avait les cheveux noirs avec une mèche blanche et des yeux pervenche. Après, je l'ai croisée dans les toilettes pendant l'entracte. Et, *bien sûr,* une robe très décolletée », ajouta-t-elle. Les flèches atteignaient leur cible ; et elles ne seraient jamais trop nombreuses.

« C'est une vieille amie », dit-il enfin. La rougeur refluait de son visage, mais ses yeux étaient froids comme de la glace bleue.

« De maman et toi ?

— Maman l'a rencontrée, oui.

— Sauf qu'elle ne sait pas que tu vas au théâtre avec elle – et je ne sais quoi encore. Elle n'est pas au courant pour les week-ends ? »

Dans le mille. Cette fois, il paraissait touché. « Comment diable… commença-t-il, puis il changea de ton. Chérie, tu es trop jeune pour comprendre…

— Arrête de me traiter comme une enfant quand ça t'arrange – et comme une – comme une putain quand ça ne t'arrange pas ! Je te déteste ! Tu es horrible… et… » Sa voix se brisa, et elle s'en voulut terriblement d'avoir tant envie de pleurer.

« Tu es un menteur, termina-t-elle d'une voix inaudible.

— Écoute, Louise, il m'arrive parfois de mentir, mais uniquement pour ne pas faire de peine à maman. Ce n'est pas ce que tu voudrais, si ? Si tu lui racontes ça, elle sera très malheureuse, c'est tout. Je ne peux pas t'expliquer pourquoi les choses sont ainsi. Tu dois juste me faire confiance. » Voyant son visage, il reprit : « Enfin, tu dois juste l'accepter. »

Il y eut un silence durant lequel deux autres bombes tombèrent au loin.

« Je suis entré en pensant que tu aurais peut-être peur du raid, dit-il. J'allais te proposer d'aller dans un abri si tu voulais. Je suis désolé de... de m'être laissé emporter. Ça ne se reproduira pas. » Il prit son verre et vida son whisky.

« Non », dit-elle. Elle avait hâte qu'il s'en aille.

Il se leva et resta debout, son verre à la main, à regarder la fenêtre obscurcie pour le black-out. « Bon, en tout cas, ton lit n'est pas près des vitres », dit-il. Quand elle cessa de fixer le drap autour de ses genoux et leva les yeux, il la regardait, indécis – pitoyable.

« Bonsoir, alors », dit-il, mal à l'aise. Il marcha jusqu'à la porte comme s'il avait les jambes raides. « Je toquerai à sept heures et demie, au cas où tu ne serais pas réveillée.

— D'accord. » Elle eut le sentiment, en disant ça, de sceller un pacte tacite et fragile.

Elle attendit, crispée, jusqu'à ce qu'elle entende la porte de la chambre de son père se refermer, puis elle se prit le visage dans les mains pour pleurer. Elle aurait dû se sentir victorieuse – triomphante –, mais tout ce qu'elle éprouvait, c'était un sentiment de fiasco.

À la gare le lendemain matin, après qu'il eut glissé une pièce au porteur pour qu'il lui trouve un bon siège, lui eut rapporté le *Times*, *Lilliput* et *Country Life* à lire dans le train, eut trouvé le contrôleur pour lui demander de veiller sur elle et lui eut donné une livre pour son déjeuner, il resta un instant dans le compartiment. La gêne s'était déposée comme de l'écume entre eux ; il dit qu'il ferait mieux de descendre sur le quai. Il lui donna une petite tape sur l'épaule, puis un rapide baiser maladroit sur le haut du crâne. Quand il réapparut de l'autre côté de la fenêtre, à moitié ouverte, il dit : « Il vaut mieux que je m'en aille. » Puis soudain, avec un doigt de la main gauche, il écrivit sur la vitre sale : « Pardon, je t'aime. Chérie ! » de sa plus belle écriture en miroir – l'un des tours qu'il faisait, quand elle était enfant, consistait à prendre deux crayons et à écrire dans deux directions différentes. Il se tourna vers elle quand il eut fini, essaya de lui faire un clin d'œil, et une larme coula de cet œil. Puis il leva la main pour lui faire un signe et s'éloigna sans un regard en arrière.

CLARY

Hiver-printemps 1941

28 mars. C'était l'anniversaire de Polly hier, et pas une franche réussite, mais comme je le lui ai fait remarquer, seize ans, c'est mieux que quinze – du moins, c'est un an de passé dans cet horrible no man's land où on a toutes les deux l'impression d'être. Polly a déclaré que c'était encore pire à cause de la guerre, et j'ai commencé par la contredire, mais quand je songe à – eh bien, à tout, à papa et à tout, je suis obligée de lui donner raison. Ce que je voulais dire, c'est que ç'aurait été un no man's land de toute façon et, comme je l'ai expliqué à Polly, on peut très bien avoir deux raisons pour quelque chose alors qu'une suffirait. Oncle Edward prétend que le moral des troupes est bon, mais ce n'est pas forcément lié à ce qui se passe. Miss Milliment n'était pas d'accord avec moi là-dessus ; quand je lui ai dit, « Regardez la charge de la Brigade légère », elle a immédiatement souligné que, aussi folle et idiote qu'ait été cette manœuvre, elle avait réussi à neutraliser les batteries russes. Mon moral à moi n'est pas bon, mais voilà encore un sujet qu'on évite dans ces cas-là. Bref, pour en revenir à l'anniversaire de Polly : Mrs Cripps lui a fait un gâteau – au café, mon préféré ; Polly préfère le citron, mais on n'en trouve pas –, et Zoë lui a tricoté un joli pull bleu vif ; Lydia lui a offert un sachet de lavande de sa fabrication, mais comme elle a utilisé de la lavande de l'année dernière, il pique un peu et ne sent plus grand-chose. Elle a reçu une livre du Brig, la Duche lui a offert une petite chaîne en or, Miss Milliment *Les Grandes Espérances* et moi, une extraordinaire boîte en verre contenant des papillons énormes et incroyables – extrêmement rare et précieuse, je pense – pour sa maison. Je l'ai trouvée à Hastings. Tante Syb et Oncle Hugh lui ont choisi une montre en argent avec ses initiales derrière. Neville a voulu lui refiler cette malheureuse souris blanche avec laquelle il s'est enfui – enfin, pas la même, à l'en croire, mais un de ses enfants. Les souris ne sont plus à la mode dans son école, si bien qu'il n'a pas eu à l'acheter. J'appelle ça un cadeau indélicat et je ne me suis pas gênée pour le lui dire. Il l'a donc relâchée dans le jardin et a donné à Polly la loupe que papa lui avait offerte pour un anniversaire ; je lui ai dit qu'elle la chérirait à cause de papa, et il a répondu que c'était plutôt lui qu'elle devrait chérir à cause de cette raison. Là, je cite Neville, évidemment, parce que je sais que c'est un pléonasme. En fin de compte, c'était tout de même gentil de la part de Neville. Tante Villy lui a offert un beau sac en vrai cuir et Louise lui a envoyé un livre de poésies intitulé *New Verse* qu'à mon avis elle ne lira pas vu qu'elle m'a dit que je pouvais le lui emprunter aussi longtemps que je voulais. Je pense que mon cadeau était le plus beau. Bully et Cracks – dans un journal, je devrais peut-être dire les grand-tantes – lui ont donné un réticule en perles marron et or, que je ne la vois pas du tout utiliser en temps de guerre, ainsi qu'une pochette pour chemise de nuit qu'elles ont brodée de roses trémières. Elle espère qu'elle sera usée avant qu'elle ait sa maison, parce que ça n'ira avec rien tellement c'est moche. Wills lui a donné un bouquet de tussilages et deux cailloux.

Mon cadeau a coûté cinq shillings, mais je ne le lui ai pas dit, bien sûr ; c'est de loin le cadeau le plus cher que j'aie jamais offert. Après dîner, nous avons joué au cadavre exquis dessiné. Ce jeu me fait terriblement penser à papa, parce qu'il dessinait des personnages très drôles, et les autres ont dû se rappeler la même chose, même s'ils n'ont rien dit. Ils ont arrêté de parler de lui, et moi aussi, parce que quand je le fais, ils deviennent tout gentils et mal à l'aise, la preuve qu'ils le croient mort. Après réflexion, j'en suis arrivée à la conclusion qu'il n'essaie peut-être pas de rentrer à la maison parce qu'il travaille comme espion contre les Allemands en France. Je l'ai dit à Polly, qui m'a répondu que c'était possible. Puis j'en ai parlé à la Duche quand nous avons eu fini d'écouter la neuvième symphonie – celle avec des voix –, et elle m'a dit que j'avais peut-être raison, mais je ne suis pas sûre qu'elle m'ait vraiment crue ; et après que j'ai eu rangé les disques, elle m'a dit, « Viens ici, mon trésor », et elle m'a fait un énorme câlin, et je lui ai demandé, « Tu ne me crois pas ? » et elle m'a répondu, « Je crois que toi, tu le crois, et tu ne peux pas savoir à quel point je t'admire pour ça ». C'est vrai que je me suis sentie fière.

Teddy était très excité, parce qu'il y a eu une grande bataille navale en Méditerranée, que nous avons coulé sept navires italiens et que la plupart des Italiens sont morts. Il est très assoiffé de sang et a hâte d'avoir dix-huit ans pour aller combattre.

Quelle est mon opinion sur la guerre, après un an et demi de conflit ? Je suis partagée entre un désir d'être contre et le sentiment que, si elle est inévitable, les femmes devraient avoir le droit de se battre aussi – de se battre pour de vrai, pas d'être uniquement des secrétaires ou des domestiques en uniforme. Après tout, les femmes se font tuer dans des bombardements sans avoir aucune possibilité de se venger, donc les hommes ne peuvent plus prétendre qu'ils sont les seuls concernés. Mais d'un troisième côté (si on peut dire), il y a des choses dans la guerre que je détesterais, comme être dans un sous-marin ou devoir enfoncer une baïonnette dans le corps des gens – même si Polly pense que ça se fait de moins en moins. Et je n'aimerais pas du tout me retrouver dans un tank. D'après Polly c'est une histoire de claustrophobie, comme pour le sous-marin, mais je n'ai jamais eu de symptômes. Elle m'a demandé si j'aimerais travailler dans une mine, et la réponse est non. Elle m'a alors rappelé une scène que j'avais faite (quand j'étais toute petite) dans les grottes de Hastings : j'avais eu mal au cœur, j'avais pleuré et failli m'évanouir, et on avait dû me porter à l'extérieur. Donc je suis peut-être claustrophobe. Bien sûr, quand on n'y participe pas, la guerre est simplement rasoir. La nourriture est moins bonne, il n'y a pas assez d'eau chaude pour le bain, et on est coincés par manque d'essence – des inconvénients mineurs, d'accord, mais des inconvénients tout de même, qui ne disparaissent pas sous prétexte qu'ils sont mineurs. Il faisait si froid dans notre chambre cet hiver que j'ai inventé une méthode pour m'habiller intégralement dans mon lit.

Je ne vais pas écrire ça tous les jours, sans quoi mon journal ressemblera à celui de Lydia : « Me suis levée, ai pris mon petit déjeuner et suis allée aux cours. On a fait de la géographie et du calcul… » Oh ! Je bâille rien qu'en l'écrivant.

17 avril. Londres a été bombardé pendant toute la nuit d'hier. La cathédrale Saint-Paul est encore debout, mais entourée de gravats. Oncle Hugh a téléphoné ce matin pour que Tante Syb ne soit pas trop inquiète, mais elle l'est – tout le temps. Elle paraît malade d'angoisse. Il a dit que cinq cents avions avaient lâché des milliers de bombes. Oncle Edward étant retourné dans la RAF, Oncle Hugh doit s'occuper de l'entreprise tout seul. Le Brig ne va presque plus jamais à Londres, parce que même quand il y va, il ne peut plus faire grand-chose. Tante Rach y passe trois jours par semaine pour aider au bureau. Elle dort chez une amie, mais comme Oncle Hugh est assez seul, elle dîne avec lui un soir par semaine.

Tante Jessica vient parfois passer le week-end ici, mais elle a la maison de sa mère à Londres, puisque la pauvre Lady Rydal ne l'occupera plus jamais. Le pire, quand on est si vieux, est sûrement de faire les choses pour la dernière fois. Elle doit être triste de savoir qu'elle ne retournera jamais chez elle. Tante Villy dit qu'elle ne s'en rend plus compte, mais je ne vois pas comment elle peut l'affirmer ; d'après moi, Grania a des moments de lucidité extrêmement tristes, où elle comprend ce qui lui arrive, sauf que ça arrange les autres de s'imaginer qu'elle est zinzin tout le temps. C'est la même logique qui fait qu'ils évitent de parler des sujets difficiles ou pénibles. L'hypocrisie règne en maître, si vous voulez mon avis.

4 mai. Il se passe quelque chose avec Angela. Tante Jessica est venue et a eu une longue conversation privée avec Tante Villy, et quand elles sont ressorties, elles avaient leur tête de quand il y a un problème. Je passais devant la porte (c'est vrai – comme dans les livres) quand j'ai entendu « une relation des plus inconvenantes ». Ça veut dire, je suppose, qu'Angela fréquente quelqu'un qui ne trouve pas grâce aux yeux de sa mère, mais comment diable pourrait-elle ne rencontrer au cours de sa vie que des gens qui plaisent à ses parents ?

Quoi qu'il en soit, Tante Villy va à Londres avec Tante J. demain, et devinez quoi ? Elles ramèneront le célèbre Lorenzo et sa femme pour le week-end ! Ce sera certainement intéressant. On manque un peu de nature humaine ici, je veux dire par là de personnes à observer dont le comportement pourrait être imprévisible. Miss Milliment me harcèle pour que j'aille au bout de ma pensée, mais au moins ça l'intéresse – contrairement au reste de la famille.

La Duche s'inquiète, parce que Christopher étant rentré chez lui, McAlpine ne peut pas s'occuper de tout le jardin et que la priorité doit être donnée aux légumes. La semaine dernière, elle a fait passer un entretien à une *fille* jardinier qui portait des knickers, d'épais bas beiges, et qui s'appelait Heather. Si elle vient, elle dormira dans le cottage de Tonbridge avec Miss Milliment, mais il y a fort à parier qu'elle ne restera pas parce que McAlpine sera atroce avec elle. Juju est presque propre et elle essaie de marcher. Ellen dit qu'elle est très en avance pour son âge – pas encore un an –, et que ce sera une bénédiction de ne plus avoir à faire sécher sans arrêt les couches, qui absorbent toute la chaleur du feu de la nursery. Il faut reconnaître que c'est un adorable bébé – elle est incroyablement belle avec ses boucles brunes – tandis que Roly ressemble encore un peu à Mr Churchill – un visage sans limites et des traits minuscules.

J'ai demandé à Neville pourquoi il avait fugué, et il m'a répondu qu'il en avait marre de faire tous les jours les mêmes choses et d'être à l'école, où on ne lui apprenait strictement rien d'utile pour sa vie future. Il en a également assez de Mervyn, un nigaud qui ne propose jamais rien d'intéressant à faire pendant leur temps libre, d'après lui ; Neville lui en veut aussi de ne pas s'être enfui avec lui. En Irlande, il comptait vivre au bord de la mer avec un âne et des poissons. Je lui ai demandé : « Et quand papa reviendra ? » C'était une erreur ; il a essayé de me donner un coup de pied et s'est écrié : « Je te déteste de parler de papa tout le temps ! Je te hais et je te déteste d'être aussi bête et méchante, pour me reparler de lui chaque fois que je n'y pense plus. C'est pour ça que je voulais aller en Irlande. Pour échapper à tout. » J'ai compris alors à quel point il en souffrait. Je lui ai dit que j'étais désolée et que j'espérais vraiment qu'il ne partirait pas parce qu'il me manquerait et, en le disant, j'ai réalisé que c'était vrai. Mais les deux arguments – le fait que j'étais désolée et qu'il me manquerait – étaient insuffisants, et j'ai bien vu qu'il le pensait aussi. « S'il te plaît, ne t'en va pas, ai-je ajouté. Je viendrai peut-être avec toi si tu attends un peu. » Une discussion pas du tout satisfaisante ; en fait, j'ai très peur qu'il ne fugue de nouveau et j'ai décidé d'en parler à Tante Rach, puisque c'est la plus sensée des tantes.

18 mai. Le week-end Lorenzo a été reporté, parce que Lady Rydal est morte ce soir. Le téléphone a sonné en plein milieu du dîner ; Tante Rach est allée répondre, puis elle est revenue en disant que la directrice voulait parler à Mrs Cazalet ou Mrs Castle, si bien qu'elles y sont allées toutes les deux. À leur retour, Tante J. a déclaré que c'était une miséricordieuse délivrance. Je ne vois rien de très miséricordieux là-dedans ; la miséricorde aurait voulu que Grania n'ait pas à endurer cette période atroce dans cette maison de retraite. Bref, elles ont dit qu'il y aurait beaucoup à faire – organiser les obsèques, mettre une annonce dans le *Times*. Ensuite, elles ont toutes les deux voulu appeler Lorenzo pour le décommander et, à la fin, c'est Tante Jessica qui a gagné (il y a vraiment un truc bizarre là-dessous – quel dommage qu'on n'ait pas l'occasion de découvrir quoi) ; elle est revenue au bout d'un assez long moment, disant qu'il était terriblement désolé et qu'il leur transmettait ses amitiés. Elles iront à Tunbridge Wells demain. Tante J. a téléphoné à Oncle Raymond, mais n'a pas réussi à le joindre, et Tante Villy a essayé d'appeler Oncle Edward, sans réussir non plus, et moi je voyais la Duche s'inquiéter du coût extravagant de ces appels longue distance. Elle n'a que soixante-neuf ans, mais on lui en donnerait plus facilement quatre-vingts. Je me demande vraiment ce que ça fait de mourir. Si on s'en rend compte ou si ça arrive d'un coup, comme des plombs qui sautent, et si c'est excitant ou pas. Je suppose que ça dépend beaucoup de ce à quoi on croit. Polly et moi avons eu une longue discussion à ce sujet. Polly pense qu'on a peut-être d'autres vies – c'est ce que croient les Hindous. Miss Milliment dit que toutes les grandes religions prennent très au sérieux ce qui nous arrive après la mort, même si, évidemment, elles ne sont pas d'accord entre elles. Mais je n'ai pas de grande religion, et Polly non plus. Nous avons passé un peu de temps à essayer de réfléchir à ce qu'on aimerait qu'il se passe, et je ne serais pas contre devenir une sorte de fantôme curieux. Puis elle a dit qu'il nous arrivait peut-être ce à quoi on croyait. Et puisque Lady Rydal était une chrétienne très victorienne, on a imaginé qu'il y aurait de la harpe et de longs vêtements blancs dans son paradis. Et, bien sûr, qu'elle y retrouverait son mari. Elle n'a jamais paru très heureuse de son vivant, et la mort sera peut-être plus agréable pour elle. J'aurais bien voulu être là au moment de son décès, parce que je n'ai jamais vu de mort et que cette expérience me serait utile. J'espère qu'on me laissera aller à l'enterrement.

Quand Lydia a appris la mort de sa grand-mère ce matin, elle a éclaté en sanglots déchirants que Polly et moi avons jugés un peu exagérés vu qu'elle n'a jamais paru beaucoup aimer Grania. Quand on le lui a fait remarquer, elle a dit : « Je sais, mais on est censés pleurer à la mort des gens – ça leur fait plaisir. » Je lui ai demandé comment elle pouvait le savoir, et elle m'a répondu que si elle mourait, elle voudrait que tous les gens qui la connaissaient pleurent comme des fous. « Pour montrer à quel point ils sont tristes que je ne sois plus là. » C'était au début des leçons, et Miss Milliment a déclaré que ce n'était pas idiot. Elle prend toujours le parti de Lydia et lui trouve des excuses sous prétexte qu'elle est plus jeune que nous. Personne ne prenait mon parti quand j'avais l'âge de Lydia. Sauf papa.

L'enterrement aura lieu à Tunbridge Wells. Oncle Raymond viendra, et Nora de son hôpital, mais Christopher ne peut pas. Pour ce qui est d'Angela, je ne sais pas. Judy reviendra du pensionnat où, Dieu merci, elle passera toute l'année scolaire. Nous avons le droit d'y aller, bien que ce ne soit pas notre grand-mère. Ce sera une crémation, mais je ne crois pas qu'on la *voie*.

22 mai. Nous y sommes allés hier, et c'était horrible. Une horrible petite chapelle, Grania couchée sur une espèce de table au bout, quelqu'un qui jouait de l'orgue et le pasteur qui s'est trompé dans son nom. Elle s'appelle Agatha Mary, et il l'a appelée Agartha Marie. Puis soudain, des rideaux se sont ouverts derrière la table, et la pauvre Grania a simplement glissé pour être incinérée. Après ça, nous sommes tous restés dehors un moment, puis nous sommes repartis à la maison. La seule personne extérieure à la famille était un certain Mr Tunnicliffe, le notaire de Grania. Apparemment, il faut ensuite aller récupérer les cendres pour les répandre dans un endroit qui aurait plu au défunt. Mais j'imagine que personne ne lui a demandé où elle voulait qu'on éparpille ses cendres – ce n'est pas une question facile à poser aux gens, parce que ça pourrait donner l'impression qu'on a hâte qu'ils meurent. C'est triste, tout de même, de penser que quelqu'un qui était là, et qui parlait, est soudain réduit en cendres. Je n'arrête pas de la revoir dans sa maison de retraite, très agitée, embrouillée et malheureuse, mais encore vivante, et j'ai beaucoup de peine pour elle.

3 juin. Cela fait exactement un an que le capitaine de frégate Pearson a appelé et m'a dit pour papa. Trois cent soixante-cinq jours, huit mille sept cent soixante heures, cinq cent vingt-sept mille six cents minutes sans savoir où il est. Mais il est quelque part – forcément. Je le saurais, je le sentirais, sinon. S'il travaille comme espion, quelqu'un doit être au courant. Peut-être pas les Anglais, mais pourquoi pas le général de Gaulle ? C'est le chef des Français ; et s'il ne le sait pas, je parie qu'il peut se renseigner. J'ai donc décidé de lui écrire pour lui demander. J'ai aussi décidé de n'en parler à personne, sauf peut-être à Poll, parce que je ne veux pas qu'ils tentent de m'en empêcher. Je suis très excitée d'avoir eu une si bonne idée, mais comme ce sera une lettre très importante, je vais faire des brouillons et ne recopierai que la version finale dans ce journal. Je regrette de ne pas être capable de l'écrire en français, mais je crains de faire trop de fautes et, depuis le temps, le général de Gaulle a dû apprendre l'anglais ; de toute façon, il a sûrement plein de secrétaires et de gens qui pourront la lui traduire. Je vais écrire une lettre très polie, très directe, et surtout pas longue, parce que j'ai le sentiment que les généraux n'aiment pas beaucoup lire.

Des coupons de rationnement pour les vêtements sont arrivés hier. Polly a de la chance, parce que Tante Syb lui a acheté plein d'habits l'année dernière et des tonnes de tissu pour en fabriquer.

Heureusement que je n'accorde pas beaucoup d'importance aux habits ; le problème, c'est que j'ai beaucoup grandi et que la plupart de mes affaires seront bientôt trop petites, même si, la taille mise à part, elles sont encore portables. Bon, cette famille ne me laissera pas me balader toute nue, donc inutile de s'inquiéter.

Ma lettre (je crois)

Cher général de Gaulle,

Mon père, le lieutenant Rupert Cazalet, s'est retrouvé bloqué à terre à Saint-Valery, alors qu'il organisait l'évacuation des troupes sur son contre-torpilleur en juin dernier. Puisqu'il n'a pas été déclaré prisonnier de ces ignobles Allemands, il me semble très probable qu'il travaille avec la France Libre en tant qu'espion pour nous. Il est peintre et il a vécu en France un certain temps dans sa jeunesse, donc il parle suffisamment bien français pour tromper les Allemands. Il est possible que de gentils Français le cachent, mais comme c'est un grand patriote, il préférerait sûrement travailler plutôt que se cacher. Comme vous devez connaître mieux que personne les Français Libres, etc., je me demandais si vous pouviez découvrir si c'est bien ce qu'il fait là-bas ? Même s'il se fait passer pour un Français, les gens avec qui il travaille doivent savoir qu'il est anglais et connaître son nom. Si vous êtes au courant, ou si vous pouviez vous renseigner, je vous en serais profondément reconnaissante, car je suis inquiète, vous vous en doutez. Il ne doit pas être en mesure d'écrire, voyez-vous, mais je veux m'assurer qu'il va bien et qu'il n'est pas mort.

Sincères salutations, Clarissa Cazalet

Évidemment, je n'ai pas fait ce que j'avais dit ; le moment venu, j'ai voulu m'entraîner à écrire la lettre dans mon journal. Je crois que je devrais mettre « *Mon* cher général de Gaulle », ou seulement « Mon cher général » – comme on écrit « Mon cher directeur », quand on fait un courrier à la banque, d'après Tante Villy. Et je devrais peut-être finir par « Respectueuses salutations », puisque dans sa position un général préfère sûrement le respect à la sincérité.

Ensuite j'ai dû chercher où l'envoyer, et j'ai trouvé en posant quelques questions discrètes à Miss Milliment : la France Libre a son quartier général à Londres. J'ai inscrit « privé et personnel » sur l'enveloppe, et j'ai lu la lettre à Polly, qui a trouvé que je ne devrais pas mettre « ignobles Allemands », mais c'est typique de Polly de ne jamais vouloir dire du mal de personne, donc je l'ai laissé. Il doit les détester autant qu'il déteste le maréchal Pétain qui fait des choses horribles – surtout aux juifs – en France. Il en a livré plus de mille aux Allemands à Paris, et, d'après Tante Rach, qui semble très au courant, il en a arrêté des milliers d'autres. Je trouve ça vraiment abominable de s'en prendre aux gens à cause de leur religion.

La troupe de théâtre de Louise a été dissoute. Ils n'avaient plus d'argent, et deux des garçons ont été mobilisés, ce qui ne laissait plus assez de comédiens. Tante Villy est ravie ; elle dit que maintenant, Louise va peut-être se mettre à faire un travail utile à la guerre. Polly et moi n'en sommes pas convaincues. Nous pensons, comme Tante Villy, qu'elle est parfaitement égoïste, même si Polly estime que ça va avec le métier d'artiste. Miss Milliment a une autre explication : d'après elle, les vrais artistes ont tendance à faire passer leur travail avant tout le reste, ce dont ils sont les premiers à pâtir, mais les autres ne le remarquent que quand ça les dérange.

Je dois dire que Miss Milliment a l'esprit beaucoup plus large que notre famille ; pas que l'esprit, a ajouté Polly, et nous avons éclaté de rire, jusqu'à ce que Polly se reproche d'avoir fait une remarque sur la corpulence de Miss Milliment. Ça m'a rappelé papa, qui parlait d'une femme de ménage qu'il avait eue avant son mariage. Chaque fois qu'il voulait lui faire faire une tâche contraignante, comme de récurer le sol, elle déclarait qu'elle était volumineuse mais frêle, et il n'avait pas le cœur de le lui imposer.

Juillet. Je crois que nous sommes autour du 4. Je n'ai toujours pas reçu de réponse à ma lettre. Pense au temps qu'on met pour écrire nos cartes de remerciements à Noël, m'a dit Polly, et le général de Gaulle doit recevoir un nombre de lettres inimaginable. Mais je ne vois pas pourquoi. Ses amis et sa famille en France ne peuvent pas lui écrire, et je doute qu'il y ait beaucoup de gens dans ma situation.

Louise est de retour. Elle porte moins de maquillage, ce qui lui va mieux, mais on dirait qu'elle a pris ses distances avec nous. Elle passe des heures à écrire des lettres pour décrocher un emploi dans un théâtre et d'autres à un homme dans la marine qu'elle a rencontré. Elle écrit aussi une pièce, dont l'idée est assez bonne. Ça parle d'une fille qui doit choisir entre se marier ou poursuivre sa carrière de danseuse. C'est le premier acte. Dans le deuxième, on voit ce qui se passerait si elle continuait sa carrière, et dans le troisième ce qui arrive quand elle épouse l'homme en question. Elle l'a intitulée *Scandaleux Destin*, ce que, personnellement, je trouve plutôt prétentieux. N'empêche, l'idée est bonne. Elle nous en lit des passages, mais ne veut entendre que des compliments. Elle m'a raconté une histoire très intéressante. Angela est tombée amoureuse d'un homme marié, qui a vingt ans de plus qu'elle. Il travaille à la BBC avec elle, s'appelle Brian Prentice, et elle veut l'épouser, ce qui est impossible puisqu'il est déjà marié. J'ai dit, c'est triste, voilà tout, mais Louise a dit, non, ce n'est pas tout, parce qu'Angela a commencé d'avoir un bébé et que les tantes J. et V. sont terriblement inquiètes. Louise l'a vue à Londres, dans la vieille maison de cette pauvre Lady Rydal, parce que chacune de ses petites-filles a eu le droit de choisir un de ses bijoux. Elles ont choisi par ordre d'âge, si bien qu'Angela a eu les perles de Grania, Nora l'immense collier en cristal, et comme les tantes se sont gardé les bagues en diamant, il ne restait plus que des boucles d'oreilles en filigrane d'or pour Louise. J'ignore ce que Judy et Lydia ont eu – elles n'ont même pas eu la possibilité de choisir. Mais c'est à cette occasion que Louise a vu Angela, qui était horriblement pâle et n'a pas dit un mot. Je me demande comment ça se passe. J'imagine qu'elle a dû aller au lit avec lui – manifestement pas la chose à faire. Elle ne savait peut-être pas qu'il était marié, auquel cas, tout est la faute de ce Brian Prentice. Mais, comme dit Polly, le fait de savoir qui est fautif n'arrange pas les choses et n'y change rien. Louise raconte qu'il existe un produit appelé gel Volpar qui permet de ne pas avoir de bébé. Et même un diaphragme peut être utile, a-t-elle ajouté, mais quand je lui ai demandé ce que c'était et ce qu'on en faisait, elle a refusé de me répondre. « Tu es trop jeune », a-t-elle dit. Dieu merci, le nombre de choses pour lesquelles je suis trop jeune doit aller en diminuant ; d'un autre côté, je suppose qu'on a à peine le temps de se retourner qu'il y a de plus en plus de choses pour lesquelles on est trop *vieux*. On perd à tous les coups. J'ai hâte d'avoir trente ans, un âge qui doit représenter un bref répit dans ce dilemme.

Pourquoi le général de Gaulle ne répond-il pas à ma lettre ? Je trouve que c'est très indélicat de sa part, voire impoli. La Duche dit qu'on doit toujours répondre par retour de courrier.

La pauvre Tante Rach a passé une matinée épouvantable à couper les ongles de pieds des grand-tantes. Je l'ai entendue commenter qu'on aurait dit les serres de vieux oiseaux marins – tout recourbés et durs. Apparemment, c'est une des premières choses qu'on ne parvient plus à faire quand on est très vieux, parce qu'on ne les atteint plus. J'ai prévenu Polly que pour cette raison elle devrait éviter de vivre toute seule dans sa maison. Elle a dit, et que font les ermites, qui sont presque toujours vieux et qui sont *obligés* d'être seuls ? J'imagine qu'ils finissent avec des griffes comme les perroquets.

Au déjeuner aujourd'hui, nous avons eu des croquettes de chez le boucher, faites selon une nouvelle recette, ce qui signifie qu'il n'y a pratiquement plus de viande dedans. Neville a dit qu'elles ressemblaient à des mulots après un accident de la route ; elles étaient surtout parfaitement insipides, mais la Duche a expliqué qu'elles ne coûtaient que huit pence la livre, et qu'on devait s'estimer heureux. Personne ne l'était, à mon avis.

Une nouvelle intéressante. Un ami de papa va venir séjourner chez nous ! Il est en congé maladie de l'armée ; il était aux Beaux-Arts avec papa, et ils sont allés ensemble étudier en France. Il s'appelle Archie Lestrange ; j'ai un vague souvenir de lui, mais comme il vivait la plupart du temps en France avant la guerre, papa ne le voyait pas souvent. Je suis contente qu'il vienne à la maison, parce que comme il ne fait pas partie de la famille, il parlera peut-être un peu de papa. J'espère qu'il va vraiment venir, contrairement aux Clutterworth, qu'on attend toujours. Je vais aller donner son bain à

Juju, parce que c'est le jour de Zoë – ou l'un de ses jours – à la maison de convalescence, et qu'Ellen a mal au ventre – les croquettes, à tous les coups. Je la baigne, je lui donne son biberon, je la mets sur le pot puis au lit, et je lui lis un passage de *Pierre Lapin*. Elle m'interrompt à tout bout de champ, mais elle râle quand je m'arrête.

On m'a appelée à ce moment-là, et c'est tant mieux – relire ce qui précède m'a fait bâiller d'ennui. Pourquoi la vie quotidienne est-elle aussi bourrée d'activités routinières sans intérêt ? Est-ce obligatoire ? Est-ce la guerre qui colore tout en gris ? Qu'est-ce qui va bien pouvoir changer ça ? Polly pense que ce sera très différent quand on sera adultes, mais je suis persuadée qu'elle se trompe : j'ai l'impression que la vie des adultes est encore plus terne, à supposer que ce soit possible. Je suis sûre que si j'avais un esprit plus intéressant, je m'ennuierais moins, et j'ai eu une conversation à ce propos avec Miss Milliment ; puisqu'elle a la charge de mon esprit depuis maintenant un certain temps, elle doit être en partie responsable. Au moins, elle m'a écoutée, ce qui est déjà plus que ne le font la plupart des gens, puis elle est restée silencieuse un instant, avant de déclarer : « Je me demande pourquoi tu as cessé d'écrire. » Je lui ai répondu que je tenais ce journal, mais qu'il était plutôt barbant. « Non, je parle de ce que tu écrivais l'année dernière. Tu écrivais des nouvelles. À présent, tu fais les devoirs que je te donne, ce qui n'est pas du tout la même chose. » Je n'y avais pas pensé, mais elle a raison. Je n'ai plus écrit la moindre nouvelle depuis que papa est parti. Je lui ai dit que je n'en avais pas eu envie, et elle m'a rétorqué d'un ton assez sec qu'elle avait cru que je voulais en faire un métier, pas un passe-temps. « Les professionnels travaillent quelle qu'en soit leur envie, m'a-t-elle dit. Ce n'est pas étonnant que tu éprouves de l'ennui, si tu laisses un don en friche. Tu es la première à t'ennuyer, ce qui est tout à fait désolant. Faire le minimum est extrêmement lassant. » Mais ses petits yeux gris étaient pleins de bonté. Je lui ai dit que je ne voyais pas comment on pouvait écrire si on ne pensait à aucun sujet, et elle m'a répondu que je trouverais si j'y étais disposée. Elle a conclu que si je n'avais pas d'idée d'ici à un mois, elle m'enseignerait le grec, ce qui constituerait au moins un nouvel exercice pour mon esprit.

C'est drôle. Dès que j'ai commencé à penser à écrire, je n'ai plus ressenti le moindre ennui. Mais où trouver le temps ? J'ai dressé la liste de tout ce que j'étais censée faire dans une journée. Par exemple, nous devons non seulement ranger notre chambre, comme avant, mais aussi faire notre lit parce qu'il n'y a plus assez de bonnes pour s'en charger. Et nous devons parfois repasser nos affaires, parce qu'Ellen est trop fatiguée pour tout faire. Polly repasse impeccablement, mais c'est vrai qu'elle tient à ses vêtements ; je déteste repasser, et ça ne me dérangerait pas du tout d'avoir des habits froissés. En plus, nous devons aider à débarrasser la table après les repas. Et encore en plus, faire des travaux d'extérieur l'après-midi – suivant les ordres de Heather, de McAlpine ou de la Duche, et je peux vous assurer qu'à eux trois, ils ne sont jamais à court d'idées rasoir. Il y a des bouteilles d'eau à remplir à la source de Watlington (ça, j'aime bien, sauf quand il pleut à verse). Nous devons raccommoder nos satanés vêtements, sous la surveillance de Bully et de Cracks, de Tante Sybil ou de Zoë. L'un de nous est chargé de faire le tour de toutes les fenêtres de la maison le soir pour s'assurer que le black-out est total. Nous nous en chargeons à tour de rôle. Et nous devons faire tout ça en plus de nos leçons tous les matins et des devoirs après le thé. Il reste un peu de temps après les devoirs et après le dîner, mais j'ai décidé de ranger ma moitié de chambre, et il va me falloir plusieurs jours, parce que je ne l'ai pas fait à fond depuis des années : nettoyer les étagères, les placards et tout, vu que j'ai récupéré mes affaires de Londres. Ça prendra peut-être des semaines. Polly dit que je serai ravie quand ce sera fait, mais ça me rappelle ce que les gens racontent à propos des bains froids. Recommencer à écrire est un peu pareil, quoique ça ressemble plus à un bain de mer – très dur de rentrer, mais merveilleux une fois qu'on est dedans. Quoi qu'il en soit, toutes ces tâches mises à part, je dois essayer de trouver quoi écrire, mais quand il s'agit d'écriture, je n'arrive plus à réfléchir du tout – c'est seulement lorsque je ne pense à rien que l'ombre d'une idée se glisse dans mon esprit, et même à ce moment-là, je ne suis pas capable d'y réfléchir. C'est comme un mélange entre un souvenir et une sensation – parfois juste le souvenir d'une sensation –, et ça m'arrive souvent quand je suis occupée à quelque chose qui n'a rien à voir. Enfin, le fait même de ne pas y penser m'aide à ne pas penser à l'autre chose. Ce que je fais maintenant, c'est adresser une pensée à papa tous les matins au réveil. Je lui souhaite une bonne journée en sécurité et lui envoie un baiser, puis j'arrête. Cette méthode m'apporte un immense soulagement. Bien sûr, je m'inquiète de ne pas recevoir de réponse du général, mais c'est une inquiétude de proportions différentes. Polly est paniquée à l'idée qu'il puisse m'écrire qu'il n'y a pas de trace de papa, et que ça signifierait qu'il n'y a plus d'espoir. Elle ne comprend pas : ce ne serait pas ça. Soit le général saura quelque chose, soit il ne saura rien. Mais le fait qu'il ne sache rien signifie seulement qu'*il* ne sait rien. Ça ne voudra pas dire que papa est mort. Pas du tout.

POLLY

Juillet-octobre 1941

« C'est trop loin pour toi ; et même si tu y arrivais, tu serais trop fatiguée pour revenir.

— Non. » Elle jeta un regard noir à Simon, qui imitait Teddy de la manière la plus énervante qui soit. « Mais si tu veux être tout seul... ajouta-t-elle.

— La question n'est pas là », s'empressa de dire Teddy. Exclure délibérément quelqu'un d'une activité allait à l'encontre de la loi familiale. « Simplement, je ne te vois pas parcourir plus de soixante kilomètres à vélo.

— Camber n'est pas à trente kilomètres.

— Pas loin. Et nous, on a des vélos à trois vitesses.

— D'accord. Vous ne voulez pas de moi, c'est tout.

— Ils ne veulent pas de moi non plus, dit Neville, ce qui est beaucoup plus grave. Tu sais quoi ? ajouta-t-il à l'intention de Polly, quand les deux garçons leur eurent faussé compagnie. Lorsqu'ils seront vieux et ridés et qu'ils me supplieront de les emmener dans ma voiture de sport, je refuserai, voilà. Ou dans mon avion, que j'aurai probablement pour les longs voyages. Je leur dirai qu'ils n'ont plus l'âge de faire des trucs marrants – ces deux vieux crétins.

— Tu ne devrais pas les appeler comme ça.

— C'est ce qu'ils sont, ou ce qu'ils deviendront bientôt. Les types idiots sont des crétins, et les filles stupides sont des putains. C'est un garçon de l'école qui me l'a dit. Les crétins et les putains, tu piges ? »

Il l'observa, espérant qu'elle serait choquée. Il avait tellement grandi au cours de l'année que son bermuda arrivait à plusieurs centimètres au-dessus de ses genoux cagneux, mais ses cheveux se dressaient toujours par touffes sur son crâne, et son cou de poulet lui donnait un aspect vulnérable. Rien en lui ne s'harmonisait : ses dents permanentes paraissaient beaucoup trop grandes pour sa bouche et ses pieds énormes dans ses sandales sales ; il avait les oreilles décollées, et son torse mince, couleur coquille d'œuf, qui laissait apparaître ses côtes, semblait fragile et mal assorti à son énorme ceinture en cuir et au couteau qui y était attaché. Il portait de nombreuses marques de blessures bénignes – éraflures, coupures, ampoules, cuticules arrachées autour des ongles, et même une brûlure à la main droite, conséquence d'une expérience avec sa loupe. Il affichait en permanence une expression de défi mêlé d'anxiété. Elle se demanda soudain ce que ça faisait d'être lui, pour conclure aussitôt qu'elle ne le saurait jamais.

« Je pensais aller à Bodiam à vélo, dit-elle. Tu veux venir ? »

Elle vit qu'il avait plaisir à faire semblant d'y réfléchir. Puis, d'une voix imitant remarquablement celle du colonel Chinstrap dans l'émission ITMA, il répondit : « Ça ne me dérange pas. »

Le beau geste de Polly se révéla coûteux. À

peine étaient-ils partis qu'elle commença à avoir ses crampes du premier jour, et le reste du temps – pendant leur pique-nique, l'exploration du château, quand elle le dissuada de se baigner dans les douves puis le persuada de redescendre du haut du grand chêne où il était monté – fut assombri par sa terreur de se mettre à saigner, avec le risque d'effrayer et de choquer son cousin. Le trajet de retour fut une torture. Prétextant la fatigue, elle dit qu'elle devait rouler lentement et lui suggéra de ne pas l'attendre, mais il refusa. Il n'arrêtait pas de partir devant, puis de faire demi-tour pour revenir vers elle. « Heureusement que tu n'as pas essayé d'aller à Camber, dit-il d'un ton joyeux. Tu aurais dû t'arrêter pour passer la nuit dans un champ ou une église. »

Plus tard, il déclara d'un ton encourageant : « Mais ce n'est pas ta faute. Tu n'y es pour rien si tu es une fille. Elles se fatiguent facilement. Je crois que c'est lié à leurs cheveux. »

Lorsqu'ils arrivèrent, elle lui demanda s'il voulait bien ranger son vélo à sa place, et il dit qu'il le ferait, bien sûr.

Elle monta à l'étage en titubant, prit un bain et s'allongea sur son lit. Elle avait la tête qui tournait, mal au ventre, et se sentait patraque ; elle n'avait même pas envie de lire. Mais comme *lui* s'était amusé, ça avait valu le coup. À partir de là, elle décida qu'elle ferait toutes les semaines quelque chose pour quelqu'un, et elle dressa une liste de noms pour pouvoir noter à côté de chacun la bonne action qui convenait.

Pour certains, comme le Brig, c'était facile (lui lire le *Timber Trades Journal*, d'un ennui mortel) ; pour d'autres, telles sa mère ou Miss Milliment, non. Finalement, elle décida de tricoter un cardigan pour sa préceptrice – une entreprise titanesque, qui lui prendrait des mois, mais ça pourrait faire un cadeau de Noël bien plus conséquent que ce qu'elle offrait d'ordinaire. L'idée plut à sa mère, qui proposa de lui trouver un modèle à la taille de Miss Milliment. « Il faudra un patron pour homme, dit-elle. Tu ne devras pas oublier de créer les boutonnières du côté gauche. Tu es vraiment sûre d'aller jusqu'au bout ? Sinon, ce serait un très gros gâchis de laine. »

Elle promit de le terminer, et Clary l'accompagna au magasin de Watlington pour choisir la laine, mais Mrs Cramp n'avait que des couleurs layette, ou alors du kaki ou du bleu marine. « C'est tout ce qu'on nous demande, ces temps-ci », dit-elle. Pour finir, Tante Villy eut la gentillesse d'en rapporter de Londres, après une discussion tourmentée pour déterminer quelle couleur irait le mieux à Miss Milliment. Le problème, c'était que chaque teinte suggérée semblait pire que la précédente : le lie-de-vin n'irait pas avec sa peau citron ; à côté du vert bouteille, ses cheveux ressembleraient à des algues ; le gris était trop terne ; en rouge on la prendrait pour un bus londonien, et ainsi de suite. Le choix se porta enfin sur un bleu ardoise. Voilà pour Miss Milliment, mais comme Polly ne pouvait pas tricoter le cardigan en sa présence, il n'avançait pas très vite. Sa mère lui posa un vrai dilemme. « La seule chose qui lui ferait véritablement plaisir, c'est que papa ne reste pas à Londres, et je ne peux rien y faire », se plaignit Polly auprès de Clary. Puis un jour, elle entra dans la chambre de sa mère au moment où celle-ci retirait ses épingles à cheveux, assise à sa coiffeuse.

« Il faut vraiment que je me lave les cheveux, dit-elle. Tu ne pourrais pas m'aider ? J'ai du mal à rincer tout le shampoing, et j'ai un peu la nausée quand je reste longtemps penchée sur une cuvette. »

Après ça, elle lava les cheveux de sa mère une fois par semaine, le vendredi avant le retour de son père pour le week-end. Elle conçut même une méthode brillante consistant à utiliser une chaise spéciale pour faire asseoir sa mère dos à la bassine, au-dessus de laquelle pendaient ses cheveux, de sorte qu'elle n'avait plus du tout mal au cœur.

Son père représenta une autre difficulté. Elle le voyait beaucoup moins souvent ces derniers temps, et quand elle le voyait, elle lui trouvait l'air épuisé. La veine sur sa tempe palpitait presque toujours quand il arrivait à Home Place le vendredi soir, le teint gris de fatigue. En plus, elle ne le voyait presque jamais seul : il y avait énormément de monde dans la maison, et, comme elle dînait dorénavant avec les adultes, il ne venait plus lui dire bonsoir dans son lit. Au dîner, les conversations tournaient beaucoup autour de la guerre : Hitler ayant envahi la Russie, les Russes étaient maintenant dans leur camp, mais elle en déduisit seulement que ça durerait encore plus longtemps.

Puis, un samedi, il lui proposa une sortie à Hastings : « Toi toute seule, Poll, parce que je ne te vois pas assez. »

Ils prirent sa voiture, car il avait des coupons d'essence supplémentaires pour son travail, et elle fut soulagée lorsqu'ils partirent, parce que d'autres avaient souhaité les accompagner. « Tu es sûre que tu ne m'en veux pas ? avait-elle demandé à Clary d'un ton anxieux.

— Bien sûr que non ! »

Mais elle savait que c'était faux. « J'ai tellement envie d'avoir papa pour moi toute seule pour une fois. »

Clary lui avait adressé ce sourire inopiné et charmant. « Évidemment. Je suis bien placée pour le comprendre. »

Teddy et Simon avaient poussé les hauts cris, mais son père s'était chargé d'eux. « C'est notre sortie, à Polly et moi. Allez, dégagez ! » avait-il dit alors qu'ils s'accrochaient aux poignées des portières. Polly avait mis sa robe rose et ses tennis qu'elle avait blanchies, mais elles étaient encore humides et elles blanchirent encore davantage en séchant sur le trajet jusqu'à Hastings.

« Tu as prévu quelque chose de spécial ? lui demanda-t-elle quand les "c'est pas juste" se furent évanouis.

— Nous allons essayer de trouver un cadeau pour maman. Et qui sait ? Peut-être d'autres choses. Pourquoi pas un cadeau de post-anniversaire pour toi ?

— Vous m'avez déjà offert ma jolie montre. » Elle était un peu grande pour son poignet, et elle la repoussa.

« Nous l'avons choisie ensemble à Édimbourg lors de nos dernières vacances – enfin, lors des dernières vacances que nous nous sommes octroyées. »

Elle lui jeta un coup d'œil, se demandant pourquoi il parlait de manière si pédante.

« Quoi ? » Il avait surpris son regard.

« Je me demandais pourquoi tu étais si pédant.

— Aucune idée. Tu penses quoi du fait que les Russes aient rejoint notre camp ? Mieux vaut ça plutôt qu'ils soient contre nous, non ?

— Ça donne une dimension universelle à la guerre, je trouve, répondit-elle. Si seulement c'était l'*Amérique* qui était passée de notre côté !

— Ils ne sont pas à proprement parler contre nous. Mr Roosevelt fait ce qu'il peut. Sans lui, nous serions dans une situation épouvantable.

— Mais ce n'est pas la même chose que s'il entrait en guerre et nous aidait à combattre les Allemands. Après tout, ils sont venus la dernière fois.

— Ils le feront peut-être. Mais, Polly chérie, songe à quel point tu es contre la guerre, puis imagine-toi être américaine. Si c'étaient eux qui étaient en guerre, ça te plairait qu'on nous demande de quitter ce pays pour aller se battre à des milliers de kilomètres ? Tous les hommes, je veux dire. » Il était contre l'intégration des femmes dans l'armée. « Tu pourrais avoir le sentiment que c'est leur guerre et qu'ils n'ont qu'à se débrouiller.

— Papa, tu sais que je n'ai jamais rencontré d'Américain ?

— C'est un peu ce que je veux dire.

— D'un autre côté, si Hitler gagne ici, il y a des chances qu'il s'attaque à d'autres parties du monde, et peut-être à eux, et à ce moment-là, ils regretteront.

— Je crois qu'il a eu les yeux plus gros que le ventre avec la Russie. Hitler ne gagnera pas, ajouta-t-il.

— Ça va durer combien de temps, alors ?

— Je n'en ai pas la moindre idée. Encore un certain temps. Mais ça va déjà mieux que l'année dernière.

— Comment ça ? Avec tous ces effrayants raids aériens, le rationnement, la capitulation de la France et de tous les autres pays. Moi, ça m'a l'air bien pire.

— L'année dernière, à la même époque, nous avons failli être envahis. Ça, ç'aurait été pire. Et on a gagné de justesse la bataille d'Angleterre. Je peux t'avouer maintenant que cette crainte de l'invasion m'a donné des cauchemars, où je me voyais coincé à Londres et dans l'incapacité d'aller vous retrouver.

— Mon pauvre papa ! Je comprends pourquoi tu dis que ça va mieux que l'année dernière. » Elle était très contente qu'il lui raconte des choses importantes comme ses cauchemars. « Je ne savais pas que les adultes en faisaient.

— Oh, ma petite chérie ! Un tas de choses restent les mêmes quand on est adulte. Pour passer à un sujet plus léger, je propose un premier arrêt chez Mr Cracknell. Et il y a une jolie bijouterie à côté. »

Juste avant d'arriver à Hastings, il lui demanda : « Comment ça va, à la maison ?

— Bien, je crois. Tu penses à quelqu'un en particulier ?

— Eh bien… tes tantes… et ta mère, pour commencer.

— Tante Rach a très mal au dos.

— Je sais. Elle dit toujours qu'elle est comme un vieux transat coincé. Mais elle voit un très bon spécialiste que je lui ai recommandé, à Londres. Et je crois qu'elle aime bien travailler au bureau.

— Tante Rach adore qu'on ait besoin d'elle. Plus que la plupart des gens.

— C'est vrai, tu as raison. Et ?

— Et quoi ? Ah, les autres. Eh bien, je crois que Tante Villy s'ennuie. Elle aimerait beaucoup faire un travail de guerre plus exaltant. Ça ne lui suffit pas d'aider la Croix-Rouge, d'apprendre aux gens les gestes de premiers secours et de prêter main forte au centre de convalescence de Mill Farm.

— Ma parole, Polly, tu es très perspicace.

— Mais Tante Zoë est plutôt heureuse. Elle s'occupe maintenant de deux personnes au centre de convalescence – elle leur fait la lecture, écrit leur courrier et ce genre de choses –, et, bien sûr, elle est folle de Juliet. »

Hugh sourit, de ce sourire tendre et approbateur qu'il réservait la plupart du temps aux bébés. « Bien sûr. »

Après un silence, il ajouta : « Et maman ? Comment va-t-elle, à ton avis ? »

Polly réfléchit. « Je ne sais pas. J'ai l'impression qu'elle n'est pas dans son assiette. Elle a adoré ses vacances avec toi, mais on dirait qu'elles l'ont encore plus fatiguée. À son retour, elle a passé deux jours entiers au lit.

— Ah bon ?

— Ne lui dis pas que je te l'ai dit. Je n'aurais pas dû. Elle ne voulait pas que tu saches.

— Je ne dirai rien.

— J'ai eu très peur quand elle a dû se faire opérer. Mais tout s'est bien passé, n'est-ce pas ?

— Oui, oui, dit-il avec conviction. Très bien. Mais on met parfois longtemps à se remettre de ce genre d'intervention, tu sais. Nous voilà arrivés ! À nous Hastings ! »

Le magasin de Mr Cracknell était plongé dans la pénombre, et tout ce qu'il contenait semblait poussiéreux, mais on y trouvait des trésors. Des meubles, bien sûr : son père acheta deux chaises avec des épis de blé gravés sur le dos. « Je ne peux pas résister », dit-il. Il y avait aussi un grand nombre de coffrets en bois, certains incrustés de nacre, d'autres de cuivre. L'intérieur était tapissé de satin ou de velours ruché, pourpre ou d'un éclatant bleu foncé ; certains renfermaient des petits flacons en cristal taillé et des pots à couvercle d'argent. D'autres étaient des boîtes à couture et contenaient de toutes petites bobines – en nacre également, autour desquelles s'enroulaient de précieux fils de soie décolorés. Des paires de ciseaux en acier, des pochettes à aiguilles et un outil pointu pour percer des trous étaient disposés sur le plateau supérieur, et certaines boîtes possédaient un tiroir secret en bas qui s'ouvrait d'un coup quand on appuyait sur un bouton. Fascinée, Polly les examina soigneusement en se demandant laquelle elle préférait. Puis elle découvrit un petit coffret en simple bois de rose qui, ouvert, se révéla être une écritoire. « C'était pour voyager, expliqua son père. Les dames les emportaient en visite. »

Une fois ouvert, le couvercle formait une pente douce recouverte d'un cuir fin vert foncé. Dessous, il y avait de la place pour conserver des papiers. « Clary l'adorerait, dit-elle. Papa, tu crois qu'il peut coûter moins de vingt-cinq shillings ? Parce que c'est tout ce que j'ai. » Ça lui paraissait beaucoup, mais elle savait que les montants en shillings ne représentaient pas grand-chose pour lui.

« Je vais me renseigner. Viens voir ça. » Il lui montra une petite table octogonale au pied très élégant. Le plateau était ravissant : les triangles de bois qui le constituaient étaient disposés de telle façon que le fil ressemblait à une fleur. Son père appuya à un endroit, et le couvercle s'ouvrit, révélant un intérieur conique tapissé d'un papier orné de minuscules bouquets de roses – comme du papier peint pour maison de poupée, songea-t-elle. Mr Cracknell sortit du fond de son magasin, tenant un fin plateau octogonal tapissé du même papier, et formé de nombreux compartiments. « Je viens de réparer le plateau, dit-il en l'insérant avec précaution dans le haut du cône. C'est une table à couture du début du XXe siècle, pas très ancienne.

— Dis-moi, Polly, en quel bois est-elle ? Voyons voir si tu es savante. »

Polly répondit qu'elle pensait reconnaître du noyer.

« Exact ! » s'exclama Mr Cracknell. C'était un vieux monsieur au dos voûté et aux cheveux blancs tirant sur le vert, chaussé de lunettes à monture en acier. Il passa un pouce retroussé sur le bois. « Une très jolie pièce de marqueterie. Aussi resserrée qu'un écrou.

— Tu crois qu'elle plairait à maman ? »

Elle ne pouvait servir que pour coudre de petites pièces : il n'y avait pas assez de place dans le fond pour des vêtements comme la robe de chambre d'hiver qu'elle était en train de faire pour Wills.

« Possible, dit-elle, et elle vit l'expression de son père s'assombrir légèrement.

— Bon, on ferait mieux de continuer à chercher », dit-il.

Mr Cracknell, qui depuis le temps avait appris à connaître les frères Cazalet, déclara qu'il avait une jolie commode haute à laquelle ils aimeraient peut-être jeter un coup d'œil. « Puisque vous appréciez le noyer, dit-il. Les poignées sont d'origine. » Le lieu était si encombré et sombre qu'il prit une lampe électrique pour éclairer le meuble.

Polly vit qu'il plaisait énormément à son père :

il en caressa le bois, tira délicatement un tiroir et admira le travail. « Tu vois, Poll ? À l'époque ils utilisaient des chevilles en bois et pratiquaient des assemblages en queue-d'aronde pour fabriquer les tiroirs. » Il y avait un semis de minuscules trous ronds dans un des tiroirs.

« Le ver est mort », précisa Mr Cracknell. Il donna aussitôt un petit coup sur le bois, et Hugh hocha la tête.

« Si le ver était actif, on verrait de la sciure, expliqua-t-il à Polly. Et vous en demandez combien, monsieur Cracknell ?

— Eh bien, je pourrais la laisser à trois cents livres. »

Hugh émit un sifflement. « Un peu trop cher pour moi, je le crains. »

Pour finir, il acheta la table à couture, et pendant que Mr Cracknell la portait à la voiture, Polly lui demanda s'il voulait bien se renseigner sur le prix de l'écritoire.

« Elle t'intéresse, Polly ? Tu t'en servirais ?

— Je veux l'offrir à Clary.

— Ah, c'est vrai, tu me l'as dit. Je vais lui poser la question. »

Il est distrait, pensa-t-elle ; il n'était pas comme ça avant.

Il revint et s'exclama, quelle chance !, elle ne coûtait que vingt-cinq shillings.

« C'est tout de même un cadeau onéreux pour toi, ma chérie.

— Je sais, mais je veux la lui offrir. »

Quand ils eurent fini de tout ranger dans la voiture, elle lui demanda : « Pourquoi tu souris, papa ?

— Je me disais que j'avais une fille adorable. »

Quand il ne souriait pas, il avait l'air triste, nota-t-elle.

Il lui proposa d'aller voir les autres magasins tant qu'ils étaient là. Ils se trouvaient dans la vieille ville aux rues étroites ; il y avait des mouettes et des effluves de goudron, de poisson et de mer. Dans la bijouterie, une minuscule échoppe remplie de bijoux anciens, il désigna une paire de boucles d'oreilles en grenat, en forme de longues gouttes.

« Tu crois qu'elles plairaient à maman ? lui demanda-t-il. Elles sont assorties au collier que je lui ai offert il y a des années. »

Polly savait que sa mère n'aimait pas les grenats, qui n'allaient pas avec sa couleur de cheveux, et qu'elle ne portait le collier qu'occasionnellement, pour faire plaisir à papa.

« Tu lui as déjà acheté des boucles d'oreilles à Édimbourg, elle me les a montrées, dit-elle. Je pense qu'elle préférerait autre chose. » Il n'arrêtait pas de lui faire des cadeaux, semblait-il, alors que son anniversaire était passé depuis longtemps. « En plus, elle ne les portera pas beaucoup tant que ce sera la guerre.

— Toujours le sens pratique, Poll. » Il se mit à examiner un plateau de bagues. Juste au moment où elle allait dire que sa mère ne portait plus très souvent de bagues non plus, il en prit une petite, en or, sertie d'une pierre plate verte. L'intérieur ressemblait à un coquillage, l'anneau était tout simple. « Essaie-la », dit-il. Elle allait parfaitement à son majeur.

« Qu'est-ce que tu en penses ?

— Je crois qu'elle l'adorerait. N'importe qui l'adorerait.

— Bien. Alors, je vais l'offrir à n'importe qui. Enlève-la.

— Comment ça, à n'importe qui ? » demanda-t-elle en la lui tendant. Ça paraissait fou.

« La première personne que je croiserai après l'avoir achetée. » Il alla dans le fond de la boutique et elle le vit remplir un chèque. Supposons, songea-t-elle frénétiquement, qu'il croise un facteur en sortant du magasin ? D'accord, le facteur aurait peut-être une femme, mais peut-être pas.

Quand il revint, il s'exclama : « Hello, Polly, quel plaisir de vous rencontrer ici », et il lui donna un petit écrin. À l'intérieur, trônant sur du satin blanc usé, se trouvait la bague. « Je savais que tu serais la première personne que je croiserais », dit-il.

L'émotion la submergea. Une bague ! Et si belle !

« Oh, papa ! C'est ma première bague.

— Je voulais être le premier à t'en offrir une.

— Elle est parfaite ! Je peux la mettre tout de suite ?

— Je serais très vexé que tu ne le fasses pas. Les émeraudes te vont bien, Poll », fit-il observer lorsqu'elle eut passé la bague et tourné la main pour la lui montrer. « Tu as de jolies mains, comme ta mère.

— C'est une vraie de vraie ?

— Absolument. De la fin du XVIe siècle – un peu tôt pour le strass. Pour moi, c'est bien une émeraude, et le marchand me l'a certifié.

— Mon Dieu !

— Tu as grandi. Je me souviens d'une époque où tu aurais de loin préféré avoir un chat plutôt qu'une bague.

— L'intérieur est tellement joli, dit-elle quand ils furent remontés dans la voiture.

— Oui. C'est comme les tiroirs de cette commode. Ce qui leur importait, à l'époque, c'était de soigner les finitions, même si ça ne se voyait pas au premier coup d'œil. »

Avant qu'il démarre, elle l'entoura de ses bras et l'embrassa trois fois. « Merci, papa, c'est le plus beau cadeau que j'aie jamais reçu. »

Ils allèrent marcher sur le front de mer et longèrent les cabanes noires, étroites et hautes, dans lesquelles les pêcheurs rangeaient leurs filets. C'était une belle journée venteuse, et l'on voyait des moutons sur la mer déserte. Des pyramides de béton et de fils de fer barbelés s'alignaient le long de la plage, interdisant l'accès au rivage. Ils se promenèrent sans parler, dans un agréable silence. Polly se sentait inhabituellement et immensément heureuse, habitée par le double bonheur d'avoir reçu la bague et de penser qu'elle allait offrir l'écritoire à Clary. « Inspire profondément, papa, dit-elle, l'air marin te fera du bien. » Il lui adressa son sourire doux et affectueux puis respira avec un bruit ridicule.

« Il va surtout m'épuiser, dit-il. Allons-y, et essayons de trouver un bon pub sur le chemin du retour. »

Quand ils furent assis sous un pommier dans le jardin du pub, et qu'on leur eut servi un cidre pour elle et une bière pour lui, il lui demanda brusquement : « Maman t'a parlé de la possibilité qu'elle subisse une autre opération ?

— Pas vraiment. Elle l'a mentionné il y a quelques semaines, mais quand je lui ai reposé la question plus tard, elle m'a dit qu'ils avaient changé d'avis. C'était avant votre départ en vacances. »

Il y eut un silence, durant lequel il regarda fixement son verre. Déconcertée, Polly commença à prendre peur. « C'était un soulagement, n'est-ce pas ? demanda-t-elle. Elle ne l'a jamais dit, mais je savais qu'elle redoutait une autre opération, vu qu'elle s'était sentie si mal après la première. C'était forcément un soulagement.

— C'est ce qu'elle t'a dit ?

— Elle m'a dit… » Elle réfléchit : il paraissait important de reproduire ses mots exacts. « Je lui ai dit, oh, quelle bonne nouvelle, tu dois être soulagée, et elle a acquiescé. Elle a acquiescé, papa. Et elle était ravie de ses vacances. Elle m'a dit qu'elle était rentrée fatiguée parce qu'elle n'avait pas beaucoup dormi dans le train du retour. Et elle ne voulait pas que je t'en parle pour ne pas t'inquiéter. Ce n'était pas grave. Il lui arrive souvent de passer la journée au lit.

— Vraiment ? » Il allumait une cigarette, et elle remarqua que sa main manquait de fermeté.

« Papa ! vous vous inquiétez tellement l'un pour l'autre, mais vous avez toujours été comme ça. Je crois surtout qu'elle voudrait être à Londres avec toi. Tu lui manques. Je pense que tu devrais la laisser y aller.

— J'y réfléchirai, dit-il, d'un ton qui signifiait, elle le savait, qu'il ne le ferait pas. Je te remercie », ajouta-t-il, comme on met un point final à une conversation.

Quand ils remontèrent dans la voiture, il lui demanda : « Tu as hâte d'offrir son écritoire à Clary ?

— Et comment. Elle m'a offert un très beau cadeau d'anniversaire. Toute une collection de papillons dans une boîte en verre – pour ma maison. Mais je pense qu'elle va pleurer de joie en recevant l'écritoire. Ça lui apportera peut-être un peu de bonheur, pour une fois.

— Elle est très malheureuse ?

— Oh, papa, bien sûr. Elle refuse d'envisager qu'Oncle Rupe soit mort et qu'elle risque de ne plus jamais le voir. Elle invente un tas d'histoires le concernant, et elle a écrit au général de Gaulle, parce qu'elle s'est mis en tête que son père travaillait peut-être comme espion en France. Il n'a pas répondu pendant un temps fou, puis elle a reçu une lettre l'informant qu'une enquête avait été menée, mais qu'ils ne connaissaient personne de ce nom. À ce moment-là, j'ai cru qu'elle réussirait peut-être à affronter le fait qu'il était mort et qu'elle ne le reverrait pas, mais elle en est incapable. Elle l'aime trop pour le supporter. »

Quel choc. Sans prévenir, son père éclata soudain en sanglots rauques et sonores – il posa la tête sur le volant et sanglota à n'en plus finir. Elle se tourna sur son siège pour le prendre dans ses bras, mais rien n'y fit.

« Papa chéri. Je suis désolée. C'est ton frère, bien sûr, et ça doit aussi te toucher terriblement. J'imagine que toi, tu as affronté la vérité et que ce doit être horrible. C'est si définitif, n'est-ce pas ? Pauvre papa. »

Se rendant compte que parler ne servait à rien, elle se contenta de le tenir dans ses bras, jusqu'à ce que les sanglots s'apaisent, qu'il cherche son mouchoir et se mouche. Quand il se fut essuyé le visage d'un geste maladroit (il n'avait pas l'habitude de pleurer), il lui dit : « Excuse-moi, Poll.

— Tu n'as pas à t'excuser. Je comprends. Et je ne dirai rien à Clary, ajouta-t-elle lorsqu'ils eurent repris la route. Ça lui ferait de la peine de savoir que tu penses qu'il n'y a plus d'espoir. Quoique... » conclut-elle prudemment – elle ne voulait pas le bouleverser de nouveau – « il y a toujours une lueur d'espoir, n'est-ce pas, papa ? Tu ne crois pas ?

— Sans doute », répondit-il, mais si bas qu'elle l'entendit à peine.

Après ça, elle n'eut plus son père pour elle seule pendant longtemps puisque, par souci de justice, il dut faire une sortie un matin avec Simon, et qu'il passait la plus grande partie de ses week-ends avec maman et Wills. Clary ne fut guère intéressée par la bague en émeraude ; il fallut que Polly lui apprenne qu'elle datait de la période élisabéthaine pour qu'elle veuille la regarder de plus près. « Qui sait qui l'a portée, dit-elle. Peut-être une dame d'honneur de Marie Stuart. Tu te rends compte ? Elle était peut-être là quand cette pauvre femme a été exécutée ! Je dois dire que c'est très impressionnant. » Elle fut en revanche immédiatement et complètement conquise par son écritoire ; elle l'ouvrit et la referma, sans voix, les larmes lui montant aux yeux. « Ça prouve que tu dois... bien m'aimer, dit-elle. Regarde ! Un tiroir secret ! » En caressant la boîte, elle avait touché un ressort, et un tiroir tout mince s'était ouvert sous l'espace pour les feuilles. À l'intérieur se trouvait un petit morceau de papier fin, plié comme une enveloppe. Elle le déplia : il était couvert d'une écriture en pattes de mouche, dans les deux sens. « Comme les lettres dans Jane Austen ! Oh, Poll, quelle joie ! Il va me falloir des années pour la déchiffrer. L'encre a bruni. Mais c'est peut-être une lettre très importante. » Elles s'escrimèrent à essayer de la lire, mais même avec une loupe, elles n'y parvinrent pas. « J'ai l'impression que ça parle surtout du temps qu'il fait et du prix de la mousseline, finit par dire Clary. Il y a forcément autre chose, ou alors c'est un *code*, mais chaque fois que j'arrive à ce qui pourrait être un mot important, il télescope celui qui va dans l'autre sens et je n'arrive pas à le lire. »

Lorsqu'elles le montrèrent à Miss Milliment, leur préceptrice réussit à le décrypter. « Les gens écrivaient comme ça quand j'étais enfant, dit-elle. Les timbres étaient chers, et il ne fallait pas gâcher de papier. » Il n'y était bel et bien question que du temps, et du prix de la mousseline, ainsi que de la dentelle, du mérinos, et même d'un manchon.

« C'est quand même une très vieille lettre, dit Clary en la repliant avec soin pour lui redonner sa forme d'enveloppe. Et je la garderai toujours dans sa cachette secrète. Polly, c'est l'objet le plus exotique et merveilleux que j'aie jamais eu. Je conserverai tout ce que j'écrirai dedans. » Elle s'était lancée dans une série de nouvelles – chacune étant reliée à la suivante par un personnage. Parfois, elle en lisait des bouts à Polly le soir, ce qui était beaucoup plus joyeux que les aventures d'Oncle Rupe en France, mais comme sa cousine ne lisait que les passages dont elle n'était pas sûre qu'ils soient assez bons, Polly n'avait jamais la nouvelle entière. « Tu es ma première critique, lui disait Clary sévèrement, tu n'es pas là pour profiter de l'*histoire*. »

Alors qu'elle repoussait à la hâte tout ce qui traînait sur sa coiffeuse, pour que l'écritoire puisse y trôner en majesté, elle dit : « Merci, Poll. C'est que… tu es la plus amicale des amies. » Puis elle ajouta : « Elle a dû te coûter une fortune », et Polly, sachant que Clary se sentirait ainsi plus aimée, répondit : « Un peu, c'est vrai. » Elle avait le sentiment de réussir à être très bonne avec les gens, ce qui, vu qu'elle n'avait pas d'autre don appréciable, n'était pas rien.

« Tu crois qu'elle ressemblait à quoi, Miss Milliment, quand elle était jeune ? » demanda-t-elle pendant qu'elles se préparaient pour le dîner.

Clary réfléchit. « À une espèce de poire, avec des couettes ? Tu crois que des gens ont un jour dit d'elle : "Quel beau bébé" ?

— Impossible. Sauf pour faire plaisir à Mrs Milliment.

— Elle devait en avoir besoin.

— Je ne suis pas d'accord. Les mères sont toujours persuadées d'avoir de beaux bébés. Regarde Zoë avec Juliet.

— Juliet *est* jolie, répondit aussitôt Clary. D'un autre côté, ta mère trouvait Wills très mignon, et je sais que c'est ton frère, mais soyons honnêtes, il n'était pas très beau à voir. »

Elles se pomponnèrent plus que d'habitude, parce que l'homme qui avait été l'ami d'Oncle Rupert devait arriver ce soir-là, à l'heure du dîner. Clary fit un effort parce que c'était l'ami de son père, et Polly parce qu'elle adorait s'habiller, se brosser les cheveux cent fois, remonter ses sourcils avec le doigt puis les lisser en une fine ligne, vérifier que les coutures de ses bas étaient droites et mettre ses bijoux. Pour Clary, l'effort consistait à repasser son plus beau chemisier, essayer de trouver deux bas qui allaient ensemble et se frotter les doigts dans le vain espoir d'en retirer l'encre. Si chacune remarqua le soin particulier que prenait l'autre, aucune des deux n'en fit mention.

« Je me demande comment sera l'ami de papa, dit Clary avec une fausse désinvolture.

— Eh bien, il est forcément vieux.

— Qu'est-ce que tu entends par "vieux" ?

— Trop vieux pour nous. Presque quarante ans.

— Franchement, on dirait que tu envisages de te marier avec lui.

— Ne dis pas n'importe quoi. De toute façon, il est sûrement déjà marié. Les gens le sont, à cet âge-là.

— Pas lui, justement. Il se trouve que je sais que la personne qu'il souhaitait épouser n'a pas voulu de lui. D'après ce que racontait papa, c'était en partie pour ça qu'il était parti vivre en France.

— Sa vie était gâchée, tu veux dire ? » Polly ne put dissimuler son intérêt.

« Probablement. Ça devrait se voir si c'est le cas. Alors ouvre l'œil, et nous échangerons nos impressions. Archie Lestrange. Archibald Lestrange, répéta-t-elle. On dirait un personnage de John Buchan. Archie serait le héros, et Archibald le méchant. »

*

Pas de doute, il était bien Archie, songea Polly. Il était immense, et ses cheveux noirs et fins commençaient à se clairsemer sur son front bombé. Il avait les paupières lourdes, et l'expression de ses yeux laissait penser qu'il était secrètement amusé, ou qu'il voulait l'être.

Il boitait à la suite d'une blessure et souffrait aussi d'un léger bégaiement. La Duche, qui l'avait placé à côté d'elle au dîner, semblait avoir beaucoup d'affection pour lui. Ils parlèrent du passé, de l'avant-guerre, et aussi de la période qui avait suivi la guerre précédente, quand il venait séjourner dans la maison que le Brig et elle possédaient à Totteridge, à l'époque où Rupert et lui étudiaient aux Beaux-Arts. Il semblait bien connaître la famille, pas seulement les grands-parents, mais aussi son père, Oncle Edward et Tante Rach. Il avait été le témoin d'Oncle Rupert à son mariage avec la mère de Clary, et il avait déjà rencontré sa mère à elle et Tante Villy, même s'il ne les connaissait manifestement pas aussi bien. Le dîner se composa de poulet rôti avec une sauce à la mie de pain, et il s'extasia devant une si bonne nourriture. « Dans les Forces côtières, dit-il, nos navires étaient trop petits pour justifier la présence d'un vrai cuisinier, et seuls les matelots les plus idiots se portaient volontaires pour la tâche. Les gigots d'agneau étaient servis dégoulinants de sang, ou alors noir charbon avec des pommes de terre innommables – toutes grises et brillantes, comme des visages effrayés. » Plus tard, il raconta qu'il avait postulé pour rejoindre les Forces sous-marines, mais qu'on ne faisait pas de submersibles aptes à accueillir des hommes de sa taille.

Quand Clary et elle se déshabillèrent avant d'aller au lit, elles échangèrent leurs impressions.

« Il est gentil. Je comprends pourquoi ton père l'aimait bien. Un physique bizarre, tout de même. Plutôt *caverneux*.

— Il a été *malade*. Je lui ai trouvé un air un peu tragique. Les gens se mettent souvent à bégayer quand ils ont vécu un drame.

— Tu parles de la balle qu'il a reçue dans la jambe ?

— Non, idiote. Je parle de la femme qui a refusé de se marier avec lui. Ça a dû lui laisser un affreux complexe d'infériorité. »

Elle attribuait depuis peu cette caractéristique à presque tout le monde, en grande partie, songeait Polly, parce que c'était difficile à réfuter.

« Il ne m'a pas paru particulièrement inférieur.

— Il ne s'agit pas d'*être* inférieur, mais d'avoir le sentiment de l'être.

— C'est vrai de tout le monde, non ?

— Curieux, quand même. Vu qu'on est en permanence avec soi-même, on devrait être plus lucide sur soi que sur n'importe qui d'autre. Regarde-toi, par exemple, Polly. Tu es incroyablement jolie, pas loin d'être belle, et tellement gentille et bonne, et tu n'arrêtes pas de dire que tu ne sais pas à quoi tu sers, que tu ne vaux rien et tout.

— Tu fais pareil.

— Sauf que moi, j'ai des sourcils trop épais, des jambes horribles avec les genoux cagneux – je n'ai pas tes chevilles, veinarde –, les cheveux trop fins ; j'ai un sale caractère, un nez écrasé, et je suis claustrophobe – c'est toi qui l'as dit, alors n'essaie pas de nier. Tu vois, j'ai toutes les raisons de me sentir inférieure.

— Voilà que tu recommences ! »

Archie Lestrange à présent oublié, elles se lancèrent dans une demi-heure d'un plaisant concours à celle qui réussirait le mieux à se dévaloriser, l'autre contestant chaque point, jusqu'au moment où Clary fut vaincue par le sommeil, ce qui arrivait toujours sans crier gare : une seconde, elle parlait avec animation, la seconde d'après, elle était partie.

Le lendemain matin, Clary lui dit : « Encore une chose à propos d'Archie – c'est lui qui m'a demandé de l'appeler comme ça. Il paraît très réservé avec Tante Rachel.

— C'est une femme célibataire. Il est peut-être réservé avec toutes, après ce qui lui est arrivé.

— Oh, c'est vrai, le pauvre. »

La triste nouvelle de ce mois d'août fut qu'Angela n'allait finalement pas se marier, puisqu'elle n'allait finalement pas non plus avoir de bébé. Ce que Polly trouva triste dans l'histoire, c'est que ça ruinait ses chances d'être demoiselle d'honneur, alors qu'elle en rêvait depuis toujours. La première partie de l'information vint en réponse à une question directe : Tante Villy pensait-elle qu'Angela la prendrait comme demoiselle d'honneur ? Non, parce qu'elle n'allait pas se marier. La seconde fut transmise de manière indirecte par Louise, rentrée à la maison pour une semaine pendant la fermeture de son théâtre pour travaux : elle avait reçu une lettre de Nora se disant bouleversée qu'Angela n'ait pas de bébé.

« Incroyable, commenta Clary. On aurait imaginé que ce serait l'inverse. » Louise refusa d'en discuter avec elles pour les mêmes raisons lassantes : ça ne les regardait pas et, de toute façon, elles étaient trop jeunes.

« Comment est-ce qu'on peut être trop jeunes pour n'importe quelle discussion ? » se récria Clary. Le sujet ne l'avait pas du tout intéressée jusqu'à ce qu'on lui dise que ce n'étaient pas ses affaires, ce qui avait suffi à éveiller sa curiosité et ses soupçons. « Je n'en peux plus de Louise.

Elle a dépassé les bornes. » Elle demanda à Zoë ce qu'elle en pensait, et sa belle-mère répondit qu'Angela avait sans doute fait une fausse-couche. « Mais l'homme qu'elle voulait épouser était déjà marié, ajouta-t-elle. À la longue, elle se rendra sans doute compte que c'est mieux ainsi. » Quand Clary le raconta à Polly, elles levèrent les yeux au ciel et répétèrent « à la longue », et Clary déclara qu'elle préférait voir les choses à la courte, ce qui les fit se tordre de rire.

C'était bizarre, songea Polly en cueillant des haricots d'Espagne que Mrs Cripps couperait et salerait pour l'hiver, à quel point elle était frivole. Elle blaguait avec Clary, jouait à des jeux idiots avec Wills et apportait un soin maniaque à son apparence, alors même que la guerre se poursuivait et ne tournait pas très bien pour les Alliés, d'après ce qu'elle en voyait. Hitler faisait des progrès inquiétants en Russie, et les Japonais devenaient d'une arrogance agressive, disait-on ; s'ils entraient en guerre au côté des Allemands, elle se prolongerait à l'infini, ou pire, Hitler pourrait gagner ; ils en reviendraient alors à une situation aussi terrifiante que celle de l'été précédent, avec la menace d'invasion et tout.

Poursuivant sa politique visant à tenter d'améliorer la vie des autres, Polly décida d'inciter sa mère à aller à Londres, afin qu'elle puisse être avec son père. « Tu sais, maman, je pourrais m'occuper de Wills à ta place pendant la semaine. Et tu reviendrais tous les week-ends. Ellen m'aiderait, j'en suis sûre. Il te suffit d'annoncer à papa que tu arrives. Ou, mieux encore, tu y vas sans prévenir et tu lui fais la surprise à son retour du bureau. Je ne veux pas être autoritaire », ajouta-t-elle – elle ne pensait pas l'être du tout –, « mais je suis sûre qu'il souhaite t'avoir là-bas, mais ne veut pas être égoïste. »

Sa mère était en train de coudre des étiquettes avec le nom de Simon sur ses chaussettes grises et ses mouchoirs pour le prochain trimestre. « Chérie, je ne peux pas y aller maintenant, alors que Simon passe sa dernière semaine de vacances. Tu sais qu'il n'a pas envie de retourner en pension.

— D'accord, mais tu pourrais y aller après.

— Je vais y penser. » Puis elle ajouta, presque avec humeur : « Pourquoi ne pouvons-nous pas être tous ensemble ? Simon obligé de partir dans son école, Wills si petit qu'il a encore besoin de moi, et Hugh qui doit être à Londres ! C'est mal fichu. Et je ne suis pas très bonne cuisinière, tu sais. Je ne suis pas sûre de savoir préparer à ton père le genre de repas qu'il aime.

— Tu pourrais faire comme Tante Villy quand Mrs Cripps a sa soirée de congé. Elle lit les recettes de Mrs Beeton et se contente de suivre les instructions. Souviens-toi du ragoût de lapin de la semaine dernière.

— Bon, je vais vraiment y réfléchir, ma chérie. » Mais cela d'un ton qui signifiait qu'elle y penserait plus qu'elle n'agirait.

Polly avait fait de son mieux. Il lui semblait bizarre, pour quelqu'un qui avait tellement envie d'être avec son mari, de faire une histoire à cause de la cuisine.

Teddy et Simon retournèrent dans leur école. Son père les emmena un dimanche soir et les invita à dîner à son club, avant de les mettre dans le train le lendemain matin. Teddy partit sans la moindre émotion ; c'étaient ses deux derniers trimestres. N'ayant pas très bien réussi ses précédents examens, il devait en repasser certains, et ensuite, comme il ne cessait de le clamer sur tous les toits, il pourrait s'engager et commencer à apprendre à piloter. Simon, lui, fut malade le dimanche matin : il refusa de déjeuner et voulut passer la journée entière avec leur mère. Ils jouèrent au bésigue, au rami et aux échecs, mais même sa victoire facile à ces derniers ne réussit pas à lui remonter le moral. Tout le monde essaya d'être très gai et encourageant. « Ce sera bientôt Noël, lui dit Polly, tu adores cette fête. »

« C'est peut-être une rage de dent, dit-il à l'heure du thé. J'ai l'impression qu'une de mes dents est sur le point de me faire mal. Et c'est rare que je me trompe pour ce genre de choses. »

Cela ne servit à rien – comme elle savait qu'il le savait. Après avoir dû agiter la main et leur adresser un adieu souriant, sa mère rentra lentement dans la maison et, quand Polly fut chargée d'aller la chercher pour le dîner, elle répondit qu'elle n'avait pas faim. Elle avait pleuré, sa voix était pâteuse et indistincte, et elle poussa presque Polly hors de la chambre avant de refermer la porte.

Le trimestre recommença pour elle aussi, ainsi que pour Clary et Lydia. Neville retourna à l'école assez joyeusement, dit Clary, parce qu'il avait mis au point une imitation parfaite de Lord Haw-Haw[1] et avait hâte d'en faire la démonstration.

Archie Lestrange, qui avait passé quinze jours

1. William Joyce, américain d'origine britannique, militant fasciste expatrié en Allemagne au début de la guerre. Il est chargé des émissions de propagande radiophonique en langue anglaise, ce qui lui vaut le surnom de Lord Haw-Haw. Condamné pour haute trahison et pendu à Londres en 1946.

chez eux la première fois, revint en septembre, ce qui plongea Clary dans un tel état de nerfs que Polly se demanda si elle n'était pas amoureuse. Elle suggéra cette possibilité à sa cousine, qui se mit dans une colère noire – lui disant qu'elle était folle, qu'elle essayait de tout gâcher et qu'elle devait avoir l'esprit affreusement mal tourné pour envisager une chose aussi idiote et horrible. Puis elle bouda ; elles passèrent deux jours et – pire – deux couchers suivis de deux réveils dans une atmosphère silencieuse, tendue, et d'une politesse glaciale. Polly finit par lui présenter ses excuses dans les termes les plus humbles, et Clary, après avoir redit à quel point elle était idiote d'avoir pu penser une chose pareille, lui pardonna. Plus tard, pendant qu'elles prenaient à tour de rôle leur bain tiède et sans beaucoup d'eau, elle concéda : « Ça ne m'étonne pas trop que tu aies pu imaginer un truc aussi dingue. C'est vrai que je l'apprécie énormément. Je le trouve séduisant et il me fait rire – comme papa –, et je le respecte pour ses opinions sur les choses.

— Quelles choses ?

— Eh bien, à peu près tout. Nous n'avons pas abordé tous les sujets, évidemment, mais il est d'accord sur le fait que les femmes devraient poursuivre des carrières, que l'écriture est très importante, et que dire que les humains sont pires que des bêtes revient à faire un beau compliment aux animaux – et parfois, il me parle de ma mère. Il l'a connue. Tu te souviens de la carte postale qu'elle m'a envoyée en signant “Ta maman qui t'aime” ? Eh bien, il était avec papa et elle pendant ces vacances-là… et il se souvient même de l'avoir entendue dire, “Il faut que je trouve une carte postale à envoyer à ma petite Clary". Il m'a raconté plein de choses. Qu'elle portait très souvent du bleu, qu'elle adorait une boisson appelée Dubonnet qu'on buvait dans les cafés, qu'elle ne pouvait pas avaler de crevettes, ni d'autres crustacés, et pas non plus de fraises, mais que ce n'était pas grave, parce que ce n'était pas la saison. Et tu veux connaître la meilleure ? Un soir, il lui a demandé si elle était heureuse, et elle a répondu : "Honnêtement, je crois que je suis la personne la plus chanceuse du monde. Mon seul regret, c'est que Clary ne soit pas avec moi." Elle devait m'aimer pour dire ça, tu ne crois pas ? » En voyant les yeux de Clary – une vraie fenêtre sur son cœur – et en reconnaissant l'amour fidèle que ni le temps, ni le malheur ne semblaient jamais tarir, Polly fut trop émue pour répondre quoi que ce soit.

Mais quand elle eut fini de laver le dos de Clary, elle dit : « Je comprends pourquoi tu l'apprécies autant. Moi aussi, je l'aime beaucoup, et je l'aimerais sûrement encore plus si j'étais toi. »

Pour finir, sa mère alla à Londres la semaine suivante, sans prévenir son père, pour lui faire la surprise. Polly était très contente d'avoir eu une si bonne idée, bien qu'elle trouvât les après-midi avec Wills épuisants. Il était à un âge infernal, estima-t-elle. Il semblait ne vouloir faire que des choses dangereuses pour lui ou pénibles pour les autres, et quand on le contrariait, il se couchait par terre, arrondissait le dos et se mettait à brailler. « Sincèrement, ça ne m'étonnerait pas qu'il devienne dictateur, dit-elle à Ellen le deuxième jour.

— Il veut seulement faire la loi, répondit-elle sans s'émouvoir. Laisse-le par terre et ignore-le. Il s'arrêtera vite. » Il s'arrêtait en effet, mais recommençait peu après. Entre deux colères, il était très affectueux et lui adressait des sourires charmants. Mais les dictateurs, songea-t-elle, lugubre, étaient connus pour être charmants lorsqu'ils le décidaient.

Le vendredi, au retour de ses parents, elle eut cependant un choc en voyant sa mère. Elle paraissait vannée : elle avait le teint inhabituellement jaune et des cernes autour des yeux. Son père n'avait pas l'air en forme non plus, même s'ils saluèrent tout le monde avec une espèce de gaieté forcenée. Puis sa mère annonça qu'elle allait se reposer un peu avant le dîner, et Polly monta avec elle pour voir si elle voulait qu'elle lui défasse ses bagages, ou lui apporte une tasse de thé, mais elle répondit non, elle ne voulait rien ; elle fouillait dans son sac et en sortit un petit flacon de pilules.

« Maman, tu n'es pas encore en train de prendre de l'aspirine ? Tu sais ce qu'a dit le Dr Carr…

— Ce n'est pas de l'aspirine. J'ai mal au dos après être restée assise si longtemps dans la voiture. » Elle en fit tomber deux dans sa paume et les fourra dans sa bouche.

« Tu veux un peu d'eau avec ?

— Non, pas besoin. » Assise sur le côté du lit, elle retirait ses chaussures. Puis elle leva soudain les yeux et dit d'une drôle de manière, mi-suppliante, mi-facétieuse : « Mais tu ne diras pas à papa que je les ai prises, hein ? Il ferait toute une histoire, et je n'aurais pas le courage de le supporter. Promis ? »

Elle promit, mais eut mauvaise conscience. Quand sa mère fut allongée, elle la couvrit d'un édredon, embrassa son front chaud et moite, et quitta la chambre.

Elle hésita en haut de l'escalier, se demandant si elle devait aller trouver son père – pas pour lui parler des pilules, bien sûr, elle avait promis de ne pas le faire, mais pour tenter de découvrir pourquoi sa mère était si fatiguée ; ils avaient dû sortir au théâtre et au restaurant tous les soirs…

Puis elle entendit des voix, en provenance du salon du matin.

« … folie pure, mais j'ai dû faire semblant que tout allait bien, évidemment. »

Il y eut un bruit de siphon à eau de Seltz. Puis la voix de son père : « Merci, Villy. J'en ai bien besoin !

— Hugh chéri, je suis désolée, dit Tante Villy. Que puis-je faire ?

— C'est adorable, mais je n'en sais rien.

— Tu es sûr qu'elle ne se doute de rien ?

— De rien. Je l'ai sondée au cours de la semaine. Elle n'en a aucune idée, Dieu merci.

— Elle va avoir besoin de soins, tu sais. Je peux m'en charger pour le moment, mais… »

Entendant des pas se rapprocher, Polly se rencogna contre la rampe. Mais ils se contentèrent de fermer la porte du salon et elle ne perçut plus que des murmures indistincts.

LA FAMILLE

Automne-hiver 1941

« De la tarte aux pommes de terre ? Comme c'est amusant !

— Amusant ? De la tarte aux pommes de terre ? Franchement, Dolly, tu as un sens de l'humour des plus surprenants. J'ai beau chercher, je ne vois rien de drôle dans une pomme de terre.

— C'est parce que toi, ma chère, tu n'as jamais eu le sens de l'humour. »

Quinze partout, songea Villy en s'asseyant derrière le bureau du salon du matin, afin de régler des factures pour la Duche. Les grand-tantes passaient toujours la matinée dans cette pièce, ainsi nommée parce qu'elle ne voyait jamais le soleil, jugé mauvais pour le teint par leur génération. Non pas que le teint des grand-tantes soit dans un état digne d'être préservé : les lourdes bajoues de Tante Dolly, semblables à des oreilles d'épagneul, étaient d'un mauve moite qui lui rappelait les montagnes écossaises dans les aquarelles amateurs, et celles de Flo, d'après la remarque d'un des enfants, ressemblaient à des biscuits pour chien piquetés de points noirs en pleine éclosion – dus, comme le faisait fréquemment observer Dolly, à son habitude de se laver le visage à l'eau froide sans savon. Flo réalisait une couverture au crochet à l'aide de chutes de laine, et Dolly raccommodait un sous-vêtement d'hiver. Villy avait réussi à stopper leurs tentatives de faire d'elle l'arbitre de leurs désaccords, prétextant qu'elle effectuait des calculs, ce qui les avait réduites à un silence respectueux pendant quelques minutes. Elles passaient leurs matinées à coudre et à se chicaner, surtout, ces jours-ci, à propos de nourriture. Elles connaissaient toujours le menu de la journée, l'ayant entendu *par hasard* ou ayant vu *par hasard* le papier sur lequel la Duche notait le résultat de son entretien matinal avec Mrs Cripps.

« Je me demande un peu avec quoi on fait la tarte aux pommes de terre, dit Dolly, un instant plus tard.

— Avec des pommes de terre, selon toute probabilité.

— Il m'arrive de souhaiter que tu n'essaies pas toujours d'être sarcastique – ça ne te va pas du tout. Je veux dire, si c'est une tarte, y aura-t-il de la pâte, ou est-ce que ce sera plutôt comme une espèce de hachis Parmentier, avec de la purée au-dessus ?

— Il me paraît assez évident qu'il y aura de la pâte. On ne va pas mettre de la purée de pommes de terre sur des pommes de terre ordinaires. Sinon, pourquoi faire une tarte ? »

Elle le dit d'un ton tellement accusateur que Dolly répliqua : « Ce n'était pas mon idée. C'était celle de Kitty. Après avoir lu que Mr Churchill avait fixé le prix des pommes de terre à un penny la livre pour nous encourager à en manger davantage, elle a essayé de réfléchir à de nouvelles façons de les accommoder. »

Tout ce qui arrivait était le fait de Mr Churchill, remarqua Villy. Tout ce qui arrivait de bon, du moins. Le négatif était la faute d'Hitler. On aurait cru qu'elles se livraient à une guerre personnelle contre tout le monde.

« Bien sûr, il y aura peut-être un peu de fromage dedans. Un tout petit peu, râpé, pour le goût.

— Ça m'étonnerait fort. On a encore eu du gratin de chou-fleur hier, et on nous sert en général un gratin de macaroni le dimanche soir. N'oublie pas que le fromage est rationné. »

Bien sûr que Dolly le savait, *bien sûr* ; elle se demandait parfois si Flo la croyait folle.

Elles continuèrent à se chamailler, suivant l'enchaînement classique : affront, sérieux affront (atteint à l'instant), nostalgie réconciliatrice pour la nourriture d'avant guerre, puis retour aux ruminations à la perspective des repas imminents. Vraiment, songea Villy, elles se comportaient à bien des égards comme s'il n'y avait pas la guerre : rien ne pouvait les empêcher de parler de nourriture ; elles cousaient toute la matinée, s'interrompant un long moment pour boire un verre de Bovril et manger des biscuits, se reposaient après le déjeuner, faisaient – si le temps le permettait – trois pas dans le jardin avant le thé, reprenaient la couture jusqu'aux informations de dix-huit heures, sur le contenu desquelles elles n'étaient ensuite jamais d'accord, se reposaient un peu avant de se changer pour le dîner, quittant leurs tailleurs en jersey pour des robes en lainage et des chaussures à boucles en marcassite et aux bouts douloureusement pointus, et se retiraient à vingt-deux heures précises dans la chambre qu'elles partageaient. La Duche était gentille avec ses sœurs parce qu'elles ne s'étaient jamais mariées, étant d'une génération qui considérait le célibat comme une mini-tragédie. On l'avait aussi entendue dire qu'elles s'étaient extraordinairement bien occupées de leur père quand il était devenu sénile. Pour le Brig, elles faisaient partie des meubles ; à l'occasion, quand il ne trouvait pas d'autre public, il leur racontait l'une de ses histoires les plus ennuyeuses.

D'un autre côté, Villy considérait que sa vie à elle aussi avait peu changé. Au début du conflit, elle s'était imaginée s'investir dans un travail intéressant et utile – se former, pourquoi pas, à un emploi au ministère de la Guerre ou dans un grand hôpital ? Mais ça ne s'était pas du tout passé comme ça. D'abord, il y avait eu Roly, le bébé surprise, qui bien qu'âgé de plus de deux ans maintenant avait encore besoin de sa présence. Et même s'il n'avait pas été là, la maisonnée s'était tellement agrandie à Home Place qu'il aurait été injuste de laisser la Duche la diriger seule, d'autant que Rachel, qui aurait pu la décharger, avait été détachée à l'entreprise familiale où elle travaillait désormais quatre jours par semaine. Ni Sybil ni Zoë n'étaient de taille à assumer les tâches permanentes et souvent épuisantes que nécessitait l'intendance. Les choses qui jadis auraient été remplacées devaient maintenant être réparées ; le coke et le charbon étant rationnés, il fallait couper davantage de bois, et Villy, avec l'aide de Heather, passait environ deux après-midi par semaine armée de la grande scie à débiter les troncs que Wren rapportait de la forêt, traînés par le vieux poney. Il fallait aller chercher l'eau potable à la source et remonter les bouteilles en haut de la côte dans une brouette, puisque leur ration d'essence suffisait tout juste à assurer les trajets à la gare et un voyage hebdomadaire à Battle pour faire les courses. Il y avait des montagnes de linge à laver, et réussir à le faire sécher en hiver était un cauchemar, en l'absence de chauffage central – que la Duche jugeait malsain. Villy avait installé une corde dans la chaufferie, vidée et nettoyée par Tonbridge – qui s'était révélé incapable de couper le bois –, et la pièce était toujours pleine de vêtements fumants. La préparation de conserves de fruits et légumes, à cette période de l'année, constituait également un travail à plein temps. Pour ça, Mrs Cripps put compter sur l'aide de Zoë et des filles. Villy assurait un cours de premiers secours pour les gens du coin une fois par semaine et passait deux soirées au centre de convalescence, puisque la directrice manquait toujours de personnel compétent. Et voilà maintenant que Sybil avait besoin d'aide, ce qui était encore plus difficile puisqu'il faudrait la lui prodiguer avec un tact particulier. Elle ne pourrait pas, ne voudrait pas admettre qu'elle ne serait en mesure de s'occuper de Wills que pendant de brèves périodes, si bien que quelqu'un devrait être là pour prendre la relève, sous prétexte d'emmener l'enfant goûter, se promener avec Roly ou jouer avec les autres. Elle était intraitable ; la seule fois où elle s'était confiée à Villy, ç'avait été après la semaine qu'elle avait passée à Londres avec Hugh. La maison, en grande partie fermée puisque Hugh n'utilisait que la cuisine et leur chambre, était sale et très mal tenue ; la femme de ménage, censée venir trois matinées par semaine, se contentait manifestement de nettoyer la salle de bains, de faire le lit de Hugh et un minimum de vaisselle.

Sybil avait passé la première journée à faire des courses et à nettoyer le salon, si bien qu'elle était vannée lorsque Hugh était rentré du bureau, et qu'elle avait brûlé le ragoût préparé avec soin en l'oubliant sur le feu. Ils étaient allés au restaurant, mais elle était trop fatiguée pour manger. Après, Hugh l'avait emmenée dîner dehors tous les soirs, mais les journées, consacrées aux achats de Noël – « Il me semblait que ce serait ma dernière occasion de le faire » – et au ménage, l'avaient épuisée, sans parler de ses efforts pour paraître en forme devant Hugh qui n'avaient sans doute rien arrangé, soupçonnait Villy. À l'insu de Hugh, elle était allée voir le Dr Ballater qui s'était montré extrêmement gentil et lui avait prescrit des pilules qui « lui faisaient un bien fou ». Sauf qu'elle n'avait pas pu en prendre beaucoup à Londres avec Hugh, parce qu'elles lui donnaient des vertiges et qu'elle craignait qu'il ne le remarque. « Mais je dois t'avouer, avait-elle dit à Villy ce jour-là, que je me demande parfois quand tout ça s'arrêtera. » Puis, avant que Villy ait pu répondre, ou même songer à une réponse, elle avait ajouté : « Je ne veux pas inquiéter ce pauvre Hugh chéri tant que… tant que je peux l'éviter. Tu m'aideras ? Tu es la seule personne à qui je puisse demander. » Et Villy, incapable de rompre la promesse qu'elle avait faite à Hugh, en fit une deuxième à Sybil.

Depuis lors, elle avait tenté une fois de suggérer à Hugh que Sybil avait peut-être conscience d'être très malade ; s'il avait aussitôt acquiescé, il avait ajouté qu'*elle* pensait cependant qu'elle allait guérir et qu'il ne fallait surtout pas la détromper. Il était sûr d'avoir raison. Regarde la situation, avait-il dit. Il devait passer toute la semaine à

Londres, alors qu'il aurait seulement voulu être avec Sybil. Mais Villy savait que les week-ends étaient source d'un terrible stress pour tous les deux. Finalement, elle avait téléphoné à Edward à Hendon et lui avait demandé de la retrouver à Londres pour déjeuner ; il s'était arrangé pour qu'ils se voient dès le lendemain.

« Un problème ? s'était-il enquis après qu'ils se furent embrassés. Tu paraissais préoccupée au téléphone.

— Je le crains, oui. »

Ils étaient à son club ; il fit signe au serveur et commanda deux martinis dry. « J'ai l'impression qu'on va en avoir besoin », dit-il. Il montrait une nervosité qui ne lui ressemblait pas.

« C'est Hugh et Sybil », commença-t-elle, et elle vit avec surprise le visage de son mari s'éclaircir, avant d'afficher de nouveau un air grave.

Elle expliqua. Que Sybil avait un cancer – ce qu'ils avaient tous redouté quand elle avait subi sa première opération. Qu'elle le savait, que Hugh le savait, mais que chacun refusait de le dire à l'autre. « Ça paraît tellement triste, absurde et superflu, conclut-elle. Mais il voudrait être avec elle, et bien entendu, il ne peut pas...

— Le Patriarche m'a appelé, la coupa Edward. À propos d'autre chose, en fait. Il m'a dit que la gestion de l'entreprise devenait trop lourde pour Hugh. Nous croulons sous les commandes publiques, et, entre les scieries encore en plein chaos à cause du Blitz – une seule fonctionne correctement – et le manque d'ouvriers, Hugh ne s'en sort pas. Le Patriarche m'a demandé de réclamer un congé pour revenir mettre de l'ordre. J'attends la réponse, mais le commandant a l'air de penser que ma requête sera acceptée. Ciel ! Le pauvre vieux ! Ça doit être l'enfer pour lui.

— Tu pourrais lui dire un mot ? Pour qu'il parle à Sybil – qu'ils mettent les choses au clair tous les deux ?

— Je pourrais essayer, mais il est têtu comme une mule. Je n'ai jamais réussi à le faire changer d'avis sur quoi que ce soit. Les autres sont au courant ?

— Ils doivent le soupçonner, même si personne n'aborde le sujet. Et Sybil m'ayant fait promettre de ne rien dire à Hugh, il me semblait difficile d'en parler à quiconque. Mais je me fais du souci pour les plus grands, Polly et Simon. Je redoute la violence du choc. Bien sûr, Polly adore son père, ce qui devrait être un réconfort pour eux deux.

— Il a de la chance. »

Sachant que Louise était grossière et désagréable avec lui – encore une raison pour Villy d'en vouloir à sa fille –, elle s'empressa de reprendre : « Lydia t'adore. Tu devrais l'emmener faire une sortie avec toi – elle serait aux anges. C'est bientôt son anniversaire. Dix ans ! Elle grandit, tu sais.

— C'est une adorable petite fille », dit-il d'un ton absent. Vers la fin du déjeuner, il lui demanda : « Tu as eu des nouvelles de Louise ?

— J'ai reçu une lettre de Northampton. Dans laquelle il n'était question que de son théâtre. Elle est complètement centrée sur elle-même – d'un égoïsme inqualifiable. Elle se comporte comme s'il n'y avait pas de guerre. Mais après cette année, elle devra se dégoter un travail digne de ce nom. Je compte sur toi pour taper du poing sur la table.

— Je doute d'avoir le moindre pouvoir, dit-il.

On va prendre le café dans la pièce à côté ? Comme ça on pourra fumer. »

Après le déjeuner, il annonça qu'il devait retourner à Hendon, mit Villy dans un taxi – elle avait refusé sa proposition de la déposer à Charing Cross – puis se rendit dans un petit appartement triste et anonyme de Sloane Avenue, où il devait retrouver Diana.

Bien qu'elle n'en eût rien dit, Villy n'avait pas l'intention de retourner directement dans le Sussex, et puisqu'elle n'avait pas réussi à joindre Lorenzo dans un délai aussi court, elle avait décidé de rendre visite à Jessica à Saint John's Wood. Là, au moins, elle aurait de ses nouvelles, puisque appeler chez lui n'aboutirait qu'à une conversation tendue et gênée avec Mercedes, qui semblait ne jamais sortir et décrochait le téléphone à la deuxième sonnerie. Elle ne l'avait revu qu'une fois depuis ce merveilleux voyage en train, même s'il lui avait écrit quelques fois. Mais de façon curieuse, son attachement romantique s'épanouissait avec l'absence : elle avait le sentiment de le connaître mieux et de l'aimer davantage grâce à cette séparation. En fait, elle n'avait aucun mal à approfondir et enjoliver leur conversation dans le train ; il lui semblait *savoir* ce qu'il ressentirait et ce qu'il dirait, de quelle façon il écouterait ses confidences et quelles seraient ses réponses. Parfois, bien sûr, il lui manquait cruellement, mais c'était leur destin : la tragédie des liens antérieurs et indissolubles. Ces conversations qu'ils avaient se déroulaient le soir, quand elle était seule dans sa chambre. Certaines fois, il venait avant même qu'elle soit déshabillée, et elle n'osait pas retirer ses vêtements devant lui. Et puis, sachant qu'il devait la désirer terriblement, elle trouvait injuste de lui imposer cette tension supplémentaire. D'autres fois, il attendait qu'elle soit couchée, puis s'asseyait au bord du lit, lui tenant – lui embrassant – la main et la contemplant avec bonheur. Ils parlaient de leur situation sans issue, et bien qu'il en eût douté au début, il avait fini par admettre que c'était pire pour elle que ça ne pouvait l'être pour lui. La jalousie et l'irrationalité de sa femme lui vaudraient la sympathie du monde, tandis qu'elle-même ne pouvait en espérer aucune. De l'avis de tous, Edward était un mari séduisant, charmant et généreux, qui lui avait donné quatre enfants, dont deux étaient encore très jeunes. Il n'y avait rien à faire : la noblesse des sentiments et l'esprit de sacrifice l'empêcheraient. L'un d'eux suggérait alors de profiter du peu de temps qu'ils avaient ; s'ensuivaient de délicieuses confidences et des aveux d'admiration réciproques. La soirée s'achevait comme elle avait commencé : personne d'autre au monde n'aurait la patience de supporter Mercedes, et Edward serait dévasté s'il avait la moindre idée des sentiments de Villy à l'égard d'un autre homme. Compte tenu de ce qu'ils devaient tous deux endurer – des scènes de jalousie, évidemment sans fondement, pour lui, l'intimité physique pour elle, qu'elle devait considérer comme de sa responsabilité conjugale –, la compassion tenait une large place dans leurs dialogues : ils étaient désolés l'un pour l'autre, et leur impuissance à s'apporter de l'aide ou du soulagement les faisait souffrir encore davantage. À la fin, elle était épuisée par tant d'émotions, ce qu'il remarquait avec une exquise promptitude, puisque après un dernier baiser – sur son front, signe d'une certaine hardiesse – il disparaissait. Elle s'endormait fatiguée, mais merveilleusement apaisée...

Le taxi s'était arrêté. Elle paya le vieux chauffeur et descendit. C'était la petite maison gothique dans laquelle son père chéri était mort, où elle avait ensuite passé d'innombrables après-midi affligée d'un ennui que seule sa mère avait jamais été capable de générer. Les volets de la salle à manger étaient fermés – Jessica était-elle absente ? Ce serait regrettable, vu que le taxi était reparti. Il y avait quelqu'un à l'intérieur – elle entendit des pas à l'étage –, mais personne ne vint ouvrir. Agacée, Villy sonna de nouveau ; l'intuition lui fit lever les yeux, et elle aperçut Jessica à la fenêtre de sa chambre, mais sa sœur disparut avant qu'elle ait pu l'appeler ou lui faire signe. Après ce qui lui parut un temps infini – il n'y avait qu'un étage à descendre –, Jessica ouvrit la porte.

« Villy ! » s'écria-t-elle – bien trop fort ; on aurait dit une réplique de théâtre. « Quelle bonne surprise ! Je ne te savais pas à Londres ! » Pieds nus, elle portait une sorte de tunique ou de blouse, et ses cheveux, d'ordinaire retenus en un petit chignon dans la nuque, étaient détachés. Elle semblait stupéfaite et si *jeune*, pensa Villy. Ses yeux, fatigués et rêveurs d'habitude, brillaient...

« J'ai trié les papiers et les affaires de la pauvre maman, dit-elle. J'allais prendre un bain.

— Quelle drôle d'heure pour un bain, chérie ! »

Elles étaient à présent dans l'entrée, mais Jessica n'avait pas l'air de vouloir qu'elles restent là. Elle passa le bras autour de Villy et la propulsa dans le salon. « C'est vrai qu'il m'arrive de prendre un bain à des heures bizarres. N'importe quand, sauf le soir. Mon cauchemar, c'est qu'il y ait un raid aérien pendant que je suis dans la baignoire. » Elle referma la porte du salon et entraîna Villy vers l'autre extrémité de la pièce. « Nous pourrions presque nous asseoir dans le jardin », dit-elle.

Toutes deux regardèrent le petit jardin carré : la pelouse trop haute et jonchée de feuilles de tilleul gris-vert et jaunes, la mangeoire à oiseaux qui penchait depuis qu'une bombe était tombée à proximité, les murs noirs et les marguerites de la Saint-Michel couvertes de mildiou. Aucune des deux n'eut envie de sortir.

« Le jardinage n'est pas mon fort. De toute façon, je n'ai jamais le temps. Assieds-toi, chérie, prends une cigarette et dis-moi ce qui t'amène à Londres. Tu aurais dû me prévenir, je t'aurais invitée à déjeuner. »

Dans le bref silence qui suivit, tandis que Jessica lui allumait sa cigarette, Villy crut entendre le bruit d'une porte qui se fermait… la porte d'entrée.

« Qui est-ce ?

— Personne. Sûrement quelqu'un qui glisse quelque chose dans la boîte aux lettres.

— Ah. Eh bien, je suis venue pour déjeuner avec Edward, et ensuite, ça m'a paru dommage de rentrer directement. Je suis donc passée faire un brin de causette.

— Pas de causette sans une tasse de thé. Je descends en préparer. »

La vaste cuisine en sous-sol était sombre et équipée d'énormes meubles fonctionnels : un imposant buffet, aux tiroirs aussi difficiles à bouger que les moellons d'un mur en pierres sèches, avec sur ses étagères de grands plats de service à motifs de saule pleureur ; un grand fourneau ; une gigantesque table usée sur laquelle étaient posés un plateau avec deux tasses à café, un porte-toasts et deux assiettes à soupe qui gardaient des traces de haricots blancs à la sauce tomate.

« Ne dis rien ! s'écria Jessica. Je suis une souillon, je le sais. » Et elle éloigna le plateau en vitesse pour le poser sur l'égouttoir près de l'évier.

« Je me suis fait un sang d'encre pour Angela, reprit-elle. Je ne sais pas ce qui se passe... »

Tout en préparant le thé, elle s'expliqua. Angela était devenue impossible à joindre – il fallait lui laisser des messages à la BBC, et Dieu seul savait s'ils lui parvenaient puisqu'elle n'y répondait jamais. Son appartement n'avait pas le téléphone, et les quelques fois où Jessica y était passée, sa colocataire avait dit qu'elle était sortie. « J'ai proposé de l'emmener quelque part pendant quelques jours après qu'elle a – après l'intervention, mais elle a refusé de venir. Elle est devenue tellement *dure* et passive ! se plaignit Jessica. Bien sûr, tomber amoureuse d'un homme marié est une folie, comme chacun sait ! »

Il y eut un silence, alors que Villy sirotait son thé et que toutes deux avaient des pensées (assez différentes) sur cette folie.

« Elle a cessé de le voir, évidemment... risqua Villy.

— Impossible ! Elle travaille dans le même service. Bien sûr, elle devrait demander à en changer, ou rejoindre les Wren ou autre... »

Quand elles eurent dit tout ce qu'il y avait à dire – ou tout ce qu'elles avaient à dire – à propos d'Angela, elles évoquèrent Raymond, Louise et enfin

Christopher qui, d'après Jessica, était très malheureux. « Il a passé les derniers mois à niveler de la terre pour la construction d'une piste d'aviation près de Nuneaton, une tâche très pénible et ennuyeuse, et les gens avec lesquels il travaille ne pensent qu'à aller au pub et courir les filles le soir.

— Ne pourrait-il pas faire autre chose ? Il y a déjà passé beaucoup de temps.

— Raymond l'a obligé. Christopher sait que son père veut qu'il se porte volontaire dans une des armées ; je crois que ce travail auquel il le contraint est une espèce de punition. Il serait beaucoup plus heureux dans une ferme, mais Raymond trouverait ça indigne. Je regrette qu'il ait si peur de son père. Ce serait bien fait pour Raymond s'il s'enfuyait avec une serveuse. »

Il y eut un moment de flottement. Villy ne devait pas tarder si elle voulait attraper le train que Tonbridge allait attendre tous les jours. « As-tu eu l'occasion de voir Laurence ? demanda-t-elle alors qu'elles remontaient du sous-sol.

— Je le vois de temps en temps.

— Je me disais que, comme vous vivez si près l'un de l'autre...

— Oui, mais Mercedes aussi ! Elle n'est pas du genre à encourager les visites surprises. Le pauvre Laurence ! Je ne sais pas comment il la supporte ! Elle a un caractère épouvantable, et elle soupçonne toutes les femmes du monde d'essayer de le lui voler. Travailler aussi dur, puis devoir rentrer chez lui retrouver une femme qui crie comme une furie et casse des objets... On ne le croirait jamais à la voir...

— Je l'ai rencontrée, dit Villy assez sèchement, à Frensham, avec toi.

— Oui, bien sûr. Bref, je trouve que c'est un saint. Je lui dis souvent que ce serait bien fait pour elle, s'il s'enfuyait avec une de ces pulpeuses sopranos avec qui il répète.

— Je croyais que tu ne le voyais pas beaucoup !

— De temps en temps, je te l'ai dit. Chérie, veux-tu que je t'appelle un taxi ? Il y en a peut-être un à la station. »

Mais Villy répondit qu'elle préférait marcher.

« Je lui transmettrai tes amitiés, d'accord ?

— Oui. Oui, je t'en prie. Merci pour le thé. Et habille-toi plus que ça, chérie, ou tu vas attraper la mort. » Quand Jessica s'était penchée vers elle pour lui allumer sa cigarette, elle avait remarqué qu'elle ne portait pas de soutien-gorge, et elle se dit alors, en descendant les marches pour rejoindre la rue, que c'était fort inconvenant pour une femme de cet âge. Cette visite n'avait pas été une réussite, et l'attitude de Jessica vis-à-vis de Lorenzo l'irritait : sa sœur se comportait comme s'il était *son* ami et qu'elle, Villy, le connaissait à peine. Puis elle se souvint que le secret faisait partie du prix que devaient payer les gens comme Lorenzo et elle ; il était donc normal que Jessica soit dans le flou ; après tout, elle ne pouvait pas en vouloir à sa sœur de se vanter de cette intimité superficielle en comparaison – sa franchise le concernant montrait seulement son innocence à elle, et sa discrétion à lui. Elle trouva un taxi et décida que la prochaine fois qu'elle inviterait les Clutterworth, elle s'abstiendrait de convier Jessica, au prétexte que la maison serait trop pleine.

*

Lydia et Neville avaient mis à profit leur proposition de s'occuper des bébés dans l'après-midi, puisqu'ils souhaitaient depuis longtemps diriger un hôpital et en avaient été empêchés faute de patients. À présent ils avaient Wills, Roly et Juliet, qui étaient allongés, agités, sur des lits de camp humides abandonnés après l'évacuation de l'Hôtel des Tout-Petits. Ils avaient choisi le court de squash car il se trouvait hors de portée d'oreilles, et comme ils espéraient que le jeu durerait longtemps, les chances que l'un ou l'autre se mette à pleurer étaient assez élevées. Neville était le médecin et Lydia l'infirmière. Le vieil ours préféré de Lydia et J'en-Reviens-Pas, la poupée noire, étaient couchés sur deux autres lits. Tous deux attendaient une opération.

« Je regrette de ne pas pouvoir opérer de vraies personnes, dit Neville, mais je pense que ce ne serait pas prudent.

— En plus, ce serait horrible, dit Lydia avec anxiété.

— Je ne crois pas. Les gens ne sont faits que de peau, de sang, d'os et tout ça. Mais on ne peut pas, parce qu'on n'a pas de produit anesthésique. » L'ours et J'en-Reviens-Pas se verraient administrer des doses du cognac du Brig et seraient attachés aux montants des lits, comme cela se pratiquait autrefois, avait lu Neville. Il n'avait eu aucun mal à immobiliser les autres : tous deux avaient participé à tant de cours de premiers secours, où ils avaient joué les patients pour que les gens puissent s'entraîner, qu'ils étaient devenus spécialistes des attelles et bandages, et les trois petits avaient maintenant un bras et une jambe maintenus de cette manière. Il y avait eu quelques protestations au début, mais

Lydia les avait intelligemment fait taire grâce à une potion de sa fabrication, constituée de sirop anticolique, de deux aspirines écrasées, de cognac chipé dans le bureau du Brig et d'une bonne quantité de Laque Carminée de sa boîte de peinture pour que ça ressemble à un médicament. Wills avait adoré et répété « Encore ! » jusqu'à tomber dans un sommeil stertoreux ; la plus grande partie de la potion qu'elle avait donnée à Juliet lui avait dégouliné sur le menton et partout, mais elle aimait beaucoup Lydia et Neville, et, tant qu'ils lui parlaient de temps en temps et lui donnaient des objets avec lesquels jouer, elle restait sur le lit de camp, docile, une jambe tendue dans une attelle. C'est Roly qui faisait des difficultés. Il avait détesté qu'on lui mette le bras dans une écharpe, et l'éclissage de ses deux jambes n'avait rien arrangé. Pour finir, ils avaient dû défaire l'écharpe et lui donner un sucre d'orge qu'il suçait à présent avec ressentiment. L'ours devait être opéré le premier. Ses robustes jambes poilues avaient été attachées, et Lydia fit semblant de lui administrer des cuillerées de cognac, avant que Neville, agenouillé à côté du lit, ne lui ouvre le ventre à l'aide du couteau à pain qu'il mania comme une scie. Il y eut quelques légers craquements ; un peu de paille et de sciure tombèrent. Neville plongea la main dans le trou puis – un tour de magie qu'il avait appris à l'école – en sortit un petit morceau de papier. « Il sera mieux sans cela, infirmière, dit-il.

— Qu'est-ce que c'est ?

— Son appendice. On doit souvent le retirer. »

Lydia prit le papier. « Apindice », était-il écrit en haut ; suivaient quelques lignes barbantes où il était question d'histoire.

« Recousez-le, infirmière, ordonna Neville. Je ne voudrais pas qu'il meure d'avoir perdu tout son sang. »

Lydia brandit sa grande aiguille à repriser, garnie d'un fil de coton noir, mais la peau usée de l'ours était très difficile à coudre, et plus elle resserrait les deux bords, plus il sortait de sciure du reste du trou. « Tu me fais faire le travail le plus difficile », se plaignit-elle. Mais Neville incisait maintenant une des jambes de J'en-Reviens-Pas, qui se détachait avec une facilité inquiétante. Roland se mit à pleurer puis, comme personne ne lui prêtait attention, à brailler. Ses cris réveillèrent Wills qui, en voulant aller voir Roly, tomba du lit de camp. En un instant, ils hurlaient tous les trois.

« Redonnez-leur à tous du médicament, infirmière », dit Neville. Il enveloppait le moignon de J'en-Reviens-Pas dans une de ses chaussettes.

« Je n'en ai plus. Pauvre Wills ! Il est tombé sur la tête… il s'est fait une entaille.

— Recousez-le.

— Je ne peux pas ! Tout le fil est dans l'ours. C'est pas drôle ! Pauvre Roly ! Il a les pieds tout bleus. Tu as trop serré les bandages. Fais quelque chose ! »

Heureusement pour les patients, Ellen apparut soudain. Elle n'était pas tranquille de savoir ses bébés aux mains des enfants et était partie à leur recherche dès qu'elle avait entendu des gémissements lointains. Elle saisit Juliet, ordonna à Lydia de ramener sa mère sur-le-champ, dit à Neville de retirer les attelles de Roly pendant qu'elle consolait Wills et Juliet.

Plus tard, il y eut une scène épouvantable. Les adultes voulurent savoir ce qu'il y avait dans le médicament, dont Lydia avait eu la bêtise de parler, dit Neville – ils se disputèrent ensuite à cause de ça –, et tous deux furent envoyés au lit sans dîner. Sa mère recousit l'ours et J'en-Reviens-Pas, mais la jambe de la poupée ne fut plus jamais pareille.

« C'est injuste d'être punie pour quelque chose qui ne m'a même pas amusée, pleurnicha Lydia. Neville m'a obligée à faire tous les trucs difficiles comme coudre ou trouver le cognac, et c'était *mon* ours et *ma* poupée !

— Tu as donné J'en-Reviens-Pas à Wills, lui rappela Villy.

— Oui, mais je l'avais repris parce que Wills ne l'aimait pas assez. Je reprends toujours mes cadeaux si les gens ne les aiment pas. Neville a retiré l'appendice de l'ours, et c'était juste un bout de papier. C'est idiot, tu es d'accord ? Les gens ne se baladent pas avec des morceaux de papier dans le corps.

— Je le sais, protesta Neville dès que Villy eut acquiescé. Bien sûr que je le sais ! Mais si j'en avais enlevé un vrai – un appendice est une espèce de racine qui ressemble à un ver de terre, si tu veux savoir –, tu aurais poussé des cris. J'essayais d'être gentil ! se plaignit-il. En plus, j'ai sans doute sauvé la vie de ton ours. »

*

À l'instant où il posa les yeux sur Sid, Archie résolut le mystère qui l'avait torturé pendant presque dix-sept ans.

Rachel la ramena un vendredi soir, disant qu'elle avait eu une mauvaise grippe et n'avait personne pour s'occuper d'elle, et Archie, d'une extrême sensibilité à la moindre nuance de son ton, de ses gestes ou même de son expression, fut aussitôt alerté par la bienveillance trop désinvolte de sa voix. Il jeta un coup d'œil à Sid – et il sut. Ça n'avait donc pas été personnel, en définitive : c'était quelque chose de beaucoup plus sérieux, mais qui en même temps n'avait rien à voir avec lui, ou si peu. L'angoisse, le sentiment de gâchis et la *rancune* d'avoir été éconduit toutes ces années plus tôt le quittèrent de manière si soudaine et complète qu'il se sentit étourdi, en apesanteur. Il observa Sid, cette femme de petite taille, aux cheveux courts et à l'air fatigué, vêtue d'un tailleur de tweed et d'une cravate nouée avec soin – il vit la Duche l'embrasser et la faire asseoir dans le fauteuil le plus proche du feu, pendant que Rachel allait leur chercher un verre. On le présenta ; Rachel revint avec un plateau, on alluma des cigarettes, on servit du gin, et tandis que la famille allait et venait, le passé se remit en perspective. Hugh arriva de Londres en disant qu'Edward reviendrait le lendemain matin. Le samedi, Miss Milliment et Heather, « la dame jardinier » comme l'appelait la Duche, dînaient avec eux et, tout en discutant de peinture française avec la préceptrice – de Van Gogh et de ses efforts pathétiques pour accueillir et choyer le désagréable Gauguin, de Signac, qui peignait, un peu plus loin sur la côte, et qu'il avait rencontré une fois ou deux –, Archie ne pouvait s'empêcher d'observer le visage harassé de Sid, ses yeux marron très écartés, sa grande bouche. L'espièglerie, l'incertitude et la fatigue qu'il voyait se succéder sur son visage la faisaient ressembler tour à tour à un noble petit singe, une personne déplacée ou une femme déjà mûre et d'une indicible lassitude. Puis il portait discrètement son attention sur Rachel, dont il associerait désormais le nom à une double image ; car à l'instant de sa découverte elle avait vieilli, cessé d'être cette jeune fille sincère et innocente, à la beauté éthérée, qu'il avait tant aimée, pour devenir une charmante femme d'une petite quarantaine d'années, rongée par les soucis. C'était extraordinaire qu'il ne l'eût pas *vue* jusqu'ici, mais la désillusion n'était pas douloureuse. Ce qu'elle était le rassurait : une créature bienveillante, bonne et généreuse, au même regard franc et beau, bien qu'à un égard au moins elle n'eût pas été franche, il le savait à présent ; et il se demanda s'il avait été le moyen par lequel elle avait découvert sa propre nature – car elle ne lui avait rien dissimulé, il en était certain. Lorsqu'il l'avait emmenée dans le jardin de Lynch House – un magnifique et tranquille soir de juin –, elle n'avait pas su, avant qu'il l'embrasse, qu'elle ne voulait pas être embrassée, mais elle s'était détachée de lui avec un petit bruit de dégoût qu'il n'avait jamais réussi à oublier. Sur le coup, croyant à de la peur, il s'était accroché à son bras, suppliant, rassurant, mais au même instant, et il ne l'avait jamais oublié non plus, il avait éprouvé un sentiment de triomphe à l'idée qu'il devait être le premier – que s'il parvenait à la conquérir, elle serait entièrement à lui ; qu'elle était sauvage et qu'il n'avait qu'à la dompter à force de patience ; et que ce ne serait pas une maigre conquête, puisqu'elle était si désirable et plus âgée que lui. Mais elle lui avait demandé de la lâcher avec une franchise si froide qu'il avait perdu ses moyens. Il avait vingt-deux ans à l'époque. Le lendemain matin, elle l'avait envoyé chercher et lui avait annoncé qu'elle l'aimait beaucoup, mais ne pourrait jamais l'épouser. « Je le sais, avait-elle déclaré. Je suppose que j'aurais dû le savoir avant. »

Il devait y avoir quelqu'un d'autre, avait-il dit. Non, avait-elle répondu, il n'y avait personne. Il avait commencé à lui dire à quel point il l'aimait – il était assez jeune pour penser que ça faisait toute la différence – et ajouté qu'il attendrait, lui laisserait tout le temps dont elle avait besoin pour être sûre de sa décision.

« J'en suis sûre, avait-elle répondu. C'est à vous-même que vous faites du mal. Pauvre Archie ! Je suis tellement désolée. »

Il avait quitté la maison le jour même et, peu après, était parti en France – pour échapper à Rupert, sa famille et leurs amis, qui tous vivaient en une bande soudée et insouciante. Son père lui avait laissé une petite somme d'argent ; installé en Provence, il peignait, donnait des cours d'anglais et de dessin, vendait quelques toiles et se débrouillait. Rupert et Isobel avaient passé des vacances avec lui.

Après la mort d'Isobel, Rupert était venu chez lui pendant une semaine – un Rupert détruit et étonnamment docile, qui ne pouvait même pas rire sans que des larmes lui montent aux yeux, à qui son chagrin ne laissait pas un instant de repos : il remuait sans arrêt, tripotait crayons et cigarettes, n'arrêtait pas de se lever et d'arpenter l'atelier en renversant des choses. Après une première journée épouvantable, Archie l'avait emmené faire une promenade de trois heures et nourri de grandes assiettes de daube. « Tu me traites comme si j'étais un énorme *chien* ! » s'était exclamé Rupert après trois jours à ce régime. Alors qu'il commençait à se moquer de lui-même, il avait fondu en larmes et avait pu parler d'Isobel sans interruption jusqu'à l'aube, quand le poêle s'était éteint et que les coqs s'étaient mis à chanter.

Le lendemain, au lieu d'aller marcher, ils étaient sortis pour peindre. « Tu es un vrai ami, Archie, lui avait dit Rupert. Bien plus que je ne l'ai été pour toi. Je m'en suis toujours voulu. Mais je suppose que tu avais besoin de partir pour te remettre. »

Et au bout d'un moment, il avait ajouté presque timidement : « Mais tu t'en es remis, n'est-ce pas ? Ça ne t'ennuie pas que je te pose la question ?

— Non », s'était-il contenté de répondre, ajoutant qu'il s'en était remis. Ce qui était vrai, en un sens : il ne souffrait plus à cause d'elle, et plusieurs jours passaient parfois sans qu'il y pense ; seulement, quand une fois ou deux il avait paru sur le point de tomber amoureux d'une autre, elle s'était manifestée et il avait fait machine arrière. Il avait trouvé une succession de filles à peindre et avec qui coucher, qui lui faisaient la cuisine, raccommodaient ses vêtements et constituaient une agréable compagnie, mais il n'avait jamais dépassé le stade de l'affection et du désir.

Archie était rentré en Angleterre à l'automne 1939 pour s'engager dans la marine. Rupert et lui avaient passé une mémorable soirée à Weymouth, riant fort et buvant trop, puis chacun avait suivi sa route, lui dans les Forces côtières, Rupert sur un destroyer de la classe Hunt. Lorsqu'il avait appris la disparition de son ami, il avait écrit à la Duche, qu'il avait toujours appréciée, et elle lui avait répondu que s'il avait une permission et cherchait un endroit où séjourner, il serait le bienvenu. Aussi, quand il avait été blessé et que les médecins avaient eu fait tout leur possible pour sa jambe, avait-il accepté l'invitation. Il savait que Rachel n'était pas mariée, et il s'était demandé ce que ça lui ferait de la revoir. Après le premier soir, il s'était demandé pourquoi il se l'était demandé, parce qu'il avait ressenti, non pas exactement la même chose, mais presque. Il avait suffi qu'elle lui prenne la main, qu'elle le regarde avec son adorable franchise, qu'elle lui parle de sa douce voix traînante, si semblable à celle de Rupert, pour qu'il se retrouve une fois encore sous l'emprise de sa beauté et de cette étonnante absence de vanité qui l'avait toujours ému. Si elle gardait la moindre gêne de leur dernière conversation, elle n'en avait rien montré. Il ne la voyait presque jamais seule : son travail à Londres – elle se décrivait comme « une espèce de factotum au bureau » – et ses tâches à la maison – elle semblait toujours en train de rendre discrètement service à quelqu'un – l'empêchaient. C'était elle qui lui avait dit à quel point Clary souffrait de la disparition de son père, et qui lui avait demandé de ne pas heurter sa certitude qu'il n'était pas mort. Une autre fois, elle avait mentionné la passion de Miss Milliment pour la peinture et le plaisir qu'elle avait à en discuter : « Rupe disait qu'elle était incroyablement érudite en plus d'être sensible. » Puis il y avait le Brig, qui aimait tellement qu'on lui lise le *Times*. Leurs rares dialogues concernaient toujours quelqu'un d'autre. Mais il s'était aperçu qu'il aimait bien saisir les allusions de Rachel et, dans les semaines d'automne qui avaient suivi, il s'était facilement intégré à la vie de la famille. Sa jambe le faisait encore souffrir, surtout s'il la sollicitait beaucoup, mais on l'avait prévenu que la convalescence serait longue, et quand, en octobre, il avait fait remarquer à la Duche qu'il serait peut-être temps qu'il s'en aille, elle avait répondu : « Mais pourquoi donc, mon cher, et pour aller où ? » Contrairement à celle des Cazalet, sa famille à lui n'était ni très nombreuse, ni très unie : après la mort de son père, sa mère avait embrassé la doctrine de Gurdjieff et n'avait plus eu de temps à consacrer à qui ne faisait pas de même ; quant à son unique sœur, bien plus âgée que lui, elle avait épousé un médecin canadien, et il ne l'avait vue qu'une fois au cours des vingt dernières années. Elle avait cinq enfants qui paraissaient tous identiques sauf par la taille, comme autant de clés à œil, et encore le savait-il seulement parce qu'elle envoyait tous les ans une photo de famille en guise de carte de Noël. Non, il n'avait nulle part où aller et, de son point de vue, pas de raison de partir, mais éprouvait au contraire un besoin croissant de rester. Il avait presque décidé qu'il devait tenter une dernière fois de convaincre Rachel de l'épouser, mais plus il y pensait, plus il avait peur de lui poser la question : car une fois qu'elle aurait dit non – *si* elle disait non (et il n'était pas très confiant) –, n'aurait-il pas épuisé sa dernière chance de connaître l'amour, de rester dans la famille ? Il était trop facile de laisser les choses glisser, de remettre à plus tard sa demande. Il se disait qu'elle apprenait de nouveau à le connaître, que c'était trop tôt, etc. Il se disait beaucoup de choses auxquelles, naturellement, il voulait croire.

Mais tout était fini maintenant. Il pourrait rester

aussi longtemps qu'il voudrait, cela n'y changerait rien. Au cours de cette curieuse soirée, qui avait suscité en lui autant d'accablement que de soulagement, il crut déceler quelque chose que la famille ignorait. Car c'était un secret et comme il devait être difficile à porter, songea-t-il tendrement, pour quelqu'un d'aussi direct et innocent que Rachel. Sid semblait acceptée par la famille : quand, après le dîner, elle s'était excusée en disant qu'elle n'avait pas la force de jouer des sonates, la Duche s'était écriée : mais bien sûr ! Elle devait aller au lit avec une bonne bouillotte et une boisson chaude, et Rachel s'était levée aussitôt pour aller les lui préparer.

Une fois couché, ce soir-là, il avait tenté d'analyser ce qu'il ressentait : l'amour semblait avant tout source de douleur, et pas seulement pour lui. Le sort incertain de Rupert pesait sur eux tous : sur son étrange petite fille, maigre et fervente, sur sa femme, qu'Archie avait autrefois jugée être une terrible erreur. Il se souvenait des paroles de Rupert, à la fin de la semaine qu'ils avaient passée seuls en France après la mort d'Isobel – « Je vais devoir me remarier, trouver une femme douce et simple, qui soit une mère pour les enfants » –, et de la visite qu'il lui avait rendue pendant son voyage de noces, avec cette petite coquette extraordinairement séduisante et frivole, dont il s'était entiché. « Voici Zoë », avait-il dit, comme on présente une déesse, une reine, la beauté incarnée, et Archie avait aussitôt vu son narcissisme, son égoïsme infantile, sa détermination à faire toujours et uniquement ce qu'elle voulait. Elle avait changé. Elle était plus pâle, moins pétillante, hésitante, sauf quand il s'agissait du bébé. S'étant extasié sur la beauté de Juliet, il avait été ému de l'entendre répondre aussitôt : « Mais elle est aussi très intelligente – comme Rupert. Elle recevra une éducation de première catégorie et aura un vrai métier. Elle ne sera pas du tout comme moi. » Contrairement à Clary, Zoë était incapable de parler de Rupert ; elle avait essayé un jour, mais ses yeux s'étaient remplis de larmes, son visage s'était tordu en une grimace et, sans un mot de plus, elle avait quitté la pièce en courant. Et la Duche. Quand elle mentionnait Rupert, ce qui arrivait seulement lorsqu'elle était seule avec lui, il voyait ses efforts pour garder contenance. Vivant ou mort, Rupert était profondément aimé, et notamment par lui, Archie. Il semble que j'aie perdu les deux personnes que j'ai le plus aimées dans ma vie, pensa-t-il. Puis sa jambe lui faisant trop mal pour qu'il puisse espérer dormir, il sortit du lit et alla chercher ses antidouleurs. « Assez de sensiblerie », marmonna-t-il ; Rachel n'ayant jamais été à lui, il ne pouvait pas prétendre l'avoir perdue ; quant à Rupert – pourquoi Archie ne pouvait-il pas avoir la foi de Clary ? Parce qu'il savait dans quel état de tumulte, d'hystérie, de décrépitude et de *corruption* se trouvait la France : Daladier et Blum incarcérés à vie pour avoir « causé la défaite de la France », des otages abattus – deux cents après la mort de deux officiers allemands –, l'arrestation et la déportation de milliers de juifs par le gouvernement de Vichy, Pétain qui mettait chaque insurrection sur le dos des espions britanniques, des fouilles maison par maison pour débusquer tout Français « déloyal » à ce pantin sénile. Même en parlant un excellent français, un étranger aurait du mal à survivre dans ce chaos. Il lui faudrait beaucoup de soutien et de protection – être un Français intègre se payait très cher, et pourtant certains le demeuraient. Se faire tirer dessus sur la passerelle d'une vedette-torpilleur n'était rien en comparaison, songea-t-il, sombrant dans le sommeil.

*

Edward se réveilla de bonne heure avec cette impression de luminosité artificielle signifiant qu'il avait la gueule de bois. C'était le tord-boyaux qu'il avait dû commander au Coconut Grove : quand on se voyait obligé d'acheter une bouteille entière, on buvait plus que prévu, parce que, bon Dieu, on avait payé pour. Il avait emmené Diana danser : la pauvre fille n'avait pas beaucoup de distractions, coincée à la campagne entre cette belle-sœur rabat-joie et Jamie, un épuisant gamin de trois ans. Mais Edward était déjà fatigué au début de la soirée : il venait de recommencer à travailler aux docks, où il avait trouvé un chaos stupéfiant. En presque un an, Hugh n'avait pas réussi à remettre la deuxième scierie en état de marche. Certes, le Blitz avait fait de gros dégâts, et l'un des hangars avait été détruit, mais tout de même… Des commandes de bois dur, leur spécialité, affluaient, mais encore fallait-il pouvoir débiter des feuilles de placage. Les machines n'avaient pas été trop endommagées, mais Hugh avait commis la terrible erreur de ne rien réparer après le Blitz, afin que les experts en sinistres puissent constater les dégâts. Sauf qu'on ne laissait pas des machines d'un prix pareil à la merci des éléments en plein hiver. Inutile, cependant, d'incriminer ce pauvre vieux : entre ses angoisses à propos de Sybil et le fait d'être seul aux commandes – Rachel, quoique merveilleuse avec le personnel, n'y connaissait rien aux affaires –, il s'était laissé déborder. Hugh avait toujours été têtu, mais dans le passé, le Patriarche et lui, Edward, réussissaient à passer en force si nécessaire. Ce qui l'inquiétait à présent, c'est que Hugh était aussi devenu terriblement indécis – comme ce bon vieux Rupe. Chaque fois qu'il fallait prendre une décision, il déclarait qu'il allait y réfléchir, et comme, deux jours plus tard, il ne s'était toujours rien passé, Edward se voyait obligé de le harceler. Résultat, tout était désorganisé : le service comptable était en pagaille depuis que Stevens avait été mobilisé ; leur grue tombait sans arrêt en panne parce que Hugh n'avait pas su secouer les constructeurs pour obtenir de nouvelles pièces – dont il y avait pénurie, en plus. Les camions aussi étaient en sale état. Certains méritaient d'être remplacés, ce qui ne risquait pas d'arriver, et le gars qui était si doué pour réparer les moteurs avait été tué pendant le Blitz l'automne dernier. La surveillance anti-incendie était un cauchemar : par roulement, des types qui avaient travaillé toute la journée ne dormaient pas de la nuit. La paperasse avait triplé, puisque les commandes publiques constituaient quatre-vingt-dix pour cent de leur commerce. La veille, à la fin de la journée, il avait presque souhaité pouvoir repartir avec Hugh pour passer une soirée tranquille et sans complication. Mais il culpabilisait à cause de Diana, qu'il sentait de plus en plus en demande. Son mari avait rejoint un bataillon de parachutistes et n'avait pas eu de permission depuis des mois.

L'appartement de Diana ayant été bombardé, ils avaient fini par se rendre à Lansdowne Road ; la maison, à présent officiellement fermée, contenait encore le mobilier de base. Il savait qu'elle n'aimait pas y aller, mais l'hôtel était un peu risqué. Depuis cette épouvantable soirée avec Louise, il avait la frousse d'être vu au mauvais endroit au mauvais moment avec Diana. Une boîte de nuit était une chose – presque tous les gens de sa connaissance y allaient, et en général avec quelqu'un d'autre que leur conjoint ou conjointe, les familles étant séparées par la guerre. L'hôtel, c'était différent.

Elle dormait profondément à côté de lui. Ils avaient bien dîné. Des huîtres – un complément bienvenu à leur repas à cinq shillings – et avec du vrai beurre pour leur pain. « Je connais un type, avait-il raconté, qui a l'habitude de commander un petit pain, d'en retirer la mie pour y fourrer tout le beurre à disposition sur la table, puis qui le remporte chez lui pour le petit déjeuner.

— Il n'a pas honte de faire ça devant tout le monde ? Les serveurs et les autres clients ?

— Il a l'air de s'en ficher royalement.

— Ça me fait penser, Goering était mal placé pour faire sa remarque sur les canons ou le beurre, avait dit Diana. Ça se voit qu'il ne s'en prive pas, de beurre…

— Et les canons sont pour nous. Chérie ! Tu es très affectée par ce qui est arrivé à ton appartement, n'est-ce pas ?

— Un peu tout de même. C'était chez moi. Même si je ne m'y suis jamais vraiment plu. Il y avait toutes mes affaires dedans. J'ai l'impression de camper depuis des années.

— Isla est toujours aussi revêche ?

— Égale à elle-même. Une caricature de belle-sœur. Elle me soupçonne de lui cacher des choses inavouables, mais elle n'a pas encore trouvé lesquelles.

— Je ne vois pas ce qu'on pourrait te reprocher.

— Tu ne la connais pas, chéri. Et c'est toi, la chose inavouable. En réalité, je doute de pouvoir y rester encore longtemps.

— Angus veut que tu ailles chez ses parents ?

— Ah, oui toujours. Mais c'est au-dessus de mes forces. Leur sinistre petit château victorien est d'un froid glacial même au mois d'août, et maintenant ils ont banni tout alcool à cause de la guerre.

— Grand Dieu ! » Il n'en revenait pas. « Quel rapport ?

— Ils se figurent que c'est patriotique. » Elle haussa les épaules. « C'est commode quand les garçons sont en vacances. Je suis bien obligée d'y aller dans ces cas-là, sans quoi je ne les verrais jamais. Isla, comme tu le sais, ne peut pas tous nous accueillir. »

C'était sa première allusion au fait qu'elle ne pourrait pas rester chez Isla, mais ça n'avait pas paru très important sur le moment. Après le dîner, ils étaient allés au Coconut Grove, à Regent Street. Ils étaient arrivés tôt, vers onze heures, et s'étaient garés juste devant.

« Whisky ou gin ? lui avait-il demandé, relayant la question du serveur.

— Gin, je crois. »

Il avait commandé une bouteille et plusieurs tonics, mais le gin, lorsqu'il fut servi, avait si mauvais goût qu'ils décidèrent d'y ajouter du jus de citron vert et de remplacer le tonic par du soda.

Comme tout ça mit un temps fou à arriver, ils dansèrent. Le fait de la tenir dans ses bras était un plaisir, à la fois familier et excitant. Elle portait une robe violette qui, bien qu'il ne l'eût pas remarqué, était assortie à ses yeux ; le crêpe collait à son corps splendide et bien charpenté, révélant juste ce qu'il fallait de ses superbes seins. Ils dansèrent lentement sur « All the Things You Are ». « My promised breath of springtime », fredonna-t-il ; il sourit en la regardant au fond des yeux, et elle rayonna.

À la fin de la danse, elle lui prit la main et dit : « Chéri ! Je suis si heureuse !

— Je suis toujours heureux quand je suis avec toi », répondit-il. Le soda et le citron vert n'étaient toujours pas arrivés, et il appela un serveur pour lui en faire la remarque, même si ni l'un ni l'autre ne trouvait ça si grave. Ils sirotèrent leur gin tonic. Elle grimaça et dit : « Nous allons peut-être tomber ivres morts.

— En même temps, comme deux énormes quilles. Ça ne leur plairait pas du tout. »

Ils fumèrent en observant les autres danseurs et repérèrent bientôt un très jeune couple : un soldat de la Garde royale et une grande fille rousse plutôt gauche, vêtue de blanc. « Une robe digne du bal des débutantes », dit Diana. Mais ce qui retenait l'attention, ce qu'il y avait de frappant chez eux, c'était qu'ils étaient follement amoureux – ils ne se quittaient pas des yeux et bougeaient à peine sur la piste. Ils avaient le regard embué, enivré de désir l'un pour l'autre ; de temps en temps, le garçon penchait la tête et effleurait l'épaule blanche de la fille, qui fermait à demi les yeux, puis ils se regardaient de nouveau et il la serrait plus près.

« Très touchant », dit Edward. Il était sincère.

« Les pauvres chéris. Je parie qu'ils n'ont nulle part où aller.

— S'ils le veulent vraiment, il trouvera un endroit. »

Elle secoua la tête. « Ils sont trop jeunes. Et trop bien élevés. Je suppose qu'il l'a demandée en mariage, et que ses parents à elle leur ont dit d'attendre qu'elle soit un peu plus âgée. Alors qu'il va peut-être se faire tuer.

— Tu crois qu'on devrait les inviter à Lansdowne Road ?

— Bien sûr que non. Ils me font de la peine, c'est tout. » Il y eut un silence, puis elle reprit : « Nous ne retournons pas là-bas, si ?

— Je le crains. Chérie, je sais que ce n'est pas très confortable, mais on y sera tranquilles.

— Tu veux dire, personne à part ta femme ne risque de nous surprendre ?

— Je te jure qu'elle est à la campagne. Je te jure qu'elle ne va pas apparaître.

— Mais je veux te parler, dit-elle, sans logique apparente.

— Je t'écoute.

— Pas ici. C'est sérieux. Je dois prendre une décision. »

Comme il lui adressait un regard interrogateur, elle ajouta avec une pointe d'impatience : « Je te l'ai déjà plus ou moins dit. Je ne vais pas pouvoir rester très longtemps chez Isla. »

Il ne voyait pas pourquoi elle ne pouvait pas en parler ici et maintenant, mais savait qu'il serait imprudent de le faire remarquer.

« Rentrons, alors, tu veux ? »

Lorsqu'ils partirent, le jeune couple était encore

sur la piste, hypnotisé. Ils n'avaient pas cessé de danser, sauf quand l'orchestre avait fait une courte pause.

« Il ne peut pas la serrer dans ses bras s'ils sont assis à une table », fit remarquer Diana en sortant.

*

Si on pouvait encore dormir à Lansdowne Road, ce n'était pas le cadre idéal pour une conversation intime. Il n'y avait aucun endroit où s'asseoir, à part dans le lit de son vestiaire. Les autres pièces étaient fermées depuis si longtemps qu'elles semblaient remplies de poussière et d'un air froid et mort.

« Tu n'y vis pas pendant la semaine ? demanda Diana lorsqu'il lui dit d'attendre dans l'entrée pendant qu'il branchait l'électricité.

— Non, je dors chez Hugh. Ç'aurait été stupide de garder deux maisons ouvertes, et le pauvre vieux est affreusement seul. Voilà. »

Mais la lumière ne réussit qu'à révéler la tristesse des lieux. Ils montèrent à l'étage sans parler.

« Bon sang ! J'aurais aussi dû mettre le gaz », dit-il.

Quand il l'eut branché, qu'il eut allumé le poêle et trouvé des draps pour que Diana fasse le lit, un sentiment de tension était né entre eux. Elle s'assit devant le poêle, pelotonnée dans sa veste en sconse.

« Un verre ?

— Non, merci.

— Je vais en prendre un dernier. »

Il gardait une flasque de whisky dans la poche de son pardessus, dans l'éventualité d'un raid aérien ou au cas où il se retrouverait bloqué quelque part. Le bord du verre à dents était taché de dentifrice séché. Il n'avait pas dormi ici depuis plusieurs semaines, depuis cette affreuse soirée avec Louise... il se sentait si mal quand il y pensait qu'il réussissait la plupart du temps à ne pas y penser du tout. Il rinça le verre, se versa une goutte de whisky et ajouta de l'eau.

« Tu ne serais pas mieux au lit ? » demanda-t-il, et il sentit aussitôt que ça n'était pas la chose à dire. « De quoi voulais-tu me parler, chérie ?

— Je ne sais pas si je veux en parler, répondit-elle du tac au tac. Je veux seulement te le dire. Je crois que je suis enceinte.

— Ciel !

— En fait, j'en suis sûre. Tu vois le problème. »

Il ne le voyait pas du tout. « Désolé, chérie, tu vas devoir m'expliquer.

— Isla saura que le bébé n'est pas d'Angus. » Anticipant sa question, elle ajouta : « Je ne l'ai pas revu depuis le début des vacances d'été. Il nous a rejoints deux jours à Dunidald. Et nous sommes presque en novembre. Je suis entre le deuxième et le troisième mois.

— Mon Dieu ! Je comprends mieux. Tu ne peux pas lui raconter que tu as vu Angus à Londres, par exemple ?

— Ils s'écrivent régulièrement. Elle saurait tout de suite la vérité. Si Angus le découvrait, il divorcerait sur-le-champ.

— N'y a-t-il rien que tu puisses faire ?

— Avorter, tu veux dire ? Où ? N'oublie pas que je vis coincée à la campagne, je suis coupée du monde, je ne connais personne.

— Je pourrais essayer de... me renseigner... ça doit bien exister.

— Il n'est pas question que je me fasse charcuter par n'importe quelle faiseuse d'ange, dit-elle d'un ton amer. C'est mon ventre, pas le tien.

— Chérie, je cherche à t'aider. Nous sommes tous deux mariés. Je ne vois pas d'autre solution.

— Vraiment ? Il ne doit pas y en avoir. » Elle se mit à pleurer.

Il l'entoura de son bras et chercha son mouchoir à tâtons. Au même moment, un autre scénario se déroula dans son esprit : Diana gardait le bébé, divorçait d'Angus, tandis qu'il informait Villy et lui demandait le divorce. Une perspective devant laquelle il se déroba aussitôt. Ça prendrait des années et ce serait épouvantable ; ils n'y survivraient pas. D'un autre côté, en ne faisant rien de tout ça, il laissait Diana en plan. L'idée d'être marié avec elle ressurgit. Si seulement il l'avait rencontrée des années plus tôt ! Impossible de tout chambouler *maintenant*, en pleine guerre, alors que Roly n'avait que deux ans. Il ne voyait pas comment faire pour l'aider. Réconforter la pauvre fille, ça, c'était dans ses cordes. Il la caressa, lui murmura des mots d'amour, lui dit qu'il ne supportait pas de la voir pleurer, lui fit boire un peu de son whisky, et ses larmes se tarirent – il vit qu'elle prenait sur elle et en fut touché. Il la déshabilla ; il n'était pas très habile, eut du mal avec les attaches du soutien-gorge, mais elle finit par l'aider. Au lit, il lui fit l'amour avec autant de générosité qu'il put, et curieusement, il ne l'en aima que davantage. Ensuite, ils parlèrent pendant des heures et terminèrent le whisky. Finalement, il lui dit que la sœur de Villy devait connaître quelqu'un, puisque sa fille était tombée enceinte et que le problème avait été réglé. « Quelqu'un de fiable, sans quoi elle n'aurait pas laissé Angela y aller.

— Pour l'amour du ciel, ne lui en parle pas ! Elle le dirait à Villy et...

— Je n'en avais pas l'intention. Je raconterai que c'est pour un jeune ami de la RAF. Je m'en sortirai, ne t'inquiète pas.

— Ça coûte sans doute terriblement cher...

— Ne t'inquiète pas pour ça non plus. C'est le moins que je puisse faire.

— Tu sais, je suis presque certaine que Jamie est de toi, dit-elle. Ça ferait deux bébés sans leur père. »

C'était la première fois qu'elle parlait ainsi de Jamie, bien qu'il se soit posé la question, par la force des choses. Entre l'alcool, l'émotion et la fatigue, elle allait basculer dans la sensiblerie. Il l'embrassa et dit : « Jamie est merveilleux parce que c'est ton fils. Tu sais que je l'aime. Maintenant, il faut qu'on se repose, tous les deux. »

Elle s'était endormie aussitôt, mais le lit était étroit pour deux et il avait mis du temps à trouver le sommeil. Ensuite il avait dormi à poings fermés.

À présent, à la froide lumière du jour, et, ma parole, il faisait un froid glacial, il se dit qu'il devait au moins aller leur préparer du thé, puisqu'il n'y avait rien à manger pour le petit déjeuner. Ce qui l'obligea à descendre deux étages jusqu'à la cuisine puis à fouiller les placards pour trouver le thé et la boîte de lait en poudre, pendant que la bouilloire chauffait. Pour finir, ne sachant pas comment s'y prendre, il remonta le tout ainsi qu'un pot d'eau chaude. Il commençait à avoir mal à la tête et un mauvais goût dans la bouche, parce qu'il avait dormi avec ses fausses dents. Il les nettoya toutes, les vivantes et les mortes, comme il les appelait, et prit une bonne rasade d'Andrews Liver Salts pour la digestion, avant de la réveiller.

Le thé était assez mauvais, mais elle affirma que c'était bien mieux que rien.

*

Il la déposa au cottage de Wadhurst en disant : « Je t'appellerai lundi soir. Du bureau, juste avant de partir. Vers cinq heures.

— Si tu peux attendre jusqu'à cinq heures trente, Isla sera à sa réunion du Women's Institute.

— D'accord. Prends soin de toi. »

Il poursuivit sa route en se demandant quelle serait la manière la plus judicieuse d'interroger Jessica au sujet d'un avorteur. Le plus grand tact s'imposait : il n'était pas censé être au courant pour Angela, sauf que Villy lui en avait parlé, bien sûr ; par ailleurs, Jessica étant du genre perspicace, elle aurait du mal à croire qu'il en avait besoin pour un ami, à moins qu'il ne se montre très convaincant. Il commença à regretter de l'avoir suggéré, mais il était trop tard pour se dédire.

Il fut cependant sauvé par un appel de Diana au bureau le lundi matin, lui apprenant qu'Angus avait été tué – dans un raid aérien sur Portsmouth.

« Pauvre chérie. Tu te sens…

— Je ne sais pas comment je me sens, dit-elle. Assommée, surtout. Nous ne nous entendions pas, n'empêche que c'est un horrible gâchis. Il aimait tellement l'armée – une mort civile, quelle déception. » Le choc la rendait caustique. « Il allait être envoyé à l'étranger. Il avait hâte. Et ce n'était même pas un raid très méchant. » Edward ne savait pas quoi dire.

« La pauvre Isla est effondrée, reprit-elle. Mais toi, tu n'as plus à t'inquiéter. Maintenant, je peux lui raconter n'importe quelle histoire, et elle sera trop contente d'y croire. » Puis elle conclut : « Je vais raccrocher : je ne sais vraiment pas quoi ajouter. »

Il lui écrivit une lettre un peu plus tard dans la journée. Il n'avait pas l'habitude d'écrire, mais il avait de la peine pour elle. Elle devait se sentir coupable, et ce devait être difficile pour elle de vivre avec sa belle-sœur en faisant semblant d'être plus malheureuse qu'elle ne l'était. Sans compter qu'elle était enceinte, et que ses moyens financiers, qui avaient toujours été limités, le seraient encore plus avec une pension de veuve. Il ne réussit pas à exprimer tout ça dans sa lettre, mais il l'assura qu'il l'aiderait de toutes les manières possibles et qu'il était désolé. Il termina par un mot affectueux et dit qu'il prendrait très bientôt de ses nouvelles. Maigre consolation, il le savait ; rien n'apaisait la culpabilité, hormis le pardon de ceux qu'on avait blessés, et il était bien placé pour savoir à quel point c'était douloureux de n'avoir aucun espoir de l'obtenir.

*

Le quai de la station Oxford Circus était bondé, comme d'habitude. À cette heure de la nuit, tous les gens qui y dormaient avaient rejoint leur place – la même chaque soir, comme Angela avait commencé à le remarquer. Les plus favorisés dormaient près des distributeurs automatiques qui disposaient d'un petit miroir, dans lequel ils pouvaient se recoiffer le matin ; de nombreuses femmes dormaient avec des bigoudis. Ils étalaient des couches de journaux par terre, les recouvraient d'une couverture et d'un oreiller, s'ils en avaient un, puis se couchaient tout habillés, avec une autre couverture sur eux. Au fil des semaines, ils avaient dû s'habituer au courant d'air chaud et brun foncé qui précédait l'arrivée de chaque métro dans un bruit allant crescendo pour se terminer en un cliquetis métallique et aigu. Une seconde de silence ; puis il y avait le chuintement des portières qui s'ouvraient, une pause le temps que les voyageurs montent et descendent dans la rame avant qu'une voix lasse annonce : « Attention à la fermeture des portes ! » Ensuite, avec un gémissement convulsif, le train repartait, prenait de la vitesse, et son fracas brinquebalant diminuait alors qu'il disparaissait dans le tunnel. Ça recommençait toutes les trois ou quatre minutes, mais les gens continuaient de dormir. Quand elle quittait son travail après le service de nuit, à six heures trente du matin, elle les trouvait là, les yeux vitreux ; certaines femmes retiraient leurs bigoudis et les rangeaient dans des boîtes à biscuits en ferblanc ou des sacs à provisions en papier brun, se maquillaient face aux miroirs des distributeurs ou dans les petites glaces qu'elles sortaient de leur sac à main, buvaient du thé dans des Thermos, s'adressant à peine la parole. Les hommes, âgés pour la plupart, dormaient encore puisqu'ils ne faisaient qu'une toilette minimale : couchés sur le dos, la bouche ouverte, ronflant, leurs rares cheveux, d'un gris jaunissant, ébouriffés par le prochain train à l'approche.

Dehors, il faisait nuit noire et très froid. Angela avait toujours été mince, mais depuis son avortement, elle n'avait pas eu d'appétit et avait encore maigri, si bien qu'elle ressentait le froid. Elle n'avait qu'à traverser la rue pour rejoindre l'immeuble Peter Robinson, où se trouvait le Service international de la BBC. Elle était la plus jeune speakerine et travaillait depuis maintenant six semaines. Brian lui avait trouvé cet emploi – il était très haut placé dans l'administration – et elle savait qu'il avait dû tirer des ficelles pour la faire embaucher. « Je dois essayer de me racheter vis-à-vis de toi », avait-il dit, lors de leur dernière rencontre en tête à tête. Même s'il lui paraissait extraordinaire qu'il puisse mettre sur le même plan un meilleur emploi et le fait qu'elle était tombée amoureuse de lui, s'était retrouvée enceinte pour être ensuite rejetée. Elle n'avait pas cherché à être enceinte, mais dès qu'elle avait su elle l'avait averti, pensant que ça allait changer la donne, qu'il allait quitter sa femme, dont il ne parlait presque jamais ou alors pour la dénigrer, et l'épouser. Mais il avait été si horrifié par la nouvelle et si véhément dans son refus de ce bébé, qu'elle avait dit qu'elle le garderait quoi qu'il arrive – qu'il l'épouse ou non. Il avait alors répondu qu'il leur faudrait peut-être attendre, mais qu'un jour ils se marieraient, et elle avait retrouvé le sourire – sauf que, sans qu'elle sache comment, sa mère avait découvert qu'elle était enceinte, et quand Angela lui avait dit que ça n'était pas grave puisqu'il l'épouserait dès qu'il aurait divorcé, sa mère était allée *le* trouver. Angela ne l'avait su qu'après leur entrevue. Il n'a jamais eu l'intention de se marier avec toi, lui avait dit sa mère ; il a une femme et des enfants – qu'il ne quittera pas de sitôt ; il t'a dit ça uniquement parce qu'il était très inquiet pour toi.

Ils s'étaient revus une fois : elle avait voulu qu'il vienne dans son meublé à Notting Hill Gate, mais il avait refusé, lui fixant rendez-vous à Kensington Gardens, à côté de la statue de Peter Pan. « Et s'il pleut des cordes ? avait-elle demandé (c'était au téléphone). — Il ne pleuvra pas », avait-il répondu.

Il avait raison. C'était une de ces matinées de septembre à la douceur timide : le ciel était d'un bleu délavé, et le soleil, jaune pâle, n'offrait aucune chaleur. Les arbres changeaient de couleur ; la pelouse, à présent que toutes les petites grilles bordant les sentiers avaient été retirées pour que le fer serve à l'effort de guerre, paraissait très verte et légèrement craquante à cause d'un gel précoce. Sachant qu'elle était en avance, elle marcha aussi lentement que possible depuis la station Lancaster Gate, sur le chemin le plus proche de la Serpentine. Malgré tout ce qui s'était passé, elle ne pouvait s'empêcher d'être heureuse et excitée à la perspective de le voir ; elle commença par craindre ce qu'il allait lui dire, puis se demanda ce que cela pouvait être, pour finir par imaginer ce qu'il dirait et qui, bien sûr, miraculeusement, devenait ce qu'elle avait envie d'entendre. Ce jour restera à jamais gravé dans ma mémoire, songeat-elle, et, plus dramatique, je marche vers mon destin. Leur différence d'âge n'importait pas (il le lui avait dit dès le début) ; il boirait moins, elle en était sûre, s'il était plus heureux, ce qu'il serait, à n'en pas douter, avec elle. S'il ne voulait pas d'enfants, elle n'en aurait pas. Elle ferait exactement ce qu'il voudrait, parce qu'elle en avait envie.

Il était en retard, quoique de quelques minutes seulement. Elle le vit arriver – par le même chemin qu'elle avait emprunté –, mais elle se força à rester assise sur le banc jusqu'à ce qu'il soit tout proche, et là elle ne put se retenir de se lever d'un bond.

Elle aurait voulu se jeter dans ses bras, mais il l'embrassa sur la joue, un baiser réservé, et suggéra qu'ils s'assoient.

Dès l'instant où il se mit à parler – laissant voir que cette rencontre était pour lui une épreuve –, le cœur gonflé d'espoir d'Angela commença à sombrer lourdement, froidement dans sa poitrine.

Il dit que ce qu'il avait à dire était très difficile. Qu'il était le seul responsable. Qu'il s'était laissé emporter – ce qui, dans sa bouche, avait quelque chose d'un peu dégoûtant et méprisable. Que cette liaison avait rendu sa femme très malheureuse – elle était au courant, la coupa-t-il, parce qu'il lui avait parlé. Elle s'était montrée admirable, avait compris comment tout était arrivé, et elle était prête à lui pardonner pour sauver leur couple et pour leurs enfants. Il était trop vieux pour Angela. Elle, de son côté, était si jeune, au tout début de sa vie, qu'elle rencontrerait un gentil jeune homme digne d'elle (lui revinrent alors de terribles échos de Rupert, qui semblait à présent si loin, dans l'espace et dans le temps). Il ne la reverrait pas : il l'avait promis à sa mère – c'était à ce moment-là qu'elle avait réagi. Le choc et l'humiliation – à l'idée qu'il avait discuté d'elle, comme d'une enfant, avec son épouse et avec Jessica – furent trop vifs, et la colère la sortit soudain de la torpeur dans laquelle elle l'avait écouté jusqu'ici. Comment avait-il osé aller voir sa mère derrière son dos ! s'était-elle exclamée. C'était *elle* qui était venue le voir, répliqua-t-il. Son orgueil lui interdit de demander comment sa mère aurait pu être au courant, sinon par lui. (Plus tard, elle comprit qu'il lui avait menti par omission : sa mère était allée le voir *après* qu'il lui avait téléphoné.) Il lui annonça qu'il lui avait décroché une audition pour le poste de speakerine, et quand elle répondit qu'elle n'en voulait pas, il insista pour qu'elle tente sa chance. « Tu as besoin de te trouver une activité intéressante, dit-il. Sans quoi tu seras mobilisée et te retrouveras à faire Dieu sait quoi. » Puis il loua son courage et déclara qu'il emmenait sa femme pour de courtes vacances qu'il jugeait nécessaires. Il lui dit de prendre soin d'elle et parut sur le point de l'embrasser sur la joue, mais elle se détourna. Il lui toucha les mains – une petite tape contrite, se dit-elle plus tard –, se leva et s'éloigna à la hâte, sans se retourner. Ou du moins le pensa-t-elle : une fois encore, son orgueil l'empêcha de le regarder partir ; un coup d'œil avait suffi.

Elle se sentait trahie, mais le pire, c'était qu'elle ne pouvait toujours pas penser à lui sans ressentir du désir. Elle ne le « respectait » pas, ainsi qu'elle le formulait – par moments, elle était même capable de le détester –, mais une partie d'elle-même s'accrochait encore à leur ancienne relation et désirait la retrouver.

Elle avait décroché l'emploi parce qu'elle ne se souciait pas de réussir ou non l'audition : elle n'avait donc pas eu le trac et s'était montrée calme et maîtresse d'elle-même. Elle avait suivi d'autres speakerines pendant une semaine pour apprendre le métier, puis elle avait commencé. Ce face-à-face remontait à deux mois, et elle réussissait tant bien que mal à supporter les jours et les nuits. Tout, à l'exception de son travail, lui demandait un effort extraordinaire et vain – se déplacer, se nourrir, prendre la moindre décision, parler aux gens. Elle dormait énormément – elle avait toujours du mal à se lever l'après-midi, et il lui arrivait de rester au lit quand elle était en congé.

Elle l'avait aperçu une fois au cours de ces deux mois – montant dans un taxi devant l'immeuble. Il ne l'avait pas vue, et elle l'avait regardé s'éloigner dans le véhicule. Elle s'était rendu compte que ça lui faisait mal, mais c'est après avoir senti son moral remonter en le voyant puis replonger à la seconde où le taxi avait disparu qu'elle avait compris qu'elle n'avait pas cessé de souffrir.

Elle montra son laissez-passer à l'entrée avant de prendre l'ascenseur pour descendre quatre étages, et elle parcourait à présent les couloirs capitonnés et étouffants menant à son studio. L'usage voulait qu'on se présente un peu en avance, afin que l'autre speakerine puisse partir à l'heure. Elle arriva au milieu d'un concert enregistré. « J'ai inséré les disques, dit sa collègue. Ouf ! Je peux enfin rentrer chez moi. Notre chaudière nous a lâchés hier, Martin couve une grippe et le toit fuit depuis que la bombe est tombée dans la rue d'à côté. » Elle s'appelait Daphne Middleton et était mariée à un producteur qui travaillait au siège de la BBC. Elles se connaissaient à peine, puisque Daphne avait repris depuis peu la tranche horaire précédente. En rassemblant ses affaires, Daphne lui demanda : « Au fait, tu ne connaîtrais pas quelqu'un qui cherche une chambre ? Ma locataire vient de me donner son congé. Martin est très malheureux – elle était du genre sexy, et je suis soulagée, mais on a besoin de ce loyer.

— Non, je ne vois pas.

— Tant pis. Je dois demander à tout le monde. Elle est encore là pour un mois. Elle a une semaine de congé, et devine avec qui elle la passe ? Ce producteur, Brian Prentice. Il est marié, tu sais. Certains hommes sont incroyables ! Mon Dieu – il faut que je file ! Tu vas devoir secouer les techniciens – ils dorment debout. »

Simple coïncidence. Les coïncidences devaient toujours paraître extraordinaires à leurs victimes, supposait-elle, et même si elle s'était demandé, l'espace d'une seconde, si c'était de la méchanceté, si Daphne était au courant pour Brian et elle, elle savait que non. Elle n'avait jamais passé une semaine avec lui, n'en avait parlé à personne, et lui non plus. Jusqu'ici, elle avait cru ne pas pouvoir être plus malheureuse, mais le travail, continu, exigeant – elle ne devait jamais laisser plus de quinze secondes de temps mort, de crainte que les Allemands ne le captent et s'en servent –, la sauva. À six heures trente le lendemain matin, lorsqu'elle finit son service, elle éprouvait de la rage et de l'amertume, mais elle n'était plus amoureuse. Elle était toujours dans le désert, mais elle y était libre. S'apercevant qu'elle mourait de faim, elle alla à la cantine, où elle prit une omelette aux œufs en poudre, des tomates et un morceau de bacon.

*

« Mrs Cripps a préparé ça pour toi. » Elle posa la tasse fumante sur la petite table à côté du sofa.

Il leva les yeux vers elle ; juste avant, il fixait ses mains, posées sur la couverture devant lui.

« Christopher, dit-elle gentiment. C'est Polly. C'est moi.

— Je sais. » Des larmes se mirent à ruisseler sur son visage. Il pleurait souvent ainsi, sans faire de bruit, pendant ce qui semblait des heures. Lorsqu'il ne pleurait pas, il avait le regard traqué ; il paraissait hagard, très effrayé par quelque chose, sans que personne ne sache par quoi. Au début, elle avait pensé qu'il valait mieux ne pas y prêter attention, se montrer enjouée et lui parler comme à l'ancien Christopher, mais elle trouvait ça très difficile puisque son désespoir insondable, s'il s'agissait bien de cela, lui donnait envie de pleurer aussi. Ensuite, elle avait tenté de l'encourager à pleurer davantage – pour se libérer de ce qui l'oppressait. Rien n'avait d'effet.

Des membres de la police militaire l'avaient ramassé à Felixstowe, le prenant pour un jeune déserteur, un soldat parti sans permission. Ensuite, ils s'étaient rendu compte qu'il ne semblait pas savoir où il était – ne se souvenait même plus de son nom. Ils avaient fouillé ses vêtements, trouvé son nom de famille sur une étiquette cousue sur son maillot de corps et fini par établir son identité. Raymond et Jessica avaient fait le voyage ensemble jusqu'à l'hôpital où on l'avait transféré. Là, il avait manifestement reconnu son père, puisqu'il avait tenté de sortir du lit et de s'enfuir, mais il était si faible qu'il s'était effondré par terre. Ses parents avaient dû donner leur autorisation pour qu'on le traite avec des électrochocs et, après un mois à l'hôpital, on l'avait envoyé à Home Place en convalescence. La Duche avait beaucoup d'affection pour lui, et Jessica, qui maintenant descendait tous les week-ends, était soulagée de le savoir loin de Londres, dans un endroit qu'il aimait.

Il n'avait pourtant plus l'air de trop l'aimer, songea Polly avec tristesse. Il n'aimait plus rien. Quand il faisait beau, il s'asseyait sur la pelouse, chaudement emmitouflé, devant une mangeoire à oiseaux que la Duche avait fait déplacer pour lui. C'est vrai qu'il les regardait parfois se nourrir, et un jour, lorsqu'un rouge-gorge avait chassé les autres, il avait souri. La plupart du temps, cependant, il pleurait. Le Dr Carr était passé, mais l'avait effrayé.

« Je crois qu'il a peur des médecins, avait dit Tante Rach.

— Des hommes, je pense », avait répondu Tante Villy, et Polly, qui avait entendu la remarque, commençait à penser qu'elle avait raison.

Quand il faisait trop froid pour qu'il puisse rester dehors, comme la plupart du temps désormais, on l'installait dans le salon. La Duche, qui en général ne permettait pas qu'on allume le feu dans cette pièce plus d'une heure avant le dîner, le faisait allumer dès le matin, disant que ça donnerait aux gens un prétexte pour passer régulièrement afin de l'alimenter, mais la pièce demeurait froide. Christopher portait un pull à col roulé qui avait appartenu à Rupert – d'un bleu indigo qui s'harmonisait tristement avec les cernes profonds qu'il avait sous les yeux. Villy le rasait de temps en temps. Parfois, l'après-midi, Clary et Polly l'emmenaient faire de courtes promenades dans le jardin. Il les accompagnait docilement, mais alors qu'elles choisissaient exprès des sujets de conversation visant à l'intégrer, sa participation se limitait à un acquiescement nerveux. Il s'efforçait de manger un peu de ce qu'on plaçait devant lui. Puis, un week-end, Hugh ramena un chien, un grand bâtard noir et blanc d'un certain âge, avec une bonne dose de border collie en lui : on l'avait retrouvé près des quais, sonné, couché devant une maison détruite par un bombardement. « Voyons ce que ça donne, dit-il à Polly. Tu sais qu'il a toujours adoré les animaux.

— Mais papa, c'est une très bonne idée ! » Clary et elle baignèrent le chien, ce qui améliora grandement son aspect, puis l'amenèrent à Christopher.

« Ce chien a été terrorisé par le Blitz », dit Polly, se doutant que ça attirerait son attention. Il regarda l'animal, immobile, à quelques mètres. Le chien lui rendit son regard, puis s'approcha à pas lents et s'assit contre ses jambes. Quelqu'un claqua une porte, et le chien se mit à trembler. Christopher lui posa la main sur la tête, le chien leva les yeux vers lui et ses tremblements s'apaisèrent peu à peu.

« Quel beau chien ! s'exclama Lydia le lendemain matin. Comment il s'appelle ?

— Oliver, répondit Christopher.

— Il est à toi ?

— Maintenant, oui.

— Mon chéri, tu es brillant ! dit Sybil à Hugh. Personne n'y avait pensé.

— Il est comme tombé du ciel. Le pauvre. Il est très nerveux, ne supporte pas les avions ni le vacarme. Je me suis dit qu'ils pourraient se faire du bien l'un l'autre. » Si seulement un chien pouvait *te* faire guérir, songea-t-il en regardant sa femme allongée sur le lit, le teint jaune, le ventre et les chevilles gonflés.

« Tu veux que je te monte ton déjeuner ? proposa-t-il. Et le mien aussi, pour qu'on le prenne ensemble ?

— Oh, non, chéri, je flemmardais, c'est tout. » Et il dut la regarder se lever du lit avec peine et se traîner à sa coiffeuse, où elle s'efforça de s'attacher les cheveux.

« Sybil ! Chérie ! » Il prit une profonde inspiration et s'apprêta à plonger jusqu'au fond de la vérité.

Elle se tourna vers lui, inquiète. « Quoi ? » Elle était tellement sur la défensive que son courage l'abandonna.

« Je me demandais à quoi tu ressemblerais avec les cheveux courts. Le changement pourrait te faire du bien.

— Je croyais que tu les aimais longs.

— C'est vrai, mais je peux changer d'avis, n'est-ce pas ? »

Ce serait moins fatigant pour elle, pensa-t-il. Si bien que Villy les lui coupa, ce qui fut un grand soulagement pour Sybil. Elle demanda à Hugh de rester pour décider de la longueur, et le sol se couvrit des longues mèches avant que Villy ne peaufine la coupe.

Croyant que personne ne le verrait, il déroba une boucle par terre et la dissimula, mais elles s'en aperçurent toutes les deux, Villy avec compassion, et Sybil avec crainte – comme elle ne supportait pas l'idée qu'il sache, elle se persuada néanmoins qu'il ne savait pas.

Polly, elle, savait. Et puisque personne n'en parlait, elle portait seule ce poids. Elle avait peur d'aborder le sujet et, les semaines passant, ça lui semblait de plus en plus difficile. Elle ne voulait pas en parler à son père de crainte de l'accabler davantage – puisqu'il ne manquerait pas de s'inquiéter pour *elle*. Elle ne pouvait pas en parler avec sa mère, ayant l'impression qu'elle trahirait son père. Elle n'en parlait pas à Clary, qui avait déjà assez de soucis comme ça. Tous les autres affichaient un air de gaieté si mièvre qu'elle ne savait pas comment les approcher. Pour se distraire, elle tenta de s'occuper de Christopher, dont l'état semblait s'améliorer. Depuis l'apparition d'Oliver, il ne pleurait plus, et le chien ne le quittait pas d'une semelle. C'était d'ailleurs ce qui avait poussé Christopher à faire des promenades sans escorte : Oliver avait besoin d'exercice, dit-il. On le voyait faire le tour de la grande prairie en lançant une vieille balle de tennis à Oliver, dont l'enthousiasme ne faiblissait jamais. Si bien qu'en un sens, Christopher n'avait plus autant besoin d'elle. Chaque journée était une épreuve où elle devait se lever dans un froid glacial, prendre son petit déjeuner, assister aux leçons, passer un peu de temps avec Christopher et avec sa mère, faire ses devoirs, recoudre et repasser des vêtements ou s'occuper de Wills et de Roly à la place d'Ellen. Le présent semblait gris ; l'avenir noir. Elle vivait dans un brouillard de terreur.

Un morne après-midi de novembre, en entrant dans la salle de classe, où elle était venue chercher le manuel de grec pour préparer des devoirs pour Clary, Miss Milliment alluma la lumière et la découvrit, assise à la table. Polly se leva d'un bond.

« Je n'ai pas fait le black-out », dit-elle, et Miss Milliment perçut à sa voix qu'elle avait pleuré. Elle éteignit et attendit que Polly baisse les stores. Le petit réchaud à paraffine avait été éteint ou s'était éteint tout seul : il faisait un froid de canard.

« Tu ne crois pas qu'il fait un peu froid ici pour y passer l'après-midi ? » demanda-t-elle. Polly, retournée s'asseoir, marmonna qu'elle ne s'en était pas rendu compte.

« J'ai l'impression que quelque chose te tracasse beaucoup », reprit Miss Milliment, et elle s'assit à la table, en face de Polly.

Il y eut un silence. Polly la regarda, et Miss Milliment soutint son regard. Puis Polly s'écria : « J'en ai marre d'être traitée comme une enfant ! J'en ai vraiment marre !

— Je comprends que ce soit très agaçant. Surtout au moment où tu cesses d'en être une. » Elle marqua une pause puis poursuivit : « Les gens disent toujours que c'est merveilleux d'être jeune, mais je crains que la plupart aient oublié comment c'était. Moi-même, j'ai trouvé ça assez épouvantable.

— Vraiment ?

— Heureusement, qu'on le veuille ou non, on grandit. Et ça t'arrivera. Tu dépasseras cet âge intermédiaire et déplaisant et on sera bien forcé de reconnaître que tu es devenue adulte. »

Elle attendit, puis suggéra gentiment : « Ça passera. Tout passe. »

Mais Polly, évitant son regard, dit : « Il y a une chose qui ne passe pas. La mort. »

Son désespoir, aussi calme que tangible, révélait un abîme de malheur qui secoua et émut Miss Milliment. « Tu penses à ton oncle ? s'enquit-elle, espérant à moitié que ce soit le cas.

— Vous savez bien que non.

— Oui, ma chère Polly, je le sais. Pardonne-moi.

— Ce n'est pas... » Sa voix tremblait. « Ce n'est pas seulement qu'ils ne m'en parlent pas à moi. C'est qu'ils n'en parlent pas entre eux. Ils font comme si ce n'était pas en train d'arriver. Ce qui transforme à peu près tout ce qu'ils disent en mensonges. Et ce doit être particulièrement dur pour ma mère, qui est toujours mal fichue et qui va de moins en moins bien. C'est la faute de mon père ! Il devrait parler le premier, afin qu'elle s'autorise à dire ce qu'elle ressent. Moi, si j'étais en train de mourir, c'est ce que je voudrais. » Des larmes ruisselaient à présent sur son visage, mais elle les ignora. « C'est cruel, si vous voulez mon avis.

— Je te rejoins sur ce que tu voudrais si tu étais en train de mourir. Je voudrais la même chose, je crois. » (L'espace d'une seconde atroce, Miss Milliment songea que, le moment venu, elle n'aurait personne pour lui mentir ou pour discuter de la vérité avec elle.) « Mais nous ne sommes pas *eux*. On a beau tenir très fort aux autres, on ne peut pas se mettre à leur place. Et les gens ne peuvent agir qu'en fonction de ce qu'ils sont. Certains sont capables d'en faire davantage, d'autres moins, mais le plus souvent, ils font différemment. Parfois, c'est très difficile à supporter, comme je sais que tu le sais.

— Mais moi aussi, je dois faire semblant à cause d'eux !

— Alors, tu sais à quel point cela doit être dur pour ton père. »

Puis elle ajouta : « Quand une personne meurt, elle doit pouvoir choisir comment. Nous venons de tomber d'accord là-dessus, n'est-ce pas ? Tu ne veux pas te raconter d'histoires, et, si tu y réfléchis, tu verras qu'eux non plus ne se racontent pas d'histoires. À eux-mêmes. Ce qu'ils font l'un avec l'autre ne regarde qu'eux. »

Polly regarda les petits yeux gris qui l'observaient avec bonté et perspicacité, et se sentit *comprise* – un sentiment qui lui procura chaleur et légèreté. « Ce que vous dites, déclara-t-elle, c'est que je ne dois pas juger les autres selon mes propres critères – selon ce que je suis, moi.

— C'est toujours un obstacle sur le chemin de l'amour, tu ne trouves pas ? dit Miss Milliment, comme si Polly y avait pensé la première. Les jugements ont tendance à tout gâter, d'après mon expérience. » Un mince sourire anima sa petite bouche puis disparut dans ses mentons. « Maintenant, Polly, je pense que tu devrais aller te mettre au chaud. Avant de partir, tu veux bien m'aider à trouver le manuel de grec sur l'étagère ? Il a une reliure vert foncé, mais l'inscription sur le dos est tellement effacée que je n'arrive pas à la lire. »

Quand Polly l'eut trouvé, Miss Milliment dit : « Je suis touchée de ta confiance. Inutile de préciser que je ne la trahirai jamais. »

Si bien que Polly n'eut pas à lui demander de ne pas en parler aux autres.

*

Louise était assise dans sa loge (qu'elle partageait avec une autre fille), sa robe de chambre sur les épaules – il faisait froid. La pièce au sol en béton, au lavabo craquelé et à la petite fenêtre sans rideau, avait toujours une faible odeur d'humidité. Elle avait allumé toutes les lumières de la coiffeuse parce qu'elles dégageaient un peu de chaleur. Elle était entre deux représentations et écrivait à Michael.

« Memorial Theatre, Stratford-upon-Avon », avait-elle écrit en haut de la feuille.

> Michael chéri,
>
> C'était merveilleux de recevoir votre lettre si vite après mon arrivée. En fait, elle m'attendait. Je suis désolée que vous n'ayez pas assez de canons, ou pas le modèle désiré, dans votre contre-torpilleur – ce doit être épouvantable. Mais j'imagine que les gens qui distribuent les canons ne mettent jamais les pieds sur les navires et n'ont aucune idée de ce qui vous serait utile.

(C'était pas mal tourné : elle donnait l'impression d'être intéressée, et d'avoir réfléchi à la question. Ses lettres à lui étaient si pleines d'histoires de bateau qu'elle les trouvait assez ennuyeuses ; elle aurait voulu qu'il s'étende davantage sur ses sentiments – et, bien sûr, ce qu'il ressentait pour elle. Il le faisait toujours un peu, mais seulement dans une phrase ou deux après des pages consacrées aux canons Oerlikon, à la météo – toujours mauvaise – ou à son capitaine.)

> Bon ! Je suis assez fière d'être arrivée ici, même si c'est très loin de ce que j'imaginais. D'abord, le théâtre paraît gigantesque et, à certains endroits de la salle, les gens n'entendent pas un mot, quoi qu'on fasse. D'après mes calculs, la moyenne d'âge de ma troupe – moi comprise – est de soixante-neuf ans. Parce que deux des comédiens ont plus de quatre-vingts ans et que le plus jeune en a quarante-sept ! Tous les jeunes ont dû être mobilisés. Il n'y a que trois femmes, une assez vieille,

et une autre un peu moins. C'est la saison d'hiver – Shakespeare n'est pas au répertoire, manque de chance. Je suis l'*ingénue** – berk ! J'ai un rôle horrible. Je m'appelle Ethyl. La pièce s'intitule *Son Excellence, le gouverneur* ; Bay a joué le héros quand il était jeune, il y a un million d'années, tandis que sa femme interprétait Ethyl. C'est à lui que je donne la réplique, même si l'idée d'être amoureuse de quelqu'un d'aussi décrépit est ridicule. J'ai des répliques atroces, où je dis des choses comme « mon héros ! », je suis en robe du soir presque tout le temps – en mousseline de soie bleu pâle –, et il n'y a aucun dialogue comique – intentionnellement, je veux dire. La pièce est drôle tout le temps, mais *malgré* elle. Enfin, ils sont assez gentils avec moi, sauf que certains hommes cherchent trop à voler la vedette. Je loue une chambre à la sortie de la ville, chez un vieux machiniste en retraite et sa fille, Doll. Il se soûle tous les vendredis soir et jure en Shakespeare : la semaine dernière, il m'a traitée d'empotée à face de crème et m'a jetée dehors. Mais Doll m'a dit d'attendre un moment dans la rue, puis qu'elle me ferait rentrer. Je déjeune avec eux. Presque toujours du cœur de mouton farci, des légumes verts et des pommes de terre avec une épaisse sauce marron, mais comme c'est mon seul vrai repas de la journée, je mange tout. Sinon il y a un salon de thé très chic, où les beignets coûtent QUATRE pence pièce, et en plus ils sont minuscules (quoique délicieux). Mais je suis payée deux livres dix les semaines de répétition et cinq livres quand on joue, et ma chambre coûte trente shillings, donc je dois faire attention. Il y a des hôtels, bien sûr, mais ils ne servent que des repas à cinq shillings, ce qui est hors de question. [Elle avait tellement faim presque tout le temps qu'il était difficile de ne pas parler de nourriture.] Parfois, Bay m'invite chez lui où sa femme, qui ne joue plus, nous sert un merveilleux thé avec des sandwichs à la pâte de viande, des scones aux raisins et même, une fois, un œuf à la coque.

Elle s'interrompit à cet endroit. Ça ne semblait pas une bonne idée de lui parler du problème de son retour chez elle le soir après la représentation, quand elle devait choisir entre se faire suivre par deux officiers tchèques – il y en avait beaucoup de cantonnés près de Stratford, qui se déplaçaient par deux et avaient la réputation de violer les filles – ou se faire tripoter par l'un des vieux comédiens qui proposaient de la raccompagner.

Ma chambre est assez petite, et le grand lit prend toute la place. Il grince, le matelas est tout fin et l'édredon n'arrête pas de glisser la nuit. Quand je rentre, je m'y installe, emmitouflée dans des couches de vêtements parce qu'il n'y a pas de chauffage, et j'écris ma pièce ou apprends mon rôle. La rivière est jolie, avec les cygnes, et on la voit depuis la terrasse du bar, où nous répétons parfois.

Elle relut ce qu'elle venait d'écrire.

Les comédiens ont des techniques pour voler la vedette [écrivit-elle ensuite]. L'une consiste à reculer de plus en plus vers le fond de la scène (en s'éloignant du public) quand on s'adresse à eux, ce qui nous oblige soit à nous éloigner aussi, soit à dire toutes nos répliques en tournant le dos aux spectateurs. Les vieux font ça tout le temps, pour que les gens les remarquent. L'un d'eux a beaucoup joué au music-hall, et quand il répète, il ne récite pas du tout son texte comme il faut, mais baragouine dans sa barbe d'un ton monotone. Il est assez gros, et dans les moments où il n'est pas sur scène, il dort, allongé sur trois chaises.

Je me demande quand vous aurez une permission, et si je vous verrai ? Je ne suis ici que pour trois pièces. Il est possible qu'ils me gardent, mais j'en doute.

Je n'aurai donc plus qu'à rentrer à la maison [elle faillit mettre « et on m'obligera à faire un travail barbant en rapport avec la guerre », mais n'était pas sûre qu'il soit pleinement de son côté sur le sujet, aussi conclut-elle par] et apprendre un métier utile.

Avez-vous déjà lu Ibsen [poursuivit-elle] ? Je viens de lire *Rosmersholm* et *Une maison de poupée*. Lui, il comprenait à quel point c'était dur pour les femmes autrefois – quand elles n'avaient pas le droit d'avoir un métier ou de mener une carrière. Sa langue est si moderne que je ne me suis pas rendu compte qu'il les avait écrites il y a si longtemps – enfin, assez longtemps. Ce qui m'y a fait penser, c'est que ses pièces, qui soit dit en passant ont fait scandale quand elles ont été jouées pour la première fois dans ce pays, ne semblent pas avoir changé grand-chose pour des gens comme ma mère ou mes tantes. J'ai eu l'occasion de rencontrer le vieux monsieur qui l'a mis en scène le premier – ainsi que Shaw. Il vit avec une gouvernante revêche dans une jolie maison un peu délabrée. Il s'appelle Alfred Waring, mais il était trop sourd et trop tremblant pour qu'on puisse avoir une longue conversation, et j'ai bien vu que ma visite ne plaisait pas trop à la gouvernante, alors je suis partie au bout d'une demi-heure. Je vous le raconte, parce que c'est comme ça que j'ai appris qu'Ibsen avait été mal reçu. Rien à voir avec Shaw. Lui, à mon avis, *voulait* être mal reçu.

Bon [elle avait soudain très envie de dormir] – je crois que je vais arrêter là cette lettre qui est beaucoup trop longue. Et assez ennuyeuse, je le crains. Bons baisers de Louise.

Au bas de la page, elle ajouta :

Si vous avez une permission dans un avenir proche, vous pourriez venir et loger dans un hôtel ici. Je me chargerais volontiers de vous réserver une chambre.

Puis elle regretta d'avoir mis ça, parce que s'il la voyait jouer dans un vrai théâtre, elle voulait que ce soit dans un rôle moins nul que celui de cette vieille Ethyl.

Les lettres qu'elle écrivait à Stella étaient très différentes. Elle y discutait en détail des mérites comparés de se faire tripoter par d'affreux vieux bonshommes à la peau parcheminée et à l'haleine fétide, ou de se faire violer sur le chemin de halage par de jeunes Tchèques, probablement sans comprendre un mot de ce qu'ils disaient. Elle en parlait parce que la situation l'effrayait – après tout, elle rentrait du théâtre six soirs par semaine, et, même si l'heure d'été double était conservée l'hiver, il faisait nuit dès dix-sept heures, après quoi les rues de Stratford étaient plongées dans un silence total et inquiétant.

Tu as peur [écrivit Stella en retour], et je te comprends. Le problème, c'est que tu ne dois pas fermer la porte aux vieux obsédés, parce que tu pourrais avoir besoin d'eux un de ces soirs. Si j'étais toi, j'apprendrais quelques phrases cinglantes en tchèque, juste par sécurité – si ça existe ! Ma pauvre Louise ! C'est à cause de la mauvaise réputation de cette profession que tu as choisie. Autrefois, les actrices étaient considérées comme des proies faciles, et la plus grande partie de l'Europe étant en retard sur nous en matière de mœurs, les Tchèques doivent s'imaginer que c'est toujours le cas. Et si je venais te voir ? Pourrais-je partager ton grand lit grinçant, vu que je n'ai pas un sou ? Mon père assimile le manque d'argent à la force de caractère – chez les autres, bien sûr.

Et, avant même que Louise ait pu répondre formidable, viens vite, elle arriva sans prévenir, dans les coulisses, un soir après la représentation.

« Je zui fenue pour t'emmener près de la rifière et te faire des chosses innommables, dit-elle.

— Oh, Stella ! C'est merveilleux ! Quel bonheur que tu sois là ! Viens dans ma loge le temps que je me change.

— Tu ne meurs pas de froid dans ta mousseline de débutante ?

— Si, mais je m'habitue. Il fait assez chaud sur scène à cause des projecteurs. C'est l'attente avant d'entrer qui est atroce.

— J'ai vu la pièce. Tu avais raison. Elle est *épouvantable*. Ma pauvre.

— J'ai fait ce que j'ai pu. » Paradoxalement, elle fut un peu agacée que Stella n'ait pas ajouté : « Mais tu étais bonne. »

« Tu veux que je te dise que tu étais bonne. D'accord, tu n'étais pas mauvaise, et je ne crois pas que tu pouvais faire mieux. Tu as la loge pour toi toute seule ?

— Pour cette pièce, oui. Mais dans la prochaine je devrai sûrement partager : quelqu'un d'autre aura le rôle principal et je ne ferai que de la figuration.

— Tu es amoureuse ?

— Non, et toi ? »

Stella secoua la tête. « Je suis le genre de personne qui ne plaît pas à beaucoup de monde, mais un jour, ça arrivera, et je serai sidérée, faute de pratique. Contrairement à toi.

— Qu'est-ce que tu veux dire ?

— Je veux dire, ma chérie, que tu es le genre de personne qui plaît à des millions de gens. » Elle se cala dans le fauteuil en osier et croisa les chevilles ; ses épais bas gris n'enlevaient rien à leur élégance.

« Je nous ai apporté un pique-nique, dit-elle. On peut manger ici ?

— Non. On va nous chasser d'une minute à l'autre. Le concierge veut fermer et rentrer chez lui.

— Chez toi, alors ?

— Ça dépend de Fred : s'il est debout et qu'il a bu, s'il est sorti ou couché. Et je vais devoir parler à Doll – lui demander si tu peux dormir dans ma chambre. Ça ne posera pas de problème, sauf si Fred est là et qu'il est ivre.

— Dans ce cas ?

— On sera mises dehors.

— Y a-t-il un autre endroit où on pourrait aller ?

— Pas vraiment. Sur le chemin de halage près de la rivière, mais en plus du reste, il y fera un froid de canard. Sinon, on mangera notre pique-nique sans faire de bruit. En tout cas, c'était héroïque de ta part de l'apporter.

— Ce sera héroïque de réussir à le manger.

— Vous avez fini, là-dedans, mesdames ?

— On arrive, Jack. » Elle passa un gant de toilette sur son maquillage, ramassa son sac, enroula son cache-nez autour de son cou, puis elles remontèrent l'escalier en béton, franchirent les portes battantes et sortirent dans la rue où il faisait nuit noire.

« Prends mon bras, dit Louise. J'ai une lampe de poche, mais je connais le chemin.

— Il n'est pas rentré du pub, dit Doll en les faisant entrer. Moi, ça ne me gêne pas », ajouta-t-elle après que Louise lui eut parlé de Stella. Puis quand Louise expliqua que son amie n'avait pas dîné, mais qu'elle avait apporté un pique-nique : « Pourquoi ne pas vous installer dans la cuisine pour le manger ? Je vais vous préparer du thé. Après tout, ce n'est pas pareil que si vous étiez un monsieur.

— Laquelle de nous deux devrait en être un pour que ce ne soit pas pareil ? murmura Stella, alors qu'elles retiraient leurs vêtements d'extérieur dans la chambre de Louise.

— Toi, je pense. Mais elle est gentille, non ?

— Très gentille, répondit Stella. Quoiqu'un peu terrorisée par son père. »

Lorsqu'elles redescendirent, Doll avait disposé sur la table deux tasses avec leur soucoupe, un sucrier et un pot de lait. « L'eau chauffe, dit-elle. Je vais fermer la porte. Avec un peu de chance, il ne se rendra compte de rien. »

Elle dénoua sa blouse fleurie aux couleurs passées et l'accrocha derrière la porte. « Mais tâchez d'arrêter de parler quand vous l'entendrez rentrer. C'est vendredi, vous comprenez. »

Elle avait le visage fatigué et bon d'une personne qui avait renoncé à espérer.

Quand elles furent seules, Stella demanda : « Les vendredis sont particulièrement durs ?

— C'est le jour où il se soûle. Il ne le fait pas les autres soirs. »

Louise prépara le thé et elles s'installèrent sagement à table pour manger des roulés au fromage, des pommes et quelques carrés de chocolat.

« J'ai presque envie qu'il rentre, juste pour voir ce qui se passerait, fit remarquer Stella alors que Louise rinçait leurs tasses.

— Pas moi. Je vote pour qu'on remonte tout de suite se mettre à l'abri.

— Il y a des toilettes à l'intérieur ?

— Oui. Elles ont été rajoutées sur le palier. »

Il rentra pendant que Stella était aux toilettes, et Louise espéra qu'elle aurait la présence d'esprit d'y rester le temps que Doll aide son père à monter l'escalier et à se coucher. Stella, bien sûr, eut le bon réflexe. Elles se déshabillèrent à la hâte – Stella avait des chaussettes de laine : « Mes pieds sont toujours glacés ; un vrai danger pour quiconque les effleurerait la nuit. » Puis elles se mirent au lit et papotèrent à voix basse, de tout et de rien.

« Tu es adorable d'être venue, dit Louise. Combien de temps peux-tu rester ?

— Uniquement jusqu'à demain après-midi, hélas. Je dois faire une apparition à la maison avant de retourner à Oxford. »

Le lendemain matin, elles sortirent tôt. Stella annonça qu'elle leur offrait le petit déjeuner au Swan, et Doll dit qu'elle se débrouillerait pour que Stella déjeune avec eux.

« Parfait ! Comme ça, je verrai son vieux papa, dit Stella.

— Dans la journée, il est très doux et ennuyeux, répondit Louise, et ils ne parlent jamais durant les repas.

— Jamais ?

— “Passe-moi le sel”, rien d’autre. »

Le temps était vif et clair – ciel bleu, soleil jaune pâle, givre sur les trottoirs. Elles passèrent par le théâtre, que Stella voulait voir de jour.

« J’ai entendu dire qu’il était très laid, alors j’ai envie de me faire mon opinion. Mais ç’aurait été stupide de reconstruire un théâtre élisabéthain, non ? Je trouve que les maisons Tudor font horriblement factices. Elles me rappellent toujours celles de Great West Road.

— Je n’ai jamais réfléchi à l’aspect des maisons. »

Avec Stella, elle avait toujours l’impression d’avoir l’esprit étroit, mais quand elle le lui dit, son amie répondit : « C’est à Oxford que j’ai commencé à remarquer les constructions. Comme l’odorat, ça a des avantages et des inconvénients. Mais c’est un tel plaisir de regarder les beaux bâtiments, et puis le fait de remarquer les monstruosités permettra peut-être qu’il y en ait moins à l’avenir. »

À l’extérieur du théâtre, des affiches annonçaient un concert de Moiseiwitsch, qui jouerait du Beethoven dimanche.

« La dernière fois que je l’ai entendu, il était si mauvais que ça m’a fait rire, dit Stella. Bang, bang, bang ! Comme s’il essayait de se faire entendre de Beethoven en jouant trop fort.

— Comment va Peter ?

— Il est dans la RAF – depuis peu. Pendant sa première semaine, il a lavé cent quatre-vingts assiettes tous les soirs. Il a raconté que ses mains ressemblaient à des saucisses enflées enveloppées dans une peau de chamois. En plus, ils veulent qu’il joue.

— Qu'il joue pour eux le soir ?

— Non, en concert. Il a rejoint une unité où il y a beaucoup de musiciens, mais ce qui est drôle, c'est que bien que l'orchestre soit constitué d'incroyables professionnels – comme le quatuor à cordes Griller – ils ne sont, au mieux, que caporaux, et le commandant qui les dirige, lui, menait une fanfare au bout d'une jetée. Peter dit qu'ils ne font pas attention à lui, alors ça va. Il doit jouer souvent, sans presque pouvoir s'entraîner, et ses mains sont en mauvais état. Mais ça pourrait être bien pire. »

Elles marchaient le long de la rivière – couleur ardoise en reflétant le ciel.

« Alors ? Tu dis quoi, toi, pour la guerre ? demanda Stella.

— La *guerre* ? Je n'y ai pas beaucoup pensé.

— Pas du tout, tu veux dire. Je te connais. Tu ne lis pas les journaux, je suppose que tu n'écoutes pas les informations – tu n'as aucune idée de ce qui se passe. Tu n'es pas au courant que l'*Ark Royal* a été coulé, si ? Par les Italiens, ce qui est presque pire. Un coup dur, pour la campagne d'Afrique du Nord.

— Je ne savais pas. » Louise ignorait même quel genre de navire était l'*Ark Royal*. « Un cuirassé ? risqua-t-elle.

— Un porte-avions. »

Elle s'imagina soudain sur un bateau en train de couler. « Ça doit être terrifiant. Quelle épouvantable façon de mourir.

— Ils n'ont pas perdu beaucoup d'hommes. Heureusement que c'était en Méditerranée. Dans l'Atlantique, il fait trop froid pour que les naufragés survivent jusqu'à l'arrivée des secours.

— Michael est dans l'Atlantique, dit-elle.

— Tu as de ses nouvelles ?

— Il m'écrit. Tu veux dire… » Elle hésita, horrifiée. « Tu veux dire que si un bateau coule, les gens qui sont dessus n'ont aucune chance ? Ils n'ont pas de canots de sauvetage ou de radeaux ?

— Bien sûr que si. Mais parfois, ça se passe très vite, et il faut du temps pour aller les chercher. Parfois, il n'y a pas assez de canots, et les marins doivent s'y accrocher en étant dans l'eau.

— Comment sais-tu tout ça, Stella ?

— J'en sais moins que j'en ai l'air. Mais j'ai un cousin qui était dans un navire d'escorte pour assurer la sécurité d'un convoi, et son bateau a été torpillé. Il m'a un peu raconté. »

Elle n'entra pas dans les détails, parce qu'elle se rendit compte que Louise commençait à s'inquiéter.

Lorsqu'elles arrivèrent au Swan, où l'on était disposé à leur servir un petit déjeuner – œufs brouillés à base d'œufs en poudre, saucisses plutôt nerveuses et café curieusement gris –, Stella lui demanda : « Qu'est-ce que tu ressens pour Michael ? »

Louise réfléchit. « Ma vanité légendaire mise à part – il n'arrête pas de me répéter que je suis merveilleuse, ce qui me change agréablement, je dois l'avouer –, je ne sais pas. Les lettres que j'écris m'éclairent un peu. Il y a celles que j'envoie à ma famille – enfin, à maman, parce qu'elle y compte, et parfois en commençant simplement par "Chère famille". Et puis celles que je t'écris à toi, où je peux tout dire – tu ne vas pas répondre que je ne devrais pas être ici, ni m'ordonner de rentrer à la maison. Michael se situe entre les deux. Il me fait l'effet d'être à moitié un adulte et à moitié un égal. Sans doute parce qu'il a quatorze ans de plus que moi.

— Tu crois qu'il te plaît parce que tu as une espèce de complexe paternel ?

— Fichtre, non ! » En le disant, Louise s'aperçut qu'il y avait une chose qu'elle n'avait jamais dite à Stella – et qu'elle ne lui dirait jamais.

« J'imagine, reprit-elle d'un ton peu convaincant, que je me sens plus ou moins en sécurité avec lui. »

Elle vit le visage de son amie, son sourire perspicace et ironique adouci par l'affection, et elles laissèrent tomber le sujet.

Elle l'interrogea sur Oxford, et Stella lui répondit qu'en toute autre circonstance, ce serait l'endroit idéal pour elle. « Mais là, j'ai l'impression de meubler le temps, avant de devoir faire quelque chose de totalement différent, où tout ce que j'aurai appris sera à peu près aussi utile que la recette du soufflé au chocolat qu'on nous a enseignée à l'école de cuisine.

— Tout finit par servir, un jour ou l'autre.

— Comme d'apprendre à apprivoiser les requins, et *ensuite*, faire naufrage ? Je pense que la vie est un long naufrage, et qu'on apprend l'existence des requins après avoir été repêché. Quoi qu'il en soit, mon père veut que je devienne la secrétaire d'un amiral ou quelque chose d'aussi respectable. Ma mère pense que je devrais être infirmière.

— Et toi ? »

Elle haussa ses fines épaules. « Je ne sais pas.

— J'aimerais bien qu'on fasse quelque chose ensemble.

— Moi aussi. Si l'une de nous a une bonne idée, elle avertit l'autre. »

Après un déjeuner silencieux composé de foie de bœuf aux oignons – Fred avait mauvaise mine, mais se montra relativement affable, et il mâcha sa nourriture avec lenteur en dévisageant Stella d'un air insondable –, Louise raccompagna son amie à la gare. Leur conversation devint moins aisée à mesure qu'approchait le moment de la séparation – elles se demandèrent des nouvelles de leurs familles, et se répondirent qu'il n'y avait rien de neuf les concernant. « C'est fou, dit Louise, comme rien ne les fait changer. Ou alors si, ils changent, mais on ne s'en rend pas compte. Toi, au moins, tu as la chance de ne pas en avoir trop.

— Je pensais justement que toi, tu disposais d'une agréable variété. »

Une fois Stella partie, elle se sentit triste. Ma meilleure amie, songea-t-elle. Ma seule amie. C'était une pensée plutôt morose, et elle se demanda si c'était parce qu'elle n'était pas douée pour l'amitié. Il y avait Michael, bien sûr, mais l'admiration qu'il avait pour elle faisait de leur relation une amitié artificielle : ils n'étaient pas amis, à proprement parler, c'était plutôt comme s'ils jouaient à un jeu dont il connaissait mieux les règles qu'elle. Elle avait cru que Jay deviendrait un ami, mais en revenant de son séjour dans la famille de Michael, elle avait découvert qu'il dormait chez Ernestine ; il l'évitait, ou faisait des remarques vaguement moqueuses qui semblaient adressées à la cantonade, mais dont elle avait l'impression d'être la cible. Plus jamais il ne lui avait lu de poésie, ni ne lui avait caressé les seins. Et Ernestine avait clamé haut et fort qu'elle était la seule personne de la troupe à avoir une liaison. La présence de Stella – même pour vingt-quatre heures – lui avait fait sentir à quel point son amie lui manquait. Elle décida que même un ennuyeux emploi lié à la guerre serait supportable si elles le faisaient ensemble.

Elle s'aperçut qu'elle avait la gorge irritée, après quoi elle tomba malade pour de bon, manqua *Maria Marten* trois soirs de suite et se fit renvoyer à cause de ça.

*

Mrs Cripps et Tonbridge étaient assis côte à côte dans l'obscurité. Ils étaient à l'avant-dernier rang, et elle percevait derrière eux les respirations lourdes et les mouvements clandestins de la romance. Ils regardaient *King Kong*. En jetant un coup d'œil à Tonbridge, Mrs Cripps vit qu'il était captivé, même si elle-même trouvait le film plutôt idiot – un très grand singe qui en pinçait pour une star de cinéma. Elle aurait préféré une véritable histoire d'amour, avec Robert Taylor ou Clark Gable, ou alors un beau film de Fred Astaire et Ginger Rogers dans lequel il y aurait eu beaucoup de danse. Mais quand il l'avait invitée au cinéma, elle avait répondu oui sans se soucier du programme. C'était la sortie qui l'intéressait, et l'occasion d'être assise avec lui dans la pénombre sans qu'on puisse les interrompre ou les reconnaître. Elle avait mis ses plus beaux habits – son manteau d'hiver bordeaux, son étole de renard, qui s'accrochait en fixant la queue de l'animal dans sa gueule, ainsi que son plus beau chapeau, en velours marron foncé, bordé de plumes de faisan et orné d'un nœud en ruban (on lui avait demandé de le retirer dès qu'elle s'était assise, et maintenant elle avait trop chaud, vu qu'elle ne pouvait pas garder le chapeau *et* l'étole sur ses genoux en même temps). Ç'avait été un mauvais choix de porter en dessous son plus beau corsage en satin, d'un bleu ravissant, un vêtement dans lequel elle aurait préféré éviter de transpirer, mais elle n'y pouvait rien. Le singe était en train de démolir un gratte-ciel à New York – elle laissa échapper un petit soupir d'effroi dans l'espoir qu'un bras réconfortant se poserait sur ses épaules, mais il se contenta de tendre la main dans le noir et de tapoter son chapeau qui, bien sûr, était pile à l'endroit où il pensait trouver sa main. Il était maladroit dans ses avances, devait-elle reconnaître. « C'est pour de faux », murmura-t-il. Elle tourna vers lui son visage phosphorescent ; il n'aurait su dire si elle était rassurée.

Il se demanda ce qu'elle ferait s'il lui prenait la main. Il avait raté l'occasion évidente à cause du chapeau. Il réessaya et, cette fois, réussit. Le chapeau tomba par terre, mais elle n'y prêta pas attention. Les doigts doux et potelés de la cuisinière enveloppèrent les siens – il pouvait les serrer sans sentir les os. Tout son corps était pareil – l'idée de l'étreindre fit palpiter son vieux cœur.

« Ce n'est qu'un gorille », chuchota-t-il. Il voulut ajouter qu'il ne laisserait jamais un gorille l'approcher, mais craignit de paraître sentimental.

Après le film, elle ramassa son chapeau et ils sortirent dans le froid mordant. Elle s'en réjouit – d'après son expérience, les dames ne transpiraient pas. Il l'emmena dans le meilleur salon de thé, où les gâteaux individuels coûtaient trois pence pièce et une assiette de scones, avec margarine et confiture, neuf pence.

Il dit qu'il trouvait que c'était un bon film, et elle admit avoir passé un agréable moment. Il portait ses vêtements civils : un costume à fines rayures bleu foncé un peu large aux épaules et une cravate très élégante à rayures diagonales bleues et rouges. Il faisait chaud dans le salon de thé – à cause des fenêtres occultées pour le black-out, il n'y avait pas beaucoup d'air –, mais comme elle put retirer la fourrure et le manteau, ça ne la gênait pas. Les scones étaient plutôt bourratifs, et il fut prompt à remarquer qu'ils ne valaient pas les siens.

« Forcément », dit-elle, en sirotant son thé chaud et trop léger, qu'elle aurait renvoyé s'ils n'avaient pas été en temps de guerre.

Ils n'avaient jamais trouvé facile de converser pendant les repas. En général, elle s'asseyait et le regardait manger l'un de ses innombrables encas – il ne prenait jamais un gramme et restait toujours aussi maigre.

Sentant la gêne, il parla de la guerre : lui donna son opinion sur les Japonais et les États-Unis. « J'ai la certitude, madame Cripps, qu'il ne sortira rien de bon de tout ça, croyez-moi. Et je trouve que Mr Churchill n'avait pas besoin de dire que nous participerions s'ils entraient en guerre. "Dans l'heure", a-t-il déclaré. À mon avis, c'était aller trop loin.

— Sans doute. » La guerre l'ennuyait profondément, de même que le rôle qu'y jouaient les pays étrangers, alors que ça n'était pas leur affaire.

« Mais Mr Churchill sait ce qu'il fait, ne l'oublions pas.

— Je ne vous le fais pas dire », répondit-elle, espérant qu'il la prendrait au mot.

Ils avaient fini les scones et lorgnaient tous deux l'assiette de gâteaux : un moment toujours délicat, puisqu'il n'y en avait pas deux pareils et qu'un, en particulier, semblait beaucoup plus appétissant que les autres. Il était un gentleman. Il lui tendit l'assiette.

« Lequel vous fait envie, madame Cripps ? » Comme elle l'avait vu regarder la tarte à la confiture, elle prit la génoise au chocolat. Ils allaient maintenant pouvoir se détendre et, espéra-t-elle, parler de sujets plus intéressants. Elle savait qu'il avait reçu une lettre un ou deux jours plus tôt, parce qu'Eileen l'avait apportée et posée sur la table de la cuisine. C'était la première fois qu'elle le voyait recevoir du courrier ; sur l'enveloppe, son nom "Mr F. C. Tonbridge" et son adresse étaient dactylographiés. Dès qu'il était entré pour sa collation de onze heures, elle la lui avait montrée du doigt. Il l'avait prise et contemplée un long moment, avant de la fourrer dans sa poche. Il n'en avait pas reparlé. « J'espère que vous n'avez pas reçu de mauvaises nouvelles, monsieur Tonbridge ? l'avait-elle aiguillé durant le repas ce soir-là.

— Oui et non », avait-il répondu. Plus tard, elle avait suggéré qu'en partageant ses soucis, on les allégeait de moitié, mais il n'avait pas paru ou pas voulu comprendre. Elle le regarda mâcher, grimacer légèrement quand la confiture toucha sa mauvaise dent, puis elle eut une idée.

« C'est une méchante guerre, pour sûr, dit-elle, et le pire c'est qu'elle sépare ceux qui s'aiment. Mrs Rupert sans Mr Rupert ; Mr Hugh éloigné de

Mrs Hugh pendant toute la semaine ; Mrs Edward qui ne voit presque plus Mr Edward... » Elle marqua une pause et reprit : « Et vous, monsieur Tonbridge. Je me demande parfois si votre femme ne vous manque pas... »

Il avala la fin de la tarte et s'éclaircit la gorge. « Madame Cripps, rares sont les personnes à qui je l'avouerais – je ne voudrais pas que ça se répande – mais la vérité vraie, en toute confidentialité – je ne suis pas du genre à étaler mes affaires privées en public –, c'est qu'elle ne me manque pas. Loin de là. Au contraire. C'est un poids en moins sur mes épaules. Ça ne me gênerait pas de ne plus poser les yeux sur elle. Si ça ne tenait qu'à moi, je ne la reverrais pas. Elle est... croyez-moi, j'ai découvert que ce n'est pas quelqu'un de très bien.

— Quel dommage ! » Elle était ravie.

« Dommage en effet. Je préférerais ne pas vous dire ce qu'elle a fait. Vraiment pas. Ce ne serait pas digne de vos oreilles. »

Il finit tout de même par le lui dire. Il parla de George (sans pourtant rentrer dans les détails de ce qui s'était passé ce jour épouvantable où elle lui avait balancé ses vêtements par la fenêtre) : il raconta seulement qu'il avait trouvé George en rentrant chez lui. « Et vous vous souvenez de la lettre que j'ai reçue ? » demanda-t-il.

Elle hocha la tête d'un mouvement si vigoureux qu'une pince à cheveux tomba dans son assiette, et elle la couvrit aussitôt de sa main ridée, creusée de fossettes.

« C'était un avocat. Elle veut divorcer. Elle veut épouser cet individu. *Et* elle veut garder la maison.

— Ça alors ! Mais vous n'avez pas besoin de la maison, si ? »

Il songea à toutes les années de travail qui l'avaient payée. Un chez-soi, l'appelait-il. Ça n'en avait jamais été un.

« Je ne crois pas », répondit-il, d'une voix lente mais tremblante, et elle se rendit compte qu'il avait beaucoup souffert, malmené par cette catin londonienne, devinait-elle, et peut-être aussi par l'amant. Quelle misère, songea-t-elle ; regardez ce petit cou décharné et ces yeux tristes, et ces jambes tout arquées dans ses guêtres – tout à fait le genre d'homme à se faire maltraiter...

« Ça signifie, ajouta-t-il avec difficulté, que je n'aurais pas grand-chose à offrir.

— À offrir », répéta-t-elle. Elle était tellement enchantée par le sous-entendu supposé qu'elle voulut s'assurer de ne pas l'avoir mal compris.

« J'espérais, reprit-il, que nous aurions pu parvenir à un engagement... » Il y eut un silence, durant lequel tous deux attendirent que l'autre dise quelque chose. Elle gagna.

« Ma position ne me permet pas... dit-il en s'empêtrant. Je n'ai pas le droit... étant, pour ainsi dire, un homme marié. Mais cette lettre jette une nouvelle lumière sur la situation. Malgré tout, ce ne serait pas juste de vous demander – d'un côté, je ne voudrais pas que vous me considériez comme bigame...

— Jamais de la vie ! » Elle n'avait pas la moindre idée de ce qu'était un bigame, mais ça lui parut assez dégoûtant.

« D'un autre côté, allez savoir combien de temps mettent les avocats pour tout ça ? » La fin de sa phrase sonnait presque comme une question.

« Ils prennent leur temps, pas de doute là-dessus », dit-elle. Elle n'avait jamais eu affaire à un avocat et n'était pas très sûre de savoir à quoi ils servaient, sauf qu'elle devinait maintenant qu'ils intervenaient dans les divorces – pratiqués seulement, à sa connaissance, par des stars de cinéma et d'autres gens qui avaient du temps à perdre. Mais elle comprenait ce qu'il entendait par « un engagement ». C'était ce qu'il y avait de mieux après des fiançailles.

« Je vous ai toujours considérée comme une belle femme, une vraie femme », dit-il, fixant sa poitrine avec respect.

Elle n'y tint plus. « Frank, si vous me demandez de m'engager avec vous – je ne m'y opposerai pas. »

Il devint soudain rose foncé, et ses yeux s'humidifièrent. « Mabel... si vous permettez...

— Idiot, le coupa-t-elle. Comment voudriez-vous m'appeler, sinon ? »

*

Au début, Sybil eut du mal à y croire – elle se dit qu'elle avait seulement profité d'une nuit de sommeil exceptionnelle ou que le froid lui redonnait de l'appétit. Pourtant après une semaine sans la moindre nausée, durant laquelle son dos ne l'avait fait souffrir que quand elle avait voulu soulever et porter Wills, elle fut forcée d'y croire. Elle se sentait toujours faible et se fatiguait vite, mais avait la nette impression d'être en voie de guérison. Ça arrivait à certains ; elle était sûre que la volonté n'y était pas étrangère, et Dieu sait qu'elle avait prié pour aller mieux – pour Hugh, pour les enfants, et en particulier pour Wills. Perdre sa mère à cet âge, c'était beaucoup trop tôt, elle était bien placée pour le savoir. Il ne se souviendrait pas d'elle. Ne se serait pas souvenu d'elle, se corrigea-t-elle en silence.

C'était vendredi, et, pour une fois, elle n'appréhenda pas le retour de Hugh ce soir-là. Elle avait hâte qu'il la voie. Elle ferait très attention toute la journée, se reposerait après le déjeuner, puis Polly lui apporterait son thé très léger et salutaire. Quand elle était au plus mal, elle rêvait d'une tasse d'eau chaude avec une rondelle de citron, mais on ne trouvait plus de citrons. Cette dernière semaine, elle avait diminué de moitié sa dose de médicaments, ce qui contribuait aussi à la rendre plus alerte. Elle passerait tout de même beaucoup de temps à mettre du rouge sur son visage, puis à l'estomper pour que Hugh ne remarque pas qu'il s'agissait de fard, puis elle enfilerait la robe la plus neuve qu'elle s'était faite (elle ne supportait plus rien d'ajusté à la taille et avait pris l'habitude de faire tenir ses bas en y enroulant une pièce d'un shilling en haut des jambes). Si ç'avait été l'été, elle aurait pu se promener un peu avec Hugh ; mais il faisait trop froid, malgré le soleil, pour qu'elle ait plaisir à mettre le nez dehors. Villy la conduisait parfois en voiture à Battle, quoique de moins en moins souvent. La maison était glaciale, et seul un approvisionnement constant en bouillottes chaudes lui permettait de supporter certaines journées, même en restant au lit.

Mais maintenant, se dit-elle, alors qu'elle changeait de côté la raie dans ses cheveux pour voir si ça lui allait mieux, je vais pouvoir recommencer à faire de courtes promenades durant la semaine – un peu plus loin chaque jour, et quand je réussirai à marcher une demi-heure, je lui dirai que j'aimerais qu'il m'emmène en balade. Il sera tellement surpris !

En se réveillant ce matin, elle s'était tout de suite demandé quel temps il faisait. Quand elle avait compris, ou cru savoir qu'elle allait mourir, c'était le début de l'été – elle était devenue obsédée par la météo, les saisons. Elle avait regardé les fleurs se faner petit à petit ; le nombre de roses diminuer, les phlox et les delphiniums faire des capsules de graines, les chênes virer au bronze dans la lumière plus pâle du soleil, les hirondelles s'en aller, l'unique vieux pommier visible de sa fenêtre se charger de fruits roses et prometteurs, les chrysanthèmes, les kniphofias et les anémones du Japon tant aimés par la Duche fleurir dans l'air plus vif, le soupçon de givre brillant sur la pelouse le matin : et chacun de ces tableaux, lui avait-il semblé, serait le dernier du genre qu'elle admirerait. Elle ne verrait plus d'hirondelles, ni de roses, ni de jeunes feuilles vertes, ni de matins où les merles s'attaquaient à coups de bec aux pommes tombées. Dès qu'elle avait pensé qu'il ne lui restait qu'un temps limité, elle s'était forcée à faire le voyage jusqu'à Londres afin d'équiper Polly de vêtements pour l'hiver et pour plus tard, qui lui dureraient au moins un an après qu'elle serait partie. Rachel avait insisté pour qu'elle passe aussi voir le Dr Carmichael, qui lui avait fait l'effet d'un homme bon, extrêmement expérimenté et pragmatique. Il l'avait examinée presque sans rien dire, et elle lui avait demandé s'il y avait de l'espoir. « Il y a toujours de l'espoir, bien sûr, avait-il répondu, mais je ne crois pas que vous devriez compter dessus. » Et quand, avant de s'être autorisée à assimiler ces mots, elle lui avait demandé combien de temps il lui restait, il avait répondu que c'était impossible à dire – plusieurs mois, sans doute – et, comme s'il lisait dans ses pensées, il avait ajouté : « Ne vous inquiétez pas pour Noël. Vous avez un fils en pension, n'est-ce pas ? Si nous vous opérons, il y a des chances que vous connaissiez d'autres Noël », et elle n'avait réussi qu'à hocher la tête. Il lui avait donné une prescription, accompagnée d'instructions strictes, puis, lorsqu'elle s'était levée pour prendre congé, il avait fait le tour de son bureau, posé les mains sur les épaules de Sybil et dit : « Je suis désolé, chère madame. Vous m'avez interrogé, et il ne serait pas charitable de vous mentir. J'écrirai à votre médecin de famille. Votre mari... » Il avait hésité, et elle en avait profité pour dire très vite qu'elle ne voulait pas qu'il sache – pas encore, et surtout pas qu'elle savait. Il l'avait regardée d'un air pensif pendant un instant, puis : « Bien sûr, la décision vous appartient. »

Il lui avait dit qu'elle pouvait l'appeler et lui avait même donné son numéro personnel ; il avait été très gentil. Ce ne devait pas être drôle de devoir annoncer aux gens ce genre de choses, avait-elle songé en descendant les marches de la grande maison de Harley Street, pour retrouver la rue chaude et poussiéreuse. Devoir annoncer aux gens qu'ils allaient peut-être mourir... puis ça l'avait frappée : elle s'était aperçue qu'elle n'y avait pas cru, n'avait pas été capable d'affronter l'inexorable certitude – ses jambes avaient commencé à flancher et, pendant plusieurs minutes, elle s'était retenue aux grilles de fer bordant les marches. C'était là qu'elle avait compris qu'elle n'aurait pas le courage de rentrer en train avec

Polly et Villy et de faire comme si de rien n'était. Elle avait besoin d'un peu de temps seule. Heureusement qu'elle avait eu la présence d'esprit de donner à Polly son billet. Puis elle avait marché à pas lents dans les rues jusqu'à ce qu'elle arrive à un pub. Un verre : voilà ce qu'il fallait quand on avait subi un choc. Mais il était trop tôt : les pubs n'étaient pas ouverts. De toute façon, pensa-t-elle, je ne peux plus boire d'alcool – ça ne lui réussissait pas ; entrer seule dans un pub, sans être accompagnée d'un homme, serait en soi une épreuve, et commander une boisson sans alcool serait encore pire. Elle monta dans un taxi et lui demanda de la déposer à Charing Cross, mais une fois à Piccadilly Circus, elle aperçut le News Cinema et, après avoir payé la course, y entra. La salle serait obscure et anonyme, et elle pourrait y rester aussi longtemps qu'elle voudrait.

Elle vit défiler les actualités Gaumont, récitées de l'habituel ton pincé et un brin héroïque, qui se prête si bien aux épopées et au patriotisme, comme si les nouvelles, quelles qu'elles soient, avaient vocation à galvaniser et apaiser tout à la fois les spectateurs, puis il y eut deux dessins animés, *Mickey* et *Donald*, un court métrage sur une usine de munitions… et ce fut de nouveau les actualités, auxquelles elle n'avait de toute façon pas prêté attention la première fois. Elle resta assise là, à regarder sans y penser des images floues du Blitz qui, dit le commentateur d'une voix presque triomphale, s'intensifiait.

Lorsqu'elle ressortit en clignant des yeux et chercha un autre taxi, elle imagina Hugh, rentrant de l'East End dans leur maison désolée, sans savoir qu'elle était toujours à Londres, sans savoir qu'elle allait mourir. Mon chéri. Que puis-je faire pour que ce soit moins épouvantable pour toi ? Ne rien lui dire, conclut-elle en montant avec raideur dans un taxi. Lui dire le condamnerait à des semaines – ou des mois ? (ça paraissait bizarre de ne pas savoir) – d'attente. Ce serait comme de se tenir sur un quai de gare, songea-t-elle lorsqu'elle fut à Charing Cross, à attendre le départ du train pour se dire adieu ; elle pouvait lui épargner cette épreuve, ou du moins une grande partie. Ses pensées étaient très peu nombreuses et très éloignées les unes des autres ; elle savait à peine ce qui se passait entre elles.

Dans le train elle s'était endormie.

Ce matin, elle se remémora une fois encore les paroles du Dr Carmichael : « Il y a toujours de l'espoir. » Il avait raison, bien sûr, mais n'avait pas dû se sentir en droit d'entretenir le sien. C'était une belle matinée de brume blanche ; le soleil avait une couleur piment. Des stalactites fines comme de la dentelle tombaient des vitres. Simon allait bientôt rentrer de pension ; Noël approchait. Elle avait tricoté quatre paires de chaussettes et un pull pour Hugh, dans un point incroyablement compliqué, et cousu une robe de soirée pour Polly, en organdi couleur café. La maison se remplissait de ces innocents secrets. Christopher et Polly fabriquaient une maison de poupée pour Juliet, et Sybil avait brodé au petit point un minuscule tapis pour meubler le salon. Polly grandissait vite, ce qui expliquait peut-être sa pâleur. Sybil l'emmènerait chez le Dr Carr, qui lui donnerait un fortifiant. Elle emmènerait peut-être aussi Simon chez Hamley à Londres pour choisir son cadeau, se dit-elle en fermant la petite fenêtre à la française ;

et soudain elle se revit à cette même place, juste avant la naissance de Wills, avec une rose Albertine, « puisque pour voir nature en fleurs, cinquante années sont peu d'espace[1] », pensant qu'elle risquait peut-être de mourir en couches. Mais elle avait survécu ; c'était cette pauvre petite jumelle qui était morte. Eh bien, elle n'aurait plus ce genre de pensée ; elle allait guérir, et vivre.

Ce soir-là, après son premier dîner en bas depuis des semaines, et alors que, sur l'insistance de Hugh, ils s'étaient retirés, il lui demanda : « Chérie, tu n'es pas fatiguée ?

— J'ai l'air fatiguée ? »

Il se pencha sur elle, devant la coiffeuse, de sorte qu'elle le vit regarder son visage dans le miroir.

« Tu es ravissante. Et tu parais sereine. Ravissante, répéta-t-il, et il posa la main sous ses cheveux dans son cou. Je regrette un peu de ne plus voir ta nuque.

— Je me referai pousser les cheveux. Mais les longs cheveux gris ne sont pas très seyants, si ?

— Tu n'as pas les cheveux gris.

— Ils le seront un jour. »

Il lui fit pivoter la tête et l'embrassa sur la bouche. « À présent, je vais te mettre au lit, dit-il après cet instant de douceur silencieux.

— Oh, Hugh ! Tu te rends compte à quel point je vais mieux ? Je peux te le dire à présent. Je me suis sentie si mal pendant si longtemps que j'avais commencé à croire... à craindre... vois-tu, j'ai même cru que j'allais peut-être mourir ! » Elle lâcha un petit bruit à mi-chemin entre le rire et le

1. « Le Cerisier », poème de A. E. Housman tiré du recueil *A Shropshire Lad*, ici traduit par Delia Morris et André Ughetto.

sanglot. « C'est un tel soulagement de te le dire. Je n'aurais pas pu le faire avant, mais maintenant… je me sens *tellement* mieux ! Depuis une semaine. De jour en jour ! »

Il s'agenouilla pour l'entourer de ses bras et la tint serrée tandis qu'elle laissait monter et couler des larmes de délicieux soulagement. Lorsqu'elle put le regarder, elle vit une tristesse insondable. Il secoua la tête presque avec irritation. « Tu veux dire que tu as ressenti tout ça sans m'en parler ?

— Je ne pouvais pas. Chéri, je ne voulais pas te tourmenter. Et j'avais raison, tu vois. Ç'aurait été des tourments inutiles.

— Tu dois me promettre, dit-il d'une voix qui se raffermit à mesure qu'il parlait, que si un jour il t'arrive d'éprouver de nouveau ce genre de sentiment, tu me le diras. Ne me cache rien.

— Chéri, je ne te cache rien. Tu le sais. Sauf ça. Je ne pouvais pas t'avouer que je craignais de mourir.

— Tu crois que je préfère savoir après coup que tu as affronté ça toute seule ? Mets-toi un peu à ma place.

— Mon cher amour. Si c'était toi, je saurais sans que tu aies besoin de me le dire. »

Elle affichait une si tendre conviction qu'il dut dissimuler la peine qu'elle lui causait.

« Eh bien, reprit-il, obstiné, promets-le-moi maintenant. »

Et elle promit.

*

« Si ça se trouve, déclara Clary, les gens sur les montagnes, dans l'Ancien Testament, ont vraiment été frappés par la foudre. Et c'est comme ça que ces personnes sinistres et désespérées sont devenues optimistes et autoritaires. Une espèce d'électrochoc venu de Dieu. »

Elles entassaient des bûches sous le porche, à côté de la porte d'entrée, et Christopher, qui apportait le bois dans une brouette, venait de leur dire qu'elles s'y prenaient n'importe comment.

« C'est vrai qu'il va beaucoup mieux, dit Polly. Mais ça doit être un traitement effrayant. D'être attaché sur un lit et de recevoir des décharges électriques.

— Il t'en a parlé ? Il faudrait que je sache.

— Il m'a dit qu'il se sentait si mal qu'au début, il s'en fichait. Ensuite, il a eu des maux de tête épouvantables, mais aussi une immense sensation de soulagement. Au bout de quelques séances, il s'est pourtant mis à les redouter.

— N'empêche, il va mieux. Ça fait longtemps qu'il n'a pas pleuré.

— C'est grâce à Oliver. Papa a eu une riche idée en le lui donnant. Le problème, c'est qu'il commence à avoir peur de ce qui lui arrivera quand il sera complètement guéri.

— Qu'est-ce que tu veux dire ?

— Il craint que son père ne le renvoie travailler dans cet aérodrome, où il nivelait la terre pour créer une piste d'aviation, ou pire, qu'il l'oblige à s'engager dans l'armée.

— Je ne crois pas que l'armée voudra de lui. Pas après ce qu'il a subi.

— Qu'est-ce que tu en sais, Clary ? En plus, maintenant qu'Oncle Raymond travaille dans un organisme ultra secret, il est sans doute archi influent.

— Ça n'y change rien. Louise dit qu'un des comédiens, dans le Devon, n'avait pas été incorporé parce qu'il avait les *pieds plats* ! Tu te rends compte ? S'ils chipotent comme ça, c'est miraculeux qu'ils aient une armée. »

Louise était revenue, complètement vannée, pour reprendre l'expression de la Duche, et le Dr Carr avait dit qu'elle devrait se faire retirer les amygdales.

« Elle devrait surtout être en train de nous aider.

— Elle est partie à la maison de convalescence avec Zoë. Je l'ai vue s'entraîner à jouer à Florence Nightingale ce matin.

— Tu crois qu'elle est amoureuse ?

— De son peintre ? Je n'en ai pas la moindre idée.

— Elle lui écrit beaucoup. Et elle ne veut pas se faire opérer au cas où il aurait une permission.

— Ce n'est pas forcément de l'amour. N'importe quel prétexte serait bon pour ne pas se faire enlever les amygdales. Oh, non ! Voilà les petits. »

L'école de Neville avait fermé en avance pour cause de scarlatine. « Je ne l'aurai pas, avait-il informé tout le monde. Je déteste le gars qui a commencé l'épidémie. Je le déteste tellement que je ne me suis jamais trouvé à moins de trois kilomètres de lui.

— Il n'y a pas trois kilomètres dans ton école, avait commenté Lydia. Elle est toute petite. » Mais Neville et elle étaient devenus assez amis pour tenir un magasin ensemble, qui vendait des choses si laides et sans intérêt, jugeaient Clary et Polly, que personne ne les achetait, sauf par gentillesse. « Et j'ai épuisé toute la mienne, dit Clary, sans parler de l'argent. Pourquoi voudrais-je acheter mon maillot de corps de l'année dernière – trop petit et plein de trous ? »

En plus de tous les vêtements qu'ils réussissaient à se procurer, ils vendaient des insectes décrits par Neville comme des scarabées de course, chacun dans sa boîte d'allumettes où ils ne tardaient pas à mourir, des cartes de Noël qu'ils faisaient eux-mêmes, des cartes de cigarettes, des vieux jouets, des bouteilles vides, des reliques du musée abandonné depuis longtemps, des colliers de perles fabriqués par Lydia, du shampoing, obtenu par immersion de morceaux de savon dans de l'eau bouillante, versée dans de vieux flacons de médicament, avec des étiquettes également faites par Lydia. « Champ point, lisait-on dessus, pour tous les cheveux ». Ils vendaient des cartes d'information, comportant six recommandations chacune. « Comment éteindre les incendies ? » – Lydia avait trouvé ça dans le *Manuel d'économie domestique* de Mrs Beeton. « Remplissez de sable de grandes bouteilles et gardez-les en réserve », lisait-on. Que faire quand on est poursuivi par un taureau : « Rester complètement immobile et retirer tout vêtement rouge. » Les adultes achetaient ces cartes et les auteurs commençaient à manquer de recommandations. Le magasin était établi sur le palier du premier étage, ce que Polly et Clary trouvaient vraiment casse-pieds. Lydia et Neville restaient accroupis là pendant des heures, usant de cajoleries, de jérémiades et d'intimidation pour inciter la famille à leur acheter des choses. « Ça devrait être interdit par la loi », dit Clary.

Ils venaient de les rejoindre, en faisant la tête parce qu'on leur avait dit d'aller aider à entreposer les bûches. Heureusement, Christopher apparut avec un nouveau chargement et annonça qu'il les emmènerait chercher le suivant.

« Alors là, merci beaucoup », dit Neville. Il s'entraînait au sarcasme, mais ses tentatives ne froissaient personne, ce qui était énervant.

*

La Duche était de mauvaise humeur. « Je ne vois pas comment nous allons pouvoir caser tout le monde », dit-elle. Elle préparait des toasts pour le thé dans le salon du matin, avec Rachel, les grand-tantes, Zoë et Louise. La pièce était pleine, et elle n'en revenait pas de la quantité de toasts qu'il fallait faire.

« Duche chérie, laisse-moi te montrer mon tableau », dit Rachel. Elle craignait que Sid ne soit pas comptée, ce qui serait affreux puisque son amie avait une permission à Noël. « Si on installe les plus petits au dernier étage dans l'une des anciennes chambres de bonne…

— Les fenêtres ne s'ouvrent plus, et c'est très mauvais pour les enfants de dormir sans air frais », répondit la Duche. Elle tendit deux toasts, dont ses sœurs s'emparèrent.

« Avant, tu n'en prenais pas deux à l'heure du thé, fit remarquer Dolly à Flo d'un ton réprobateur. Tu as toujours dit que ça te gâchait ton dîner. »

Zoë leva les yeux de son ouvrage de couture. « Je crois que je devrais rendre visite à ma mère, Duche. Elle n'a pas vu Juliet depuis sa naissance.

— Pour Noël ? Vous êtes sûre de vouloir partir pour Noël ?

— Je pense que ça lui ferait particulièrement plaisir. Et ça vous libérerait une chambre. »

Elle n'avait pas très envie de s'y rendre, mais elle avait reçu une lettre de l'amie de sa mère sous-entendant que tout n'allait pas bien, et disant à quel point cette dernière souhaitait voir sa petite-fille. N'importe qui souhaiterait voir Juliet, songea Zoë. « Oui, il le faut. En plus, je ne connais pas l'île de Wight.

— L'île de Wight ? répéta Dolly. Je me demande comment on va là-bas.

— Vu que c'est une île, il me paraît assez évident qu'il faut prendre un bateau, dit Flo.

— Enfin, tout de même, je ne suis pas *folle*. C'est précisément parce que c'est une île que je me pose la question. Je croyais que les civils n'avaient pas le droit de quitter le territoire. Nous sommes en guerre, rappela-t-elle à sa sœur.

— L'île de Wight fait partie du territoire. Elle appartient à l'Empire britannique.

— Et qu'en est-il, je te prie, du Canada ? Ou de l'Australie ? Ou de la Nouvelle-Zélande ? Et, soit dit en passant, Flo, tu as un petit peu de confiture de mûres sur le menton, à droite de ta grosse verrue. »

Flo s'empourpra de colère et, à l'instant même où Rachel et la Duche échangeaient des regards de résignation amusée, elle porta la main à son visage. Puis elle fut secouée par un soudain et atroce mouvement convulsif, se figea et commença à basculer de côté.

Elle fut rattrapée par Rachel et Zoë qui, à elles deux, réussirent à la rasseoir sur sa chaise. La Duche dit : « Appelez le Dr Carr », et elle passa les bras autour du corps raide. « Ça va aller, ma chère sœur. Kitty est avec toi, ça va aller. » Elle retira avec précaution le petit foulard rouge sur la tête de Flo, bizarrement noué d'un côté ; ses yeux aveugles brillaient d'un air outré, et des miettes de toasts apparurent d'un côté de sa bouche tordue. Quand Rachel revint, disant que le Dr Carr était en route, elle aida sa mère et Zoë à la soulever et, avec difficulté, à l'allonger sur l'ottomane près de la fenêtre, puis Zoë alla chercher une couverture.

Pendant tout ce temps, Dolly était restée assise, paralysée par le choc, mais une fois Flo sur l'ottomane, elle se leva pesamment pour aller s'agenouiller à côté.

« Flo ! Je ne pensais pas ce que je disais ! Tu sais que je ne le pensais pas ! » Elle prit la main docile de sa sœur, entrelaça ses doigts avec les siens et les porta à sa poitrine. Des larmes coulaient sur son visage. « Ce n'était qu'une petite plaisanterie. Tu ne te souviens pas de notre blague sur les épinards ? Quand maman t'avait dit ça juste après ton bal des débutantes, le jour où le vicaire était venu dîner ? Un tout petit bout d'épinard ? Et tu étais vexée comme un pou. Mais après, nous en avons ri toutes les deux, tellement c'était typique de maman. » Avec son autre main, elle sortit son mouchoir de sa manchette et essuya tendrement les miettes de la bouche de Flo. Puis elle leva les yeux vers Rachel, qui disposait la couverture, et demanda d'une voix perplexe et anxieuse : « On dirait qu'elle ne m'entend pas. Elle est très malade ?

— Elle a eu une attaque, Dolly chérie. Tu devrais…

— Non ! Je n'ai pas l'intention de la quitter. Pas une seconde. Nous avons toujours été ensemble – dans le bonheur et dans les épreuves, Flo, comme tu disais toujours, et on a eu notre content d'épreuves, pas vrai, mon agneau ? Oh, Flo – regarde-moi ! » Rachel tenta de la persuader de s'asseoir dans un fauteuil, mais elle resta à genoux jusqu'à l'arrivée du médecin.

Flo mourut ce soir-là, d'une autre attaque, ce qui était une bénédiction, expliqua le Dr Carr à la Duche, puisqu'elle aurait eu peu de chances de se remettre de la première. Dolly resta avec elle jusqu'à la fin, et la Duche dit qu'elle était sûre que c'était un réconfort pour Flo, bien que personne ne sût si elle était consciente de quoi que ce soit. Après le décès, ils voulurent enlever le corps, mais Dolly, que le chagrin et la fatigue avaient jusqu'ici rendue docile, refusa avec véhémence. Flo resterait dans leur chambre jusqu'aux funérailles, dans son lit, à la maison, avec la famille. Pendant deux jours, elle fit son lit et la poussière dans la chambre, puisque les bonnes étaient effrayées par le corps immobile, le visage rajeuni et rétréci, et l'écœurante odeur de violette flottant dans la pièce. Mais la Duche dit qu'il en serait comme Dolly voulait, et elle lui permit de tenir le coup en la consultant sur le moindre détail des funérailles. Tout le monde s'efforçait de la réconforter, mais elle culpabilisait et rien n'y faisait, même pas les paroles de la Duche. Elle tint bon pendant les obsèques, portant un voile épais pour cacher ses pauvres yeux injectés de sang, mais ensuite, les enfants remarquèrent qu'elle confondait leurs noms. Il lui arrivait aussi de se perdre dans des réminiscences souvent incompréhensibles, où Flo apparaissait toujours comme la perfection incarnée.

« Je crois qu'on devrait lui offrir un animal

pour lui remonter le moral, dit Polly, l'exemple de Christopher très présent à son esprit.

— Un perroquet, suggéra Clary, un bel oiseau victorien.

— Ou un lapin », dit Lydia. Elle rêvait d'en avoir un, mais ce n'était pas permis. « Ils accepteront peut-être, pour une personne en deuil.

— On ne peut pas garder un lapin dans une chambre ! dit Louise d'un ton supérieur.

— On peut si on le veut vraiment, dit Neville. Et, poursuivit-il, soudain inspiré, nous pourrions ramasser ses petites crottes tous les jours, tu pourrais les peindre, Lydia, et Christopher nous fabriquerait des plateaux de solitaire pour le magasin. » Mais personne ne fut d'accord.

« Tu ne penses qu'au profit, Neville, le gronda Clary. Tu es en train de devenir tellement avide et odieux qu'il est difficile de t'aimer.

— Moi, je t'aime, dit Lydia. Je t'aime énormément. Tu peux te marier avec moi si tu veux. Le moment venu, ajouta-t-elle, au cas où quelqu'un imaginerait qu'elle était assez stupide pour croire qu'on se mariait à son âge.

— Si tu essaies de te marier avec moi, je te tue, répondit Neville. Ou je te mets en plein milieu d'un raid aérien. Ou je t'emmène chez le vétérinaire. » Bessie, le très vieux labrador du Brig, y était récemment allé pour se faire piquer.

Lydia resta de marbre. « Tu n'as pas l'âge d'avoir un fusil, dit-elle, et il n'y a pas de raid aérien ici. Et je connais le vétérinaire. Jamais il ne me ferait la piqûre. »

À la fin du mois de novembre, il faisait vraiment froid. Le linge étendu sur la corde devenait raide de givre ; Miss Milliment ne cessait d'attraper de fâcheuses engelures. Les canalisations gelèrent ; Clary et Polly mirent de la pâte à modeler autour de la fenêtre de leur chambre pour arrêter les courants d'air en suppliant Villy de ne pas le dire à la Duche. Ellen souffrait tant de ses rhumatismes qu'elle ne pouvait pas commencer la journée sans quatre aspirines et une tasse de thé fort, et tout le monde répétait qu'au moins, le froid ralentissait l'avancée des Allemands vers Moscou, même si Polly craignait que la guerre ne dure encore plus longtemps.

Archie Lestrange fut lui aussi victime du froid. Un matin, il glissa et tomba dans l'allée verglacée devant l'entrée de la maison et, quand il voulut se relever, la douleur fut telle qu'il resta couché là ; Clary, qui sortit en courant un moment plus tard pour aller voir si Louise avait du courrier, faillit trébucher sur lui.

« Archie ! Oh, pauvre Archie !

— Tu pourrais m'aider à me relever ?

— Je pourrais, mais ce ne serait pas prudent. D'après les cours de premiers secours, il ne faut jamais déplacer un patient tant qu'on ne sait pas ce qu'il a. Qu'est-ce qui ne va pas ?

— C'est ma mauvaise jambe.

— Vous l'avez peut-être recassée. Il vous faut un thé chaud et sucré pour vous remettre du choc. » Et elle fila avant qu'il ait pu l'arrêter. Il y avait toujours du thé dans la cuisine à cette heure, et elle revint très vite, avec Polly qui apportait une couverture.

« Je ne vois pas comment on va lui faire boire du thé s'il est allongé, dit-elle.

— Écoutez, intervint Archie. Aidez-moi seulement à me relever, toutes les deux. Je vais très bien, je vous assure. » Il fit une nouvelle tentative, mais ne réussit pas à bouger.

« Vous allez aggraver le problème. Va chercher Tante Villy. » Elle lui souleva la tête et approcha la tasse de sa bouche. Il avala docilement un peu de thé et se brûla la langue.

Quand Villy arriva, elle leur demanda d'aller chercher Christopher. « On doit vous mettre au chaud, dit-elle à Archie. Vous avez eu un choc. »

En réalité, il avait eu pire que ça. On l'emmena à Hastings passer une radio, qui révéla qu'il avait fracturé son os déjà endommagé. Il fut renvoyé à la maison en ambulance, avec l'ordre de rester couché. Lui qui se disait qu'il était temps de bouger – de refaire une tentative auprès de l'Amirauté pour obtenir un emploi de bureau quelconque et de se chercher un endroit où habiter – se retrouvait confiné au lit. Cela enchanta les enfants, qui avaient commencé à l'aimer lorsqu'il leur avait dit qu'ils pouvaient l'appeler Archie. « Même Wills ? » avait demandé Polly ; ils étaient très à cheval sur la hiérarchie, mais il avait répondu tout le monde – même Oliver. Ils lui montaient ses repas à tour de rôle, jouaient avec lui aux échecs, aux dominos, au Monopoly, au bésigue et aux mimes, lui parlaient de leurs cadeaux de Noël – ceux qu'ils fabriquaient ou offraient, et ceux qu'ils espéraient recevoir. Ils lui faisaient des confidences : Christopher lui parla de son pacifisme et de son père hostile ; Louise de Michael et du fait qu'elle ne voulait pas abandonner le théâtre ; Clary lui raconta ce qu'elle pensait que faisait son père – elle était intarissable sur le sujet ; Polly lui parla de sa mère et de ce qu'elle avait redouté mais ne craignait plus depuis que Sybil paraissait aller bien mieux ; Neville lui confia qu'il subissait des brimades à l'école (ce qu'absolument personne ne savait) et Lydia qu'elle rêvait d'avoir un chien. Wills lui apportait une grande quantité de jouets hétéroclites et, souvent, tout autre objet qui s'était trouvé à sa portée. Oliver lui apportait des os, des journaux roulés – il n'était pas regardant sur les dates – et, un jour, ce qu'Archie décrivit comme un rat magnifiquement mort. Mrs Cripps lui préparait de la tarte à la mélasse. Les bonnes faisaient sa chambre à tour de rôle, parce qu'elles le trouvaient toutes charmant. Les adultes passaient eux aussi, bien sûr. Sybil s'aperçut que la robe de chambre d'Archie était déchirée et, après l'avoir recousue, proposa de vérifier sa garde-robe pour voir s'il y avait autre chose à raccommoder. « Vous risquez de découvrir que tous mes vêtements en ont besoin, hélas, dit-il. Maintenant que les marins ne fabriquent plus de voiles, ils ne savent plus manier l'aiguille. » Zoë amenait Juliet. La Duche lui rendait une visite quotidienne, lui apportant souvent de petites coupelles de baies et, à l'occasion, une rose spectrale ayant survécu aux gelées. Même le Brig passa un jour et lui fournit une quantité impressionnante d'informations sur les éléphants de Birmanie. Seule Rachel, remarqua-t-il, vint toujours accompagnée, d'un enfant, de Sybil ou de Villy. Elle était gentille, comme toujours, et pleine de sollicitude : elle lui apporta un oreiller spécial pour surélever sa jambe et une lampe de chevet qui éclairait davantage. Elle persuada aussi la Duche qu'il lui fallait un feu de charbon dans sa chambre, ce qui la rendit extrêmement douillette. Lydia et Neville firent griller des marrons dessus et brûlèrent le tapis.

« Mais comme il a des motifs, ça ne se voit presque pas, dit Lydia. Je ne crois pas que ce soit la peine de le dire, si ?

— Je ne crois pas non plus », répondit Archie. C'était pour ce genre de choses qu'on l'appréciait.

Au début du mois de décembre Zoë partit rendre visite à sa mère. Elle avait finalement décidé d'y aller avant Noël, influencée par les supplications en provenance de la maison de convalescence – et en particulier celles de Roddy, qui s'était absenté pour subir une autre opération, et qui reviendrait ici pour récupérer. Elle avait été surprise et émue qu'ils comptent tant sur elle. Et il lui semblait que Juliet devait passer Noël dans sa famille. Elle alla dire au revoir à Archie le matin de son départ. Elle était très jolie dans son manteau de drap vert foncé, au col montant en fourrure noire, et son chapeau assorti.

« Vous ressemblez à une héroïne russe, lui dit-il.

— C'est Rupert qui m'a offert cet ensemble, lorsqu'il a rejoint l'entreprise. Je l'ai à peine porté, mais les trains sont parfois glacials, et le bateau le sera sûrement aussi.

— Quand revenez-vous ?

— Dans dix jours environ. Avant Noël en tout cas.

— Vous avez laissé un numéro de téléphone ? Pour qu'on puisse vous joindre…

— Oui, mais nous n'aurons pas de nouvelles. Clary est la seule à penser qu'on recevra un jour un appel de lui ou qu'il franchira tout simplement la porte.

— Et pas vous ?

— Je fais comme si, mais… Parfois, je regrette de ne pas *savoir* qu'il est mort. C'est horrible de ma part, je m'en rends compte, et je vous supplie de ne pas le répéter à Clary. Je ne veux pas qu'elle sente que je la laisse tomber. J'ai Juliet, voyez-vous. Elle n'a personne.

— Elle vous a, dit-il.

— Oh, Archie ! Vous ignorez à quel point j'ai été égoïste, sans quoi vous ne diriez pas ça.

— Maintenant, elle vous a. »

Incapable de répondre, elle demanda : « Qu'en pensez-vous ? Vous pensez qu'il y a une chance ?

— Il y a une chance, mais toute petite, je le crains.

— Il s'est passé trop de temps pour qu'il ait été fait prisonnier, n'est-ce pas ?

— Beaucoup trop. »

Il y eut un silence. Puis elle reprit : « Ce n'est pas que je souhaite qu'il soit mort. Je souhaiterais seulement *savoir*.

— Bien sûr, c'est normal. »

Elle tenta de lui sourire, dans un effort pitoyable. Il en fut touché.

« Embrassez donc le pauvre invalide », dit-il.

Elle se pencha pour l'embrasser sur la joue ; son parfum de géranium rosat lui procura un frisson inattendu.

« Remettez-vous sur pied », dit-elle, avant de s'en aller.

*

« C'est trop *tard*, maman ! Je ne peux pas le joindre. En plus, ce n'est que pour deux nuits.

— Je ne comprends pas pourquoi tu n'as pas demandé la permission d'abord. »

Louise ne l'avait pas fait par crainte d'essuyer un refus.

« C'était un appel longue distance, et j'ai eu peur d'être coupée, répondit-elle. J'aurais pensé que tu voudrais qu'il vienne. Tu dis toujours que tu veux rencontrer mes amis. » Pour les examiner, ajouta-t-elle *in petto*.

« Ça n'a rien à voir, dit Villy, exaspérée. La question est de savoir où il dormira. Tu oublies que les Clutterworth viennent ce week-end-là. La maison sera pleine à craquer, ce qui va contrarier la Duche.

— Il ne peut pas prendre la chambre de Zoë ?

— Les Clutterworth l'occuperont. Franchement, Louise, tu n'as aucun égard pour les autres. Tu ne penses qu'à toi !

— Clary, Polly et moi pourrions dormir dans le court de squash, et lui laisser notre chambre.

— Commence par demander à la Duche, avant de faire quoi que ce soit. Je ne suis pas disposée à assumer tes bourdes égoïstes. »

Elle devient de plus en plus hargneuse, songea Louise en allant chercher la Duche. Elle avait dit qu'elle regrettait, et tout ce que sa mère avait trouvé à répondre, c'était que c'était un peu tard. À quoi bon présenter des excuses, si l'autre ne les acceptait pas ?

Cependant, quand elle alla trouver sa grand-mère, elle décida de s'excuser d'abord de ne pas avoir demandé la permission plus tôt, et ça fonctionna. La Duche dit que tout le monde faisait des erreurs, et qu'elle serait très curieuse de rencontrer Michael. Elle accepta l'idée du court de squash, sous réserve qu'elles utilisent des sacs de couchage sur les lits de camp, qui devraient au préalable être apportés dans la maison pour être mis à sécher. Ensuite, Louise dut affronter

Clary et Polly, qui se montrèrent très conciliantes, jusqu'au moment où elles découvrirent qu'elle voulait leur faire vider la chambre dans des proportions qu'elles n'acceptèrent ni l'une ni l'autre.

« Hors de question que je déménage toutes mes affaires dans le court de squash pour deux nuits, tempêta Clary. Il n'a pas besoin de tous nos tiroirs pour *deux nuits*. Tu n'as qu'à vider le tien. »

Polly détestait aussi l'idée de déranger ses affaires, même si elle se montra moins véhémente. « Je ne pense pas qu'il fera très attention à sa chambre, dit-elle. Les hommes s'en fichent. »

Louise, en revanche, se surprit à regarder la chambre, et même toute la maison, avec un œil neuf et sévèrement critique. En contemplant le linoléum vert foncé usé, la peinture blanche qui s'écaillait et jaunissait, le papier peint si démodé avec ses tulipes et ses oiseaux indiens, les cadres de lit en fer noir, il lui sembla que rien n'était assez bien pour Michael. Finalement, elle chipa le tapis de la chambre d'Archie (avec son aimable autorisation) et le plaça à l'endroit où le sol était le plus abîmé. Mais la maison entière l'inquiétait. Les housses des canapés et des fauteuils du salon étaient passées et rapiécées, le grand et vieux tapis d'Aubusson usé jusqu'à la trame par endroits ; même les jeux de cartes, lui semblait-il, la lâchaient. Les coins en étaient cornés et, dans plusieurs paquets, le joker portait à la craie le numéro d'une carte manquante. Avec le temps les abat-jour en parchemin avaient bruni, et le hall, où les enfants prenaient leur repas – ce hall ! Il était plein de bottes en caoutchouc, de tricycles, de raquettes de tennis et de squash, et on y entreposait même certains meubles de jardin

– transats dégoûtants, aux charnières rouillées et à la toile poussiéreuse où les chenilles venaient se métamorphoser. Wills et Roly avaient laissé des jouets partout : on trébuchait sur des pièces de Meccano et des briques (l'ancienne nursery de jour étant devenue leur chambre). La lucarne fuyait, et on avait placé des seaux et cuvettes en émail à des endroits stratégiques. La salle de bains aussi la désespéra. D'aussi loin qu'elle s'en souvenait, la pièce n'avait jamais été rénovée. La baignoire s'ornait d'une longue traînée gris-vert là où l'eau dégoulinait des vieux robinets de cuivre depuis des années. Les murs en lattes de pin vert foncé avaient cloqué, et des écailles de peinture tombaient souvent sur celui ou celle qui prenait son bain. Le miroir était tacheté d'humidité, et les robinets du lavabo, en porcelaine blanche, étaient si ébréchés que c'était tout un art de les utiliser sans se couper. Dans les toilettes, à côté, une note impérieuse, dont l'encre avait tellement passé qu'aucun étranger n'aurait été capable de la lire, expliquait comment tirer la chasse d'eau. Elle la connaissait par cœur. « Appuyez fort, relâchez, attendez, puis rappuyez. La chasse d'eau devrait alors fonctionner. » Devrait fonctionner, mais souvent ne fonctionnait pas. Elle commença à regretter qu'il vienne. « J'ai quarante-huit heures, lui avait-il annoncé, lors de ce coup de fil inattendu et incroyable. Ensuite je devrai aller à Newhaven. J'ai pensé que ce serait formidable de venir passer d'abord deux nuits chez vous. Si votre famille est d'accord. » Il y avait un bruit de marteau en fond sonore, et elle avait du mal à entendre sa voix. Lorsqu'elle avait répondu oui, ce serait bien, il avait repris : « Je pourrais attraper le train qui part à quatre heures vingt de Charing Cross. Juste une minute ! dit-il à quelqu'un d'autre. Louise, j'ai tellement hâte de vous voir. Je dois vous laisser. » Et il avait raccroché.

Elle commença à s'inquiéter pour les repas. Jadis toujours délicieux, ils étaient devenus de plus en plus insipides ces deux dernières années. Elle fit une tentative auprès de la Duche.

« Je me demandais, dit-elle avec ce qu'elle espéra être une délicatesse songeuse, s'il serait possible d'avoir de l'oie pour le dîner de samedi. Ça ferait plaisir à tout le monde, non ? »

La Duche lui jeta un coup d'œil perçant, pas dupe du tout.

« Mon agneau, nous serons au minimum dix-sept au dîner ce soir-là, dix-huit si ton père rentre, il faudrait donc trois oies. Mrs Cripps ne pourrait pas toutes les mettre dans le four – à supposer qu'on puisse les trouver.

— Des faisans, alors ?

— Nous verrons.

— En tout cas, pas du lapin.

— Ça, ce sera pour le déjeuner de dimanche. Mrs Cripps fait de très bonnes tourtes, tu le sais.

— Tu crois qu'elle aimerait que je lui donne un coup de main ? Après tout, je sais un peu cuisiner. »

Cela fit manifestement plaisir à la Duche. « C'est une excellente initiative. Mais tu devras lui obéir au doigt et à l'œil. C'est sa cuisine.

— Promis.

— Je lui en toucherai un mot ce matin et verrai ce qu'elle en pense. Tu n'auras peut-être qu'un rôle d'aide-cuisinière, tu le sais. C'est bien compris ? »

Louise confia une partie de ses inquiétudes à

Archie, qui l'écouta, comme il le faisait toujours, avec un sérieux imperturbable jusqu'à la fin. « Eh bien, ma petite Louise, je te comprends, mais tu ne devrais pas trop te tracasser. Si j'étais Michael, il m'importerait beaucoup plus de vous voir, toi et ta merveilleuse famille, que d'apprécier les housses des canapés. Qui sont plutôt jolies, d'ailleurs. Je n'aime que les choses qui ont l'air d'avoir servi. »

Ce point de vue ne l'avait pas effleurée, mais il venait d'Archie et lui remonta franchement le moral.

*

Villy aussi était à cran à la perspective du week-end. Elle l'espérait depuis si longtemps et il avait été repoussé tant de fois que, même en ce samedi matin, elle redoutait un contretemps de dernière minute. Et quand elle ne s'inquiétait pas pour ça, elle appréhendait ce qui allait se passer. Voir Lorenzo avec sa femme, et peut-être aussi avec Edward – il n'était pas encore sûr de pouvoir se libérer, bien qu'elle ne saisisse pas *pourquoi* il ne pouvait pas en être sûr –, serait source d'une étrange tension. Elle avait peu de chances de passer une minute seule avec Lorenzo et, si cela arrivait, la probabilité d'être interrompus était telle qu'ils ne pourraient rien se dire. Elle avait réussi à téléphoner à Jessica pour s'excuser de ne pas pouvoir l'accueillir ce week-end-là, mais à sa surprise, sa sœur avait répondu qu'elle n'aurait pas pu venir. Raymond rentrait de Woodstock pour un week-end de permission, et elle savait que la maison était pleine et qu'il était impossible qu'ils viennent tous les deux.

Immensément soulagée, Villy avait dit : « Je lui ferai tes amitiés, d'accord ?

— À qui ?

— À Lorenzo.

— Ah. Oui, fais ça. » Elle semblait sur le point de rire. « Évite de les transmettre à Mercedes. »

*

Samedi matin, ce fut l'effervescence. Clary et Polly le passèrent à déménager dans le court de squash. Les bonnes firent les lits pour les invités et le ménage dans toutes les chambres, allumèrent le feu de Mr Archie, lavèrent le supplément de vaisselle et de verres nécessaires, et eurent à peine fini à l'heure du repas – midi trente – dans la cuisine. Mrs Cripps avait fait deux kilos de pâte, plumé et vidé quatre faisans, confectionné deux gâteaux de riz et trois tartes au poisson pour le déjeuner du jour, préparé un grand hachis avec les restes de légumes pour le déjeuner des employés, découpé, fariné et fricassé cinq lapins pour les tourtes du dimanche, mitonné un litre de sauce à l'oignon et un litre de sauce à la mie de pain – elle autorisa Louise à l'aider pour ces dernières. Edie avait pelé sept kilos de pommes de terre, lavé plus de deux kilos de poireaux et deux kilos de choux de Bruxelles, épluché un kilo de carottes, fait la vaisselle du petit déjeuner et du goûter de onze heures et mis la table pour le déjeuner dans la cuisine. Ellen, dans la chambre des petits, repassa les vêtements de Wills, Roly, Neville et Lydia – le bébé lui manquait beaucoup, mais c'était une bénédiction de ne pas avoir toutes ces couches à faire sécher. Christopher emmena Neville et Lydia à la source pour remplir d'eau potable trois douzaines de bouteilles qu'il fallut ensuite mettre dans la brouette et rapporter en plusieurs convois. Les deux enfants ne tardèrent pas à se lasser et à jouer avec Oliver. « C'est devenu un très gentil chien, fit remarquer Lydia d'un ton approbateur. Tante Rachel dit que les gens finissent par ressembler à leur chien.

— Non, dit Neville. Elle a dit que les chiens finissaient par ressembler à leurs maîtres.

— C'est nul dans ce sens-là. » Elle caressa le front noir et blanc d'Oliver et toucha sa truffe couleur raisin. « Ce serait bien plus intéressant si Christopher avait les yeux topaze et le nez noir.

— C'était juste une façon de parler, répondit Neville avec dédain.

— Quand les gens disent ça, ils veulent juste dire que ce n'est pas ce qu'ils voulaient dire.

— Allez, vous deux. C'est votre tour de remplir les bouteilles. J'ai les mains gelées. Arrêtez de vous disputer et aidez-moi.

— On ne se disputait pas. On ne se *disputait* pas. » Neville était indigné. « On discutait d'un sujet. »

*

Villy se rendit à Battle faire un énorme plein de courses pour la maison ; elle était aussi passée au centre de convalescence chercher les prescriptions, qu'elle fit préparer et qu'elle rapporta. Elle récupéra le quota de paraffine pour le cottage et le bureau du Brig, régla le compte mensuel au garage, à l'épicerie et chez Till's, s'arrêta chez l'accordeur de piano, qui n'était pas venu au dernier rendez-vous, puis rentra à la maison pour réparer le balai mécanique, changer un fusible au cottage – la pauvre Miss Milliment avait passé la soirée précédente sans lumière – et enfin braver les écuries, afin de changer les piles de la TSF que la famille avait offerte à Wren au dernier Noël. Il avait reçu le cadeau d'un air impassible, mais il la laissait allumée toute la journée quand il ne dormait pas et n'était pas au pub. Wren, lui, avait commencé la journée en sciant du bois selon les ordres de McAlpine, mais il en avait vite eu assez et s'était mis à repeindre la porte de l'écurie. Cependant, comme il ne voulait pas s'embêter à poncer ou à appliquer une sous-couche, se contentant d'appliquer de la peinture brillante par-dessus la vieille, le résultat était pitoyable ; il venait de décider de laisser tomber quand Villy apparut. Il était incapable d'installer lui-même les piles neuves. Son savoir-faire avec les chevaux, désormais inutile, avait autrefois fait de lui un petit homme suffisant et agressif ; il se complaisait maintenant dans une incompétence renfrognée. Il conservait pourtant du respect pour Mrs Edward ; elle ne l'oubliait jamais, contrairement à d'autres – c'est-à-dire tout le monde sauf le Brig que, certains jours exceptionnels, il emmenait monter à la longe puisque le pauvre gentleman avait perdu la vue. Wren tenait le coup grâce à une haine ardente pour les automobiles et les Allemands, et grâce à son salaire, qu'il buvait. Mrs Edward, après avoir réparé l'appareil, lui offrit une cigarette. Il la prit, toucha le côté de son front comme par un tic nerveux et rangea soigneusement la cigarette dans la poche de son gilet. Il la fumerait avec son déjeuner, dit-il. Il ne prenait pas ses repas à la maison.

Edie déposait tous les jours une assiette couverte devant la porte de l'écurie ; elle était en général toute froide quand Wren se décidait à manger.

Quel triste petit bonhomme, songea Villy en s'éloignant.

Elle ne devrait pas porter de pantalons, se dit Wren en la regardant traverser la cour. Lui-même n'en portait jamais et méprisait tous ceux qui le faisaient, même s'il avait dû admettre que quand Mrs Edward s'était mise à monter à califourchon, il avait eu moins de problèmes avec des blessures de harnachement. Quoi qu'il en soit, les culottes d'équitation étaient une chose, les pantalons une autre.

Dans cinq heures et demie il sera là ! pensa Villy en courant dans l'escalier pour aller se laver avant le déjeuner.

*

Sybil passa la matinée à jouer avec Wills et Roly, qui commençaient à s'amuser ensemble. C'était à double tranchant : ils se prenaient leurs jouets, ce qui donnait lieu à de soudaines crises de colère ou de larmes. « Rends-moi ça – c'est trop *important* pour toi », dit Wills à un moment, arrachant une locomotive rouge des mains de son cousin. Roly ne se défendit pas ; il se contenta de pleurer, et rien ne le consola jusqu'à ce que, soudain, il trouve un autre objet de contentement. L'après-midi, ils feraient la sieste, après quoi Ellen les emmènerait en promenade. Sybil s'accorderait un délicieux moment de sommeil, puis ce serait l'heure du thé, et ensuite Hugh arriverait. Il y aurait tous ces autres gens aussi, mais c'était la perspective de voir Hugh qui illuminait sa journée. Elle sourit à la pensée qu'elle attendait sa venue – alors qu'ils étaient mariés depuis presque vingt et un ans – avec autant d'impatience que Louise attendait peut-être son Michael.

Dolly passa la matinée à chercher son cardigan vert bouteille, celui que Flo lui avait tricoté – au moins dix ans plus tôt. Ce ne fut qu'après avoir fouillé deux fois toutes les étagères et tous les tiroirs qu'elle se souvint qu'Ellen l'avait mis à laver. Elle écrivit aussi un mot de remerciements à une personne de Stanmore qu'elle connaissait à peine et qui lui avait adressé une très gentille lettre après avoir vu l'avis concernant la pauvre Flo dans le *Times*. « Elle nous manquera beaucoup », écrivit-elle de sa grande écriture irrégulière. Quelques phrases prenaient toute la feuille. Leur maison de Stanmore était fermée depuis longtemps. Je suppose que je ne retournerai jamais chez moi, songea-t-elle. D'un autre côté, elle n'aurait pas voulu y retourner seule – sans Flo. Elle ne souhaitait rien faire sans sa sœur, mais devrait désormais tout faire sans elle. Elle avait été d'une compagnie si merveilleuse. Dolly se surprenait souvent à discuter avec Flo qui, n'étant plus là pour soutenir ses propres opinions, tombait à présent d'accord sur tout ; leurs conversations s'en trouvaient écourtées et nettement moins intéressantes. Elle tenta une fois ou deux de se contredire, mais n'eut jamais l'impression de saisir la véritable *saveur* de l'esprit de Flo. Elle avait appris dès son jeune âge à supporter l'adversité, aussi ne se plaignait-elle pas, ni ne se lamentait ouvertement devant quiconque, mais se retrouvait souvent sans avoir rien à dire ou si peu. La Duche avait gentiment suggéré qu'elle change de chambre après la mort de Flo, mais non, jamais elle ne ferait une chose pareille. La chambre était l'endroit où elle se la remémorait le mieux – après leur chère maison de Stanmore, bien sûr, où elles avaient habité toute leur vie, avec leurs deux parents, puis un seul, et finalement toutes les deux. Elle se disait parfois qu'elles avaient toujours vécu en marge, ou plutôt, dans le sillage des événements de la vie des autres. Demoiselles d'honneur au mariage de Kitty, se réjouissant dans la salle de classe que leur père ait été nommé membre de la Royal Society, consolant leur mère lorsque leur jeune frère Humphrey avait été tué à la guerre, soignant leur mère, consolant leur père, puis le soignant lui… elles n'avaient jamais été au centre de rien, aucune situation ne les avait concernées en propre. À présent il ne restait plus qu'elle, et elle avait de la chance que Kitty ait fait un bon mariage et puisse l'accueillir. Mais s'il n'y avait pas eu la guerre, songea-t-elle avec une peur soudaine, j'aurais été à Stanmore et me serais retrouvée seule, sauf à compter Mrs Marcus qui venait trois fois par semaine et Trevelyan qui tondait la pelouse le samedi. C'était Flo qui savait le mieux ouvrir les boîtes de conserve ; la nourriture moderne avait été une bénédiction, même si elle n'était pas toujours très digeste…

On frappa à la porte, et un enfant entra pour lui dire que c'était l'heure du déjeuner.

« Merci, petite Louise », dit-elle.

Elle devrait pourtant savoir que je ne suis pas Louise, parce que je ne porte pas de rouge à lèvres, se dit Lydia. Comme personne ne regardait, elle glissa sur la rampe d'escalier pour redescendre dans le hall.

*

Edward et Hugh revinrent ensemble en voiture. Diana, au grand soulagement d'Edward, était partie en Écosse passer un Noël lugubre chez ses beaux-parents. Elle avait emmené Jamie, et les deux aînés la rejoindraient là-bas pour les vacances. Ça simplifiait les choses – de manière temporaire.

« J'imagine que Goering choisira précisément ce week-end pour lancer une nouvelle attaque éclair.

— Je sais, c'est pour ça que j'ai voulu prendre la voiture. L'un de nous pourra y retourner au besoin. Mais c'est peu probable. Ils ont déjà fort à faire. Ça ne se passe pas si bien que ça pour eux sur le front russe, si ? Tu te rappelles ce maudit froid dans les tranchées ? L'hiver russe doit être deux fois pire. Et encore, la plupart du temps, nous ne tentions même pas d'avancer.

— Ça m'a toujours paru stupéfiant que Napoléon soit allé aussi loin, dit Hugh. Comment diable faisaient-ils pour nourrir les chevaux – sans parler des hommes ?

— Va savoir, mon vieux. Peut-être qu'ils mangeaient les chevaux.

— Je dois dire que le froid était moins dur à supporter que le dégel et toute cette boue… et la puanteur.

— À Hendon, dit Edward, je ne te l'ai pas raconté, mais les gars ont ramené un bombardier allemand, et quand je suis entré à l'intérieur, j'ai retrouvé la même odeur que dans les tranchées allemandes.

Cette odeur sucrée – complètement différente de la nôtre. Seigneur, c'était comme si j'y étais.

— Je m'en souviens. Saucisse, ail, cigarettes, latrines…

— J'imagine que pour eux, notre odeur est aussi différente. »

Ils avaient traversé la Tamise et roulaient dans des rues de maisons mitoyennes ; à la place de certaines ne restaient plus que des tas de gravats ou des pans de murs avec du papier peint déchiré, et parfois des cheminées et des réservoirs de w.-c. encore intacts.

« Londres est en piteux état, fit remarquer Edward. C'est drôle de penser qu'il y a des villes tout illuminées, où les immeubles sont encore debout. J'ai toujours voulu aller à New York.

— Pas moi. Je veux juste que Londres redevienne comme avant. Mais si les Américains entrent en guerre contre le Japon…

— Tu y crois ?

— Les Japonais font tout pour. Dieu sait pourquoi.

— Dans ce cas, nous aurons les Américains de notre côté.

— Roosevelt ne veut pas la guerre avec le Japon.

— Nous non plus, si ? On a déjà assez à faire comme ça.

— Mais on ne serait pas contre un coup de main des Américains », dit Hugh. Un peu plus tard, il demanda : « Tu veux toujours retourner dans la RAF ?

— Oui, mais je doute que ce soit possible. L'entreprise a besoin de nous deux. Gérer le Patriarche est un boulot à mi-temps. Plus il vieillit, plus il veut se mêler de tout.

— Bientôt quatre-vingt-un ans, tu te rends compte ? Et sans lui, nous n'aurions pas le meilleur stock de bois dur du pays. Tu te rappelles nos discussions, quand nous lui reprochions d'en acheter trop ?

— C'est vrai. Je regrette juste qu'il ne prenne pas une vraie retraite.

— Eh bien, n'y compte pas. Je serai content que tu ne repartes pas. J'ai besoin de toi. »

Edward, jetant un coup d'œil à son frère, se dit qu'il avait pris un coup de vieux au cours de la dernière année.

« C'est merveilleux que Sybil se remette », dit-il.

Hugh resta silencieux. Il n'a pas entendu, pensa Edward, puis il se dit, bien sûr que si. Il jeta un nouveau regard à Hugh. Il essayait maladroitement de sortir une cigarette, tenant le paquet avec son moignon.

« Non, elle est en rémission, finit-il par répondre d'un ton neutre. Son médecin m'a expliqué que ça arrivait souvent.

— Mon pauvre vieux ! Est-ce qu'elle sait ?

— Je ne crois pas. Non. Je suis presque sûr que non. »

Edward s'aperçut qu'il était sans voix. Tenant le volant d'une main, il toucha de l'autre l'épaule raide de Hugh. Après ça, ils ne parlèrent pas pendant un long moment.

*

« Alors ? demanda Clary. Qu'est-ce que tu en penses ? » Armées de lampes de poche, elles regagnaient le court de squash dans le noir, après le dîner.

« De quoi ?

— Des invités, idiote. Mrs Clutterworth m'a donné l'impression que tout ce qu'elle détestait lui était arrivé.

— C'est vrai qu'elle est un peu taciturne. Évidemment, comme elle n'est pas anglaise, c'est difficile de savoir. Si ça se trouve, son pays lui manque, même si j'ignore d'où elle vient.

— Elle est espagnole.

— Elle n'a pas l'air espagnole. Mais en fait, ajouta Polly avec franchise, je ne sais pas à quoi ressemblent les Espagnoles – sauf dans les beaux tableaux anciens. Elle a bien aimé Oncle Edward.

— Mais elle n'arrêtait pas d'observer Lorenzo. Son vrai nom, c'est Laurence. J'ai remarqué que Tante Villy l'appelait comme ça. Lorenzo doit être une plaisanterie secrète entre Tante Jessica et elle. Et lui, tu l'as trouvé comment ?

— Je ne vois pas *qui* pourrait être amoureuse de lui. » Puis elle se les remémora dans le train. « Enfin, il faut bien que certaines personnes soient amoureuses de gens improbables. N'empêche, il a des dents de lapin, les cheveux tout gras et une marque rouge entre les yeux quand il retire ses lunettes.

— La Duche l'a apprécié, fit remarquer Clary.

— La Duche aime parler de musique. Bref, passons à l'autre.

— Le célèbre Michael Hadleigh ? »

Elles étaient arrivées au court de squash. Quand Polly eut déverrouillé la porte, elles furent assaillies par l'odeur des balles en caoutchouc et des chaussures de tennis. Elles montèrent l'escalier jusqu'à la galerie où Christopher avait installé leurs lits pendant l'après-midi, s'éclairant toujours avec leurs lampes de poche parce que le black-out n'était pas parfait.

« Eh bien, dit Polly, il n'entre dans aucune catégorie, si ? Il n'est pas vraiment comme un parent, mais il n'est pas comme nous non plus.

— Un peu entre les deux alors – comme Louise ?

— Pas tout à fait. Louise jouait à l'adulte, et il la traitait comme si elle était une enfant particulièrement intelligente.

— Avec condescendance, ronchonna Clary. Jamais je ne tomberais amoureuse de quelqu'un qui ferait ça !

— Elle s'ennuyait quand il parlait de la guerre. Et il en a beaucoup parlé, j'ai trouvé. Mais il est parti avec elle après le dîner.

— Elle l'a emmené voir Archie.

— Je parie qu'ils n'ont pas fait que ça. À mon avis, elle a trouvé un petit coin sombre pour qu'il puisse l'embrasser.

— Tu crois ?

— Elle l'a emmené voir notre chambre.

— Ça, c'était avant le dîner.

— Ils y sont retournés après.

— Je dois dire, fit remarquer Clary, pensive, que cette maison n'est pas faite pour les amoureux. Il n'y a aucun endroit où l'on puisse être tranquille.

— Ce qui est indispensable, j'imagine.

— Bien sûr. Parce que les amoureux se disent des choses tellement idiotes qu'ils auraient peur que les autres se moquent d'eux.

— Comment diable sais-tu ça ?

— Pense à Gerald du Maurier dans *Punch*. "Chérie !" "Oui, chéri." "Rien, chérie. Juste chérie, chérie."

— Les gens ne sont sûrement plus comme ça aujourd'hui.

— C'est l'équivalent moderne. Écoute ! C'est elle ? »

Elles tendirent l'oreille, mais ce n'était pas Louise – leur cousine était censée les rejoindre.

« Tu crois qu'il veut l'épouser ?

— Elle n'aurait pas le droit : elle est trop jeune.

— On pourrait être demoiselles d'honneur.

— Je ne veux pas être demoiselle d'honneur ! protesta Clary.

— Moi, si.

— Oui, tu serais jolie et tout. Mais tu sais que j'ai l'air ridicule dans des tenues chics. Après la guerre, je partirai à l'étranger, parce que je n'y suis jamais allée. Archie m'a dit que je pourrais séjourner chez lui. » Elle se tut soudain, et Polly comprit qu'elle pensait à son père.

« Je veux te dire une chose, Clary, déclara-t-elle. Je sais que *tu* sais que toute la famille le pense mort. Je le pense aussi, hélas. Ce que je voulais te dire, c'est que j'admire énormément cette foi inébranlable que tu as. Quoi qu'il arrive, je l'admirerai toujours. Je n'ai jamais vu plus belle preuve de fidélité. »

Après un silence, Clary demanda : « Comment as-tu deviné que je pensais à lui ?

— Je crois que je le sais toujours.

— Je pense à lui tous les jours. Et le soir aussi. Mais j'ai arrêté de parler de lui, parce que les autres ne savent plus quoi dire. Même Archie.

— Je sais.

— Bonne nuit, Polly. Merci pour ce que tu m'as dit. »

Bien plus tard, longtemps après qu'elles se furent endormies, Louise les rejoignit.

*

« Je ne comprends toujours pas ce qu'on fait *là*.

— Ils nous ont invités, chérie.

— Qui ça, "ils" ?

— Viola. La femme d'Edward. Ce n'est pas la première fois qu'ils nous invitent, souviens-toi.

— Je m'en souviens parfaitement. Je ne comprends toujours pas pourquoi. »

Il y eut un silence pendant qu'elle retirait ses douloureuses boucles d'oreilles et commençait à ôter ses pinces à cheveux. « Viola est la sœur de cette Jessica, n'est-ce pas ?

— Mercy chérie, tu le sais très bien. Je pensais que tu apprécierais quelques mondanités. Le dîner était excellent, tu n'as pas trouvé ?

— C'était bon, c'est vrai, admit-elle. Et Mr – Edward – est très charmant.

— Mercy ! » Il lui ébouriffa les cheveux, s'efforçant d'alléger l'atmosphère. « Je suppose qu'il est tombé sous ton charme. Mais je dois te prévenir qu'il est amoureux de sa femme.

— Vraiment ?

— Vraiment. Comme je suis amoureux de la mienne. » Il y mit toute sa force de conviction et vit ses yeux noirs s'adoucir. « Au lit ! Au lit ! s'écria-t-il avec autant de ferveur que possible.

— Tu sais que jamais je ne regarderais un autre homme. Je ne suis pas comme ça.

— Bien sûr que je le sais. » Il l'avait déjà entendu… un millier de fois. Il devait à présent réussir à l'entraîner au lit avant qu'elle ne commence à comparer leurs deux natures – à son grand désavantage. « Je n'ai pas envie d'attendre.

— Tu ne viendrais pas ici s'il y avait quoi que ce soit entre vous ?

— Ma chérie, je n'ai aucune idée de qui tu parles, et comme je te l'ai dit, son mari est amoureux d'elle. Je ne suis pas du genre à souhaiter un duel.

— Ah, ah ! Elles sont donc toutes les deux sur ta liste ? Je ne me laisserai pas abuser ! » Elle était lancée – et vingt minutes plus tard, il aurait préféré ne jamais avoir rencontré Jessica, ni Villy, ni elle, ce qui était plus grave. Elle mit des heures pour évacuer sa jalousie, lui pardonner, puis le supplia de lui faire l'amour. Flatté par l'attention, il fut capable de s'exécuter.

*

« Il est un peu trop vieux pour elle, non ?

— Elle est trop jeune pour lui. Trop jeune pour quiconque.

— Tu as raison. » Edward défit ses fixe-chaussettes et les posa sur sa table de chevet. Villy retirait son dentier et le frottait avec cette poudre qu'elle utilisait. Comme ils portaient tous deux des fausses dents, ils avaient établi un rituel tacite selon lequel celui qui retirait les siennes n'était pas censé faire la conversation. « Un type sympathique, cependant. Passionné par la marine. Il ira loin, à mon avis. Il m'a dit qu'il allait prendre le commandement d'une nouvelle canonnière en construction à Cowes. Cette perspective semblait beaucoup l'enthousiasmer – pas du tout le genre artiste.

— Quoi qu'il en soit... » Elle avait remis son dentier. « ... Louise devrait arrêter de perdre son temps à essayer de percer dans un métier bouché, où tout le monde a plus d'expérience qu'elle, et se trouver un travail sérieux et utile. J'aimerais bien que tu lui en touches un mot.

— Elle a encore largement le temps, non ? Les filles ne sont pas mobilisées avant leurs vingt ans.

— Non, mais il vaudrait mieux qu'elle se porte volontaire, et si elle suivait des cours de sténodactylo, elle aurait beaucoup plus de chances de trouver un bon emploi. Pour l'instant, elle n'a aucune qualification d'aucune sorte. »

Elle avait un ton tellement acide qu'il regarda son reflet dans le miroir de l'autre côté de la pièce : son caraco couvrait sa poitrine plate et pourtant tombante. À cette distance, avec son carré court, ses sourcils épais et son visage sans maquillage, elle ressemblait à un petit garçon revêche. La pensée désagréable qu'elle n'aimait pas Louise l'effleura, mais il la chassa, la jugeant ridicule. Elle était fatiguée, voilà tout ; tout le monde était fatigué en ce moment – trop de travail, trop d'anxiété et pas assez de distractions. Il se demanda si elle remarquerait et déplorerait qu'il ne lui fasse pas l'amour – il n'en avait pas du tout envie.

« Je suis crevé, dit-il, on en reparlera demain. »

Elle s'apprêtait à enfiler sa veste de pyjama, qu'elle avait pris l'habitude de porter pour dormir à la place d'une chemise de nuit, à cause du froid. Pour ne pas la voir sans son caraco, il se leva et se dirigea vers la cuvette.

« Les Clutterworth sont plutôt rébarbatifs, tu ne trouves pas ? » demanda-t-il, cherchant un sujet neutre.

Il y eut un court silence, avant qu'elle remarque :

« Tu as été aux petits soins avec elle pendant le dîner. »

Comme il avait retiré son dentier, il ne répondit pas. « Elle n'est pas facile, je le sais. »

Lorsqu'il eut lavé ses fausses dents et les eut remises en place, il répondit : « Elle n'était pas si terrible – plutôt ennuyeuse, mais parfaitement aimable. C'est lui que je ne supporte pas. Un petit persónnage mielleux – il ressemble au Chapelier fou. Il n'arrêtait pas de s'extasier sur tout, même quand ce n'était pas justifié. »

Villy était au lit, couchée sur le flanc, le dos tourné. « C'est un très bon musicien, dit-elle. Et la Duche souhaitait depuis longtemps l'avoir à la maison.

— La pauvre. Pour elle, je supporterais n'importe qui. »

Il entrouvrit une fenêtre, se mit au lit et éteignit la lumière.

« Bonne nuit, chérie. Dors bien.

— Toi aussi. »

Mais le sommeil les fuit tous les deux pendant un certain temps : elle, parce qu'il lui était impossible de faire apparaître Lorenzo alors qu'il dormait à quelques mètres d'elle avec une autre femme, et lui, peu habitué à réfléchir ou à se tracasser une fois qu'il était au lit, avec ou sans femme, parce qu'il se surprit à s'inquiéter pour Louise, qui continuait de le gratifier de petits sourires inexpressifs en évitant qu'il la touche, pour Diana, à présent veuve et enceinte, et enfin pour ce pauvre Hugh, qu'il aimait plus que tout et ne pouvait pas aider.

*

Louise était sortie par la porte principale sans faire de bruit. Il était une heure et quart du matin. Pendant toute la soirée, ils avaient été entourés par la famille et, même si elle s'était d'abord réjouie de le voir si bien s'entendre avec eux, elle brûlait d'être seule avec lui. Enfin, après qu'ils eurent écouté Mr Clutterworth et la Duche jouer du Bach sur deux pianos, elle avait proposé à Michael une partie de billard.

« Je ne sais pas vraiment jouer, avait-elle dit une fois réfugiée dans la vaste pièce plutôt obscure.

— Je me suis demandé, avait-il répondu. Moi non plus, d'ailleurs. »

Elle avait fait le tour de la pièce du regard. Le seul endroit où s'asseoir était un banc inconfortable. « J'ai bien peur qu'il fasse très froid, ici. »

Il avait retiré sa veste d'uniforme et l'avait drapée autour des épaules de Louise.

« Vous n'aurez pas froid ?

— Pas après l'Atlantique nord. De toute façon, j'ai mon amour… Je vous ai, n'est-ce pas ? »

Ils s'étaient assis sur le banc, il l'avait beaucoup embrassée et ça lui avait plu. Entre les baisers, ils avaient parlé. Michael n'avait pas prévenu sa mère qu'il avait cette permission ; elle était si courte qu'il n'aurait pas pu voir Louise s'il était rentré chez lui. « Pour l'amour du ciel, ne lui en parlez jamais », dit-il, riant à moitié, même si elle sentit qu'il était sérieux. Ils entendirent des gens aller se coucher. « J'ai très mauvaise conscience de vous prendre votre chambre. Vous n'aurez pas froid dans le court de squash ?

— Ça ne me gêne pas. Certaines parties de cette maison doivent ressembler à l'Atlantique nord.

— Vous ne pourriez pas venir un moment dans ma… votre chambre ?

— Il faudrait attendre que tout le monde soit allé au lit.

— Attendons, alors. »

À un moment il dit : « J'essaie de vous séduire, vous le savez, n'est-ce pas ? Vous êtes une jeune fille tellement adorable et étonnante. Je suis en train de tomber amoureux de vous, je le crains. » Et il l'embrassa encore beaucoup.

Il était onze heures et demie quand la maison fut silencieuse. Ils montèrent à pas de loup l'escalier obscur, Louise lui tenant la main, et traversèrent le long couloir jusqu'à la chambre.

Ils s'allongèrent sur le petit lit étroit, et il lui déboutonna son corsage.

« Il existe un modèle de soutien-gorge tout à fait délicieux, dit-il un instant plus tard, qui se défait par le devant.

— Voulez-vous que je retire le mien ?

— Eh bien, ce serait très *gentil.* »

Ils chuchotaient presque. Louise suggéra d'éteindre la lumière, mais il dit qu'il ne supporterait pas de ne pas la voir. C'était exaltant d'être aimée et désirée, et très vite, quand il lui demanda si elle l'aimait – rien qu'un peu –, elle répondit bien sûr, qu'elle l'aimait vraiment, « énormément », et le fait de prononcer ces mots les fit paraître vrais. C'était merveilleux d'être avec quelqu'un qui l'admirait et avait une si haute opinion d'elle, et bien qu'elle n'eût pas l'impression d'éprouver pour lui les mêmes sentiments qu'il avait pour elle, elle imagina que c'était encore une de ces mystérieuses différences qu'on ne découvrait pas avant d'y être confronté. Les hommes n'étaient pas censés être beaux – virils, séduisants, masculins d'accord, mais leurs visages n'appelaient pas le genre d'adjectifs qu'il utilisait pour qualifier le sien. Pour finir, il émit un gémissement et dit qu'elle devait partir, qu'il ne se faisait pas confiance. « Le devez-vous ? » demanda-t-elle.

Elle était couchée sur le dos, nue jusqu'à la taille, et il s'était assis. Il la regarda, puis ramassa son corsage et dit avec tendresse : « Remettez-le, vous voulez bien ? »

Elle se redressa et obéit, sans prendre la peine d'enfiler son soutien-gorge.

« Je vais vous raccompagner au court de squash, dit-il.

— Non, inutile. Je connais le chemin, et vous risqueriez de vous perdre en revenant. Je me débrouillerai très bien. J'ai une lampe de poche... Vous n'êtes pas fâché contre moi, n'est-ce pas ?

— Bien sûr que non. Je prends sur moi, ce qui n'est pas si facile dans ce contexte. Vous avez votre manteau ?

— Je vais prendre un pull dans le placard. » Quand elle l'eut passé, elle reprit : « Michael ! Si vous vouliez... coucher avec moi, ça ne me dérangerait pas. C'est ce que je voulais dire tout à l'heure. Je ne peux pas affirmer que ça me plairait, puisque je ne sais pas comment c'est, mais ce n'est pas impossible. En tout cas, ajouta-t-elle, se sentant un peu timide à présent, je préférerais essayer avec vous plutôt qu'avec n'importe qui d'autre.

— C'est la chose la plus gentille qu'on m'ait jamais dite. » Il posa les mains sur les épaules de Louise et un baiser sur son front. « Vous feriez vraiment mieux d'y aller. »

C'est ainsi qu'elle se retrouva dehors dans

l'obscurité totale, contournant la maison à pas prudents et passant devant le court de tennis avant de franchir le petit portail au milieu de la haie d'ifs pour entrer dans le potager. Il faisait très froid et il régnait une immobilité brumeuse qui seyait bien au fait d'avoir une liaison. Il avait une voix merveilleuse, songea-t-elle, même quand il murmurait – elle était envoûtée. C'était sensationnel d'avoir quelqu'un qui tenait tant à vous. Elle sentait qu'elle commençait à entrevoir l'intérêt de l'amour.

*

« Dix-sept jours avant Noël !

— Dix-huit.

— Faux, faux, faux. On est quel jour, Ellen ?

— Je ne sais pas.

— Va demander à Archie. »

Ils se précipitèrent dans l'escalier.

« Dix-sept, dit-il. Qu'est-ce que ça change pour vous ?

— Plus longtemps à attendre, dit Lydia.

— Moins de temps pour que les gens achètent les cadeaux », dit Neville. Ça l'inquiétait beaucoup. Avec son père disparu, Zoë partie, et les tantes qui n'allaient presque plus jamais à Hastings, il ne voyait pas comment des cadeaux dignes de ce nom pourraient se matérialiser. À Battle on ne trouvait sans doute rien dont il puisse avoir envie. Les perspectives étaient sombres.

Ils passèrent la matinée à cueillir du houx pour fabriquer des objets de Noël à vendre dans leur magasin. « Mais on ne peut rien en faire », dit Lydia en léchant le sang qui perlait sur ses doigts éraflés.

De la musique résonna toute la matinée du dimanche, qu'écoutèrent Sybil, Hugh et Villy. Mrs Clutterworth crochetait un col de dentelle en gardant un œil sur son mari. Edward emmena Michael chasser, si bien que Louise y alla aussi, à contrecœur. « Le dimanche, on n'a le droit qu'au petit gibier. Heureusement, les lapins en font partie, et, si on croise un faisan ou un perdreau, on en a toujours l'usage en cuisine », dit Edward. Il fut dûment impressionné quand Michael tua quatre lapins, deux faisans et l'unique perdrix qui s'éleva du chaume d'un des champs de Mr York.

« Même si je ne vois pas bien ce que je suis censée faire d'une seule perdrix », dit Mrs Cripps quand on lui rapporta la chasse du matin. Miss Milliment lut le journal au Brig, s'interrompant pour le bulletin d'informations diffusé toutes les heures, dont il ne pouvait plus se passer. Rachel passa deux patientes heures avec Dolly, puis elle appela Sid, qui ne répondit pas ; elle se souvint alors que son amie assurait la permanence du dimanche à sa station d'ambulances et se sentit triste. Mais elle viendra à Noël, se dit-elle. Elle aussi comptait les jours.

Déjeuner du dimanche : les tourtes au lapin furent avalées, ainsi que des tartes faites avec des prunes en conserve, après quoi Villy organisa une expédition au château de Bodiam pour distraire les Clutterworth. Les plus jeunes enfants exprimèrent à grands cris leur désir de venir aussi, si bien que l'excursion, comme c'est si souvent le cas, ne ressembla pas du tout à ce que son instigatrice avait envisagé. Tous les autres se dispersèrent pour aller lire, se reposer ou écrire des lettres.

Clary et Polly se disputèrent.

« Si j'avais su que tu irais te promener avec

Christopher, je serais allée à Bodiam, s'emporta Clary.

— Tu n'as jamais dit que tu voulais y aller.

— Je ne savais pas que tu partirais te promener.

— Tu aurais pu venir avec nous.

— Je déteste les promenades, tu le sais. Je voulais qu'on fasse nos cadeaux.

— On les fera après le thé.

— Vraiment, Polly ! Tu es exaspérante, par moments. J'ai autre chose à faire après le thé.

— Quoi ?

— La ferme. C'est le week-end ennuyeux par excellence. Je vais me laver les cheveux. Ça prouve à quel point je m'ennuie. »

Quand enfin elle sortit de la maison, Polly vit Christopher disparaître au bout de l'allée avec Oliver. L'espace d'un instant, elle lui en voulut ; puis elle se dit que c'était idiot et qu'elle pouvait facilement le rattraper. C'était un bel après-midi d'hiver ; la lumière avait des reflets argentés, et des oiseaux silencieux s'agitaient dans les amas de feuilles de chêne en bordure du chemin.

Un taxi apparut soudain dans le tournant, et elle attendit, parce que c'était tout à fait inhabituel et intéressant. Il s'arrêta devant la maison, et l'un des hommes les plus petits qu'elle eût jamais vus de sa vie en sortit. Il portait une casquette de marin et une capote qui lui arrivait presque aux chevilles. Sûrement un ami de Michael, se dit-elle ; oh, mon Dieu : elle savait que Michael avait disparu quelque part avec Louise. Le petit homme paya le chauffeur avec quelques billets, puis se tourna pour regarder la maison. Le chauffeur essayait de lui rendre sa monnaie, mais il ne parut pas y faire attention.

Polly s'avança vers lui. « Il a de la monnaie à vous rendre », dit-elle.

L'homme pivota sur ses talons, la salua et prit l'argent que lui tendait le chauffeur.

« Je suis Polly Cazalet, dit-elle.

— Cazalet », répéta-t-il avec un plaisir évident. Il avait les yeux noirs et pétillants, un charmant sourire et, curieusement, un accent français très prononcé.

« Je viens voir Mrs Cazalet.

— Laquelle ? »

Il parut perplexe. « Mon anglais n'est pas bon. Vous parlez français ?

— Pas beaucoup, hélas. » Elle se rappela Archie. « Venez avec moi. Je vais vous trouver quelqu'un à qui parler. »

Elle l'emmena dans la chambre d'Archie.

« Archie. Un Français cherche une Mrs Cazalet. Vous pourriez voir ce qu'il veut exactement ? » En disant cela, elle songea soudain à Oncle Rupert, et son cœur lui parut tomber comme une pierre.

Le petit homme déversa un torrent de paroles en français, et Archie l'interrompit pour poser des questions, auxquelles il répondit. Puis il sortit de sa poche deux tout petits morceaux de papier et les tendit à Archie qui les lut. « Va chercher Clary, Poll, lui dit-il. Tout de suite. »

*

« Je ne peux pas venir… j'ai les cheveux qui dégoulinent !

— Clary, tu dois venir. On s'en fiche, de tes cheveux. Archie veut te voir.

— Ah ! D'accord. » Elle souleva sa tête dégoulinante du lavabo, essora un peu ses cheveux, puis elles coururent toutes les deux jusqu'à la chambre d'Archie. « Il va bien, n'est-ce pas ? demanda-t-elle. Rien de grave ? »

Mais n'étant sûre de rien, Polly ne répondit pas. Le petit homme avait retiré sa capote et s'était assis sur une chaise, mais il se leva d'un bond quand elles entrèrent.

« Voici la fille de Rupert, dit Archie. Et voici le sous-lieutenant…

— O'Neil. Pipette O'Neil. Pas mon vrai nom, vous comprenez… je l'ai pris dans le bottin. » Il sourit à Clary, lui baisa la main et dit en français : « *Mademoiselle Clarissa. Enchanté de vous voir**. »

Figée sur place, Clary le fixait, et ses yeux, dans son visage devenu blême, avaient une expression que personne dans la pièce ne put supporter.

« J'étais l'ami de votre père, dit-il.

— Assieds-toi, dit gentiment Archie en tapotant son lit. C'est une longue histoire. » Elle obéit, lissant ses cheveux en arrière pour dégager son visage.

Il lui raconta que le lieutenant O'Neil avait rencontré son père alors qu'il était caché dans un verger ; une famille les avait hébergés pendant presque trois mois dans différentes dépendances de leur ferme. O'Neil se trouvait en permission de l'armée française quand il avait appris la capitulation de la France, et il était résolu à quitter le pays pour atteindre l'Angleterre et rejoindre de Gaulle. Mais à l'époque, il n'y avait pas encore de filière d'évasion établie ; Rupert et lui devaient s'en remettre à leur intelligence, à leur débrouillardise et à la chance. Leur plan consistait à atteindre la côte, où ils comptaient voler ou acheter un bateau de pêche pour traverser la Manche. Le premier paysan les avait confiés à un ami, un homme qui fabriquait du cidre, mais là ils s'étaient retrouvés coincés : le producteur de cidre ne paraissait pas pouvoir ou vouloir leur trouver un contact fiable pour continuer la route vers l'ouest. Ils se relayaient dans la journée, l'un cueillant des pommes tandis que l'autre faisait le guet à cause des Allemands. Pipette avait tenté de convaincre la fille du producteur de cidre de leur procurer des papiers, mais bien qu'elle eût accepté d'essayer, elle semblait si terrifiée qu'ils avaient cessé d'insister. Finalement, ils la persuadèrent de faire développer des photos qu'ils prirent l'un de l'autre, au milieu de nombreux autres clichés, et elle partit à vélo à la ville la plus proche pour remplir sa mission. Ils empruntèrent la carte d'identité du fermier, dont Rupert copia le modèle pour leur forger à tous deux des papiers qui pourraient passer pour vrais, espéraient-ils, si on les leur demandait. Ils n'étaient cependant pas d'accord sur l'étape suivante. Lui était d'avis d'acheter des bicyclettes, mais Rupert préférait partir à pied, de manière à pouvoir quitter la route plus facilement. Ils avaient besoin d'une carte. Pipette avait un peu d'argent ; Rupert aucun, et il avait donné sa montre au premier paysan en échange de vêtements civils. À présent c'était l'hiver, pas la meilleure période pour dormir à la belle étoile, mais ils savaient qu'ils avaient déjà abusé de l'hospitalité du producteur de cidre. Un matin, munis de pain, de fromage, de viande et d'une bouteille de calvados, ils repartirent. Ils avaient l'intention de n'emprunter que des petites routes ou des sentiers, de marcher aux premières heures du jour quand il faisait encore sombre, de se cacher durant la journée puis de recommencer à avancer après seize heures. Et c'est ce qu'ils firent. Ils avaient beaucoup, beaucoup d'histoires à raconter sur cette période, dit Archie. Ils avaient atteint La Forêt – une petite ville au sud de Quimper – en avril. Là, dit-il, ils avaient eu un nouveau désaccord. Pipette était d'avis qu'ils essaient de trouver un bateau ensemble ; Rupert disait qu'il valait mieux qu'ils se séparent et tentent leur chance chacun de son côté. Mais Pipette n'en démordait pas : ils devaient au moins essayer de partir ensemble. À ce moment-là, ils n'avaient plus un sou en poche et en étaient réduits à voler – de quoi manger, ou parfois des choses qu'ils pouvaient échanger contre de la nourriture. Ils dormaient dans une grange à l'extérieur de La Forêt, où une femme les trouva un matin en allant nourrir ses poules. Elle était intelligente, avait tout de suite compris qu'ils étaient des fugitifs et proposé de les aider. Son fiancé avait été abattu par des Allemands lorsqu'il avait voulu les empêcher de leur voler des poules, et elle paraissait très désireuse de se venger d'une manière ou d'une autre. Ils devraient aller à Concarneau s'ils voulaient avoir une chance de trouver un bateau, leur dit-elle. Il y avait quelques bateaux de pêche là-bas, et parfois, d'autres navires y faisaient escale un jour ou deux avant de repartir. Elle n'avait aucune idée de leur destination. Elle proposa d'aller à Concarneau pour se renseigner. Après son départ, ils devinrent très inquiets : ils quittèrent la grange par peur d'être trahis, mais la surveillèrent de loin, et la femme finit par revenir, seule, ce soir-là. Un bateau était arrivé le matin même – quelle chance incroyable ! –, et d'après elle, il serait facile de se glisser à bord. Quand ils lui demandèrent ce qui lui faisait penser ça, elle répondit qu'elle l'avait fait : jetant un coup d'œil par une écoutille, elle avait vu deux hommes en train de ronfler dans le gaillard d'avant, avait marché le long du pont jusqu'à la coquerie où elle avait chipé un couteau – qu'elle leur montra. Ça paraissait trop beau pour être vrai, pourtant ça l'était. La malchance se présenta sous une autre forme. Après leur longue marche, leurs chaussures étaient inutilisables. Pipette avait réussi à trouver des bottes qui ne lui allaient pas trop mal, mais les chaussures que Michèle avait fournies à Rupert étaient si grandes qu'elles lui tenaient à peine aux pieds. Ils devaient partir pour Concarneau en début d'après-midi, parce que Michèle ignorait à quelle heure le bateau appareillerait, et ils n'étaient pas allés bien loin quand ils entendirent approcher un camion qui avait toutes les chances d'être allemand. Pour quitter la route, ils devaient sauter par-dessus un fossé puis grimper un talus pour rejoindre le champ. Ils s'élancèrent, mais quand Rupert sauta, il retomba mal. Les autres étaient partis devant et ne s'en rendirent pas compte avant que le camion n'atteigne presque l'endroit de la route qu'ils venaient de quitter. Ils tendirent l'oreille, mais il ne s'arrêta pas, et quand ils revinrent, ils trouvèrent Rupert à plat ventre dans le fossé. Il y avait roulé pour se cacher, puisqu'il ne pouvait plus marcher. Michèle lui banda la cheville avec un de ses bas trempé dans l'eau du fossé, mais s'il réussissait à boitiller douloureusement, il n'était pas en état de parcourir une grande distance.

Là, Archie s'interrompit une seconde puis reprit : « Pipette en est arrivé à ce moment de son récit. À partir de maintenant, je vais devoir lui poser des questions et vous traduire ses réponses. »

Ils avaient eu une discussion virulente. Pipette ne voulait pas abandonner Rupert ; Rupert le poussait à partir. La femme s'en était mêlée, arguant qu'elle ne s'était pas donné autant de mal pour que tout tombe à l'eau pour des raisons sentimentales. L'un d'eux au moins devait s'en aller. Elle prendrait soin de Rupert, et il partirait à son tour quand sa cheville serait guérie. Elle se mit en colère et, à la fin, Pipette céda. Ils aidèrent Rupert à gravir le talus et l'installèrent derrière des buissons. Michèle dit qu'elle passerait le récupérer à son retour.

« Et là, Clary, dit Archie, il a donné ceci à Pipette. » Il lui tendit le fragile morceau de papier.

Elle le lut à voix basse. « Clary chérie, je pense à toi tous les jours. Je t'aime, papa. » Elle le relut en silence, puis baissa la tête. Puis regarda de nouveau le papier. « Zut ! Ces maudits cheveux sont en train de l'abîmer ! » Ses yeux, devenus pareils à des étoiles, débordèrent de larmes. « Mon deuxième ! Mon deuxième message d'amour.

— Le deuxième est pour Zoë, dit Archie, sans comprendre.

— Elle parle de la carte postale que sa mère lui a envoyée de Cassis », intervint Polly.

Clary essayait de sécher le papier de ses doigts tendres, fébriles, aux ongles rongés.

« C'est du crayon à papier, Clary, ça ne s'effacera pas, dit Archie.

— C'est vrai. Quand l'a-t-il écrit ?

— Dans la grange, à La Forêt. Il m'a demandé

de vous l'apporter si j'arrivais en Angleterre. Pas par la poste. D'aller... de venir... moi-même. C'était il y a huit mois. Je ne sais pas... »

Archie leva la main. Pipette se tut, et l'ombre du vieux tourment passa sur le visage de Clary ; ses yeux incandescents s'assombrirent, mais rien qu'une seconde. Elle lut une nouvelle fois le message et, quand elle releva les yeux vers Archie, il vit que sa foi aimante était résolument revenue.

« C'est juste une question de temps, dit-elle. C'est tout. Il ne reste qu'à attendre qu'il revienne. »

*

La nouvelle concernant Rupert se répandit vite. Ce soir-là, Hugh et Edward portèrent Archie en bas pour le dîner et pour boire le champagne que le Brig avait sorti de sa cave. Pipette devait rester, *bien sûr*, dit la Duche. Une atmosphère de soulagement volontaire prévalait – si Rupert était en vie huit mois plus tôt, ils ne voyaient aucune raison qu'il lui soit arrivé malheur depuis. Son excellent français, l'intelligence de Michèle, la proximité de la côte, le fait que Pipette ait réussi – tous ces facteurs furent discutés avec optimisme, et d'autres histoires de Pipette et Rupert furent dévoilées. Une fois qu'il se sentit à l'aise avec la famille, Pipette se révéla un conteur merveilleux, dont l'humour rappelait parfois, de manière touchante, celui de Rupert. Un jour, dit-il, quand les Allemands avaient surgi sans crier gare à la ferme où ils étaient réfugiés, Rupert n'avait eu que le temps de faire grimper Pipette dans une brouette en disant : « Tu n'es qu'un parfait crétin, tu m'entends ? », avant de commencer à la pousser, en boitant lourdement, pour passer devant le camion allemand qui dégorgeait ses occupants. À ce moment de l'histoire, Pipette balança les jambes par-dessus l'accoudoir de son fauteuil dans lequel il s'avachit, un sourire niais aux lèvres, la langue sortant par le coin de sa bouche, puis il se leva d'un bond pour devenir un Rupert boiteux, menant un monologue plein de mépris et de haine pour son imbécile de frère, tout en réussissant à donner l'impression qu'il avait lui-même une case en moins. Il emmenait son frère chez le docteur pour ses crises, avait-il dit à l'officier allemand, même si un vétérinaire ferait mieux l'affaire vu qu'il ne valait guère mieux qu'une bête. L'officier avait haussé les épaules et lui avait tourné le dos ; les hommes les observaient, et l'un d'eux avait même paru désolé pour lui, dit Pipette. La Duche pleurait de rire et s'essuyait les yeux avec son petit mouchoir. Pipette dit qu'ils avaient dû continuer leur pantomime pendant un temps fou, car la route de la ferme était longue et toute droite, et qu'ils n'étaient pas sûrs que le fermier ne sortirait pas de sa maison et ne les trahirait pas. Il y avait plein d'anecdotes, conclut-il, se tournant vers Archie, qui avait inséré des traductions quand c'était nécessaire, à l'intention de ceux qui ne parlaient pas français.

Ce soir-là, cependant, en écoutant les informations de vingt et une heures après le dîner, ils apprirent que les Japonais venaient de lancer une gigantesque attaque surprise sur la flotte américaine à Hawaii, dans un endroit appelé Pearl Harbor. L'attaque étant survenue seulement une heure plus tôt, les détails des dégâts n'étaient pas encore connus, mais l'état de guerre était imminent, sinon déjà établi.

« Comment ça a pu se passer il y a une heure, alors qu'on est le soir et qu'ils ont dit que l'attaque avait eu lieu à sept heures du matin ?

— C'est le décalage horaire, Poll, lui répondit son père. Comme c'est à l'autre bout du monde et qu'on est à l'heure d'été double, nous avons plusieurs heures d'avance. C'est le petit déjeuner là-bas, et l'heure de se coucher ici… pour toi. »

Les soirées du dimanche se terminaient toujours tôt, puisque le contingent londonien devait partir de très bonne heure le lendemain matin, et tout le monde se dispersa peu après.

*

Ce jour-là, cette soirée, se révéla un moment charnière, un tournant pour nombre d'entre eux. Le Brig, une fois dans sa chambre et débarrassé de ses nombreux vêtements – sa veste, son gilet, sa chemise en flanelle, son tricot de corps en laine, ses brogues vernies, son pantalon et ses bretelles, son caleçon long, ses chaussettes en laine qui grattaient, mouchetées comme le poitrail d'une grive –, tâtonna sur le lit pour trouver son épais pyjama en flanelle à larges rayures et songea avec lassitude qu'il ne verrait probablement pas la fin du conflit. Il avait quatre-vingt-un ans ; et si les Japs et les Américains entraient en guerre, elle risquait de durer deux fois plus longtemps que la précédente. Pour celle-là aussi, il avait été tenu à l'écart – une position qui lui déplaisait franchement. Au moins, la dernière fois, avait-il vu revenir Hugh et Edward, et peut-être aurait-il un troisième coup de chance avec Rupert. Mais l'idée qu'il puisse ne pas vivre assez longtemps pour le savoir le perturbait et le déprimait. Ça ne changera rien pour Rupert, songea-t-il, dans un sens ou dans l'autre. Mais pour moi, si. Il ne poursuivit pas sur ce terrain : il n'avait jamais été doué pour utiliser les mots de l'amour – même quand il se parlait à lui-même.

*

À Londres, Sid rentra chez elle en toute hâte après que la nouvelle fut parvenue à sa station d'ambulances, au cas où Rachel appellerait. Il n'y avait pas de raison que cette nouvelle suscite un coup de téléphone de Rachel, mais elle conservait un espoir irrationnel et s'assit dans son salon à présent très poussiéreux (elle détestait faire le ménage) pour manger un sandwich au jambon, se décidant puis renonçant à l'appeler elle-même. Rien que pour entendre sa voix. Elle n'avait pas grand-chose à dire, et un jour viendrait peut-être où elle n'aurait plus rien à dire du tout à Rachel, puisqu'elle n'était pas capable – ne serait jamais capable – d'exprimer ce qu'elle gardait au plus près de son cœur. Elle songea à tous les amoureux du monde, pour qui c'était simple de prononcer cette affirmation naturelle et joyeuse : « Je te désire. Je veux ton corps nu dans mon lit, ta peau contre ma peau, je veux que ton besoin soit mon plaisir, que ton plaisir soit ma joie. » Elle était habituée depuis longtemps à se dissimuler aux autres – c'était devenu une seconde nature –, mais elle ne s'était jamais habituée à se cacher de Rachel. Elle se sentait dans la peau d'un agent secret ou d'un espion ; sa véritable identité, sur cette terre à jamais étrangère, signifierait la mort.

Ce soir-là, pour la première fois, tandis qu'elle attendait et que le téléphone ne sonnait pas, l'idée de ne plus aimer Rachel ne lui apparut plus comme d'insupportables limbes, mais comme une possible libération.

*

« Il ne m'a pas écrit à *moi*, dit Neville à Lydia alors qu'ils étaient couchés.

— Peut-être que si, que ce Français a perdu la lettre et qu'il a trop honte pour le dire.

— Aucune chance. »

Lydia voyait bien qu'il était profondément blessé. « Il n'a pas écrit à Juliet non plus, dit-elle.

— Évidemment ! Il n'allait pas écrire à un horrible bébé qui ne sait même pas lire ! Même papa ne serait pas idiot à ce point-là. Tout ce que je peux te dire, c'est que quand je serai grand et que je ferai plein de choses intéressantes et dangereuses, j'écrirai à... » Il réfléchit. « À Archie, à toi, à Hitler et à Flossy. Et pas à lui. Ça lui apprendra. »

Elle était tellement flattée d'être incluse qu'elle ne lui fit pas remarquer que les chats ne savaient pas lire non plus.

« Je garderai tes lettres comme des trésors, dit-elle. Et je crois qu'Hitler sera bientôt mort et que ça ne vaudra pas le coup de lui écrire. » Puis, comme il ne répondait rien, elle reprit : « Je suis désolée, Nev, sincèrement. Je sais à quel point c'est important pour toi.

— *Important* ? Je ne pense presque jamais à lui. Il n'est qu'un lointain souvenir. Bientôt il s'évanouira comme une bouffée de fumée. Il n'est plus qu'une toute petite chose minuscule que je suis en train d'oublier. Je n'aurais pas *du tout* pensé à lui s'il n'avait pas écrit à Clary. » Son amour et sa déception continuèrent de faire rage jusqu'au moment où, épuisé par tout ça, il finit par s'endormir.

*

La Duche se laissa tomber avec soulagement sur le tabouret de sa coiffeuse et se pencha pour détacher ses chaussures. La soirée l'avait fatiguée plus qu'elle ne voulait l'admettre, y compris à elle-même, et sa fatigue augmentait son appréhension. La nouvelle concernant Rupert – même si elle valait cent fois mieux que pas de nouvelles du tout – demeurait incertaine, incomplète. Il était en vie huit mois plus tôt. Mais tout avait pu arriver depuis. Il ne pouvait pas s'échapper sans aide, et pour l'aider, les gens devraient risquer leur vie. C'était pour cette raison qu'elle n'avait pas voulu qu'on téléphone à Zoë. Ils n'étaient pas en mesure de lui dire qu'il était vivant et en sécurité, aussi était-il préférable d'attendre ; à son retour, dans quelques jours, on lui raconterait toute l'histoire. Est-ce que c'est ce que je voudrais ? se demanda-t-elle. Oui. Ça me déplairait qu'on ait attendu pour m'avertir, mais je serais tout de même reconnaissante. Voilà.

Elle retira la croix en nacre et saphir qu'elle portait autour du cou et la garda dans sa main un long moment avant de la poser sur la coiffeuse.

*

Après avoir parcouru ce qui lui avait semblé un demi-kilomètre de couloirs pour aller dans les seules toilettes de l'étage des chambres à coucher du château écossais néogothique que ses beaux-parents, qui ne manquaient pas d'imagination, appelaient un foyer, Diana se glissa avec soulagement dans l'immense chambre obscure et, bien sûr, froide. Ses murs de pierre étaient décorés d'un mélange dépareillé d'armes et d'aquarelles. Une espèce de tapis en coco un peu traître formait par endroits un contraste avec le sol en pierre. Les fenêtres gothiques profondément renfoncées avaient été jugées trop petites pour mériter des rideaux, si bien que des courants d'air frais circulaient sans entrave. L'immense lit était d'un extrême inconfort. Il était très haut perché et équipé d'un mince matelas en crin de cheval, d'un traversin apte à barrer un fossé, de deux oreillers plats et mous sentant l'huile capillaire à la violette et de couvertures comme celles que les gens riches jettent sur le dos des chevaux qui viennent de gagner une course. Elle dormait dans sa robe de chambre et en chaussettes. C'était la chambre qu'ils occupaient quand Angus était en vie, et qui serait toujours à elle, avaient affirmé les parents. Ils s'étaient efforcés d'être très gentils avec elle, surtout quand ils avaient appris qu'elle était enceinte, mais au bout de deux jours avec eux, elle s'ennuyait tant qu'elle en aurait hurlé. Naturellement, ils s'imaginaient qu'elle était dévorée de chagrin (selon leur expression) ; eux, les pauvres chéris, étaient durement affectés, et le sachant, elle redoublait d'efforts. Il lui semblait déjà qu'Angus était mort depuis longtemps, alors que ça ne faisait que trois semaines. Ses fils aînés devant bientôt rentrer du pensionnat, elle n'avait pas eu d'autre choix que d'aller en Écosse pour les vacances. Au moins, mis à part le coût du trajet, ça signifiait qu'elle n'avait pas à dépenser d'argent, au moment où son budget serait plus serré que jamais. Et il y aurait bientôt un quatrième bébé. Elle adorait les autres, surtout Jamie, mais au cas où ce serait encore un garçon, sa situation financière deviendrait précaire. S'il n'y avait pas Edward, elle vendrait sans doute l'appartement londonien (à supposer que quelqu'un veuille un appartement bombardé, à Londres, en pleine guerre), et louerait ou achèterait quelque chose de très bon marché à la campagne. Malgré cela, elle ne pourrait pas assumer des frais de scolarité multipliés par deux. Ces pensées lui tournaient dans la tête, parce qu'après la nouvelle du soir à propos du bombardement de la marine américaine par les Japonais, tout le monde était convenu que la guerre serait très longue, et son beau-père lui avait proposé de l'accueillir de manière permanente. Elle admettait que c'était généreux de sa part, étant donné qu'il ne l'avait jamais aimée, mais elle préférerait mourir plutôt que d'accepter. Cela signifierait ne plus jamais voir Edward, et, sans lui, elle avait le sentiment qu'elle s'enfoncerait dans un bourbier de responsabilités solitaires. Si seulement il était là maintenant, songea-t-elle en grimpant dans le lit glacé. Il réussirait même à rendre cet endroit amusant. Si seulement il était avec moi tout le temps, pensa-t-elle alors, après avoir éteint la lumière. Cette pensée ne la quitta plus ; elle l'empêcha de dormir et, aux petites heures de l'aube, commença à lui sembler si essentielle que pour la première fois, elle se mit à réfléchir à la manière de la faire devenir réalité.

*

Michael Hadleigh avait tout de suite proposé de partager sa chambre avec Pipette, qui dormait à présent dans le lit voisin du sien. Ils n'avaient pas beaucoup parlé, puisque le français de Michael était rudimentaire – il avait séjourné en Allemagne pendant ses études d'art –, mais il avait compris que Pipette avait eu beaucoup de mal à gagner l'Angleterre. Ils avaient essayé de parler de l'attaque japonaise et étaient convenus que les dégâts avaient dû être considérables en raison de l'effet de surprise. Puis Pipette lui avait souhaité une bonne nuit, s'était enroulé dans ses draps et couvertures et était devenu silencieux. À cause de l'arrivée du Français, il n'avait pas pu passer la soirée avec Louise comme la veille. C'était peut-être mieux ainsi. La précédente, aussi plaisante qu'elle ait été, avait mis sa résistance à rude épreuve. Elle était si jeune – presque trop jeune pour avoir une idée de ce qu'elle voulait. Elle commençait à l'aimer un peu, mais ce serait injuste d'essayer de la séduire avant d'être sûr d'avoir des intentions sérieuses. Était-ce le cas ? Sa mère disait toujours qu'elle voulait le voir marié, et il savait qu'elle désirait ardemment un petit-fils. Elle qui trouvait de bonnes raisons de rejeter les filles qu'il ramenait à la maison ne l'avait pas fait avec Louise. Ils n'avaient pas parlé d'elle, mais le sujet du petit-fils était revenu sur le tapis à la fin de sa dernière permission. « Ne tarde pas trop », lui avait-elle conseillé. Elle avait ensuite prétendu avoir pensé à l'âge qu'il avait, mais il savait très bien ce qu'elle avait en tête : ne te fais pas tuer avant d'avoir engendré un héritier.

Ce soir-là, entendant cette sinistre information et sachant qu'elle s'accompagnait, ou s'accompagnerait, de terribles statistiques en termes de pertes de navires et de vies humaines, il avait pour la première fois sérieusement envisagé la possibilité d'être tué. Jusqu'ici, il avait mené une vie enchantée et avait toujours été favorisé par la chance ; en un sens, il y avait vu une marque de courage, et il prenait son courage très au sérieux. C'était de famille : il devait se montrer aussi valeureux, voire plus valeureux, que son père. À présent, en imaginant ces marins américains au mess, à l'heure du petit déjeuner, brutalement attaqués par des avions hurlant qui avaient déversé sur eux une pluie de bombes – un épouvantable et gigantesque guet-apens pour des milliers d'hommes innocents et sans méfiance –, il eut peur pour la première fois de sa vie. Comment se serait-il comporté sous ce feu ? Aurait-il survécu ? Sa maman chérie aurait-elle dû revivre ce calvaire ? D'abord son père, puis lui : les deux personnes qu'elle avait le plus aimées au monde ? Le navire qu'il allait commander – la vedette-torpilleur en construction à Cowes – était aussi vulnérable aux attaques aériennes, aux mines et aux torpilles que tout autre bâtiment, mais c'étaient les tirs de canon qui dégommaient les hommes de barre et les officiers ; c'étaient les marins présents sur le pont qui étaient le plus souvent blessés. Et c'est là qu'il serait. À nouveau, il ressentit une peur froide et écœurante à la pensée des heures imperturbables qu'il devrait y passer. Ce soir-là, il reconnut que la peur était un élément essentiel du courage, alors qu'il admettait du même coup que ses chances de se faire tuer dans son nouveau poste étaient très élevées. Sa mère, comme d'habitude, avait eu raison – s'il n'y prenait garde, il pourrait laisser passer sa dernière occasion d'avoir un fils.

*

De service cette nuit-là, Angela, entre autres tâches, lut les bulletins d'informations, qui d'heure en heure donnaient davantage de précisions sur l'attaque de Pearl Harbor. Cinq cuirassés gravement endommagés, plus de deux mille morts, deux cents avions détruits. Des bases américaines aux Philippines et sur deux îles du Pacifique avaient également subi des attaques. Le Japon avait déclaré la guerre aux États-Unis et à la Grande-Bretagne. Ça lui paraissait très étrange d'être assise seule dans la petite pièce, séparée des techniciens par une vitre épaisse empêchant toute conversation, et de lire à voix haute le compte rendu de ces événements violents et lointains avec le même ton calme et professionnel qu'elle aurait adopté pour annoncer une hausse du prix des pommes de terre. Quand elle n'était pas en train de mettre les disques ou de les annoncer – c'est-à-dire lorsqu'ils diffusaient un concert, ce qui lui donnait un peu de temps libre –, elle dressait des listes de choses variées. Des qualités qu'elle estimait les plus importantes chez un homme : « Honnêteté, écrivit-elle. Gentillesse. Droiture » (mais ça, c'était comme l'honnêteté). « Aimant », écrivit-elle. Puis elle établit la liste de ce qu'elle désirait le plus dans la vie. « Un travail plus intéressant. Voyager. Quelqu'un à aimer. » Elle n'eut pas d'autre idée. Elle envisagea de faire une liste de ce qu'elle voulait pour Noël, mais il n'y avait presque plus rien de disponible ; des choses qu'elle souhaitait voir se produire l'année suivante. « La fin de la guerre. » Il y avait peu de chances que ça arrive : au contraire, le conflit menaçait de s'étendre ; d'atteindre la Chine, l'Afrique et l'Inde – comme une épidémie de peste. Des gens qu'elle aurait pu aimer ou qui auraient pu l'aimer, et qu'elle n'avait pas encore rencontrés, étaient peut-être en train de se faire tuer à la minute même. Tout ce à quoi elle pensait – et quel que soit le genre de liste – semblait toujours la ramener au même point. C'est tout ce que je veux, songea-t-elle tristement. Je ne veux rien d'autre.

*

Christopher était couché sur son étroit lit de camp au grenier, avec Oliver qui prenait presque toute la place. Quand il essayait de bouger, le chien poussait un profond soupir et déplaçait sa masse comme s'il voulait lui céder un peu d'espace, pour finir par s'étaler encore davantage. Ce soir, cependant, Christopher prêtait moins d'attention au chien que d'habitude. La nouvelle l'avait horrifié. L'attitude des Japonais ne l'avait pas seulement choqué, elle lui posait aussi de nouveaux cas de conscience très inquiétants. Que ressentirait-il, s'il était américain, face à cette situation ? Des gens qui menaient ce genre d'attaque étaient capables de tout. Donc, s'il était américain, n'estimerait-il pas de son devoir d'aller aussitôt défendre son pays contre d'autres assauts de ce genre ? Et au-delà de ça : fallait-il être américain pour avoir ce sentiment ? Il était contre la guerre parce qu'il ne voulait pas que les gens s'entre-tuent, mais en réalité, c'était ce qui se passait. Pouvait-on vraiment se sentir supérieur à tous les autres, quand au moins une partie d'entre eux, qui désapprouvaient aussi la guerre, s'engageaient pour faire le sale boulot ? Au milieu de tous les conflits qu'il avait connus au cours de l'année écoulée, de tout le malheur éprouvé, il n'avait jamais envisagé qu'il pût avoir tort – non pas d'un point de vue intellectuel, mais tort de se couper de ses semblables. Il repensa aux railleries de son père ; aux autres jeunes avec qui il avait construit la piste d'aviation pendant des mois épuisants : comment ils s'étaient moqués de lui et disputés avec lui, avant de finir par le laisser tranquille, si bien que plusieurs jours passaient parfois sans que personne ne lui adresse la parole, sauf sa logeuse à l'air revêche, pour se plaindre. Elle l'avait roulé sur ses rations de nourriture, ne lui servant que du pain et de la margarine au petit déjeuner après lui avoir pris son livret de rationnement, de sorte que presque tout son salaire passait dans des sandwichs qu'il achetait au seul pub à proximité de son travail. Il n'avait tenu le coup que grâce à la certitude d'avoir raison – ce qui, bien sûr, signifiait que les autres avaient tort. Mais à présent, en pensant à tous ces marins morts sous les bombes, alors qu'ils n'étaient pas en train de combattre, il commença à sentir que même s'il avait raison, c'était mal d'avoir raison de cette manière. Cela supposait une forme de supériorité morale qu'il ne possédait pas. Il suffisait de voir la façon dont il s'était battu avec Teddy, quelques années plus tôt, quand ce dernier avait voulu rejoindre le camp qu'il avait dressé dans les bois. S'il ne valait pas mieux que les autres, il n'avait aucun droit de se comporter comme si c'était le cas.

Après la période vraiment dure – quand sa logeuse l'avait mis dehors sans préavis, prétendant avoir appris qu'il était pédéraste, et qu'il avait répliqué que c'était ridicule, parce que ça l'était, elle avait dit : « Tu me traites de menteuse ? » et il n'avait pas pu s'empêcher de répondre oui. Son sort avait été scellé. Elle avait appelé son mari, qui l'avait poussé dehors et jusqu'au bas des marches du perron. Il s'était retrouvé dans la rue, sans même avoir récupéré ses affaires. Il faisait très froid, et ce devait être un vendredi parce qu'il avait de l'argent. Il était entré dans un pub et avait bu deux whiskys pour arrêter de trembler. Ensuite il avait marché – il avait le vague souvenir d'un train et avait dû en prendre un, mais ne se rappelait rien d'autre –, puis il était sur un banc, près de la mer, et deux hommes en uniforme, portant des brassards, le secouaient et lui posaient un tas de questions auxquelles il n'arrivait pas à répondre, chaque question lui révélant l'étendue de son ignorance. Ils l'avaient embarqué et enfermé dans une pièce minuscule. Quelqu'un lui avait apporté une tasse de thé – le premier acte de bonté qu'on lui témoignait, lui semblait-il, dans cette nouvelle vie où il n'était personne. Il s'était mis à pleurer et n'avait plus pu s'arrêter. Il ne *voulait* plus être quelqu'un ; il voulait seulement s'évanouir, tout arrêter, ne plus rien ressentir. Puis il s'était retrouvé à l'hôpital ; on lui avait dit qui il était, mais ça n'avait rien arrangé. Ses parents étaient venus, et la peur qu'il avait crue hors de portée l'avait soudain assiégé. On l'avait traité par électrochocs. La première fois, ça n'avait pas été trop terrible, parce qu'il ne savait pas ce qu'on allait lui faire quand on l'avait attaché sur la table haute. Il était revenu à lui avec un mal de tête atroce, mais aussi une grande sensation de soulagement. Il s'était pourtant mis à redouter les électrochocs. Entre les séances, couché sur son lit, il se sentait encore anonyme et seul – et un jour, une phrase d'une chanson lui était venue à l'esprit : « I care for nobody, no, not I, and nobody cares for me[1]. » Comment pouvait-on chanter une chose pareille ? Il fallait vraiment ne pas savoir l'effet que ça faisait.

Home Place, auquel il avait pensé avec un vague intérêt, ne lui avait pas réussi au début. Les gens étaient gentils, mais la gentillesse le faisait pleurer. Puis Oliver. Oliver l'acceptait sans se soucier de qui il était, de ce qu'il avait fait ou pas fait. Oliver avait eu la vie dure ; il gémissait dans son sommeil et grognait parfois, mais dès leur première rencontre il avait fait confiance à Christopher. Il tendit les doigts pour le caresser ; Oliver tourna la tête et fourra sa longue truffe noire dans sa main. Polly s'occuperait du chien s'il s'engageait, songea-t-il, au moment où l'horreur de devoir quitter Oliver germait dans son esprit. J'imagine que quand il y a la guerre, tout le monde doit quitter quelqu'un qu'il aime. Je serai comme tout le monde.

*

1. « Je ne tiens à personne, non, pas moi, et personne ne tient à moi. »

Hugh fit l'amour à Sybil ce soir-là – ils ne l'avaient pas fait depuis très longtemps. Ce fut un long moment de tendresse et de douceur. Ensuite, couchée dans ses bras, elle lui dit : « Hugh chéri. Je suis tellement heureuse de t'aimer autant. On a de la chance, n'est-ce pas ? »

Et presque avant qu'il ait eu le temps de répondre oui, elle s'était endormie.

*

« Je crois qu'il m'a baisé la main par politesse, parce qu'il avait baisé la tienne.

— Non, Poll, il t'a trouvée belle. En plus, tu as le genre de main qu'il faut pour le baisemain ; la mienne fait partie des risques que doivent courir les Français. » Elle tendit sa main rêche, aux ongles rongés, et la contempla d'un œil critique. « Je ferais mieux de ne pas me marier avec un Français.

— Si tu en épouses un, il t'embrassera à d'autres endroits, idiote. Ils ne baisent que les mains des inconnues, au lieu de les serrer. »

Elles étaient dans la salle de bains de Home Place, en train de se laver les dents et de se débarbouiller, avant de retourner au court de squash. « J'ai mal à la tête, dit Clary, assise sur le rebord de la baignoire.

— C'est l'excitation. Prends une aspirine. Je ne le dirai pas à la Duche. » Elle regarda dans le placard de la salle de bains, mais n'en trouva pas. « Je vais en chercher une dans la chambre de maman. »

Mais elle revint deux minutes plus tard en disant : « Désolée, Clary. La lumière est éteinte et il n'y a pas un bruit. Ils doivent dormir.

— Ce n'est pas grave. L'air froid me fera sûrement du bien. De toute façon, ça ne me gêne pas. Plus rien ne me gêne. » Elle fourra la main dans la poche de sa veste, et Polly devina qu'elle touchait le morceau de papier.

« Clary, j'ai quelque chose à te dire. Je ne voulais pas t'en parler avant, parce que tu étais déjà très inquiète. Je ne voulais pas en rajouter.

— Quoi ?

— Au cours de l'automne, et pendant une bonne partie de l'hiver, j'ai cru que maman allait mourir.

— Poll ! C'est vrai ? Pourquoi as-tu pensé une chose pareille ?

— Eh bien, j'ai surpris une conversation entre papa et Villy, et c'est l'impression que ça donnait. C'était horrible ! Tu vois, papa ne savait pas ce que j'avais entendu, et il ne m'en a pas parlé *à moi*. Les gens devraient dire les choses importantes comme celle-là, tu ne crois pas ?

— Oui, répondit lentement Clary, c'est vrai. En fait, moi aussi, je me suis fait beaucoup de souci pour elle. Je n'ai rien entendu, s'empressa-t-elle d'ajouter, mais elle avait l'air très malade, et son état semblait empirer au lieu de s'améliorer. Maintenant, elle va mieux.

— Oui, Dieu merci.

— Tu aurais dû m'en parler, Poll. Je suis ta meilleure amie, non ?

— Bien sûr, mais toi non plus tu ne me l'as pas dit.

— Je comprends. C'est une espèce de piège, tu ne crois pas ? On cache des choses aux autres par amour. Mais en fait, plus on aime les gens, plus on devrait leur dire les choses – même les choses difficiles. Je pense que c'est la meilleure preuve d'amour que de leur parler. » Elle entoura Polly de son bras. « Tu ne dois plus jamais supporter les épreuves toute seule, Polly. Promets-le-moi !

— D'accord. Toi aussi, tu dois promettre.

— Je te promets. Toute cachotterie est une preuve de non-amour. »

Et Polly prit la voix de la Duche pour répondre : « Je suis tout à fait d'accord, ma chère. »

*

Après être remonté dans sa chambre avec l'aide de Villy et d'Edward, avoir pris ses béquilles et fait l'aller et retour aux toilettes, Archie était épuisé. En plus de toutes les émotions du jour, les heures de traduction et la soirée passée avec tant de gens – même s'il les connaissait bien désormais et les aimait – s'étaient révélées curieusement fatigantes. Puis il y avait eu la nouvelle concernant les Japonais, signifiant que la guerre allait s'étendre au point que dans de nombreux endroits, les forces britanniques seraient insuffisantes à terre ou en mer, et bien sûr dans les airs.

Cher vieux Rupe ! J'espère que tu vas bien, où que tu sois, pensa-t-il en se mettant au lit. Quelle chance que ce soit arrivé à Rupert ! Aucun autre ne parlait assez bien français pour s'en sortir, s'il en jugeait par ce qu'il avait entendu ce soir. Il s'était laissé gagner par l'optimisme de la famille, mais à présent qu'il était seul, et que Pipette lui avait confié davantage d'informations et d'avis, il devait se rendre à l'évidence : Rupert n'avait, au mieux, qu'une chance sur deux de s'en sortir. Il avait dû se sentir très seul, couché dans ce champ, quand son ami était parti. Pipette avait raconté qu'ils avaient très tôt scellé un pacte selon lequel ils n'imiteraient pas les trois mousquetaires – tous pour un et un pour tous. Pipette était un soldat avant tout : c'était son devoir de s'échapper afin de pouvoir continuer le combat contre les Allemands depuis l'Angleterre. Rupert, même s'il n'était que réserviste dans la marine, pensait de même. De sorte que, quand l'un avait dû rester et l'autre partir, la décision s'était imposée, même si le Français avait dit qu'il avait eu mauvaise conscience et avait voulu rester.

Puis il pensa à la famille entière, réunie autour de la table du dîner ; lui-même était entouré de Pipette et de Rachel. Quand ils avaient porté des toasts, à Rupert, à Pipette, « à la famille », selon la réponse de Pipette, et que tout le monde avait trinqué avec son voisin, il s'était tourné vers Rachel. Choquant son verre contre le sien dans la liesse familiale, il avait dit d'une voix très basse : « À vous, chère Rachel… et à Sid. » Les yeux de Rachel s'étaient écarquillés un instant, comme sous l'effet de la surprise, puis son regard s'était adouci. Elle lui avait adressé un sourire enchanteur et légèrement anxieux en disant : « À vous, Archie. » Ce fut pour lui une manière très plaisante d'achever le deuil de son amour.

L'amour : Clary s'imposa aussitôt à son esprit. Quel visage extraordinaire, intense et changeant elle possédait : toujours un tel miroir de son cœur ! Il se remémora l'instant où, après qu'il eut interrompu Pipette, elle avait baissé les yeux sur son morceau de papier pour y puiser du réconfort. Quand elle les avait relevés vers lui, il y avait vu un renouveau de cette foi entretenue depuis si longtemps, douloureusement, par l'amour, et il s'était de nouveau senti ému, humble et inexpérimenté.

Elle sait ce que c'est d'aimer, se dit-il une fois encore ; elle le sait mieux que quiconque. Et, à côté de ses sentiments de respect et d'attachement pour elle, il éprouva un pincement de jalousie – à l'égard de Rupert, son père, et de tout inconnu qui, dans l'avenir, pourrait être l'objet de son affection.

FIN DU DEUXIÈME TOME

Vous avez aimé *À rude épreuve* ? Les aventures des Cazalet se poursuivent dans le tome III de la saga, *Confusion*.

En ces sombres temps de guerre, le champ de bataille fait écho à la confusion qui règne dans la vie de chacun des Cazalet.

Louise, si rebelle et indépendante, surprend toute la famille en abandonnant ses rêves de théâtre pour faire un mariage de convenance. La tristesse et la solitude ne tardent pas à s'installer, Michael montrant plus d'intérêt pour ses bateaux et sa mère, dont il est extraordinairement proche, que pour sa jeune épouse. À peine sorties de l'adolescence, Polly et Clary réalisent enfin leur projet de partir vivre à Londres. Mais la réalité n'est pas à la hauteur de leurs espérances. Polly doit faire le deuil de sa mère, tout en prenant soin de son père, dévasté. Clary, quant à elle, est tout à fait consciente de n'être ni aussi belle que Polly, ni aussi saisissante que Louise, mais elle semble être la seule Cazalet à croire encore que son père a une chance d'être en vie.

En voici les premières pages…

POLLY

Mars 1942

La pièce était fermée depuis une semaine ; le store de calicot à la fenêtre sud donnant sur le jardin de devant avait été baissé ; une lumière couleur parchemin baignait l'air froid et confiné. Elle gagna la fenêtre et tira le cordon ; le store se releva dans un claquement sec. La pièce s'éclaircit pour se parer d'un gris sans chaleur, plus pâle que le ciel tourmenté envahi de nuages. Elle demeura un moment à la fenêtre. Des touffes de jonquilles se dressaient avec exubérance sous le désespoir des singes, attendant d'être noyées et malmenées par les giboulées de mars. Elle alla à la porte et poussa le verrou. Une interruption, quelle qu'elle soit, ne serait pas supportable. Elle irait prendre une valise dans la pièce attenante puis viderait l'armoire, ainsi que les tiroirs de la commode en bois de rose à côté de la coiffeuse.

Elle dénicha une valise – la plus grande qu'elle put trouver – et la posa sur le lit. On lui avait appris à ne jamais poser une valise sur un lit, mais celui-ci, débarrassé de ses draps et de ses couvertures, avait l'air si plat et désolé sous sa courtepointe que cela semblait sans importance.

Mais lorsqu'elle ouvrit l'armoire et vit les vêtements qui y pendaient en un long rang serré, elle redouta soudain de les toucher. Comme si, par ce geste, elle allait se rendre complice du départ inexorable, de la disparition qui s'était opérée seule, à jamais et contre le gré de tous, et qui remontait déjà à une semaine. Elle n'arrivait décidément pas à accepter le caractère définitif de la chose : on pouvait imaginer que quelqu'un soit parti, mais ce qui était trop dur, c'était d'imaginer qu'il ne revienne jamais. Les vêtements ne seraient plus jamais portés et, inutiles à leur ancienne propriétaire, ils ne pouvaient désormais s'avérer que bouleversants pour les autres, ou plutôt, une autre. Elle faisait cela pour son père, dans le but d'éviter que ces misérables effets personnels ne réveillent ses souvenirs quand il reviendrait de son voyage avec Oncle Edward. Elle sortit quelques cintres au hasard : de petits tourbillons de bois de santal l'assaillirent, accompagnés du faible parfum qu'elle associait à la chevelure de sa mère. Il y avait là la robe à fleurs vertes, noires et blanches qu'elle avait mise lorsqu'elles étaient allées à Londres l'été d'il y a deux ans, le tailleur de tweed beige qui avait toujours paru ou trop grand ou trop petit pour elle, la très vieille robe de soie verte qu'elle portait chaque fois qu'elle passait la soirée seule avec papa, la veste de velours frappé à boutons de marcassite qui avait été ce qu'elle appelait sa « veste de concert », la robe de lin vert olive qu'elle portait quand elle attendait Wills. Seigneur, cette robe devait avoir cinq ans. Elle semblait avoir tout gardé : des vêtements qui ne lui allaient plus, des robes du soir qui n'avaient pas servi depuis le début de la guerre, un manteau d'hiver à col d'écureuil qu'elle voyait pour la première fois... Elle sortit tout et posa les affaires sur le lit. À un bout se trouvait un kimono de soie vert en lambeaux par-dessus une robe de lamé doré qui, elle s'en souvenait vaguement, avait été un des cadeaux de Noël particulièrement inutiles de papa il y a une éternité, arborée avec gêne cet unique soir puis remisée à jamais. Aucun de ces vêtements n'était vraiment joli, se dit-elle avec tristesse : les tenues de soirée s'étaient fanées à force de rester suspendues sans être portées, les tenues de ville avaient été si souvent portées qu'elles étaient élimées, lustrées, informes, ou tout ce qu'elles n'étaient pas censées être. Ce n'étaient que des fripes, et le mieux à faire, d'après Tante Rach, était de les donner à une œuvre de charité, « bien sûr, tu gardes ce que tu veux, Polly chérie », avait-elle ajouté. Mais elle ne voulait rien, et quand bien même, elle n'aurait jamais pu porter ce qu'elle aurait gardé, à cause de papa.

Quand elle eut rangé les vêtements dans la valise, elle se rendit compte que l'armoire contenait encore des chapeaux sur l'étagère du haut et des chaussures sur les râteliers en bas. Il lui faudrait trouver une autre valise. Il n'y en avait plus qu'une, qui, cette fois, affichait les initiales de sa mère, « S.V.C. ». « Sybil Veronica », avait dit le pasteur aux obsèques : quelle drôle de chose d'avoir un nom utilisé uniquement à son baptême et à son enterrement. La terrible image de sa mère enfermée dans son cercueil sous la terre ressurgit comme si souvent cette semaine ; elle était incapable de se représenter un corps autrement que comme une personne qui avait besoin d'air et de lumière. Elle était restée muette et pétrifiée pendant les prières, le jet des poignées de terre et le dépôt par son père d'une rose rouge sur le cercueil, consciente que lorsqu'ils auraient accompli tous ces gestes ils la laisseraient là, froide et seule pour toujours. Elle n'avait personne à qui se confier : on l'avait traitée comme une enfant au sujet de la maladie, on avait continué jusqu'au bout à lui raconter de joyeux mensonges réconfortants, évoquant la possibilité de la guérison puis l'absence de douleur, et enfin, sans même percevoir l'incohérence, la délivrance de la mort (quelle délivrance, s'il n'y avait pas eu de douleur ?). Elle n'était pas une enfant, elle avait presque dix-sept ans. Ainsi, en plus de ce choc suprême – car, bien sûr, elle avait voulu croire aux mensonges –, se sentait-elle à présent pétrie de rancœur et de rage de ne pas être jugée capable d'affronter la réalité. Elle s'était soustraite aux étreintes, dérobée aux baisers, avait ignoré toute la semaine les marques d'affection et de prévenance qu'on lui témoignait. Son seul soulagement était qu'Oncle Edward ait emmené papa loin de la maison pendant quinze jours, la laissant libre de détester tout le monde.

Quand la question de trier les affaires de sa mère avait été soulevée, elle avait annoncé son intention de s'en occuper, et refusé catégoriquement qu'on l'aide dans cette tâche. « Ça au moins, vous allez me laisser le faire », avait-elle déclaré, et Tante Rach, qui commençait à lui paraître un peu moins nulle que les autres, avait répondu bien sûr.

Sur la coiffeuse de sa mère reposaient ses brosses en argent et un peigne en écaille, un coffret de verre taillé renfermant des épingles dont elle n'avait plus eu l'usage une fois ses cheveux coupés, et un petit porte-bijoux auquel étaient accrochées deux ou trois bagues, dont celle que papa lui avait offerte quand ils s'étaient fiancés. Un cabochon d'émeraude entouré de petits diamants, et monté sur platine. Elle regarda sa propre bague, également une émeraude, que papa lui avait offerte à l'automne l'année dernière. Bien sûr qu'il m'aime, se dit-elle. Simplement, il ne se rend pas compte de l'âge que j'ai. Elle ne voulait pas le détester lui aussi. Les objets de la coiffeuse ne pouvaient tout de même pas finir dans une vente de charité. Elle décida de les ranger dans un carton et de les garder pour un temps. Quant aux quelques pots de crème, boîtes de poudre et autres fards à joues, mieux valait les jeter. Elle les mit dans la corbeille à papier.

La commode accueillait de la lingerie ; deux sortes de chemises de nuit, celles que papa lui offrait et qu'elle ne portait jamais, et celles qu'elle achetait et qu'elle portait. Celles de papa étaient en pure soie et mousseline ornées de dentelle et de rubans, deux de satin vert et une de teinte café. Celles qu'elle avait achetées étaient en coton ou en pilou, avec de petites fleurs : des chemises de nuit à la Beatrix Potter. Elle continua à fouiller : soutiens-gorge, porte-jarretelles, caracos, jupons et combinaisons en indémaillable – tout cela d'une couleur pêche un peu sale –, bas de soie et de laine, chemises Viyella, mouchoirs par dizaines dans un coffret que Polly avait fabriqué des années auparavant en matelassant un morceau de tussor. Au fond du tiroir à lingerie se trouvait un sachet, pareil à un étui à peigne et brosse à cheveux, qui renfermait un tube étiqueté « Gel Volpar » ainsi qu'une petite boîte contenant une drôle de rondelle en caoutchouc. Elle remit le tube et la boîte dans le sachet, avant de le jeter dans la corbeille. Se trouvait aussi dans le tiroir un carton carré peu épais où, emballée dans du papier de soie décoloré, reposait une couronne semi-circulaire de feuilles argentées et de fleurs blanchâtres qui s'effritèrent lorsqu'elle les toucha. Sur le couvercle de la boîte figurait une date, écrite de la main de sa mère : « 12 mai 1920 ». Il devait s'agir de sa couronne de mariée, songea Polly, tâchant de se remémorer l'amusante photo de mariage sur la coiffeuse de sa grand-mère, où sa mère était vêtue d'une étonnante robe droite qui ressemblait à un tube. Elle mit la boîte de côté : elle ne se voyait pas se débarrasser d'une chose qui avait été si précieusement conservée au fil des ans.

Dans le tiroir du bas étaient rangées des affaires de bébé. La robe de baptême que Wills était le dernier à avoir portée – une exquise robe de linon blanche brodée de trèfles, œuvre de Tante Villy –, un anneau de dentition en ivoire, un lot de minuscules bonnets de dentelle, un hochet en argent et corail qui avait l'air de venir d'Inde, de nombreux articles en maille rose pâle jamais utilisés, confectionnés, sans doute, pour le bébé qui était mort, et un grand châle en cachemire très fin à l'aspect jauni. Elle était désemparée : en fin de compte, elle décida de garder tout cela en attendant de se résoudre à demander à une des tantes ce qu'il fallait en faire.

Un autre après-midi de passé. Bientôt ce serait l'heure du thé, et après, elle s'occuperait de Wills, jouerait avec lui, lui donnerait son bain et le mettrait au lit. Il sera comme Neville, se dit-elle, seulement en pire, car, à quatre ans, il gardera longtemps des souvenirs d'elle, alors que Neville n'a jamais connu sa mère. Jusqu'à présent, ils n'avaient pas réussi à faire comprendre la situation à Wills. Bien sûr, ils avaient essayé, elle avait essayé. « Partie », répétait-il sans cesse. « Morte dans le ciel ? » s'enquérait-il, mais il continuait cependant à la chercher, sous les canapés et les lits, dans les placards, et chaque fois qu'il parvenait à s'échapper, il tentait une incursion dans la chambre vide. « Avion », lui avait-il dit hier après avoir répété sa question sur le ciel. Ellen lui avait expliqué qu'elle était allée au paradis, mais il avait cru que c'était une ville et voulait aller l'attendre à l'autobus. Il ne pleurait pas, mais il était très silencieux. Il restait assis par terre à tripoter sans enthousiasme ses petites autos, jouait avec sa nourriture sans la manger et essayait de frapper les gens s'ils le prenaient dans leurs bras. Il tolérait sa sœur, mais Ellen était la seule personne qu'il semblait réclamer. À la longue, il finira par l'oublier, se disait Polly. Il se souviendra à peine de l'allure qu'elle avait, il saura qu'il a perdu sa mère, mais il ne saura pas qui elle était. Cette perspective n'était pas plus gaie que la précédente, et elle décida de ne pas y penser. Là-dessus, elle se demanda si éviter de penser à une chose n'était pas presque aussi terrible que d'éviter d'en parler : la dernière chose qu'elle voulait, c'était imiter son abominable famille, qui lui semblait s'appliquer à poursuivre son train-train comme si de rien n'était. Ils n'en avaient pas parlé avant, et ils n'en parlaient pas maintenant ; personne apparemment ne croyait en Dieu, puisque personne n'allait à l'église, mais ils étaient tous – à l'exception de Wills et d'Ellen, qui était restée pour le garder – allés à l'enterrement : ils s'étaient tenus debout dans l'église à dire des prières et à chanter des cantiques, puis s'étaient attroupés dehors à l'endroit où le grand trou avait été creusé et avaient contemplé le cercueil qui s'y enfonçait, descendu par deux hommes d'un âge très avancé. « Je suis la Résurrection et la Vie, a dit le Seigneur, et celui qui croit en moi ne mourra pas... » Mais elle n'avait pas cru. Pas plus qu'eux, à sa connaissance. Alors à quoi cela rimait-il ? Elle avait regardé Clary de l'autre côté de la tombe, plantée là les yeux baissés, un poing crispé fourré dans la bouche. Clary non plus n'était pas fichue d'en parler, mais au moins elle ne se conduisait pas comme si de rien n'était. Ce dernier soir épouvantable, quand, après la visite du Dr Carr venu faire une piqûre à sa mère, on l'avait emmenée la voir – « Elle est inconsciente, elle ne sent plus rien maintenant », avaient-ils dit comme si c'était une sorte d'*exploit* –, elle était restée là à écouter la respiration superficielle et stertoreuse, à attendre désespérément que les yeux de sa mère s'ouvrent pour qu'elles puissent se dire quelque chose ou échanger ne serait-ce qu'un adieu silencieux...

« Embrasse-la, Poll, avait dit son père, et puis laisse-nous, ma chérie, si tu veux bien. » Assis de l'autre côté du lit, il tenait une des mains de sa mère, qui reposait, paume en l'air, contre son moignon enveloppé de soie noire. Elle s'était penchée pour embrasser le front sec et tiède et avait quitté la pièce.

Dans le couloir c'était Clary qui l'avait prise par la main et entraînée dans leur chambre, jetant ses bras autour d'elle et pleurant comme une Madeleine, mais Polly était si pleine de rage qu'elle n'avait pas pu verser une seule larme. « Au moins tu as pu lui dire au revoir ! » ne cessait de répéter Clary, en quête d'un semblant de réconfort. Mais c'était là le problème, ou un problème de plus. Elle n'avait pas pu lui dire au revoir : on avait attendu que sa mère ne soit plus en état de la reconnaître, ni même de la voir... Elle s'était dégagée de l'étreinte de Clary en disant qu'elle allait faire un tour, qu'elle voulait être seule, et Clary avait tout de suite répondu bien sûr, vas-y. Enfilant ses bottes de caoutchouc et son imper, elle était sortie dans la pénombre bleu acier du crépuscule bruineux et avait gravi les marches du talus menant au portillon qui donnait sur le bosquet derrière la maison.

Elle avait marché jusqu'à l'arbre à terre dont Wills et Roly se servaient pour un jeu mystérieux et s'était assise sur une portion du tronc tout près des racines à l'air libre. Elle s'était imaginé qu'elle pourrait y pleurer et s'abandonner au chagrin, mais n'était parvenue à émettre que de bruyants hoquets de fureur et d'impuissance. Elle aurait dû faire un esclandre, mais comment aurait-elle pu étant donné la détresse de son père ? Elle aurait dû insister pour voir sa mère quand le Dr Carr était parti en précisant qu'il serait de retour l'après-midi... Mais comment aurait-elle pu deviner ce qu'il allait faire à son retour ? Les autres devaient le savoir, mais, comme d'habitude, ils ne lui avaient rien dit. Elle aurait dû comprendre que sa mère allait mourir sous peu quand ils avaient fait revenir Simon de pension. Il était arrivé ce matin-là, et *lui* l'avait vue, puis sa mère avait dit qu'elle voulait voir Wills et ils avaient répondu que cela suffisait pour l'instant. Mais le pauvre Simon non plus n'avait pas compris que c'était la dernière fois. Il ne s'était pas rendu compte : il pensait juste qu'elle était terriblement malade, et pendant tout le déjeuner il leur avait parlé de la mère d'un de ses amis qui avait failli mourir d'une appendicite et s'était rétablie par miracle, et après le déjeuner Teddy l'avait emmené faire une longue balade à vélo dont ils n'étaient pas encore rentrés quand leur mère était morte. Si je lui avais parlé, si je lui avais dit quoi que ce soit, songea-t-elle, elle m'aurait peut-être entendue. Mais pour cela il aurait fallu qu'elle soit seule avec sa mère. Elle aurait voulu lui dire qu'elle s'occuperait de papa, et de Wills, et, surtout, elle aurait voulu lui demander : « Est-ce que tu es en paix ? Est-ce que tu acceptes de mourir, quoi que cela signifie ? » Peut-être qu'ils l'avaient trompée, elle aussi. Peut-être qu'elle ne se réveillerait tout simplement pas – qu'elle n'aurait jamais conscience de l'instant de sa mort. Cette atroce éventualité l'avait fait pleurer. Elle avait pleuré pendant ce qui lui avait paru un long moment, et lorsqu'elle avait regagné la maison, ils avaient déjà emporté sa mère.

Depuis, elle n'avait pas pleuré du tout, elle avait enduré cette première soirée abominable où la famille s'était attablée devant un dîner que personne n'avait envie d'avaler, et où son père s'était évertué à remonter le moral de Simon en lui posant des questions sur le sport à l'école, jusqu'à ce qu'Oncle Edward prenne le relais et raconte des anecdotes sur sa propre école ; une soirée où tout le monde semblait chercher des sujets inoffensifs, de petites plaisanteries anodines auxquelles on n'était pas censé rire, mais qui, par leurs dehors de normalité, devaient les aider à tenir le coup.

Elle avait eu beau déceler, sous cette façade, les signes de l'affection et de l'inquiétude, elle avait refusé de les voir. Le lendemain de l'enterrement, Oncle Edward avait emmené son père et Simon à Londres, Simon pour être mis dans un train à destination de son école. « Je suis obligé d'y retourner ? » avait-il demandé, une fois seulement, car ils avaient aussitôt répondu bien sûr que oui, ce seraient bientôt les vacances et il ne devait pas manquer la fin de ses épreuves trimestrielles. Archie, venu pour l'enterrement, avait proposé après le dîner qu'ils jouent au Memory par terre dans le petit salon, « Toi aussi, Polly », et bien sûr Clary s'était jointe à eux. Il faisait un froid de canard parce que le feu s'était éteint. Simon s'en fichait, il avait déclaré que c'était exactement comme à l'école, partout sauf à l'infirmerie, où on n'était admis que si on était couvert de boutons ou à l'article de la mort. Mais Clary était allée leur chercher des cardigans, et il avait fallu affubler Archie d'un vieux pardessus du Brig, du cache-nez tricoté par Miss Milliment qu'on avait jugé indigne d'être envoyé aux Forces armées, et des mitaines qu'enfilait la Duche pour s'exercer au piano.

« Il fait une chaleur terrible dans le bureau où je travaille, expliqua-t-il. Ça m'a transformé en mauviette. Il ne me manque plus qu'une canne de vieillard… Je ne peux pas m'accroupir comme vous. » Il s'installa dans un fauteuil, sa jambe infirme étirée avec raideur, et Clary retournait pour lui les cartes qu'il désignait.

Cet intermède avait constitué une sorte de répit : Archie jouait avec une telle volonté de gagner qu'ils furent tous contaminés, et lorsque

Simon remporta une partie il rougit de plaisir. « Merde alors ! s'exclama Archie. Un tour de plus et j'aurais raflé la mise.

— Tu n'es pas très bon perdant, avait tendrement commenté Clary, qui elle non plus n'était pas très bonne perdante.

— Mais je suis un excellent vainqueur. Je suis vraiment très élégant dans ces cas-là, et comme, en général, je gagne, les gens voient rarement mon mauvais côté.

— Tu ne peux pas gagner tout le temps », déclara Simon. C'était drôle, avait remarqué Polly, comme le comportement d'Archie au jeu pouvait inverser les rôles et pousser les enfants à lui faire des réflexions d'adultes.

Mais plus tard, alors qu'elle sortait de la salle de bains, elle trouva Simon qui traînait dans le couloir.

« Tu aurais pu entrer. Je me brossais les dents.

— Ce n'est pas ça. Je me demandais si tu pourrais… tu pourrais venir dans ma chambre une minute ? »

Elle le suivit dans le couloir jusqu'à la chambre qu'il partageait d'habitude avec Teddy.

« Tu ne le répéteras à personne, et tu ne riras pas ni rien, d'accord ? »

Bien sûr que non.

Il retira sa veste et entreprit de desserrer sa cravate.

« Je suis obligé de les protéger, sans ça mon col me fait mal. » Il avait déboutonné sa chemise de flanelle grise et elle vit qu'il avait le cou constellé de bouts de sparadrap crasseux. « Tu ne verras rien si tu ne les arraches pas, dit-il.

— Ça va te faire mal.

— Il vaut mieux le faire d'un coup sec », précisa-t-il, en courbant la tête.

Elle procéda d'abord avec précaution, mais comprit bientôt que ce n'était pas charitable, et arrivée au septième sparadrap, elle maintenait la peau autour avec deux doigts avant de retirer prestement l'adhésif de l'autre main. Apparut un champ de pustules. Gros boutons ou petits furoncles, elle n'aurait su dire.

« Le truc, c'est qu'il faut les percer, je crois. Maman me le faisait, et ensuite elle me mettait dessus une pommade merveilleuse, et parfois ils partaient tout seuls.

— Tu devrais utiliser de vrais pansements avec de la gaze dessous.

— Je sais. Elle m'en avait donné une boîte pour l'école, mais il ne m'en reste plus. Et bien sûr je ne peux pas les percer tout seul… je ne les vois pas, ils sont mal placés. Je n'ai pas pu demander à papa. Je me suis dit que peut-être tu voudrais bien.

— Évidemment que je veux bien. Tu sais ce qu'elle mettait dessus ?

— Oh, une pommade merveilleuse, répondit-il vaguement. Du Vicks, tu crois ?

— Ça, c'est pour les bronches. Ne bouge pas, je vais chercher du coton, de vrais pansements et tout ce qui pourrait servir. J'en ai pour une seconde. »

L'armoire à pharmacie dans la salle de bains contenait un rouleau d'Elastoplast qui avait de la ouate jaune sur une face, mais le seul produit qu'elle trouva à mettre sur les boutons était du styrax dont il ne restait qu'un fond de flacon. Ça ferait l'affaire.

« J'ai aussi un orgelet qui pousse », annonça-t-il quand elle revint. Il était assis sur son lit en pyjama.

« Elle mettait quoi dessus ?

— Elle les frottait avec son alliance et parfois ils partaient.

— Je vais commencer par les boutons. »

C'était une tâche peu ragoûtante, aggravée par la conscience qu'elle avait de lui faire mal : certains boutons suintaient, mais d'autres avaient des têtes jaunes dures et brillantes d'où finissait par gicler le pus. Il ne tressaillit qu'une fois, et quand elle s'excusa, il se borna à dire : « Ce n'est pas grave. Essaie d'en faire sortir le maximum.

— L'infirmière de l'école ne pourrait pas s'en occuper ?

— Oh là là, non ! De toute façon, elle me déteste, et elle est presque toujours d'une humeur de dogue. Elle n'a d'yeux que pour Mr Allinson – le prof de gym – parce qu'il est plein de muscles, et un dénommé Willard parce que son père est lord.

— Pauvre Simon ! C'est horrible, là-bas, hein ?

— Je hais cette école.

— Plus que quinze jours et tu seras rentré. »

Il y eut un bref silence.

« Mais ce ne sera pas pareil, si ? » Elle vit ses yeux se remplir de larmes. « Ce n'est pas ma saleté d'école, ni cette foutue guerre, reprit-il en plaquant ses poings sur ses yeux, c'est ce maudit orgelet. Ça me fait larmoyer. Ça arrive souvent. »

Elle enlaça ses maigres épaules contractées. L'atroce solitude de son frère lui transperçait le cœur.

« Quand on a pris l'habitude de recevoir une lettre de la même personne chaque semaine, et puis qu'on ne va plus en recevoir, c'est normal que ça fasse un peu bizarre au début. Tout le monde ressentirait la même chose, je pense. » Il s'exprimait sur un ton raisonnable et stimulant, comme s'il minimisait les ennuis de quelqu'un d'autre. Puis soudain il éclata : « Mais elle ne m'a jamais rien dit ! Elle avait l'air d'aller vraiment mieux à Noël, et puis tout ce trimestre où elle m'a écrit, elle n'en a jamais parlé !

— À moi non plus. Je ne crois pas qu'elle en ait parlé à qui que ce soit.

— Je ne suis pas qui que ce soit ! se récria-t-il avant de s'interrompre. Bien sûr, toi non plus, Poll. » Il lui prit une main, qu'il pressa en la secouant doucement. « Tu as été sensass avec mes saletés de boutons.

— Mets-toi au lit, tu es gelé. »

Fouillant dans la poche de son pantalon, qui gisait sur le sol, il en sortit un mouchoir innommable et s'en servit.

« Poll ! Avant que tu partes, je veux te demander quelque chose. Je n'arrête pas d'y penser… et je ne peux pas… » Il se tut puis énonça lentement : « Qu'est-ce qui va lui arriver ? Je veux dire, est-ce qu'elle s'est simplement *arrêtée* ? Ou est-ce qu'elle est partie ailleurs ? Ça te paraît peut-être idiot, mais tout ça… la mort, tu sais, ces choses-là… je ne comprends pas du tout ce que c'est.

— Oh, Simon, moi non plus ! J'ai essayé d'y réfléchir moi aussi.

— Tu crois qu'ils savent, *eux* ? fit-il avec un brusque mouvement de tête en direction de la porte. Je veux dire, ils ne nous expliquent jamais rien, alors, pour eux, c'est peut-être encore un de ces trucs dont il ne faut pas parler.

— Je me suis posé la question.

— À l'école, bien sûr, ils n'ont que le paradis à la bouche parce qu'ils font mine d'être archi religieux… des prières tous les jours, des prières spéciales pour les anciens élèves tués à la guerre, et le dimanche un discours du directeur sur le patriotisme et le fait d'être des soldats chrétiens, d'avoir le cœur pur et de faire honneur à l'école, et je sais que quand j'y retournerai il parlera du ciel, mais tout ce qu'on raconte sur le ciel me paraît tellement idiot que je ne vois vraiment pas comment quelqu'un aurait envie d'y aller.

— Tu parles des harpes célestes et des toges blanches ?

— Et du bonheur éternel, ajouta-t-il d'un ton féroce. D'après ce que je vois, les gens perdent l'habitude du bonheur, et *eux* sont contre de toute manière, puisqu'ils n'arrêtent pas de nous faire faire des choses qui nous rendent malheureux. Comme nous envoyer en pension, alors qu'on pourrait être bien tranquille à la maison. Et vouloir en plus qu'on prétende aimer ça ! C'est ça, surtout, qui me déprime. Être obligé de faire tout le temps ce qu'ils veulent et devoir en plus faire semblant d'être content.

— Tu pourrais en parler autour de toi.

— Pas à l'école ! s'exclama-t-il, atterré. C'est un coup à se faire tuer, d'avouer un truc pareil à l'école.

— Tous les maîtres ne peuvent pas être comme ça !

— Je ne parle pas des maîtres. Je parle des élèves. Tout le monde veut rentrer dans le moule, tu comprends. Enfin bon, je voulais juste t'interroger sur… tu sais, la mort et tout ça. »

Elle l'avait serré dans ses bras puis elle l'avait laissé.

Désormais, songea-t-elle, avant même de jouer avec Wills, elle écrirait à Simon : elle perpétuerait le rituel de la lettre hebdomadaire. Elle baissa les stores dans la chambre de ses parents, s'empara de la boîte de babioles et l'emporta dans la chambre qu'elle partageait encore avec Clary. Alors qu'elle longeait les couloirs menant à la galerie au-dessus du hall lui parvenaient, plus ou moins distants, les sons de la maisonnée : la Duche jouant du Schubert, le gramophone de la nursery passant le disque aujourd'hui complètement rayé du « Pique-nique des nounours », ce morceau dont ni Wills ni Roly ne se lassaient jamais, la radio du Brig, qu'il écoutait chaque fois qu'il n'avait personne à qui parler, et le ronron intermittent de la vieille machine à coudre, maniée sans doute par Tante Rach, qui s'employait, besogne sans fin, à rapiécer des draps. On était vendredi, jour où papa et Oncle Edward, maintenant qu'il était de retour dans l'entreprise, descendaient habituellement pour le week-end, sauf que cette fois non, puisque Oncle Edward avait emmené papa dans le Westmorland. À part cela, la vie avait repris son cours comme si de rien n'était, constata-t-elle avec aigreur tandis qu'elle cherchait du papier pour la lettre à Simon, qu'elle décida de rédiger au lit car il y faisait un peu plus chaud que partout ailleurs. (Le feu n'était allumé dans le salon qu'après le thé, une autre des petites économies de la Duche.)

Elle se dit que le mieux était de donner à Simon le plus de nouvelles possible de chacun. « Voici des nouvelles de tout le monde par ordre d'âge », écrivit-elle. Elle devait donc commencer par la grand-tante qui restait.

Cette pauvre vieille Bully s'est encore mise à radoter sur le Kaiser au petit déjeuner : elle se trompe complètement de guerre. En dehors de lui – du Kaiser, j'entends –, elle parle très souvent de gens dont personne ne sait même qui ils sont, ce qui rend difficile toute réponse sensée. Et elle renverse de la nourriture aussi précieuse que les œufs à la coque sur le devant de ses cardigans, si bien que Tante Rach est sans arrêt obligée de les laver. C'est drôle, parce que, si on est tous habitués à voir les vêtements de Miss Milliment dans cet état-là, ça fait de la peine chez Bully. La Duche lui confie de petits travaux, mais elle s'arrête en général à la moitié. [Elle s'apprêtait à mettre : « Tante Flo lui manque trop », mais se ravisa.] Le Brig va maintenant au bureau à Londres trois jours par semaine. Il a essayé de ne plus y aller du tout, mais il s'ennuyait tellement, et c'était tellement dur pour Tante Rach de trouver de quoi l'occuper, que maintenant elle l'embarque en train et l'accompagne jusque là-bas, et une fois par semaine elle le laisse sur place pour aller faire des courses ou je ne sais quoi. Les autres jours il réfléchit à la plantation d'arbres prévue dans le grand champ qui mène à l'endroit où Christopher et toi aviez votre campement, il écoute la TSF ou obtient de Miss Milliment ou de Tante Rach qu'elles lui fassent la lecture. La Duche ne s'occupe pas beaucoup de lui (quoique je ne pense pas que ça le dérange), elle continue simplement à travailler sa musique, à jardiner et à élaborer les menus, même si nos rations autorisent si peu de variété que Mrs Cripps les connaît par cœur. Mais les personnes âgées tiennent à leurs habitudes, j'ai remarqué, si ennuyeuses qu'elles nous paraissent à toi ou moi. Tante Rach fait toutes les choses que j'ai déjà dites, mais en plus elle est vraiment gentille avec Wills. Tante Villy est absorbée par son travail pour la Croix-Rouge et par la clinique où elle est infirmière, une vraie infirmière j'entends, pas comme Zoë qui se contente de s'asseoir au chevet des pauvres patients. Zoë a bien reminci et passe tout son temps libre à retoucher ses vêtements et à en fabriquer de nouveaux pour Juliet. Clary et moi nous sentons coincées. Nous ne savons pas du tout ce que nous allons faire de nos vies. D'après Clary, puisque Louise a eu le droit de quitter la maison à dix-sept ans, nous devrions l'avoir aussi, mais je lui ai signalé qu'ils ne feraient que nous envoyer dans cette stupide école de cuisine où Louise est allée, à quoi elle a répondu, même ça, ça élargirait notre esprit, qui menace (selon elle) de devenir effroyablement étroit. N'empêche, il nous semble à toutes les deux que Louise est devenue plus étroite d'esprit depuis son entrée dans le monde. Elle ne pense qu'au théâtre, à jouer la comédie et à décrocher des rôles dans des pièces radiophoniques pour la BBC. Elle se conduit comme si la guerre n'existait pas, du moins pas pour elle. Entre nous, elle est plutôt mal vue dans la famille qui trouve qu'elle devrait s'engager dans les Wrens. Le combustible est maintenant rationné… non que ça change grand-chose pour nous, vu que le charbon ne sert qu'à alimenter le fourneau de la cuisine. Simon, quand tu reviendras, je t'emmènerai voir le Dr Carr : je suis sûre qu'il pourra soigner tes boutons. Bon, il faut que je te laisse, j'ai promis à Ellen de donner son bain à Wills car elle a trop mal au dos pour se pencher au-dessus de la baignoire.

Des baisers de ta sœur qui t'aime, Polly.

Et voilà, se dit-elle. Ce n'était pas une lettre très intéressante, mais toujours mieux que rien. Au fond, elle ne savait pas grand-chose de Simon, qui avait toujours été en pension et, pendant les vacances, traînait avec Christopher ou Teddy. Maintenant que Christopher travaillait dans une ferme du Kent et que Teddy venait de s'engager dans la RAF, il n'aurait plus personne pour les vacances à venir. Cette solitude qui l'avait tellement frappée le soir de l'enterrement la frappa à nouveau : elle trouvait terrible que les seules choses qu'elle sache au sujet de son frère soient celles qui le rendaient malheureux. En temps normal, elle aurait parlé de lui à papa, mais maintenant cela paraissait difficile, sinon impossible : ces dernières semaines, son père semblait s'être peu à peu coupé des autres, et quand sa mère était morte, il était resté esseulé, muré dans son chagrin. Heureusement, il y avait toujours Clary, à qui les idées ne manquaient pas, et même si la plupart étaient mauvaises, le fait qu'elle en ait autant était galvanisant en soi.

Clary était dans la nursery en train de donner son goûter à Juliet, tâche interminable et assez ingrate. Des miettes de toast à la mélasse jonchaient abondamment le plateau de sa chaise haute, son bavoir et ses menottes potelées sans cesse en mouvement, et lorsque Clary essaya d'en enfoncer un morceau dans la fente de sa bouche comme une lettre dans la boîte, elle tourna la tête avec dédain. « Par terre », répétait-elle encore et encore. Elle voulait rejoindre Wills et Roly qui, avec leurs petites autos, jouaient à leur jeu préféré appelé « accidents ». « Bois au moins un peu de lait, alors », dit Clary en lui tendant la tasse, mais la fillette se contenta de l'attraper et de la renverser sur sa tablette, avant de taper du plat de ses deux mains.

« C'est très vilain, Juju. Passe-moi une couche ou quelque chose, tu veux bien ? Les bébés sont décidément casse-pieds. Ça ne va pas, je vais chercher un gant de toilette ou autre chose. Tu la surveilles pour moi ? »

Polly s'assit près de Juliet, mais elle surveillait Wills. Elle avait vu comme il avait levé les yeux de ses voitures quand elle avait ouvert la porte, et comme son visage était passé de l'espérance soudaine à une absence d'expression qui était pire que le franc désespoir. Il fait sûrement ça chaque fois que quelqu'un ouvre la porte, songea-t-elle : combien de temps cela durera-t-il ? Quand Clary revint, elle alla s'asseoir par terre à côté de lui. Il ne s'intéressait plus au jeu et restait là, deux doigts dans la bouche, tandis que sa main droite tirait sur le lobe de son oreille gauche ; il ne la regardait pas.

Elle s'était fait la réflexion tout à l'heure que la mort de sa mère était peut-être pire pour Simon, dont le deuil ne semblait pas avoir été pris en compte par la famille ; à présent elle se demandait si ce n'était pas pire pour Wills, qui n'était pas capable d'exprimer sa détresse, qui ne comprenait même pas ce qui était arrivé à sa mère. Mais après tout, qu'est-ce qu'elle y comprenait, elle ? Et Simon ? Quant à *eux*, ils faisaient seulement semblant de comprendre.

« Je pense que toutes les religions ont été inventées pour rassurer les gens sur la mort », fit remarquer Clary tandis qu'elles s'apprêtaient à se coucher ce soir-là. Polly ne s'attendait pas à une telle déclaration, qui survenait après une longue discussion qu'elles avaient eue sur la tristesse de Simon et la façon dont elles pourraient égayer ses vacances.

« Ah, tu crois ? » Elle était étonnée de se découvrir un peu choquée.

« Oui. Oui. Les Peaux-Rouges et leurs heureux terrains de chasse, le paradis, le ciel, ressusciter dans la peau de quelqu'un d'autre… je ne sais pas combien de légendes les religions ont inventées, mais je suis sûre que c'est pour ça qu'elles sont nées au départ. Que tout le monde finisse par mourir n'a rien de consolant pour personne. On a été *obligé* d'inventer une forme d'avenir.

— Tu penses que les gens ne font que s'éteindre… comme des bougies ?

— Franchement, Poll, je ne sais pas. Mais si les gens ne parlent pas de la mort c'est qu'ils en ont peur. Et toutes ces formules affreuses qu'ils emploient, comme le terme "disparus". On se demande bien où ! Ils ne le savent pas. S'ils le savaient, ils le diraient.

— Tu ne penses quand même pas… » Elle hésitait devant l'énormité de la suggestion. « Tu ne penses pas qu'ils le savent, mais que la vérité est trop affreuse pour en parler ?

— Non, je ne crois pas. Note bien, je ne me fierais pas une seconde à notre famille pour ce genre de choses. Mais on aurait écrit à ce sujet. Regarde Shakespeare et la "région inexplorée", et le fait que ce soit "cette réflexion-là qui nous vaut la calamité d'une si longue existence"[1]. Shakespeare savait bien plus de choses que n'importe qui, et s'il avait su, il l'aurait dit.

1. *Hamlet*, acte III, scène 1, trad. François-Victor Hugo.

— Oui, sans doute.

— Bien sûr, peut-être qu'il se contentait de se mettre dans la peau de Hamlet, mais un personnage comme Prospero, par exemple, aurait su, si Shakespeare savait.

— Il croyait à l'enfer, n'empêche, souligna Polly. Et ce n'est pas évident de croire à l'un sans croire à l'autre. »

À quoi Clary répliqua, dédaigneuse : « Il se soumettait aux idées à la mode. D'après moi, l'enfer n'était qu'une tactique pour amener les gens à faire ce qu'on voulait.

— Clary, des tas de gens très sérieux y croyaient.

— On peut être sérieux et se tromper.

— Je suppose. » Cette conversation commençait à mal tourner.

« Enfin bon, dit Clary, passant son peigne édenté dans ses cheveux, Shakespeare croyait sans doute au ciel. La preuve : "Bonne nuit, doux prince, que des essaims d'anges te bercent de leurs chants !" Ah, cette coquine de Juju m'a fichu de la mélasse dans les cheveux ! À moins, reprit-elle, que ce ne soit qu'une manière raffinée de dire au revoir à son meilleur ami ?

— Je ne sais pas. Mais je suis d'accord. Je ne pense pas que les autres sachent vraiment. Et ça me tracasse un peu. En ce moment. » Sa voix trembla et elle déglutit.

« Poll, j'ai remarqué quelque chose de très important et il faut que je te le dise.

— Quoi ? » Elle était sur la défensive et soudain extrêmement fatiguée.

« C'est à propos de Tante Syb. Ta mère. Toute cette semaine, tu as été triste de sa mort, pour elle... pour ton père, pour Wills, et maintenant pour Simon. Je sais que tu es sincère parce que tu es bonne et beaucoup moins égoïste que moi, mais tu n'as pas une seule minute été triste pour toi. Tu l'es, bien sûr, mais tu ne te le permets pas parce que tu penses que les sentiments des autres sont plus importants que les tiens. C'est faux. Voilà ce que j'avais à dire. »

Polly soutint sans ciller le regard gris qui la scrutait dans le miroir de la coiffeuse, puis Clary reprit son opération de démêlage. Elle s'apprêtait à répondre que Clary ne comprenait pas ce que c'était pour Wills ou pour Simon, que Clary avait tort, quand une vague de chagrin submergea de son flot tiède toute protestation : elle enfouit son visage dans ses mains et pleura, elle pleura sa perte à elle, cette fois.

Clary demeura immobile sans rien dire puis alla chercher une serviette de toilette ; elle s'assit en face de Polly sur son propre lit et se borna à attendre que ses larmes aient presque cessé.

« Cette serviette doit valoir trois mouchoirs, dit-elle. C'est drôle, non, que les hommes aient de grands mouchoirs alors qu'ils ne pleurent presque jamais, et que les nôtres ne soient bons que pour un petit mouchage délicat, alors qu'on pleure beaucoup plus qu'eux ? Tu veux que je nous prépare du Bovril ?

— D'accord... Mais, tu sais, j'ai passé l'après-midi à trier ses affaires.

— Je sais. Tante Rach me l'a dit. Je ne t'ai pas proposé de t'aider. J'ai pensé que tu ne voudrais personne.

— C'est vrai, mais toi ce n'est pas pareil, Clary, pas du tout. » Elle vit que Clary rougissait légèrement. Puis, sachant que sa cousine avait toujours besoin qu'on répète ce genre de déclaration, elle insista : « Si j'avais voulu quelqu'un, ç'aurait été toi. »

Quand Clary revint avec les mugs fumants, elles parlèrent de choses très concrètes comme la façon dont elles – et Simon – pourraient se débrouiller pour dormir tous les trois chez Archie pendant les vacances, alors que l'appartement n'avait que deux pièces et un seul lit.

« Non pas qu'il nous ait invités… dit Clary. Mais on doit pouvoir prévenir toutes les objections idiotes pour cause d'espace.

— On pourrait dormir sur son canapé, s'il en a un, et Simon pourrait dormir dans la baignoire.

— Ou alors demander à Archie d'héberger Simon tout seul, et nous une autre fois. Ou tu pourrais y aller rien qu'avec Simon, ajouta-t-elle.

— Mais tu as envie de venir !

— J'aurai sûrement une autre occasion d'y aller, répondit Clary, un brin trop désinvolte, estima Polly. Mieux vaut éviter d'en parler, sinon Lydia et Neville voudront venir aussi.

— C'est hors de question. N'empêche, je préférerais y aller avec toi.

— Je demanderai à Archie ce qu'il en pense. »

L'atmosphère avait changé encore une fois.

Après cette scène, elle se surprit à pleurer très souvent, presque toujours à l'improviste, ce qui était embêtant puisqu'elle ne voulait pas que le reste de la famille la voie, mais dans le fond, ils ne faisaient pas vraiment attention à elle. Clary et elle attrapèrent chacune un rhume atroce, et cela tombait bien : étant donné qu'elles étudiaient la Révolution française avec Miss Milliment, elles restaient au lit à se lire mutuellement à voix haute

Un conte de deux villes. Tante Rach organisa le don des vêtements de sa mère à la Croix-Rouge, et Tonbridge les emporta en voiture. Son père était parti avec Oncle Edward depuis une semaine quand elle commença à s'inquiéter pour lui, à se demander s'il serait un peu moins triste en revenant (mais il y avait peu de chances, en seulement quelques jours...) et, surtout, à se demander comment se conduire avec lui.

« Tu ne dois pas t'inquiéter, dit Clary. Il sera encore très triste, bien sûr, mais à la longue, il se remettra. Les hommes sont comme ça. Regarde mon père.

— Tu veux dire qu'il épousera quelqu'un d'autre ? » L'idée la choquait.

« Je ne sais pas, mais c'est bien possible. Le remariage est peut-être un truc de famille... un truc héréditaire, tu sais, comme la goutte ou le fait d'être myope.

— Je ne trouve pas que nos pères soient du tout pareils.

— Pas complètement, bien sûr. Mais, par certains côtés, ils se ressemblent beaucoup. Pense à leur voix. Et leur manie de changer de chaussures à longueur de journée, avec leurs pauvres pieds tout fins. Mais il ne se remariera sûrement pas avant des lustres. Poll, je n'étais pas en train de le dénigrer. Je parlais de la nature humaine. Tout le monde ne peut pas être comme Sydney Carton dans Dickens.

— J'espère bien que non ! Sans quoi il ne resterait plus personne dans la famille.

— Tu veux dire si on sacrifiait tous notre vie pour quelqu'un d'autre. Il resterait toujours ce quelqu'un d'autre, andouille.

— Pas si *tout le monde* le faisait... » Et elles poursuivirent leur jeu, basé sur la question rhétorique qu'Ellen posait systématiquement à Neville quand il se tenait mal à table.

« Si tout le monde sur terre vomissait en même temps, ce serait très intéressant. J'imagine qu'on mourrait tous noyés », avait-il dit après réflexion, ce qui, comme l'avait souligné Clary, enlevait tout son intérêt à la chose. Mais à peine commencèrent-elles à jouer que chacune reconnut, dans son coin, que l'exercice avait perdu de son charme ; leurs boutades étaient faibles et ne les faisaient plus se tordre de rire. « Nous sommes trop grandes pour ce jeu, déclara tristement Clary. Bon, on n'a plus qu'à faire attention à ne le dire à personne, surtout pas à Wills, Juju ou Roly.

— Il y a forcément d'autres choses, dit Polly, se demandant ce que diable ces choses pouvaient être.

— Bien sûr que oui. La fin de la guerre, le retour de papa et le droit de faire comme on voudra parce qu'on sera trop vieilles pour recevoir des ordres, et le pain blanc et les bananes et les livres qui n'auront pas l'air vieux quand on les achètera. Et puis tu auras ta maison, Poll... pense à ça !

— J'y pense, quelquefois », répondit-elle. Il lui arrivait de se demander si elle n'était pas devenue trop grande pour ses rêves de maison, qu'aucun rêve nouveau ne semblait avoir remplacés.

(*Confusion* : traduction d'Anouk Neuhoff.)

DE LA MÊME AUTRICE

Aux Éditions Quai Voltaire

UNE SAISON À HYDRA, 2019

ÉTÉS ANGLAIS, La saga des Cazalet I, 2020 (Folio nº 6992)

À RUDE ÉPREUVE, La saga des Cazalet II, 2020 (Folio nº 7132)

CONFUSION, La saga des Cazalet III, 2021

NOUVEAU DÉPART, La saga des Cazalet IV, 2021

LA FIN D'UNE ÈRE, La saga des Cazalet V, 2022

COLLECTION FOLIO

Dernières parutions

6921. Jonathan Coe	*Le cœur de l'Angleterre*
6922. Yoann Barbereau	*Dans les geôles de Sibérie*
6923. Raphaël Confiant	*Grand café Martinique*
6924. Jérôme Garcin	*Le dernier hiver du Cid*
6925. Arnaud de La Grange	*Le huitième soir*
6926. Javier Marías	*Berta Isla*
6927. Fiona Mozley	*Elmet*
6928. Philip Pullman	*La Belle Sauvage. La trilogie de la Poussière, I*
6929. Jean-Christophe Rufin	*Les trois femmes du Consul. Les énigmes d'Aurel le Consul*
6930. Collectif	*Haikus de printemps et d'été*
6931. Épicure	*Lettre à Ménécée* et autres textes
6932. Marcel Proust	*Le Mystérieux Correspondant* et autres nouvelles retrouvées
6933. Nelly Alard	*La vie que tu t'étais imaginée*
6934. Sophie Chauveau	*La fabrique des pervers*
6935. Cecil Scott Forester	*L'heureux retour*
6936. Cecil Scott Forester	*Un vaisseau de ligne*
6937. Cecil Scott Forester	*Pavillon haut*
6938. Pam Jenoff	*La parade des enfants perdus*
6939. Maylis de Kerangal	*Ni fleurs ni couronnes* suivi de *Sous la cendre*
6940. Michèle Lesbre	*Rendez-vous à Parme*
6941. Akira Mizubayashi	*Âme brisée*
6942. Arto Paasilinna	*Adam & Eve*
6943. Leïla Slimani	*Le pays des autres*
6944. Zadie Smith	*Indices*
6945. Cesare Pavese	*La plage*
6946. Rabindranath Tagore	*À quatre voix*

6977.	Christophe Ono-dit-Biot et Adel Abdessemed	*Nuit espagnole*
6978.	Regina Porter	*Ce que l'on sème*
6979.	Yasmina Reza	*Anne-Marie la beauté*
6980.	Anne Sinclair	*La rafle des notables*
6981.	Maurice Leblanc	*Arsène Lupin contre Herlock Sholmès*
6982.	George Orwell	*La Ferme des animaux*
6983.	Jean-Pierre Siméon	*Petit éloge de la poésie*
6984.	Amos Oz	*Ne dis pas la nuit*
6985.	Belinda Cannone	*Petit éloge de l'embrassement*
6986.	Christian Bobin	*Pierre,*
6987.	Claire Castillon	*Marche blanche*
6988.	Christelle Dabos	*La Passe-miroir, Livre IV. La tempête des échos*
6989.	Hans Fallada	*Le cauchemar*
6990.	Pauline Guéna	*18.3. Une année à la PJ*
6991.	Anna Hope	*Nos espérances*
6992.	Elizabeth Jane Howard	*Étés anglais. La saga des Cazalet I*
6993.	J.M.G. Le Clézio	*Alma*
6994.	Irène Némirovsky	*L'ennemie*
6995.	Marc Pautrel	*L'éternel printemps*
6996.	Lucie Rico	*Le chant du poulet sous vide*
6997.	Abdourahman A. Waberi	*Pourquoi tu danses quand tu marches ?*
6998.	Sei Shônagon	*Choses qui rendent heureux* et autres notes de chevet
6999.	Paul Valéry	*L'homme et la coquille* et autres textes
7000.	Tracy Chevalier	*La brodeuse de Winchester*
7001.	Collectif	*Contes du Chat noir*
7002.	Edmond et Jules de Goncourt	*Journal*
7003.	Collectif	*À nous la Terre !*
7004.	Dave Eggers	*Le moine de Moka*
7005.	Alain Finkielkraut	*À la première personne*
7007.	C. E. Morgan	*Tous les vivants*

7008. Jean d'Ormesson — *Un hosanna sans fin*
7009. Amos Oz — *Connaître une femme*
7010. Olivia Rosenthal — *Éloge des bâtards*
7011. Collectif — *Écrire Marseille.* 15 grands auteurs célèbrent la cité phocéenne
7012. Fédor Dostoïevski — *Les Nuits blanches*
7013. Marguerite Abouet et Clément Oubrerie — *Aya de Yopougon 5*
7014. Marguerite Abouet et Clément Oubrerie — *Aya de Yopougon 6*
7015. Élisa Shua Dusapin — *Vladivostok Circus*
7016. David Foenkinos — *La famille Martin*
7017. Pierre Jourde — *Pays perdu*
7018. Patrick Lapeyre — *Paula ou personne*
7019. Albane Linÿer — *J'ai des idées pour détruire ton ego*
7020. Marie Nimier — *Le Palais des Orties*
7021. Daniel Pennac — *La loi du rêveur*
7022. Philip Pullman — *La Communauté des esprits. La trilogie de la Poussière II*
7023. Robert Seethaler — *Le Champ*
7024. Jón Kalman Stefánsson — *Lumière d'été, puis vient la nuit*
7025. Gabrielle Filteau-Chiba — *Encabanée*
7026. George Orwell — *Pourquoi j'écris* et autres textes politiques
7027. Ivan Tourguéniev — *Le Journal d'un homme de trop*
7028. Henry Céard — *Une belle journée*
7029. Mohammed Aïssaoui — *Les funambules*
7030. Julian Barnes — *L'homme en rouge*
7031. Gaëlle Bélem — *Un monstre est là, derrière la porte*
7032. Olivier Chantraine — *De beaux restes*
7033. Elena Ferrante — *La vie mensongère des adultes*
7034. Marie-Hélène Lafon — *Histoire du fils*
7035. Marie-Hélène Lafon — *Mo*

7036.	Carole Martinez	*Les roses fauves*
7037.	Laurine Roux	*Le Sanctuaire*
7038.	Dai Sijie	*Les caves du Potala*
7039.	Adèle Van Reeth	*La vie ordinaire*
7040.	Antoine Wauters	*Nos mères*
7041.	Alain	*Connais-toi* et autres fragments
7042.	Françoise de Graffigny	*Lettres d'une Péruvienne*
7043.	Antoine de Saint-Exupéry	*Lettres à l'inconnue* suivi de *Choix de lettres dessinées*
7044.	Pauline Baer de Perignon	*La collection disparue*
7045.	Collectif	*Le Cantique des cantiques. L'Ecclésiaste*
7046.	Jessie Burton	*Les secrets de ma mère*
7047.	Stéphanie Coste	*Le passeur*
7048.	Carole Fives	*Térébenthine*
7049.	Luc-Michel Fouassier	*Les pantoufles*
7050.	Franz-Olivier Giesbert	*Dernier été*
7051.	Julia Kerninon	*Liv Maria*
7052.	Bruno Le Maire	*L'ange et la bête. Mémoires provisoires*
7053.	Philippe Sollers	*Légende*
7054.	Mamen Sánchez	*La gitane aux yeux bleus*
7055.	Jean-Marie Rouart	*La construction d'un coupable.* À paraître
7056.	Laurence Sterne	*Voyage sentimental en France et en Italie*
7057.	Nicolas de Condorcet	*Conseils à sa fille* et autres textes
7058.	Jack Kerouac	*La grande traversée de l'Ouest en bus* et autres textes beat
7059.	Albert Camus	*« Cher Monsieur Germain,... »* Lettres et extraits
7060.	Philippe Sollers	*Agent secret*
7061.	Jacky Durand	*Marguerite*
7062.	Gianfranco Calligarich	*Le dernier été en ville*

7090. H. G. Wells	*L'Homme invisible*
7091. Simone de Beauvoir	*La longue marche*
7092. Tahar Ben Jelloun	*Le miel et l'amertume*
7093. Shane Haddad	*Toni tout court*
7094. Jean Hatzfeld	*Là où tout se tait*
7095. Nathalie Kuperman	*On était des poissons*
7096. Hervé Le Tellier	*L'anomalie*
7097. Pascal Quignard	*L'homme aux trois lettres*
7098. Marie Sizun	*La maison de Bretagne*
7099. Bruno de Stabenrath	*L'ami impossible. Une jeunesse avec Xavier Dupont de Ligonnès*
7100. Pajtim Statovci	*La traversée*
7101. Graham Swift	*Le grand jeu*
7102. Charles Dickens	*L'Ami commun*
7103. Pierric Bailly	*Le roman de Jim*
7104. François Bégaudeau	*Un enlèvement*
7105. Rachel Cusk	*Contour. Contour – Transit – Kudos*
7106. Éric Fottorino	*Marina A*
7107. Roy Jacobsen	*Les yeux du Rigel*
7108. Maria Pourchet	*Avancer*
7109. Sylvain Prudhomme	*Les orages*
7110. Ruta Sepetys	*Hôtel Castellana*
7111. Delphine de Vigan	*Les enfants sont rois*
7112. Ocean Vuong	*Un bref instant de splendeur*
7113. Huysmans	*À Rebours*
7114. Abigail Assor	*Aussi riche que le roi*
7115. Aurélien Bellanger	*Téléréalité*
7116. Emmanuel Carrère	*Yoga*
7117. Thierry Laget	*Proust, prix Goncourt. Une émeute littéraire*
7118. Marie NDiaye	*La vengeance m'appartient*
7119. Pierre Nora	*Jeunesse*
7120. Julie Otsuka	*Certaines n'avaient jamais vu la mer*
7121. Yasmina Reza	*Serge*

*Tous les papiers utilisés pour les ouvrages
des collections Folio sont certifiés
et proviennent de forêts gérées durablement.*

*Composition Nord Compo
Impression Grafica Veneta
à Trebaseleghe, le 5 mars 2023
Dépôt légal : mars 2023
1er dépôt légal dans la collection : août 2022*

ISBN 978-2-07-296452-7 / Imprimé en Italie

599061